Itahisa de Atlantis
La historia que no nos contaron

Itahisa de Atlantis

Título original: Itahisa de Atlantis

Copyright: Quique Tavernini, 2011

ISBN: 978-9974-98-755-5

Ilustraciones: Itahisa López

Primera Edición, Ediciones de la Txalupa, Agosto 2012

Itahisa de Atlantis en Internet:

Blog: http://itahisa.info

Facebook: http://www.facebook.com/ItahisaofAtlantis

Twitter: https://twitter.com/ItahisaAtlantis

RECONOCIMIENTOS

Esta obra es el resultado de una elaboración colectiva.

Durante tres años, más de treinta amigos han acompañado su larga gestación, aportando observaciones, revisando detalles y criticando las numerosas desatenciones y omisiones del autor.

Algunos contribuyeron desde las impresiones personales de su lectura, otros lo hicieron desde sus saberes. Pero todos colaboraron en que esta historia resultara mejor contada.

A ellos, mis apreciados revisores y cómplices en esta aventura, mi agradecido reconocimiento.

Quique Tavernini, Julio de 2012.

ADVERTENCIAS

Esta es una ficción histórica.

Situada en un pasado remoto de la humanidad, muy anterior a lo que conocemos como "historia". Por lo que puede no ser conducente aplicar pautas culturales modernas a su comprensión.

Esta es una ficción erótica.

Que incluye variedad de escenas sexuales más o menos explícitas, en algunos casos fuera del marco de lo socialmente aceptable en términos modernos. En la sociedad que se describe, los jóvenes adquieren calidad de adultos con la pubertad.

Esta es una ficción científica.

Que se sustenta en una colección de evidencias arqueológicas, antropológicas, geológicas, sociológicas, genéticas, paleo-teológicas y lingüísticas. Sin embargo, la posibilidad de que haya existido hace milenios una civilización como la que se describe es, en la actualidad, mayoritariamente descartada por los científicos.

Esta es una ficción para adultos.

Algunos supuestos de esta historia pueden atentar contra certezas y cuestionar convicciones o valores éticos ampliamente extendidos.

PRELUDIO

Esta cultura se interesaba y deleitaba en las maravillas naturales de este mundo.

Su gente no produjo armas letales, ni construyó fuertes en lugares inaccesibles, como lo hicieron sus sucesores, aun cuando dominaban la metalurgia ...

Este fue un prolongado período de extraordinaria creatividad y estabilidad, una era libre de enfrentamientos.

Su cultura era una cultura del arte.

Marija Gimbutas, Arqueóloga Lituana, The Language of the Goddess, California, 1995

PARTE UNO,

INFANCIA

Mi nombre es Itahisa y fui adoptada en la ciudad Sexta de Atlantis.

Nací en Bosteko, en el Continente del Oeste, del vientre de Atissa, cuando se cumplían cincuenta y siete ciclos y siete años de nuestra era.

Mi madre Atissa fue una mujer sabia, admirada y respetada en Bosteko, ella me introdujo en la Religión y las Ciencias, hasta que tuve doce años.

Ella me puso por nombre Itahisa, que significa "la apasionada por las preguntas".

En la ciudad Sexta tuve la fortuna de ser adoptada por Haridian, cuando ella era Decana de Navegación. Así pasé a pertenecer al *Klan* de mi madre adoptiva Haridian, cuyo prestigio ya era grande en aquel tiempo, y años más tarde, devino en uno de los más importantes *klanak* de Sexta.

Desde muchos ciclos antes de mi nacimiento, la comunidad de las siete ciudades de Atlantis era la más numerosa, la más avanzada y la más poderosa de toda la Tierra.

El recuerdo más antiguo que tengo, es el nacimiento de mi primer hermano.

Yo tenía cuatro años. Mi madre Atissa me había explicado que mi hermano saldría de su panza. Aún recuerdo los gritos, los llantos y las risas en la habitación, donde no me permitieron entrar, hasta que el bebé besó los pechos de mi madre. Por eso a mi hermano le pusieron por nombre Jama, que significa "beso ya".

Cuando por fin se abrió la puerta y mis tías me hicieron pasar, vi los ojos y la sonrisa de mi madre, y vi a Jama, recién nacido, apoyado en sus pechos. Sabía que a partir de ese momento, por ser la mayor, debía cuidar de mi hermano.

Me invitaron a hacerle caricias. Yo estaba excitada y temerosa, pero me acerqué y toqué suavemente su cabecita. Entonces mi madre me ofreció un abrazo apretado. Y mis tías hicieron unas oraciones que no recuerdo, en agradecimiento a Ama, por regalarnos fecundidad.

Mi madre Atissa y mis tías, me enseñaron de niña a agradecer siempre a Ama, la Diosa Madre, por la belleza de la vida.

Nuestra Diosa principal es Ama, nuestra madre, la diseñadora y regidora de los cielos y la tierra, los animales y las plantas.

Entre mis más lejanos recuerdos también está la primera Fiesta de Elkar en la que participé.

La Diosa Elkar es la Diosa de la Comunidad. La Diosa Elkar es quien otorga la sabiduría, la unidad y el espíritu de grupo a nuestro pueblo.

En las fiestas de Elkar, los niños se disfrazan con sombreros altos y túnicas de adultos que llegan hasta el piso. Algunos usan *maskarak* que representan animales. Cada niño sale con un canasto de mimbre, llevando panes, frutas, juguetes, artesanías y adornos, que en los días previos los adultos ayudan a preparar. A veces también se incluyen en la canasta pequeños animales, como pollitos, perritos bebés o iguanas. Tras reunirse con los niños de las casas más cercanas, se inicia una recorrida por la ciudad, golpeando en cada puerta.

Los niños van transportando sus regalos y los utilizan para hacer trueque según lo que les ofrezcan. Así va cambiando el contenido del canasto durante el recorrido. Antes de la medianoche retornan a sus casas, enseñan a los adultos los regalos con los que se quedaron y la madre dirige una oración a Elkar, pidiendo fuerzas para que la familia pueda transitar felizmente el *negu*, los días finales y más fríos del año.

En aquella Fiesta de Elkar conocí a mi amiga Hagora.

Ella tenía las mejillas pintadas con círculos rojos, el cabello trenzado a los costados y una sonrisa enorme. Me pareció agradable y la saludé. Nos presentamos. Me señaló su *etxea* a unos dos campos de la mía, revisamos nuestros respectivos canastos de regalos, e hicimos juntas el recorrido. A la vuelta, le mostré mi casa y nos propusimos vernos al día siguiente.

Desde entonces nos hicimos amigas. Jugábamos con otros niños en la calle, ella venía a mi *etxea* con frecuencia y yo iba a la suya. Vilda, la madre de Hagora, admiraba mucho a mi madre Atissa y estaba contenta de que su hija pasara las tardes en mi casa. Hagora, que es la persona más buena que he conocido, también le resultó agradable a mi madre.

Al año siguiente, preparamos juntas los regalos de la fiesta de Elkar, y así lo hicimos durante muchos años de nuestra infancia en Bosteko.

Al cumplir los doce años, las dos emigramos a ciudad Sexta.

Lo primero que aprendemos los niños atlanteanos es la Religión.

La Religión guía nuestras vidas, dando las pautas para relacionarnos con la naturaleza y con nuestros hermanos. La relación con los Dioses nos hace fuertes desde el nacimiento hasta la muerte, y más allá de ella, al cruzar la Puerta que nos une a Ellos.

La educación religiosa es un deber de la madre con sus hijas e hijos. Ella debe introducirlos en la relación con los Dioses y en el conocimiento de las oraciones, el Calendario y las Fiestas.

Como ya dije, la Diosa principal es Ama, nuestra Madre, la diseñadora y regidora de los cielos y la tierra, los animales y las plantas.

Ama es la Diosa de la creación, la fecundidad, el amor y el poder. Nos encomendamos a Ama todos los días, al iniciar la jornada y en la noche, al disponernos a dormir.

Todas las personas somos hijas e hijos de Ama, y eso nos hace hermanos. Iguales ante ella.

La Tierra, el Cielo, los animales y las plantas son Creación de Ama, y por ello debemos cuidar y ser respetuosos de la Naturaleza. Hemos aprendido que la Divina Creación está comunicada, que las plantas necesitan de los insectos y de las aves para reproducirse, que los animales necesitan a las plantas para alimentarse y que a su muerte vuelven a dar alimento a las plantas. A su vez, todos dependemos del agua y del sol para vivir.

En todas las casas de Atlantis, en la proximidad del fuego con el que cocinamos, existe una representación de la Diosa Ama que puede ser: la mujer embarazada, la mujer que amamanta o la mujer que está pariendo. A menudo se acompaña la imagen de Ama con *Ilazki*, la Luna.

Entre los recuerdos más lindos de mi infancia están las salidas a caballo con mi madre Atissa.

Una vez al año, cuando la noticia se propagaba por las calles de Bosteko, partíamos al galope hacia las islas de arena. Unas franjas de la costa que durante el día se comunicaban con el continente, pero la marea nocturna las convertía en islas. Desde allí podía observarse un maravilloso espectáculo.

Aquel día, una multitud de mantarrayas llegaba a las costas de Bosteko, en tanta cantidad que era imposible abarcarlas con la mirada. En cuanto se acercaban una gran extensión del mar frente a nuestros ojos perdía sus tonos azules para adquirir un increíble color dorado. Un mar de mantarrayas en movimiento, temblando, agitándose como las hojas de un árbol.

Luego las veíamos ingresar en aguas poco profundas, asombrándonos de la elegancia con la que avanzaban tan cerca unas de otras, tiñendo la costa de amarillo.

Eran incontables. Según mi madre estimaban en treinta carreras la cantidad de aquellos extraños peces de enormes alas y colas terminadas en punta, que llegaban a Bosteko una vez al año. Unas pocas mantarrayas eran capturadas por las redes de los pescadores, para aprovechar su deliciosa carne y utilizar sus espinas en la fabricación de herramientas.

Con el tío Ahar hacíamos excursiones a los campos de cultivos en las afueras de la ciudad.

A los niños se nos asignaba la tarea de espantar a las aves y otros animales que se acercaban a comer las mazorcas. Entre ellos, los *huetxi,* unos armadillos de caparazón gris-amarillenta que corrían a gran velocidad a pesar de sus pequeñas patas. La forma de atraparlos era colocando un cebo bajo un cajón invertido, sostenido por un palo, que a su vez estaba atado a un hilo de varios pasos de largo. Muchas tardes pasamos con mi hermano Jama, ocultos en el maizal o trepados a un árbol, aguardando que los *huetxi* se acercaran al cajón para jalar del hilo y hacer funcionar la trampa.

A veces se nos permitía colaborar en la cosecha del maíz, el algodón o los frutales. Debíamos seguir las indicaciones del *maisu* y cargar un canasto que más tarde volcábamos en los silos. Desde allí los granos o las frutas eran transportados a los almacenes de la *Biltzara*, en el centro de la ciudad.

En todas las ciudades de Atlantis, la producción agrícola, así como la caza, la pesca, la leña, la cal, los aceites, las harinas, la sal y las grasas, son administradas por la *Biltzara*, el Consejo de Sacerdotisas.

Me encantaba ir con el tío Txoim a las partidas de caza, pero pocas veces me lo permitían, porque era peligroso.

En los bosques al sur de Bosteko proliferan los tapires, que son muy apreciados por su carne. Pero también los grandes gatos salvajes, como ocelotes, jaguares, pumas, tigres y leones. Y otras fieras como osos de cara aplastada y lobos. Mientras los adultos preparaban las trampas, los niños jugábamos a explorar y bañarnos en los cenotes.

Los cenotes son cavernas inundadas. Algunas tienen largas galerías subterráneas y otras son simples pozos de agua salobre y transparente.

En días cálidos era delicioso quitarse las ropas para zambullirse en aquellas frías aguas y nadar hasta alcanzar los lugares más recónditos de la caverna, en los que pese a la escasa luz, nos divertíamos intentando capturar grandes cangrejos grises de cuerpo alargado.

Con mi amiga Hagora y su madre Vilda solíamos ir a pasear por la playa. Ni las lluvias típicas del *uda*, la estación calurosa, ni los días más fríos del *negu*, nos impedían salir a disfrutar el hermoso paisaje de la costa de Bosteko, una extensa franja de arena blanca salpicada de palmeras y poblada por aves marítimas, garzas, flamencos y pelícanos.

En ocasiones nuestro paseo coincidía con los días en que las tortugas bebés salían de sus huevos en la arena para caminar torpemente hacia su primera incursión en el mar.

Con las tormentas se depositaban en la playa muchas cosas que llamaban nuestra atención, como tablones, redes de pesca y animales muertos.

Lo que más apreciábamos eran los caracoles. Hagora y yo teníamos nuestras respectivas colecciones y competíamos para encontrar los ejemplares más grandes o vistosos. Algunos de marcadas protuberancias y color rojo intenso, otros blancos ovalados con vetas marrones y unos muy raros de forma cónica, sobre la que ascendía en espiral una llamativa traza violeta.

Además de servir para mostrarlas a los amigos, nuestras colecciones eran importantes para hacer intercambio. Un caracol podía ser cambiado por otro, pero algunos de ellos eran bien apreciados en la Plaza de Intercambio en el centro de la ciudad. Más de una vez fui con uno de mis caracoles a la Plaza, para regresar con un abrigo de lana tejida, una colorida *brusa* de algodón o un par de sandalias.

La fiesta de la Diosa Ama es el primer día del año, que corresponde al momento en que los días empiezan a ser más largos que las noches.

La Fiesta de Ama se extiende por todo el día y toda la noche. Antes del amanecer, todos los hombres y mujeres parten hacia el campo ceremonial. También pueden ir los niños, pero deben mantenerse a un costado, como espectadores.

Los hombres, vestidos de blanco con cintos azules y rojos en los hombros o la cintura, forman dos hileras en forma de cruz. Una hilera en dirección Norte-Sur con los vivos azules y el otro brazo de la cruz con los colores rojos, de igual longitud pero perpendicular, en dirección Este-Oeste.

Entonces las mujeres más jóvenes, totalmente de blanco, forman un primer círculo alrededor del centro de la cruz. Luego se acercan las mujeres mayores y se disponen en un segundo círculo concéntrico, más amplio que el anterior, aunque no tanto como para alcanzar los extremos de la cruz.

Cuando este segundo círculo se ha completado, las Maestras y Profesoras, las Doctoras y las Sacerdotisas, tomadas de la mano, realizan una gran ronda, también concéntrica, hasta envolver completamente la cruz.

Esta figura de la cruz con los círculos alrededor de su centro, representa nuestra identidad, la Comunidad Atlanteana, los Pueblos del Mar. Es nuestra Bandera y está siempre dibujada, en tintas rojas o azules, sobre el fondo blanco de las velas de todos los barcos atlanteanos.

Entonces la Alta Sacerdotisa, que ha ordenado la Formación desde el altar, dirige las oraciones a Ama y las intenciones correspondientes al inicio del año, culminando con el saludo a las siete ciudades.

- LEHEN !

A lo que hombres, mujeres y niños, responden a coro:

- ATL - TANI - KA !

La Alta Sacerdotisa pronuncia el nombre de la ciudad segunda:

- BIKO !

Y todos responden: ATL - TANI - KA !

La tercera invocación:

- HIRU !

- ATL - TANI - KA !

- LAU !

- ATL - TANI - KA !

En mi recuerdo, el momento más fuerte de la ceremonia era éste. Cuando la Alta Sacerdotisa desde el altar hacía una pausa, antes de pronunciar el quinto nombre:

- BOSTEKO !

Al que hombres, mujeres y niños, respondíamos con las manos al cielo y con todas nuestras fuerzas.

- ATL - TANI - KA !

Faltando aún dos invocaciones para culminar el responsorio.

- SEXTA !

- ATL - TANI - KA !

- ZAZPIR !

- ATL - TANI - KA !

Con ello se da por finalizada la primera ceremonia de la Fiesta de Ama.

La Formación se desarma y todos marchan hacia los cultivos, donde tiene lugar una segunda ceremonia que da inicio a la temporada de siembra.

Al mediodía, de regreso a la ciudad, se realizan distintas entregas a la Diosa Ama. Se sacrifican y cocinan los mejores animales, los mejores panes, las mejores frutas y otros alimentos que fueron acopiados durante el año que ha culminado.

En la tarde, se disponen largas mesas en las calles y plazas y todos participan de la comida comunitaria. El banquete es acompañado de agua como única bebida, hasta la puesta del sol.

Al anochecer, se agregan al banquete las mejores preparaciones de cerveza, hecha con maíz fermentado. Al igual que en la Fiesta de Elkar, las calles se iluminan especialmente con fuegos en las esquinas y muchas lámparas de aceite. Con la cerveza en sus vasos, los vecinos se saludan y se desean lo mejor para el año entrante. En las plazas y algunas esquinas, los músicos preparan sus ritmos. Con la música da comienzo el baile.

El baile de la fiesta de Ama consiste en que cada hombre y cada mujer procuren bailar en pareja con todos y cada uno de los demás. Se trata de alternar compañeros de baile sin detenerse. Los músicos también deben alternarse, para que todos puedan tomar parte. Incluso los menores de doce años participan en el baile.

Y ya avanzada la noche, cuando los niños se han dormido, viene la última parte de la fiesta de Ama.

Cada mujer debe elegir a un hombre entre quienes han danzado con ella. La mujer lleva a su compañero a su casa y puede quedarse con él toda la noche, o retornar ambos a la fiesta para seguir bailando y escoger otro compañero.

Regresar o no a la fiesta depende de varias cosas. El amante procura complacer a la mujer y persuadirla de que se quede con él, aunque no siempre lo logra. Las jóvenes y también algunas mujeres mayores, suelen volver a la fiesta tres y cuatro veces hasta el amanecer.

El segundo día del año no se trabaja. Está consagrado al descanso.

Mi madre Atissa gustaba de hacer paseos también por las noches. Salíamos con Jama a caminar por las calles de Bosteko hacia el mar, hacia los palmares en cuyos claros había depósitos de sal marina, que relucían a la luz de la luna.

Ella nos enseñaba las estrellas, los conjuntos de estrellas llamados *izar-multzo*, que representaban animales u objetos en el firmamento nocturno. Allí nos señalaba la estrella más brillante de la *izar-multzo* de la Lira, que invariablemente nos indicaba el norte. Nos mostraba como todas las demás estrellas giraban alrededor de ella en el transcurso de una noche y nos pedía que identificáramos al Lucero y a otras estrellas que se diferencian de todas las otras, porque van cambiando su posición en el cielo nocturno.

También nos hablaba acerca de las estaciones, de cómo la altura del sol del mediodía va variando al transcurrir un año, definiendo cuatro momentos que guían todas nuestras actividades.

Las estaciones tienen una duración de tres lunas, o sea sesenta más treinta días. Cada año, nuestros astrónomos determinan el inicio de las estaciones, si es necesario agregando un feriado entre una y otra.

El año siempre comienza con la fiesta de Ama, que da inicio a la estación de la primavera, llamada *udaberri*. El verano, (*uda*) se inicia con la fiesta del Dios Egu. La tercera estación siempre coincide con el momento en el que los días empiezan a acortarse, el otoño o *neguberri*, el anuncio de que se acerca el *negu*, el invierno.

De modo que la estación que llamamos "el anuncio del verano", el *udaberri*, transcurre desde el primer día del año, la Fiesta de Ama, hasta el día que el sol alcanza su punto más alto.

El verano, el *uda*, va desde la Fiesta de Egu hasta la mitad del año.

El anuncio del invierno, el *neguberri*, desde mitad de año hasta la Fiesta de Elkar.

Y el *negu*, el invierno, transcurre desde la Fiesta de Elkar hasta fin de año.

Si bien el primer día de *neguberri* es feriado, no existe una celebración colectiva. Es cuando las noches empiezan a ser más largas. Es un día dedicado a la meditación y el recogimiento. A veces se llama a este feriado el día de Egu Niño.

Ya he contado sobre la Diosa Elkar, la Diosa de la Comunidad. Elkar es la sabiduría, la unidad y el espíritu de grupo de nuestro pueblo. En nuestras casas, la Diosa Elkar se representa por un ave (un halcón o una paloma) o la estrella más brillante, el Lucero.

La Fiesta de Elkar es la fiesta de la Comunidad, en ella los protagonistas son los niños, golpeando de puerta en puerta, con sus canastos llenos de regalos.

El tercer Dios en nuestra Religión es el Dios Egu.

El Dios Egu es el hijo de Ama, es el Dios Niño y Hombre y se representa por el sol. Egu es el Dios de lo masculino: la Energía, el Calor y la Fuerza.

Cada año nace el Dios Egu Niño del vientre de Ama y cada año el Dios Egu Hombre se une con Ama para renovar el ciclo de la vida.

La Fiesta de Egu se celebra el día en que el sol está más alto, al inicio del *uda*.

La Fiesta de Egu transcurre desde el amanecer hasta el mediodía. En el Campo Ceremonial, todas las mujeres vestidas de blanco forman siete enormes rondas concéntricas. Cada ronda tiene una entrada, pero las entradas no están alineadas, sino desencontradas, alejadas unas de otras. Mientras las mujeres entonan cantos de celebración, los hombres, también de blanco, se colocan en una gran fila frente a la entrada del círculo exterior, que apunta hacia el Este.

A la salida del sol, la columna de hombres empieza a ingresar al primer círculo, el que deben rodear lentamente para encontrar la boca del segundo círculo, entrar en él y rodearlo buscando la boca de la tercera ronda.

Y así siguen recorriendo hasta completar el laberinto circular que las mujeres han dispuesto.

Hacia los seis años de edad, un niño debe saber contar del uno al sesenta. Suele utilizarse pequeñas frutas para enseñar a contar. Cada día mi madre colocaba una cantidad de nueces en un caparazón de tortuga que hacía de bandeja sobre la mesa y me pedía que contara la cantidad de frutos, sacándolos de a uno.

Luego que sabemos contar hasta sesenta, se nos enseña a sumar y restar cantidades. Vamos aprendiendo los múltiplos. Hasta que podemos contar hasta sesenta veces sesenta. Esta cantidad se llama carrera.

Con esta habilidad, podemos entonces empezar a medir. Lo primero que aprendemos a estimar son las distancias. La menor distancia que medimos se llama dedo y es aproximadamente el ancho de un dedo de la mano. Sesenta dedos hacen un paso y sesenta pasos un campo.

Como las personas tenemos dedos de distinto ancho, existen unas varas de madera de un paso de longitud, con las sesenta marcas indicadas para medir dedos. Estas varas se llaman pasos. Siendo engorroso medir grandes distancias con pasos, se utilizan unas cuerdas con sesenta nudos, cada nudo a un paso del otro, de modo que la cuerda bien estirada y recta mide un campo de largo.

Recuerdo que a la edad de seis o siete años, estando mi amiga Hagora de visita, mis tíos Ahar y Txoim, alegando excusas insólitas, nos pedían que utilizáramos las varas para medir cosas como la mesa, las puertas, el frente de piedras de la cocina. Con la cuerda debíamos evaluar anchos y largos de los jardines y las calles. Una tarde calurosa, el tío Txoim nos prometió a Hagora, a mi hermano Jama y a mí, una batida de frutas si dábamos la distancia correcta entre mi casa y la de Hagora. Tío Txoim nos hizo repetir la medición varias veces porque la cuerda no seguía una línea recta. Hasta que se dio por satisfecho y cumplió su promesa.

Años más tarde mi hermano Jama y yo colaboramos en los primeros aprendizajes de nuestros hermanos menores, Lore y Aitor, enseñándoles los primeros pasos en las Ciencias.

La mayoría de las casas atlanteanas, llamadas *etxeak*, están hechas de paredes de barro revestidas de cal. Las más antiguas tienen paredes de piedra, y en las más modernas los techos y pisos son de madera.

Normalmente tienen tres ambientes. El más grande, con puertas a la calle y al jardín, es donde se cocina, se come, se trabaja y se estudia. Este gran ambiente se llama hogar. Todas las casas tienen una cocina hecha de piedras, de unos dos pasos de frente, con chimenea también de piedra. El hogar es el lugar de reunión de la familia y suele tener una mesa larga, con bancos de madera. Las otras dos piezas son el dormitorio de la madre y el dormitorio de los niños.

El dormitorio de los niños es común para hermanos y hermanas hasta los doce años. No está permitido a los niños dormir en la cama de la madre. Ni siquiera a los bebés de leche.

Mi madre Atissa raramente dormía sola. Siempre se quedaban a pasar la noche con ella los tíos, unos días el tío Txoim, otras noches el tío Ahar, otras veces ambos, y frecuentemente otros tíos y tías cuyos nombres no recuerdo.

Una pequeña cabina de unos dos pasos de ancho es el baño, que está separado de la casa. Debajo del asiento de la cabina existe un pozo y a su lado un cajón con cal. Se vierte una pala de cal en el pozo luego de utilizar el baño. Durante los tiempos fríos, la cabina se utiliza también para bañarse con agua que se ha calentado en la cocina. En los días cálidos los atlanteanos nos bañamos en los ríos o en los cenotes, o directamente bajo la lluvia.

Saliendo hacia el jardín del fondo está la huerta, y más allá los terrenos compartidos y el pozo de agua, que también es compartido entre las dieciséis casas de cada campo.

Las *etxeak* en Bosteko y otras ciudades atlanteanas están agrupadas en campos. Los campos están delimitados por calles y de una esquina a otra hay sesenta pasos de distancia.

Cuando tuve nueve años, hice con mi madre el primer viaje a las Islas.

La noche anterior a la partida, ella me habló del viaje que íbamos a hacer y de cómo debía comportarme.

En Atlantis tenemos una isla principal, dos islas menores y el continente. En la isla principal están las ciudades de Lehen, Biko y Sexta. En el Continente del Norte está la gran ciudad de Zazpir. En una de las islas menores está la ciudad de Hiru donde nació mi madre Atissa. En el Continente del Sur está la ciudad cuarta, Lau. Y en el Continente del Oeste está nuestra ciudad, Bosteko.

Yo la escuchaba atentamente, pero ella, probablemente ante mi cara de confusión, tomó un gran paño de tela de algodón, lo puso sobre la mesa y con una barra de carbón empezó a trazar líneas. La miré sorprendida, mientras ella dibujaba más líneas en la tela. Luego de un rato, se detuvo, sonrió y me dijo:

- Está bastante mal, pero sirve.

- Qué es esto ? - Pregunté perpleja.

- Un mapa, Itahisa, un mapa de Atlantis.

Yo sabía lo que era un mapa, porque mis tíos Txoim y Ahar varias veces me habían dado mapas para ir a los almacenes de Bosteko o al puerto. Pero no lograba comprender lo que mi madre me mostraba. Entonces ella marcó un pequeño cuadro en una de las narices del dibujo y me indicó.

- Esto es Bosteko.

- Un punto ?

- Sí, Itahisa. Nuestra ciudad en este mapa se ve tan pequeña que es un punto. Como ves, aquí están las islas. Y en la Isla Principal, cruzando el mar, está la gran ciudad de Biko. En días despejados podemos ver desde nuestro puerto las montañas de Biko, verdad ?

- Sí, pero muy lejos, del otro lado del mar.

- Bien. Esa distancia que te parece tan grande se ve en este mapa muy pequeña. Ves en realidad qué cercano está Biko de Bosteko ? Es media jornada en barco. Ese es el viaje que haremos mañana. Pasaremos en Biko una noche en casa de tía Maite y al día siguiente temprano, embarcaremos nuevamente para hacer otro viaje, más largo.

- Más largo ? - Pregunté entusiasmada.

- Sí. Vamos a la ciudad tercera, a Hiru. Donde vive mi madre, tu abuela.

Mi madre Atissa continuó marcando puntos en el mapa, indicando la ubicación de las siete ciudades de Atlantis. Y siguió contándome sobre la historia y la gente de cada una de ellas. También señaló los grandes ríos en los continentes, que son remontados por los barcos atlanteanos en busca de minerales.

Me explicó que Lehen es la más antigua de las siete ciudades y la más prestigiosa por sus *Eskuelak*, sus edificios y su Consejo de Sacerdotisas, aunque no la más grande en población. Que íbamos a visitar la ciudad más grande de Atlantis, Biko, en el noroeste de la Isla Principal, que tiene una población de siete carreras. Y que la segunda en población es Zazpir, en el continente norte, con cinco carreras y media.

Nuestra ciudad es mucho más pequeña. En Bosteko vivimos algo más de dos carreras de personas. Sin embargo, no es la menor de las siete. La menor en población es Sexta, con algo menos de dos carreras.

Y que, sumando la población de las siete ciudades vivimos unas treinta carreras de atlanteanos. Es decir treinta veces sesenta veces sesenta.

Cuando hubo terminado, mi madre enrolló el lienzo y me pidió que lo guardara, como guía de viaje.

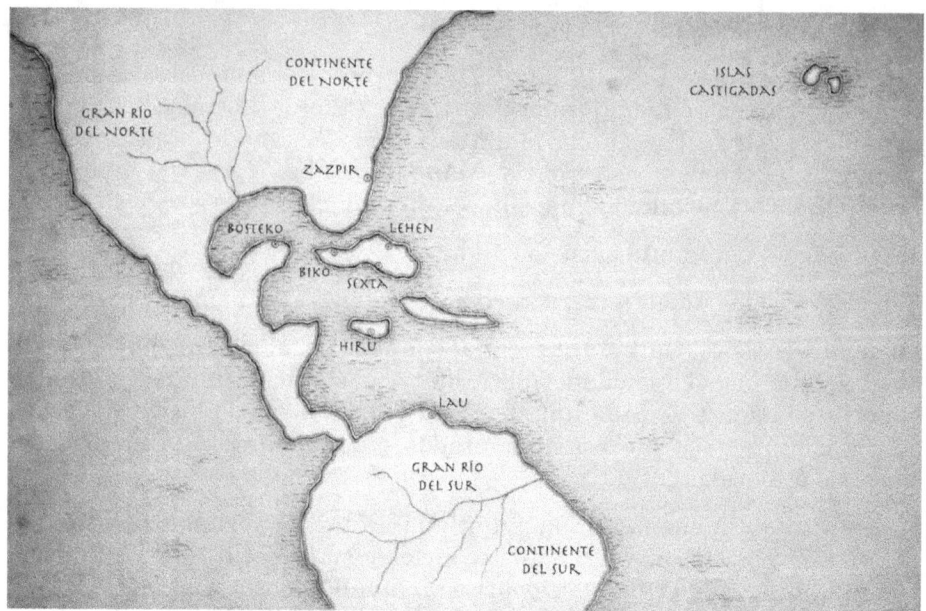

Mi madre Atissa ha visitado las siete ciudades de Atlantis y me ha contado historias de cada una de ellas. Pero no supo prevenirme de las cosas increíbles que pude ver con mis propios ojos en Biko al día siguiente

Nos despertamos muy temprano aquel día. Aún estaba oscuro cuando salimos hacia el puerto de Bosteko. Llevábamos bolsos con ropa y regalos para las tías y la abuela. Yo estaba nerviosa y a la vez contenta. Era la primera vez que iba a embarcarme y era mi primer viaje fuera de los alrededores de la ciudad.

En la *txalupa* había cuatro hombres y dos mujeres. Cada uno de ellos tenía un remo. Nosotras nos ubicamos a los costados del mástil, sobre varias bolsas de maíz que usamos de asientos. Mi madre me repitió varias veces que tenía que quedarme quieta en el centro del barco y así lo hice. A la salida del sol los remeros gritaron unas instrucciones que no entendí y partimos hacia Biko.

Había viento favorable, la vela con la infaltable Cruz Atlanteana se hinchó y solamente dos de los remeros debían mantener los remos en el agua para asegurar la dirección. El barco avanzaba rápido empujado por el viento, chocando las olas que mojaban mi cara de espuma salada.

En cuanto nos acercábamos a la ciudad, empecé a darme cuenta de lo enorme que era.

Lo primero que me impresionó fue la cantidad de *txalupak*. Conté dos veces sesenta barcos y aún no teníamos el puerto a la vista. Y cuando maniobramos hacia la entrada, quedé impactada. Había tantos barcos que no pude contarlos. Los edificios brillaban al sol y en los muelles se veían muchísimas personas trabajando.

Algunos barcos remolcaban balsas, y sobre ellas troncos, piedras, o bolsas apiladas, pero nada comparable con el elefante.

En una balsa que llegaba con nosotros al puerto, había un elefante acostado, firmemente sujeto con cueros y sogas, de modo que apenas podía mover su trompa. La balsa crujía por el peso y daba la impresión que el elefante flotaba sobre el mar. Muchas veces había visto elefantes utilizados como fuerza de carga en el puerto de Bosteko, nunca uno transportado en una balsa. Mi madre me explicó que en la Isla Principal no nacían elefantes y que desde tiempos muy antiguos habían sido traídos desde el continente, en balsas arrastradas por barcos como estábamos viendo.

Los remeros recogieron la vela, nos fuimos separando del elefante que flotaba y nos aproximamos a uno de los muelles del puerto. Tantos barcos lo ocupaban que parecía imposible atracar, pero con gran habilidad los remeros hicieron retroceder el nuestro suavemente, hasta que la parte plana de atrás quedó tocando el muelle. Lanzaron cuerdas para que unos hombres desde tierra sujetaran la *txalupa*, hasta quedar inmóvil en las tranquilas aguas del puerto de Biko. Entonces desembarcamos.

Nos despedimos de los compañeros de viaje y caminamos tomadas de la mano por el puerto. Varios elefantes cargaban bultos, también caballos y llamas, había muchas palancas de carga maniobradas por varios hombres cada una. Aquí y allá montones de sal de varios pasos de altura, pilas de troncos, ánforas de aceite del tamaño de una persona, corrales con cabras y ovejas, depósitos de bolsas del tamaño de una casa, y mucha, muchísima gente.

En un barco diferente a los barcos atlanteanos, se estaban descargando unos extraños animales como osos pero con aletas en vez de patas. No conocía estos animales, pero eso no fue lo que me dejó atónita. Los hombres que descargaban aquellas piezas de caza eran sumamente distintos a todos los hombres que yo había visto en mis nueve años de vida. Me detuve a observarlos.

- Son focas. - Aclaró mi madre.

- Los hombres ? - Señalé.

- No, Itahisa, los animales. Los hombres son cazadores de focas.

Recordé que alguna vez había escuchado sobre los cazadores de focas. Sabía que vivían muy al norte en el continente, en el mar congelado. Pero no me habían dicho que eran tan, pero tan pequeños, que su cabello era tan oscuro y que sus ojos eran tan cerrados que parecía que simplemente no tenían ojos. Tampoco tenían barba. El mayor de aquellos hombrecitos era de mi altura.

- Pero ... son niños ?

- No, Itahisa, son adultos.

- Son adultos ? Y por qué son tan chicos ?

- Porque así son los cazadores de focas.

Me causó gracia y me reí de aquellos hombres pequeñitos.

- No tienes que reírte de ellos. - Advirtió mi madre endureciendo su voz.

- Pero ... es que no crecen más que un niño ?

- No. Ellos son así, Itahisa.

En ese momento uno de los cazadores de focas pasó por al lado nuestro, efectivamente era más bajo que yo y apenas llegaría a los codos a mi madre. No podía salir de mi asombro.

- Itahisa. Tienes que entender que como existen perros de distinto tamaño, tortugas de distinto tamaño y osos de distinto tamaño, también entre los hombres hay diferencias.

- Pero ... casi no tienen ojos ... ven igual ?

- Claro que ven. Perfectamente. Igual que nosotros. Son hombres, igual que nosotros. Ellos vienen del otro lado de la Tierra, de un continente que se llama Asia. Ellos son hijos de Ama, igual que nosotros y por lo tanto nuestros hermanos.

Aunque yo seguía sin dar crédito, mi madre dio por suficientes las explicaciones y tiró de mi mano para continuar el camino. Por un rato seguimos en silencio.

- Del otro lado de la Tierra ? - Pregunté finalmente.

- Claro.

- Debajo de los mares ? - Insistí.

Mi madre se detuvo. Me miró fijamente un instante. Luego recorrió el muelle con la mirada y, abruptamente, cambió de dirección. Dimos unos pasos para acercarnos a una pila de sandías. Hizo un gesto a las personas que cargaban las frutas en canastos a lomos de unos caballos. Tomó una sandía y la apoyó en el piso.

- Itahisa, quizás eres aun pequeña para entender esto. Pero trataré de explicarte. Siéntate.

- Para entender una sandía ? - Pensé que mi madre estaba bromeando conmigo.

- Te acuerdas del mapa que te hice anoche ?

- Sí. Por supuesto. Lo tengo aquí.

- No. No lo necesitamos ahora. - Con su mano detuvo mi intento de desenrollar el mapa. - Quiero que mires bien esta sandía ahora.

- Vamos a comerla ?

- No. Vamos a usarla como mapa.

Me resultaba incomprensible que mi madre no utilizara el mapa que tanto trabajo le había costado hacer el día anterior. Debía existir un motivo importante para que se pusiera a hacer tajos con su cuchillo en la piel de una sandía, en un muelle de Biko, cuando yo estaría mucho más interesada en comer que en estudiar un mapa.

- Bien. - Dijo por fin. - Ves aquí ? - Señaló una parte de la superficie de la sandía.

Pude ver unos trazos parecidos a los del lienzo que yo tenía enrollado en mi mano.

- Si. Es el mapa de Atlantis. - Contesté.

- Correcto. Esto que ves acá es Atlantis. Y la sandía es la Tierra.

- La Tierra ? - Mi madre no dejaba de sorprenderme con sus mapas.

- La Tierra, Itahisa, es como esta sandía. Nosotras estamos aquí, en Biko. Y este es el cruce que hicimos recién en barco. Pero si en vez de viajar una media jornada, viajáramos y viajáramos muchas jornadas, sesenta jornadas, dos veces sesenta jornadas, seguiríamos recorriendo la Tierra hacia acá. - Dijo mientras acariciaba la sandía con su dedo índice. - Lo ves ?

- Sí.

- Entonces, imagina que podemos seguir viajando, otras muchas jornadas, dos veces sesenta jornadas más, - continuaba rodeando la sandía con la yema del dedo - a dónde estaríamos llegando, Itahisa ?

- A Atlantis ? - Pregunté, convencida que estaba dando una respuesta equivocada.

- Correcto ! - Exclamó mi madre.

Me quedé mirando la sandía, sin entender. Mi madre prosiguió.

- Acá están los mares y los continentes. Y este continente, del lado opuesto de la Tierra a donde estamos nosotros, se llama Asia. De allí vinieron las abuelas de los cazadores de focas. Toda esta parte de la Tierra, - dijo apoyando su mano sobre la sandía - está cubierta de hielo. Ellos cruzaron por el hielo desde el continente de Asia hacia nuestro continente del norte. Luego bajaron por aquí hasta el mar de Atlantis.

Allí los hombres que vimos, construyeron barcos y vinieron a Biko con sus focas.

- Entonces ... - trataba de digerir lo que mi madre me estaba diciendo - del otro lado de la Tierra no hay un mundo que queda debajo del mar ?

- No Itahisa. Del otro lado de la Tierra hay otros continentes, otros mares y otros ríos.

- Y ... dónde está el inframundo, en el centro de la sandía ?

- No existe ningún inframundo, Itahisa, quién te dijo esa tontería ?

- El tío Txoim me dijo ...

No pude seguir porque mi madre puso una cara de horror que me asustó.

- Qué te dijo el tío Txoim ? - Me animó a continuar, aunque se la notaba enojada.

- El tío Txoim, me dijo, que del otro lado de la Tierra, debajo de los mares, hay un inframundo.

- Y qué más ?

- Que en ese inframundo vive una mujer muy mala, que se llama Sedna. Que es una mujer que siempre tiene hambre. Que se comió a su madre y a sus hijos. Y que vive sola con un perro, que duerme en la cama con ella. Y que si cualquier persona pasa por allí, el perro la va a matar para dársela a Sedna como alimento.

Mi madre me miró, esperando algo más de la historia. Luego preguntó.

- Eso es todo ?

- Sí.

- Estaban tus hermanos Jama y Aitor presentes cuando el tío Txoim hizo ese cuento ?

- No. Estábamos Hagora y yo.

- Itahisa. Ese cuento que te hizo el tío son puras mentiras. Son mentiras que se le cuentan a los niños para asustarlos. Hay que ser muy tonto para creerlas. No existe un inframundo, ninguna Sedna y ningún perro. Son todas estupideces, me entendiste ?

- Sí.

- Y te voy a pedir algo muy importante, Itahisa. Si el tío Txoim te hace algún cuento, de cualquier tipo, a ti o tus hermanos, vienes inmediatamente a decírmelo. Está comprendido ?

- Sí.

- Bien. Vamos a comer ahora, - dijo recuperando la sonrisa y clavando su cuchillo en la sandía - te parece ?

- Síiii ! - Exclamé aliviada.

La siguiente sorpresa en Biko fue el edificio de la *Biltzara*. Era probablemente el doble de grande que el de Bosteko. La explanada frontal donde se instalan los puestos de intercambio de mercaderías tenía cuatro campos. La escalinata ceremonial de sesenta escalones se iba angostando desde cuatro campos en su base hasta dos campos en su parte alta.

Y luego venía el imponente palacio, con dos torres de piedra a los costados. Pero lo más impresionante era el techo en forma de pirámide que parecía de un campo de grande, que brillaba con el sol, más dorado que el bronce, como si fuera oro. Quedé absorta mirando aquel techo de la *Biltzara* de Biko. Y no di crédito cuando mi madre me dijo que el palacio de Lehen era mucho más hermoso y tenía mucho más oro que el de Biko.

Tanta gente ocupaba la explanada, que pensé que todos los que estaban antes en el puerto se habían trasladado simultáneamente con nosotros. Esa multitud tendría que haber venido del puerto. Le pregunté eso a mi madre y ella se rió. Me invitó a subir los escalones hasta la entrada del palacio. Desde arriba me señaló en una dirección. Me di cuenta que desde ahí se podía ver el puerto ... y para mi asombro en sus muelles ... había tanta gente como antes !

Entramos al palacio y recorrimos las galerías y almacenes. Los perfumes exquisitos de maderas y vegetales, contrastaban fuertemente con oleadas desagradables de los excrementos de llamas y caballos, que transportaban bolsas y canastos cargados de mercaderías por todos los recintos. Subimos y bajamos escaleras, mi madre preguntaba por Maite, la tía que nos iba a dar alojamiento por esa noche. Finalmente la encontramos reunida con otras mujeres, en una enorme sala circular toda revestida de mármol. Nos hizo pasar a la sala. Nos ofreció unos lujosos asientos de cuero y al sentarnos nos presentó a la asamblea como importantes visitantes de Bosteko.

- Itahisa, puedes decirnos qué edad tienes ? - Me preguntó.

- Sí, tía Maite. Tengo nueve años. - Me sentía un poco inhibida ante tantas mujeres que me miraban.

- Nueve ? ... pareces mayor. Eres muy linda Itahisa.

- Gracias, tía Maite.

- Es tu primera visita a Biko, verdad ?

- Sí.

- Y qué te ha parecido ?

- Impresionante ! - Contesté francamente.

- Qué es lo que te ha impresionado más, Itahisa ?

Dudé un rato, mientras mi madre al oído me sugería respuestas como "el puerto", "la gente", "el palacio" y yo negaba con la cabeza.

- Los cazadores de focas. - Dije finalmente, provocando una risa tan fuerte y generalizada de mi auditorio que hizo resonar el recinto de mármol.

Me sentí avergonzada, pero la tía Maite me miró con cara de estar interesada en mis opiniones.

- Por favor, Itahisa, puedes explicarnos qué es lo que te ha impresionado tanto de los cazadores de focas ?

- Es que ... - seguía dudando si a aquellas mujeres les importaba mi impresión o solamente se querían reír de mí - es que ... yo ...

- Por favor, continúa Itahisa.

La voz dulce de Maite y el silencio de las demás mujeres me dieron confianza para seguir.

- Es que yo nunca había visto hombres tan chiquitos y pensé que eran niños.

Ninguna mujer se rió esta vez, pero todas me miraban divertidas.

- Por favor, continúa. - Insistió Maite.

- Pero no podían ser niños si estaban descargando unas focas de su barco. Además tenían esos ojos cerrados que parece que no pueden ver. Y mi madre me explicó que los cazadores de focas son así, que no crecen como nosotros, pero que ven perfectamente como nosotros, que vinieron desde otro continente por el hielo, que fabricaron sus barcos y cazaron las focas y las trajeron acá a Biko, y que son hijos de Ama, como nosotros.

Hubo un silencio. Maite sonreía. Mi madre sonreía. Sesenta mujeres que me miraban sonreían.

- Itahisa, - dijo la tía Maite con voz suave - todas recordaremos que a tus nueve años, has realizado un brillante discurso en la altísima *Biltzara* de Biko.

Yo no entendía bien lo que estaba sucediendo. Entonces la tía Maite empezó a aplaudir y todas las mujeres aplaudieron. Mi madre me abrazó. Me convencí que realmente me estaban felicitando y me sentí feliz.

En la *etxea* de Maite lo que me gustaron fueron las pieles. Las había de bisonte, de focas, de osos y de otros animales, en las paredes, sobre los asientos y en el piso. Los hijos de Maite, dos varones, eran mucho mayores que yo y no me prestaron atención.

Luego de cenar, le pedí a la tía Maite si podía dormir sobre una de las pieles. Me contestó que para eso estaban. Ella y mi madre hablaban de asuntos de Biko y de Bosteko. Me acosté sobre una piel en el piso y como estaba agotada, me dormí al instante.

Volvimos al puerto de madrugada. La partida fue similar a la de la mañana anterior. Nos sentamos en el centro del barco, sobre bolsas de granos, los barqueros tuvieron que remar para salir del puerto, la vela se hinchó y nos dirigimos hacia el sur, hacia Hiru, la ciudad tercera de Atlantis.

Durante el viaje hablamos sobre las experiencias de la jornada en Biko.

Mi madre me contó que la tía Maite también había nacido en Hiru, que la madre de Maite era amiga de mi abuela. Que no habían sido amigas de niñas porque Maite era unos años mayor que ella. Que cuando mi madre hizo la *Eskuela* de Astronomía, entre los dieciocho y los veinte años, viajaba muchas veces desde Bosteko a Biko y se alojaba en la casa de Maite. También cuando la tía debía ir a Bosteko por viajes de estudios, se quedaba a dormir en casa.

Cuando las mujeres atlanteanas completan las Doce *Eskuelak*, obtienen el título de Doctoras. Pueden entonces dedicarse a un ejercer o a enseñar un oficio, o bien ingresar en la Alta *Eskuela* para Sacerdotisas, que implica un conocimiento experto en las Doce Ciencias, en Religión y en administración de ciudades. A la Alta *Eskuela* ingresan las Doctoras con treinta años cumplidos y egresan a la edad de treinta y seis como Sacerdotisas.

La tía Maite, a la edad de treinta y ocho, era de las más jóvenes integrantes de la *Biltzara* de Biko. Mi madre Atissa, con treinta y cuatro, estaba completando sus estudios en la Alta *Eskuela* de Bosteko. En un par de años más, mi madre llegaría a Sacerdotisa. Pero yo iba a pertenecer a su *Klan* por poco tiempo.

Cuando una mujer atlanteana llega a Sacerdotisa, forma su propio *Klan*.

Los *klanak* se componen a partir de una Sacerdotisa, por sus hijos varones, sus hijas menores de doce, sus hijas adoptadas y los hijos de ellas. De forma que cada ciudadano de Atlantis pertenece a un *Klan* y por lo tanto tiene como referente a una Sacerdotisa. Cada ciudadano puede elevar reclamos o propuestas a la Ciudad a través de su *Klan*.

Las sacerdotisas se jubilan a la edad de sesenta y pasan a integrar el Consejo de la Sabiduría. En ese momento deben ceder su *Klan*, para lo cual deben elegir a una Sacerdotisa activa. Así los miembros del *Klan* de la jubilada, empezando por ella misma, se suman al *Klan* de la elegida.

Todas las sacerdotisas eligen un Consejo de sesenta miembros, la *Biltzara*, que es la máxima autoridad de la Ciudad. La *Biltzara* administra todos los asuntos, preside las ceremonias religiosas, hace las leyes, ejerce la justicia, dirige las obras, ordena el intercambio con otras ciudades y distribuye todos los recursos.

El Consejo de la Sabiduría realiza declaraciones, que en general son tenidas en cuenta por las sacerdotisas y los ciudadanos, aunque no toma decisiones.

Las *Eskuelak* es lo único que las sacerdotisas no administran. Cada *Eskuela* es dirigida por su propio Consejo de Profesores. Y el Consejo de Profesores elige a la Decana o al Decano de la *Eskuela*.

En Atlantis las ciudades son totalmente soberanas, no hay por encima de las ciudades ninguna ley ni autoridad atlanteana.

El trayecto de Biko a Hiru es de dos a tres jornadas.

Contábamos con buen viento y nuestro barco avanzaba rápido impulsado por su vela. Al caer la noche continuamos navegando guiados por las estrellas. Si seguíamos toda la noche y todo el día siguiente con viento a favor, sería posible alcanzar nuestro destino en sólo dos jornadas.

El segundo día de viaje amaneció espléndido y la brisa se mantuvo. Cuando se estaba poniendo el sol, llegamos al puerto de Hiru.

No me impresionó como Biko. La único asombroso que vi al llegar fueron los clavadistas. Cerca del puerto de Hiru, la costa tiene barrancos de rocas que caen verticalmente sobre el mar. Desde lo alto de los riscos, los jóvenes de Hiru saltaban y caían de cabeza con sus brazos hacia adelante para clavarse en el mar, y luego salían nadando hacia la playa.

El puerto de Hiru no mostraba tanta actividad como el de Biko.

La abuela nos estaba esperando en el muelle. Estaba muy contenta y nos abrazó a mí y a mi madre repitiendo una y otra vez: "mis niñas, qué alegría, mis niñas, qué alegría".

Caminamos las tres hasta la *etxea* de mi abuela, en la que nació mi madre. Allí conocí a los hermanos de mi madre. La abuela iba con frecuencia a Bosteko y había estado varias veces en mi casa. Yo sabía que tenía cincuenta y cinco años y era Sacerdotisa. Pero los hermanos de mi madre, que eran *Maisuak* constructores en Hiru, nunca habían estado en Bosteko. Ellos tenían preparada la comida, un conejo asado en crema de aguacate, que estaba exquisito. Durante la cena me hicieron muchas preguntas. Hablamos sobre nuestra ciudad y sobre el viaje. Mi madre entregó los regalos que habíamos llevado. A su madre, una manta de lana de color rojo oscuro y a sus hermanos, unas herramientas de bronce que sirven para tallar madera.

Nos quedamos tres noches en Hiru. Excepto por el paisaje, era parecida a Bosteko. La costa lucía realmente hermosa, alternando puntas y barrancos con pequeñas playas de arena blanca, en las que en todo momento había grupos de jóvenes que tocaban tambores y bailaban.

Fuimos dos veces al Consejo de Sacerdotisas de Hiru, donde trabajaba la abuela y comimos con ella en la explanada. Mi madre y mi abuela hablaban con frecuencia de un "círculo" pero no estaban interesadas en explicarme de qué se trataba.

La tercera noche, luego de cenar, mi abuela me entregó un diminuto bolsito de cuero, atado con un lazo, - un regalo para mi nieta - dijo.

Al ver lo que contenía quedé muda. Era un aro de plata y llevaba engarzado en su interior un delicado delfín, también labrado en plata, que parecía danzar dentro del aro. Era bellísimo. Fui a abrazar a mi abuela a agradecérselo.

Y ella me recomendó.

- Cuídalo. Lo puedes colgar de tu cuello o de tu oreja, donde sea visible. Deberás lucirlo únicamente en las fiestas. Si haces como te digo, Itahisa, este aro te va a dar mucha fortuna.

- Gracias, abuela.

Me parecieron algo incomprensibles sus palabras, pero así era mi abuela.

El viaje de regreso no fue sencillo como los anteriores. No teníamos viento favorable. Con viento en contra era casi imposible aprovechar la vela. Durante la mañana del primer día, mi madre trabajó con los *txalupari* tratando de manejar la vela, pero nos apartábamos de nuestra dirección y en vez de ir al Continente, estábamos alejándonos hacia la Isla Principal, como hacia la ciudad Sexta. Al mediodía, enrollamos la vela y los remeros empezaron a trabajar en turnos, cuatro remaban y dos descansaban.

No hacía calor, pero por el esfuerzo les caían gotas de sudor por todo el cuerpo. Lo único que yo podía hacer era servirles un trago de agua a cada pareja que pasaba a descansar. Hubiera querido ser grande y poder hacer una cuarta pareja con mi madre, para aliviarles el trabajo, pero no era posible.

Durante la noche se hizo un alto para comer, dormir y reponer fuerzas. Cuando desperté, los remeros habían retomado los turnos. Y así continuaron durante toda la segunda y tercera jornada.

Al ocultarse el sol, estábamos aun bastante lejos de Bosteko, aunque ya se advertía en el horizonte. A pesar de haber remado durante tres jornadas, tenían ánimo para hacer bromas. Los que descansaban se burlaban de los que estaban remando, diciendo que así no íbamos a llegar hasta el amanecer. Al cambiar el turno, los que pasaban a descansar devolvían las mismas bromas.

Era casi medianoche cuando por fin atracamos en Bosteko. Yo, que no había remado un poquito, estaba agotada y me resultaron interminables los nueve campos que tuvimos que caminar para llegar a casa. El tío Txoim nos abrió la puerta y me dejé caer sobre él, para que me cargara y me depositara en mi cama.

Así habló mi madre cuando cumplí diez años.

Ama nos hizo hombres y mujeres. Los hombres son más altos y más fuertes que las mujeres. Pero Ama dio a las mujeres muchos dones. Sólo las mujeres podemos ser fecundas y tener hijos. Las emociones que siente una mujer cuando su bebé está creciendo en su panza son incomprensibles para los hombres. La satisfacción de parir nuestros hijos también es única, intransferible.

Sólo las mujeres podemos amamantar. En la intimidad y el placer que sentimos al dar pecho está la base de la capacidad excepcional que tenemos las mujeres para crear, cuidar y fortalecer vínculos. En nuestra familia, en nuestro *Klan*, en nuestra ciudad, entre distintas ciudades y entre todos los hombres de la Tierra.

La multiplicación y fortaleza de esos vínculos son la multiplicación y fortaleza de nuestra riqueza como personas y como comunidad. Los vínculos nos dan alimento, cuidado, protección, sabiduría, alegría, placer. Todas las cosas que necesitamos para ser felices.

Además de ver con los ojos, las mujeres somos capaces de ver con nuestros pechos. Con nuestros pechos podemos sentir la alegría, la tristeza, la pasión y la desesperación, podemos sentir las emociones de otras personas.

Las mujeres tenemos otra capacidad excepcional. La de ofrecer y recibir placer. Nuestro cuerpo está maravillosamente preparado para ello. Cada parte de nuestro cuerpo, cada punto de nuestra piel, puede hacernos gozar enormemente si es sabiamente acariciado. Y nuestra capacidad de dar placer a otros es inagotable. En ello nos diferenciamos de los hombres, que son mucho más limitados para dar y recibir placer.

Si bien todo nuestro cuerpo es capaz de sentir placer, el centro de nuestra capacidad de disfrutar está en nuestra *natura*, entre nuestras piernas. La *natura* que nos dio Ama es la parte más hermosa de nuestro cuerpo.

Es tan bella como una flor. Una flor muy potente que tenemos que saber manejar.

Como una flor en un jardín que nos atrae con su perfume y queremos disfrutar de su aroma, las abejas y los colibrís quieren alimentarse con su néctar. Cuando la flor entrega su perfume y su néctar, es cuando se vuelve más hermosa. Ella también disfruta de ofrecerse. Mejor aroma y más delicioso néctar entregará cuanto más disfrute sea capaz de provocar.

La flor de nuestro cuerpo es igual. Tiene también esa capacidad de atraer. Posee un aroma exquisito y un néctar delicioso. Tiene la propiedad de provocar deseo en quienes nos rodean. Y la potencia de hacernos estallar de placer si recibe las caricias adecuadas. Ese don es algo que las mujeres tenemos que aprender. Cuidando nuestra flor. Para ofrecerla a quienes nos quieren, a quienes nos complacen y a quienes la saben disfrutar y saben hacernos disfrutar. Nunca a quienes no sean respetuosos con nosotras.

Lo que más desean los hombres es poder introducirse en nuestra flor. Ama los hizo así y esa es nuestra ventaja. Ellos querrán siempre complacernos y por ello harán lo que nosotras les pidamos. Darles nuestra flor es una satisfacción múltiple. Porque si lo merecen es porque nos han hecho felices en lo previo. Porque nos harán felices al momento de penetrarnos. Y porque nos regalarán su semen. Cuando un hombre goza, de su *zakil* se vierte una pequeña cantidad de leche, que se llama semen. El semen es una bendición para nuestra flor, para nuestra piel y para nuestro espíritu. Regar con semen nuestra flor, nuestros pechos, nuestra cara, todo nuestro cuerpo, nos hará más felices y más jóvenes.

De nuestra *natura*, con cada luna, se derramará sangre. Eso nos dice que somos mujeres porque somos capaces de tener hijos. No debemos preocuparnos por ello. Cualquier intento de evitar que la sangre fluya y escurra por nuestras piernas, será inútil. Lo único que obtendremos tratando de detener la sangre es estropear el aroma de nuestra flor. Si nos molesta el flujo de sangre en nuestras piernas, simplemente lo limpiamos con un paño. Si a quien le ofreces tu flor se disgusta por tu sangre, demostrará no merecer que le ofrezcas nada.

Itahisa, el mundo está lleno de hombres deseando complacernos. Con el tiempo aprenderás a valorar quienes son buenos amantes y buenos compañeros. Estarás mejor si ellos son muchos y variados. Nunca hagas la tontería de prometerle a un amante que sólo dormirás con él. Eso le quitará alegría a tu cama y a tu vida. Y jamás, jamás cometas la estupidez de pedirle a un hombre que sólo duerma contigo. Los hombres no están hechos para ello y en cuanto otra mujer se entere, le será muy fácil seducirlo.

Podrás elegir amantes entre todos los hombres de Atlantis, excepto los nacidos en la misma ciudad que tú. No podrás ofrecer tu flor cuando te encuentres ocasionalmente de viaje en la ciudad en la que está la *etxea* de tu madre. Es nuestra única restricción.

Tendrás momentos en los que uno o dos amantes te serán suficientes, porque estarás concentrada en el estudio, o en el trabajo, o en tus hijos. Y habrá otros momentos en que cinco o seis no te serán suficientes. No te preocupes por ello. Si una mujer está realmente encendida, es como una llama que no deja de crecer. Ni sesenta amantes le serán suficientes. Simplemente disfrútalo.

Un privilegio especial que también tenemos las mujeres es el dar y recibir placer con otras mujeres. Los hombres difícilmente puedan hacerlo entre ellos. Las mujeres pueden ser las mejores amantes. Ellas serán expertas acariciando tu cuerpo. Ellas pueden darnos su flor, su néctar y sus pechos en agradecimiento a nuestra flor, nuestro néctar y nuestros pechos. Verás qué bien se siente acariciar la piel de otra mujer y apoyar tu cabeza en su pecho. Habrá momentos en tu vida en que preferirás estar con otras mujeres en tu cama, antes que con amantes hombres. No te preocupes por ello. Disfrútalo.

Es cierto que las mujeres podemos abarcar más saberes que los hombres, pero no es cierto que por ello seamos más inteligentes que los hombres. No desestimes la inteligencia de los hombres. Ellos pueden sorprendernos en cualquier momento con soluciones a problemas que nosotras no encontramos. Ellos cuidarán a tus hijos.

Respétalos en la medida que ellos lo hagan contigo.

Cuando yo había cumplido los once años, mi madre terminó los estudios en la Alta *Eskuela*.

Se hizo una gran fiesta en mi casa. Estaban los tíos y las tías. Estaba Hagora y su madre, y otras amigas y amigos de los campos cercanos. Vino mi abuela desde Hiru. También la tía Maite desde Biko. Y muchas sacerdotisas y compañeras de mi madre de la Alta *Eskuela*. Hasta un grupo de músicos. Todos felicitaban a mi madre, ahora la Sacerdotisa Atissa. También a mí y a mis hermanos por ser los miembros originales del nuevo *Klan*. El *Klan* de Atissa de Bosteko.

La comida era abundante. El tío Ahar había preparado pancitos de tomate y pescado. También *huetxi* asado, con salsas de frutas. Y otros bocadillos, como queso de cabra con nueces, pernil de cerdo con pasas, papas dulces con hierbas y setas, y no me acuerdo cuántos otros manjares.

Mi madre estaba estrenando su túnica de sacerdotisa. Igual a la túnica ceremonial de las fiestas de Ama y Egu, blanca y de mangas amplias, pero con la falda larga hasta el piso. Llevaba en la frente una tiara con brillantes y en la cintura el cinto sacerdotal rojo. Estaba radiante y nunca me pareció más hermosa.

Yo colgué de mi cuello el aro de plata que me había regalado mi abuela. Me preocupé de que ella me viera luciéndolo. La abuela me abrazó, me besó y me dijo que me quedaba perfecto. Me recordó que siempre lo usara en las fiestas, y sólo en las fiestas.

A pesar de este clima festivo, yo no estaba de buen humor. En menos de un año debía irme de mi casa y en esos días, la idea me aterrorizaba. Lo mismo le ocurría a mi amiga Hagora. Sabíamos que eran las últimas reuniones que tendríamos con nuestras familias en Bosteko. Tratamos de distraernos y disfrutar de las visitas, los manjares y la música.

Quise hablar con la tía Maite. La seguí por la casa, pero siempre estaba ocupada saludando gente. Luego me di cuenta que yo no era la única que la seguía. El tío Txoim estaba encantado con la visita de la tía Maite. No la perdía de vista ni desaprovechaba oportunidad de conversación. En un momento me acerqué a ellos y noté que cambiaban de tema. Ella empezó a contar mi famosa intervención en el Consejo de Sacerdotisas de Biko. El tío Txoim ya sabía la historia, porque mi madre la había relatado más de una vez, pero atendió las palabras de la tía Maite como si se estuviera enterando.

Entonces el tío me dijo:

- Si te causaron impresión los cazadores de focas, qué suerte que no te encontraste con los hombres del hielo, porque te hubieras muerto de miedo.

Ya no tenía nueve años para que me tratara como una chiquilina, así que le contesté.

- No me vengas con cuentos para niños, tío Txoim.

Él parecía esperar esa respuesta y prosiguió.

- Acá, delante de la Sacerdotisa Maite, te digo que del otro lado de la Tierra, viven unos hombres pequeñitos, cubiertos de pelos rojizos, con narices anchas, que se cubren solamente con pieles, no cultivan ni crían animales, no tienen barcos ni ciudades, no hacen casas sino que viven en cavernas y bañan a sus bebés en agua helada al nacer. Por eso se llaman los hombres del hielo. Que la Sacerdotisa Maite diga si te estoy mintiendo.

Miré a Maite que solamente sonreía y no daba una señal clara aprobando o delatando al tío Txoim. Así que fui a mi madre con el cuento del tío Txoim, esperando que me dijera que eran todas mentiras para asustar a los niños. Pero mi madre me decepcionó. Me aseguró que lo que decía el tío Txoim era cierto. Lo que no hizo sino aumentar mi malhumor.

Cumplir doce años es un momento muy importante en la vida de los atlanteanos. Es el momento en que dejamos de ser niños y pasamos a ser adultos.

Mucho más para las niñas que para los varones. Los varones simplemente entrarán a la *Eskuela* y su vida no cambiará drásticamente.

La forma en que las niñas nos hacemos mujeres es mucho más radical.

Dejamos a nuestra madre y nuestros hermanos, abandonamos nuestra *etxea* y vamos a vivir a otra ciudad. Es un cambio doloroso y a la vez feliz. Debemos dejar todo lo que recibimos, para construirlo por nosotras mismas.

En la comunidad que nos recibe, tenemos que obtener una madre que nos adopte, hacernos un lugar, ganarnos el reconocimiento de las demás mujeres y empezar a construir nuestra propia casa. Una mujer debe tener una *etxea* en la que vivirán sus hijos, sus hijas mujeres hasta los doce años. Y sus hijos varones, toda la vida.

Las niñas no se van exactamente el día que cumplen doce. Lo hacen previo a la siguiente Fiesta, sea la Fiesta de Ama, de Elkar, o de Egu. Llegarán a su nueva ciudad y serán presentadas a Doctoras y Sacerdotisas, en lo que se llama la Ceremonia de Recepción.

Antes que eso, yo debía elegir la ciudad a la que mudarme.

Mi primera opción de destino era Biko. No podía ser Hiru, porque no se ve bien ir a la ciudad de origen de la madre. Biko me había parecido enorme y desafiante y en Biko estaba la tía Maite, por eso quería hablar con ella.

Al fin logré que el tío Txoim se distrajera con otros invitados y pude tener un momento con tía Maite. Le dije de mi preocupación por tener que elegir a dónde irme y ella se sentó a escucharme. Cuando mencioné que estaba pensando en Biko, su rostro radiante cambió bruscamente y se puso seria, pensativa. Me dijo que era una decisión muy importante y que tenía que hablarlo con mi madre. Yo ya sabía eso. Entonces agregó que si importaba su opinión, le parecía que ir a Biko no era una buena idea. Que ella pensaba que me iba a ir mejor en otra ciudad.

Fue como si me hubiera dado un golpe. Era todo lo contrario de lo que estaba esperando. Quedé completamente apenada y aturdida. No supe qué decir y me fui en silencio a mi dormitorio, con muchas ganas de llorar.

La primera en ir a buscarme fue Hagora. Pero yo no quería hablar con ella y le dije de mal modo que se fuera. Después vinieron el tío Txoim y la tía Maite, y me terminé de enfurecer. Les grité que me dejaran sola. Pasó un rato y vino mi madre. Tenía ganas de gritarle también, pero me contuve. La noche de su fiesta de Sacerdotisa, yo estaba haciendo una escena y maltratando a sus invitados. Me sentía culpable por eso. Le dije que fuera a atender la fiesta pero no me hizo caso. Se sentó a mi lado en la cama sin decir una palabra. Entonces apoyó su mano en mi cabeza y no pude contenerme más, y empecé a llorar.

Ella se mantuvo en silencio y sólo acariciaba mi cabeza. Traté de explicarle lo que la tía Maite me había dicho, pero no me salían las palabras. Me sentía una niñita tonta que lloraba por algo que no tenía sentido. Traté de calmarme, pero unos espasmos me recorrían el cuerpo y era imposible dominarlos. Empezó a dolerme la cabeza.

No sé cuánto tiempo pasó hasta que finalmente mi madre me dijo.

- Itahisa. Sé lo mal que te sientes. Créeme que lo sé. Ahora no es el momento para hablar de ello. Pero lo haremos mañana ... Y también hablaremos mañana de los próximos viajes que haremos juntas. Está bien ?

Aquello tampoco me lo esperaba. Viajar con mi madre había sido una de las mejores experiencias de mi vida y la sola idea de volver a hacerlo, era suficientemente poderosa para sacarme del malestar que estaba sintiendo.

- Está bien. - Contesté, y me senté en la cama. Mi madre me dio un beso.

- Volvemos al hogar ? O te vas a quedar acá ?

Procuré secarme las lágrimas de la cara. Ordené mi *brusa* y mi falda. Acomodé mi aro de plata en el cuello. Y seguí a mi madre de regreso a la fiesta.

Al día siguiente hablamos.

Mi madre me explicó lo que había querido decir Maite. Que en Biko hay catorce veces sesenta sacerdotisas y que es un mundo inabarcable, que a muchas de ellas ni siquiera las conocía, y que era poco lo que la tía podía hacer para ayudarme. Una sacerdotisa joven, aun perteneciendo a la *Biltzara* tiene una prioridad baja al momento de adoptar *hamabineskak* (doceañeras). Ella no podría adoptarme y seguramente lo hiciera una sacerdotisa mucho mayor, con la que sería difícil entenderse. Que a la escala de Biko, donde todo es grande, donde hay tantos *klanak*, los vínculos son relativamente más débiles que en una ciudad menor. La tía Maite había sido excepcionalmente afortunada al ser adoptada por un *Klan* prestigioso. Y excepcionalmente afortunada al presentarse frente a las otras Sacerdotisas de Biko. Que ello era difícil que se repitiera conmigo.

Que lo mismos argumentos aplicaban en contra de Zazpir, la gran ciudad del continente norte. Descartando Hiru y Biko y Zazpir, las opciones más convenientes eran las ciudades pequeñas, Lehen, Sexta y Lau. Entre ellas, tanto la tía Maite como mi madre, pensaban que la mejor opción era Sexta, la menor de las siete, y cercana a Biko, a Hiru y a Bosteko. Porque Lehen era lujosa y sofisticada, y por lo tanto difícil de conquistar. Por su parte Lau era una ciudad prometedora, pero a seis jornadas de Bosteko iba a ser complicado viajar para encontrarnos. Por todo eso, tanto Maite como ella opinaban que Sexta era la mejor opción, y la abuela también estaba de acuerdo.

Como se trataba de mi decisión, lo que íbamos entonces a hacer era un viaje de veinte días, visitando Lehen, Lau y finalmente Sexta. Para que yo eligiera entre esas opciones. Y que al retornar a Bosteko tomara mi decisión, que iba a ser definitiva. El recorrido de Bosteko a Lehen tendría su primera noche en Biko. Y el penúltimo tramo de Lau a Sexta, dos noches en Hiru. Por lo tanto el viaje iba a tocar seis de las siete ciudades de Atlantis, un privilegio que pocas niñas de once años podrían pretender.

La perspectiva de un viaje tan largo y prometedor me fascinaba. A la vez, me sentía apenada porque Maite y la abuela habían hablado con mi madre sobre mi futuro, sin que yo me hubiera enterado. Al final lo primero primó sobre lo segundo.

- Me encanta la idea. - Admití.

- Entonces, es un hecho. - Sentenció mi madre - Debo hacer unos arreglos y en quince o veinte días estaremos viajando.

Tres días después de la fiesta de Egu, partimos desde Bosteko hacia Biko.

La tía Maite nos esperaba en el puerto y me trató con tanto cariño como si yo fuera su hija. Tenía preparada para mí una cama con la piel de un oso, pero esa noche hacía mucho calor para dormir sobre una piel. A la mañana siguiente ella nos despertó, nos preparó un desayuno estupendo y nos acompañó al puerto.

Cuando nos despedía me abrazó y me dijo al oído, para que mi madre no escuchara.

- Observa bien con tus ojos, querida Itahisa. Donde veas que hay más para construir, ahí es donde te necesitamos.

Y me besó. Noté que estaba emocionada, porque sus ojos estaban humedecidos. Los adultos a veces son inescrutables.

El tramo de Biko a Lehen es de dos jornadas rodeando la Isla Principal de Atlantis. El barco era de la *Eskuela* de Navegación y los seis remeros eran estudiantes de la *Eskuela*. Tenían entre catorce y dieciocho años. Viajaba con ellos un *Maisu*, el Maestro de Navegación, que supervisaba y daba indicaciones a sus alumnos. De modo que éramos nueve a bordo.

Era para mí un adelanto de lo que iba a vivir en unos pocos años.

La *Eskuela* de Navegación es obligatoria para los jóvenes y suelen hacerla desde los doce a los quince años los varones, y desde los quince a los dieciocho las mujeres.

Luego de que hemos completado la *Maisutza* en Navegación, los atlanteanos quedamos disponibles para el Servicio Naval hasta cumplir cuarenta años, con excepción de las mujeres embarazadas o con bebés de leche. Eso quiere decir que la Ciudad puede convocarnos en cualquier momento a que tomemos parte en un viaje a cualquier destino. También la *Eskuela* a la que estemos asistiendo puede hacerlo. Casi todas las *Maisutzak* de las doce Ciencias realizan viajes como parte de la formación de sus estudiantes. Por ello cada joven atlanteano, con excepciones escasas por impedimentos físicos, al cumplir los dieciocho años es un Maestro en Navegación.

El *Maisu* era muy exigente con los seis remeros. A pesar de que teníamos buen viento los hizo remar toda la mañana. Hacía indicaciones sobre la postura, el giro de los brazos sobre el remo, la coordinación con la pareja de a cada lado del barco y el acompasamiento de los tres pares de remos. Luego de un tiempo, les ordenaba descansar y comer unas bananas, sin importarle en absoluto que el barco quedara a la deriva, sin dirección, sin vela y sin remos.

Los barcos atlanteanos, llamados *txalupak*, son todos iguales. Están hechos de una estructura de madera forrada con cueros de animales que han sido curados con grasas durante varias estaciones para mejorar su resistencia al agua. Los cueros finalmente son aplicados al costillar de madera cosiéndolos y rellenando las costuras con resinas de árboles o con brea, un aceite negro, espeso y pegajoso, que se trae desde el Continente del Norte.

Las dimensiones de una *txalupa* son siempre de cuatro a uno. En general, dos pasos de ancho y ocho pasos de largo. Aunque hay algunos barcos más grandes y otros más chicos. El borde de atrás es plano, formando dos esquinas con los bordes laterales que son ligeramente curvados y se unen en el *moko*, la parte delantera, que se eleva sobre el mar, como un pico apuntando al cielo. El piso es una gran cantidad de listones curvos que van de un borde a otro y unos pocos en sentido longitudinal desde la popa hacia el *moko*. Hay además tres tablones, que son los bancos donde se sientan las parejas de remeros. Entre el primero y el segundo está afirmado el mástil, que tiene unos cinco pasos de alto. De lo alto del mástil cuelga un palo horizontal, que sostiene la vela. Las velas de las *txalupak* son cuadradas de entre tres y cuatro pasos de lado.

Era pasado el mediodía de la segunda jornada, cuando el *Maisu* ordenó desplegar la vela. Fue un alivio para todos. Porque además era un día sumamente caluroso.

El sol aún estaba alto al aproximarnos a Lehen. Tuve que admitir que mi madre estaba en lo cierto. Los edificios de Lehen brillaban como si todos sus techos estuvieran recubiertos de oro. Era fascinante observar aquellos techos mientras nos acercábamos.

El puerto de Lehen es la cuna de la civilización atlanteana. Fue fundado hace más de cincuenta y siete ciclos, o sea cincuenta y siete veces sesenta años. En realidad son tres puertos. El más antiguo del que sólo se conserva un muelle de piedra, está en desuso. El antiguo, que tiene aún dos muelles activos, y el moderno que fue construido hace cincuenta años y tiene siete muelles, cada uno con una gran estatua en su extremo. El conjunto no alcanza el tamaño impresionante del puerto de Biko, aunque sin duda es mucho más hermoso.

Íbamos a ser alojadas por Bentaga, una mujer de Lehen que era referida por mi abuela. Mi madre no la conocía. Sólo tenía un mapa para llegar a su casa. Siguiendo las indicaciones, recorrimos calles empinadas que tenían escalones. Nunca había visto calles escalonadas. Al final nos detuvimos en una puerta. Nos abrió una niña de mi edad. Ella sabía nuestros nombres. Nos saludó amablemente, nos dio la bienvenida y nos invitó a entrar.

La madre no se encontraba en la casa. Pero la niña, que se llamaba Txanona, hizo perfectamente de anfitriona. Nos indicó nuestras camas en cada habitación, nos ofreció agua caliente si queríamos bañarnos y preparó la cena. Txanona era sumamente delgada, tenía unos ojos verdes bellísimos y hablaba muy poco. Su pequeño hermano, de unos cinco o seis años de edad, luciendo llamativos bucles, la seguía por toda la casa. Su nombre era Aieko.

Cuando la cena estuvo pronta llegó la madre. Bentaga era muy parecida a su hija, o mejor dicho, Txanona era idéntica a su madre. Delgada, con pechos pequeños, cabello enrulado y ojos verdes que encandilaban. Debo aclarar que los ojos verdes y el cabello enrulado no son comunes en Atlantis. La mayoría de los atlanteanos tenemos ojos azules y cabellera rubia lacia o apenas ondulada.

Nos sentamos a cenar y Bentaga dirigió una oración a Ama. Ella estudiaba en la Alta *Eskuela* de Lehen y era menor que mi madre. Nos preguntó sobre el viaje y nosotras contamos las peculiaridades del barco que nos había tocado. Luego hablamos de Bosteko y de Lehen. Y finalmente del propósito de nuestro viaje.

Mi madre preguntó a Txanona si ya había elegido la ciudad de adopción.

- Aún no tengo la decisión definitiva, Sacerdotisa Atissa. - Fue su escueta respuesta.

- Bien. Entonces estarás evaluando un conjunto de opciones ?

- Sí.

Daba la impresión de que Txanona no quería hablar del tema. Me sentí identificada con ella.

- Txanona, puedes ser más explícita por favor. - Intervino su madre.

- Sí ... Mis opciones son Lau, Hiru, Sexta o Islas Castigadas.

Quedé perpleja. También mi madre. Nunca había escuchado que Islas Castigadas fuera una opción. Sabía de la existencia de Islas Castigadas, unas islas remotas en el Mar de Atlantis, como a veinte jornadas en barco hacia el Noreste. Nada de que hubiera allí una ciudad.

- Sus opciones son Lau, Hiru o Sexta. - La contradijo su madre.

Txanona miró su plato de comida casi vacío y guardó silencio. Mi madre por fin se dio cuenta de que no valía la pena insistir con el interrogatorio. Trató de desviar la conversación.

- Sería bueno que lo puedan hablar entre ustedes, ya que tienen opciones similares. Cuándo es tu cumpleaños Txanona ?

- Diez días después de la Fiesta de Elkar. - Respondió ella sin dejar de mirar su plato.

- Bien, tienes todavía bastante tiempo. Esta sopa de pollo con habas que has preparado estuvo exquisita. Te felicito Txanona.

- Gracias, Sacerdotisa Atissa.

Nuestras madres se quedaron conversando en la mesa, y nosotras recogimos y lavamos los platos.

Al terminar, le pedí a Txanona que me mostrara su ropa. En realidad quería estar a solas con ella, suponiendo que podíamos retomar la conversación y saber qué era eso de Islas Castigadas. Ella accedió y fuimos al dormitorio, donde el pequeño Aieko ya estaba dormido. Encendió una lámpara y cerró la puerta. Me mostró unas *brusak* y unas faldas de diseños y colores preciosos, pero pequeños para mi talle.

Después de un rato me pareció que estaba a gusto conmigo. Entonces me animé a preguntarle.

- Dónde quiere tu madre que vayas ?

Txanona me asesinó con sus enormes ojos verdes. Hizo gestos con las manos para que no hablara tan fuerte. Me miraba estudiándome.

- No lo sabes ? - Preguntó al fin en voz casi inaudible.

- No. - Le contesté imitándola.

En realidad no me parecía razonable su pregunta. Cómo podría yo saberlo? Sin embargo, ella me miraba como si yo fuera quien hacía las preguntas tontas.

- Ellas quieren que vayas a Sexta, no ?

- Sí. - Me pregunté cómo estaba enterada. Nada al respecto se había dicho en la cena.

- Entonces lo sabes.

Txanona empezaba a exasperarme con sus murmullos incomprensibles.

- Qué es lo que sé ?

Me miró otra vez como para matarme.

- Lo que ellas quieren. - Dijo, aumentando mi confusión.

- Que ellas quieren que yo vaya a Sexta ?

- No. Que ellas quieren que nosotras vayamos a Sexta. - Enfatizó el "nosotras" con vaivenes de su dedo índice.

El plural no tenía sentido para mí. Si mi madre, mi abuela y mi tía Maite querían que yo eligiera a Sexta, qué tenía que ver eso con ella ?

- No entiendo. - Atiné a confesar.

- Qué es lo que no entiendes ? - Parecía fastidiada conmigo. Volvió a poner voz de secreto. - Ellas tienen planes y nosotras formamos parte de esos planes.

- Ellas quiénes ?

- Tú sabes quiénes. Tu abuela.

- Mi abuela ? - Le pregunté sorprendida.

- Me estás tomando por tonta, Itahisa ? Crees que no sé quién es tu abuela ?

- Dímelo tú. - Se me ocurrió responder, aunque me parecía que Txanona estaba mal de la cabeza.

- Está bien. Tu abuela es la Sacerdotisa Iruene de Hiru. Ella es una de las jefas del Círculo. Ya está. Puedes dejar de fingir, Itahisa.

Quedé sumergida en un mar de oscuridad. Ciertamente mi madre, mi abuela y mi tía Maite hablaban del Círculo, aunque ignoraba por completo de qué se trataba. Cómo era posible que esta niña flaca de ojos verdes de Lehen estuviera enterada de mis cosas ? Cómo conocía a mi abuela ? Qué suponía que yo estaba fingiendo ? Ahora yo tenía clavada la intriga y necesitaba averiguarlo.

- Sí. El Círculo. - Confirmé con voz cómplice.

Txanona entonces se dirigió a un cajón junto a su cama, donde buscó y extrajo un pequeño bolsito de cuero atado con un lazo, igual al que me había regalado mi abuela con el aro de plata a los nueve años, y que yo tenía guardado en mi casa. Abrí bien los ojos. No podía creer lo que estaba viendo.

- Si me dices lo que hay adentro, yo voy a confiar en ti y tú vas a confiar en mí.

Balanceaba el bolsito desde su lazo.

A pesar de que yo no entendía su desafío, sabía la respuesta.

- Un aro de plata, - contesté con aplomo - con un delfín bailarín.

Txanona sonrió, abrió el lazo y extrajo un aro de plata con el delfín engarzado, idéntico al mío.

- Tú tienes uno igual al mío, no ?

- Sí.

- Todas las *hamabineskak* del Círculo tenemos uno igual. - Afirmó en otro susurro.

- Todas las *hamabineskak* del Círculo ? Tenemos uno igual ? - Traté de no hacer evidente mi total asombro, completa ignorancia y profunda perplejidad a Txanona.

- Claro. Entiendes ahora ?

- Sí. Entiendo. - Mentí.

Ella guardó el aro, cerró el lazo y escondió el bolso en su cajón. Daba la impresión de sentirse aliviada y haber despejado todos sus enojos. Mi cabeza trabajaba frenéticamente, tratando de poner en orden los misterios que Txanona había sembrado. Algunas explicaciones empezaban a encajar. Necesitaba desesperadamente más datos. Me senté junto a ella en su cama pensando cómo seguir la conversación.

Txanona vino inesperadamente en mi ayuda.

- No vas a contarle a tu madre si te digo un secreto ?

- No. Te lo prometo. - Reaccioné rápidamente.

- Tienes que jurarlo. - Replicó ella.

Levanté mi mano y le ofrecí mi palma como gesto de juramento.

- No. - Ella bajó mi mano - Eso no alcanza.

- Qué tengo que hacer entonces ? - Pregunté aturdida.

- Darme tus labios. - Propuso ella con voz pícara - Así juramos las mujeres. Si me das tus labios quiere decir que me das tu palabra.

Txanona me miraba sonriendo, yo estaba hundida en el desconcierto. Necesitaba salir de ahí. La idea de darle mis labios como juramento me parecía algo raro, pero comprensible y en definitiva, nada desagradable. Acerqué mi boca a la suya. Ella primero me rozó y luego apretó con fuerza mis labios con los suyos.

- Ahora tus labios están cerrados. Me has jurado. - Sentenció.

- Me vas a decir tu secreto ? - Rogué ansiosa.

- Sí. - Volvió a bajar la voz. - Yo ... las ... escucho.

- Qué ?

Mi disposición a soportar nuevos acertijos se estaba agotando.

- Cuando ellas vienen a Lehen se reúnen en casa. El Círculo. Y yo las escucho.

Sentí que por fin una luz entraba en mi mar de oscuridad. El Círculo se reunía en la *etxea* de Bentaga en Lehen. Mi abuela era una jefa del Círculo. Mi abuela me había regalado el aro de plata. Txanona tenía un aro de plata. Todas las *hamabineskak* del Círculo tenían un aro de plata. Ellas tenían planes. Nosotras debíamos ir a Sexta.

- Entonces sabes cuáles son sus planes. - Afirmé razonando en voz alta.

- Sí.

Parecía muy contenta e hizo el gesto infantil de taparse la boca con ambas manos.

- Entonces sabes por qué quieren que vayamos a Sexta. - Insistí.

- Sí. Porque quieren la mayoría en la *Biltzara* de Sexta. - Contestó como si fuera lo más obvio.

Pero a mí me resultó absurdo.

- Y qué tenemos que ver nosotras con eso ? Con suerte llegaremos a sacerdotisas en veinticinco años. De ahí a integrar la *Biltzara* pueden pasar otros quince !

- Los planes del Círculo son para muchos años. - Fue su réplica.

- Txanona, lo que me estás diciendo no tiene sentido ! Cuando nosotras lleguemos a la *Biltzara* de Sexta, si es que llegamos, tu madre y la mía estarán jubiladas y mi abuela ya habrá cruzado la Puerta !

- Es cierto. Pero tú no sabes cuánto tiempo hace que existe el Círculo. No sabes cuántas sacerdotisas lo integran. No sabes cuántas *hamabineskak* tuvieron su aro de plata antes que nosotras. Ellas ya son mayoría en Hiru y en Bosteko, Itahisa. Tienen la mayoría de las sacerdotisas jóvenes en Lehen, Biko y Sexta. Con la mayoría en cinco o seis ciudades, en diez, veinte o treinta años, el Círculo podrá ejecutar sus otros planes.

Aquello ya estaba siendo demasiado pesado para mí. No terminaba de digerirlo y Txanona seguía agregando más y más.

- Otros planes ?

- Sí. Nuevas ciudades.

- Forma parte Islas Castigadas de esos planes ?

- Sí ! - Festejó entusiasmada como si yo hubiera descubierto algo fantástico.

- Y por eso quieres ir a Islas Castigadas ?

- Sí. Yo quiero, pero el Círculo no quiere. Es un plan para más adelante. Te cuento otro secreto ?

- Tengo que jurar de nuevo ?

- No, si no quieres.

- No tengo problema - Dije casi sin pensarlo. Y le ofrecí mi boca. Ella volvió a besarme, esta vez más suavemente.

- Tú me gustas. - Me dijo sonriendo.

- Y tú a mí. - Devolví sinceramente.

- En Islas Castigadas está mi tío Mobad. - Volvió a susurrarme - Allí están haciendo un puerto, hay tres veces sesenta atlanteanos. Pero nadie lo sabe … Es un secreto.

Repentinamente me sentí muy cansada. Tenía varias jornadas de viaje en mi cuerpo y demasiadas novedades en mi cabeza. Demasiadas preguntas todavía sin responder. Muchas cosas para conversar aún con mi nueva amiga. Por suerte íbamos a quedarnos en Lehen un par de noches más.

- Estoy agotada. Podemos seguir hablando mañana ?

- Claro que sí, debilucha. - Se burló ella - Seguimos mañana.

Fui a mi cama y me acosté. Txanona se desnudó, me deseó buenas noches y apagó la lámpara.

Mi cabeza se balanceaba al movimiento de jóvenes remeros. Todos usaban aros de plata con delfines en sus pechos. Todos estaban sudorosos y desnudos. Todos tenían ojos verdes.

Txanona nos acompañó al día siguiente a recorrer Lehen. Era una mañana lluviosa. Fuimos al Palacio de la *Biltzara*. Nos detuvimos a admirar sus techos brillantes, sus monumentales columnas de mármol, sus estatuas de bronce y sus jardines escalonados formando dibujos con flores de siete colores.

Visitamos la Alta *Eskuela*, otro edificio extraordinario, con galerías circulares que comunicaban a salones y aulas con gradas. Allí encontramos a Bentaga y fuimos a comer. Mi madre anunció que planeaba encontrar a unas amigas en la *Eskuela* de Astronomía. Txanona propuso acompañarme a una recorrida por el puerto. Mi madre accedió complacida.

Txanona me hizo descender corriendo las calles escalonadas hacia el puerto de Lehen. Había parado de llover y el calor era sofocante. Me guió por muelles antiguos y modernos, alejándonos de la ciudad, hasta una punta rocosa que penetraba en el mar. Caminamos por las rocas hasta alcanzar aquella punta. Señaló un pequeño islote a unos veinte pasos. Entendí que ese era nuestro objetivo. Txanona se zambulló y yo la seguí. Nadar veinte pasos fue fácil, pero acceder a aquellas rocas no lo era. Estaban resbaladizas o cubiertas de afilados mejillones. Txanona me hizo una seña y rodeó la islita hasta un lugar donde era posible apoyarse para salir del agua. Ella trepó y con su ayuda pude hacerlo también.

Nos sentamos empapadas con los pies aun en el agua. Desde allí había una panorámica excepcional del puerto y los edificios de Lehen.

- Te cansaste, debilucha ? - Me buscó.

- Yo no soy tan flaquita como tú. - Me defendí.

Nos quedamos allí. Por momentos llovía y de a ratos el sol era intenso, pero no nos afectaba.

Hablamos. De su idea de emigrar a Islas Castigadas. De su tío Mobad y de mi tía Maite. De lo que nuestras madres habían dicho sobre las opciones. De mis viajes y de los suyos. De mi abuela y el Círculo. De mi amiga Hagora y de sus amigas en Lehen.

Al bajar el sol, volvimos a zambullirnos y a nadar, desandamos el camino entre las rocas y regresamos a los muelles.

Subimos corriendo las calles escalonadas hasta la casa de Txanona. Estábamos hambrientas. Estábamos felices. Teníamos un plan.

La primera parte del plan funcionó a la perfección. Hablé con mi madre. Le dije que Txanona no conocía Lau, ni Hiru, ni Sexta. Que justamente eran las tres siguientes etapas de nuestro viaje. Que precisamente eran las tres opciones para ella. Que en el caso de que su madre lo autorizara, podíamos invitarla a hacer esas tres etapas con nosotras. Y que teníamos que resolver cómo haría ella para regresar a Lehen. O su madre iba a buscarla, o volvíamos las tres juntas, o eventualmente ella retornaba sola desde Sexta a Lehen.

Mi madre lo pensó un instante y se mostró dispuesta, obviamente dependiendo de la opinión de Bentaga.

Txanona hizo lo propio cuando su madre llegó, antes de la cena. La tomó del brazo, la llevó a su pieza, cerró la puerta y al rato volvió a abrirla con una enorme sonrisa.

En la cena discutimos los detalles. La planificación de nuestro viaje sufría un ajuste y en vez de pasar tres noches en Lau, las reducíamos a dos. Con ese día ganado, en vez de retornar directo de Sexta a Bosteko, rodearíamos la isla principal para devolver a Txanona. Todas estábamos de acuerdo. A Txanona se le daba una oportunidad de conocer sus tres posibles ciudades de adopción. Mi madre estaba conforme. La madre de Txanona estaba encantada. Nuestro plan funcionaba.

De Lehen a Lau hay cuatro jornadas. Durante la primera, bordeamos la Isla Principal hacia el sur y cruzamos a la isla secundaria, donde no hay ciudades atlanteanas. Además de un pequeño puerto, existen algunas casas grandes como galpones, para que los viajeros pasen la noche. Comimos en el puerto y luego ocupamos uno de esos edificios que sólo tienen camas. A la mañana siguiente, volvimos a embarcarnos y continuamos rodeando la isla. Hicimos una segunda parada para dormir antes de cruzar el mar hacia el Continente del Sur. Llegamos a Lau al atardecer del cuarto día.

Lau es la tercera ciudad más grande de Atlantis, después de Biko y Zazpir. Está construida en la entrada de una bahía. Es hermosa, al estilo de Lehen, no tan esplendorosa, pero más grande.

Nos alojamos en la *Eskuela* de Astronomía de la ciudad. Eran habitaciones reservadas para estudiantes que realizan pasantías, pero mi madre consiguió autorización para ocupar una de ellas por dos noches.

Txanona se veía contenta. Sabíamos que la segunda parte del plan podía o no tener éxito. Pero igual íbamos a disfrutar del viaje. Mi madre tenía la posibilidad de aprovechar las estadías para presentarse como Sacerdotisa. Txanona y yo podíamos recorrer solas todo lo que nos interesara en Lau. Ella y mi madre se llevaban muy bien. Aunque hacía seis días que nos habíamos conocido, parecía que hiciera años.

En la mañana, fuimos las tres a conocer la ciudad. Mi madre nos mostró los edificios más importantes y nos indicó cómo volver a la *Eskuela* de Astronomía. Luego de almorzar, ella se dirigió a la Alta *Eskuela* y nosotras a la plaza principal de Lau, donde asistimos a un juego de pelota. En las gradas, muchos espectadores se entusiasmaban con el juego. Nosotras nos dedicamos a observar a la gente, a entender lo que gritaban, a criticar cómo estaban vestidas y a intercambiar impresiones sobre las cualidades masculinas de los jugadores. Nos reímos mucho.

De allí caminamos hacia el puerto de Lau, y estuvimos largo tiempo atendiendo el movimiento de los barcos y las mercaderías que se cargaban y descargaban.

Txanona estaba pensativa.

- Flaquita, estás callada.

Ella me miró un instante, sus ojos verdes brillaban con la puesta de sol.

- Muchas gracias debilucha. - Respondió tras una pausa - Nunca voy a olvidar lo que estás haciendo por mí.

- El gusto es mío. - Aclaré sin mentir. - Volvemos ?

- Mañana vamos a Hiru. - Dijo ella señalando al norte.

- Mañana vamos a Hiru. - Confirmé sonriendo.

El cruce desde Lau a Hiru fue complicado. Con tiempo favorable podría hacerse en una jornada, pero llovía y teníamos viento en contra. El barco llevaba además una carga imprevista. Nosotras tres. Mi madre se ofreció varias veces para turnarse en los remos pero fue en vano. Las parejas de remeros están sumamente acostumbrados el uno al otro y detestan tener que experimentar con una pareja nueva. No sólo nos mojamos los nueve a bordo, sino que la lluvia permeó las bolsas de nuestra ropa y de todas las mercaderías que transportábamos. La mínima colaboración que pudimos hacer fue quitar el agua de la *txalupa*, una tarea que nunca se terminaba, dada la cantidad de lluvia que caía.

Hacia el atardecer del segundo día, el viento y la lluvia amainaron. Aún estábamos lejos de Hiru. Los remeros estaban agotados. Hicimos una larga parada en el medio del mar para descansar. Era de noche cuando recién tuvimos un débil viento favorable. El barco sin remos avanzaba lento, aún no divisábamos Hiru y no se veían las estrellas.

Normalmente los barcos atlanteanos no navegan en noches nubladas. Sin estrellas es imposible tener certeza de la dirección. Todos estábamos desalentados y empezábamos a tener frío. No teníamos ropas ni mantas secas para abrigarnos.

Uno de los remeros, un joven de unos veinte años, trepó por el mástil y se encaramó en el palo horizontal que sostiene la vela observando la negrura del horizonte. En un momento gritó: "Veo luz !" y le pidió a su pareja que aceptara remar con mi madre. Nosotras no lográbamos ver luz alguna. Mi madre tomó su puesto en el banco y volvimos a movernos. Nuestro vigía de las alturas daba indicaciones. Después de un rato pudimos notar un débil resplandor en el horizonte. El vigía descendió deslizándose del mástil y retomó su puesto desalojando a mi madre.

Pasada la medianoche atracamos en Hiru. Cargamos con los bolsos empapados hacia la *etxea* de la abuela. Ella ya había sido informada de que Txanona viajaba con nosotras. Afortunadamente tenía ropa seca para las tres y camas para recuperarnos. Estábamos exhaustas.

A la mañana siguiente, tuvimos algunos contratiempos. Dormimos hasta tarde y al levantarnos, la abuela no estaba. Habíamos perdido una oportunidad y quedaba poco tiempo del día. Le pedimos a mi madre que nos llevara a la *Biltzara* a hablar con la abuela, pero se negó a hacerlo, alegando que íbamos a encontrarnos con ella en la cena. No podíamos insistir sin descubrir nuestro plan.

Decidimos intentarlo de todas maneras. Le anunciamos a mi madre que salíamos a recorrer Hiru, a lo que no presentó objeciones. Llevé a Txanona directamente a la *Biltzara*. Entramos al Palacio y a cada sacerdotisa que veíamos le preguntábamos por la Sacerdotisa Iruene. Recibimos indicaciones a veces ambiguas o contradictorias, pero al final encontramos a la abuela, registrando inventarios de ánforas de aceite en un almacén.

Ella se mostró algo sorprendida al vernos. Nos abrazó y preguntó si habíamos logrado descansar bien.

- Muy bien abuela, muchas gracias. Y el desayuno que nos dejaste preparado estuvo excelente.

- Me alegro niñas. Estoy ocupada ahora pero más tarde podemos almorzar juntas, os parece ?

- Nos parece excelente abuela ! - Txanona y yo procuramos disimular la enorme alegría que la invitación nos causaba.

Salimos del almacén y caminamos unos pasos por una galería. Luego me detuve, me enfrenté a Txanona y le ofrecí la palma de mi mano. Ella golpeó mi mano con la suya, luego me abrazó con fuerza y sin aviso previo, me besó en la boca.

Nos enfrentábamos a la parte crítica de nuestro plan. Convencer a mi abuela de que era conveniente que Txanona emigrara a Islas Castigadas. Sabíamos que iba a ser difícil.

Teníamos previsto que yo iniciara la conversación. Así lo hice cuando por fin nos sentamos a comer.

- Abuela, Txanona y yo queremos hablar contigo. Es sobre nuestra decisión como *hamabineskak*. - Empecé.

- Muy bien, niñas, me parece importante. Adelante. Os escucho.

- Nosotras ... - me di cuenta que las palabras no me salían fácilmente - nosotras sabemos que el Círculo tiene planes.

La expresión de la abuela cambió rápidamente de la complacencia a la sorpresa. Y de la sorpresa a la seriedad.

- Qué es lo que sabéis, niñas ?

- Nosotras sabemos que al Círculo le interesa mucho que nosotras vayamos a Sexta. - Dije rápidamente.

La abuela nos miraba con curiosidad y preocupación. Sentí que Txanona estaba nerviosa. Evité mirarla.

- Continúa Itahisa, a dónde quieres llegar ?

- Tenemos que tomar una decisión muy importante para nuestras vidas, abuela. Y queremos saber exactamente qué se espera de nosotras.

La abuela arqueó sus cejas y acarició sus grises cabellos.

- Está bien, niñas. Está muy bien. Lo primero que debo deciros es que nadie, ni vuestras madres, ni yo, ni el Círculo, podemos tomar una decisión por vosotras, - algo dentro de mi pecho volvía a su lugar. - ni imponeros una opción. Solamente podemos ... orientar, dar nuestras opiniones y ofrecer nuestras recomendaciones. Cuando cada una de vosotras tome su decisión, os brindaremos todo nuestro apoyo.

Txanona y yo simplemente asentimos. Cruzamos nuestras miradas.

La abuela continuó.

- Existe una antigua Confraternidad de Sacerdotisas que nació en Hiru hace cuarenta y cinco años y que se ha extendido a las siete ciudades de Atlantis, que llamamos el Círculo. No es la única confraternidad. Hay otras que surgieron en Lehen, en Biko y en Zazpir, pero el Círculo es la más antigua y más extendida. El propósito inicial de una confraternidad es dar apoyo a las sacerdotisas jóvenes, continuar su formación, transferir conocimientos y memoria desde las sacerdotisas mayores a las más nuevas. Con el tiempo, al interior de las confraternidades se van formando y compartiendo opiniones sobre cómo se deben resolver algunos problemas en las ciudades, y asimismo, ideas sobre el futuro de Atlantis. Estoy siendo clara niñas ?

- Sí, Sacerdotisa Iruene.

- Sí, abuela.

- Bien. Entonces las confraternidades se proponen objetivos. Y para que estos objetivos puedan cumplirse es importante obtener apoyos en cada una de las siete ciudades. Porque puede pasar que muchas sacerdotisas, sean o no de otras confraternidades, no compartan esos objetivos y no los apoyen, se entiende ?

- Sí abuela.

- Se entiende Txanona ?

- Sí Sacerdotisa Iruene. Y para ello se necesitan mayorías en las *Biltzarak.* - Se adelantó.

- Es correcto. - La abuela sonrió - Las decisiones en Atlantis se toman en cada ciudad por mayoría en cada *Biltzara.* Y acá estamos llegando al punto. Quizás sea un poco difícil de entender ... Cuál es el problema con Sexta ? El problema con Sexta es que está mal gobernada. La Alta Sacerdotisa Guaxara y el grupo que la apoya está ... digamos ... haciendo las cosas mal, muy mal, en Sexta. En la *Biltzara* de Sexta el Círculo tiene mucha fuerza, pero no la mayoría. Vosotras tenéis que saber que estamos enfrentadas a la Alta Sacerdotisa Guaxara y que estamos procurando que renuncie, para que cambie la forma de gobernar en Sexta. Me habéis comprendido hasta ahora ?

- Sí Sacerdotisa Iruene. Lo que no comprendemos es cómo entramos nosotras en eso.

- Ese es el punto, niñas. - La abuela hizo una pausa. - Vosotras sabéis que las *hamabineskak* son presentadas en su nueva ciudad en una fiesta de Recepción. La tradición de Atlantis otorga a cada Sacerdotisa, en función de su rango, el orden de prioridad para adoptar. Eso quiere decir que las Sacerdotisas con mayores *klanak* serán las primeras en elegir, tendrán chance de elegir entre todas las *hamabineskak.* Las que sigan en ese orden podrán elegir a quién adoptar entre las que vayan quedando. Bien. Por otra parte, las sacerdotisas de mayor jerarquía en Sexta no son del Círculo. Ellas serán las primeras en elegir *hamabineskak,* pero estamos seguras que no os adoptarán a vosotras.

Esta última afirmación me resultó incomprensible pero la abuela hizo una seña para que la dejáramos continuar

- Por qué estamos seguras ? Por dos motivos. Porque ellas nunca eligen *hamabineskak* de Bosteko ni de Hiru, lo que es tu caso, Itahisa. El segundo motivo es que ellas nunca elegirán *hamabineskak* que luzcan nuestro aro de plata. Tenemos certeza que las Sacerdotisas de mayor jerarquía de Sexta ni siquiera os harán preguntas en la fiesta de Recepción. Por ese motivo, al llegar el turno de elegir a nuestras hermanas, vosotras estaréis disponibles. Ellas podrán y querrán adoptaros. Porque es un beneficio para todos. Porque seréis adoptadas en un *Klan* que las tratará estupendamente, ahí la ventaja para vosotras. Y porque al ampliarse el *Klan* de nuestras Sacerdotisas hermanas, ellas accederán a una mayor jerarquía en ciudad Sexta. Y en definitiva, es un beneficio para nosotras, para el Círculo, porque vosotras estaréis en *klanak* prestigiosos y los *klanak* prestigiosos nos darán más influencia en Sexta. No estoy segura de haberlo explicado bien, niñas.

Yo sentí que el orden volvía a mi cabeza. Todo encajaba. Observé que Txanona no parecía muy tranquila. Hasta que se animó a preguntar.

- Y no ocurre lo mismo en otras ciudades ?

La abuela sonrió nuevamente.

- Claro. Qué tonta ! No expliqué eso. Veamos. No ocurre que otra ciudad esté mal administrada como Sexta. No ocurre que en otra ciudad queramos la renuncia de Alta Sacerdotisa como en Sexta. No ocurre en otra ciudad que las sacerdotisas de mayor jerarquía se nieguen a adoptar *hamabineskak* de Hiru o Bosteko o de otra ciudad. Y no ocurre en otra ciudad que nuestras Sacerdotisas hermanas estén cerca de obtener la mayoría en la *Biltzara*. Porque en las demás ciudades, o ya tenemos mayoría, o estamos lejos de tenerla.

- Y en cuáles otras ciudades es probable que seamos adoptadas por Sacerdotisas del Círculo ? - Me pareció importante preguntar.

- Es seguro en Hiru, pero tú no vendrás a Hiru, Itahisa. Es seguro en Sexta, por los motivos que ya expliqué. Es seguro en Bosteko, si Txanona eligiese Bosteko. Es bastante probable en Lehen para ti, Itahisa. Hay buenas probabilidades en Lau para ambas. Y es casi imposible en Biko y en Zazpir.

- No hay otras opciones ? - Txanona encontró el pie para su propósito.

- Otras opciones ? Qué quieres decir ?

- Otras opciones además de las siete ciudades. - Siguió buscando Txanona.

- Como por ejemplo ? - La abuela la miraba con curiosidad.

- Como por ejemplo Islas Castigadas.

Pude ver en la mirada de la abuela un instante de horror. Quedó rígida. Luego se aflojó.

- Qué sabes de Islas Castigadas, Txanona ?

- Algunas cosas. - Txanona dudaba qué parte del secreto era razonable admitir.

- Dime lo que sabes por favor. - Pidió mi abuela con tono de autoridad.

- Sé cosas que no debería saber, Sacerdotisa Iruene.

- Entiendo. No te estoy preguntando cómo lo sabes. Te estoy preguntando qué sabes.

- Sé que se está construyendo un puerto. Sé que allí hay tres veces sesenta atlanteanos.

- Qué más ?

- Nada más, Sacerdotisa Iruene. Pero entiendo, o supongo, o me imagino, que existe un proyecto de construir una ciudad allí.

- Y tú ... estás diciendo que te interesaría emigrar a Islas Castigadas ?

- Sí, Sacerdotisa Iruene.

- Dime por qué, niña, se te ha ocurrido tan alocada idea.

- Porque ... porque ... me gustaría ir a un lugar ... donde está todo por hacerse. Donde todo está para ser construido.

- Es un propósito noble, Txanona. Muy noble. Pero temo que no tienes idea de lo arriesgado y peligroso de tu propósito.

- Creo tener una idea, - interpuso atrevidamente mi amiga - pero seguramente usted podría ilustrarme y orientarme mejor que nadie, Sacerdotisa Iruene.

- Bien. Te diré en principio algo que supongo que ya sabes. Las Islas Castigadas están a veinte jornadas de Lehen. No hay barcos que vayan y vuelvan en pocos días como entre cualquier par de ciudades de Atlantis. Ni siquiera que vayan y vuelvan en cuarenta días. Cruzar el mar es un viaje muy riesgoso y sólo se hace en flotillas de a diez o quince barcos, una o dos veces en el año. Han muerto muchos expertos navegantes y hemos perdido muchas *txalupak* yendo o viniendo de Islas Castigadas. Si tú lograras llegar allá, perderías comunicación con tu madre, con tus amigas y con cualquiera de nosotras. Un mensaje o un regalo que quisiéramos mandarte o tú quisieras enviarnos, podría demorar un año en llegar. Estás entendiendo bien ?

- Sí. Pero ...

- Déjame seguir. Hay otros problemas muy importantes. No hay *Eskuelak* en Islas Castigadas. No podrías cursar las Doce Ciencias y no podrías llegar a Doctora. Luego, nunca podrías ser Sacerdotisa.

- Sí. Pero ...

- No terminé. De los tres veces sesenta residentes en Islas Castigadas, la abrumadora mayoría son hombres. Hay allá sólo diez o doce mujeres. Todas ellas son mayores de treinta años. Tú tienes once años Txanona, doce el año entrante. No habrá nadie de tu edad, ni siquiera hombres de tu edad. Además, en el viaje no podrás remar. Serás una carga en el barco durante veinte jornadas.

- Sí. Pero ...

- Déjame terminar Txanona, y piensa bien lo que te estoy diciendo. Tú entiendes qué implica vivir en un lugar donde hay una relación de veinte hombres por cada mujer ? Quiere decir en principio que las mujeres como grupo están en amplia desventaja para hacerse respetar como corresponde a una mujer atlanteana. Y finalmente, por favor entiende bien esto Txanona. Una relación de veinte hombres por cada mujer, probablemente, significará que tendrás que complacer con tu cuerpo, con tu *natura*, a veinte hombres. Y te puedo asegurar, Txanona, que no te gustará eso. Pasarán muchos años antes que puedas sentirte bien teniendo que satisfacer a veinte hombres. Demuéstrame, por favor, que has entendido lo que te he dicho.

- Lo he entendido, sacerdotisa Iruene. - Txanona se mordía los labios. Y evitaba mirarme. Obviamente estaba atormentada.

- Ahora yo te escucho.

Txanona permaneció en silencio. Entonces intervine.

- Abuela. Puedo hacerte unas preguntas ?

La abuela me miró aterrada.

- Tú también quieres ir a Islas Castigadas, Itahisa ?

- No abuela.

Ella suspiró ruidosamente, aliviada.

- Me alegro. Te escucho, Itahisa.

- Está claro que no hay *Eskuelak* en Islas Castigadas. Pero, en tres veces sesenta residentes, no habrá *Maisuak* de las Doce Ciencias ?

- Seguramente que sí. Sin duda, Itahisa.

- No hay alguna Doctora entre las mujeres ?

- Claro que sí. La mayoría son Doctoras.

- No hay entre las mujeres una Sacerdotisa ?

- Por supuesto. Hay dos Sacerdotisas. Hermanas del Círculo.

- Entonces, abuela, Txanona podría aprender las Doce Ciencias con los *Maisuak*, o con las Doctoras, o con las Sacerdotisas Hermanas.

- Sí Itahisa, pero si no hay *Eskuelak*...

- Suponiendo que Txanona estudia allá las Doce Ciencias, no podría ella volver al cumplir los treinta años aquí a Hiru, o a otra ciudad, y demostrar sus conocimientos para obtener sus doce *Maisutzak* ?

Mi abuela quedó un instante pensativa.

- Entiendo lo que dices, Itahisa. Sería algo absolutamente excepcional. Aunque te acepto que sería posible.

Los ojos verdes de Txanona se agrandaron y me regalaron agradecimiento.

- Tengo otra pregunta, abuela.

- Dime.

- En este momento hay tres veces sesenta residentes. Cuántos calculas que habrá dentro de dieciocho años ?

- No lo sé Itahisa. No puedo ver el futuro. Pero puedo estimar que en dieciocho años habrá cerca de una carrera de residentes en Islas Castigadas.

- Y una carrera de gente ... - medí mis palabras - no sería ya una ciudad ?

- Es posible, Itahisa. Es posible.

- Y para ser ciudad, tiene que tener las Doce *Eskuelak* y también la Alta *Eskuela*, no ?

Mi abuela me miró sorprendida. Luego se rió.

- Tienes razón, Itahisa. - Respondió.

Txanona me observaba fascinada.

- Tengo otra pregunta, abuela.

- Tu amiga te preparó las preguntas? O se te están ocurriendo ? - Dijo mi abuela sonriendo.

- Algo hablamos. - Admití. - Por eso vinimos contigo, abuela. Estábamos seguras que tú podrías darnos las respuestas.

- Mi nieta es una abogada brillante ! - Festejó mi abuela. - Sabes lo que es una abogada, Itahisa ?

- No.

- No importa. Venga tu pregunta.

- Supongamos que Txanona decide de todas maneras ir allá. Los hombres y mujeres ... que no esperan ver allá a una *hamabineska* ... no tendrían un cuidado especial con ella ? No cuidarían que no tuviera ... necesariamente ... que atender a varios hombres como las mujeres adultas ?

- Nuevamente tienes razón, Itahisa.

A Txanona no le cabía la sonrisa en su cara. Acercándome a ella, le ofrecí mis manos. Las presionó con fuerza. Me volví a sentar.

- No tengo más preguntas, abuela.

Tras habernos alejado un par de campos del Palacio de la *Biltzara* de Hiru, Txanona se detuvo y me abrazó durante mucho tiempo. Pude ver sus ojos verdes empañados de lágrimas.

- Qué te pasa flaquita, que estás llorando ? - Le dije en tono burlón.

Ella demoró en reaccionar. Luego imitando la postura, el tono y la forma de hablar de mi abuela, actuó:

- Mi amiga es una abogada brillante. Sabes lo que es una abogada, Itahisa ?

Su imitación fue excelente. Me empecé a reír. Ella se contagió. Nos reímos durante un buen rato sin poder parar.

A la mañana siguiente embarcamos hacia Sexta. Afortunadamente toda nuestra ropa se había secado y pudimos empacarla. La abuela nos acompañó al muelle.

Antes de despedirnos, tomó un par de bolsitos y nos los regaló a Txanona y a mí. Los abrimos. Dentro había otra bolsa plegada, de aspecto desagradable. No entendíamos qué era aquello. La abuela explicó que eran estómagos de oveja. Algo muy útil para los navegantes.

- Es una bolsa impermeable. Sirve para mantener tu ropa seca en un barco. Y en caso de tormenta, soplas dentro de ella para llenarla de aire, haces un fuerte nudo y te lo atas a la cintura. Si caes al mar, te mantendrás a flote sin necesidad de nadar.

Cuando abrazó a Txanona, le dijo:

- Si sigues hasta el final con tu loca idea, niña, dile a tu madre que debo hablar con ella, entendido ?

- Claro, Sacerdotisa Iruene. Muchas gracias.

Y al abrazarme, me recomendó:

- Aprovecha tu visita a Sexta, Itahisa. Aprovéchala bien.

- Sí, abuela. Lo haré.

El barco en el que fuimos de Hiru a Sexta era de los más grandes. Sus medidas eran de unos cinco pasos de ancho y veinte de largo. Más del doble que las de una *txalupa* común. Portaba una vela enorme de ocho pasos de lado y seis pares de remeros. En el centro tenía bancos para pasajeros. Además de nosotras tres, iban otras ocho personas. En total éramos veintitrés a bordo.

A pesar de su gran tamaño, se desplazaba a la misma velocidad que cualquier barco. Aun con poco viento, viajamos toda la mañana en dirección a Sexta sin remos.

Txanona y yo hablamos poco durante el viaje. Ambas teníamos mucho que pensar. Debíamos revisar nuestras decisiones con la gran cantidad de información que habíamos cosechado en Hiru.

De mi parte, me estaba inclinando por Sexta. Aun antes de poner un pie sobre ella. En Sexta seguramente iba a tener un buen *Klan* de adopción. Era una ciudad pequeña, con "mucho por construir". El Círculo iba a respaldarme. Pero lo que más me empujaba a Sexta era su ubicación. A dos jornadas de Biko, a escasa media jornada de Hiru y a dos jornadas de Bosteko. La tía Maite en Biko. La abuela en Hiru. Y la casa de mi madre y mis hermanos en Bosteko.

Me preguntaba qué habría querido decir mi abuela con su recomendación. "Aprovéchala bien". Qué podría yo hacer para aprovechar dos días en Sexta ? Si no conocía a nadie allí. Iríamos a la plaza principal, la *Biltzara*, algunas *Eskuelak*, conoceríamos el puerto ... edificios ... que no me parecerían interesantes comparados con los de Biko o Lehen. "Aprovéchala bien". Acaso iríamos a conocer las sacerdotisas hermanas en Sexta ? Una de ellas sería mi madre adoptiva. Mi futura madre. Y si me gustaba una de ellas y no terminaba siendo mi madre ? Y si justamente mi futura madre no se encontraba en Sexta aquellos días ? No me parecía sensato aquello como un plan para "aprovechar bien" mi primera visita a mi futura ciudad de adopción...

- Qué piensas, Itahisa ? - Me interrumpió mi madre de vientre.

- Qué haremos en Sexta, madre ? Digo ... dónde vamos a alojarnos ?

- Probablemente en la *Eskuela* de Astronomía, igual que hicimos en Lau.

- Iremos a conocer sacerdotisas ?

- No. Itahisa. No voy a presentar *hamabineskak* antes de tiempo. Sabes que no haría eso.

- Qué tienes planeado entonces ? - Intervino Txanona en mi ayuda.

- Ya verán chicas. Les mostraré algunas cosas de Sexta que las dejarán impresionadas. - Respondió mi madre para provocarnos curiosidad.

- Cosas ? como ...

- Ya verán. No se impacienten, en cuanto baje el sol, estaremos llegando.

Lo primero que nos impresionó de Sexta fue el puerto. No por su tamaño, ni por su cantidad de barcos, ni por su gente. El puerto de Sexta estaba lleno de basura. El olor nauseabundo de alimentos en mal estado se sentía desde el mar. En los muelles se veían algunos animales muertos, cubiertos de moscas. Aquí y allá montañas de frutas podridas, y una cantidad incontable de ratas. Los trabajadores del puerto caminaban entre la basura y las ratas, como si no existieran.

Mi futura ciudad no podía haberme dado una peor impresión. Mi estómago se descompuso. Txanona me miraba apenada. Desembarcamos y salimos lo más rápido que pudimos de aquellos muelles. Las calles, parecidas a las de Bosteko, no estaban sucias como el puerto. Empezaba a oscurecer.

La segunda cosa que llamaba la atención era que la gente caminaba con lámparas en la mano. En ninguna otra ciudad sucedía eso. Le preguntamos a mi madre y ella nos dijo que observáramos las lámparas en las calles. Las buscamos y no estaban. Había postes de lámparas, pero sin lámparas.

Aquello era insólito para nosotras.

- Y por qué la gente no deja las lámparas en los postes ?

- Porque escasean las lámparas en Sexta. - Aclaró mi madre - Es difícil conseguirlas y si te consigues una, no quieres desprenderte de ella.

Aun más insólito. Cómo podría ser que escasearan las lámparas ?

Llegamos a la *Eskuela* de Astronomía a los tropezones. No teníamos lámparas y había poca luna. No podíamos ver por dónde caminábamos. Para nuestro alivio, dentro del edificio todos los salones y galerías estaban sorprendentemente, es decir, normalmente, iluminados.

Dejamos los bolsos en una habitación de estudiantes y fuimos a un salón comedor. Nos servimos comida y nos sentamos.

Mi madre nos preguntó sonriendo.

- Algo que les haya impresionado, chicas ?

- Esta ciudad es un asco. - Sentenció Txanona.

No pude menos que estar de acuerdo con ella. Luego pregunté.

- Puedes explicarnos por qué escasean las lámparas ?

- Lo intentaré, aunque también a mí me resulta difícil de entender. Cada ciudad de Atlantis tiene sus producciones. Y cada ciudad tiene algunos productos que se llaman excedentes. Esto quiere decir que se tiene de un producto más de lo que la ciudad necesita. Bien. Qué hace con ese producto ? Lo intercambia con otras ciudades. Los excedentes son distintos en cada ciudad. Por ejemplo Bosteko tiene excedente de lana y Biko tiene excedente de aceite. Entonces Biko y Bosteko acuerdan un intercambio de lana por aceite. Se acuerdan lo que se llaman términos de intercambio. O sea, cuánto aceite tiene que enviar Biko para que Bosteko envíe un barco de lana. Se entiende ?

- Sí. - Contestamos al unísono.

-Bien. Acá viene lo difícil. Sexta tiene sus excedentes en adoquines, tinturas, mejillones y pescado. Y demanda cobre y estaño de Zazpir. Zazpir es la única que tiene excedentes de cobre y estaño, y son suficientes para abastecer a todas las ciudades. Cobre y estaño son los metales que se utilizan para fundir bronce. El bronce es el material con el que se hacen los cuchillos, las hachas, las palas, los arpones, las ollas, los calderos y las lámparas. Hace muchos años Sexta hizo un acuerdo con Zazpir de cobre y estaño a cambio de adoquines y tinturas. Con el tiempo se dieron cuenta que el acuerdo les era desfavorable. O bien, que no lograban cumplir con su parte, en proporción a la demanda de metales que la ciudad requería. En Zazpir se han negado a revisar el acuerdo, porque estiman que en Sexta se podría incrementar la producción de adoquines y tinturas. Es probable que la *Biltzara* de Zazpir tenga razón. Por eso Sexta tiene escasez de bronce. Lo consume prácticamente todo en cuchillos, palas, hachas y arpones. Y no alcanza para lámparas. Hace años que no se fabrican lámparas en Sexta. También escasean las ollas y los calderos de bronce. La mayoría de las lámparas actuales, como estas que ven aquí, han sido traídas por la gente de Sexta desde otras ciudades.

- Y ... cómo se puede solucionar ? - Pregunté con cierta desesperación.

- Ya lo sabes, Itahisa. Hay que ganar la mayoría en la *Biltzara* de Sexta. - Dijo Txanona.

Mi madre se rió.

- En realidad no sería necesario esperar a eso. Una solución podría ser que mejorara la producción de tinturas y adoquines. O que se incorporara otro producto excedente al intercambio con Zazpir. O que en Zazpir se apiadaran de los pobladores de Sexta y aceptaran modificar el acuerdo de intercambio. Txanona tiene razón en que cualquiera de esas opciones son poco probables con la actual administración de Sexta.

- Y la basura en el puerto ? - Pregunté.

- El problema no es qué hacer con ella. Eso es fácil. Se trata de hacer un pozo fuera de la ciudad y verterla. El problema es que no se vuelva a producir.

- Pero ... se volvería a producir ?

- Seguramente. Sexta está recibiendo más frutas de las que es capaz de consumir. Es un problema similar, pero al revés. En este caso con Bosteko.

- Estamos enviando nuestra fruta para que se pudra ! - Exclamé horrorizada.

- Así es, Itahisa. Lamentablemente así es. Incluso hace tiempo que estamos enviando menos fruta de la que tenemos acordada. Aun así, a veces sucede que se termina estropeando en el puerto de Sexta.

Al día siguiente salimos a pasear por las calles de Sexta. A la luz del día y sin pasar por el puerto, parecía una ciudad normal.

Mi madre nos guió hacia una colina. De un lado, en suave pendiente hacia el mar y hacia la ciudad, nos mostró una cantidad de campos, delimitados por calles, sin una sola casa construida. Esos campos estaban planificados para el crecimiento de la ciudad. Pero Sexta no había crecido como estaba previsto. Durante los últimos quince años estaban llegando a Sexta menos *hamabineskak* que a otras ciudades. O menos de las que serían esperables, dado que Sexta no gozaba de gran prestigio en Atlantis.

Pensé que ello podría ser un problema Si las *hamabineskak* nacidas en Sexta debían marcharse y no venían suficientes de otras ciudades, probablemente hubiera menos mujeres jóvenes que hombres jóvenes. Transmití esa duda a mi madre.

- Es correcto, Itahisa. Síganme. Voy a mostrarles la perversa solución que esta ciudad ha dado a ese problema. Debo advertirles que voy a mostrarles lo más horrible de Sexta.

Nos preparamos mentalmente para algo más nauseabundo que la basura del puerto. Siguiendo los pasos de mi madre, dejamos atrás los campos delimitados, donde las *etxeak* nunca se habían construido. Cruzamos un pequeño bosque y nos encontramos en la otra ladera de la colina, con pendiente hacia el mar y hacia el este, de espaldas a la ciudad. Mi madre se detuvo y ordenó ocultarnos tras unos arbustos.

Colina abajo había un lujoso palacio rodeado de bellísimos jardines. En ellos se veía trabajando a varios hombres ... con la particularidad de que lo hacían sin ropa alguna.

Para los atlanteanos bañarse desnudos en los ríos y en las playas es lo habitual. Adultos, ancianos, jóvenes y niños nos quitamos la ropa en los lugares de baños, incluso bajo la lluvia en el exterior de nuestras casas. Pero no es común que alguien esté trabajando o vaya por la calle desnudo. Hombres y mujeres nos vestimos con faldas o bombachos bajo la cintura, y con túnicas o camisas holgadas, llamadas *brusak*. Si hace calor los hombres suelen trabajar con el torso desnudo, pero no las mujeres.

A Txanona y a mí nos parecieron interesantes los trabajadores del palacio.

- Esto es lo más horrible de Sexta ? No me parece desagradable. Ni el palacio, ni los jardines, ni los jardineros. - Dijo Txanona riéndose.

Mi madre no parecía dispuesta a compartir las apreciaciones de mi amiga.

- Lo que estamos viendo es el Club de Sacerdotisas de Sexta. Es la residencia de la Alta Sacerdotisa Guaxara y de sus colaboradoras más próximas. Buena parte de los materiales que deberían haber sido destinados a la Ciudad, se han utilizado para construir este Club. Pero eso no es todo. Lo más grave es que aquí trabajan muchos jóvenes varones de Sexta, dos veces sesenta jóvenes. A quienes no se les ha obligado a cumplir el Servicio Naval. No han ido a las *Eskuelak*. Solamente están al servicio de Guaxara y de las sacerdotisas que viven o vienen con frecuencia a este palacio. Ellos cuidan los jardines, mantienen limpio y aprovisionado el Club y están a disposición para complacer a las sacerdotisas en lo que ellas dispongan.

Txanona y yo nos miramos sorprendidas. La idea de tener dos veces sesenta sirvientes nos resultaba asombrosa, desmesurada, un poco desquiciada tal vez y al mismo tiempo había algo fantástico en ella. En alguna medida, el lujo de aquel Club de Sacerdotisas nos parecía envidiable.

En ese momento vimos salir del palacio a una mujer, seguida por tres hombres. Ella llevaba un paño en los hombros como toda vestimenta. Avanzaron por el jardín hacia un claro de césped. Uno de los sirvientes extendió una tela en el piso y la mujer, quitándose la única prenda de ropa, se recostó en ella. El segundo portaba una gran ánfora. Y el tercero un recipiente pequeño cuyo contenido volcó cuidadosamente sobre el cuerpo de la Sacerdotisa. Parecía aceite. Luego dos sirvientes se arrodillaron a ambos lados y procedieron a extender suavemente el aceite por todo su cuerpo, desde la cara a los pies.

- Es vergonzoso, - estalló mi madre en furia - es una vergüenza para Atlantis, es una afrenta a todas y todos los atlanteanos, es una ofensa a Ama, a Elkar y a Egu. Vámonos !

Entendimos que no era buen momento para bromas o comentarios sobre lo que habíamos visto. Desandamos el camino. Sin duda mi madre había acertado al anunciarnos que veríamos cosas impresionantes en Sexta.

Hacía calor y fuimos por un baño a la playa, para lo que tuvimos que atravesar la ciudad. La playa era muy grande, de arena amarillenta y pequeñas olas. En la orilla, el mar tenía un color verde intenso, como los ojos de Txanona. A mayor profundidad tornaba al azul, como los ojos de casi todos los atlanteanos. Estaba exquisito y refrescante, e invitaba a quedarse. Mi madre volvió a la arena, y Txanona y yo nos quedamos un rato nadando. Ella era mejor nadadora y no me preocupé en intentar seguir su ritmo. Me detuve y quedé esperando a que se cansara de nadar.

- Qué cantidad que nadas, debilucha. - Me dijo al volver.

- Era una competencia ? A quién le ganaste ? - Devolví el sarcasmo.

- Ahora ... - puso una sonrisa pícara - voy a acostarme al sol y le voy a pedir a mis sirvientes que me unten aceite por todo el cuerpo.

Me reí de su ocurrencia.

- No me parece que encuentres a los sirvientes. - Actué revisando la escasa concurrencia masculina en la playa. - Vamos a tener que irlos a buscar.

- Es por eso que tú quieres venir a Sexta. Ahora entiendo !

- Pero ... claro ! ... no lo sabías ? - Le seguí la corriente.

- Tienes suerte que tu madre no va a estar cerca.

- Por qué ? - Me imaginé a dónde iba.

- Sabes lo que diría ? - Imitó a mi madre. - Esto es una vergüenza, una afrenta para todos los atlanteanos, una ofensa para ...

No la dejé terminar. Usando mis brazos y manos como remos, empujé agua hacia la cara de Txanona. Ella tragó agua salada y tosió. Me reí. Tardó poco en reaccionar y devolverme el golpe. Continuamos arrojándonos olas de agua, hasta que ella intentó sujetarme las manos. El juego devino en tratar de hacer caer a la otra. En esto me fue mejor, porque ella era liviana y me resultaba fácil hacerle perder pie. Podía levantarla con mis brazos y soltarla de cabeza hacia al agua. Txanona volvió a tragar y a toser. Me pidió clemencia con su mano y fuimos hacia la arena, sin parar de reírnos.

Almorzamos en la playa. Solamente frutas, para hacer nuestra modesta colaboración a disminuir la sobreabundancia de frutas de Sexta. De tarde, dimos un paseo por las canteras y los cultivos de la ciudad, que quedaban cerca de la playa. Mi madre nos llevó a conocer las *Eskuelak* de Cultivo y de Construcción, y allí nos presentó a Doctoras y *Maisuak*, quienes podrían llegar ser mis profesores en el futuro.

Más tarde regresamos a la playa por otro baño. Esta vez había más gente. La playa de Sexta se orienta al oeste y puede verse la puesta de sol sobre el horizonte. Llegó un grupo de músicos jóvenes con sus tambores y se acercó más gente aun. Tocaron sus ritmos y algunos jóvenes empezaron a bailar.

Nos sumamos. Las tres. El sol se ocultó, pero los ritmos y las danzas no pararon. Aún llegaba gente con sus lámparas. Alguien hizo un fuego en la arena y sobre él pusieron a cocinar mazorcas de maíz.

Continuamos bailando hasta que nos dolieron las piernas.

La noche era hermosa aunque sin luna y no teníamos chance de volver a la *Eskuela* porque carecíamos de lámparas. Recién a medianoche nos sumamos a un grupo de estudiantes de Astronomía. Y pudimos regresar con ellos. Nos dejamos caer en las camas, rendidas de cansancio, felices.

Me desperté y vi que mi madre no estaba. Txanona dormía, su delgado cuerpo enrollado como un ovillo. Noté que el sol estaba alto. Recordé las palabras de mi abuela: "aprovecha bien", pero juzgué que el día anterior había sido suficientemente aprovechado. Giré sobre mi cama, cubrí mi cara y seguí durmiendo.

En la tarde hicimos el típico recorrido por el centro. La *Biltzara* de Sexta era parecida a la de Bosteko. Nuevamente fuimos a la playa al atardecer. Esta vez no pudimos quedarnos a la puesta de sol y el baile nocturno, porque teníamos que levantarnos muy temprano al día siguiente.

Debíamos partir hacia Lehen a dejar a Txanona. En dos días íbamos a despedirnos.

Y probablemente nunca nos volveríamos a ver.

La tercera parte del plan era complicada.

De regreso a Bosteko fui a lo de mi amiga Hagora. Le relaté todos los sucesos del viaje, omitiendo algunos detalles. Le conté de Sexta enfatizando lo bello de su playa y minimizando lo espantoso de su puerto. Yo sabía que Hagora estaría dispuesta a irse conmigo, porque ella no conocía gente en otras ciudades, ni siquiera había salido de Bosteko. Deseaba ir a la misma ciudad que yo y me aseguró que así lo haría.

Ambas cumplíamos doce en el *neguberri*. Ambas viajaríamos para la fiesta de Elkar.

Unos días después hablé con mi madre. Le confirmé que estaba decidida por Sexta. Ella quedó encantada y me retribuyó con un enorme abrazo. Estaba emocionada. Cuando le dije de mi conversación con Hagora, se puso aun más contenta. Le pregunté si la madre de Hagora pertenecía al Círculo. Me respondió que únicamente las sacerdotisas y estudiantes de la Alta *Eskuela* podían integrarse al Círculo. Y que Vilda aun no había ingresado a la Alta *Eskuela*. Entonces quise saber si tenía planeado invitarla en ese momento y me contestó que seguramente lo haría.

Más tarde, fui sola al puerto. Averigüé por alguna *txalupa* que viajara a Lehen la mañana siguiente. Le transmití un mensaje a uno de los barqueros, junto con un mapa.

Siete días después, al atardecer, volví al puerto. Esperé en el muelle que el barco llegara. El mismo barquero se me acercó y me entregó un paquete.

Para mi cumpleaños, vinieron la abuela y la tía Maite. Me trajeron cantidad de regalos. Vestidos y sandalias la tía Maite, un caldero de bronce el tío Ahar, una lámpara el tío Txoim, una tiara ceremonial mi madre y una pulsera de oro la abuela.

Me hicieron toda clase de recomendaciones. Sobre cómo comportarme en la Ceremonia de Recepción, qué preguntas me iban a hacer y cómo responderlas, cómo manejarme mientras viviera con mi madre adoptiva. Yo las escuchaba.

Me insistieron en la importancia de construir mi *etxea* lo antes posible, qué cuidados iban a ser imprescindibles durante la construcción y cómo debía gestionar los materiales directamente en la cantera si la *Biltzara* de Sexta, como era previsible, no los proveía a tiempo.

Todos estaban contentos, excepto mis hermanos. Era notorio que me iban a echar de menos. Traté de consolarlos prometiendo viajar con frecuencia a Bosteko, aunque en realidad no sabía si eso sería posible.

Hagora tampoco se notaba feliz. Aún se encontraba haciendo mentalmente su duelo de separación. Me apené por ella y traté de animarla. Me sorprendí de mi capacidad de hacerlo. Cuánto había cambiado mi estado de ánimo en los últimos tiempos ! Ya no me sentía atemorizada por dejar mi casa sino, por el contrario, deseaba hacerlo.

Estaba excitada, entusiasmada, ansiosa por iniciar mi nueva vida.

INTERLUDIO UNO - DOS

Los progresos sociales y cambios de eras se producen en razón de los progresos de las mujeres hacia la libertad, y las decadencias del orden social, en razón del decrecimiento de la libertad de las mujeres.

Charles Fourier, pensador francés, Théorie des Quatre Mouvements, París, 1808

PARTE DOS,
ADOPCIÓN

La víspera de Elkar era feriado, por lo que partimos hacia Sexta cuatro días antes. Nos íbamos a alojar directamente en la *Biltzara*, las noches previas a la Ceremonia de Recepción.

Hagora se sentía indispuesta desde antes de embarcar. Ya estaba nerviosa al despedirnos de nuestras familias y amigos. A eso se sumó que era un día tormentoso y las olas sacudían la *txalupa* con violencia. Hagora no lo pudo resistir y viajó las dos jornadas enferma del estómago. Aunque le procuramos una posición cómoda, le dimos agua, la abrigamos e intentamos darle palabras de aliento, no logramos que se sintiera mejor.

Al llegar a Sexta, estaba tan mareada que no podía salir del barco. Para colmo, el olor a podrido del puerto terminó de descomponerla. Tuve que pedir ayuda a los *txalupari* para trasladar a Hagora y a nuestros equipajes por el desagradable muelle lleno de ratas. Nos urgía ir a la *Biltzara* antes de que se hiciera la noche y mi amiga no parecía estar en condiciones de caminar. Por fortuna, dos hombres del puerto, sabiendo que éramos *hamabineskak* recién llegadas, se apiadaron de nosotras. Subieron a Hagora a lomos de un caballo, cargaron nuestros bolsos y nos acompañaron.

Cuando les agradecimos la ayuda y quedamos solas en la entrada del Palacio, Hagora recuperó el buen humor. Se sentía dolorida y agotada, pero encontró fuerzas para reírse de sí misma y de lo penoso de nuestro arribo a la ciudad en la que viviríamos el resto de nuestras vidas. Una Sacerdotisa nos identificó y nos guió por corredores hacia una sala, en la que íbamos a alojarnos.

Al entrar, nos encontramos con una docena de *hamabineskak*, cada una con sus equipajes desparramados en el suelo. Algunas estaban tan desaliñadas y sucias como nosotras y otras se peinaban o se vestían

---

aparentemente luego de haberse bañado. Una estaba llorando. Otras permanecían en silencio sentadas sobre sus ropas.

Dos chicas se nos acercaron y nos saludaron. Nos presentamos. Nos ofrecieron un pequeño espacio de piso libre para quedarnos con ellas. Sus nombres eran Sutziake y Gazmira.

Sutziake era más alta que yo, tenía el cabello rubio atado y un porte elegante. Venía de Biko. Gazmira era menos alta, cabello castaño y cara redonda. Nacida en Lau. Nos informaron de la disponibilidad de agua tibia en una pieza contigua. Realmente era lo que necesitábamos, de modo que abrimos nuestros bolsos, escogimos telas de algodón para usar como toallas y fuimos a bañarnos.

Hagora aún se veía algo mareada, pero luego de que la ayudé a bañarse, comenzó a sentirse mejor. El piso estaba inundado, la pieza era pequeña y otras *hamabineskak* hacían cola para entrar. Por lo que nos envolvimos en las toallas y volvimos a la sala.

Gazmira y Sutziake daban la bienvenida a dos recién llegadas. La que había estado llorando parecía dormida en los brazos de una de sus amigas.

Gazmira nos hizo una presentación rápida del resto de las chicas. Cinco provenían de Biko, tres de Lehen y dos de cada una de las otras ciudades. Dieciséis en total y parecía, por lo tarde, que ya estábamos todas. Al día siguiente, feriado, ningún barco navegaría por los mares de Atlantis.

El ambiente de la sala se fue calmando y muchas se iban rindiendo al sueño. Nosotras permanecimos un buen rato conversando, compartiendo experiencias de cómo habíamos tomado nuestras decisiones, de lo horrible del puerto de Sexta, de los malestares de Hagora y nuestra atípica llegada al palacio.

Hagora se entendió bien con Gazmira y yo simpaticé con Sutziake. Ella tenía ocurrencias y formas de pensar similares a las mías, mientras que Gazmira era bastante parecida a Hagora. Las cuatro estábamos tan excitadas que no dábamos lugar a nuestro cansancio.

Buena parte de la noche estuvimos intercambiando temores y ansiedades sobre lo que iba a ocurrir con nuestras vidas en un par de días, cuando supiéramos cómo iba a ser la madre y la casa que nos adoptara.

El aceite de las pocas lámparas de la sala se fue agotando. En algún momento nos dormimos. Al día siguiente nada había para hacer. Sólo esperar.

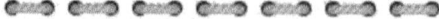

La Ceremonia de Recepción se realizó al atardecer. Mientras los niños de Sexta preparaban sus disfraces y sus canastos para salir a las calles, nosotras vestíamos los trajes ceremoniales, nos peinábamos y nos adornábamos para presentarnos ante las sacerdotisas.

En la sala reinaba el nerviosismo. Por momentos estábamos en silencio y por momentos se producían griteríos, peleas, discusiones y hasta ataques de llanto.

Cuando estuvimos vestidas y peinadas, busqué entre mi ropa la tiara que mi madre me había dado por los doce años. Extraje de un pequeño bolso el aro de plata que mi abuela me había regalado en mi primera visita a Hiru, y me lo puse al cuello. De un segundo bolsito de cuero, tomé el otro delfín de plata engarzado en un anillo. El que Txanona me había enviado al confirmarse su partida para Islas Castigadas. Y lo colgué del cuello de Hagora. Le dije que le iba a dar suerte en la Ceremonia. Ella quedó sorprendida y feliz, y me lo agradeció con un abrazo.

A nuestro lado, Gazmira y Sutziake terminaban de vestirse. Sutziake me sonrió mientras revisaba su bolsa de ropa y sostuvo una mirada cómplice mientras se colocaba en el pecho un aro de plata con un delfín danzante.

Nos formamos en una fila, íbamos a dirigirnos al salón de sesiones de la Altísima *Biltzara* de Sexta. Allí nos esperaban nuestras futuras madres. Casi la mitad teníamos aros de plata. Conté siete aros con delfines en la fila.

Había dos veces sesenta sacerdotisas en el gran salón circular. Eran pocas. Cerca de la mitad de las sacerdotisas de Sexta no se encontraban presentes.

La Ceremonia consta de dos partes.

Primero, cada *hamabineska* hace su presentación, diciendo su nombre, de qué ciudad viene y por qué ha elegido Sexta. No está permitido nombrar a la madre de vientre en la Recepción. Ni dar datos que permitan averiguarlo. La única información que puede darse a conocer es la ciudad de origen. Tampoco que una sacerdotisa lo pregunte, bajo pena de ser relegada al último lugar.

En la segunda parte, las sacerdotisas de a una, en orden de jerarquía, pueden interrogar a cualquiera de las candidatas hasta hacer su elección. O renunciar a hacerlo.

Cuando estuvimos formadas en un estrado hizo su entrada la Alta Sacerdotisa Guaxara.

Su presencia era imponente. Las conversaciones del salón se interrumpieron. Guaxara era alta, como dos pasos y diez dedos. Tenía la piel tan bronceada por el sol que parecía negra y contrastaba con su impecable túnica sacerdotal blanca de una tela fina, casi transparente. Llevaba su largo cabello canoso en la espalda. Pero lo más asombroso eran las joyas. En su pecho lucía un cono de oro, de unos ocho dedos de ancho. Su tiara estaba recubierta de piedras que brillaban como estrellas. Y de sus orejas pendían largas serpientes labradas en plata.

Su discurso fue breve. Nos dio la bienvenida y nos felicitó por la elección que habíamos realizado. En un momento afirmó que en Sexta la mujer atlanteana tiene el trato que se merece. (Esto me trajo a la mente una escena de tres sirvientes desnudos frotando con aceite el cuerpo de una mujer acostada). Guaxara insistió en nuestro rol para engrandecer Sexta y Atlantis, nos deseó fecundidad y felicidad, y anunció que con nosotras darían inicio las obras del nuevo vecindario sobre la colina, lo que fue recibido con muchos aplausos por buena parte de las presentes. Cerró su intervención con oraciones a Ama, Elkar y Egu.

Dio comienzo la presentación individual. Los argumentos que se exponían estaban preparados y se repetían constantemente. A quienes nos escuchaban no parecía importarles mucho. Resultaba notorio que había dos grupos entre ellas.

Llegó mi turno.

- Agradezco a la Diosa Elkar por este momento de mi vida. Mi nombre es Itahisa y vengo de Bosteko. He tenido la fortuna de conocer seis de las siete ciudades de Atlantis. Mi preferencia por Sexta es por ser una ciudad pequeña, donde es fácil conocer a toda la comunidad. Pero lo que me ha gustado más de esta ciudad es su playa. He pasado una noche bailando con jóvenes de este pueblo en la playa. Y esa ha sido una de las noches más felices de mi vida.

Pude ver sonrisas de aprobación entre las sacerdotisas. De uno y de otro bando. Siguió el turno de Hagora.

- Agradezco a la Diosa Elkar por este momento de mi vida. Mi nombre es Hagora y vengo de Bosteko. Estoy feliz de iniciar mi nueva vida en esta ciudad, donde las mujeres atlanteanas tenemos el trato que nos merecemos, - advertí caras de sorpresa y perplejidad tanto en sacerdotisas como en las *hamabineskak*. - y ruego a la Diosa Ama que me regale fecundidad para engrandecer esta ciudad.

Siguió la ronda la chica de Lehen que había estado llorando la noche de la llegada. Su nombre era Dafra. Estaba tan nerviosa que no pudo articular bien sus frases. Se equivocó y dijo cosas incoherentes, varias la animaron a continuar, hasta que pudo completar su brevísimo discurso preparado.

Al terminar las dieciséis presentaciones se produjo una gran agitación en el salón. Algunas *hamabineskak* festejaban y se felicitaban y otras estaban sumamente tensas. Me acerqué a Hagora y le dije que no se preocupara si las primeras escogidas no éramos nosotras. Me preguntó por qué. Le anuncié que no nos elegirían entre las primeras por provenir de Bosteko. No quiso creerme. Confiaba en que ella sería de las primeras.

En varias ruedas, las sacerdotisas discutían sus impresiones de la ronda de presentaciones, señalando de vez en cuando a alguna de las candidatas. Noté que Guaxara daba instrucciones a un par de colaboradoras. En el estrado, crecía el nerviosismo. Algunas reían exageradamente, otras rezaban oraciones, otras se abrazaban. Pasó un tiempo interminable hasta que Guaxara se acercó en grandes pasos hacia nosotras. Inmediatamente se hizo silencio.

La Alta Sacerdotisa recorrió el estrado mirándonos a cada una a los ojos. Cuando pasó por delante de mí pude percibir deliciosos perfumes de cortezas aromáticas. Se dirigió a la primera a nuestra *eskuerra*. Parándose frente a ella, la llamó por su nombre. Le dirigió un comentario sobre su presentación y tocándola en la frente, la bendijo en nombre de Ama, Elkar y Egu.

Hizo lo mismo con la segunda y con la tercera. No sólo recordaba los nombres y lo que cada una había dicho en su presentación. Tenía, para cada una, una frase diferente.

Cuando se paró frente a mí, quedé por un instante fijada en el enorme disco de oro que portaba en su pecho. No pude mirar otra cosa. Por primera vez me sentí realmente nerviosa.

- Itahisa. - Pronunció mi nombre con voz suave.

- Sí, Sacerdotisa Guaxara. - Respondí inmediatamente.

- Créeme que tendrás en esta ciudad muchas oportunidades de bailar. Y muchas noches felices.

- Gracias. - Quise decir alguna otra cosa, pero algo en su proximidad me confundía. Apoyó su mano en mi cabeza y me bendijo.

Luego se dirigió a Hagora, quien también la miraba encandilada.

- Hagora.

- Sí, Sacerdotisa Guaxara.

- En esta ciudad descubrirás lo que mereces como mujer. Pido a la Diosa Ama que te dé la gracia de la fecundidad.

Hagora parecía transportada.

- Que así sea, Sacerdotisa Guaxara.

Pude observar en detalle a la Alta Sacerdotisa, mientras pronunciaba la bendición a Hagora. Su esbelto cuerpo oscuro se adivinaba a través de la delicada tela de su vestido. Sus formas eran hermosas, como de una mujer mucho más joven. No había arrugas en su cara. Sus pechos eran redondos y firmes y sus cumbres descollaban a ambos lados de su escote.

Sus dientes eran perfectos y blanquísimos. Solamente la larga cabellera, de color gris claro, denunciaba su edad.

Guaxara prosiguió repartiendo sus bendiciones, aludiendo a cada una por su nombre, demostrando una memoria prodigiosa. Al terminar con las dieciséis, se dirigió al auditorio.

- Tenéis frente a vosotras, hermanas, a estas hermosas hijas de Ama, ellas son el futuro de nuestra ciudad, el futuro de Atlantis. Deberéis elegir a la que os parezca más apropiada para integrar vuestros *klanak*. Vosotras haréis que ellas sean bien recibidas en nuestra comunidad de Ciudad Sexta. Pido a la Diosa Elkar que guíe vuestras decisiones.- Hizo una larga pausa antes de concluir. - De mi parte, debo deciros que en este acto renuncio a mi derecho de elección.

Guaxara volvió a su lugar, junto a dos de sus colaboradoras. Una de ellas pronunció en voz alta un nombre. Supe que se trataba de la primera en jerarquía entre los *klanak* de Sexta. No se encontraba presente. La asistente de Guaxara llamó entonces a la segunda, a la tercera y a la cuarta. Ninguna de ellas estaba.

La quinta en ser nombrada se acercó al estrado. Su nombre era Alaine. Era de las de mayor edad entre las presentes. Vestía una túnica y lucía adornos ceremoniales similares a los de Guaxara, aunque no tan impactantes. Noté que también portaba pendientes de plata ondulados en forma de serpiente. Fue directamente hacia una de las *hamabineskak*. Era una de las más altas del grupo, llevaba el cabello rubio trenzado, provenía de Biko y no tenía aro de plata.

- Laida.

- Sí, Sacerdotisa Alaine.

- Dime cuales son tus deseos para tu nueva vida en esta ciudad.

Laida tenía preparada su respuesta.

- Deseo ser bien recibida en esta comunidad, Sacerdotisa Alaine. Deseo completar mis doce *Maisutzak* e ingresar a la Alta *Eskuela*. Deseo construir una hermosa *etxea* y recibir de Ama muchos hijos.

- Cuáles quieres que sean tus primeras *eskuelak*?

- Navegación y Construcción, Sacerdotisa Alaine

- Has aprendido a hilar y a tejer ?

- Por cierto. Sé hilar lana y algodón, manejar el telar y confeccionar prendas.

- Dime qué sabes cocinar, Laida.

La sonrisa de Laida se desvaneció. Inmediatamente se repuso.

- Sé preparar tortillas, Sacerdotisa Alaine. Puedo colaborar con el amasado y hervir vegetales y carnes para hacer sopas.

- Cómo te comportarás mientras te alojes en la casa de tu madre adoptiva ?

- Obedeceré a mi nueva madre y trataré a sus hijos como hermanos. Colaboraré con las tareas de la casa, mantendré ordenadas mis cosas y procuraré ser de ayuda en lo que pueda.

La sacerdotisa hizo una pausa y miró hacia algún punto del salón, hubo un tenso silencio. Laida apretaba sus puños contra sus caderas. Alaine volvió a dirigirse a ella con expresión seria.

- Tengo una pregunta más, Laida.

- Sí, Sacerdotisa Alaine.

- Deseas ser parte del *Klan* de Alaine de Sexta ?

La cara de Laida se iluminó.

- Sería un honor para mí. - Contestó.

- Eres entonces bienvenida.

Laida levantó sus brazos y dio un salto para abrazarse con su nueva madre, la sala estalló en aplausos.

La Ceremonia se reanudó. La asistente de Guaxara continuó anunciando nombres que no estaban presentes o respondían expresando su renuncia.

Se adelantó hacia nosotras otra mayor de cincuenta años que dirigió su interrogatorio a una de las candidatas de Zazpir. Similares preguntas y parecidas respuestas. Luego la bienvenida, el abrazo y los aplausos.

La tercera elegida también fue de Zazpir, la cuarta de Biko, la quinta de Lehen. Ninguna de ellas portaba el símbolo del Círculo. Quedábamos once en el estrado.

Entonces ocurrió algo imprevisto. Una sacerdotisa de unos cuarenta años y de gran belleza, luciendo pendientes ondulados de plata, se acercó a Hagora. En el salón se generó un murmullo de sorpresa y expectativa.

- Hagora, me pareces una linda persona y podría elegirte.

Mi amiga lucía radiante. La Sacerdotisa modificó su expresión y señalando el pecho de Hagora, dijo.

- Pero no lo haré. Y tú sabes por qué.

Hagora quedó un instante petrificada, su sonrisa desapareció para convertirse en asombro. Miraba fijamente a su interlocutora sin poder decir nada. Ella giró y se dirigió a interrogar a otra candidata de Biko. Hagora se volvió hacia mí. No me habló, pero en sus ojos enormes había espanto. Sus manos fueron hacia el aro de plata que yo había puesto en su cuello. Traté de devolverle confianza, le pedí que se quedara tranquila, que no se preocupara, que todo iba a salir bien.

La siguiente en ser elegida fue Gazmira. Siguieron varias ausencias y renuncias. La octava, y la primera entre quienes teníamos aro de plata, fue Sutziake. Su madre adoptiva fue la Sacerdotisa Nekane. Más ausentes y renunciantes. La novena fue de Lau.

Quedábamos siete. Con excepción de Dafra, la de Lehen, todas portábamos el anillo del Círculo.

- Haridian ! - vociferó la asistente de Guaxara.

La Sacerdotisa Haridian tendría unos cuarenta años. No era muy hermosa. En sus orejas los pendientes eran circulares. Subió al estrado y se dirigió hacia mí.

- Itahisa.

- Sí, Sacerdotisa Haridian.

- Además de bailar por las noches en la playa, - se escucharon risas - cuáles son tus expectativas para tu nueva vida en Sexta ?

- Deseo colaborar con esta comunidad para que esta Ciudad sea un orgullo para Atlantis.

Haridian sonrió.

- Y de qué modo colaborarás en la casa que te reciba, Itahisa ?

- Trataré de complacer a mi madre y a mi familia adoptiva, haciendo lo que se espera de mí.

Haridian entendió que con eso era suficiente.

- Quieres formar parte del *Klan* de Haridian de Sexta, Itahisa ?

- Sí, Sacerdotisa Haridian.

- Eres bienvenida entonces.

Me acerqué a recibir el abrazo de mi nueva madre.

Al bajar del estrado vinieron a saludarme Sutziake, Gazmira y otras *hamabineskak*. Algunas sacerdotisas también se acercaron a felicitarme. Haridian me anunció que al terminar la Ceremonia tendríamos una fiesta en su casa.

Me sentí emocionada y a gusto con mi primer diálogo con mi madre adoptiva. No obstante me preocupaba mi amiga, que seguía siendo postergada por las sucesivas decisiones de adopción. Fueron elegidas las dos chicas del Círculo de Hiru. En el rostro y la postura de Hagora se evidenciaba el disgusto. No había dudas que le afectaba cada chance que no le era favorable. Traté de hacerle algún gesto de simpatía pero ella no me dirigía la mirada. La colaboradora de la Alta Sacerdotisa continuaba llamando a potenciales electoras y casi todas renunciaban. Estábamos ya en el tramo final de las más jóvenes y de menor jerarquía.

Dos de ellas se inclinaron por las *hamabineskak* restantes de Lau y de Biko. Quedaban dos en el estrado. Hagora y Dafra, la llorona de Lehen. El sufrimiento de mi amiga era evidente.

Una joven sacerdotisa llamada Anixua subió al estrado y se dirigió a Hagora, quien se notaba nerviosa. Le hizo varias preguntas, entre ellas cuál le parecía que era el trato que merecía una mujer atlanteana. Tuve un momento de pánico, porque si contestaba algo inapropiado iba a ser nuevamente postergada. Hagora respondió algo acerca del respeto y eso pareció conformar a su interlocutora. Siguieron otras preguntas, que Hagora fue contestando con mayor aplomo. Finalmente fue invitada a integrar el *Klan* de Anixua de Sexta.

Me acerqué a felicitarla pero ella me detuvo. Estaba furiosa. Quitó el adorno de su cuello y me lo devolvió con brusquedad. Me pidió que nunca la volviera a ayudar y se alejó con su nueva madre.

Me quedé tan mal, que perdí por un tiempo la percepción de lo que ocurría a mi alrededor. Alguien hacía preguntas a la última *hamabineska*. Al rato noté que me hablaban. Era Sutziake.

- Qué le pasó a tu amiga ? Es un poco tonta o qué ?

Traté de disimular mi angustia y murmuré algo de que ella se había puesto nerviosa. Sutziake trató de animarme diciendo que ya se le iba a pasar, pasó su mano por mi hombro y volvimos a reunirnos con Nekane y Haridian, nuestras respectivas madres adoptivas.

Esa misma noche fui presentada a mi nueva familia.

Haridian tenía cuatro hijos, pero las dos mayores habían emigrado. La primera, cinco años atrás a Hiru, y a Lehen la segunda, el año anterior. El varón, Manindar, de once y la pequeña Eider, de siete, iban a ser mis hermanos por adopción.

Manindar no fue amable al recibirme. Más tarde me explicaron que él estaba descontento por perder su lugar de hermano mayor, que había ganado un año atrás, al partir su segunda hermana. Eider era una niña hermosa y simpática y me encariñé con ella inmediatamente. Lo primero que hizo fue mostrarme los regalos que había recogido en su canasto, tras su salida por la Fiesta de Elkar.

Además de Haridian, Manindar y Eider, estaban en la casa varios tíos y tías, y todos fueron buenos conmigo. Habían preparado bocadillos y bebidas para recibirme. Supe que mi nueva madre tenía treinta y ocho años, que era Profesora en la *Eskuela* de Navegación y que yo era la primera adoptada en su *Klan*. Ella agradeció con una oración a Elkar mi llegada a Sexta y a su casa. Luego me invitó a presentarme, ya sin las restricciones ceremoniales, a su familia y amigos. En ese momento pude nombrar a mi madre Atissa y contar de mi infancia en Bosteko, de mis viajes, y compartir las emociones de la reciente Ceremonia de Recepción.

Los olores y la decoración de la *etxea* de Haridian me resultaron extraños, pero no desagradables. Traté de adaptarme a ellos, de familiarizarme con aromas, muebles y adornos de la que sería mi casa por un tiempo.

Al día siguiente, volví a la *Biltzara* con mi madre adoptiva. Debía proceder a un registro de mi adopción, de forma de que quedara asentada la nueva incorporación al *Klan* de Haridian. Allí nos encontramos con Sutziake y otras *hamabineskak* que estaban haciendo lo propio. Pudimos compartir las primeras impresiones de nuestras nuevas vidas. Todas estábamos felices, e intercambiamos direcciones para poder visitarnos más tarde.

La *eskriba* me anotó como aspirante a un predio para construir mi *etxea*.

Antes de que existiera el lenguaje escrito, hace casi sesenta ciclos, los antiguos atlanteanos inventaron el "modo de las manos".

Es una forma de representar las palabras con gestos. Con distintas posiciones de las manos y los dedos se forman los sonidos, o los significados. Por ejemplo, para representar "secreto" se llevan los dedos de una mano a los labios. Con pequeñas variantes, este gesto puede representar algo que está guardado, protegido u oculto.

La palabra atlanteana para "mano" es *esku*. La mano diestra se llama *esku-ona* (mano buena) y la otra *esku-erra*, que significa "mano torpe". Por ello, los objetos que vemos del lado de la mano diestra se dice que están a la *eskuona* y los que vemos del lado de la mano torpe decimos que están a la *eskuerra*.

Muchas otras palabras están relacionadas con el gesto de las manos que las representan. Si queremos referir al acto de trepar, usamos ambas manos para indicar que una sube y se cierra, mientras la otra baja. Con este gesto se puede simbolizar el acto de escalar (*esku-alar*) o bien la existencia de una escalera o de escalones. Si damos un breve beso a la yema de los dedos y alejamos rápidamente la mano representamos la acción de escapar, (*esku-apatu*) o advertimos una salida o escapatoria.

Ciclos más tarde, este "modo de las manos" (*esku-ara*) se convirtió en lenguaje escrito, cuando los antiguos empezaron a dibujar los gestos de manos en paredes, cortezas de árboles, lienzos o tablillas de barro. Esto implicó un gran avance para la civilización atlanteana, porque permitió enviar mensajes a distancia, o dejarlos en un sitio para que otros pudieran interpretarlos, leerlos, tanto en lo inmediato como muchos años después.

Con el tiempo, los dibujos fueron simplificándose para dar lugar a lo que conocemos como *eskritura*. La *eskritura* se enseña en las *Eskuelak* de las Doce Ciencias, pero sólo la llegan a dominar completamente los *Maisuak* en Historia, a los que se llama *eskribak*.

Saliendo del palacio, nos cruzamos con Hagora y Anixua. Nuestras madres se saludaron al pasar, pero Hagora me evitó y siguió su camino. Tuve que resignarme a que su molestia conmigo iba a ser duradera.

Luego acompañé a Haridian a la *Eskuela* de Navegación. Ella me recomendó no ingresar a Navegación hasta cumplir los quince, porque iba a ser mejor para mi cuerpo. Estuve de acuerdo. Mis primeras *Eskuelak* iban a ser entonces Cultivo y Construcción, que correspondían con mis necesidades de conocimientos al momento de construir mi propia casa.

Normalmente en Atlantis, las mujeres tienen su *etxea* terminada al año de la adopción, pero en Sexta todo era más complicado. Con suerte podría mudarme antes de cumplir catorce. Yo estaba decidida a hacer lo posible para adelantarlo, pero no dependía enteramente de mi empeño. La Ciudad debía hacer el pozo de agua, proveer los materiales y asignar a cada casa un *Maisu* constructor. Luego debíamos obtener ayudantes para levantar las paredes. Al mismo tiempo teníamos que preparar los pozos para los cultivos comunes.

Dejé a Haridian en la *Eskuela* y caminé sola hacia el puerto. Traté de ignorar la pestilencia y las ratas y contacté un barco que partía hacia Bosteko la mañana siguiente. Envié un mensaje de conformidad a mi madre Atissa y salí de allí tan rápido como pude.

De regreso a mi nuevo hogar, ordené mis pertenencias. La habitación de los niños era espaciosa, ya que había sido ampliada para los cuatro hijos, pero a mi llegada dormían solamente Manindar y Eider. En uno de sus extremos estaba mi cama. Haridian había dispuesto una mampara con telas para producir cierta separación de espacios. Tenía también unas tablas como estantes para mi ropa, una pequeña mesa y una lámpara. Era todo lo que necesitaba. Eider se ofreció a ayudarme, al mismo tiempo que hacía preguntas y comentarios sobre cada objeto que salía de mi equipaje. Manindar se mantuvo al margen, absorto en un barco de juguete que su hermana había trocado en la recorrida de Elkar.

Uno de los tíos que había conocido la noche anterior, llegó a la casa con un canasto de alimentos. Su nombre era Jacomar. Me puse a su disposición para ayudarlo a cocinar. Me respondió amablemente que si mantenía entretenida a Eider, sería para él la mejor ayuda. Hice lo que me pidió y fui con Eider a que me enseñara los cultivos de la casa y los terrenos comunes del campo.

Al regresar estaba pronto el almuerzo. Nos sentamos los cuatro a la mesa y el tío Jacomar me pidió que dirigiera la oración a Ama. Yo nunca había dirigido una oración en mi casa, aunque sabía perfectamente cómo hacerlo. Agradecí a Ama por la nueva vida y por la hermosa familia que me había recibido. Luego mencioné en particular la habilidad del tío Jacomar para prepararnos la comida, elogié la simpatía de Eider y dije de Manindar que me gustaba porque era callado. Con eso logré por primera vez provocarle una sonrisa.

Tras el almuerzo, quise limpiar la cocina pero el tío Jacomar nuevamente se negó. Entonces decidí ir de paseo por Sexta, con la idea de encontrarme con Sutziake o Gazmira. Tenía descartado ir a visitar a Hagora por unos días.

Tratando de recordar las indicaciones de Sutziake, caminé largo tiempo por las calles pero no logré dar con la casa. Entonces me dirigí a la playa. No hacía calor y estaba desierta. Igualmente me quité las sandalias y mojé mis pies en la orilla. El agua me trajo el recuerdo de mi amiga Txanona, que estaría por cumplir sus doce años en Lehen.

En la noche, después de la cena, mi madre adoptiva me pidió que acompañara a Eider a dormirse y que luego volviera porque teníamos que hablar.

Al rato volví al hogar, pero Haridian no se encontraba allí. Me llamó desde su habitación. Se encontraba recostada en su cama y me invitó a sentarme junto a ella. En su cuarto, flotaba un aroma suave que no pude identificar.

La conversación empezó por los sucesos de la noche anterior. Me contó que las sacerdotisas hermanas del Círculo esperaban muchas más *hamabineskak* y se decepcionaron al enterarse de que éramos solamente siete. Hablamos de los episodios relacionados con Hagora. Me dijo que la Sacerdotisa que la había rechazado era de las más allegadas a Guaxara, y que hubiera sido terrible para mi amiga ser adoptada por ella. Que no me preocupara por su malestar conmigo, porque Anixua era una mujer encantadora y sin dudas haría que Hagora se sintiera feliz con su nueva familia.

Luego repasamos mi llegada a la casa, la reunión de la noche y lo que había ocurrido en la jornada. Insistió en preguntarme sobre mi conformidad con el espacio que me había destinado en la habitación. Quedó complacida cuando le relaté de mi oración a Ama en el almuerzo. Me aseguró que ya iba a descubrir a un Manindar más simpático. Simplemente sonrió cuando referí a las negativas del tío Jacomar a que lo ayudara en la cocina. Dudé en contar mi pasaje por el puerto, pero finalmente me animé y ella lo recibió con naturalidad. En cambio, me pareció advertir preocupación en su rostro cuando hice el relato de mi paseo por la playa. Acordamos ir la mañana siguiente a registrarme en las *Eskuelak* de Construcción y Cultivo.

Pensé que con esto se terminaba nuestra plática, e hice el gesto de levantarme para salir de la habitación, pero ella me detuvo con su mano.

- Espera. Tenemos que hablar.

No entendí. Simplemente volví a sentarme junto a ella.

- Itahisa. Ahora somos madre e hija.

- Sí. - Traté de captar lo que me quería decir.

- Pero madre e hija por adopción. Cierto ?

- Cierto.

- Es una relación diferente a la que has tenido con tu madre de vientre, la Sacerdotisa Atissa.

- Sí.

- Bien, Itahisa, las madres de vientre tienen ciertas responsabilidades con sus hijos. Cuidarles, enseñarles, hacerlos crecer. Las madres adoptivas también, pero ya recibimos a una chica cuidada, enseñada y crecida. Nos corresponden entonces otras responsabilidades. Y de ellas tenemos que hablar.

- Sí. - Respondí, aunque no tenía claro de qué se trataba.

- Tu cuerpo ha estado cambiando, no es así Itahisa ?

- Sí. - Me alegré de tener por fin una pista.

- Tus caderas se han ido ensanchando y tus pechos están creciendo. Te estás convirtiendo en una mujer hermosa, Itahisa.

- Gracias, madre Haridian.

- Has tenido ya tu primera luna ?

- No todavía.

- Entonces, ocurrirá en cualquier momento. No estás preocupada por ello ?

- No. - Dudé un instante - Mi madre Atissa me ha dicho que no es para preocuparse.

- Bien. Y supongo que tu madre Atissa también te ha advertido que a partir de tu primera luna puedes quedar embarazada.

- Ehh ... sí.

- Sabes que para embarazarte se necesitan dos cosas, no ?

Sentí que me llevaba a un terreno poco conocido. Me resultaba algo intimidante, pero al mismo tiempo me provocaba curiosidad. Miré a los ojos a mi madre adoptiva y me sentí cómoda para confesarme con ella.

- En realidad, no lo tengo claro.

- Te agradezco que seas sincera conmigo, Itahisa. Créeme que es sumamente importante que siempre seas sincera conmigo ... sobre cualquier duda que tengas.

- Así lo haré, madre Haridian.

- Bien. Tú sabes que a partir de la primera luna las mujeres podemos quedar embarazadas. Pero ello no ocurrirá mientras no recibas el semen de un hombre en tu *natura*, al interior de tu flor. Comprendes ?

- Al interior ?

- Sí. La *natura* es la puerta de un canal que conduce a nuestro vientre. Es necesario que el *zakil* de un hombre penetre por ese canal y deje su semen para que pueda producirse un fruto en nuestro vientre ...

- Penetre ... totalmente ? - La interrumpí. Haridian sonrió.

- Totalmente, Itahisa. Supongo que has visto alguna vez el *zakil* de un hombre adulto en su esplendor, no es así ?

Aunque desde niña había visto muchos hombres bañándose en las playas y en los ríos, no estaba segura de la respuesta.

- Sí. Pero ...

- Dime cuál es tu duda, Itahisa.

- No me parece que un *zakil* pueda entrar ... totalmente ... en mi canal.

Haridian volvió a sonreír.

- Créeme que nuestra flor cuando está bien estimulada se abre en forma sorprendente. Y que tu canal se adaptará para recibir un *zakil*. Es algo que también nuestro cuerpo va aprendiendo con el tiempo.

- Claro. - En realidad no me resultaban convincentes las afirmaciones de mi madre adoptiva.

- Podemos seguir ?

- Sí.

- Bien. Tú eres la mayor entre los hijos de la Sacerdotisa Atissa. Puedes decirme qué edad tenía ella cuando tú naciste ?

- Veinticuatro años. - No tuve que hacer el cálculo porque sabía la respuesta de memoria.

- Mi hija mayor tiene diecisiete. Puedes decirme a qué edad tuve yo a mi primera hija ?

- A los ... veintiuno ?

- Exacto. Entiendes lo que te estoy mostrando ?

- No. - Admití.

- Tu madre y yo tuvimos nuestro primer hijo recién a los veinticuatro y a los veintiún años. Pero tuvimos nuestra primera luna a los doce. Luego estuvimos entre nueve y once años sin quedar embarazadas. Te das cuenta ?

- Sí. - Atiné a responder, aunque me sentía perdida.

- Tu madre de vientre y yo decidimos entonces no tener hijos hasta cumplir los veinte. No sólo tu madre Atissa y yo. Si prestas atención verás que la mayoría de las mujeres atlanteanas hemos hecho lo mismo.

Calculé rápidamente las edades de las madres al nacer mis amigas Hagora y Txanona.

- La madre de mi amiga Hagora la tuvo a los dieciocho. - Informé en contrario.

- Dieciocho está bien. No es lo mismo que trece o quince, me entiendes ?

- Sí ... No.

Haridian me miraba expectante.

- Quiero decirte, Itahisa, que en Atlantis las mujeres postergamos nuestro primer embarazo, para cuando hayamos finalizado nuestra *Eskuela* de Navegación y el crecimiento de nuestro cuerpo haya llegado a su máximo.

- Sí ... Pero ...

- Sabes cómo hacemos para no quedar embarazadas hasta los dieciocho o los veinte ?

La respuesta me pareció obvia.

- No dejar que un *zakil* entre totalmente y deje su semen.

Mi madre adoptiva hizo un esfuerzo para no reírse. Me sentí avergonzada.

- Itahisa, - dijo ella con ternura - sí, esa podría ser una forma, pero ninguna mujer se privaría de ese placer hasta los veinte años.

- No entiendo. - Admití con cierta amargura.

- Por eso estamos teniendo esta conversación. - Se la veía contenta. - Primero. Debes saber que las mujeres tenemos un ciclo de fertilidad entre una luna y otra. Cada una de nosotras tenemos nuestro calendario. Deberás aprender a conocer tu calendario, Itahisa, contando los días que transcurren desde que aparece tu sangre hasta que deja de caer y luego los días hasta que vuelve a venir. Es importante que tu aprendas a hacer eso, me sigues ?

- Sí.

- Bien. Pongamos mi ejemplo, - señaló hacia su *natura* - mi ciclo se extiende por veintiocho días, desde que baja mi sangre hasta que llega la siguiente. En este momento faltan tres o cuatro días para mi próxima luna. Yo sé eso porque llevo la cuenta. Van veinticinco de mi luna anterior. Entonces, yo sé que si esta noche ofrezco mi flor a un hombre no quedaré embarazada. Ni hoy, ni mañana, ni en los próximos quince días

- Cómo ... lo sabes ? - Aquello me resultaba difícil de aceptar.

- Porque las mujeres sólo somos fértiles, sólo podemos quedar embarazadas entre el día doce y el día dieciocho de nuestro ciclo.

- Cómo ... ?

- Sí, Itahisa. Eso es lo primero que debes saber al hacerte mujer.

En mi cabeza tuve una mezcla de sensaciones. Me resultaba poco comprensible que mi madre Atissa nunca me hubiera hablado de los ciclos de las lunas y los días de fertilidad. Por otra parte, me daba cuenta que Haridian se veía sumamente preocupada por que yo lo entendiera, y eso me inclinaba a creerle.

- Sólo seis días ... - pregunté - entre luna y luna ?

- Exacto, Itahisa, siete en realidad, si contamos el día doce y el día dieciocho.

- Y los demás días ...

- Los demás veinte, veintiuno o veintidós no somos fértiles. No quedaremos embarazadas al recibir semen en nuestro vientre.

- Y sólo en esos días fértiles ... - traté de completar la idea.

- En esos días fértiles procuramos no recibir semen, si no queremos quedar embarazadas. Para ello cuidaremos de no dejar entrar el *zakil* del hombre con quien estemos. Eso no quiere decir que no podamos gozar con él, ni que evitemos complacerlo. Simplemente no lo dejamos entrar. Y haremos lo contrario más tarde, al cumplir dieciocho o veinte años, cuando sí queramos tener hijos. Lo entiendes bien ?

- Sí. - Acepté, aunque aquello seguía siendo algo oscuro.

- Pero podría ocurrir un accidente. - Agregó Haridian para mi mayor confusión.

- Accidente ?

- Sí. Un accidente. Una distracción, un momento en el que perdemos el control. Puede ocurrir.

- No entiendo. - Volví a confesar.

- Si llega a ocurrir, Itahisa, escúchame bien, si llegas a recibir semen en tu vientre en tus días fértiles, es posible que tu siguiente luna no llegue. Porque la sangre no caerá mientras estés embarazada. La primera noticia que tendremos de que estamos por formar un bebé en nuestra panza es esa. Que la siguiente luna no llegue. - Mi madre adoptiva endureció la voz. - Si tu luna se atrasa, Itahisa, tendrás que decírmelo inmediatamente. Es tu deber como hija adoptiva. Prométemelo.

Me parecía un poco excesivo y lejano todo aquello, pero entendí que no tenía chance de discutirlo.

- Lo prometo, madre Haridian.

Por segunda vez interpreté que la extensa conversación con mi nueva madre había terminado. Por segunda vez me equivoqué.

- Mi otra responsabilidad como madre adoptiva, Itahisa, es acompañarte a tu Ceremonia de Iniciación.

Tampoco había oído de aquello. Me sentí un poco abrumada por la cantidad de información de la que carecía.

- Qué es la Ceremonia de Iniciación ?

- Ya verás, será algo divertido. Pero falta un tiempo. La haremos en la próxima Fiesta de Egu.

- Me dirás en qué consiste ?

- Sí. Pero en otro momento. Ahora es tarde. Por hoy ha sido suficiente, no te parece ?

- Sin dudas. - Fui sincera.

- Vamos a dormir ?

Estuve de acuerdo.

Varias veces repasé mentalmente aquella charla con mi madre adoptiva durante los días siguientes.

Muchas cosas no me quedaban del todo claras. Qué sería esa Ceremonia de Iniciación ? Por qué era tan importante reportar inmediatamente de un eventual atraso en mi luna ? Por qué nunca había oído hablar de tiempos de fertilidad ? Por qué podría ocurrir un accidente ? Sería un problema tan serio tener hijos antes de cumplir los dieciocho ? Entraría realmente un *zakil* en mi canal, como había asegurado Haridian ? Sería algo tan bueno como para que ninguna mujer quisiera privarse de ello ? Cuándo se le pasaría el enojo a mi amiga Hagora ?

Todas aquellas preguntas me generaban cierto desánimo. No esperaba que a mis doce años y luego de mudarme de ciudad, fuera a encontrarme con tantas dudas. Y sin amigas para compartirlas. No tenía noticias de Hagora, ni de Sutziake, ni de Gazmira. Haridian no parecía dispuesta a retomar las pláticas, ni volvió a quedarse sola en las noches. Sentí que extrañaba a mi madre Atissa y a mis hermanos. Y a mi amiga Txanona.

Los días que siguieron me resultaron larguísimos. Jugaba con la pequeña Eider en las mañanas y de a poco el tío Jacomar me fue permitiendo realizar pequeñas tareas en la cocina. Pude cambiar algunas frases con Manindar, quien parecía irse acostumbrando a mi presencia. Por las tardes paseaba por Sexta, sin encontrar alguien conocido. En las noches, hilaba lana para confeccionarme abrigos, porque había traído escasa ropa de *negu* y hacía bastante frío.

Una de esas tardes fue excepcionalmente cálida. Desde lejos noté que había gente en la playa y me acerqué. Varias rondas de jóvenes conversaban y otros jugaban a la pelota en la arena. Caminando entre ellos encontré a Gazmira acompañada de un joven algo mayor. Nos saludamos y ella me presentó a su hermano de adopción. Su nombre era Baraso. Tenía catorce años, era alto, parecía tímido y me resultó agradable. Gazmira me dibujó en la arena un mapa para llegar a su casa y a la de Sutziake. Puse mucha atención en memorizarlo. Gazmira tampoco tenía noticias de Hagora. Estuvimos de charla hasta que el sol empezó a bajar. En el *negu* los días son más cortos y yo no llevaba mi lámpara, de modo que me despedí de ellos, contenta de haber podido tomar contacto con alguien de mi edad.

Al regresar, me esperaba otra sorpresa. Anixua y Hagora estaban en mi casa. Haridian las había invitado a cenar. Hagora se alegró al verme llegar y nos abrazamos. Ella me pidió disculpas por su comportamiento, pero yo también me sentía culpable de lo que había ocurrido y se lo dije. Me sentí sumamente aliviada.

El tío Jacomar no estaba y Haridian preparaba la comida, asistida por Manindar. Anixua jugaba con Eider y eso nos dio la oportunidad de ponernos al día con mi amiga. La llevé al dormitorio. Teníamos tanto de qué hablar ! De nuestras nuevas madres y hermanos. De los arreglos para iniciar las *Eskuelak*. De los desafortunados sucesos de la Ceremonia de Recepción. De ciclos, lunas e iniciaciones.

Pero ella no parecía interesada en lo mismo que yo. Hagora estaba realmente encantada con su nueva familia. No cesaba de elogiar a su madre Anixua. No dio muestras de haber estado preocupada por motivo alguno. Ni de haber extrañado su ciudad natal, ni tampoco a mí. Por segunda vez consecutiva, tuve la extraña sensación de que habiendo venido a la misma ciudad, en realidad estábamos en mundos diferentes.

Nuestras madres nos llamaron para cenar y fuimos a sentarnos a la mesa. Pude verificar que Anixua era una mujer tan interesante como me habían anunciado. Era hermosa, elegante y acertada en sus dichos. Hizo comentarios graciosos que denotaban conocimiento de nuestras familias de origen y de nuestra infancia en Bosteko.

Cuando habíamos comido, Haridian dio indicaciones a Manindar para que él y Eider fueran al cuarto de dormir. Luego que quedamos las cuatro en la mesa, mi madre adoptiva inesperadamente se dirigió hacia mí.

- Itahisa, creo que nos debes una explicación.

No me di cuenta de qué hablaba.

- Una explicación ?

- Sí. A la Sacerdotisa Anixua, a tu amiga Hagora, y a mí.

Dudé un instante, mientras sentía que el pecho se me agitaba.

- Acerca de ?

- Creo que lo sabes. Acerca del aro de plata que diste a Hagora en la Recepción.

Vi caras inquisitivas y serias en mis tres interlocutoras. Procuré ordenar mi mente.

- Es una historia larga. - Dije al fin, tratando de aparentar calma.

- Estamos aquí para escucharla, Itahisa. - Intervino Anixua.

Inicié entonces el relato del plan que Txanona y yo habíamos acordado en las rocas, frente al puerto de Lehen. Cuando ella me había pedido que la ayudara a cumplir su sueño de emigrar a Islas Castigadas. Que para ello debíamos acceder a mi abuela Iruene en Hiru. De lo fácil que había sido persuadir a nuestras madres para que Txanona se sumara al viaje. De su promesa de darme su aro de plata en agradecimiento si es que lograba su objetivo, porque en Islas Castigadas no lo iba a necesitar. Que dado que no vendría a Sexta conmigo, podría ser una posibilidad para Hagora. Porque yo sabía que Hagora no tenía aro de plata, aunque su madre era cercana a la mía. Dárselo era una forma asegurar que Hagora fuera adoptada en una casa del Círculo y pudiéramos acompañarnos en Sexta.

Anixua mordía una sonrisa, Haridian me miraba con severidad, y los labios de Hagora se movían sin pronunciar sonido.

Resumí la conversación con mi abuela en la *Biltzara* de Hiru. De cómo ella se había dispuesto a hablar con la madre de Txanona y de cómo la tercera parte del plan requería un par de confirmaciones. La de mi madre Atissa de invitar a Vilda, la madre de Hagora a integrarse al Círculo en cuanto ella ingresara a la Alta *Eskuela*, y la de Txanona de que viajaría a su destino soñado. Cuando estuvieron, hicieron el final prometido. Txanona me había enviado por barco su argolla del delfín. Y yo la había traído a Sexta para colgarla del cuello de Hagora en la Recepción.

Hice una pausa y se produjo un tenso silencio en la mesa. De modo que continué.

- Hice mal en no haber explicado todos estos detalles a mi madre Atissa, lo sé. Y además debí haber prevenido a Hagora sobre lo que implicaba portar el aro en la Ceremonia. Ya le he pedido disculpas por ello y lo vuelvo a hacer delante de ustedes.

Otro silencio.

- De mi parte, - habló Anixua - me siento satisfecha por las explicaciones que nos ha dado Itahisa.

- Lo que habéis hecho, tú y tu amiga Txanona, - estableció Haridian - es realmente grave. Habéis cambiado el destinatario de un símbolo del Círculo sin solicitar autorización. Y jugado con la confianza de nosotras. Y aunque afortunadamente no ocurrió, pudo haber tenido un resultado terrible.

La sentencia de mi madre adoptiva me sonó exagerada, pero no la discutí.

- Recién entiendo lo que pasó, Itahisa. Lamento haberme enojado ... tanto ... contigo. - complementó Hagora.

- Yo también ... lo lamento ... digo ... me disculpo ...

- Itahisa, no volverás a hacer algo así sin consultarnos, verdad ? - Anixua vino en mi rescate.

- No lo haré. Lo prometo.

- Devolverás el aro a su original dueña ? - preguntó Haridian.

- No. - supliqué - No puedo hacerlo. Mi amiga Txanona lo tomaría como una ofensa.

- Entonces, Itahisa, me lo darás a mí. Y yo se lo transferiré a Hagora si el Círculo lo autoriza. Y si Hagora está de acuerdo.

Hagora asintió. Anixua aprobó. A mí no me pareció tan mala resolución. Fui a buscar el bolsito de cuero y se lo entregué a mi madre adoptiva.

En preparación del inicio de cursos, le propuse a Hagora conocer las *eskuelak* de Cultivo y de Construcción. Los edificios eran sencillos, con hileras de salones flanqueados por galerías. La *Eskuela* de Construcción se hallaba próxima a la cantera, donde los trabajadores, utilizando hamacas de distintos portes, cortaban y alisaban bloques de piedra, para obtener losas y adoquines. La *Eskuela* de Cultivo estaba aun más al norte, ya en la zona de terrenos agrícolas de la ciudad, rodeada de huertas, maizales y campos con variedad de árboles.

Haridian nos explicó el funcionamiento de las *Eskuelak*.

Cualquier *maisu*, desde los quince años de edad, puede iniciarse como ayudante docente en la *Eskuela* tras haber demostrado en la práctica su habilidad para enseñar. Pero recién obtendrá el grado de Profesor cuando lo haya hecho durante seis años. Los profesores están a cargo de los cursos y evalúan a los *maisuak* que empiezan a enseñar. A su vez, son electores del Consejo de la *Eskuela* y del Decano. La jerarquía entre docentes se establece por méritos obtenidos o evaluados en la propia *Eskuela*. No tiene más mérito una Doctora o una Sacerdotisa que recién llega a la *Eskuela* que alguien que ya es Profesor.

El Decano o director de la *Eskuela* se elige por todos los profesores. Hay que tener doce años de docencia para ser elegible. Haridian podría ser electa Decana en Navegación por haber ingresado como ayudante docente a los dieciocho, o sea, llevaba veinte años enseñando en la *Eskuela* y catorce como Profesora. En las Doce *Eskuelak* no hay diferencias de méritos entre hombres y mujeres. Existen muchos hombres profesores y algunos han llegado a Decanos. Por el contrario, a la Alta *Eskuela* no ingresan los hombres, ni en la difícil eventualidad de que hayan completado sus doce *maisutzak*.

Todas las *eskuelak* funcionan a doble turno. Los alumnos pueden cursar de mañana o de tarde, de modo que les sea posible asistir a dos *eskuelak* simultáneamente. En general los ayudantes y los Profesores trabajan en un solo turno. Muchos profesores dan clases en dos *eskuelak* y algunos trabajan en su oficio, en el turno opuesto al que hacen docencia.

Pocos adultos en Atlantis dedican la jornada entera a un mismo oficio. O trabajan media jornada y se quedan en sus casas con los niños la otra media jornada, o trabajan en dos oficios. Los navegantes y pescadores tienen un régimen distinto. Un día de descanso por cada día que hayan estado en el mar.

Fuimos con Hagora a conocer las casas de Gazmira y Sutziake. Y las cuatro juntas a recorrer Sexta.

En uno de esos paseos las llevé a la colina, a enseñarles los campos delimitados, donde supuestamente construiríamos nuestras *etxeak*. Allí nos alegramos de encontrar que estaban cavando un pozo, que sería el depósito de agua de uno de los campos. Los trabajadores no supieron confirmarnos si aquel campo estaba destinado a nosotras. Igualmente festejamos dando vueltas alrededor del pozo y disfrutando de la hermosa vista de la ciudad.

Más tarde conduje a mis tres amigas a través del bosque y les mostré el Club de las Sacerdotisas de Sexta. Hacía frío y nadie se veía en los jardines. A falta de evidencia visual, relaté la escena que habíamos presenciado en mi primera visita a Sexta junto a las explicaciones que mi madre Atissa había aportado. Todas quedaron sorprendidas. Gazmira y Hagora empezaron a fantasear con visitar alguna vez el Palacio. Sutziake se burlaba de ellas, describiendo la forma en que un enorme sirviente desnudo las iba a expulsar violentamente en cuanto ellas tocaran la puerta de entrada. Regresamos a nuestras casas riéndonos de las situaciones imaginarias más absurdas.

Pasados siete días desde la Fiesta de Elkar, volví al puerto y mandé un regalo a mi amiga Txanona por sus doce. Un caracol recogido en la arena de la playa de Sexta.

Unas noches después, mi hermano de adopción también cumplía doce. Con ese motivo tuvimos una nueva reunión en la casa. Quedé consternada al enterarme que Manindar en realidad era de la misma edad de Txanona y apenas menor que yo. Siempre lo había visto como a un niño.

En la fiesta, me dediqué a colaborar con el tío Jacomar para que todos estuvieran bien atendidos. Y a la vez a conocer a los amigos varones de Manindar. Uno de ellos fue amable conmigo y advertí varias veces que me miraba. Era simpático y de bonito rostro, parecía mayor que mi hermano, aunque supe que también tenía doce años. Su nombre era Guadarteme, que significa "nos alertamos". Su físico no era espléndido como el de Baraso, el hermano de Gazmira, pero parecía mucho más ... despierto.

Cuando el cumpleaños hubo terminado, ayudé al tío Jacomar a limpiar y a ordenar la casa. Él me indicó que me fuera a dormir y puso a calentar un caldero para preparar el baño de mi madre Haridian, quien gustaba de bañarse en las noches.

Al ir a acostarme pasé por al lado de Manindar y Eider que ya dormían. Apagué mi lámpara pero me costó conciliar el sueño. Pensaba en

Txanona, en Manindar y en su apuesto amigo Guadarteme... Percibí risas provenientes de la cabina de baños. Seguramente eran de Haridian mientras el tío la enjuagaba con jarros de agua tibia del caldero. Sentí algo de envidia porque hacía años desde la última vez que alguien me había ayudado a bañarme. Desde entonces lo había hecho sola, con la única excepción de la noche de la llegada a Sexta, cuando había debido asistir a mi amiga Hagora que se encontraba mareada... Me pregunté si Manindar estaría afín a presentar a Guadarteme a mis amigas, y ello podría dar lugar a hacer lo propio con los hermanos de ellas. Una reunión de *hamabineskak* y hermanos de adopción podría ser prometedora... Escuché que Haridian y el tío Jacomar entraban a la casa... Podría ser una oportunidad para volver a ver a Baraso, a Guadarteme y quizás al hermano de Sutziake, cómo se llamaba ? Si al menos hiciera calor, sería fácil encontrarnos todos en la playa. Incluso bailar, pero era improbable con estas noches tan hostiles. O podríamos inventar un motivo para reunirnos en una casa... Empecé a oír suaves gemidos provenientes del cuarto de mi madre adoptiva. Parecían de disfrute. El tío estaría complaciéndola. Un silencio. Recordé las palabras que ella me había dicho: "yo sé que si esta noche ofrezco mi flor a un hombre no quedaré embarazada. Ni hoy, ni mañana, ni en los próximos quince días". Ello provocó mi curiosidad sobre la actividad en la habitación contigua. Estaría ella ofreciendo su flor al tío ? Calculé que hacían catorce días de aquella conversación... Volvieron a escucharse los gemidos, esta vez más fuertes. Imaginé a ambos abrazados y al tío introduciendo su *zakil*, lentamente y con esfuerzo, en el canal de mi madre adoptiva. La imagen no me resultaba agradable. Pese a ello tuve una extraña sensación, un cosquilleo, ahí abajo, en mi flor.

Transcurrían las frías noches del *negu* y yo seguía con algunas preguntas pendientes para mi madre Haridian.

Pensé en compartir con Hagora mis inquietudes, pero resolví no hacerlo. No me hallaba cómoda con mi vieja amiga. Una mañana salí de la casa sola, sin rumbo prefijado. Faltaban ocho días para el inicio de los cursos. Podría ser una excusa para hacer una reunión de *hamabineskak*, hermanos y amigos.

Sin pensarlo mucho, llegué a lo de Sutziake y la invité a dar un paseo. Aceptó de buen humor y fuimos a caminar juntas. Le conté mi proyecto y lo tomó como propio. Pediría autorización a su madre, Nekane, para que pudiéramos hacer la reunión en su casa.

Le pregunté por su vínculo con su madre adoptiva, aunque ya sabía que era bueno. Sutziake me habló de lo sorprendida que estaba con el relacionamiento con su nueva madre. Rápidamente entramos a los asuntos que me interesaban. Conversamos acerca de lunas, embarazos e iniciaciones. Teníamos casi las mismas certezas y también coincidíamos en las incertidumbres. Ella había tenido una charla similar con Nekane, incluyendo la advertencia sobre el atraso de la luna y el anuncio de la Ceremonia de Iniciación en la Fiesta de Egu. Su madre adoptiva le había pedido que no hablara al respecto con Gazmira, pues las del Círculo haríamos una Iniciación distinta a las de la Serpiente. Que aparentemente sería una reunión nocturna de mujeres, en el bosque, en la que sólo participaríamos *hamabineskak* y sacerdotisas.

Sutziake me acompañó al puerto en busca de alguna noticia de Txanona. Ubicamos al *txalupari* que había aceptado llevarle mi regalo, y él tenía un mensaje de respuesta Ella había dicho: "Lo llevaré conmigo. Partiremos veinte días después de Ama".

Por fin se dio la oportunidad de una segunda charla con mi nueva madre. Le propuse hablar una noche que el tío Jacomar se encontraba de viaje y ella accedió gustosa. Al igual que la vez anterior, me pidió que fuera a su cuarto cuando Manindar y Eider estuviesen dormidos. Al entrar reconocí aquella complejidad de aromas particulares del dormitorio.

Empecé por la anunciada Ceremonia de Iniciación. Ella no quiso darme más datos. Insistió en que aún faltaba mucho tiempo para la Fiesta de Egu, y que ya tendríamos ocasión para hablar de ello. Luego me animé a preguntarle por los temas que más me preocupaban, la cuestión contradictoria entre no negarse al placer, la postergación deliberada de los embarazos y la necesidad de denunciar urgentemente si ocurriese un atraso en mi luna. Omití referirme a lo que había escuchado la noche del cumpleaños de Manindar.

Haridian comenzó por el asunto de los embarazos. Volvió a decirme que las mujeres atlanteanas preferimos no tener hijos hasta los dieciocho, porque es cuando nuestro cuerpo está totalmente desarrollado, y eso nos hará más fácil la gestación y el parto. Además de que ya habremos hecho nuestra *Maisutza* en Navegación y tendremos nuestra *etxea*, nuestros amigos y amigas para acompañarnos. Que entre los veinte y los treinta y cinco es la mejor edad para recibir hijos, porque se requieren energías que son propias de esas edades. Que podría tener todos los hijos que quisiera en esos años. Aunque en general las mujeres en Atlantis tienen entre cuatro y cinco.

Me preguntó cuántos hijos quería tener yo. Le respondí que seis. Ella sonrió y me tomó la mano. Me aseguró que podría perfectamente traer seis hijos al mundo entre los veinte y los treinta y cinco años. Quedé conforme con ello.

Haridian continuó. Afirmó que nuestro cuerpo tiene que estar preparado para empezar a formar un bebé, y que si no lo está el embarazo se interrumpirá. Que ese es un hecho natural dispuesto por la Diosa Ama. Pero que Ama también nos dio a las mujeres la posibilidad de decidir si estamos o no preparadas. De no sentirnos prontas y bien dispuestas a hacerlo, es mejor no hacerlo. Si nuestra mente y nuestro vientre dicen cosas diferentes, debe primar nuestra mente. Y en tal caso le avisamos a nuestro vientre que no siga adelante. Como le avisamos a nuestros pies que no sigan adelante en un camino peligroso. Pero eso sólo se puede hacer en los primeros días de un atraso en nuestra luna. Y en pocas situaciones. Sólo cuando accidentalmente hayamos permitido que el semen ingrese en nosotras en días fértiles.

- Le avisamos ?

- Sí, Itahisa. - Haridian sostenía mis manos sobre su rodilla.

- Cómo le avisamos ? - Insistí.

- Bebiendo una infusión, una preparación de hierbas.

Aquello me resultó inesperado.

- Y qué ocurre entonces ?

- Simplemente el embarazo no da comienzo. Vendrá la sangre y seguirá tu calendario.

Tardé un momento en procesar la insólita afirmación.

- Y ... por qué no hacemos siempre eso ? por qué hay que cuidar de no dejar entrar el semen en nuestros días fértiles ?

- Porque nuestro vientre terminará por desobedecernos, Itahisa. La infusión dejará de ser efectiva luego de tres o cuatro veces que la usemos.

- Y en ese caso ? Si no es efectiva ?

- En ese caso ... llevaremos nuestro embarazo con orgullo. Tendremos nueve lunas para prepararnos a recibir nuestro hijo con alegría.

Me quedé un rato en silencio. Mi madre adoptiva simplemente sostuvo sus manos en las mías. De a poco, las explicaciones empezaban a cerrar.

Pero necesitaba algo más para despejar mis dudas. Me animé a preguntarle.

- A ti te ha pasado ?

Haridian sonrió.

- Cuál cosa ?

- Tener ... accidentes, beber la infusión.

- Claro que sí, Itahisa. Creo que no te miento si te digo que a la mayoría de las mujeres nos ha pasado.

Me sentí más tranquila. Una sensación de calma se fue adueñando de mí. Me incliné a buscar el abrazo de mi madre adoptiva. Y ella me interpretó con generosidad, rodeándome con sus fuertes brazos y besando mi cabeza. Pasamos así un momento, abrazadas.

Hasta que ella, adivinándome, dijo.

- Tienes más preguntas todavía, no es cierto ?

- Cómo lo sabes ?

- Lo percibo acá. - Dijo tocando su pecho y arqueando sus cejas.

Me causó gracia. Y me sentí cómoda para continuar la charla. Volví a sentarme frente a ella y crucé mis piernas sobre la cama.

El camisón de dormir de Haridian revelaba sus músculos, moldeados durante años de navegación. El cabello del color de la miel caía suave sobre sus fornidos hombros. En su rostro algo duro, había ternura. Su expresión era de expectativa ante mi siguiente pregunta.

- Cómo se siente ?

- Perdón ?

- Un *zakil*, en tu canal, cómo se siente ?

Ella rió.

- Rico, Itahisa, ya verás. Quizás no la primera vez, o la segunda. Pero no te preocupes por ello. Se aprende.

- No me dolerá ?

- No debería. Pero es importante que quieras hacerlo. Que realmente lo desees. Si no lo deseas, Itahisa, no lo hagas. También es importante que el hombre sea comprensivo y sepa esperar. Que sea cariñoso contigo Itahisa, y con tu flor. Que se dedique a tu flor para que ella se abra. Si no lo hace, enséñale, y si no aprende a hacerlo, no te merece.

- Enseñarle ?

- Claro. Enseñarle. Mostrarle cómo le gusta a tu flor ser tocada.

- Y si no sé enseñarle ?

Mi madre adoptiva pareció sorprendida. Me miró un instante sin responder. Por primera vez noté que dudaba.

- Itahisa. Perdona. Quizás fui rápido. Tienes razón. Para poder enseñarle tienes que haber aprendido tú a hacerlo.

- No entiendo.

Volvió a mostrarse pensativa.

- Ahora tengo yo que hacerte unas preguntas, de acuerdo ?

- De acuerdo.

- Estando sola, no has alguna vez jugado a tocar tu flor ?

- Claro.

Noté que respiró aliviada.

- Entonces tienes una idea de cómo te gusta ser tocada, no ?

No me pareció tan obvio.

- Pero nunca vi que se abriera como para que entre un *zakil*.

- Está bien. Lo que importa es que tú estés disfrutando. Si estás disfrutando, tu flor se humedecerá y será fácil que un *zakil* pueda entrar si así lo quieres. De esa forma sabrás si tu canal está preparado.

No me dejó satisfecha esa explicación. Otra vez ella me adivinó.

- No quedaste conforme, verdad ?

- No.

- Bien. Dime. Alguna vez has sentido una sensación intensa, placentera, ahí en tu flor ?

- Sí. - Afirmé sin dudar -. Varias veces. Pero nunca ... dentro de mi canal.

Haridian puso una cara que parecía comprensiva.

- Bien. El modo en que tú más disfrutes será algo que sólo tú podrás ir descubriendo. Lo único que yo puedo hacer es enseñarte mi modo de disfrutar mi flor. Puede servirte como ejemplo. Pero no necesariamente será igual para ti.

- Entiendo.

- Qué tal si te muestro ?

Me provocó curiosidad. Nunca había visto desnuda a mi nueva madre. No esperaba una demostración de ese tipo, pero me resultó interesante.

Ella arqueó el cuerpo para levantar su camisón hasta la cintura. Me acomodé para asistir a aquella inesperada deriva de la charla. Se recostó y separando sus piernas me ofreció una vista completa de su *natura*.

Su tamaño, variedad de colores y complejidad de pliegues me fascinaron. Estaba coronada por un arbusto de color más oscuro que su cabello.

Con sus manos, suavemente separó los pétalos, dejando a mi vista la entrada de su canal. Llegó a mi olfato una versión intensa de uno de los aromas que distinguían la habitación.

- Itahisa, saluda a mi flor. Dile algo bonito para que esté contenta.

Me reí.

- Hola flor de Haridian, qué linda que eres. - Dije fingiendo una voz infantil.

Con los dedos, ella hizo mover los pétalos de su flor simulando los labios de una boca.

- Hola Itahisa, tú sí que eres hermosa.

- Muchas gracias, flor de Haridian, eres amable.

Empezó a acariciarse apenas rozando sus muslos y caderas. Luego rodeando el entorno de su *natura*.

- Qué opinas Itahisa ? Te parece que ella está contenta ?

- No lo sé. - Me causó gracia y extrañeza su pregunta.

- Es fácil de saber. Si hay humedad está contenta. Si está triste está seca.

- Está ... contenta ... creo.

Ella pareció no escucharme.

- Si no hay humedad, debes ir a buscarla, entiendes ?

No entendí.

Haridian se llevó una mano a los labios. Buscó mi mirada. Introduciendo dos dedos en su boca los lamió. Retornando a la entrepierna, untó con saliva los altos pliegues de su flor.

- Si no hay humedad, debes ir a buscarla, entiendes ? - Insistió.

- Sí. - Dije esta vez.

Sus dedos siguieron describiendo suaves movimientos circulares. Reconocí una sensación punzante en mi propia *natura* y tuve el impulso de imitarla. Pero ella tenía una idea diferente. Delicadamente tomó mi mano.

- Mi flor estaría encantada de que la toques, Itahisa. Quieres hacerlo ?

No era lo que estaba queriendo hacer precisamente. Dudé un instante mientras una vibración sacudía mi pecho. Repentinamente sentí deseos de tocar aquella flor, adulta, exótica, intrigante.

- Quiero. - La voz me salió temblorosa.

Haridian condujo lentamente mis dedos a su flor. Los hizo pasear por encima de sus valles y montañas, hasta que mis yemas tomaron contacto con aquellos pliegues rosados, calientes, y húmedos. Repitió los movimientos anteriores, ahora usando mis dedos.

- Si no hay humedad, debes ir a buscarla, entiendes ?

No contesté. Me aturdían sensaciones que iban de mis dedos a mis pechos, que luego bajaban a mis pies, para volver a subir y chocar con otras que bajaban.

- Aquí está nuestro centro de placer, Itahisa. Debes jugar con él, acariciarlo, rodearlo, despacio. Está escondido en su capullo, lo ves ?

Entendí a qué se refería. El mío propio se estaba despertando en su capullo, solicitando ser atendido. Tuve que usar mi otra mano para presionar mi propia flor.

- Eso... - aprobó ella. - hazlo tú también, Itahisa.

Recogí mi falda y apoyé una pierna en la cama para tener acceso a mis partes. Al primer contacto, la sensación fue agradable. Imité sus movimientos. Mi *esku-erra* copiaba las maniobras no voluntarias de mi *esku-ona*. Haridian me hizo dibujar caprichosas curvas en sus pétalos, para que lo mismo pudiera transmitir a mi flor. Por momentos me sentía perdida y no lograba coordinar mis manos.

Ella lo notó. Soltó mi mano. Me invitó a ponerme cómoda en su cama y me acosté a su lado. Cerré mis ojos y disfruté de tocarme. Me permití gozar por unos instantes sin reparar en la cercanía de mi madre adoptiva, quien vigilaba mis disfrutes en silencio sin dejar de acariciarse.

Mi flor estaba contenta. Extendí la humedad por mi centro de placer como ella lo había mostrado un momento antes. Me abandoné a las deliciosas sensaciones que recorrían mi cuerpo, hasta que me sentí agitada y tuve el impulso de detenerme a descansar.

Dejé a mi cuerpo relajarse, por un tiempo, en silencio. Luego abrí los ojos para encontrarme con la mirada sonriente y calma de Haridian.

- Hola Itahisa, cómo has estado ?

- Eh ... bien. - Respondí divertida.

- O sea que no tienes más preguntas por esta noche.

Tuve que hacer un esfuerzo por recordar las cuestiones que me habían llevado a su dormitorio aquella noche. Volví a sentarme en la cama.

- Aún no logro entender cómo algo tan grande puede entrar en un lugar tan chico. - Repliqué para no darme por satisfecha.

Haridian volvió a sonreír. Luego extendió frente a mí los dos dedos más largos de su mano.

- Grande como ... esto ? - Preguntó con picardía.

Los dedos de Haridian me parecieron realmente grandes.

- Sí, por ejemplo. - Acepté.

Ella llevó sus dedos a su flor y los hizo circular en la entrada de su canal. Luego, aparentemente sin esfuerzo, los introdujo en su interior. Observé atónita cómo desaparecieron dentro de ella. Se entretuvo un momento en su juego, sin dejar de atender mi asombro. Entonces sin esfuerzo alguno, los sacó de su escondite.

- Será fácil, Itahisa, no te preocupes.

No respondí. Estaba impactada por la escena que había visto. Por la forma tan sencilla en que ella había entrado y salido de sí misma. Ella intentaba leer mis pensamientos por la expresión de mi cara.

- Aún tienes dudas, no es así ?

- Sí. - Reconocí.

- Quieres hacer una prueba ?

No entendí de qué hablaba. Ella tomó mi mano y eligió dos de mis dedos. Volvió a guiarlos a la entrada de su flor.

Entonces supe que me estaba invitando a entrar en su canal. Mi pecho volvió a acelerarse. Ella aguardaba con tranquila expectativa mi decisión.

- Quieres que … lo haga ? - Pregunté con timidez.

- Claro, Itahisa. Me encantaría. Tú quieres hacerlo ?

Asentí con mi cabeza pero no moví mis dedos. Ella los apoyó en su húmeda y rojiza entrada. Allí los hizo girar suavemente. Y en un rápido empuje los hizo entrar. Mis dedos desaparecieron completamente. Sentí que varias lenguas los lamían en aquel desconocido recinto. Tuve un instante de pánico y quise sacarlos de allí, pero ella sujetó mi mano.

- Muévelos. - me pidió - muévelos dentro, por favor.

No creí que fuera posible. Pero lo intenté. Para mi asombro las paredes de aquella cueva eran flexibles y cedían a la presión de mis dedos.

Fui relajando mis prevenciones. Había algo fantástico en experimentar las posibilidades de mover mis dedos en aquella misteriosa cavidad.

La presión sobre mi mano se aflojaba. Hasta que quedó libre para salir de su encierro. Pero no me animé a sacarla. Haridian, con los ojos cerrados, no hablaba. En un momento pareció despertarse. Con suavidad retiró mi mano. Mis dedos estaban recubiertos de sus jugos.

Sus ojos expresaban deleite. Incorporándose recuperó el habla.

- Dime, Itahisa. Has visto algo que no hubieras visto antes ?

- Sin dudas, madre Haridian. - Admití con sinceridad.

- Gracias, Itahisa. Mi flor está agradecida con las caricias que le has dado. Por esta noche no tienes que ir a tu cama. Puedes quedarte en la mía si quieres.

Evalué la invitación. Jamás había dormido en la cama de mi madre en Bosteko. Y siempre había deseado hacerlo. Por otra parte me sentía sumamente nerviosa y agitada. No podía dormirme así. Volví a sentarme en el borde de la cama.

- Estoy ... inquieta. - Murmuré.

- Es natural que estés inquieta, Itahisa. La pregunta es si estarás más cómoda en tu cama o en la mía.

- No estoy segura.- Confesé.

- Entonces quédate aquí. - Con una palmada señaló el lugar y se hizo a un lado.

Me acosté. Hallaba cierta extrañeza en aquella cama tan grande. Y al mismo tiempo me encantaba estar ahí. Las imágenes recientes volvían de continuo. Y no podía dejar de oler aquel perfume, en el aire, en mis dedos, en el cuerpo de Haridian a mi lado.

Desde mi *natura* emanaban corrientes de calor.

Cambié de posición varias veces, buscando una comodidad que me resultaba esquiva. Ella me acarició la cabeza.

- Deberás hacer algo para recuperar la calma, no ?

Estuve de acuerdo.

- No tendrás vergüenza en ... practicar lo que aprendiste, verdad ?

Deseaba hacerlo. No me preocupaba la presencia cercana de Haridian. Ella había abierto su flor y la había tocado frente a mí. Me había mostrado cómo se sentía el interior de su canal. Y yo había buscado mi placer delante de ella. Lo único que me preocupaba era su aprobación. No quería hacer algo que la disgustara en su cama. Íntimamente, también deseaba prolongar aquel momento.

Simplemente le devolví una sonrisa de agradecimiento.

Apenas volví a tocarme la sensación placentera regresó y se fue expandiendo. De a poco fui incrementando el ritmo y la presión. De mi memoria esperaba que en un momento me sintiera satisfecha. Pero no ocurría eso. La sensación de placer no dejaba de aumentar. El calor me fue tomando y empecé a transpirar. Hasta que mi flor comenzó a arderme y tuve la percepción de que algo estaba haciendo mal. Me detuve a recuperar la respiración.

Entonces Haridian intervino. Buscó mi mano, eligió mis dedos, y sin decir nada los llevó nuevamente a su canal. Pero esta vez los devolvió a mi flor, susurrándome.

- Si no hay humedad, debes ir a buscarla.

Mis dedos trajeron un delicioso bálsamo. Gocé al extenderlo y pude volver a acariciarme con intensidad. Y me animé a jugar con mi propio canal. Aquella entrada inexplorada cedió a la suave presión y las sensaciones que me produjo se replicaban y golpeaban en mi cabeza. Una de ellas se convirtió en explosión y me bañó por dentro. Entonces sentí que me temblaba el cuerpo. Dejé de ver y de oír. Olas de placer viajaban dentro de mí, yendo, viniendo, olas fuertes, olas suaves, olas verdes, olas de alivio.

Quedé extenuada. Tanto que no podía ni quería incorporarme o acomodarme en la cama. Me sentía ligeramente embriagada, y feliz. Haridian me besó y me cubrió con una manta. Complacida, me quedé dormida junto a ella.

Tardé un instante en ubicarme al despertar sola en la enorme cama. Haridian no estaba. Fui a desayunar y me crucé con Manindar, que me observó con extrañeza. No tenía ganas de hablar con él en ese momento. Calenté un caldero para bañarme. Disfruté largo rato en la cabina, derramando agua sobre mi cabeza y recordando los acontecimientos de la noche anterior. Tras bañarme, me envolvió una agradable sensación de bienestar. Salí de la casa y fui directamente a encontrarme con Sutziake.

Transcurridos veintidós días de nuestra llegada a Sexta, tuvimos por fin nuestro primer día de clases.

Habíamos combinado para ir juntas las cuatro a Construcción en las mañanas. Y en las tardes iríamos solamente Sutziake y yo a Cultivo. Porque Gazmira y Hagora a último momento habían elegido Cocina como segunda *Eskuela*.

En la *Eskuela* de Construcción conocimos a nuestro *Maisu*. En el grupo éramos cerca de treinta alumnos. Lo componíamos nueve de las *hamabineskak* que habíamos compartido la Recepción en Elkar y siete varones de doce años, entre ellos mi hermano Manindar y su amigo Guadarteme. El resto eran jóvenes de entre quince y dieciocho años de edad. El *Maisu* nos guió por galerías, salones y espacios de los alrededores, mostrando las distintas actividades que íbamos a realizar en nuestros siguientes tres años en la *Eskuela*.

En nuestra primera clase, el *Maisu* nos habló de los conceptos de horizontalidad y verticalidad. Y de cómo una construcción se basaba en esos dos conceptos. Nos enseñó a utilizar dos herramientas de construcción. Una cuerda con una piedra atada en un extremo para verificar que algo es vertical. Y una pequeña bolita de bronce que colocada sobre una tabla recta y lisa sirve para saber si algo es horizontal. Estuvimos practicando con esos instrumentos toda la mañana.

Al mediodía, Sutziake y yo nos quedamos a almorzar en la *Eskuela*. Porque no era práctico cruzar la ciudad dos veces para hacerlo en nuestras casas. Y teníamos bastantes temas para conversar. Entre ellos la convocatoria a la reunión de *hamabineskak* y hermanos que veníamos preparando.

Luego marchamos juntas a la *Eskuela* de Cultivo, donde también conocimos a nuestra *Maisu* y compañeros de cursos. La *Maisu* nos llevó a recorrer las huertas de la *Eskuela*, enseñándonos los distintos cultivos, e introduciendo alguna característica de cada tipo de planta. Antes de despedirnos, nos dio a cada alumno una bandeja que tenía compartimentos con semillas de distintas plantas. Y nos detalló instrucciones para preparar nuestros propios canteros en los terrenos de las casas.

Regresamos contentas cuando el sol ya se ocultaba. Estábamos entusiasmadas. La actividad en las *eskuelak* nos había traído una perspectiva más cierta de lo que iban a ser nuestras vidas en los siguientes años.

La reunión en la casa de Sutziake fue divertida.

Éramos ocho. Nosotras cuatro. El hermano de Gazmira, el grandote Baraso. Mi hermano Manindar, que se comportó mucho más sociable y simpático de lo que era conmigo y su alegre amigo Guadarteme. Y el hermano de Sutziake, Etxekide, a quien yo apenas conocía, pero me había gustado desde que lo había visto al visitar a su hermana. Habíamos llevado comida y bebidas. Nos saludamos y hablamos de las respectivas experiencias de inicio de cursos en las *eskuelak*.

La noticia la trajo la dueña de casa, la Sacerdotisa Nekane, la madre de Sutziake y Etxekide. Tenía la confirmación de que en el campo delimitado donde estaban haciendo el pozo, habían asignado nuestros predios. Allí haríamos nuestras casas las dieciséis *hamabineskak* de Elkar. Probablemente el depósito de agua estuviera terminado para la Fiesta de Ama y empezaríamos el nuevo año con la construcción. Era excitante saber que en poco tiempo podríamos disponer de nuestros propios hogares. De nuestros propios dormitorios. Pero aún quedaba por delante un año o más, para poder ocupar las *etxeak*. Las mujeres conspiramos para obtener compromisos de los varones para ayudarnos en la construcción.

Pude conversar ratos a solas con Guadarteme y con Etxekide. Guadarteme era gracioso y tenía siempre algún elogio para mí. No era difícil obtener su atención. En cambio Etxekide era más reservado y costaba hacerlo hablar. Como buen anfitrión, se mantenía atento a lo que ocurría en la reunión. Etxekide era alto, aunque no tanto como Baraso, usaba el pelo largo atado hacia atrás y los huesos de su rostro marcaban sus bellos rasgos masculinos a pesar de que recién había cumplido los trece años. Pero lo que más me atraía de él era su mirada. En sus profundos ojos azules había vivacidad e inteligencia.

Con Baraso no pude hablar porque Hagora y Gazmira lo tenían arrinconado. Mientras que Sutziake dedicó buena parte del tiempo a mi hermano, que parecía encantado con ella.

Manindar me hizo varias preguntas sobre Sutziake en el camino de regreso. Yo me divertí siendo ambigua en las respuestas. No me preocupaba que mi hermano estuviera interesado en mi amiga, al contrario, me causaba gracia verlo tan conversador.

Cuando llegamos a casa, se acordó de preguntarme.

- Dormiste en el cuarto de mi madre la otra noche ?

- Sí.

- Y por qué te dio permiso para hacerlo ?

- Porque teníamos cosas de mujeres para hablar.

Percibí que estaba sumamente interesado en mi respuesta, pero yo no pensaba dar mayores detalles.

- Y qué pasó ? - Insistió.

- Nos quedamos dormidas.

Di por concluidas las explicaciones. Oculta tras la mampara me reí en silencio, me desvestí y me acosté.

Se estableció una rutina.

Todas las mañanas salía con Manindar hacia la *Eskuela* de Construcción. Al mediodía almorzaba con Sutziake y luego íbamos juntas hacia la *Eskuela* de Cultivo. Al atardecer, la acompañaba a su casa, de camino a la mía. Jugaba un rato con Eider y ayudaba al tío Jacomar a preparar la cena. Al irnos a acostar, tenía una breve charla con mi hermano sobre lo que había ocurrido en la jornada.

El tío Jacomar pasaba casi todas las noches en casa. Y era frecuente que ayudara a Haridian a bañarse antes de irse a dormir. A veces me quedaba despierta en la expectativa de volver a escuchar señales reconocibles desde el dormitorio contiguo.

Tuve noticias de mi familia en Bosteko. Mi hermano Jama preguntaba cuándo iría a visitarlos. Mi madre Atissa planeaba adoptar una *hamabineska* para la Fiesta de Ama. Y el tío Ahar tenía previsto pasar una noche en Sexta y quería aprovechar para verme y traerme regalos. No tenía una respuesta clara para mi hermano, no me resultó grato lo de mi madre y envié indicaciones a mi tío para poder encontrarnos.

Se acercaba el primer fin de año desde mi llegada a Sexta.

Sin tener aún mi propia *etxea*, la Fiesta de Ama no iba a diferenciarse mucho de las de años anteriores. Sabía que debía regresar a casa con Manindar y Eider, mientras que nuestra madre se quedaría bailando. De todas formas, era la primera oportunidad en la que iba a formar parte del círculo inicial de la Cruz Atlanteana en la ceremonia de la mañana.

Cada seis o siete días, Anixua y Hagora venían a cenar. Conversábamos acerca de la marcha de los cursos, sobre la posibilidad de iniciar la construcción de nuestras *etxeak* en el *udaberri*, y sobre novedades en las negociaciones entre Zazpir y Sexta por el bronce, los adoquines y las tinturas.

Muchas de las semillas que planté en la huerta de la casa germinaron. Pimientos, papas, tomates y hierbas aromáticas se irguieron desde la tierra, al estímulo de mis cuidados y el disciplinado riego que realizamos con mi hermanita Eider. En la *Eskuela* de Cultivo, la *Maisu* nos explicó sobre las necesidades de agua, luz y calor de las distintas plantas. Sobre cuáles crecían mejor en compañía de otras. Cómo reconocer los plantines por las formas y colores de las primeras hojas. Por qué debíamos regarlas en ausencia de sol directo. Cuáles hojas podíamos cortar conforme al crecimiento de la planta. Cuáles insectos eran beneficiosos y cuáles debíamos combatir con preparaciones de hierbas.

En Construcción aprendimos a marcar esquinas perfectas. Con una cuerda debíamos medir tres pasos en una dirección, cuatro pasos en la dirección cruzada y cinco pasos entre ambas marcas. Con esa relación de tres, cuatro y cinco obteníamos una esquina perfecta, llamada *eskuadra*. Con cuatro *eskuadrak* completábamos un marco.

Luego pasamos a estudiar la producción de ladrillos de barro. Nos enseñaron a preparar la mezcla con tierra, bosta, aserrín y agua. A moler y pisar el lodo con la ayuda de un animal de carga y dejarlo secar durante varios días antes de colocarlo en moldes para hornearlo.

Una tarde llegué a casa y estaba mi tío Ahar. Me sentí contenta de verlo y corrí a abrazarlo. Haridian lo invitó a quedarse a cenar. El tío Ahar me puso al día con las noticias de mi casa materna y me trajo regalos. De mi tío Txoim una barra de carbón para dibujar, de mi madre un pequeño frasco con esencias de bosques, y de mi hermano Jama una cesta de mimbre que él mismo había tejido. Ahar y Jacomar estuvieron hablando en la cocina mientras se preparaba la cena, mientras yo enseñaba los regalos a la pequeña Eider. Ella era un año menor que Jama y estaba admirada de la capacidad artesanal de mi hermano. Tuve que prometer enseñarle cestería en mimbre.

El tío Ahar viajaba por encargo de la Ciudad de Bosteko, en un barco que transportaba gran cantidad de conejos vivos. Algunos conejos iban a quedar en Sexta, y el viaje continuaba hacia Hiru, donde tomaría contacto con mi abuela Iruene para hacerle llegar mensajes de mi madre. El tío Ahar era *Maisu* en Cocina y formaba parte de esa misión para promover el consumo de carne de conejo en otras ciudades de Atlantis. Hizo muchas preguntas durante la cena con la intención de poder transmitir en detalle a mi familia cómo me encontraba en Sexta. Nos contó que se alojaba en los galpones dormitorios del puerto, y ante nuestras expresiones de estupor, aclaró que los galpones estaban limpios.

Haridian se ofreció a acompañar a su invitado de regreso al puerto. Encendió una lámpara portable para el camino, y el tío Ahar partió con ella luego de que yo le diera muchos abrazos y besos para que él los repartiera a mi familia.

Los días lentamente se hacían más largos, señal de que se terminaba el año.

Hubo algunas jornadas apenas cálidas y en la *Eskuela* combinamos para ir a la playa al atardecer. Aunque el mar no invitaba a bañarse, se podía estar hasta la noche sin abrigo. Volvimos a reunirnos. Los cuatro varones, Baraso, Etxekide, Manindar y Guadarteme y las cuatro amigas, Sutziake, Hagora, Gazmira y yo, esta vez sin presencia de adultos. Encendimos un fuego mientras asistíamos a una hermosa puesta del sol en el horizonte.

Hagora jugaba a treparse a los hombros de Baraso y él se sacudía para impedírselo. Al final ella logró su objetivo y pudo pararse con sus dos pies sobre los poderosos hombros del hermano de Gazmira. Entonces Manindar se puso en cuclillas para que Sutziake pudiera hacer lo propio sobre él, lo que no era tan fácil porque mi hermano era más pequeño que mi amiga. Luego de muchos intentos fallidos, que festejamos a carcajadas, Sutziake logró subirse a caballo de Manindar. Ambos nos desafiaron a imitarlos y yo no esperé mucho para treparme a la espalda de Etxekide. No fue sencillo para Gazmira montarse sobre Guadarteme, pero en cuanto lo hizo, fuimos hacia ellos para hacerlos caer. Fue un triunfo inmediato, que no pudimos festejar, porque Manindar y Sutziake cargaron sobre nosotros. Forcejeamos en las alturas un momento, pero mi caballo era más fuerte que el de ella. Los vencimos rápidamente.

Nos quedaba únicamente el temible adversario llamado Baraso-Hagora, quienes se habían mantenido al margen, riéndose de nosotros. Era dudoso intentar hacer caer al caballo, por lo que fui decidida hacia la jinete. Traté de empujarla pero Baraso la mantenía firmemente sujeta de las rodillas. Ella intentó lo mismo, pero Etxekide dio un oportuno paso hacia atrás que hizo que el impulso de Hagora quedara en el vacío y se cayera hacia adelante. Baraso trató de sostenerla avanzando, pero Hagora se iba hacia abajo y él tuvo que sujetarla de la cintura para que no se golpeara la cabeza en la arena. Por un instante, mi amiga quedó estática con las piernas hacia arriba y las manos rozando el piso, sostenida en el aire por los poderosos brazos de Baraso. Su falda caída sobre los pechos, su flor expuesta. Hubo una vibración en el aire de la playa, mientras Baraso suavemente la hacía descender en la arena. Levanté los brazos en señal de victoria. Mi caballo empezó a correr como loco hacia la orilla y se internó unos pasos en el mar. Se puso a corcovear para que yo cayera y tuve que rogar, implorar y gritar para que no me soltara en el agua. Desde la playa se escuchaban risas. Finalmente Etxekide se apiadó de mí y me permitió bajar sin mojarme la ropa.

Con nuestras lámparas portables encendidas retornamos a nuestras casas. También estaban encendidas nuestras caras. Íntimamente sentí por primera vez que aquella horrible ciudad de Sexta era en realidad hermosa. Era mía.

Cuando me desvestía para acostarme, vinieron a mi mente las escenas de lucha de caballos en la playa. Cerré los ojos y volví a sentir la deliciosa sensación de apoyar mi *natura* en la nuca de Etxekide. Los involuntarios roces durante las peleas. El suspenso de la caída de Hagora. La loca carrera hacia la orilla. El gozoso acto de tratar de sostenerme sobre sus hombros cuando él intentaba tirarme al agua. Con esos recuerdos mis manos fueron a mi flor. Estaba contenta. No me costó darme placer.

Repetimos la excursión a la playa unos días más tarde. Esta vez no éramos los únicos. Otros grupos de jóvenes habían bajado con sus lámparas y se reunían alrededor de las fogatas. Hagora le pidió a Baraso que nos presentara a otro grupo, en el que predominaban varones estudiantes de navegación. Tenían entre catorce y quince años y sus físicos eran admirables. Al lado de ellos, Manindar y Guadarteme parecían niños y eso hacía que nuestros hermanos no estuvieran interesados en estar con ellos. Hagora no se preocupó por ello y pasó buen rato bromeando con los amigos de Baraso. Gazmira repartió su atención en ambos grupos. Sutziake y yo fuimos solidarias con Manindar, Guadarteme y Etxekide, permaneciendo en nuestra hoguera, aunque no nos faltaban ganas de conocer a aquellos jóvenes.

Sutziake no se encontraba de buen humor y yo no entendía el motivo. En un aparte me contó que había bajado su primera luna y que se sentía molesta por fuertes dolores en su vientre. La felicité, la abracé, intenté darle ánimo, pero no tuve mucho éxito. Quiso que la acompañara de regreso a su casa. El clima de la playa era tentador, pero accedí a su pedido. Dejamos a los cuatro varones algo decepcionados en espera de que Gazmira y Hagora decidieran volver.

En el camino de regreso fue evidente que Sutziake había hecho un esfuerzo enorme para permanecer en la playa. Le acometían dolores tan intensos que no la dejaban caminar y se curvaba tomándose el vientre con ambas manos. Me empecé a preocupar por ella y por mi propia perspectiva. Me tocaría a mí también doler de esa forma la primera luna ?

Cuando llegamos a su casa, Nekane rápidamente preparó unos paños con agua caliente y los aplicó en la panza de su hija adoptiva. También puso a hervir unas hierbas para preparar una infusión. Me quedé junto a Sutziake hasta que se sintió algo mejor.

Temprano a la mañana siguiente me despertó Hagora. Ella nunca pasaba por mi casa antes de ir a la *Eskuela*. Pensé que venía a disculparse por su comportamiento de la noche anterior, pero la expresión de su cara me hizo descartarlo. Me adelantó que algo sorprendente había ocurrido al regreso de la playa. Me resultó raro que Manindar no me hubiera contado, asumiendo que habían vuelto juntos.

Manindar estaba callado y su mirada denotaba fastidio con Hagora. Ella aguardaba impaciente que saliéramos de la casa, y era evidente que no iba a hablar delante de mi hermano.

En cuanto partimos en dirección a la *Eskuela*, Hagora hizo un relato confuso de lo ocurrido la noche anterior. Baraso la había besado. O ella lo había besado. En realidad habían tenido una pelea en la playa. O en la puerta de su casa. Eran dos discusiones, pero por el mismo motivo. Los varones habían querido irse pero Gazmira y ella habían querido quedarse. Baraso había logrado convencer a Gazmira de regresar a la casa, pero Hagora se había negado y persuadido a Baraso de permanecer otro rato en la playa. Etxekide se había marchado solo. Finalmente Gazmira se había ido acompañada por Manindar y Guadarteme. Y ella y Baraso se habían quedado. Pero él estaba enojado. En ese momento había sido la primera discusión. Ella le había gritado y él la había amenazado con irse y dejarla sola en la playa. No exactamente sola, sino con sus amigos de Navegación. Ella había aceptado el desafío, decidida a quedarse. Pero Baraso no se había resignado a dejarla. Durante el regreso ella le había recriminado todo el camino, hasta que al llegar a la puerta de su casa, habían tenido la segunda discusión. Él le había reprochado por querer quedarse con sus amigos. Ella estaba indignada porque había sido él quien los había presentado. Mientras él seguía reprobando su actitud, a ella le había parecido extremadamente atractivo tan enojado. Entonces ella lo había besado en la boca, consiguiendo que él se quedara en silencio, mirándola. Ella había intentado darle la espalda y entrar en su casa, pero él no se lo había permitido. Tomándola por la cintura la había abrazado con tal fuerza que ella había quedado con los pies en el aire, mientras él la besaba. Y luego se había ido sin emitir una palabra.

Quedé atónita. Y confundida. La historia me resultaba poco comprensible. No sabía qué decirle.

No me dio tiempo a que lograra articular una frase. Porque me hizo aquella pregunta insólita, imprevisible, absurda.

- Te parece que debo ofrecerle mi flor ?

Que me dejó completamente aturdida.

Hagora me miraba contenta y expectante. Esperaba mi aprobación. Luché con un conflicto de emociones. La amistad que me unía a ella desde los cinco años. El vínculo que nos había traído a Sexta. La amargura de la Ceremonia de Recepción. El fastidio por su comportamiento. La entreverada historia que acababa de contarme. Para colmo, estábamos llegando a la *Eskuela* y nos quedaba poco tiempo para hablar. No se me ocurría la forma de decirle que estaba siendo una estúpida sin arriesgar toda posibilidad de diálogo posterior.

- Hagora. Creo que tenemos que hablar de ... todo esto ... con más tiempo.

Ella se mostró decepcionada. Insistió. Pero logré convencerla de volver a reunirnos al atardecer para continuar la conversación. Finalmente aceptó y fue un alivio para mí. Necesitaba todo el día para saber qué iba a decirle.

Me costó prestar atención en la *Eskuela* de Construcción durante la mañana y estuve como ausente en la tarde en la *Eskuela* de Cultivo.

Me sentía sumamente molesta con Hagora.

Ella se había comportado como una tonta en la playa. No se había enterado de lo que le pasaba a Sutziake. Se había mostrado embobada con los amigos de Baraso. Era responsable de haber separado y generado discusiones en el grupo de amigos. Y sin embargo parecía encantada por lo ocurrido. Con un beso había logrado eliminar el enojo de Baraso. Me resultaba incomprensible. Y por si fuera poco, quería ofrecerle su flor.

Me preocupaban las consecuencias que aquello podría traer. No sólo para ella, sino para los demás. La oferta de Hagora a Baraso, no terminaría implicándonos ? A Gazmira, a Sutziake y a mí ?

Qué pensarían Etxekide, Guadarteme y Manindar de enterarse ? Baraso los pondría al tanto ? O lo haría la propia Hagora ? Tratarían ellos de hacer lo mismo ? Molestarse con nosotras para buscar un beso y ... algo más ? No. No lo harían. Entenderían que no necesariamente las demás seguiríamos su forma de actuar. Y eso ... no provocaría que todos los varones se interesaran en Hagora y no en nosotras ? De modo que en definitiva deberíamos hacer lo mismo que ella para recuperarlos ? Tendría yo también que ofrecer mi flor ?

Qué debía recomendarle a mi amiga ? Por otra parte, estaría ella dispuesta a escucharme ? Existiría algún argumento para convencerla de no hacer lo que obviamente estaba dispuesta a hacer ? Por qué había venido a mí con aquella terrible pregunta ?

Traté de ocultar la molestia y la consternación al volver a reunirme con Hagora. Pero fue imposible. Inicié la conversación tratando de darle importancia al acto de ofrecer su flor por primera vez y me topé con una respuesta que me dejó desarmada.

- No sería la primera vez. - Anunció sonriente.

Quedé perpleja. Mi pecho se aceleró. Era posible que Hagora hubiera ofrecido previamente su flor sin que yo me hubiera enterado ?

- Cómo ?

- Ya lo hice ... - puso cara de pícara - varias veces.

Me estaba desconcertando.

- Cómo ?

- Tú no lo has hecho con tu madre ? - Su tono era triunfante.

- Con ... tu ... madre ?

- Sí, tontita, - dijo ella alegremente - con tu madre Haridian.

Pensé si mi noche en la cama de mi madre adoptiva podía contar como haber ofrecido mi flor. Decidí que no. Hagora debía estar confundida.

- Ehh ... no.

Hagora me miró. La expresión de festejo de su cara fue cambiando a sorpresa.

- No le has dado tu flor ? - Insistió.

Aquella conversación con mi amiga se hacía inmanejable.

- De qué estamos hablando, Hagora ?

Para mi asombro, ahora ella parecía fastidiada conmigo

- Estamos hablando de ofrecer nuestra flor, nuestra *natura*, a nuestras madres.

Traté de explicarle.

- Ofrecer significa no solamente dejar ver, no solamente dejar tocar, también significa dejar entrar.

- Exactamente.

No podía creer lo que estaba oyendo.

- Tu madre Anixua ... entró ... en tu canal ?

- Claro.

La miré asombrada. Ella se veía tan tranquila como si estuviéramos hablando de ropa.

- Puedes ... explicarme ... por favor ?

- Me estás diciendo que tú nunca lo hiciste con tu madrc ?

- Bueno. En realidad, - me pareció honesto especificar - yo sí ... entré en su canal. Pero ella no entró en el mío.

- No se lo pediste ?

- No.

Ella sonrió.

- De lo que te has perdido, Itahisa.

Ahora sí me hallaba completamente desorientada. Ella estaba en pose de enseñar y yo no tenía qué decirle.

- Puedes contarme cómo ocurrió ?

Hagora pareció no escuchar mi pregunta.

- Sí. Supongo que el problema tuyo es que no se lo pediste. Deberías hacerlo.

- Tú ... se lo pediste ? - Atiné a preguntar.

- No. No fue necesario.

- No fue necesario ?

- No. Simplemente ocurrió la tercera o cuarta noche que dormí con ella.

Cada respuesta de Hagora me sumía en un pozo más profundo.

- Qué ?

- Sí. Tercera, creo, o cuarta.

- Cuántas veces has dormido con ella ? - pregunté exasperada.

- No sé. Ya perdí la cuenta.

Me quedé en silencio. Ella agregó.

- Gazmira me dijo que también lo había hecho con su madre. Entonces asumí que era lo normal. Y que lo mismo pasaría contigo. Y con Sutziake. Que todas las *hamabineskak* dormían algunas noches en las camas de sus madres. Y las complacían. No estuve equivocada. Tú también complaciste a tu madre Haridian. Si ella no lo hizo contigo fue porque ... fue porque no se lo pediste.

Me mantuve en silencio. Ella siguió.

- La próxima vez que duermas con ella, hazlo. Itahisa, verás que se siente estupendo.

No soportaba aquella clase dictada por Hagora. Pensé en dar por terminada la conversación, aunque ni siquiera habíamos empezado a hablar de lo que nos convocaba.

- Sólo dormí una noche con Haridian. - Informé para asombro de mi amiga.

- Sólo una ?

- Sí. Y no sé si habrá ... otra.

Hagora me miraba con compasión. Como si yo estuviese contando algo triste.

- Todas las noches está el tío ... cómo se llama ?

- Jacomar. No. No todas las noches.

- Y no duermes con ella cuando él no se queda ?

- No.

- Y quién le ayuda a bañarse cuando el tío Jacomar no se queda ?

- Nadie. Ella se sabe bañar sola. - Contesté molesta.

- Eso no está bien, Itahisa. Está mal. Tú deberías ofrecerte a bañarla.

- Yo debería ?

- Claro. Es nuestro deber como *hamabineskak* ...

No la dejé seguir. No lo soporté.

- Hagora. Tú no me vas a enseñar a mí lo que debo hacer. En cuanto a tu amigo Baraso, haz lo que quieras. Creo que ya sabes todo. No te interesa lo que yo pueda decirte.

Me levanté, le di la espalda y me alejé. Resignándome a que Hagora quedaría ofendida y dejaría de hablarme por un tiempo. Pero no me importaba. Necesitaba estar sola.

Contra mi pronóstico, Hagora no se mostró ofendida sino todo lo contrario. Vino nuevamente a mi casa la mañana siguiente. Me pidió disculpas. Dijo que había sido grosera conmigo, con Sutziake y los demás. Que no daría su flor a Baraso si yo no estaba de acuerdo. Llegó a decir que no necesariamente debía ofrecerme a bañar a mi madre Haridian. Con esto último logró aplacar mi enojo con ella. Le ofrecí mi mano en señal de reconciliación, en el momento que ingresábamos juntas al edificio de la *Eskuela*.

El gesto de Hagora me reconfortó, pero íntimamente me sentía intranquila. De algún modo ella me había trasladado una responsabilidad que yo no había buscado.

Por qué debía ser yo quien dictaminara en qué momento Hagora se ofrecería a Baraso ? Qué pensarían al respecto Sutziake y Gazmira? Sería posible saber qué opinaban ellas sin violentar la confianza de mi amiga Hagora ? Estarían ellas dispuestas a ofrecerse antes de ser dueñas de sus *etxeak* ? Aceptarían condicionar sus decisiones unas a otras ? No sería una forma de hacer con ellas lo que Hagora había hecho conmigo ? Y qué harían los varones ? Qué pasaría con el grupo de los ocho amigos que estábamos formando ?

En tanto transcurría la jornada tuve la desagradable sensación de que la molestia con Hagora, en vez de disiparse, retornaba. Recién al atardecer tuve una idea de lo que iba a hacer.

Fui a lo de Hagora. Le dije que no aceptaría cuidar su secreto y al mismo tiempo ser jueza de su comportamiento. Que si ella no me autorizaba a hablarlo con Sutziake, yo no podía decir nada a favor ni en contra. Pensé que se iba a negar, pero no lo hizo. Aceptó de buen grado que Sutziake tomara parte en el asunto. Siempre que no se enterara Gazmira. Gazmira no sólo era la hermana de Baraso, también estaba interesada en ofrecerle su flor.

Yo tenía un tercer motivo para no involucrar a Gazmira, pero a los efectos, no importaba. Estuvimos de acuerdo.

Cuando pude obtener un tiempo a solas con Sutziake, ella había recuperado su buen humor. Se divirtió escuchando el relato que le hice sobre la situación. Se rió con cada avance que le iba dando sobre mis conversaciones con Hagora. A mí no me parecía tan gracioso, en realidad me sentía acongojada, pero sus risas me fueron contagiando.

Cuando llegué al final, tras notificarle el pacto que la había involucrado, se había reído tanto que caían lágrimas por sus mejillas. Me quedé en silencio, esperando que tuviera la bondad de otorgar la seriedad que el asunto ameritaba.

- Sutziake. Podrás decirme qué opinas ?

Ella no me respondió. Con sus manos se secaba los ojos tratando de disimular sus ganas de seguir riendo.

- Por favor. - Insistí.

Me desconcertó devolviéndome la pregunta

- Qué quieres ... hacer tú, Itahisa ?

- No sé.

- Yo sí sé. - Dijo ella y volvió a reírse.

- Qué es lo que sabes ? - Me causó gracia su cara burlona.

- Quieres ofrecerle tu flor ... a mi hermano Etxekide ... no puedes más de ganas. Me equivoco ?

Fue como si me hubiera golpeado. No atiné a responder. Ella gozaba de mi confusión.

- Me equivoco ? - Repitió.

- Sí. - Dudé. - No.

Su alegría era desbordante. Me quité una sandalia y se la arrojé a la cabeza. Ella se cubrió la cara y la sandalia apenas rozó sus cabellos.

- No seas estúpida, Sutziake. Puedes parar de reírte ?

- Sí, o no ? - Me seguía atormentando.

Me levanté a rescatar mi sandalia de entre unos arbustos del parque de la *Eskuela* de Cultivo, mientras elaboraba una respuesta que evitara que mi amiga siguiera burlándose.

- No te equivocas en que tengo ganas. Pero no lo voy a hacer ... por el momento.

Logré mi objetivo. Ella se interesó y abandonó por un instante su tono jocoso.

- Por qué no ? - Me preguntó.

- Porque ... no tengo casa ... y porque ... nunca lo he hecho hasta ahora.

- Itahisa. Esas no son excusas. No tienes casa, pero existen los bosques, las playas, los barcos ...

- Los barcos ?

- Y que nunca lo hayas hecho me parece una buena razón para hacerlo, no ?

Me sentí arrinconada. No supe responderle. Sutziake se acercó a mí y me tomó las manos.

- Hagora va primero con Baraso y luego, más tarde, viene Gazmira. Tú vas primero con Etxekide. Y después, cuando se den las condiciones, voy yo.

Ella sonreía con picardía. De repente cambió la expresión.

- A menos que prefieras cambiar el orden.

No esperaba aquel desafío. Abrí los ojos sorprendida. Ella sostuvo la mirada.

- Tú quieres ... ofrecer tu flor ... a tu hermano ?

- Tanto como tú, Itahisa.

Aquella conversación con Sutziake resolvió varios problemas y trajo otros nuevos.

Ella insistió en despreocuparse de cómo podían verlo Guadarteme y Manindar. Afirmó que como ellos recién habían cumplido los doce años, entenderían que diéramos prioridad a los dos mayores, porque sabrían esperar su momento. Que un año de *Eskuela* de Navegación iba a convertirlos en hombres, que nos iba a sorprender cómo cambiarían sus físicos al adquirir el estado *atletiko*, la fuerza del mar.

Se mostró convencida que Etxekide era excelente candidato a ser nuestro primer compañero. Que a pesar de ser menor, era más comprensivo y cuidadoso que Baraso. Que sería maravilloso, pese a su inexperiencia. Aseguró que Etxekide estaba encantado conmigo, y que él le había confesado que me deseaba. Tampoco le preocupaba ponerse en segundo lugar. Hizo chistes pronosticando que Etxekide iba a "saber más" luego de estar varias veces conmigo. Que el trabajo de la primera era mayor que el de la segunda. Que había hablado con Gazmira al respecto y ella pensaba lo mismo. Gazmira le había confirmado que no le importaba demasiado ser la segunda con Baraso. Y más tarde, después de nosotras, la tercera con Etxekide.

La conjunción de situaciones me dejaba en un lugar poderoso e incómodo. Yo tenía la posibilidad de abrir todas las puertas. Y por un tiempo tenía el poder de mantenerlas cerradas. Luego de que la primera puerta se abriera, se abrirían las siguientes.

Por un tiempo. Quizás solamente por ocho días, hasta la Fiesta de Ama.

En la *Eskuela* de Construcción, trabajamos en dibujo de mapas.

El *Maisu* nos dio pautas para representar calles, edificios y otros objetos, y nos pidió a cada uno que hiciéramos el mapa de Sexta. Teníamos que entregarlo en dos días.

Pensé que iba a ser fácil, pero me fui dando cuenta de la dificultad a medida que iba avanzando. La costa tenía muchas curvas, la distancia entre la playa y la colina debía ser de veinte campos, y de diez desde el puerto a la *Eskuela* de Construcción. Pero desde las rocas a la *Eskuela* de Cultivo había catorce campos, porque la ciudad se ensanchaba al terminar el puerto. Hice algunos intentos que me quedaron mal al colocar las calles. Antes de la cena, nos instalamos en el hogar, Manindar y yo frente a frente, cada uno con su mapa. Con frecuencia él hacía comentarios despectivos de mis trazos, y aunque yo hacía lo mismo con los suyos, era evidente que su dibujo estaba quedando mejor que el mío. Dejé de pretender lo contrario y le pedí que me ayudara.

Él accedió gustoso, observó un par de problemas en mi mapa, dijo que alejara el río más al este y me hizo notar que la *Biltzara* ocupaba cuatro campos y no dos como yo había señalado. La explanada de intercambio en frente a la *Biltzara* tomaba otros cuatro campos. Con esos ajustes, logré algo aceptable aunque Manindar seguía diciendo que las distancias entre mis calles estaban desparejas. Tenía razón, pero mover una calle luego de dibujada era tedioso, de modo que resolví no hacerle caso. Señalé algunos edificios de la Ciudad y omití otros por no saber exactamente dónde debía ubicarlos. Cuando terminamos, comparamos los resultados. Haridian fue generosa en sus apreciaciones sobre mi esfuerzo. Era notorio que el mapa de Manindar era más preciso y más prolijo. De todas formas quedé conforme con el trabajo y fue lo que entregué al *Maisu* al día siguiente.

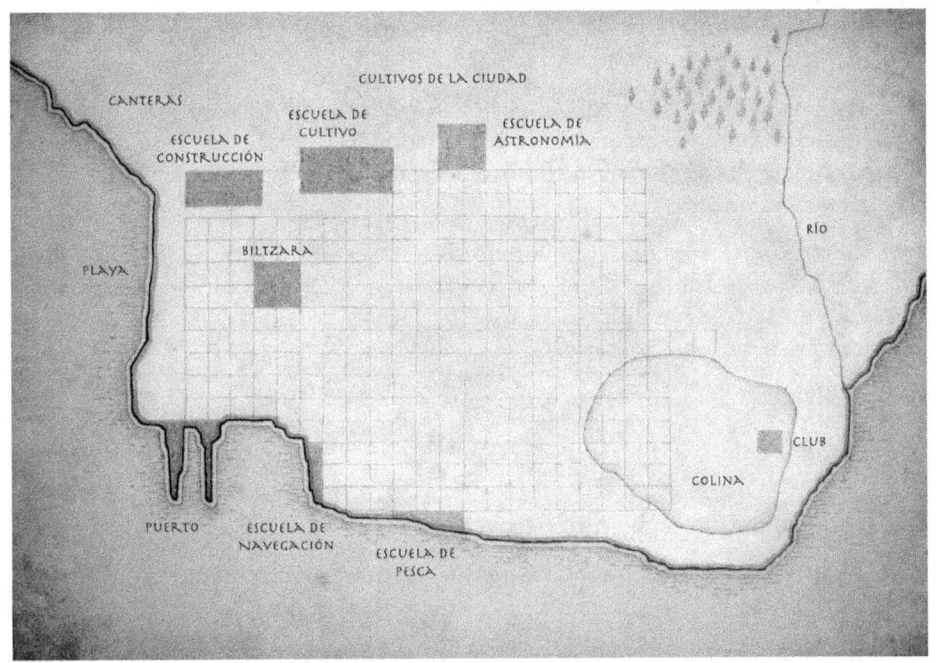

Cuatro días antes de la Fiesta de Ama, vino a Sexta mi abuela, para asistir a una reunión del Círculo en la casa de Nekane. Entre otras cosas, se iba a considerar la posible elección de Haridian como Decana de Navegación.

Aunque no teníamos certeza, Sutziake y yo especulamos con que la reunión del Círculo trataría otros asuntos de Sexta, en particular el arribo de un nuevo grupo de inmigrantes, las *hamabineskak* de Ama.

Sabiendo que mi abuela iba a estar ocupada, me preocupé de ir a recibirla, para poder darle un abrazo y tener un aparte con ella. Tenía necesidad de hablarle de varias cosas.

Aquella tarde, el puerto de Sexta lucía inusualmente limpio.

La abuela estuvo feliz de verme en el muelle. Me abrazó y elogió mi cuerpo de mujer. Lo primero que contó fue que Txanona no sería la única *hamabineska* en viajar a Islas Castigadas. Una segunda chica de Lehen y dos varones de quince años se sumarían a la flotilla que partiría en pocos días. Los varones eran hijos de dos de las mujeres residentes, mientras que la otra *hamabineska* era hija de una Sacerdotisa del Círculo de Lehen, que habiéndose enterado del destino de Txanona, había querido emigrar con ella. Me alegré muchísimo de que mi amiga no iba a estar tan sola en su nueva vida. Le pregunté a mi abuela si sería posible ir a Lehen a despedir a Txanona en su partida. Me respondió que sí, con dos condiciones. Que obtuviera el permiso de mis *maisuak* para faltar a clase. Y que no me embarcara a último momento con mi amiga hacia Islas Castigadas. Me hizo reír con su ocurrencia.

Mientras caminábamos, traté de abordar los temas que me preocupaban. Se negó a decirme si el Círculo había aprobado la transferencia a Hagora del aro del delfín que originalmente era de Txanona. Me dijo que ya lo sabría por Haridian.

Intenté que me revelara el misterio de la Ceremonia de Iniciación y no obtuve mayores datos. Que la ceremonia del Círculo respetaba la tradición de Atlantis, mientras que el ritual de las sacerdotisas de la Serpiente era ridículo y vergonzoso.

Eso me llevó a mi última pregunta.

- Cuál es la norma en el Círculo acerca de que las *hamabineskak* ofrezcan su flor a sus madres adoptivas ?

Mi abuela se detuvo y me miró extrañada.

- No existe ... una norma al respecto, Itahisa, sólo existe el ... sentido común. Por qué me preguntas ?

- Porque han sucedido cosas distintas entre nosotras.

- Alguna de tus amigas se ha visto forzada a hacer algo que no quería ?

- No ... pero ...

- Bien. Me tranquiliza saberlo. Pero qué ?

- Se espera que una *hamabineska* ofrezca su flor a su madre adoptiva ?

- No Itahisa. De ninguna manera. Lo que sí es esperable es que la madre lo haga con su hija adoptiva. Pero tampoco es una norma.

- Por qué es esperable ?

- Sería mejor que hables de esto con tu madre Haridian. No es correcto que me lo preguntes a mí.

Mi abuela reemprendió la marcha. Era obvio que no iba a darme más explicaciones.

La acompañé hasta casa de Nekane, donde cerca de treinta sacerdotisas del Círculo la esperaban.

Saludé a Sutziake y aproveché a darle a Etxekide un beso un poco más expresivo de lo habitual.

Y regresé a mi casa saboreándolo.

Varios asuntos de extrema importancia requerían de otra conversación nocturna con mi madre adoptiva. Traté de obtener del tío Jacomar información sobre si tenía previsto ausentarse alguna de las noches siguientes. Su respuesta no fue clara. Me sentí algo decepcionada, pero estaba resuelta a obtener la charla a cualquier costo. La mañana siguiente en el desayuno le hice saber a Haridian que necesitaba hablar con ella. Afortunadamente no presentó objeciones. Me anunció que le pediría al tío Jacomar que no se quedara esa noche.

Como otras veces, me invitó a hablar sentadas en su cama. Empecé por la partida de Txanona. Le conté lo que la abuela me había dicho. Me preguntó si me animaba a ir y volver sola a Lehen y le aseguré que sí. Luego quiso saber dónde iba a pasar la noche y le dije que en lo de Txanona. No estuvo de acuerdo. Afirmó que la noche previa a la partida era complicada como para recibir un visitante. Entonces sugerí ir a dormir a una *Eskuela* en Lehen. Ella quedó un momento pensativa, y terminó accediendo. Se pondría en contacto con la *Eskuela* de Navegación de Lehen para que me dieran alojamiento allí.

El segundo punto de la charla fue sobre lo esperable entre *hamabineskak* y madres adoptivas, que mi abuela se había resistido a abundar y me había derivado con ella. Haridian sonrió e hizo el ademán de prepararse a una complicada explicación.

Recurrió a conceptos que yo había aprendido en la *Eskuela* de Construcción. Comenzó diciendo que un vínculo entre dos personas puede ser horizontal o vertical. Un vínculo normal de amistad es horizontal, un vínculo entre madre e hija es vertical. Existe una jerarquía de la madre sobre la hija. Entonces, existe una regla no escrita, que todos los adultos entienden, pero que en realidad no tiene demasiada importancia. Que simboliza, en el acto de complacer, la horizontalidad o verticalidad del vínculo. Si alguien se dispone a complacer a otra persona, sin pedir nada a cambio, está significando en el mundo adulto, una aceptación de jerarquía. Un vínculo vertical. Por el contrario, si alguien sólo te dispone a hacer lo que el otro también está dispuesto a hacer, está representando un vínculo horizontal.

Me resultó oscura su exposición. Y ella se dio cuenta.

- Intentaré ser más clara. Si una mujer algún día se arrodilla ante ti, y sin acuerdo previo de reciprocidad, va a lamer tu flor, podría estar queriendo decir que te reconoce como superior en jerarquía. Se entiende ?

- Solamente una mujer a otra ?

- Sí. Podría pasar lo mismo entre dos hombres. Pero es raro que ocurra.

- Dos hombres ?

- Sí. Que uno de ellos se arrodille ante el otro a lamer su *zakil* sin demandar reciprocidad. Como te dije, es raro que ocurra, pero ciertamente implicaría sumisión a la jerarquía del otro.

Creí haber entendido.

- Entonces lo esperable entre una *hamabineska* y su madre adoptiva ... es que ella se disponga a complacerla ... sin pedir nada a cambio ?

- No Itahisa. No es esperable eso. Porque sería forzar a la *hamabineska* a seguir códigos ... de adultos. Sólo si la *hamabineska* lo hiciera por su propio motivo, la madre debería aceptarlo. No es correcto obligar a nadie.

- Y si existiera ... reciprocidad entre una madre y su hija adoptiva ?

- Significaría que se entienden bien, no te parece ? No es posible quitar la verticalidad del vínculo.

No entendí.

- Es algo ... complicado para mí.

- También para mí Itahisa, no te preocupes. Qué es lo que no entiendes ?

- Si yo ... te complazco sin pedir nada ...

- Si lo haces una vez y yo lo acepto, estaríamos verificando mi jerarquía sobre ti. Si lo haces muchas veces y yo lo acepto, entonces yo estaría abusando de mi jerarquía. Sería una grosería de mi parte.

- Una vez sería suficiente ?

- Sería suficiente. Pero no necesario. No es preciso verificar nada. Porque no se puede cambiar.

- Tú ... lo aceptarías ?

- Lo aceptaría sólo si estoy segura que de veras quieres hacerlo. Y aun así ... no sé si no me darían ganas de hacer lo mismo contigo. Si quisiera ser recíproca, tú me aceptarías ?

Me resultó inquietante aquella pregunta.

- Claro que sí. - Admití.

Me costó cambiar de tema. Pero era imprescindible hacerlo.

El asunto crítico era la Fiesta de Ama. Mi intención era pedirle que Manindar se encargara de hacer dormir a Eider, para poder quedarme un tiempo más en el baile de la noche. No tuve que esforzarme ni rogárselo, porque Haridian aceptó inmediatamente.

Luego me dijo.

- Tendrás que venir a dormir a esta casa, porque no tienes otra.

Tuve la sospecha que algo había detrás de esa afirmación tan obvia.

- Sí.

- Y eso significa que no podrás traer un compañero de baile a tu cama, eres consciente de ello ?

- Sí.

- Bien. Qué harás entonces ?

- Me quedaré bailando con mis amigos ... hasta la medianoche.

- Y luego ?

- Vendré a dormir.

Ella se mostraba enigmática.

- Y antes ?

No contesté esa pregunta, cuyo alcance me costaba precisar.

- Itahisa. Podemos hablar de todo entre nosotras, verdad ?

- Sí. Claro.

- No estarás pensando en llevar un amigo a los bosques, no ?

Me invadió el pánico. Era exactamente lo que estaba pensando. No podía mentirle. Y tampoco me sentía cómoda para confirmarlo.

- Ehh ... no ... lo sé.

- Lo tomaré como un sí. - Sentenció.

No supe qué decir.

- Itahisa, soy tu madre adoptiva y soy responsable de tu iniciación, lo recuerdas ?

- Sí, madre Haridian.

- No voy a permitir que te arriesgues a pasar un mal momento.

- Sí, madre Haridian. - Acepté tratando de disimular los involuntarios movimientos de mis rodillas.

- Entonces no irás a los bosques en la Fiesta de Ama.

Me quedé muda mirando al piso.

- Tú sabes que el tío Jacomar es *Maisu* pescador, no ?

Aquella pregunta me resultó absurda, tardé en responder.

- Sí.

- Y que ha construido una cabaña de madera en el río para pescar de noche ?

- No.

- Bien. Si quieres pasar una noche divertida, usarás la cabaña del tío Jacomar. Tiene una buena cama. Estás de acuerdo ?

Busqué los ojos de mi madre adoptiva. Fui reaccionando lentamente.

- Síiiiiii - Grité, levanté mis brazos y acepté agradecida el abrazo que ella me ofrecía.

Al cambiar el año, en Atlantis hay tres días de feriado. El primero es fin de año, el siguiente es año nuevo, la Fiesta de Ama, y el tercero es día de descanso. Durante esos tres días no hay barcos, ni intercambio en las plazas, por lo que todo el aprovisionamiento para la fiesta debe hacerse en los días previos, lo que implica una sobrecarga enorme de trabajo antes del feriado. La gente se pone nerviosa y suele haber problemas en las calles.

Para colmo, en este fin de año, muchas mercaderías escaseaban. No sólo los calderos y las lámparas, que eran importantes para la Fiesta de Ama. También era difícil encontrar hongos comestibles, nueces, bellotas, miel, sal y aceites animales. Por el contrario abundaban el pescado, las frutas, los mejillones y los aceites vegetales. Esto generó situaciones insólitas de intercambio, donde un puñado de nueces valían como bolsas de mejillones. O varias canastas de pescado por un vaso de miel. Las frutas no tenían valor, simplemente se iban a buscar tantas papayas, sandías o bananas como se quisiera, dado que de otro modo se iban a estropear.

La confrontación entre Sexta y Zazpir ya no se limitaba a los metales. La *Biltzara* de Zazpir había endurecido su posición y estaba retaceando los envíos de todos sus productos. Corrían rumores de que la llegada de nueces y miel de Zazpir se iba a cancelar por completo, y los habitantes de Sexta estaban desesperados por acopiar una provisión mayor a la que realmente necesitarían por los tres días de feriado. Yo sabía que aquello no tenía sentido, porque la producción de miel y nueces de Bosteko sería suficiente para satisfacer, acaso temporalmente, la demanda de Sexta. Pero por algún motivo que se me escapaba, nadie parecía creer en ello.

Mis preocupaciones se ubicaban distantes al problema de las nueces y la miel.

Faltaban dos días para la Fiesta de Ama. Dos días para que se abrieran todas las puertas. En nuestro grupo, excepto Manindar y Guadarteme que no tenían autorización para quedarse hasta el final de la fiesta, todos teníamos motivos para aguardar con nerviosismo el baile de la noche. Pero especialmente Hagora, Etxekide, Baraso y yo. Sin estar anunciado, los cuatro sabíamos que algo importante podía ocurrir.

El último día del año fui a caminar sola.

En todas las *etxeak* se preparaba el banquete de la Fiesta y yo había ayudado al tío Jacomar durante buena parte de la jornada en la cocina. Habíamos hecho tortas de pescado para compartir con los vecinos en la calle al día siguiente. También había enseñado a mi hermana Eider a tejer y trenzar mimbre y ella ya estaba logrando sus primeras rudimentarias bandejas y canastos.

Di por suficiente mi colaboración familiar a mitad de la tarde y salí hacia el este de la ciudad. Hacia la colina.

En el campo asignado a las *hamabineskak* de Elkar, el pozo que sería nuestro depósito de agua parecía terminado. La boca estaba tapada con tablas, pero entre ellas podía verse su interior. Tendría unos catorce pasos de profundidad y tres de ancho. Las paredes eran de adoquines, prolijamente adosados para evitar en lo posible la pérdida de agua. Aunque el fondo del pozo estaba oscuro, se notaba un poco de agua recogida naturalmente de las últimas lluvias del año que finalizaba.

Me detuve a deleitarme con la hermosa vista que otorgaba la colina. En el puerto, todos las *txalupak* atracadas, ninguna vela. En las calles, poca gente caminando, a diferencia del caos del día anterior. Estaba nublado y los techos de la *Biltzara* no brillaban.

Seguí caminando por el atajo que mi madre Atissa me había enseñado en mi primera visita a Sexta. Cruzando el bosque hacia donde estaba el palacio de las sacerdotisas de la Serpiente. Los jardines impecables y muchos canteros ya florecidos. No se veían sirvientes ni sacerdotisas.

Continué rodeando la falda de la colina, alejándome del Club, ahora hacia el norte. Descendiendo la suave pendiente, me interné en los bosques que bordean el río de Sexta. Me hallaba en terreno desconocido, pero sabía orientarme. Era sencillo, solamente había que seguir el murmullo de las aguas del río para llegar a él.

Recorriendo la ribera divisé las cabañas. Eran muchas, como veinte, todas iguales a primera vista. Y nadie pescando. La forma de identificar entre ellas la del tío Jacomar era simple. Sobre la puerta de entrada tenía que verse un dibujo de dos peces en color rojo. No sabía qué tipo de peces, ni de qué tamaño, ni en qué posición, pero no me costó mucho encontrarla.

La puerta tenía un cierre hecho con una cuerda. Deshice el nudo. Adentro estaba lleno de artefactos de pesca. Fui hacia la cama y me senté en ella. Recorrí con mi vista las paredes para registrar los detalles. Luego me acosté y cerré los ojos.

Traté de imaginar las escenas que podrían ocurrir al día siguiente.

La tradición dice que en la última noche del año hay que acostarse apenas oscurece. Porque la Fiesta de Ama es agotadora, desde que sale el primer sol del año hasta que se oculta, y para los adultos, toda la noche, hasta el siguiente amanecer. De modo que fuimos temprano al dormitorio con Manindar y Eider. Pero yo me encontraba tan excitada que no podía dormir. Daba vueltas en mi cama, tenía calor o frío y no lograba entregarme al sueño.

Opté por levantarme, fui al hogar y allí se encontraba Haridian. Le conté lo que me pasaba y ella me ofreció su vaso de cerámica. Me aseguró que me haría bien. Ambas bebimos la infusión caliente, cuyo sabor no logré reconocer. Estuvimos un tiempo sentadas a la mesa, conversando sobre lo que esperábamos de la próxima jornada y del inicio del año. Me contó que habían llegado a Sexta catorce nuevas *hamabineskak*, pero no se conocía aún la distribución por ciudades. Siete eran del Círculo. Haridian se mostró molesta con la cantidad decreciente de inmigrantes. Era un síntoma claro del deterioro del prestigio de Sexta. La charla comenzó a resultarme aburrida y al rato me sentí somnolienta. Ambas nos deseamos un buen comienzo de año y con un beso fuimos a dormir.

Creí que no había pasado el tiempo cuando la pequeña Eider me despertó. Todavía era de noche. Tras un instante de confusión, me incorporé de un salto. Era año nuevo, la Fiesta de Ama.

Tomando mi túnica ceremonial, me la puse por la cabeza y quedé sorprendida. Los pechos y las caderas calzaban demasiado ceñidos dentro del mismo vestido que me había quedado holgado una estación antes, en Elkar. Mientras desayunábamos, Haridian hizo dos pequeños cortes a los costados para aliviar la presión en mis pechos. Lo de las caderas no tenía arreglo.

Caminamos los cuatro hacia el Campo Ceremonial, a los fondos de la *Eskuela* de Astronomía. No portábamos lámparas y aún no amanecía, por lo que fuimos adivinando el camino, lo que no era difícil porque muchísima gente iba en la misma dirección. Allí nos reunimos con todos los habitantes de Sexta. Mujeres y hombres, niños, adultos y ancianos. Dos carreras de personas vestidas de blanco.

Entonces nos separamos, porque había seis puntos de concentración. Tres para las mujeres, a mi madre adoptiva le correspondía el tercer anillo y a mí el primero. Dos para los hombres, y a uno de ellos fue Manindar. Y uno para los niños, donde dejamos a Eider.

En la concentración, tardé en encontrar a las demás *hamabineskak*. Éramos dieciséis en cerca de ocho veces sesenta jóvenes del primer anillo. Yo estaba un poco avergonzada de lo ajustado de mi túnica, pero allí me di cuenta que no era la única. Los abultados pechos de Sutziake pugnaban por liberarse fuera de su escote. Casi todas teníamos problemas con el atuendo ceremonial, y en algunos casos era llamativo, o francamente desagradable, ver los cuerpos aprisionados en los vestidos.

Empezaba a clarear cuando se formó la Cruz. De sur a norte avanzó la primera columna con cintos azules, de un ancho de seis hombres, codo con codo, hasta ocupar todo el largo del Campo Ceremonial. La segunda columna aguardó a que el primer rayo del sol asomara en el horizonte y marchó con las cintas rojas de oeste a este, hacia el sol naciente, cruzando a la primera por el centro. Cuando los cuatro brazos quedaron definidos, nos sentimos nerviosas. Había llegado nuestro turno. Era la primera vez que formaríamos parte de la Cruz Atlanteana.

Partimos lentamente desde una esquina del parque y nos colocamos en una gran fila que se detuvo a la entrada de la punta norte de la Cruz. Las que estaban más adelante ingresaron para disponerse en arco, en el primer cuadrante. A nosotras nos tocó el segundo cuadrante, entre el norte y el oeste.

Cuando marchábamos hacia el centro en silencio logré detectar en la multitud de hombres a Etxekide. Él también me vio. Fui girando mi cabeza para sostener su mirada, sus profundos ojos azules no se apartaban de los míos, hasta que tuve que tomar mi posición y una cantidad de cabezas se interpusieron.

Quedaba aún la mitad de la fila de jóvenes, que iba rodeando el Campo para poder ingresar a los cuadrantes del sur. Aproximadamente dos veces sesenta mujeres, de entre doce y veinte años, componíamos cada uno de los cuatro arcos interiores, completando el más pequeño de los círculos de la formación.

La segunda fila de mujeres estaba preparada en la esquina opuesta del parque. Se integraba por todas las mayores de veinte que no fueran docentes, ni doctoras, ni sacerdotisas. Con edades variadas desde jóvenes a ancianas. Algunas llevaban sus bebés en brazos. Realizaron el mismo despliegue que nosotras pero en sentido contrario.

Las profesoras, doctoras y sacerdotisas completaban la figura con el círculo exterior, que debía envolver totalmente los cuatro extremos de la Cruz. En número eran similares a los otros dos conjuntos de mujeres, unas ocho veces sesenta, pero por ser el círculo más amplio, era el más delgado.

Cuando todas ocuparon sus lugares, ocurrió algo curioso. Cuatro sacerdotisas, una en cada cuadrante, abandonaron el círculo externo para trasladarse al del medio. Allí subieron a unos bancos de madera, de modo que todos pudiéramos verlas.

En ese momento hizo su aparición la Alta Sacerdotisa Guaxara. Dos murmullos, uno de admiración y otro de desaprobación recorrieron las ramas de la Cruz. Me impresionó la forma en que la máxima autoridad de la Ciudad dividía las opiniones radicalmente. La mitad de la gente la adoraba como si fuera una diosa y la otra mitad la odiaba. Ella lucía igual, si no más espléndida, a mi recuerdo de la Recepción. Se dirigió con parsimonia al altar ceremonial, frente a nosotras, en el extremo oeste. A los costados del altar, sentados en el pasto se encontraban los niños. El sol provocaba reflejos dorados en su cabello, sus adornos y su túnica.

Levantando los brazos, logró el silencio de la multitud. Con voz potente dio comienzo a sus oraciones.

- Diosa Ama, bendice a este pueblo de Atlantis al iniciarse un nuevo año.

A lo que dos de las sacerdotisas encaramadas, hicieron eco.

- Diosa Ama, bendice a este pueblo de Atlantis al iniciarse un nuevo año.

E inmediatamente las otras dos, en los cuadrantes del este repitieron

- Diosa Ama, bendice a este pueblo de Atlantis al iniciarse un nuevo año.

Guaxara pronunció su segunda frase.

- Estamos aquí reunidos para acoger tus gracias de la creación, la fecundidad y el poder.

Que replicaron las sacerdotisas de los cuadrantes del oeste. Y en seguida las del este.

Así continuaron sus oraciones, amplificadas en las cuatro direcciones para que todos pudieran oír.

Más adelante, Guaxara refirió sutilmente a las dificultades de Sexta. Ensalzó el espíritu de la comunidad, según ella de alegría y de solidaridad en la prosperidad y también en la escasez. Aseguró que la hermandad entre las ciudades de Atlantis iba a terminar primando, por encima de las desavenencias temporales. Fue el único momento en que los murmullos volvieron a transitar por las distintas calles de la Cruz.

Los saludos finales no requirieron la ayuda de las repetidoras de oraciones. Como vi que las nacidas en Lehen, Biko e Hiru levantaban sus brazos al celebrar los nombres de sus ciudades, me dispuse a hacer lo propio a mi turno.

Guaxara anunció.

- Bosteko !

Y apuntando al cielo nuestros brazos, con Hagora y otra cantidad de mujeres gritamos.

- ATL - TANI - KA !

Pero lo más impactante ocurrió a continuación, cuando la Alta Sacerdotisa, tras una calculada pausa, pronunció el nombre de Sexta.

Sólo los hombres, todos los hombres, de ambos brazos de la Cruz, levantaron sus cintos azules y rojos para responder un ATL - TANI - KA ! que resonó como un trueno en el Campo Ceremonial.

Cuando el rezo hubo culminado con una débil séptima respuesta, se escucharon aplausos y empezaron los abrazos. Recibí y otorgué abrazos a cantidad de jóvenes de Sexta que nunca había visto. Yo no recordaba esta parte del ritual, pero era probable que fuera porque de niña siempre había estado alejada y al margen de la Cruz.

Tuve dos abrazos especiales y mucho más prolongados. El de Hagora y el de Sutziake.

Entonces se procedió a desarmar la formación, en secuencia inversa a como la habíamos compuesto. Las del círculo externo realizaron un giro completo alrededor de la Cruz y volvieron a su punto de reunión de la madrugada. Las del medio, fueron saliendo cuadrante a cuadrante y recomponiendo la fila, para reunirse todas en su esquina y nosotras hicimos lo mismo. Finalmente se replegaron las columnas masculinas, volviendo también a sus lugares originales.

Durante el corte entre la ceremonia que acababa de finalizar y la siguiente, hubo un momento de dispersión y descanso. Era un espectáculo el que ofrecían hombres y mujeres de blanco, sentados en el parque, o caminando en todas direcciones. Y en los extremos del campo contra los bosques, mucha gente que orinaba en los árboles, porque no había baños para aquella multitud. Tuve que hacer lo mismo con cierta dificultad para agacharme, a causa de la túnica que me apretaba las caderas y las nalgas.

Volví a reunirme con mi familia adoptiva. Pregunté a Haridian en qué momento partiríamos hacia los cultivos y ella simplemente respondió que ya me enteraría. La pequeña Eider fue más colaborativa y me dijo que había que esperar la campana. No supo decirme cuál campana.

Los cuatro nos quedamos sentados en el pasto, observando a la gente. Me llamaron la atención los ancianos. No tenía registro de ver tantos ancianos en las calles de Sexta. Seguramente habrían permanecido la mayor parte de su tiempo dentro de sus hogares, durante los fríos días que habían transcurrido desde mi llegada.

El sol ya estaba alto y empezaba a hacer calor cuando escuchamos la campana. Su sonido era grave y lejano y parecía venir del centro de la ciudad, supuse que de la *Biltzara*. Los tañidos eran espaciados y monótonos. La gente empezó a levantarse para marchar hacia los cultivos, alejándose de donde provenía el sonido. Pensé en las catorce recién llegadas a Sexta, que estarían esperando su Ceremonia de Recepción solas y confinadas en el Palacio de la *Biltzara*, escuchando la campana sin entender su significado.

La segunda parte de la Fiesta de Ama, en realidad no es una, sino múltiples ceremonias iguales y simultáneas. Cada *Klan* se reúne alrededor de un terreno y la sacerdotisa dirige el rito de la siembra. Realiza sus oraciones, dispersa las semillas en la tierra y luego procede a regar. El riego se hace tomando agua con la mano y salpicando con ella el terreno, al mismo tiempo que se rezan más oraciones. En nuestro *Klan* éramos solamente los cuatro miembros de la familia de Haridian, pero en otros terrenos había congregaciones de cuarenta o hasta sesenta personas rodeando a la sacerdotisa que realizaba la siembra.

Cuando terminamos nuestra ceremonia, regresamos a la ciudad. Las calles eran ríos de túnicas blancas. Yo estaba ansiosa por llegar a casa y poder quitarme la mía.

El banquete callejero, que tuvo lugar desde el mediodía al atardecer me resultó insoportablemente largo. Debí permanecer junto a mi familia y compartir con vecinos a los que yo casi no conocía. No me sentía a gusto y mi deseo era estar en otra parte de Sexta en ese momento. Luego de probar algunas porciones de torta de pescado, no quise comer más. Sólo esperar a que el sol tuviera la gentileza de ocultarse.

Cuando por fin llegó ese momento llenamos nuestros jarros de cerveza y brindamos por el año nuevo. Recuperé el buen humor y fuimos con Manindar por toda la calle, saludando a los vecinos. Se encendieron los fuegos en las esquinas y por primera vez pude ver lámparas colgadas en los postes de las calles de Sexta. Empezaron a reunirse los grupos de músicos y nuestra madre hizo el gesto de dejarnos libres para ir a cualquier parte de la ciudad. Era la señal que Manindar y yo estábamos aguardando, para salir con nuestros jarros en la mano por las calles, saludando vecinos aquí y allá, viendo como se despejaban las mesas del banquete para dar lugar al baile, palpitando con los ritmos que los músicos ensayaban.

Volvimos a cargar nuestros jarros de cerveza por el camino, nos distrajimos con los bailes que se iniciaban en las esquinas, y en poco tiempo llegamos a la calle de Sutziake y de Etxekide. Supuestamente también allí estarían Gazmira, Baraso, Hagora y Guadarteme.

Fue Guadarteme al primero que encontramos. Estaba bailando arriba de una de las mesas que habían sido utilizadas en el banquete, y meneaba sus caderas con una mano apoyada en su cabeza y la otra sosteniendo el equilibrio de la jarra. La escena era graciosa. Él también nos vio y nos invitó a subirnos a la mesa. Era una tentación desfilar sobre el estrecho corredor que la mesa proporcionaba, de un extremo a otro, para nuestro disfrute y el de los vecinos que nos aplaudían.

Pronto tuvimos imitadores y se agregaron otras mesas a continuación de la nuestra. En un momento vi a Etxekide, con los brazos cruzados asistiendo como espectador a las desatinadas danzas. Al pasar junto a él hice la actuación de caerme de la mesa, y convenientemente fui a parar a sus brazos. Él me regaló una sonrisa y yo un breve beso en la boca. Lo tomé de la mano y nos sumamos al desfile por encima de las mesas.

Nos cruzamos con Sutziake que se movía en forma deliberadamente exagerada seguida de cerca por Manindar. Chocamos jarras con ellos y continuamos nuestro circuito por la calle, que incluía subir y bajar a las mesas.

Pasó el tiempo mientras más y más gente se sumaba al baile, hasta que vimos llegar a Baraso, Gazmira y Hagora. Nos reunimos los ocho en la esquina, cerca del fogón y de los músicos, donde continuamos danzando junto a otros jóvenes, entre los que había otras *hamabineskak* de nuestro grupo, con sus hermanos y amigos.

Descubrimos excelentes bailarines entre nosotros. Gazmira era la que más se destacaba por la gracia y perfección de sus giros, Sutziake y Guadarteme por sus poses ridículas y Hagora por la sensualidad de sus movimientos. Baraso era tosco bailando, pero eso no lo hacía menos atractivo.

Nos sorprendieron Iratxe y Oihane, las dos chicas de Hiru que habíamos conocido poco en la Recepción. Ambas hacían pasos y movimientos diferentes y por momentos se coordinaban ofreciendo un espectáculo de danza realmente magnífico. Sus hermanos y amigos se retiraban para darles un espacio, permitiendo que todos pudiéramos gustar de la escena. Se generaron corrientes de simpatía entre nosotros y ellos, y de a poco fuimos intercambiando compañeros y compañeras de baile entre ambos grupos.

Más tarde iniciamos una fila danzante que viajaba de esquina a esquina, sumando gente en el trayecto. Cuando fuimos cerca de sesenta en la fila, continuamos más allá y recorrimos varias calles a la redonda, chocando jarras con los vecinos que nos miraban con cierto asombro. Hicimos pequeñas paradas para homenajear con nuestra presencia a los grupos de músicos que nos parecieron más alegres y ellos nos agradecieron regalándonos su mejor esfuerzo para nuestro deleite.

Al regresar, conduje la fila hacia las mesas que ahora estaban despejadas. De a uno fuimos subiendo al improvisado estrado y lo recorrimos bailando en festejo triunfal. Cuando volvimos a reunirnos en el fogón, estábamos cansados, sudorosos y felices.

Aunque todavía mucha gente bailaba en la calle, el número había disminuido durante nuestra ausencia. Quedaban pocos niños, señal de que la etapa adulta de la Fiesta iba a comenzar, y que mi hermano Manindar debía regresar a nuestra casa para cuidar a Eider. Busqué su mirada pero no tuve que hacerle ninguna indicación. Alzó sus cejas y puso cara de haber comprendido. Guadarteme y él se despidieron de nosotros y marcharon juntos.

Tuve un intercambio de gestos con Sutziake. Me hizo saber que se quedaría con Gazmira bailando con las chicas de Hiru y sus amigos. Hizo unos cómicos ademanes con sus manos, que entendí perfectamente como "llévate a Etxekide tan pronto como puedas".

Ya no me preocupé por los demás. Tomé a Etxekide por la cintura y le hice copiar mis movimientos. Él me siguió sin dejar de mirarme, a los ojos, los pechos, la cintura, las piernas, la boca, deseándome.

Nos fuimos acercando hasta que apreté mi cuerpo contra el suyo y él me rodeó con sus brazos. Apoyé mi cabeza contra su pecho y continué moviéndome cada vez más suavemente. Sus aromas de hombre me envolvieron. La calle y las casas dejaron de existir. Sólo quedaba la música que se fue haciendo lejana. Separé mi cabeza de su pecho y me sumergí en el mar azul de sus ojos. Acerqué mi boca entreabierta a la suya. Sus labios tomaron contacto con los míos. No existía otra cosa. Sólo mi boca en la suya. Sólo su boca en la mía.

Volvimos a bailar, muchas veces, pero en otros lugares.

Atravesamos la ciudad tomados de la mano, parando en alguna esquina si la música nos invitaba, trepando a bancos y mesas, robando jarros de cerveza abandonados, riéndonos y besándonos. Evité pasar por la puerta de mi casa y conduje a Etxekide hacia la colina, donde se encontraba el pozo de agua recién terminado.

Allí disfrutamos la vista nocturna de la ciudad excepcionalmente iluminada. Nos besamos. Cruzamos por los fondos de los jardines del Club y descendimos corriendo la colina. A la luz de la luna nos internamos en el bosque lindero del río. Nos besamos, esta vez más atrevidamente. Disfruté de frotarme contra la dureza entre sus piernas. Él me levantó la falda y acarició mis nalgas.

Si no lo detenía, me iba a desnudar ahí mismo. Lo guié hacia la cabaña. Deshice rápidamente el nudo de la puerta y entramos. Estaba oscuro, pero no encendimos la lámpara. Pronto nos acostumbramos a la escasa luz de luna que entraba en el ambiente.

Él estaba sorprendido pero no le dejé hacer preguntas. Besó mi cuello y descendió a mis pechos. Abrí mi camisa para ofrecérselos. Yo lo sostenía de la cintura y retrocedí trayéndolo hacia mí, hasta la cama. Me dejé caer en ella y él vino conmigo. Nos desvestimos. Exploramos con caricias nuestros cuerpos en la penumbra. Sus manos recorrían mis pechos o subían por mis muslos. Empezó a moverse sobre mí. Frotando, friccionando su *zakil*, contra mi flor

Me abandoné a sus impulsos, mis manos sueltas a los costados, concentrada en el placer de tener su cuerpo sobre el mío. Saboreando sus olores. Sabía que en cualquier instante iba a ocurrir aquel misterio de ser penetrada. Me dispuse a sentirlo. Realmente lo deseaba.

Pero no ocurrió.

Etxekide empezó a gruñir como un animal enfermo. Cada vez más fuerte. Jadeaba. Transpiraba. Su *zakil* resbalaba en la entrada de mi canal, haciendo ricas cosquillas en mi centro de placer. Entonces él gritó su goce. Tuve una sensación húmeda y caliente sobre mi vientre. Era su semen. Dejó de moverse y se desplomó sobre mis pechos.

Por un tiempo no se movió, sólo respiraba agitado. Acaricié sus cabellos y su espalda cubierta de sudor.

- Tengo calor, tengo sed.

- Qué más ?.

Pude adivinar su sonrisa en la oscuridad.

- Quiero hacer algo contigo. - Dijo divertido.

- Qué cosa que ya no hayas hecho ? - Respondí en el mismo tono.

No me contestó. Llevó mis manos a su nuca. Con sus fuertes brazos me tomó de las nalgas. Crucé mis piernas por detrás de su cintura para sostenerme. Así me transportó hacia la puerta y salimos. El aire fresco de la noche golpeó nuestros cuerpos desnudos.

Etxekide siguió caminando unos pasos hacia el río. Recién en ese momento me di cuenta de sus intenciones. Pero era tarde. No podía liberarme de su abrazo. Sus pies se iban hundiendo en el fino barro de la orilla y me reí, porque sabía que nada podía hacer para evitarlo. El agua mojó primero mis pies, luego mis muslos y mis nalgas. Di unos gritos exagerando el impacto del frío. Él simuló asustarse y comenzó a balancearse peligrosamente, hasta que perdimos el equilibrio y nos caímos.

En cuanto pude liberarme salí corriendo del río.. Fui a la cabaña por una manta y regresé a la orilla. Etxekide se sumergía una y otra vez en el río disfrutando como un niño chico. Respondí con secas negativas a sus reiteradas invitaciones a volver al agua. Al final salió y me abrazó, chorreando.

Volvimos a la cabaña, encontramos la yesca y encendimos la lámpara. Afortunadamente había otras mantas y secamos nuestros cuerpos. Pude entonces contemplar la hermosura de sus formas, de su pecho, su cintura, sus piernas. En cambio, su *zakil* y su bolsa masculina se habían reducido a una expresión mínima. Sus atributos cabían en el hueco de mi mano.

- A dónde se fueron ? - Le pregunté con picardía.

- Ya van a volver. - Aseguró antes de volverme a besar.

Nos acostamos de costado, cara a cara, y nos reímos de la brusca manera que él había inventado para refrescarse.

- Eres hermosa, Itahisa. Muy hermosa.

- Gracias. Tú eres hermoso también.

Sus manos recorrían valles y montañas de mi cuerpo y yo paseaba mis dedos por su cara, acercando a mi antojo cada parte de su cabeza hacia mis labios. Noté que su *zakil* reaccionaba al contacto de mis dedos. Él seguía concentrado en las cumbres de mis pechos. De pronto se detuvo y me miró. Sus ojos expresaban deseo.

- Itahisa.

- Sí, Etxekide.

- Me … mi … *zakil*.

Me reí.

- Qué le pasa ?

- Quieres que … vuelva ?

Sus timideces me resultaban encantadoras.

- Claro que quiero.

- Harás algo para … por mí ?

- Mientras no sea bañarme en el río. - Se me ocurrió responder.

- Por mi *zakil* .

Tomé su *zakil* a medio esplendor con toda mi mano y lo miré resuelta.

- Dime qué quieres que haga por él.

- La … lo … besarás ?

La imagen de mi madre Haridian pasó fugazmente por mi mente. Recordé sus palabras.

- Sí lo haré, - dije sonriendo sin dejar de sostener su virilidad en mi mano - pero sólo si tú haces lo mismo conmigo.

Los ojos de Etxekide se agrandaron.

- No entiendo.

- Qué parte es la que no entiendes ?

- Lo mismo … contigo ?

- Sí. Yo lameré tu *zakil*. Y tú lamerás mi *natura*.

- Al mismo tiempo ?

Acaricié su bello rostro.

- Como quieras Etxekide. Cómo quieres que sea ?

- No … no sé. - Dijo denotando cierto nerviosismo.

Con mi mano libre lo empujé para que se recostara y luego maniobré para acceder a su deseo. Sostuve su miembro por la base y fui con mis labios a reconocer su contorno. Nunca había hecho aquello y en realidad no sabía qué era lo esperable, pero no quise preguntarle. Le di suaves besos que parecieron gustarle, antes de lamerlo como a una jugosa, sabrosa, fruta. Él emitió sonidos que interpreté como de aprobación. El *zakil* volvió a crecer rápidamente. Entonces lo introduje en mi boca, despacio, degustándolo con mis labios y lengua. Lo envolví con mi boca. Mi flor se quejaba de ser postergada y sentí humedad en mi canal.

De pronto, mi *natura* tomó control de mi cuerpo y de mi mente. Olvidé la promesa de reciprocidad que había obtenido. Olvidé todo, excepto el deseo afiebrado de mi flor. Me monté sobre mi amante, sin dejar de sostener con mi mano el miembro untado con mi saliva. Lentamente lo llevé a mi entrada. La fruta jugosa tomó contacto con mi canal. Cuidadosamente bajé mi cintura para incrementar la presión.

Busqué su mirada. En sus ojos había ansiedad. Volví a descender mínimamente ... y sentí que entraba en mí. No me provocó dolor, o quizás sí, apagado por las corrientes de placer que se paseaban por mi cuerpo.

Mi canal dejaba de oponer resistencia a su *zakil*. Lo fui recibiendo, sintiéndolo, llenándome ... haciéndome adulta.

Con los ojos cerrados y apoyada en su pecho, permanecí un tiempo registrando aquella desconocida sensación en mi interior.

Él se movía. Era agradable. Abrí los ojos para encontrarme con su sonrisa de disfrute. Me miraba encantado.

Su nombre emergió de mi boca como un quejido.

- Etxekide.

Él respondió con otro empuje de su *zakil*.

- Etxekide. - Repetí admirada.

Él hamacaba su cintura sosteniendo mis costados. Tuve calor. Volví a cerrar los ojos e intenté acompañar sus balanceos. Vinieron a mi mente las palabras de mi madre adoptiva: "No querrás privarte de ese placer". Tenía razón. Tenía razón. No habría nada más delicioso en la vida, nada más sabroso.

Señales increíbles volaban desde mi canal a los dedos de mis pies. Etxekide se agitaba sudoroso. Tomándome de los pechos, aumentó su ritmo. La sensación de placer creció hasta tomarme por completo. Grité. Disminuyó por un momento pero regresó en seguida con más fuerza. Las piernas y los brazos comenzaron a temblarme.

Mi *natura* latía con fuerza, envolviendo a su invitado. Volví a escuchar aquellos gruñidos animales, esta vez más lejanos. Su *zakil* se sacudió dentro de mí. Él gritó también. Una caricia tocó un lugar ignoto de mi vientre. Él se detuvo. Me dejé caer sobre su pecho y le di un beso. Me envolvió con sus brazos, respirando ruidosamente.

Quedé inmóvil, mis pechos y mi cabeza apoyados sobre él, sintiendo replicar aquellas pulsaciones en mi interior. El aroma de su cuerpo y el de mi flor se fusionaron.

Me sentía completamente feliz.

Un rato más tarde tuve frío. Etxekide tomó una manta del piso y me cubrió. Permanecí acostada sobre su cuerpo tibio. Así nos quedamos dormidos.

Me desperté a mitad de la noche. La lámpara se había apagado. Tardé en reconocer la extraña situación. Me hallaba en una cabaña, abrazada al cuerpo de mi amigo dormido. Qué maravillosa manera de despertarse ! Besé suavemente a Etxekide e intenté retomar el sueño.

Pero no pude. Me habían despertado gritos provenientes de una cabaña próxima. Sonreí al darme cuenta de que eran otros amantes nocturnos, que se encontraban en el momento más importante de su actividad. La voz de ella me resultó familiar. No era de una de mis amigas próximas, sino de otra de las *hamabineskak* de Elkar, pero no logré identificarla. Los gritos se apagaron y reinó el silencio. Sólo se escuchaba el murmullo del río y el canto de algunos grillos. Cerré los ojos y logré dormir.

Etxekide se había bañado en el río y caían gotas de su cara. Estaba sentado a mi lado en la cama, acariciándome la espalda. Entraba bastante luz de sol a la cabaña.

- Te bañarás conmigo ahora ?

Me levanté con pereza mientras acostumbraba mis ojos a la luz. Caminé hacia la puerta. La vista era hermosa. Muchas plantas empezaban a florecer, el aire estaba cálido.

- Si me niego, me llevarás a la fuerza ?

- Me gustaría no tener que hacerlo.

Preferí hacerlo por mi propia cuenta. Salí corriendo hacia la orilla, di unos pasos para ganar profundidad y me zambullí.

Al emerger tuve una sorpresa. No estábamos solos. Otra pareja se bañaba a escasos pasos de nosotros. Supuse que eran quienes había escuchado durante la noche. Él me resultó desconocido y ella me daba la espalda. Cuando se dio vuelta, quedé asombrada. Era Dafra, la llorona de Lehen. La última en ser adoptada. La que parecía tan niña que ni siquiera había logrado presentarse en la Recepción. Allí estaba, rodeada por los brazos de su amante, sonriente, segura de sí misma, saludándome.

Etxekide me preguntó quién era.

- Estás interesado en ella ?

- No. - Dijo como avergonzado.

Me reí. Le había visto apreciando los pequeños pechos de Dafra.

- Ella es ... una *hamabineska*.

Di por suficiente la explicación. Me zambullí y busqué sus pies para hacerlo caer. No lo pude lograr y tuve que salir a tomar aire. Él, como revancha, me levantó como a un bebé. Girando sobre sí mismo me hizo tomar velocidad y, a pesar de mis ruegos, me soltó y volé un instante sobre el río antes de clavarme de cabeza en el agua. Cuando logré pararme se estaba burlando de mi espectacular caída.

Lo traje hacia mí y lo besé. Jugué con mi lengua en sus labios y en su boca. El agua nos llegaba a la cintura.

Cuando por fin liberé su boca pudo decirme.

- No ... tienes ... hambre ?

- Sí, - dije risueña - tanta que voy a comerte.

Etxekide me miraba tratando de adivinarme. Chorreaba agua por sus cabellos, hombros, pecho y brazos.

- No ... deberíamos ... volver a nuestras casas ?

- Extrañas a tu hermana ? - Pregunté con malicia.

- No. - Respondió de inmediato.

- No estás a gusto conmigo ? - Insistí.

- Estoy a gusto contigo, Itahisa.

- Pasaste una mala noche ?

- No, - sonrió y brillaron sus ojos. - pasé la mejor noche de mi vida contigo.

- Me alegro. - Disimulé lo encantada que me sentía al escucharlo.

- Si tú quieres ... quedarte acá ... nos quedamos. - Se rindió.

Disfruté ese momento. Volví a besarlo largamente. En realidad me sentía hambrienta y deseosa de saber qué había ocurrido con los demás al terminar la fiesta.

- Si tú quieres irte, nos vamos. - Sentencié.

Regresamos a nuestras casas tomados de la mano. En el camino Etxekide me hizo preguntas sobre la cabaña. Quería saber si podríamos utilizarla otra noche. Respondí que sí, aunque en realidad no estaba segura. Era de suma importancia verificarlo con mi madre Haridian y con el tío Jacomar.

Aunque el sol estaba alto, las calles de Sexta estaban desiertas y nadie había limpiado aun. A cada paso se veían residuos de la fiesta, jarros rotos, mesas y bancos atravesados, fogones humeantes, y personas durmiendo en las esquinas. Todas señales elocuentes de lo que había ocurrido durante la noche.

Antes de llegar a mi casa nos despedimos con otro larguísimo beso. Prometí ir a visitarlo más tarde.

La pequeña Eider se hallaba en la puerta. Me preguntó dónde había dormido. Le respondí que había pasado la noche entera bailando. Reí para mis adentros evaluando la distancia entre la realidad y mi mentira. Le pregunté por nuestra madre. Eider me hizo un gesto como para que me acercara. En voz de secreto me informó que Haridian estaba durmiendo con un tío que ella no conocía.

Pasé por el cuarto y me cambié de ropa. Manindar no se encontraba en la casa. Fui a la cocina y me preparé el desayuno. Nuestra mesa del hogar tampoco estaba, porque permanecía en la calle. Era pesada para traerla con Eider. Entonces tomando una bandeja, llevé el desayuno a mi cama. Las escenas de la noche se agolpaban en mi mente, en desorden, en confusos pero disfrutables recuerdos. Festejé para mí lo que había pasado. Salté y levanté los brazos varias veces en la intimidad de mi dormitorio.

- Tengo la impresión de que te fue bien anoche. - Me sorprendió Haridian hablándome detrás de la mampara.

Salí a su encuentro, algo avergonzada por haber sido descubierta. Ella, en su camisón de dormir, me miraba expectante.

- Buen día, madre Haridian.

- Buen día, Itahisa. Cómo pasaste tu noche ?

- Bien.

- Me alegro mucho, Itahisa. Entiendo ... que dormiste en la cabaña. Y que no dormiste sola. Entiendo bien ?

- Sí.

- Entiendo que estuviste con un amigo ... y que él se portó bien contigo. Entiendo bien ?

- Sí.

- Noto que no estás conversadora esta mañana, Itahisa. - Afirmó ella simulando reprenderme. - No me vas a contar nada más ?

- Sí. - Hice una pausa. - Tenías razón.

Ella se hizo la sorprendida.

- Yo tenía razón ? ... En qué tuve razón Itahisa ?

- En lo rico que se siente ... un *zakil*... en tu canal.

Haridian sonrió y no hizo más preguntas. Se acercó con sus manos extendidas para darme un fuerte y prolongado abrazo. Me besó en la cabeza. Noté que estaba emocionada.

Después de almorzar, ella me invitó a su dormitorio y hablamos.

Le hice mi relato del baile, de la travesía por la colina y de la llegada a la cabaña. Ella solamente aprobaba con su cabeza cada avance de mi narración.

Volvió a abrazarme cuando di por culminada la historia. Me felicitó y dijo estar orgullosa de mí. Que había sido buena la elección de mi compañero y que también había sido buena la forma en la que me había comportado con él. Aseguró que pocas *hamabineskak* tendrían el privilegio de una primera noche tan hermosa y feliz como la mía.

Yo no esperaba tantos elogios, aunque me resultaron gratificantes. En mi recuerdo, no todos los detalles habían sido perfectos, pero mi madre adoptiva no lo veía así.

Me dijo que las cabañas son frecuentemente utilizadas para su propósito en las noches cálidas de *udaberri* y *uda*, pero que sin dudas tendría otras oportunidades para usar la del tío Jacomar, previa verificación de disponibilidad.

Luego me hizo una pregunta que me dejó descolocada.

- Seguirás viéndote con Etxekide únicamente ?

No se me había ocurrido otra cosa.

- Supongo que sí.

- Está bien. Pero tienes en cuenta que no necesariamente sucederá así ?

- Sí. - Me limité a conceder.

- Itahisa. Escúchame bien. Tú quieres a Etxekide muchísimo, verdad ?

- Claro.

- Entonces no le hagas creer que siempre estarás disponible para él. Entiendes ?

- No.

- Si lo quieres, hazle saber que no siempre estarás dispuesta a estar con él. Muéstrale que te gustan otros chicos. Porque de ese modo él buscará complacerte para ganar tu atención. Por el contrario, si él sabe que siempre va a tenerte, no se esforzará en ser el mejor para ti. Así funcionan los hombres, Itahisa. Entiendes ahora ?

- Sí.

Ella sostenía mis manos sin dejar de mirarme. Yo luchaba interiormente con un problema. Me animé a planteárselo.

- Sutziake ... y también Gazmira ... están interesadas en él.

- Quién es Gazmira ?

- Otra *hamabineska*.

- Del Círculo ?

- No. De la Serpiente.

Mi madre adoptiva no ocultó un gesto de desagrado.

- Es normal que varias chicas estén interesadas en Etxekide, Itahisa. Él es atractivo y agradable.

- Pero ... si yo ... no le muestro a Etxekide que quiero ... estar con él...

- Te preocupa que él se desinterese de ti y vaya con sus otras amigas.

- Sí. - Confesé.

- Todo lo contrario, Itahisa.

- Todo lo contrario ?

- Sí. Tú sabes que él quiere volver a estar contigo, verdad ?

- Sí.

- Él está deseando volver a verte. Hará lo posible por cumplir su deseo. Se cuidará de no hacer algo que ponga en riesgo otra noche contigo. Tú no necesitas agregar señales para que él vuelva a ti. Ya lo hiciste anoche.

- Ya lo hice ?

- Sí. Itahisa. Le diste todo lo que él quería, y más. Él lo sabe.

En algún punto, la explicación no me dejaba satisfecha.

- Y cuando Sutziake ... le ofrezca su flor ?

- Él no se acordará de ti en ese momento, Itahisa. Hagas lo que hagas.

Quedé confundida. Aquello no terminaba de tener sentido.

- Querrá … volver a mí … igual ?

- No dudes de ello. Voy a hacerte un pronóstico, Itahisa. Etxekide acudirá a tu cama, siempre que tú lo desees, por muchos años, si no por toda la vida.

Me sentí feliz al escuchar esa profecía, pero me costaba creerla.

Más tarde vino a visitarme Hagora. Estaba encantada.

Saliendo del baile, Baraso la había llevado al bosque, donde se habían desvestido mutuamente entre besos y abrazos. Ella se había acostado sobre las ropas para ofrecerle su flor. Él la había abrazado con tanta fuerza, llenándola de una manera que superaba todo lo que hubiera podido imaginar. Había sido maravilloso, dedicado, atractivo, tierno y potente. Y había terminado agotado. Pero no ella. De modo que había tenido que esforzarse en convencerle de regresar al baile.

- Regresaron al baile ? - Pregunté sorprendida.

- Sí. - Afirmó ella fascinada.

- Y siguieron bailando ?

- Sí. Con las chicas de Hiru, Iratxe y Oihane, y sus amigos. Ellas hicieron lo mismo.

- Lo mismo ?

- Sí. Oihane fue al bosque e Iratxe a la playa, y ambas retornaron al baile con sus compañeros.

- Y Sutziake ? Y Gazmira ?

- No sé. No estaban allí cuando volvimos.

Hagora abrió los ojos de asombro cuando le conté que habíamos pasado la noche en la cabaña con Etxekide. Escuchó mi resumen de la historia con avidez. Luego nos felicitamos mutuamente por nuestras primeras experiencias. Noté que había quedado curiosa e interesada en la cabaña y probablemente también en mi compañero de cabaña, pero tuvo cuidado de no decirlo.

Me contó que habían hablado de volverse a encontrar con las chicas de Hiru y sus amigos. En arreglar para ir todos a la playa a la puesta del sol, con fuego y tambores. Me pareció buena idea. Luego se marchó hacia la casa de Baraso y Gazmira.

Me quedé pensando en las experiencias de Hagora y las chicas de Hiru. Juzgué que sus escapadas al bosque o a la playa no podían compararse con mi experiencia de la noche entera en la cabaña. O con la de Dafra, la niña llorona, devenida en experimentada amante. Agradecí íntimamente una vez más a mi madre y a mi tío la oportunidad que me habían regalado.

Cuando me vestía para ir a lo de Etxekide y Sutziake, ella llegó a mi casa.

La hice pasar a mi cuarto y le ofrecí un abrazo.

Se sentó en mi cama, mirándome, mientras terminaba de vestirme.

- Entonces te trató mal mi hermano anoche, no ? - Me buscó.

- Sí, - le seguí el juego fingiendo seriedad - especialmente cuando me tiró al río.

Ella no pudo aguantar la risa. Me contagió haciéndome estallar de risa también.

- Te tiró al río ?

- Una vez me tiró, y la segunda vez me amenazó con hacerlo, y tuve que ir corriendo a zambullirme.

Sutziake trataba de contenerse y poner cara de preocupación.

- Entonces ... así es como deben comportarse los amantes en la primera noche ?

- Efectivamente. Es una parte importante del ritual de Ama, no lo sabías ?

Volvimos a reírnos.

- No. No lo sabía. Es bueno que me expliques. Y supongo que tienes algunas cosas más para explicarme, no ?

Me miraba con expectativa.

- Puede ser que sí. - Otorgué.

- Como por ejemplo ?

- Como por ejemplo que tenías razón, Sutziake. Etxekide es el mejor compañero que puedas imaginar para tu primera noche.

Sutziake hizo una mueca de satisfacción. Repentinamente tuve ganas de repetir el gesto que Txanona me había enseñado. Le ofrecí mis manos para que ella las chocara y le di un rápido beso en la boca. Ella aceptó el festejo con agrado.

- Entonces él te trató bien, a pesar de tirarte al río dos veces.

Le conté a mi amiga Sutziake mi primera noche con su hermano Etxekide. No omití detalles. No exageré ni tuve que decorar momento alguno del relato. No era necesario.

Los siguientes días volvimos a la rutina de las clases. Las mañanas en Construcción con Sutziake, Gazmira, Hagora, Guadarteme y Manindar. Las tardes en Cultivo con Sutziake, Iratxe y Oihane.

Las noches cálidas empezaban a ser frecuentes. Varias tardes bajamos a la playa, con leña, lámparas y tambores. El mar todavía no estaba lo suficientemente tibio como para nadar, pero algunas veces nos animamos a desvestirnos para una zambullida.

Fuimos con Etxekide otras dos veces a la cabaña. No nos quedamos a dormir, porque al día siguiente debíamos ir a la *Eskuela*, pero igualmente pasamos momentos placenteros juntos, disfrutando de nuestros cuerpos.

Tuve noticias de mi madre Atissa. No había tenido chance de adoptar, porque al llegar su turno no quedaban *hamabineskak* disponibles. Íntimamente, me sentí satisfecha de que no hubiera podido reemplazarme tan rápidamente.

Haridian fue electa Decana de Navegación con amplio apoyo entre los profesores de la *Eskuela*. Tuvimos una fiesta en casa para celebrarlo, a la que invitamos a Sutziake, a Etxekide, a Hagora y a Guadarteme.

Catorce días después de la Fiesta de Ama, llegó mi primera luna. No me sentí tan dolorida como Sutziake, pero estuve un par de días molesta, acostumbrándome al flujo de sangre que bajaba por mis piernas. Haridian preparó una infusión que aliviaba el dolor y me dio indicaciones sobre cómo manejarme con las ropas y los paños.

Dieciocho días después de la Fiesta de Ama, me embarqué para Lehen. Mi madre adoptiva había hecho los arreglos para mi alojamiento en la *Eskuela* de Navegación.

Llevaba en mi equipaje un bolsito de cuero conteniendo un aro de plata, que había pertenecido a Txanona, y que volvería a ella, luego de que Hagora recibiera del Círculo el suyo propio.

Tomé mi lugar en el centro del barco, abrazada al mástil. Era mi primer viaje desde que había llegado a Sexta y el primero de mi vida que haría por mi cuenta.

Los *txalupari* maniobraron a la salida del puerto y desplegaron la vela sobre mi cabeza.

Las espumas saladas del Mar de Atlantis empaparon mi cara.

INTERLUDIO DOS - TRES

Así tendida, soy un surco ardiente
donde puede nutrirse la simiente
de otra estirpe sublimemente loca

Delmira Agustini, poetisa uruguaya, Otra Estirpe, Los Cálices Vacíos, Montevideo, 1913

PARTE TRES,

INICIACIÓN

El viaje a Lehen fue sumamente agradable.

Estaba soleado, teníamos viento a favor y como los remeros tenían poco trabajo, pasamos el tiempo charlando. Eran seis hombres de entre veinte y treinta años, y yo la única pasajera. Transportaban una carga de mejillones que intercambiarían por aceite de ballena. Estuvieron haciendo bromas sobre las historias de cada uno en el baile de Ama, buscando insistentemente que yo compartiera la mía. Me divertí siendo elusiva a sus preguntas e insinuaciones. Dos de ellos se preocuparon especialmente de mi comodidad, ofreciéndome a cada rato frutas, pan, y una bebida amarga y oscura que según ellos, ayudaba a no cansarse durante el viaje.

Cuando llegamos al espléndido puerto, me despedí de mis compañeros lamentando no poder retornar a Sexta con ellos, puesto que volvían a la mañana siguiente y yo me quedaría dos noches. Tuve entonces que gestionar mi regreso y encontré un grupo de navegantes de Zazpir, que transportarían unas muy esperadas bolsas de nueces a Sexta en dos días.

Me dirigí a la *Eskuela* de Navegación, cercana a los muelles. Allí me guiaron hacia un aula, que me serviría como dormitorio por dos noches. Me trajeron un catre y un caldero con agua tibia. Descargué mi equipaje y me di un rápido baño. Estaba ansiosa por ver a Txanona.

Pero ella no estaba cuando trepé por las calles escalonadas de Lehen y llegué a su casa.

Casualmente se encontraba en el mismo edificio donde yo me estaba alojando, atendiendo a su última sesión de entrenamientos para el largo viaje. Me recibió su madre Bentaga, la versión adulta de Txanona, quien me felicitó por las nuevas curvas de mi cuerpo, y me invitó a quedarme a esperar a su hija. Nos sentamos a que me contara detalles de la partida.

Bentaga me informó que una flotilla de seis barcos de residentes de Islas Castigadas había llegado a Lehen antes de fin de año, tras una difícil travesía de casi treinta jornadas. Entre ellos había venido su amigo Mobad, a quien habían alojado durante su estadía. Debido al clima y las corrientes, los viajes hacia Islas Castigadas sólo pueden hacerse en las estaciones de *udaberri* y *uda*, mientras que los de regreso sólo son posibles en *neguberri* y *negu*. Por ese motivo, la partida se haría recién al día siguiente. Viajarían cincuenta y seis personas, sumándose veinte nuevos residentes, incluyendo a Txanona.

Era notorio que Bentaga estaba afligida. Hablaba lentamente, haciendo pausas, y por momentos evitaba mirarme. Al día siguiente se marcharía su hija, en un viaje peligroso, a un sitio donde las visitas serían imposibles y con suerte podrían comunicarse una vez por año. Bentaga luchaba contra su resignación al destino elegido por Txanona como lugar de adopción.

- Las Islas Castigadas son un castigo para mí, Itahisa. Primero se fue mi compañero ... ahora ... también se va con él ... mi hija.

No supe qué decir ante su angustia. Me acerqué y pasé un brazo por sus hombros. Ella aceptó mi gesto de consuelo y lloró en silencio.

Su cara volvió a brillar cuando escuchamos los pasos de Txanona llegando a la casa. Salí corriendo a recibirla y nos dimos un apretado abrazo.

- Pero ... debilucha ... qué cambiada que estás ! - Hizo un gesto exagerado con sus manos tocándose imaginarios pechos.

- En cambio tú sigues tan flaquita. - Devolví su burla, moviendo mis manos en un plano vertical.

- Qué malvada ! No digas eso de mis bellas montañitas ! - Me hizo reír forzando sus pequeñas cumbres a hacerse visibles bajo su *brusa*.

Txanona saludó a su madre, quien nos observaba sonriendo desde la puerta.

- Sabes, Itahisa ? Mi madre Bentaga es una privilegiada.

Habiendo sabido de su aflicción, aquella afirmación sonaba ridícula.

- Por qué ?

- Porque todas las madres de Atlantis se despiden de sus hijas cuando van a ser adoptadas.

- Y ?

- Y en cambio yo me he quedado con ella veinte días después de tener mi madre adoptiva.

No sabía que Txanona había sido adoptada.

- Fuiste adoptada ?

- Claro ! - Confirmó alegremente. - En la Fiesta de Ama.

- Cómo ?

- Una Sacerdotisa residente en Islas Castigadas vino a Lehen e hicimos una curiosa Ceremonia de Recepción. Ella no pudo elegir, tuvo que adoptarnos, aunque no le gustáramos.

- Tu madre adoptiva está aquí, en Lehen ?

- Sí. Pero no he vivido con ella. Me he quedado con esta preciosa madre veinte días, para que se aburra de mí y esté deseando que me vaya.

Bentaga mintió un gesto corroborando las palabras de su hija. Me reí de sus actuaciones.

Entramos las tres a la casa. Txanona me llevó a su dormitorio, donde nos habíamos hecho cómplices. Ahora su cama estaba llena de bultos de equipaje. Los bolsos a medio cerrar dejaban ver camisas, abrigos, bombachos, recipientes, sombreros, lámparas, hierbas, semillas, cuerdas, redes de pesca, y un disco metálico de gran porte cuya utilidad ignoraba. Reconocí entre los bolsos el de estómago de oveja que mi abuela nos había regalado en el puerto de Hiru, el año anterior.

- Entonces, parece que finalmente te vas. - Afirmé fingiendo sorpresa.

- Me voy, Itahisa, me voy ... - festejó con ademanes de victoria - y en buena medida se lo debo a mi abogada, la conoces ?

- Creo que tengo el gusto ... es una mujer hermosa, no ?

- Muy bella, muy bella, efectivamente ... y con unos pechos ...

Busqué un objeto para arrojarle y no encontré más que un abrigo de lana. Ella lo interceptó y se lo colocó como un sombrero. Nos reímos.

Le pedí a Txanona que me hablara de su viaje. Nos sentamos en la cama de su hermano Aieko, quien había salido de paseo con el tío Mobad. Me contó cómo se iba a componer la flotilla. Un barco a vanguardia, dos atrás de él, luego una línea de tres en la que ella viajaría, junto a la mayoría de los nuevos residentes. Detrás de estos tres barcos menos experimentados, irían dos más y finalmente uno a la cola. Esa formación, llamada *eskuadra*, era óptima para prevenir o resolver cualquier accidente que pudiera ocurrir. Navegarían las primeras tres jornadas hacia el norte, como en dirección a Zazpir, y más tarde virarían al noreste y finalmente al este para aprovechar al máximo las corrientes marinas.

Si todo iba bien, en quince jornadas estarían arribando a Islas Castigadas, porque de haber buen viento y estrellas, se continuaba avanzando por las noches. Pero podría ocurrir que se toparan con vientos desfavorables. En tales condiciones estaba previsto remar una parte en la mañana y otro tiempo al atardecer. Porque no era posible hacerlo todo el día, aun haciendo turnos entre los remeros. Por cada día de viento no favorable, el viaje se alargaba media jornada. En el peor de los casos, se tardarían veinticinco o veintiséis días en llegar a destino.

Durante la travesía, el principal alimento iba a ser pescado crudo. Porque las frutas y carnes servirían solamente para los primeros días. Y a bordo no sería posible hacer fuego para cocinar. Tras la séptima noche, se prenderían las lámparas para pesca nocturna, o se arrastrarían redes para obtener el único alimento que les iba a mantener con energías para llegar a las islas.

La parte crítica sería hacia el día cinco o seis, cuando deberían enfrentar las grandes olas que marcan el inicio del mar profundo. Estas olas serían más grandes que los barcos, como de diez pasos de altura. Y deberían tratar de encararlas lo más frontalmente posible, para no volcar en sus paredes.

- Y si vuelcan ? - Pregunté atemorizada.

- Estaremos atados al barco. También los equipajes estarán sujetos con sogas. Lo difícil no es nadar hacia el barco, lo difícil es voltearlo si quedó invertido y subirse a él antes que otra ola lo vuelque nuevamente.

- Y si no lo logran ?

- Nos quedaremos ahí hasta que nos rescaten desde los otros barcos, - afirmó sonriente - o nos moriremos de frío ... o nos comerán los tiburones.

- Txanona !

- Nos rescatarán Itahisa, no te preocupes. Hazme el favor. Me alcanza con las preocupaciones de mi madre.

- Tu madre está triste. Hablé con ella.

- Lo sé.

- Se quedará sola cuando tú ... cuando tú y el tío Mobad se marchen.

- No exactamente. Se quedará con mi hermano Aieko. Yo me iba a ir de todas formas ... y el tío Mobad se fue hace años. Mi madre ... tendrá que encontrar otra compañía, no te parece ?

- Supongo que sí.

- Cuéntame ahora tú Itahisa, cómo está esa horrible ciudad que elegiste ? Cómo es tu familia ? Seguro que tienes varios pretendientes ... no habrás ofrecido ya tu flor a alguno de ellos, no ?

Me reí.

Ella me miró con asombro creciente, abriendo sus adorables ojos verdes.

- Lo hiciste, lo hiciste ! - Exclamó casi gritando.

Tuve que pedirle que bajara la voz. Como ella lo había hecho conmigo la noche que nos conocimos.

- Sí. Lo hice ... flaquita. - Dije en un susurro.

Ella volvió a abrazarme alborozada.

- Me lo vas a contar todo, todo, Itahisa.

- Es largo.

- Aquí me quedaré, escuchando tu historia, aunque tenga que postergar un año mi partida.

Acepté la invitación a cenar de Bentaga para poder estar un rato más con mi amiga.

Conocí al tío Mobad, cuando llegó trayendo al pequeño Aieko dormido en sus brazos. Mobad era un hombre hermoso, de rasgos finos, piel bronceada y trenzas en su cabello. Hablaba con largas pausas, siempre pendiente de los gestos de profunda ternura que Bentaga le regalaba a cada momento. Hizo para mí una descripción de Islas Castigadas como el lugar más maravilloso de la Tierra, donde los ríos caen en cascadas sobre profundos y transparentes lagos, y todos los animales, aves, lagartos, conejos e insectos son multicolores. Sus cuentos me resultaron fantásticos, pero difícilmente creíbles.

La partida de la flotilla hacia Islas Castigadas no sería una salida normal de cualquier puerto de Atlantis. Mucha gente iría a despedir los barcos y a sus tripulantes y, no siendo un viaje común, no era necesario iniciarlo de madrugada. Estaba prevista para el mediodía, de modo que no era forzoso despertarse temprano al día siguiente. Pude quedarme hasta tarde conversando con Txanona y su familia, y después fui caminando sola hacia la *Eskuela*, por las iluminadas e impecables calles de Lehen.

Me llamó la atención que varios hombres de distintas edades giraron sus cabezas a mi paso. Uno de ellos se ofreció a acompañarme, a lo que gentilmente me negué. Llegué a mi improvisado dormitorio preguntándome si los hombres de Lehen eran más concientes de mi presencia que los de Sexta, o ello se explicaba porque nunca andaba sola de noche por las calles en mi ciudad de adopción.

Pensé en Etxekide y en Sutziake. No iba a pasar mucho tiempo hasta que ella le ofreciera su flor. Quizás ocurriera en mi ausencia ... esa misma noche. Su hermano pasaría a ser también su amante. Ambas tendríamos que compartir el mismo hombre. No sería un problema ? Y él tendría que distribuir sus atenciones entre nosotras. Sabría hacerlo ? La confianza que sentía por ambos me llevaba a creer que no iba a ser complicado. Pero la situación no dejaba de ser inquietante.

A la mañana siguiente pude verificar que tanto de día como de noche los hombres de Lehen eran igualmente perceptivos. Yendo a lo de Txanona recibí miradas de interés de jóvenes y adultos en el camino. Se lo comenté a mi amiga, mientras cerrábamos los bolsos de su equipaje. Ella lo tomó sin sorprenderse. Afirmó que en su ciudad los hombres sabían apreciar la belleza, y también las mujeres. Agradecí sus cumplidos asegurándole que todos los pobladores estarían apenados por la partida de la más hermosa de las *hamabineskak* nacidas en Lehen. Txanona se rió. Con sarcasmo auguró ríos de llanto bajando por las calles escalonadas, hasta desbordarse por los muelles hacia el mar.

Devolví a Txanona su aro de plata. Le expliqué que había cumplido su función y como Hagora ya tenía el suyo, lo mejor era que volviera a su dueña original. Que lo llevara consigo y le diera suerte en el viaje. Ella sonrió y sin decir palabra, lo colgó de su cuello.

Llegó el momento de trasladarnos hasta el puerto. Bentaga no ocultaba su afectación, Mobad la abrazaba y Txanona dejó de insistir en darle ánimo con la perspectiva de liberarse de ella. En silencio emprendimos el descenso por las calles, cargando varios bolsos cada uno.

Uno de los elegantes muelles de Lehen estaba repleto de gente. Atracados nueve barcos, que lucían recién fabricados, portando remos, tablas y cueros de repuesto. Se cargaban bolsas de harina, ánforas de aceite, herramientas de bronce, y una cantidad enorme de equipaje. Cada uno llevaría seis tripulantes y sólo dos de ellos una pasajera. Las dos primeras *hamabineskak* de una ciudad aún inexistente. Porque los dos varones de quince años no serían pasajeros, sino que compondrían una pareja de *txalupari*.

La excitación paseaba por el muelle. Muchos residentes, viejos y nuevos, eran saludados por sus familias y amigos entre gritos, risas, abrazos y llantos.

Antes de despedirnos, Txanona me dijo al oído.

- Debilucha, tú me ayudaste a meterme en esto. Por favor dime que está bien lo que estoy haciendo.

Sonreí y le contesté, sin arriesgarme a ser completamente sincera.

- Flaquita, este es tu sueño. Nada puede haber más acertado que seguirlo.

- Gracias, Itahisa.

- Volveremos a vernos ?

- Volveremos a vernos, no lo dudes.

Nos abrazamos fuertemente, había humedad en sus maravillosos ojos. También en los míos.

Txanona se despidió con muchos besos del pequeño Aieko, transfiriéndole la responsabilidad de cuidar a su madre. Él asentía, agitando sus bucles dorados. Luego se fundió en un interminable abrazo con su madre Bentaga. "Voy a estar bien, madre, voy a estar bien", repitió más de una vez.

Fueron embarcando. Supe que una de las mujeres que viajaba en la *txalupa* con Txanona era Zanina, su madre adoptiva. Los remeros tomaron posiciones y mi amiga se acomodó entre montañas de bolsas. Agitaba sus manos saludándonos hasta que se escuchó un griterío de instrucciones. Los nueve barcos empezaron a moverse y en pocas maniobras conformaron la figura de la *eskuadra*: uno, dos, tres, dos, uno. Estuvieron unos instantes sin remar mientras se intercambiaban consignas de navegación.

Cincuenta y cuatro remos cortaron el agua. La flotilla, como un solo cuerpo, fue alejándose del puerto.

Corrimos hacia otro muelle para seguir viéndolos, mientras desplegaban las velas y se iban haciendo más pequeños hacia el norte.

Bentaga no quería moverse de allí. Sus ojos enrojecidos no se apartaban del horizonte. Nos fuimos quedando solas en el muelle. Hasta que ella giró hacia mí, hizo un esfuerzo por sonreír y me abrazó. La sostuve, ofreciendo mis hombros como apoyo a su cabeza. El pequeño Aieko, tomado de la falda de su madre, me miraba en silencio.

Bentaga estaba realmente desmoronada y daba pena. Caminaba lentamente, casi sin levantar los pies del suelo, de la mano de su hijo. Al llegar a la casa, me ofrecí a preparar un almuerzo. Bentaga anunció que no iba a comer, me agradeció que me quedara, y me pidió que sirviera un plato para mí y otro para Aieko. Cuando me dispuse a hacerlo, ella fue directamente a su dormitorio.

Procuré mantener entretenido al pequeño. Almorzamos papas hervidas con huevos, rociadas en aceite y hierbas, y frutas de postre. Le conté de mis dos familias, la de Bosteko y la de Sexta. De mis hermanos Jama y Aitor y de mi hermana Eider, que eran de su edad. Él me mostró lienzos con sus dibujos, en los que se veían árboles, perros y figuras humanas de curiosas proporciones. Más tarde le pedí que me llevara a pasear por el campo y él aceptó encantado. Me guió directamente a un rincón donde una perra vigilaba sus cachorros. Nos quedamos jugando con los perritos que tenían dientes afilados y nos dejaron marcadas las manos, hasta que el aire de la tarde se hizo fresco.

Bentaga estaba sentada en el hogar, el fuego encendido, envuelta en una manta y bebiendo una infusión cuando volvimos. Abrazó a su hijo y le preguntó cómo había pasado con la tía Itahisa. Aieko hizo un relato entreverado de nuestra excursión por los terrenos comunes del campo. Su madre me expresó agradecimiento con sus verdes ojos, iguales a los de Txanona. Me ofreció la jarra de la que estaba bebiendo.

Traté de animarla diciéndole que en poco tiempo sería Sacerdotisa y podría conformar un *Klan* numeroso. Ella me escuchaba con agrado, pero era obvio que no le consolaban mis promesas. Entonces le pregunté por sus amigas de la Alta *Eskuela*. Me habló de algunas de sus hermanas del Círculo, que se reunían en su casa y a veces hacían fiestas con cualquier excusa. Notando que su voz se iba animando, la alenté a continuar sus relatos, a pesar de que no me interesaban demasiado las historias de la Confraternidad del Círculo de Lehen.

Ya era de noche cuando ella se levantó y puso un caldero con agua al fuego. Aieko daba bostezos sobre sus dibujos de perros y personas deformes. Bentaga preparó unos bocadillos de pan con tomate, que el pequeño celebró devorándolos. Después su madre lo condujo a su cama y yo me quedé en el hogar, controlando el fuego.

Cuando volvió, parecía más contenta.

- Tienes alguna cita para esta noche, Itahisa ?

Me reí. Pensé en los hombres de Lehen, tan atentos a mi paso por las calles.

- Solamente debo volver a un aula que estoy usando como cuarto de dormir.

- Y pasarás la noche sufriendo frío allí, no ?

- Ehh ... es posible. - Recordé que en mi catre tenía una sola manta.

- Por qué no te quedas, Itahisa ? Aquí estarás abrigada. Y mañana temprano recoges tus cosas en la *Eskuela* antes de partir.

No me pareció mala idea. Mi madre Haridian no había querido que me quedara en lo de Txanona la noche previa, pero ésta era la noche posterior. Bentaga se encontraba apenada y necesitaba compañía. Por otra parte, el frío salón de clases que me esperaba no era muy tentador.

- Creo que ... sí. Me quedaré.

Bentaga se alegró. Preparó una bandeja con bocadillos para nosotras. Nos sentamos en el piso, sobre pieles de animales, cerca del fuego. Siguió hablando de sus amigas del Círculo, y me hizo preguntas sobre mis amigas en Sexta. Estaba al tanto de lo sucedido con Hagora, en relación a las idas y vueltas del aro del delfín. Le hablé de mi familia y de las *eskuelak*. Del lento avance de la construcción y del grupo de amigos y amigas que se estaba conformando. La atención que ella ponía en mis historias me dio confianza para contarle sobre Etxekide, la Fiesta de Ama y la cabaña.

Siguió escuchándome interesada. Intervino para señalar la importancia de cuidar a un buen compañero, porque es realmente difícil encontrar uno. Ciertamente estaba hablando de Mobad, aunque sin mencionarlo. Recordé las expresiones de adoración que había advertido entre ellos la noche anterior. Yo le hablé de lo confiada que me sentía con Etxekide, de cómo él me trataba y me hacía reír. Ella ingresó con naturalidad a un terreno de confesiones personales. Me dijo que había tenido muchos hombres en su vida, pero nunca otro que la hiciera feliz, dentro y fuera de la cama, como Mobad. Y que creía que nunca lo iba a encontrar. Traté de quitarle fatalidad a su sentencia, elogiando su belleza y su capacidad de fascinar a otros hombres. Ella agradeció mis halagos, pero insistió en que no hallaría otro como su querido Mobad. Que ya lo había intentado, sin éxito, y le quedaban pocas ganas de seguir buscando.

Sintiendo que la angustia se apoderaba nuevamente de ella, decidí no seguir insistiendo. Nos quedamos un tiempo en silencio, mirando el fuego.

Entonces una atrevida idea apareció en mi mente. Traté de descartarla pero regresaba continuamente, pugnando por pasar de la imaginación a la realidad. Se hizo tan fuerte que terminó imponiéndose a mis dudas y temores.

- Bentaga.

- Sí, Itahisa.

- Pusiste el caldero ... para darte un baño antes de acostarte ?

- Sí.

- Te gustaría ... que te ayudara a bañarte ?

Sus hermosos ojos brillaron a la luz del fuego.

- Claro que sí, Itahisa, me encantaría ... Lo harás ?

- Lo haré con una condición. - Dije en tono de reto.

Ella me miró intrigada.

- Dime cuál es esa condición.

- Que hagas desaparecer esa cara de tristeza por un tiempo.

Bentaga sonrió. Me regaló una sonrisa fresca, sincera. La primera sonrisa no forzada desde mi llegada el día anterior.

El regreso a Sexta no fue fácil como el viaje de ida. Lloviznaba y hacía frío. Los *txalupari* tuvieron que remar contra el mar agitado. Me dieron unas mantas para protegerme y me cubrí totalmente con ellas, acurrucada al pie del mástil.

Dentro de mi escondite estaba sola conmigo, a resguardo del inhóspito clima y de las miradas de los hombres que me rodeaban. Las escenas de la noche anterior con Bentaga se reproducían en mi mente, hamacándome como el barco, entre la perplejidad, la excitación y la satisfacción.

Los sucesos de la noche no tenían una explicación clara.

Por qué me había comportado así con la madre de mi amiga ? Por qué había tomado la iniciativa de ayudarla con su baño ?

La excitación de desvestirla y contemplar su hermoso y delgado cuerpo. El deleite de volcar el agua tibia sobre su cabeza, mientras ella se bañaba. Lo ocurrido después, cuando ambas habíamos buscado el calor del fuego para calentarnos. De cómo había aceptado su invitación a quitarme la ropa para secarla. De la admiración que había visto en sus ojos al desnudarme frente a ella. De cómo había devuelto su mirada, expresando mi deseo de ofrecerme.

La perplejidad al recibir sus besos. Sus besos de amante, al principio tímidos y luego apasionados. La excitación que sus manos sutiles, ávidas, me habían transmitido al tocarme. La manera en que su presencia adulta, femenina, me había sugerido otros disfrutes y convocado a otros misterios. La belleza de su piel, sus curvas, sus pequeños pechos, sus cabellos enrulados. El modo maravilloso en que ella había ido a mi flor, con sus manos y su boca. Sus deliciosas caricias.

Las ganas que había tenido de ser recíproca. De complacerla, de saborear sus aromas y su néctar de mujer. Y la sorpresa de cómo ella había gozado de los juegos de mis dedos y mi lengua en su flor. De lo intensas que habían sido sus expresiones de placer.

La satisfacción de que no había regresado a su cara la tristeza. Sólo sonrisas ... sólo deseo, ternura, disfrute. Hasta que nos habíamos dormido juntas.

De que esa mañana me despertara con un beso y me preparara el desayuno. De sus reiterados agradecimientos por mi visita. Y de su invitación para regresar a Lehen, a su *etxea*, cuando yo quisiera.

Al llegar a Sexta me esperaba una buena noticia.

La Ciudad había designado *maisuak* de Construcción para las dieciséis nuevas casas de la colina. Manindar me puso al tanto de la resolución de la *Biltzara*, contándome que el día anterior habían ido al campo delimitado, donde los trabajadores estaban descargando los primeros materiales.

A pesar de que me sentía cansada por el viaje, quise ir a ver los avances de las obras. Le pedí a mi hermano adoptivo que me acompañara al lugar donde se iniciaba la construcción. Adoquines, ladrillos y tablones estaban apilados próximos al depósito de agua. Un grupo de hombres iniciaban la excavación de los pozos comunes de cultivo, mientras los *maisuak* y sus ayudantes señalaban, con cuerdas y estacas, las líneas de lo que serían las paredes.

Nos quedamos allí observando su trabajo, hasta que el sol se fue perdiendo en un horizonte cargado de nubes, más allá de la playa.

Manindar me informó que estaríamos yendo con el grupo de la *Eskuela* a participar de las primeras jornadas de la construcción. Y que los varones habían acordado con Sutziake, Gazmira y Hagora ir por las tardes, al salir de Navegación, a colaborar con nosotras en levantar las paredes. Se harían primero las cimentaciones de piedra y sobre ellas los muros de ladrillos de barro. Los techos serían de madera, tratada con resinas para hacerlos resistentes a la lluvia. Los pisos también se harían de madera, de acuerdo a las últimas tendencias en construcción en las ciudades de Atlantis.

Sutziake y Etxekide nos estaban esperando en casa cuando volvimos. Me alegré muchísimo de verlos. Les conté un resumen de mi viaje a Lehen omitiendo la última noche y estuvimos comentando las novedades del inicio de la construcción.

Quería tener un tiempo a solas con cada uno de ellos y se me hizo difícil. No me sentía cómoda para pactar un encuentro con Etxekide delante de Sutziake, ni compartir con ella algunas preocupaciones delante de él.

Cuando Etxekide se despidió, Sutziake me hizo señas para hablar en privado. En el camino hacia su casa, ella me confesó que en mi ausencia le había sido difícil controlar sus impulsos hacia Etxekide. Sus palabras no me sorprendieron. Era consciente que cuando Sutziake se dispusiera, nada podría hacer yo para evitarlo. Solamente agradecí a mi amiga por su sinceridad. En tono de broma le pregunté cómo haríamos para disfrutar ambas del mismo hombre sin volverlo loco. Ella se puso a inventar un complicado y ridículo lenguaje de señas. Su alegría era tan poderosa que hizo desaparecer cualquier preocupación.

La Sacerdotisa Nekane me hizo muchas preguntas sobre el viaje de Txanona a Islas Castigadas. Quiso invitarme a cenar, pero amablemente decliné, porque aún no había visto a mi madre Haridian.

De regreso, me acompañó Etxekide. Apenas nos alejamos de la casa, me colgué de su cuello y nos besamos como si mi ausencia hubiera sido de años. Para molestarle, le exageré todos los piropos recibidos en mi viaje.

Él no se mostró preocupado y siguiendo el tono, me preguntó cuál de todos los admiradores me había gustado. Le respondí que ninguno tanto como él, y eso me valió nuevos besos y abrazos.

Nuevamente en casa, saludé a mi madre adoptiva y al tío Jacomar y nos sentamos a cenar. La conversación volvió a mi viaje, a la partida de Txanona, las particularidades de la flotilla y los sucesos de la despedida.

Al irnos a acostar, mientras el tío ordenaba la cocina, Haridian me llevó un momento a su dormitorio.

- Itahisa, creo que hay una parte de la historia que no has contado.

La miré extrañada. Ella sonreía.

- Cuál ... parte ?

- Una parte ... divertida.

No era posible que Haridian se hubiera comunicado tan rápidamente con Bentaga.

- Cómo lo sabes ?

Por toda respuesta, ella palmeó su pecho y levantó sus cejas. Me quedé mirándola, intrigada

- Ehh ... sí, madre Haridian. Yo no sé bien ... por qué ...

- Por qué dormiste con la madre de tu amiga ?

- Sí. Eso.

- Creo que sí lo sabes. Fue porque tú quisiste y ella también. No ?

- Sí ... fue así ... pero ... cómo lo has adivinado ?

- Realmente quieres saberlo ?

- Claro !

Ella hizo una pausa, disfrutando de verme confundida.

- Itahisa. Debes saber que tengo muy buen sentido del olfato. Tu cuerpo me dice que has estado con otra mujer. Y que ello debió ser en Lehen, porque luego viajaste y sé lo que hiciste desde que llegaste a Sexta. Por tu relato en la cena supe de la preocupación que tuviste por la madre de tu amiga. No hay que ser adivina para imaginar lo que ocurrió después.

Quedé sumida en mis propios reproches. Por verme expuesta de una manera tan tonta, por no haberlo podido sincerar, ni tampoco ocultar.

- Lo siento, madre Haridian.

- Qué es lo que sientes ?

- Haber ... haberme portado de esa forma ...

Ella me miraba con severidad.

- Me estás pidiendo disculpas por algo ?

- Sí.

- Por haber pasado una noche con una mujer y no contarlo en la cena ?

- Sí ... no.

- Itahisa. No me debes disculpas. No las acepto.

- Pero ...

- Lo que hiciste, estuvo bien. No debes responsabilizarte. Fuiste seducida por una mujer adulta y quisiste dormir con ella. Y tuviste la discreción de no contarlo. Eso también estuvo bien. De qué te culpas ?

- No estás molesta conmigo ?

- No.

Me sentí un poco mejor. Y entendí que era necesario ir hasta el final con mi confesión.

- Yo ... no fui seducida por ella.

- Eso sí que no te lo creo. - Me dijo sonriendo.

- Yo tomé ... la iniciativa. Me ofrecí a ayudarla ... con su baño.

Mi madre se rió. Me sentí avergonzada.

- Itahisa. Vas muy rápido. Estoy asombrada de lo rápido que vas. Pero tienes que entender que recién estás aprendiendo, recién estás entrando a la *eskuela*.

- A la *eskuela* ?

- Sí. A la *eskuela* de seducción. Y en Lehen te encontraste con una *maisu*.

- *Maisu* ?

- Efectivamente.

- Yo ... sólo vi una mujer triste.

- Efectivamente.

- Qué quieres decirme ? que no estaba triste ?

- No. Ella estaba realmente muy triste, Itahisa, no tengo dudas. Y tú fuiste el alivio a su tristeza. Nada hay de malo en ello.

No supe qué decirle. Ella no parecía interesada en continuar la plática y yo deseaba terminarla.

- Estoy cansada. - Murmuré.

- Es evidente que estás cansada. Han sido muchas emociones en estos días, no ?

- Sí.

- Quieres darte un baño antes de dormir ? Hay agua en el caldero.

Ella seguía divirtiéndose conmigo.

- Gracias, madre Haridian. Prefiero bañarme mañana.

- Está bien. Que descanses.

La construcción introdujo una nueva rutina en nuestras vidas. Los mediodías llevábamos nuestra comida hasta el campo para sentarnos a almorzar sobre piedras y tablones, mientras discutíamos detalles con los *maisuak*. Y en las tardes, tras asistir a las clases de Cultivo, volvíamos a la colina a ayudar a los varones en la colocación de las piedras, hasta que oscurecía.

Con el transcurso de los días empezamos a notar que algunas *etxeak* avanzaban más rápido que otras. La de Gazmira y las de otras *hamabineskak* terminaron su cimentación a una velocidad sorprendente. Pronto supimos el motivo. Las construcciones estaban recibiendo trabajo de jóvenes que no eran sus amigos o hermanos. Cada mañana, mientras nosotros estábamos en la *Eskuela*, un grupo de veinte sirvientes se movilizaba desde el Club al campo, y se ponía a disposición de los *maisuak* para cargar y colocar adoquines. Pero solamente en siete de los dieciséis predios. En las siete casas de las *hamabineskak* de la Serpiente.

Interrogamos a Gazmira sobre aquello. Ella dijo no haber solicitado la colaboración de los sirvientes del palacio. Hablamos con Laida, quien parecía liderar el grupo de la Serpiente. Ella nos contestó que los jóvenes eran sus amigos y que por ello estaban ayudando, al igual que lo hacían los amigos en todas las casas.

Hagora y yo nos sentíamos algo molestas y frustradas. En cambio, Sutziake, Iratxe y Oihane hacían continuamente bromas al respecto, quitándole importancia. Curiosamente, las mañanas que no teníamos *Eskuela*, los ayudantes no se hacían presentes, de modo que nunca los veíamos. Oihane empezó a llamarles *mamugilea*, que significa "los insectos constructores fantasmas". Variedad de chistes sobre constructores fantasmas se hicieron frecuentes entre nosotras.

A pesar de que los días eran cada vez más cálidos, bajábamos pocas veces a la playa. A la puesta del sol estábamos agotados y la playa quedaba en el otro extremo de la ciudad.

Cuando lo hacíamos era divertido. Pero se insinuaban situaciones incómodas entre nosotros.

Mientras Gazmira y Hagora no disimulaban su afecto con Baraso, incluso permitiéndose que él las abrazara o besara delante de nosotros, Sutziake y yo éramos más discretas. Aunque Hagora y probablemente también los demás supieran que ambas teníamos a Etxekide como amante, nosotras no lo hacíamos evidente. El propio Etxekide aceptaba con humor el interés de Guadarteme por mí, y el de Manindar por Sutziake.

Sutziake había ofrecido su flor a Etxekide una noche en la que yo no había bajado a la playa.

En realidad, yo no había ido deliberadamente, tras un intercambio con mi amiga en lenguaje de señas. Me enteré por Manindar que habían salido a caminar y demorado tanto tiempo en volver, que él y Guadarteme se habían aburrido de esperarlos.

Al día siguiente estaba ansiosa por escuchar las noticias de Sutziake. Nos encontramos a la entrada a la *Eskuela*. Estaba muy contenta y no paraba de festejar. La felicité como ella había hecho conmigo y traté de entender su desordenada narración. Todo había estado bien, Etxckide se había comportado muy cariñoso, haciéndola gozar de una manera insospechada. Esa mañana, Sutziake no prestaba atención a la clase, ni podía hablar de otra cosa que no fuera su satisfacción por su encuentro con mi amante, ahora también el suyo.

Me resultó difícil compartir sinceramente su entusiasmo. Tenía necesidad de verificar si Etxekide seguía igualmente interesado en mí como antes. Algo debió haber expresado mi cara que hizo que ella reaccionara. Me dijo que era una tonta si pensaba que él había dejado de quererme. Aunque no desconfiara de ello, debía comprobarlo.

No sufrí mucho tiempo en esa incertidumbre porque ese mismo día Etxekide me volvió a pedir para ir la cabaña. Era lo que necesitaba para tranquilizarme.

A partir de ese momento, se incrementó la frecuencia de mis encuentros con él. Cada cuatro o cinco días, a la puesta del sol, en vez de regresar a nuestras casas, nos íbamos al río y si estaba cálido nos bañábamos antes de entrar a la cabaña.

Una de esas veces estuve con mi segunda luna y tuve que prevenir a Etxekide que era probable que la sangre fluyera de mi flor. Él entendió por mis gestos que no debía preocuparse y tras un momento de indecisión, me tomó con el entusiasmo habitual.

Dos encuentros después fue la primera vez que estuve con él en mis días fértiles. Tampoco tuvo dificultad para entender que podíamos hacer cualquier juego excepto entrar en mi canal. Tuve que postergar mi propio deseo en el momento de mayor calor, para ofrecer mi boca en lugar de mi *natura*. Pero él no pareció muy descontento con el cambio.

A la vez, él y Sutziake iban a "caminar" a las dunas también cada cuatro o cinco días. Me acostumbré al hecho de quedarme en la playa con Guadarteme y Manindar, habilitando a mi amiga a marcharse con Etxekide, sin saber si regresarían a reunirse con nosotros.

Mi hermano adoptivo y su amigo aceptaban la situación haciendo bromas al respecto y empecé a disfrutar de quedarme sola con ellos. Me divertían sus intentos por atraer mi atención, fueran favores, halagos, bromas, o incluso haciéndome enojar. En un par de ocasiones los juegos o los bailes me tentaron a ser más atrevida. A bañarme con ellos y a dejar que algunos roces ocurrieran, inadvertidamente, provocativamente.

Esos juegos en la playa motivaban a Manindar y Guadarteme a poner energías en la construcción de mi casa. Ellos asistían a Construcción con nosotras por las mañanas, después se iban a Navegación en las tardes, pero de allí marchaban a cargar piedras y ladrillos a la colina, excepto cuando llovía o acordábamos ir a la playa.

Terminamos las líneas de cimentación con unos diez días de atraso con respecto a las casas de la Serpiente, pero ello no nos impidió festejarlo una noche, encendiendo por primera vez el fuego sobre la base de piedras de lo que sería mi futuro hogar.

Una mañana me despertó Hagora. Su presencia en mi dormitorio tan temprano no podía indicar otra cosa que un problema. En cuanto salimos de casa me contó de qué se trataba.

Gazmira había recibido una invitación a una fiesta y tenía la posibilidad de llevar a una amiga. Le había propuesto ir juntas. El problema era que el convocante de la fiesta no era otro que el Club de Sacerdotisas de Sexta. Obviamente, tendría lugar en el palacio de la colina. Hagora me consultaba si debía aceptar la invitación de Gazmira.

Me reí de su nerviosismo mientras caminábamos hacia la *Eskuela*. Como siempre, las consultas de Hagora me resultaban un enredo. Todas teníamos curiosidad sobre cómo serían las fiestas de la Serpiente, pero asistir era pasar por alto la discriminación de la que éramos objeto por parte de los *mamugilea*, o mejor dicho, de quienes los enviaban a trabajar a algunas *etxeak* y no a otras. No me sentía habilitada a responder con una contundente negativa, porque ella iría de todas formas. De modo que solamente le pedí que estuviera atenta y que no hiciera estupideces empujada por el ambiente. Hagora atendió mis recomendaciones, me aseguró que se comportaría dignamente y me agradeció como si realmente le hubiera otorgado un permiso.

Los días que siguieron empezamos a levantar paredes.

Las casas tenían nueve pasos de frente y siete de profundidad. El hogar, siete por cinco, y los dos dormitorios eran iguales y medían cuatro pasos de largo por tres y medio de ancho.

Estaban previstas tres aberturas al frente y tres al fondo, de modo que hubiera una en cada pieza de dormir y el ambiente principal tuviera ventanas hacia la calle y hacia atrás. Las aberturas se dejaban huecas utilizando un marco de tablas para delimitarlas y poder colocar ladrillos sobre ellas.

La cabina exterior, totalmente de madera, tendría dos pasos de largo y uno de ancho.

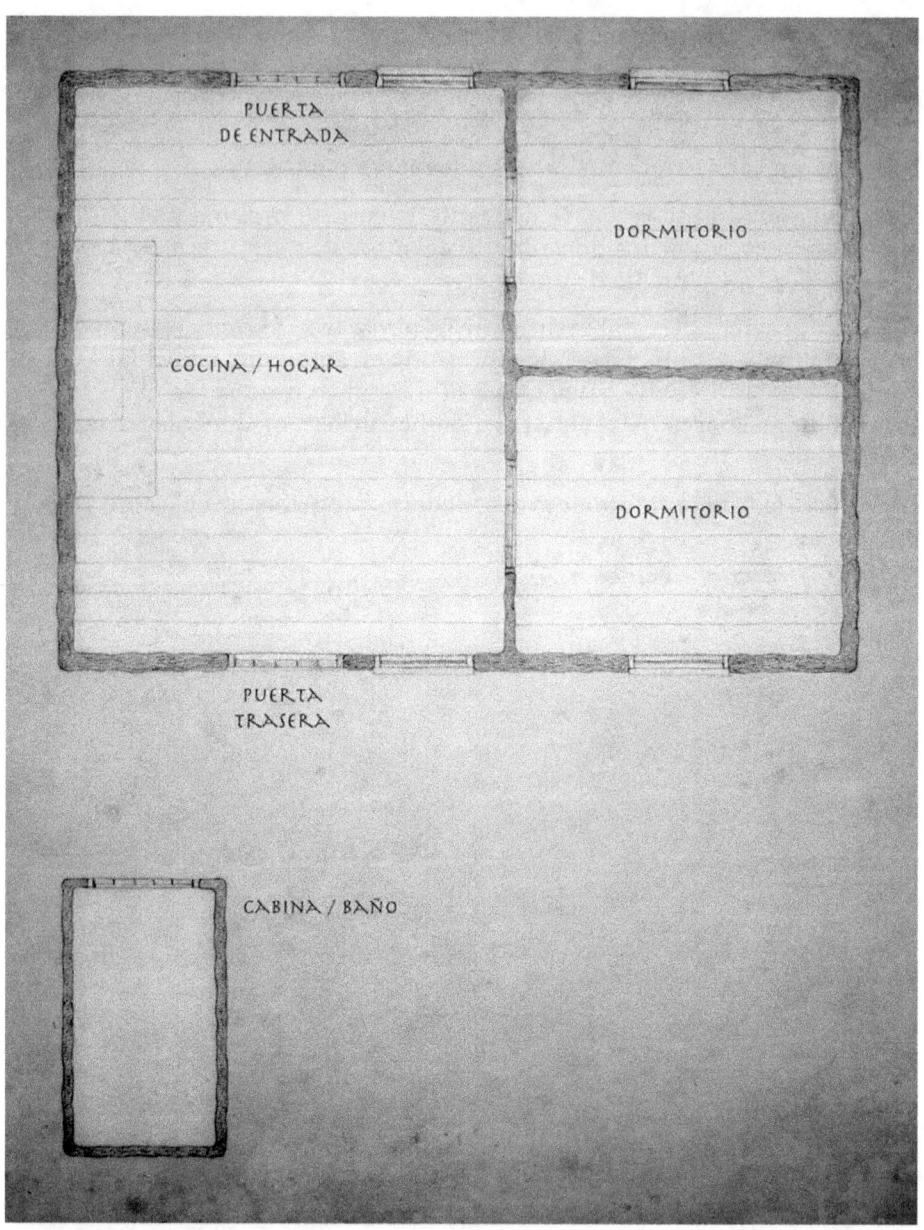

El *Maisu* nos hizo varias indicaciones al iniciar la colocación de los ladrillos. Algunas nos resultaron obvias, porque ya las habíamos visto en la *Eskuela*, como la forma de tejerlos desencontrados en cada esquina donde se unían dos paredes. La preparación de cenizas y barros con la que uníamos los ladrillos, debía tener un estado especial en el que la pasta no era difícil de manejar, pero tampoco demasiado blanda.

Manindar logró rápidamente producir ese punto de la mezcla, pero a mí no me resultó sencillo.

Trabajábamos intensamente, aunque sólo al atardecer, y por ello nuestras paredes crecían lentamente. Las asistidas por los invisibles *mamugilea*, por el contrario, ya superaban un paso de altura.

El día de la fiesta en el Club, Hagora y Gazmira no fueron a la colina. Supimos por Baraso que la Sacerdotisa Anixua estaba disgustada con su hija adoptiva y que por ello Hagora había ido a casa de Gazmira a prepararse para la fiesta.

Al día siguiente ellas fueron renuentes a contarnos lo ocurrido. Pero Sutziake y yo insistimos hasta averiguar que la fiesta había comenzado con un paseo por el palacio y los jardines, donde la Alta Sacerdotisa había hecho un discurso de bienvenida. Que en múltiples salas había tinas de crema de cabra para bañarse, y en cada una sirvientes para realizar masajes a quien lo deseara. Que luego había tenido lugar un banquete con exquisitos platos y bebidas. Que los sirvientes desfilaban continuamente ofreciendo bocadillos, y muchas mujeres los recibían directamente en la boca. Que recién a medianoche se había iniciado la música y el baile, y que los sirvientes eran todos muy buenos bailarines.

Dos días después sucedió algo imprevisto. Las paredes de la casa de Hagora empezaron a crecer solas. Los misteriosos *mamugilea* las habían agregado a sus contribuciones matinales.

Los escasos embarques de miel de Zazpir con destino a Sexta sufrieron insólitos inconvenientes. Un cargamento se perdió cuando un delfín tuvo la ocurrencia de saltar encima del barco. Otro se quedó en Lehen porque una extraña indisposición estomacal afectó a todos los remeros. Y un tercero llegó a Sexta convertido en hormiguero. El malestar de los pobladores de la ciudad fue haciéndose evidente. La miel, componente imprescindible en tantas comidas e infusiones, se hizo imposible de conseguir en intercambio. De modo que la gente apeló a vínculos familiares en otras ciudades. Enviaban regalos a parientes para que ellos les devolvieran un jarro de miel en el mismo barco. El trueque privado empezó a reemplazar el comercio entre ciudades.

Haridian me pidió que le enviara un mensaje a mi madre Atissa, para saber cuál mercadería disponible en Sexta podría ser de valor en Bosteko, y por lo tanto intercambiable por miel. La respuesta no se hizo esperar y me dejó sorprendida. Pidió que le enviáramos papayas. Yo sabía que en Bosteko no escaseaban las papayas y no le encontraba sentido, pero en Sexta eran tan abundantes que su valor era nulo. Ya ni se recogían de los árboles porque se corría el riesgo de que nadie las quisiera.

Enviamos un canasto de papayas a mi familia y días más tarde nos llegó un gran jarro de miel que nos abastecería por una luna. El tío Jacomar saltaba de contento.

En la Plaza de Intercambio, en el centro de la ciudad, un grupo de jóvenes de la *Eskuela* de Música montó un estrado para realizar una representación del conflicto entre Sexta y Zazpir. En un extremo del estrado, algunas mujeres actuaban como la *Biltzara* de Zazpir y otras hacían la de Sexta en el otro extremo. Los diálogos eran hilarantes, toda frase que un grupo decía era mal interpretada por el otro grupo, y entre ellos viajaban *txalupak* de mimbre a las que siempre les ocurría un accidente. La representación tuvo tanto éxito que la gente pidió que la repitieran al día siguiente para traer a familiares y a amigos. Para la segunda función, cerca de cinco veces sesenta espectadores rodeaban el estrado, y los actores mejoraron los diálogos y las situaciones absurdas. Al tercer día, había tanta gente que era imposible que todos oyeran, por lo que al terminar la actuación, tuvieron que iniciarla nuevamente a pedido de la multitud. El estrado quedó armado y las representaciones, cada vez más elaboradas, se sucedieron durante nueve días.

Pregunté a Haridian por qué la Ciudad no podía cancelar su acuerdo de intercambio de miel con Zazpir, y realizar uno nuevo con otra ciudad, por ejemplo con Bosteko. Ella me dijo que no era fácil, porque reemplazar a la poderosa Zazpir como proveedora, podía generar inconvenientes para la ciudad que lo hiciera. Y que en el Círculo primaba la opinión de que cuanto peor le fuera a Sexta, más rápido caería Guaxara, por lo cual Bosteko no iría a resolver el aprovisionamiento de miel de Sexta.

No me pareció correcto que la población de Sexta tuviera que sufrir la escasez existiendo una solución sencilla al problema, pero no lo discutí con mi madre adoptiva.

La colaboración de los fantasmas en la casa de Hagora generó problemas.

Iratxe y Sutziake estaban indignadas. No les molestaba que los sirvientes participaran en la construcción de las *hamabineskak* de la Serpiente, pero les resultaba intolerable que lo hicieran con una de nosotras.

Hagora se sintió agredida por sus reacciones, y repitió una y otra vez que ella no había pedido aquella ayuda. Que no era responsable de la decisión de los *mamugilea*. Que si ellos habían decidido levantar las paredes de su casa, no iba a hacer nada para evitarlo. Que tampoco lo haríamos nosotras en su situación. Etxekide y Guadarteme también estaban enojados con Hagora y dejaron de colaborar con ella en la construcción.

La situación terminó de complicarse cuando Iratxe y Oihane se decidieron a reclutar jóvenes en la playa.

Salieron a la búsqueda de fuertes y atractivos estudiantes de navegación y les ofrecieron un trato muy simple. A quien fuera a trabajar a sus casas media jornada, se le recompensaría con una atención especial.

Tuvieron un éxito rotundo. Primero dos, luego cinco, y más tarde entre ocho y diez fornidos estudiantes con una disposición admirable al trabajo, empezaron a ir a sus *etxeak* todos los días. Y al caer el sol, tras las paredes a medio construir, se formaban alegremente en filas para recibir su retribución.

Iratxe y Oihane ponían mucha dedicación en cumplir con su promesa y no parecía disgustarles terminar la jornada con el cabello, la cara y el cuello impregnados en semen. Entre risas se limpiaban y después marchaban al río a bañarse. Sus hermanos y amigos tampoco se veían preocupados. Siguieron yendo a la construcción con las mismas ganas, sabedores que a ellos les estaba reservada la posibilidad de dormir con las chicas de Hiru. Sus paredes crecieron a una velocidad extraordinaria, igualando y superando incluso a las de las casas de la Serpiente.

Esta solución inventada por Iratxe y Oihane provocó problemas en el resto del campo. Las chicas de la Serpiente, lideradas por Laida, empezaron a burlarse y a hablar mal de nosotras, asumiendo que la modalidad de reclutamiento nos involucraba a todas las *hamabineskak* del Círculo. Ello derivó en que otras chicas del Círculo se molestaran por haber quedado incluidas en las acusaciones. La pequeña Dafra, que no pertenecía a ninguno de los bandos, optó por seguir el ejemplo de Iratxe y a Oihane, y en pocos días contaba con cuatro estupendos reclutas.

Manindar y Guadarteme, aunque no se animaran a expresarlo, también se resintieron, porque ellos trabajaban todos los días para Sutziake y para mí sin recibir alguna forma de gratificación, a diferencia de Etxekide que acaparaba nuestros favores. El propio Etxekide, al notarlo, comenzó a sentirse incómodo.

Sutziake y yo no sabíamos qué hacer. Estábamos atrapadas en una situación indeseable, recibíamos acusaciones desde varios frentes y la construcción de nuestras *etxeak* iba quedando visiblemente rezagada.

Una de esas noches, luego de cenar, fui a acostarme como era de rutina.

Me hallaba muy cansada y fastidiada por la complicada deriva de los problemas en la colina. Estaba intranquila y no lograba dormirme. No podía creer que el ambiente de trabajo, que solía ser colaborativo, amistoso y alegre, se hubiera deteriorado de tal forma que quitaba las ganas de ir a la construcción. Todo había ocurrido en menos de diez días, desde la fiesta, desde la maldita fiesta del Club.

Se oían las risas del tío Jacomar y de mi madre Haridian desde su acostumbrado baño nocturno. Seguidas por los susurros en el hogar mientras secaban sus cuerpos antes de acostarse. Aunque hacía tiempo que no escuchaba signos de sus actividades en la cama, no tenía interés en hacerlo. Sus disfrutes ya no me provocaban curiosidad. Al contrario, me hacían evidente que yo no tenía casa, ni cama, ni libertad para dormir con Etxekide o con quien quisiera.

Empecé a sentir gemidos provenientes del dormitorio contiguo. Pensé en jugar con mi flor para distraerme pero no resultó. Me costaba hacerlo estando de mal humor como aquella noche. Me levanté para ir al baño. Al volver, tuve la sensación de que Manindar tampoco se había dormido y me observaba desde su cama. Aunque estaba muy oscuro y no había podido verle los ojos, era probable que él sí hubiera apreciado el contorno desnudo de mi cuerpo.

Nuevamente me acosté pero era imposible dormir. Los ruidos del cuarto de mi madre me distraían. Me preguntaba si a Manindar le ocurría lo mismo. Podía oír su respiración a través de la mampara. No quedaban dudas. Él se estaba moviendo en su cama. Me intrigó la causa de su nerviosismo. Estaría inquieto por las escenas de la tarde, de las chicas de Hiru atendiendo a sus reclutas ? O por la ruidosa actividad de la habitación próxima ? O acaso por mis apariciones frente a su cama ? Por qué nunca antes me había percatado de sus agitaciones ? Habría él advertido las veces que yo me complacía detrás de la mampara ?

Tuve la necesidad de averiguarlo. Era arriesgado, pero sumamente divertido.

- Manindar. - Susurré.

Los movimientos del otro lado de la mampara se detuvieron.

- Qué pasa ? - Respondió con voz casi inaudible.

- Estás ... nervioso ... por algo ?

- Sí.

- Me vas a decir por qué ?

- No.

Me reí en silencio.

- Quieres venir y contarme ? - Insistí.

- No.

- Es por ... los ruidos del cuarto de al lado ?

- No.

- Es por algo de lo que pasó en la colina ?

- No.

- Estás molesto conmigo por algún motivo ?

- Sí.

Festejé su cambio de respuesta. Mi interrogatorio estaba funcionando.

- Manindar.

- Qué.

- Estás molesto conmigo y no me vas a decir por qué ?

- Sí... no.

- No me vas a decir ?

- No.

- Si crees que te voy a dejar tranquilo sin que me cuentes, estás equivocado.

Silencio.

- Manindar.

- Qué.

- Vas a venir o yo tendré que ir a tu cama.

Otro silencio. Me envolví en una manta y me dispuse a levantarme. Pero Manindar lo hizo antes. Su silueta apareció en la penumbra, a los pies de mi cama.

- Ven acá. - Lo invité a sentarse. Él aceptó, obediente, sin decir nada.

Era la primera vez que estábamos juntos en mi espacio del dormitorio. En medio año, mi hermano había dejado de ser un niño. Tenía ya proporciones de hombre, aroma de hombre y todavía voz de niño.

- No quiero que estés molesto conmigo, Manindar.

Él murmuró algo que no entendí.

- Puedo hacer algo para que se vaya tu molestia ?

En la oscuridad pude notar que sonreía. Tomé una de sus manos y la llevé a mi boca. Lentamente sus dedos se movieron cerca de mis labios. Le permití tocar mi cara.

- Quieres tocarme, verdad Manindar ?

Tampoco respondió. Solamente me rozaba las mejillas. Guié su mano hacia mi cuello. Sentí crecer la excitación en el momento que sus dedos acariciaron mi nuca y mis hombros. Era arriesgado, era inconveniente, pero no me importó. Lo deseaba. Estaba ofreciéndome a mi hermano. Dejé caer la manta que me cubría. Mis pechos quedaron disponibles a sus tímidas caricias. Gocé de sus exploraciones, cada vez más atrevidas. Él usaba sus dos manos para jugar con mis pechos. Quise ir a su *zakil*. A su *zakil* de hombre. Manindar se estremeció cuando recorrí su esplendor. No había retorno. Lo empujé hacia mí y nos recostamos ambos en mi cama.

- Quieres tomarme, verdad Manindar ?

- Sí quiero.

- Entonces no me hagas esperar .

Así tuve a mi hermano de adopción dentro de mí. Fue extremadamente placentero. Fue delicioso. Fue la primera de muchas veces.

Fue el inicio de la solución al nudo de problemas de la construcción de mi casa.

Hablé con Sutziake. Le conté mi resolución de dar por terminada la postergación de Guadarteme y Manindar. Ella, como siempre, lo tomó de excelente humor. Me respondió que, como antes, seguiría mis pasos. Que yo les dejaría bien enseñados para ella. Entre bromas, le advertí que no pensaba permitir que se adueñara de Etxekide durante el "entrenamiento" de los varones más chicos. Ella otorgó, ofreciéndome sus palmas.

Pero lo que ocurrió en los siguientes días fue lo contrario.

Cuando invité a Guadarteme a la cabaña, fue tan divertido que quise repetirlo. Sus derroches de buen humor y energía masculina me encantaron. Estuvo mejor la segunda vez. Y la tercera. Guadarteme tenía una capacidad extraordinaria de hacerme reír mientras me complacía. Y un modo de prodigarse, de subordinarse a mis deseos, que me dejaba fascinada y feliz al término de cada encuentro.

Mientras tanto, Manindar repetía sus furtivas incursiones a mi lado de la mampara. Se aparecía temeroso, expectante, deseoso a los pies de mi cama. Y yo le daba la bienvenida ofreciéndole mi cuerpo sin necesidad de palabras. Nuestros juegos en la oscuridad eran silenciosos y brevísimos, a la vez frenéticos y controlados, hasta que él se derramaba, algunas veces sin siquiera entrar a mi canal.

Los dos varones demostraban su contento en el entusiasmo que ponían en la construcción. Lentamente fuimos recuperando el rezago que teníamos con la mayoría de las casas.

Y yo me fui sorprendiendo de mí misma. Porque cuanto más atendía las demandas de Manindar y Guadarteme, más lo disfrutaba y más deseaba volver a estar con ellos. Y porque casi no extrañaba a Etxekide. Aunque intercambiaba diariamente seductores diálogos y cariñosos saludos con él, de mañana en la *Eskuela* y al atardecer en las obras, no volvimos a ir a la cabaña. Las pocas noches que el tío Jacomar me avisaba que estaría disponible, o ya lo tenía prometido a Guadarteme, o Etxekide iba a verse con Sutziake o me encontraba en días fértiles, en los que prefería los encuentros rápidos con Manindar.

Todo cambió cuando vinieron noches cálidas y nuestras paredes alcanzaron altura. A pesar de que no teníamos techo, ni puertas y el piso era de tierra. Tampoco ventanas, pero podían ser tapadas con mantas.

Fuimos inaugurando anticipadamente nuestros propios muros, mucho mejores que los bosques, las dunas de la playa, las cabañas prestadas, o los clandestinos encuentros en las *etxeak* maternas.

Tuve excusas para inaugurar varias veces mi casa sin techo. Primero con Etxekide, luego con Manindar y finalmente con Guadarteme. Y también lo hizo Sutziake en la suya. Con los mismos invitados. Y en el mismo orden.

Ya no compartíamos un amante, sino tres.

A partir de ese momento se hizo habitual quedarnos en la obra más allá de la puesta de sol, compartiendo los avances, encendiendo fogones y disfrutando intimidades. Nos reuníamos en uno u otro predio hasta que el hambre nos avisaba que debíamos volver a nuestras casas adoptivas a cenar.

La continuación de las obras dependía de que la Ciudad nos entregara una importante provisión de madera. Las tablas necesarias para los techos, puertas, ventanas y pisos.

Pero las maderas no llegaron.

Las construcciones más avanzadas no pudieron continuar. Las rezagadas pudimos seguir hasta alcanzar el mismo punto. De modo que se disolvieron las distancias. Todas las *etxeak* quedaron detenidas en la misma situación, esperando por un cargamento de maderas que se estaba preparando en las canteras. Y por un embarque de herrajes de bronce que debería arribar desde la lejana y enemistada ciudad de Zazpir.

Durante unos días trabajamos en los pozos de los cultivos comunes. Más tarde en las cocinas y chimeneas. Finalmente en los caminos de acceso a las casas y los senderos de los terrenos compartidos. Y entonces no pudimos seguir. No teníamos más tareas posibles hasta que no vinieran las tablas. Dejó de tener sentido ir todos los días a la obra.

Como eran días calurosos volvimos a bajar a la playa por las noches. Pude revivir el ambiente nocturno que me había cautivado en mi primera visita a Sexta. Multitud de fogatas, grupos de músicos y bailes en la playa. Noches cálidas, exquisitas, que invitaban a bañarse en el mar.

Se acercaba la Fiesta de Egu y la anunciada Ceremonia de Iniciación. O mejor dicho, las ceremonias. La del Círculo, que tendría lugar en algún sitio río arriba, en los bosques. Y la de la Serpiente, en los jardines del Club.

Ocho de las dieciséis *hamabineskak* de Elkar participaríamos de la ceremonia del bosque y las demás celebrarían su iniciación en los jardines del palacio. Las dos neutrales mantenían el empate, plegándose una a cada bando. Dafra vendría con nosotras.

En la Fiesta de Egu se cumpliría medio año desde nuestra adopción.

Cuántas cosas habían cambiado desde entonces ! Qué enormes diferencias entre la niña que había partido de Bosteko en las previas de Elkar y la mujer que participaría en los rituales de Egu !

Poco había pensado en mi familia de origen en los últimos días. Recordé lo prometido a mis hermanos con cierta pena. Les había dicho que iría a visitarlos y no había cumplido mi palabra.

Me dispuse a hacerlo. Hablé con Haridian para considerar un posible viaje a Bosteko, pocos días antes de la Fiesta de Egu.

Ella no presentó objeciones. Sólo me recordó lo que yo ya sabía. La única norma de restricción de las mujeres atlanteanas. Nada de hombres en la ciudad materna.

Llegué a Bosteko con mi pequeño equipaje, una bolsa de regalos para la familia de Hagora y una enorme carga de papayas.

Afortunadamente mi madre Atissa me esperaba en el muelle, con mis hermanos Jama, Aitor y Lore, y los tíos Ahar y Txoim. Disfruté sus caras de sorpresa y admiración ante los cambios de mi cuerpo. En cuanto tocamos el muelle salté a abrazarme con ellos. No dejaron de halagarme en el camino a casa, haciéndome tantas preguntas que era imposible responder.

Los tíos habían preparado mis comidas favoritas para la cena. El aire de Bosteko, los objetos de la casa, los olores de la cocina, las voces y las presencias de mi madre, tíos y hermanos me transportaron a mi infancia, tan cercana en realidad en el tiempo, tan lejana en mis vivencias.

La cena se prolongó casi hasta medianoche. No me dieron chance a descansar. Relaté para ellos muchas historias. De *eskuelak* y ladrillos, de Hagora y de mi nueva amiga Sutziake, de playa y de fogones, de mi viaje a Lehen, de escasez de miel y representaciones callejeras de protesta. Hice referencia a mis amigos, sin ser demasiado explícita. Abundé en relatos sobre mi familia de adopción, de la pequeña Eider, de Jacomar y de Haridian.

Hubo poco tiempo para que yo hiciera preguntas. Mi madre Atissa me confirmó que asistiría a la Recepción de Egu con la idea de adoptar una *hamabineska*. El tío Txoim me reveló el misterio de las papayas, contándome que en Bosteko se estaba fabricando una crema a partir de esa fruta que se utilizaba para curar heridas. Jama me habló entusiasmado de sus éxitos en los juegos de pelota entre niños de ocho años. Aitor me mostró sus iguanas. La pequeña Lore sus dibujos. Y Ahar me resumió los logros de su giras por las siete ciudades, promocionando la carne de conejo.

Fue extraño volver a acostarme en mi cama. Me di cuenta de lo poco que la había echado de menos. Parecía algo raro no tener mi espacio, ni mi mampara para desvestirme. Nos quedamos charlando con Jama y Aitor hasta que me quedé dormida.

Por la mañana, salí a pasear por Bosteko con mi pequeña hermana Lore de cuatro años. Muchas personas, hombres y mujeres, me miraron al pasar y algunas me reconocieron y se acercaron a saludarme. Pude observar detalles en los que nunca había reparado viviendo allí. Las calles en perfecto estado, las lámparas en sus postes, el puerto en crecimiento, la gente amable. Bosteko era una ciudad preciosa.

Al mediodía almorcé con mi madre Atissa. Ella dijo me veía feliz y ello seguramente se debía a mis buenas compañías en Sexta. Fui escueta en mis respuestas, lo suficiente para que entendiera lo que quería saber. Que mis amigos eran también mis amantes, y que estaba encantada con ellos. Atissa sonrió y me felicitó emocionada. Pidió que le anunciara con tiempo la inauguración de mi *etxea*, para poder asistir junto a mis hermanos.

Luego hablamos de la *hamabineska* que tenía planeado adoptar en pocos días. Le dije que debería hacerle una mampara divisoria en el cuarto. Que era necesario para que se hallara cómoda en su nueva casa. Pareció sorprendida por mi recomendación y me prometió que así lo haría. Alentada por su disposición, me atreví a preguntarle si tenía previsto un sitio para que ella pudiera dormir con un amigo cuando quisiera hacerlo. Se rió y confesó no haberlo pensado. Que suponía que la chica esperaría a tener su casa terminada para invitar compañía a su cama. En tono adulto le aseguré a mi madre que las *hamabineskak* de nuestra generación difícilmente esperarían tanto tiempo. Ella volvió a reírse y se comprometió a buscar una solución.

En la tarde acompañé a Jama a un juego de pelota. Allí me dio gusto encontrar a un par de amigos de la infancia, que demostraron mucho interés en mí. Tuve que ser cuidadosa en mi charla y gestos con ellos, especialmente con uno que siempre me había gustado de niña y ahora volvía a resultarme atractivo. Hubiera querido ser provocativa con él como lo era con mis amigos en Sexta, pero estaba prohibido.

Luego fui a la casa materna de Hagora con los regalos que me había encomendado. Vilda se alegró muchísimo al verme. Me hizo pasar, me ofreció comida y bebida, y me hizo un montón de preguntas sobre Sexta y sobre su hija. Conté todo lo que entendí que podría agradarle y omití lo que me parecía que podría preocuparle. Le transmití los besos, abrazos y promesas de visita que Hagora me había dado para ella y volví a mi casa, sintiéndome algo disgustada con el rol de emisaria entre mi amiga y su madre.

En la cena, el tío Txoim trajo un ánfora que medía casi un paso de altura y pesaba como una persona. La miré aterrada. Era miel suficiente como para un año en mi casa. Cómo haría para trasladar semejante carga ? Él me dijo que no me preocupara. Que me acompañaría al puerto de Bosteko la mañana siguiente. Y que a mi llegada a Sexta pidiera un caballo. Que seguramente tendría muchas ofertas sabiendo qué era lo que iban a transportar.

Verifiqué el acierto de Txoim al arribar al puerto de Sexta. Por una pequeña cantidad del contenido del ánfora fui llevada hasta la puerta de mi casa de adopción.

En víspera de Egu fuimos a pasar el día a la colina. No había novedades acerca de los materiales y las construcciones seguían detenidas. La ansiedad nos implicaba a todas las *hamabineskak* por igual al cumplir medio año en Sexta. Las tensiones provocadas por los *mamugilea* primero y por los reclutas más tarde, se habían disipado. Y el ambiente de confraternidad y alegría estaba regresando al campo.

Era un día caluroso que anunciaba el inicio del *uda* y nuestras *etxeak* sin techo no podían protegernos del sol. Al mediodía circuló la consigna de ir a bañarnos al río.

Éramos unos cuarenta cruzando la colina. Al dejar atrás los fondos del Club, Iratxe empezó a correr. Otros la seguimos. Se generó una competencia por quién llegaba primero al río.

Uno de los primeros en llegar fue Baraso. Se detuvo en la orilla, giró hacia los que veníamos aun corriendo, alzó los brazos y se quitó la ropa. Dando grandes pasos entró al río y se zambulló. Los demás varones hicieron lo mismo. Y también Iratxe que había mantenido su ventaja sobre nosotras. Una pila de *brusak*, camisas, faldas, bombachos y sandalias fue creciendo como señal de llegada. Dejamos entreveradas nuestras ropas y nos metimos a las refrescantes corrientes del río.

No pasó mucho tiempo para que también se generalizara un juego de caballos en el agua. Cada una de nosotras se trepó al cuello de uno de los varones y fuimos a derribar a las demás, festejando con alaridos las derrotas propias y con carcajadas las derrotas ajenas.

El río nos había reunido por primera vez desde aquella víspera de Elkar cuando aguardábamos con nerviosismo la adopción. Exactamente medio año atrás.

El río nos vería separadas en dos grupos al día siguiente. En la noche de Egu, la mitad de nosotras estaríamos río arriba en el bosque. Y la otra mitad, río abajo, en el palacio.

Esta vez había sido previsora. Recordando el malestar de la Fiesta de Ama, me había tomado el trabajo de descoser y vuelto a coser mi vestido ceremonial, necesitando agregar un poco de tela para dar cómoda cabida a mis pechos y caderas.

Igual que en la Fiesta anterior partimos hacia el Campo Ceremonial siendo aún de noche, sin portar lámparas, guiándonos por la túnicas blancas que iban delante de nosotros. Antes de llegar dejamos a Manindar en la *Eskuela* de Astronomía y más adelante a Eider en una concentración de niños. Había siete concentraciones de mujeres correspondientes a cada círculo de la formación. Esta vez no se diferenciaban por edades o rango religioso o académico. Sino que cada *Klan* tenía preasignado un círculo. Un grupo de *eskribak*, funcionarias de la *Biltzara*, tenía lienzos con las asignaciones anotadas en una lista. Cada sacerdotisa debía preguntar cuál de los siete círculos le había tocado y comunicárselo a los miembros femeninos de su *Klan*.

La formación se iniciaba a medida que la gente iba llegando al Campo. Algunas sacerdotisas subidas a los banquitos de madera, señalaban las distancias como mojones humanos. Todas las líneas circulares se definían por cadenas de mujeres tomadas de la mano, sin insinuarse aún las aberturas del laberinto.

Cuando los siete círculos estuvieron completos había luz natural suficiente. El espectáculo era bellísimo. Aproximadamente una carrera de mujeres, vestidas de blanco, tomadas de la mano, salpicadas sobre el verde del Campo Ceremonial.

Ante la llegada de Guaxara, otra vez dos rumores radicalmente enfrentados. Ella hizo unas oraciones, pero en esta ocasión no había replicadoras y no pude captar más que palabras sueltas.

La Alta Sacerdotisa levantó sus manos hacia donde aún no asomaba el sol y a su gesto siete eslabones se quebraron, provocando un pasaje recto entre todos los círculos. Lentamente, las siete rondas empezaron a girar, cuatro en un sentido y tres en el contrario. Tras dar una vuelta completa empezamos a detenernos. La más pequeña y cercana al centro terminó por definir su apertura al noroeste y la segunda siguió girando cada vez más despacio hasta que se detuvo, con su puerta apuntando al sur. Fue entonces nuestro turno. Dando pasos cortos dejamos abierta nuestra entrada hacia el noreste. Y así siguieron los restantes círculos, mientras la columna masculina se acercaba, como el sol, desde el este.

La fila de seis hombres de ancho y varios campos de largo, debió rodear la formación, para acceder a la primera de las entradas. Por allí penetró al más externo de los pasajes dibujados por las mujeres, e inició un giro para buscar la segunda puerta. El ancho de los pasajes entre círculos era suficiente para que seis hombres caminaran por él con comodidad. Lo hicieron lentamente, rodeando la siguiente ronda para ubicar la tercera entrada y así sucesivamente, hasta que los que iban primeros accedieron al centro del laberinto. En ese momento la cola de la columna recién ingresaba a la primera puerta.

Entonces los hombres se detuvieron. No les era posible seguir avanzando y fueron acomodándose en los pasajes de modo que cada una de las mujeres tuviera algún hombre a su frente. Supuse por mis recuerdos de la infancia que esto marcaba el final del ritual, pero estaba totalmente errada.

A mi lado estaba Haridian. Un hombre mayor, casi anciano, que había quedado delante de ella, se le acercó.

- Sacerdotisa. Es usted una mujer realmente hermosa. Sus bellas formas darán inspiración a mis sueños y animarán mis deseos. Daría lo que fuera por que me permitiera complacerla.

Quedé atónita. Mi madre adoptiva simplemente mantuvo la mirada altiva, pretendiendo indiferencia a sus palabras. Luego el viejo se dirigió a mí.

- Señorita. Cuánta belleza en su joven cuerpo ! Si pudiera pasar una noche con usted rejuvenecería treinta años.

No podía creer lo que el anciano estaba diciendo. No sólo se había atrevido con Haridian, sino también conmigo, a pesar de que probablemente quintuplicara mi edad. Mi madre apretó mi mano, en señal que interpreté como que imitara su gesto. Así lo hice. El anciano se dirigió entonces a la siguiente mujer a mi *eskuona*, y le dirigió otros elogios y proposiciones similares. No me recobraba del impacto, cuando caí en la cuenta que todos los hombres hacían lo mismo. Regalaban halagos, piropos y expresiones de deseo a las mujeres que tenían al alcance. Y ellas los escuchaban sin alterarse, sin siquiera devolverles la mirada.

Se acercó a nosotras un segundo hombre que aparentaba unos treinta años. Era alto, de larga barba y no demasiado atractivo. Dirigió a mi madre unos versos sobre la belleza de su cuello y los besos que gustaría darle. Ella permaneció impasible. Cuando se detuvo frente a mí, aseguró que si me hubiera encontrado en la calle, me hubiera confundido con la aparición de una diosa. Me causó gracia y mordí mis labios para no reírme.

Así se sucedieron otros hombres. De distintas edades, con variados estilos, más o menos sutiles en sus apreciaciones. Ninguno de ellos conocido para mí. Era muy raro y divertido escucharlos y fingir indiferencia. Empecé a percibir algunas señales internas que me decían que aquella insólita lluvia de palabras masculinas, dulces o groseras, estaban teniendo efecto en mis partes femeninas.

Si esto ya era novedoso y excitante, lo que ocurrió a continuación me dejó completamente desconcertada.

Un joven de unos dieciocho años, de rostro extremadamente bello, con un cuerpo soberbio, piel bronceada, cabello rubio largo atado y magníficos ojos azules se paró delante de mí. No pude menos que admirarlo.

- Tú debes ser Itahisa. - Dijo con voz grave, mirándome intensamente.

No le contesté. No sólo porque ritualmente era lo esperable. Sino porque quedé estupefacta al escuchar mi nombre de su boca. Era incomprensible que él me conociera y yo nunca hubiera reparado en él.

- Debes ser Itahisa, sin duda. Porque me dijeron que eras la más hermosa de las *hamabineskak*. Pero se equivocaron.

Hizo una pausa. No pude simular indiferencia. Quedé fijada en sus ojos que me recorrían atrevidamente.

- Se equivocaron. Porque no eres la más hermosa de las *hamabineskak*. Eres la más hermosa de las mujeres de Sexta, de todas cuantas hay en este Campo.

Sentí que mi cuerpo se aflojaba. Debía estar soñando. No. No era cierto lo que estaba escuchando. Esas cosas no podían ocurrir. Él siguió hablándome.

- Es una lástima Itahisa, realmente es una pena que no pueda volver a verte esta noche.

Si se trataba de un sueño, era muy extraño. Volver a verme ? Sentí que Haridian estrujaba mi mano.

- Porque si esta noche vinieras Itahisa, no tengas dudas que yo me dedicaría a hacerte feliz.

Tras decir esto se dio vuelta. Ignoró a mi madre y a todas las otras mujeres a mi lado. Desapareció rápidamente de mi vista. Las piernas me temblaban. El corazón golpeaba dentro mi pecho. Una agridulce confusión atormentaba mi cabeza. Esta noche ? Había dicho esta noche ? La Ceremonia de Iniciación ? La Ceremonia de Iniciación a la que yo no iría ... la Ceremonia del Club de la Serpiente !

Mi desconocido admirador era un sirviente del palacio.

Empecé a sentirme algo mareada. Y algo como una piedra se alojó en mi estómago. Mi madre adoptiva me hablaba, otros hombres me hablaban, dejé de escucharlos.

Cuando me repuse, la formación se había desarmado. Hombres y mujeres caminaban alegremente en todas direcciones por el Campo Ceremonial.

Haridian insistía en que debía ignorar las palabras del fantástico joven que había afirmado que yo era la mujer más hermosa de la ciudad. Que no debía creer sus palabras. Que era una maniobra perversa propia de Guaxara. Que seguramente ella había urdido ese plan para seducir a las chicas del Círculo. Que sin dudas lo mismo le habría dicho a Sutziake y a las demás. Atendí sus reiteradas advertencias y argumentos sin decir palabra.

Busqué a Sutziake para verificar si a ella le había pasado lo mismo. Estaba divertida por las cosas que los hombres le habían dicho, pero entre ellos ningún joven excepcionalmente bello. Muchos le habían hecho propuestas para la noche. Me resultó difícil explicarle lo ocurrido.

- Cómo sabes que era un sirviente del Club ? Él te lo dijo ? - Me preguntó entre risas.

- No. Él dijo que si volviera a verme esta noche ...

- A todas nos prometieron las cosas más insólitas para esta noche, Itahisa.

- Pero ... me dijo que era una pena ... que él no pudiera verme. - Intenté aclararle.

Sutziake restó importancia a las preocupaciones de Haridian. Insistió en que todos los hombres habían sido exagerados en sus elogios y eso no debía inquietarnos. Seguimos caminando hasta encontrarnos a Etxekide y adelantándome, corrí a abrazarlo.

Después del mediodía, mi madre adoptiva preparó una infusión para dormir. Ambas nos acostamos a recuperar energías para la ceremonia de la noche.

Estaba oscuro cuando ella fue a levantarme. Volvimos a colocarnos joyas y túnicas de fiesta y partimos hacia el bosque.

En cuanto salimos de la ciudad, vimos otras mujeres marchando en la misma dirección. Haridian me informó que otras ceremonias acontecerían en distintos lugares del bosque.

La noche era tibia, despejada, con luna creciente.

Nos detuvimos en un claro, al borde del río, rodeado de árboles. En el centro había un altar de piedra, forrado de pieles de animales. A su lado, una extraña figura, vestida de negro y encapuchada, revolvía con una gran cuchara de madera el contenido de un caldero.

Saludamos a Sutziake y Hagora y a sus madres, Nekane y Anixua. También estaban Iratxe, Oihane y Dafra con sus madres adoptivas, a quienes sólo conocía de la Ceremonia de Recepción, medio año atrás. Reinaba el nerviosismo entre nosotras. Todas teníamos adelantos incompletos de lo que ocurriría en la ceremonia. Nuestras madres, deliberadamente, habían evitado introducirnos en los detalles. Era un ritual de iniciación entre mujeres y viviríamos experiencias desconocidas.

La mujer de túnica y capucha negra, ayudada por Nekane, transportó un canasto de leña a un punto próximo al río, a unos seis pasos del altar. Allí dispusieron ramas y cortezas para encender el fuego. Luego volvieron al centro y cargando otro canasto caminaron en dirección opuesta para prender la segunda hoguera. Los dos fuegos señalaban el este y el oeste desde el altar, llenando el aire de ricos aromas de cortezas.

Repitieron la operación otras dos veces, para marcar el norte y el sur del espacio ceremonial.

A continuación Nekane llamó a su hija Sutziake, a Haridian y a mí. La vieja nos señaló primero la pila de leña y a continuación dos puntos equidistantes del altar. Procedimos a cargar los canastos y a encender las hogueras.

Y así fueron haciéndolo, sucesivamente, las demás sacerdotisas y sus hijas adoptivas, para producir un círculo de hogueras. Doce fuegos demarcando un espacio circular alrededor del altar. Cada una de nosotras había participado en el inicio de uno.

La anciana de la caperuza negra hizo una señal con su cuchara que anunciaba el comienzo de la celebración. De a una, nos fuimos acercando al altar central, donde procedimos a quitarnos las joyas y las sandalias. Las depositamos en cestos de mimbre, cerca de varias ánforas con agua y una pila de mantas. Entonces nos formamos en el círculo definido por los doce fuegos.

Se escuchaba el murmullo del río, el mínimo movimiento de las ramas de los árboles, y el canto de los grillos. Los rostros expectantes podían adivinarse a la luz de las llamas.

Entonces la mujer de negro quebró el silencio, levantando sus manos y entonando, lenta, dulcemente, una frase.

- *Izan Arro.*

Significando la esencia de la concavidad, el lecho del río, el cuenco receptivo que representa lo femenino.

A lo que nuestras madres respondieron, emulando el tono y la cadencia de la anciana, cantando.

- *Izan Bat.*

Expresando nuestra disposición a la reunión, a la unidad fraterna. Nos convocábamos a ser un solo cuerpo.

La directora de la ceremonia invocó a la Diosa Principal, la condición maternal, creativa, fecunda, reproductiva, de las mujeres.

- *Izan Ama.*

Y todas coreamos.

- *Izan Bat.*

Haciéndonos una con la Diosa Madre.

La anciana replicó:

- *Izan Ur.*

La esencia del agua, que nutre y refresca nuestras vidas. Respondimos también unificando nuestras voces.

- *Izan Bat.*

Ella refirió esta vez a la Diosa Elkar, la Esencia de la Comunidad, el espíritu de nuestro pueblo.

- *Izan Elkar.*

Para que nosotras contestáramos:

- *Izan Bat.*

La mujer de capucha oscura inició otra estrofa, apelando al fuego. El fuego que demarcaba el círculo que nos reunía.

- *Izan Su.*

También el fuego nos hacía una.

- *Izan Bat.*

Y por último al Dios cuya fiesta estábamos celebrando. El Dios masculino, del calor, la fuerza y la energía.

- *Izan Egu.*

Nos unimos a Él en nuestra respuesta.

- *Izan Bat.*

Ensamblando apelaciones por sucesivas repeticiones, fue componiéndose la canción ceremonial.

- *Izan Arro, Izan Bat, Izan Ama, Izan Bat.*

- *Izan Ur, Izan Bat, Izan Elkar, Izan Bat*

- *Izan Su, Izan Bat, Izan Egu, Izan Bat.*

El tono suave y la cadencia del cántico fueron haciéndose más enérgicos, más firmes, incrementando el ritmo y el volumen. Nuestras voces se unían en coro imponiéndose en la negrura del bosque. Haciéndonos un solo cuerpo, una sola concavidad, una sola agua, un solo fuego. Nos tomamos de las manos formando una cadena blanca y empezamos a girar en ronda, sin dejar de repetir.

- *Izan Arro, Izan Bat, Izan Ama, Izan Bat.*

La mujer de la capucha se desentendió de nuestros cantares y desplazamientos, agregó leños para mantener vivos los fuegos y regresó a su cuchara y su caldero.

- *Izan Ur, Izan Bat, Izan Elkar, Izan Bat.*

- *Izan Su, Izan Bat, Izan Egu, Izan Bat.*

Otra indicación que no advertí. La ronda desaceleró lentamente, dando pasos cada vez más pequeños, hasta detenerse. La canción también fue apagándose, disminuyendo, hasta permanecer como un susurro.

- *Izan Arro, Izan Bat, Izan Ama, Izan Bat.*

Entonces la directora se quitó la caperuza negra. Sus cabellos plateados brillaron al reflejo de las llamas y pudimos ver su rostro, arrugado, noble. En la expresión de sus ojos había vitalidad, bondad, sabiduría.

Ella tomó de una pila lo que parecía ser un bastón, grueso y corto, de extremos redondeados y lo introdujo en el caldero.

Hizo otra seña.

Nekane y su hija adoptiva Sutziake, abandonaron el círculo para acercarse al altar. Lo que ocurrió a continuación me dejó sorprendida. Nekane dejó caer su túnica al piso, para sentarse en el altar de piedra, totalmente desnuda.

- *Izan Ur, Izan Bat, Izan Elkar, Izan Bat.*

La anciana retiró el bastón del interior del caldero, impregnado en una sustancia pegajosa que parecía miel. Y con él fue parsimoniosamente a la *natura* de Nekane, quien abrió sus piernas para que la vieja, delicadamente, apoyara la punta embadurnada en la entrada de su flor. Pude ver el asombro de Sutziake y el de las otras *hamabineskak* cuando su madre hizo evidentes exclamaciones de placer al recibir las caricias de aquel *zakil* de madera. Nekane se dejó caer sobre las pieles que cubrían el altar, dejando las piernas separadas, ofreciéndose.

La anciana frotó durante un tiempo los rojizos pliegues íntimos de la Sacerdotisa, deslizando el bastón hacia arriba y hacia abajo. Luego se lo entregó a Sutziake. Ella lo miró asustada. Se oyeron risas. Mi amiga consultó a su madre adoptiva con la mirada.

- *Izan Su, Izan Bat, Izan Egu, Izan Bat.*

Ella le devolvió un gesto animándola a continuar. Sutziake procedió a llevar el rígido *zakil* al lugar donde era demandado. Todas asistimos impresionadas a lo que sobrevino. Nekane terminó de acomodarse sobre el altar y lentamente recibió en sus profundidades el bastón sostenido por su hija. Como si se tratara de una virilidad auténtica, tomándolo, deleitándose con él.

Ante la ostensible satisfacción de su madre, Sutziake se animó a jugar, a mover el bastón con suavidad hacia adentro y hacia afuera. Las manifestaciones de placer con las que respondió Nekane me parecieron excesivas. No podía creer que aquella cosa dura pudiera ser tan disfrutable. Las *hamabineskak* observábamos con cierto estupor la fascinante escena. Al punto que se nos dificultaba seguir la canción que inevitablemente seguía coreándose.

- *Izan Arro, Izan Bat, Izan Ama, Izan Bat.*

Vimos que Sutziake incrementaba el ritmo de los movimientos del *zakil* de madera. Con las manos aferradas a las pieles del altar, la mujer adulta se sacudía y gritaba de placer. Sutziake, instintivamente, se detuvo. Nekane demoró en reaccionar. Hasta que tomó el bastón con sus propias manos y lo hizo salir de su cuerpo.

Nekane y la anciana, paradas a cada lado de Sutziake, aflojaron los nudos de su túnica y se la quitaron. El joven y hermoso cuerpo de mi amiga quedó expuesto. La vieja recogió de otro recipiente un poco de agua en la concavidad de su mano y murmurando unas oraciones, lo volcó sobre la frente de la *hamabineska*, mojando su cara.

Sutziake fue invitada a acostarse sobre las pieles. La mujer de negro tomó otro bastón de la pila y lo introdujo en el caldero para impregnarlo del viscoso ungüento. Se lo dio a Nekane, quien lo aproximó cuidadosamente entre las piernas de su hija adoptiva.

Sutziake tuvo un espasmo ante la primera caricia del *zakil* artificial. Luego pareció acostumbrarse al contacto tibio de la madera embadurnada y empezó a disfrutarlo. No tardó mucho en gemir del placer que le provocaba su madre adoptiva al deslizar el bastón en su *natura*. Esta vez no me cabían dudas de lo genuino de su goce. Señales de mi propia flor me lo hicieron saber.

- Izan Ur, Izan Bat, Izan Elkar, Izan Bat.

Mi madre Haridian me habló al oído. Seríamos las siguientes en ir al altar. En correspondencia con el orden en que habíamos sido adoptadas. Sutziake había sido la primera del Círculo aquella noche en la *Biltzara*, y yo la segunda. La Ceremonia de Iniciación copiaba la secuencia de la de Recepción.

En el centro de la ronda, los roles habían cambiado. Nekane, visiblemente divertida, manipulaba el bastón en el interior de Sutziake. Mi amiga era la que agradecía con palabras poco comprensibles las maniobras que su madre le aplicaba. Vimos la tensión de su cuerpo, su respiración agitada, sus contracciones, al acercarse a la cumbre de su goce. Y más tarde la vimos regresar de allí, jadeando, feliz, recuperando el aire, mientras su madre retiraba el grueso palo de su canal.

Nos acercamos al altar. Haridian y Nekane se dieron un emocionado abrazo. Ayudé a Sutziake a pararse. Cuando la abracé me dijo en voz baja que me quería mucho y me besó.

Ellas regresaron al círculo sin molestarse en recuperar ropas ni joyas, pero antes de tomar su lugar, fueron a saludar a las demás, recibiendo abrazos y palmadas de afecto. Dieron una rápida vuelta por los doce fogones, donde sacerdotisas y novatas repetían sin cesar.

- Izan Su, Izan Bat, Izan Egu, Izan Bat.

Mi madre, enfrentando a la anciana, se desvistió.

La mujer de negro tomó el tercer bastón de la pila y lo sumergió en la preparación que parecía miel, pero despedía un aroma amargo. No lo llevó a la *natura* de mi madre. Directamente me lo dio.

Haridian me ofreció su flor, sonriendo, como una vez lo había hecho en su cama. Apoyé el extremo del palo sobre su arbusto de color castaño oscuro, dejando escurrir algunas gotas de aquel espeso fluido hacia su flor. El líquido bañó su centro de placer y descendió por sus pliegues, hasta depositarse en la entrada de su canal. Aquel canal que había atrapado mis dedos en mi primera exploración, estaba ahora aguardando un *zakil* de madera que yo empuñaba. Recordando aquella escena, reproduje como pude los movimientos que ella me había enseñado. Describiendo dibujos, subiendo y bajando, distribuyendo la miel, para aumentar su excitación. Ella me miraba encantada, deseando que la penetrara, pero demoré ese momento. Antes de hacerlo acumulé el ungüento que pude en su entrada. Apenas empujando, lo hice entrar. Percibí que su exclamación de goce era acompañada por algunas mujeres en la ronda.

Sabía lo que debía hacer a continuación. Sabía cómo mover el bastón dentro de ella. No me resultó difícil llevarla a su máximo placer, mientras el coro a mi alrededor reiteraba su nerviosa letanía.

- Izan Arro, Izan Bat, Izan Ama, Izan Bat.

Era mi turno.

Dejé que las dos mujeres me desnudaran y recibí el agua fresca en mi cara, en símbolo de mi Iniciación. Me acosté en el banco de piedra recubierto de pieles.

Mi madre tomó el bastón de las manos de la vieja y cuando lo apoyó sobre mí, tuve una sensación extraña. Era placentero, no se parecía a un *zakil*, pero tampoco a un palo de madera. Se sentía agradablemente caliente. La miel producía un calor intenso en mi flor, un calor estremecedor.

Lo curioso era que el calor permanecía aun cuando el bastón era retirado. No sólo permanecía sino que continuaba aumentando. Bien diferente a cualquier experiencia anterior. Aquella viscosidad no era un medio para facilitar el contacto, no requería presión o movimiento alguno, era suficiente por sí misma para generar un efecto prodigioso, extraordinario.

Tan delicioso que por un momento perdí la noción del bastón. No tuve necesidad de sentirlo en mi canal. Sin embargo, Haridian buscó mi entrada, hizo leve presión e introdujo el extremo untoso dentro de mí.

Lo tuve. Enorme, llenándome de una manera extraña, exagerada. No tan rico como un *zakil* verdadero, pero aun así disfrutable.

El calor se extendió del exterior de mi flor a todo mi canal, bañándome por dentro.

Incrementándose hasta llegar a mis pechos, a mis pies y a mi cabeza. Era fantástico, me dejé llevar por él, dejándolo crecer, hasta estallar en oleadas de placer que celebré gritando. Sentí que me aflojaba, me relajé en el contacto suave de las pieles, noté que el bastón se deslizaba fuera de mí.

Abrí los ojos. Vi las estrellas sobre el firmamento oscuro. Y luego la cara de Iratxe.

Ella era la siguiente. Acepté su ayuda para levantarme. Le dije: "esto es maravilloso, Iratxe, no puedo creerlo" y ella solamente sonrió.

Haridian me abrazó y juntas recorrimos la ronda de los doce fuegos, saludando, recibiendo felicitaciones, besos y abrazos. Desnudas, regresamos a nuestro puesto, para recomponer el círculo de concavidades, agua y fuego, que nos unía.

- Izan Ur, Izan Bat, Izan Elkar, Izan Bat.

Me resultó tierna la forma en la que Iratxe atendía a su madre. La miraba con intensa dulzura, mientras procuraba hacerla gozar con delicadas aplicaciones de miel en su flor. La conexión afectiva entre madre e hija era indudablemente excepcional.

En mi canal, la percepción caliente, líquida, agradable, no había desaparecido. Seguía provocándome disfrute, como una memoria deliciosa y suave de lo vivido en el altar.

Iratxe recibió su bendición de agua y fue desvestida. Su cuerpo me pareció sumamente bello. La había visto desnuda el día anterior, al llegar corriendo al río y durante la pelea de caballos y jinetes, pero no había reparado en su belleza. Tenía pechos pequeños pero hermosos, piernas perfectamente torneadas y su piel brillaba reflejando la luz de las fogatas.

Su madre fue recíproca con ella de un modo igualmente cariñoso, mostrando una sensibilidad exquisita. La escena era emocionante. Aguardé a que volvieran a la ronda para expresarles mi regocijo con la belleza de su acto. Mientras tanto, tuve renovadas ganas de cantar.

- *Izan Su, Izan Bat, Izan Egu, Izan Bat.*

Iratxe y su madre regresaron a la ronda. Al pasar por delante de mí les ofrecí un abrazo de felicitación. Besé a Iratxe en agradecimiento por la dulce y tierna escena que nos había regalado. Noté que lo mismo hizo Sutziake, no así las demás *hamabineskak* que seguían vestidas. Al parecer, ellas no se habían conmovido como nosotras.

En el momento que Oihane y su madre adoptiva llegaban al altar, advertí que una de las chispas que volaban unos instantes en el aire hasta desaparecer, quedó flotando, suspendida largo tiempo sobre la cabeza de la anciana y su luz amarilla fue tornando, como la maduración de una fruta, hacia el rojo intenso.

La noche inaugural del verano era espléndida, cálida, apacible. Ni siquiera se notaba el rocío nocturno. Era un deleite estar desnuda en aquel claro del bosque, en el círculo iluminado por las hogueras.

Oihane hacía maravillas con el bastón en la *natura* de su madre, quien demostraba con nítidas exclamaciones su satisfacción. Una chispa se hizo roja amenazando caer sobre su pecho, pero a último momento dio un viraje en el aire y se elevó hacia el río.

Cuando la vieja vertía el agua sobre la cabeza de la chica de Hiru, tuve la extraña y fascinante sensación de volver a sentir el bastón en mi canal. Me sobresalté como si realmente hubiera regresado a mis adentros. Por un instante reviví el contacto caliente, rígido, enorme, extremadamente placentero. Y tuve que aferrarme al brazo de mi madre para sostenerme en pie. Ella se mostró comprensiva, supo lo que me había pasado sin necesidad de explicárselo.

Quise abrazar a Oihane. Por la gracia demostrada en el baile de Ama, por su abnegada dedicación a la construcción de su casa, por su entusiasmo al recompensar a sus reclutas, por su alegría permanente en la colina, por el emocionante acto de cariño que había tenido con su madre.

Cuando la siguiente chica pasó al altar las hogueras insistían en arrojar chispas amarillas sobre nosotras. Curiosamente cambiaban de colores en sinuosas trayectorias. Pude ver chispas amarillas, blancas, rojas, verdes y azules flotando sobre el altar. Era gracioso. Ahora cantábamos con más entusiasmo.

- Izan Arro, Izan Bat, Izan Ama, Izan Bat.

La madre de Gualda tenía pechos de un tamaño excepcional. Parecían pechos de amamantar, llenos de leche. Increíblemente me dieron ganas de ser bebé para deleitarme con ellos. Qué gracioso ! Imaginarme succionando aquellas enormes cumbres, alimentarme de tal abundancia. Miré a Sutziake que se estaba riendo de sus propios pensamientos, que eran los míos. Ella se había figurado lo mismo. No pude contener la risa. Mi madre también se dio cuenta y rió de lo absurdo de nuestros deseos.

Le pregunté por qué había tantas chispas de colores y ella me explicó que era para que la ceremonia fuera más entretenida. Hizo un gesto cómico al darme tan sencilla justificación. Me causó mucha risa. Sutziake y Nekane también se reían de lo mismo.

La chica de Biko y su bien dotada madre jugaban en el altar con el bastón untado en miel. Estaban tan concentradas en darse placer que ni siquiera notaban las chispas. Ya no eran chispas, ni frutas, sino luces de colores. No podía creer que no les molestaran las pelotitas luminosas. Azules y rojas, verdes y blancas, amarillas y violetas.

Hagora introducía el palo embadurnado en la *natura* de su madre adoptiva, la Sacerdotisa Anixua. Y ella lo gozaba de manera impresionante. Gritaba como enloquecida, estremeciéndose, sacudiéndose, en alaridos de placer. Daban ganas de aplaudir a Hagora. Qué habilidad la suya al manejar el bastón !

Las copas de los árboles se mecían, se hamacaban por el viento. Afortunadamente sólo había viento a la altura de los árboles, pero nada a nivel del piso. Qué noche soberbia. Merecía que estuviéramos tan contentas.

La alegría inagotable de Iratxe y Oihane. Bailaban sus pasos, pero de vez en cuando tropezaban y caían. Caídas graciosas, actuadas, que provocaban la risa de todas.

Otra vez sentí el bastón entrándome. Riquísimo. Tan intenso que no pude mantenerme parada. Me senté en el pasto a saborear las caricias calientes en mi canal.

Dafra y su madre estaban jugando en el altar. Todas las túnicas blancas habían sido abandonadas en una pila. En la ronda, catorce mujeres desnudas, cantábamos, bailábamos y reíamos. La vieja de negro era la única vestida, atenta a lo que pasaba con la última pareja de madre e hija en el altar y dirigiendo el canto.

- *Izan Ur, Izan Bat, Izan Elkar, Izan Bat.*

Los puntos luminosos le daban un marco espectacular al baile alrededor de los fogones, iluminando fugazmente los cuerpos, en destellos rojos, amarillos y verdes. A veces provocando efectos fascinantes. Un brazo se hacía más grande que otro, o una pierna. Las bailarinas se meneaban flexibles como juncos. Mis propias manos aumentaban de tamaño, como infladas con agua.

Me di cuenta que estaba cansada porque tenía muchas ganas de bailar pero no podía hacerlo. Sutziake y yo nos acostamos a observar las ridículas danzas de las demás chicas y sus madres.

Las ramas superiores de los árboles se inclinaban hacia nosotras, reverenciándonos.

Como ya nadie cantaba, los grillos se encargaron de reproducir el coro. Era increíble cómo los grillos habían aprendido tan rápido los versos ceremoniales y nos avisaban que ya éramos una. Que nos habíamos unido. Con el agua, con el fuego y con las Diosas.

- *Izan Su, Izan Bat, Izan Egu, Izan Bat.*

El resto de mi cuerpo se fue haciendo agua. Entendí que en raras ocasiones, el agua tiene la propiedad de flotar sobre el aire. Mi cuerpo de agua hizo que me separara del piso, que pudiera despegarme del molesto pasto y afortunadamente pude ir a cazar mariposas de colores sobre los fogones.

Eran mariposas y yo podía volar tan rápido como ellas. Eso me provocó una breve incomodidad en la espalda cuando me crecieron las alas. Bonitas, frágiles, ramificadas, aceitosas, transparentando colores rojos, verdes y amarillos.

Las mariposas hermanas me guiaron por el bosque.

Pude elevarme sobre los árboles y observar las demás ceremonias nocturnas que estaban teniendo lugar. En las que las *hamabineskak* y sacerdotisas danzaban en círculo en los fogones, se besaban, se abrazaban, se complacían unas a otras sin parar de reírse.

Al llegar al río comprendí que era posible pasear por encima de él. Avanzamos un rato en dirección de la corriente y arribamos a la zona de las cabañas. Allí me esperaba Etxekide. Tan bello, con su largo cabello atado, su barba incipiente, su brillo en la mirada azul y su *zakil* espléndido. Solamente lo besé y me alejé. Porque él quiso invitarme a bañarnos. No pude explicarle que mis alas se estropearían al mojarse.

Retomé el vuelo sobre el río. Las mariposas hermanas habían convocado a los grillos a acompañarnos. Los grillos eran negros y apuestos, hermosos, pero no multicolores como nosotras. Siempre dispuestos a ofrecernos agua para calmar nuestra sed.

Descendimos río abajo, hasta la colina.

Ingresamos a los jardines del Club de las Sacerdotisas de Sexta. Nos detuvimos en los macizos de flores cuidadosamente llevados por los jardineros del palacio. Ya no era de noche. El sol iluminaba los canteros rebosantes. Hibiscos amarillos y azules, magnolias blancas y púrpuras, rosas blancas y rojas. Mis hermanas me enseñaron a libar la dulzura de las flores, a saborear el néctar de sus recónditas cavidades, a impregnarme de sus exquisitos aromas, a acariciar mis alas contra los delicados pétalos.

En nuestras recorridas por los jardines, lo encontré. Agachado, trabajando en los terrenos floridos.

Su hermosa cabellera rubia cayendo sobre sus hombros musculosos. Su esbelto cuerpo luciéndose al sol. Regalándome su cautivante sonrisa Fijos en mí sus impactantes ojos marinos.

Mi admirador misterioso del Laberinto de Egu estaba feliz de verme.

Quiso invitarme al palacio pero yo señalé hacia el otro lado de la colina, donde estaba mi casa en construcción. Él se lanzó a correr en esa dirección, mientras nosotras continuábamos nuestro vuelo.

Mi *etxea* estaba terminada. Con techos y ventanas. Mi propio jardín lucía hermoso, también abundante de flores. Mi cama tendida con delicadas telas. En ella me acosté a esperar al sirviente que venía corriendo, jadeando, tratando de alcanzarme. Estaba sudoroso al llegar a mi dormitorio. Le pedí a los grillos que le dieran de beber. No me importó estar en mis días fértiles. Me ofrecí a sus deseos, deseaba sentirlo dentro de mí. Él lo merecía.

Hice señas a mis hermanas mariposas que nos dejaran solos, pero ellas, en un ataque de risa, se negaron. Entrometidas, asistieron extasiadas a nuestra unión, usando las alas para aplaudir cada una de las enérgicas embestidas de mi amante al penetrarme.

Quedé embarazada tres veces. Tuve dos hijos y una hija. Más tarde cruzamos el mar.

Jornadas y jornadas, hacia Islas Castigadas, y más allá. Con Baraso y Etxekide, con Txanona y Sutziake, fuimos a explorar un continente desconocido. De tanto viajar mis alas empezaron a marchitarse. Las hermanas y los grillos no habían venido con nosotras.

Tuve que descender al piso. Allí me posé suavemente sobre el pasto. Estaba saliendo el sol.

Tenía sed. Y mucho sueño.

Vi los árboles meciéndose, reverenciándome. Ya no volaban las chispas de colores. Me di cuenta que los fogones estaban apagados.

Alguien se acercó hacia mí. La reconocí. Era la vieja de negro.

Ella me alcanzó una jarra con agua. Estaba fresca y deliciosa.

Y me entregó una manta. Le agradecí.

A mi lado estaba Sutziake, durmiendo. También mi madre Haridian, y Anixua y Hagora. Desnudas, acurrucadas, descansando.

La anciana me preguntaba algo, que me costó entender.

- Cómo estuvo tu viaje, querida ?

La miré con desconcierto. Demoré en componerme.

- Fue maravilloso. - Le respondí.

Estaba agotada. Envolviéndome en la manta me quedé dormida.

Desperté con el sol alto. El claro del bosque se veía distinto a mi registro de la noche. Era mucho más grande y la corriente del río estaba a la vista. Un macho cabrío de pelaje negro pastaba en la orilla.

Sentadas en el altar, que parecía más pequeño sin las pieles, Haridian y Anixua charlaban animadamente, compartiendo una taza humeante y unos panes.

Hagora, Dafra y otras *hamabineskak* y sus madres aún dormían. La anciana no estaba a la vista.

Cuando quise levantarme, recordé que estaba aún desnuda. Envuelta en mi manta fui en búsqueda de mi túnica y sandalias. Mientras me vestía devolví el saludo de mi madre adoptiva y de la Sacerdotisa Anixua. Luego fui a sentarme con ellas. Haridian relataba cómo su caballo se había negado a cruzar un río de leche y la madre de Hagora hablaba de un curioso barco que tenía la capacidad de seducir a los delfines.

Empecé a comprender que la viscosa sustancia del caldero era la responsable de las extrañas experiencias de la noche. La miel que había dado calor a nuestras partes íntimas tenía ese poder de embriagarnos y hacernos viajar. Además de miel, la preparación incluía hongos, hierbas y raíces. Una receta ancestral que pocas ancianas, sabias sacerdotisas jubiladas, dominaban.

Me preguntaron por mi historia. Se rieron cuando les hice una escueta reseña de mi travesía con grillos y mariposas, omitiendo el encuentro con el sirviente del palacio.

Anixua y Haridian me dijeron que los viajes son un modo de conocernos. De aprender cosas de nosotras mismas, que de otra forma no sabríamos. Y un incentivo a disponernos a nuevas experiencias en nuestra vida.

Recogimos del cesto nuestras tiaras, pendientes y pulseras y nos despedimos de Anixua. Dejamos atrás el claro del bosque. Mientras caminábamos de regreso a casa fui recordando los sucesos de la noche.

Me reí por dentro reconociendo cuánto había acertado mi madre al anunciarme que la Ceremonia de Iniciación sería muy divertida.

El día siguiente trajo novedades sorprendentes.

La primera llegó temprano en la mañana, cuando retomamos los cursos en la *Eskuela* de Construcción.

Apenas me vio, Gazmira vino hacia mí sumamente entusiasmada.

- Tengo saludos para ti, Itahisa.

- De quién, Gazmira ?

- De Zebensui.

Nunca había escuchado ese nombre.

- Quién ?

- Zebensui. No me digas que no sabes. - Su tono era pícaro.

- Ehh ... no. - Concedí, aunque un pequeño remolino se formaba en mi pecho.

- A ver ... - dijo ella - si te acuerdas. Es un joven muy apuesto, de unos dieciocho años, un cuerpazo espectacular, ojos que encandilan, barba recortada, cabello rubio larguísimo atado en cola ...

Aunque aquel remolino se desataba en mi pecho y mi estómago, traté de aparentar serenidad.

- Sí, está bien, creo saber de quién hablas. Qué te ha dicho ?

Gazmira disfrutaba de mi ansiedad.

- Me ha dicho tres cosas.

- Te escucho.

- Primero. Que quedó apenado de no verte en la Ceremonia de Iniciación.

Aquello confirmaba mis sospechas y me recordaba las advertencias de mi madre. Fingí indiferencia.

- Segundo ?

- Segundo, - hizo una pausa para aumentar mi expectativa - dice que quiere verte.

No entendí por qué mis piernas perdían firmeza.

- Y tercero ?

Gazmira se regodeaba.

- Tercero, me insistió mucho … que si aceptabas visitarlo al palacio, él te esperaría encantado. Me dijo "encantado" Itahisa. Pero en caso contrario … aseguró que si tú quisieras invitarlo a tu casa en la colina, él iría corriendo.

El remolino dentro de mi cuerpo se hizo tormenta. Llegó a mi cabeza y quedé nublada. Las estúpidas piernas me temblaban. La estúpida de Gazmira se reía de la expresión de mi cara.

No era posible. Era increíble. Había dicho que iría …

- Corriendo ? - Atiné a balbucear.

Gazmira festejó a carcajadas.

- Corriendo, Itahisa, exactamente. Eso es lo que me pidió que te dijera.

Aquello era por lo menos insólito. Hice un esfuerzo por tranquilizarme.

- Gracias Gazmira. Te dijo algo más ?

- No. - Volvió a reírse - Te parece poco ?

No me animé a confesarle que me parecía demasiado. Ella siguió buscándome.

- Me imagino que vas a hacer algo, no ?

- No sé. - Respondí secamente

- Itahisa. No seas tonta. Me vas a decir que no te interesa ?

- No sé.

- Te diré una cosa. Si ese divino de Zebensui llegara a hacerme la más mínima insinuación, yo no dudaría un instante, Itahisa. Sería yo quien iría corriendo a sus brazos. Me entregaría sin condiciones. Le ofrecería todo lo que …

- Basta Gazmira. Ya entendí.

Ella no pareció ofenderse por mi rudeza.

- Tú … sabes quién es Zebensui, Itahisa ?

Me pareció absurda su pregunta.

- Un sirviente del palacio, no ?

- No. - Dijo ella risueña.

- No ?

- Bueno, sí. Pero no un sirviente cualquiera.

La miré intrigada.

- Quién es Zebensui, Gazmira ?

Otra tensa y deliberada pausa. Su respuesta fue como un golpe que terminó de destruir mis defensas.

- Zebensui es el amante preferido de Guaxara.

Pasé la mañana distraída, confusa. Tratando de explicarme el repentino interés de Zebensui, o bien la perversa maniobra de Guaxara, según Haridian. Y la extraña coincidencia entre mi "viaje" y el mensaje que él me había enviado por Gazmira. Trataba de aclararlo, pero cuanto más me esforzaba en una justificación, más incomprensible me resultaba.

Debí alegrarme por la segunda novedad importante del día. Aunque no estaba de humor para celebrarlo. A mediodía, el *Maisu* nos anunció que el cargamento de maderas para nuestras casas estaba listo. Que en un par de días sería transportado a la colina. Eso significaba no sólo retomar la suspendida construcción, sino también que en poco tiempo tendríamos techos, puertas y ventanas. Era una noticia excelente que valía el festejo con el que fue recibida, que no acompañé con el merecido entusiasmo.

Pero esa no fue la última sorpresa del día.

Al llegar a casa al atardecer, tenía un mensaje de mi madre Atissa.

Eran dos noticias. Había adoptado una *hamabineska*. Proveniente de Lau. Su nombre era Malazeda. Mis hermanos y también yo, teníamos una nueva hermana por adopción.

Eso era esperable. La segunda parte del mensaje me dejó desconcertada.

Mi madre Atissa estaba embarazada. Mis hermanos y yo tendríamos un nuevo hermano de vientre.

Yo había estado con mi madre quince días atrás. Cómo era posible ? Recién lo había sabido ?

No era coherente con la tradición adoptar mientras se está criando bebés. Qué le estaba ocurriendo a mi madre ? Parecía que tomaba algo exageradamente su determinación de ampliar su *Klan*. Un nuevo miembro de mi familia iba a nacer sin que yo estuviera ahí. No iba a poder acompañar a mis hermanos, Jama, Aitor y Lore en ese momento. La idea de que en mi lugar estaría esa Malazeda, me producía un dejo de amargura.

Haridian notó mi fastidio. A pesar de ello me dijo con firmeza.

- Debes enviar tus felicitaciones a tu madre Atissa.

No era lo que tenía ganas de hacer. De todas formas accedí.

- Así lo haré, madre Haridian.

De repente, me sentí furiosa. Con mi madre Atissa en primer lugar. Con Gazmira. Con Malazeda. Con Zebensui. Con Guaxara. Con Haridian. Y conmigo.

Dije una frase que pretendió ser una excusa por ausentarme en la cena y ante las atónitas miradas de Manindar y Eider, fui a mi cama a acostarme.

Fui al puerto al día siguiente y envié una felicitación a Atissa de Bosteko. Por su nueva hija adoptiva y por su futuro hijo de vientre.

Mientras almorzábamos, me decidí a contarle a Sutziake sobre el mensaje que Zebensui me había hecho llegar a través de Gazmira. Como era esperable, ella lo tomó con humor.

- Qué harás, Itahisa ?

- No sé ... Qué harías tú, Sutziake ?

- Invitarlo a mi casa ... cuál podría ser el problema ?

- Te acuerdas de lo que pasó con Hagora cuando la fiesta del palacio ?

Sutziake me regaló su típica risa. Fresca, desbordante.

- Sí. Fue un problema. - Concedió.

- Tengo serias dudas que el interés de Zebensui por mí sea genuino.

- Cuál sería el propósito de Guaxara si ella quisiera seducirte ?

- No tengo idea. - Admití.

- Es tan lindo ese Zebensui como dices ?

- No te imaginas, Sutziake.

Luego de mucho insistir, logramos vencer la reticencia de Gazmira a contarnos sobre la Ceremonia de Iniciación de la Serpiente.

Por lo que supimos se había parecido a la fiesta anterior en el palacio y muy poco a nuestra reunión en el bosque. Nada de hogueras, ni altar, ni canciones, ni viejas de negro, ni bastones, ni viajes. Mucha comida, bebida, baile y disponibilidad de sirvientes.

Los *zakilak* no habían sido de madera, sino de verdad. Nada de miel, sino semen en abundancia. En tanta abundancia que cada *hamabineska* había sido bendecida con una lluvia. Varios sirvientes habían bañado a cada iniciada volcando simultáneamente su semen sobre cada parte de su cuerpo.

Gazmira se encargó de resaltar que Zebensui se había mantenido al margen de tan lujurioso ritual.

Las maderas fueron transportadas a la colina arrastradas por caballos. Eran vigas y tablones de cuatro pasos de largo, con las que se armarían las estructuras de los techos, las aberturas y los pisos.

Seguían faltando los herrajes, pero igualmente teníamos material suficiente para unos cuantos días de trabajo. Se restableció la rutina de las tardes en la colina con nuestros amigos. Regresaron los reclutas de Iratxe, Oihane y Dafra. Volvieron también las incursiones matinales de los fantasmales insectos constructores, los *mamugilea*.

Sutziake y yo no quisimos quedarnos atrás otra vez. Con Manindar, Guadarteme y Etxekide nos esforzamos en seguir el ritmo de las demás casas y lo fuimos logrando.

Al culminar las jornadas expresábamos el agradecimiento a nuestros colaboradores, ofreciéndoles un descanso placentero en nuestros rústicos dormitorios sin cama. Como ellos eran tres y nosotras dos, uno solía quedar sin recompensa. Aunque no se quejaban si les tocaba quedar aparte, no era cómodo estar resolviendo cada noche quien sería el excluido.

Una tarde, en su habitual tono jocoso, Sutziake me preguntó si me animaría a atender a dos de los varones la misma noche. Le seguí la corriente. Riendo, le pedí aclaración sobre si se refería a los dos a la vez, o uno después del otro. Ella me devolvió la pregunta.

- Cómo te gustaría a ti, Itahisa ?

Lo pensé un momento. Me gustaban las dos posibilidades, según quiénes fueran mis posibles contrapartes.

- Depende. - Contesté.

Inevitablemente se rió de mi ambigüedad.

- De qué depende ?

- Creo que no tendría problema en estar con Guadarteme y Manindar al mismo tiempo.

Ella se quedó pensativa, sonriendo. Luego preguntó.

- Y a distinto tiempo ?

- Tampoco.

- Y a Etxekide ?

- Solo o último.

Sutziake volvió a reírse. Con cara de inocencia me desafió.

- Entonces tenemos un trato ? Empezamos hoy ?

Su velocidad era graciosa.

- No.

- Por qué no ?

- Porque aún no me has dicho, querida Sutziake, cuáles serán tus condiciones en este trato. - Respondí con sorna.

Ella me miró apretando su sonrisa.

- Si no te he dicho mis condiciones, querida Itahisa, es porque no las tengo.

- Qué quieres decir con que no las tienes ?

- Quiero decir que estoy harta de dejar a alguien afuera.

- Y ?

- Y que estoy dispuesta a que no siga ocurriendo. Sin condiciones.

Tardé un instante en comprender las implicancias de esa afirmación. Sutziake estaba estableciendo nuevas reglas de juego. Quise dejarlo explícito.

- Entonces, si una noche ... elijo a uno de los varones, no importa cuál, tú ... te harás cargo de los otros dos ?

- Sí. - Afirmó contenta.

Lo volví a pensar. Pero no hallé objeciones. Le ofrecí mis palmas en señal de aceptación.

Sutziake las golpeó y me besó en la boca.

El resto de la tarde estuve nerviosa. No dejaba de imaginarme en escenas con dos amantes. Y me descubrí más excitada y menos segura por la perspectiva.

Las certezas que había tenido en la conversación con Sutziake por momentos se diluían. Sería tan sencillo como ella lo había transmitido ? Ya no me parecía obvio que pudiera disfrutar dos hombres a la vez. Ni me quedaba claro que Etxekide debería tener un trato diferente al de los otros dos.

Por otra parte era evidente lo que Sutziake quería resolver. Era insostenible seguir despidiendo a uno de los tres a la puesta del sol.

Decidí inaugurar yo misma el nuevo acuerdo. Esa noche. Con Manindar y Guadarteme. Se lo indiqué por señas a mi amiga.

Y me dispuse a divertirme.

Mientras cargaban tablones, jugué a seducir ostensiblemente a mis colaboradores. Fui exageradamente provocativa en mis palabras con ellos. Los traté de reclutas. Les dije al oído que si no trabajaban bien no iban a recibir la rica lamida que estaban esperando. Mostré más de lo habitual el escote de mi *brusa* al agacharme frente a ellos, favorecí los roces con sus cuerpos al cruzarnos y hasta simulé buscar algo en el piso para otorgarles una vista fugaz de mi flor.

Más tarde los hice trabajar en mi futuro dormitorio. Con adoquines y tablones fabricamos un esbozo de cama y sobre ella dispusimos gran cantidad de mantas. Mientras ellos tendían la improvisada cama, alterné el contacto entre uno y otro. Pretendiendo observar un detalle en las tablas tomé a Guadarteme por la cintura y apoyé mis pechos sobre su espalda. Con la excusa de buscar una manta me agaché y al levantarme rocé mi cara por la entrepierna de Manindar.

Rápidamente ellos entendieron y siguieron el juego. También inventaron motivos para tocarme, para que me inclinara favoreciendo la exposición de mis pechos, o para abrazarme en festejo de cualquier mínimo logro.

Lo siguiente era besarlos. Sutziake y yo nunca lo hacíamos a la vista de los otros. Pero en cuanto la tosca cama estuvo aceptablemente pronta, tomé a Guadarteme por el cuello y le di un breve beso en la boca. Luego giré e hice lo mismo con Manindar. Pero no fue breve. Sin soltar su boca di un pequeño paso hacia atrás donde estaba Guadarteme, apoyando mi espalda sobre su pecho. Mis nalgas quedaron en contacto con la dureza de su *zakil*. Tomando a Manindar de la cintura, lo apreté contra mí, presionando su propia dureza contra mi flor.

Por un momento, les dejé frotarse por delante y por detrás, simplemente gozando la experiencia. Guadarteme fue quien se atrevió a subir mi falda y mis partes quedaron en delicioso contacto con los miembros que me palpaban frenéticamente. Me quité la *brusa*, dando mis pechos a la boca de Manindar que tanto los apreciaba, mientras Guadarteme besaba mi nuca y acariciaba mis costados. Quise prolongar al máximo aquella situación tan placentera de ser besada por dos bocas, acariciada por cuatro manos y friccionada por dos *zakilak*, pero en cuanto mi goce aumentaba, se me hizo difícil.

De modo que fui a sentarme a la cama, trayendo a mis dos amantes ante mí. Quité sus ropas y tuve sus virilidades apuntándome, expectantes. Tomando la de Manindar con una mano, fui a saborear con mi lengua la de Guadarteme. Así dediqué un rato a cada uno y no pasó mucho tiempo para que ambos explotaran en mi boca y en mis pechos.

Di indicaciones a Manindar de que se trepara a la cama y a Guadarteme de que se arrodillara entre mis piernas. Me recosté y gocé del tratamiento de Guadarteme. Él supo llevarme rápidamente al máximo. Las atenciones de Manindar en mis pechos se conectaban misteriosamente con las de Guadarteme en mi *natura*.

Hasta que me desbordé en estallidos de placer.

En el campo contiguo, los trabajadores de la *Biltzara* iniciaron la perforación de lo que sería el depósito de agua de las *hamabineskak* de Ama.

Ocupamos varios días en disponer el entramado de vigas sobre los muros, para poder iniciar la colocación de las tablas del techo. Al mismo tiempo, en la *Eskuela* de Construcción, íbamos practicando la difícil fabricación de puertas y ventanas, y la técnica de impermeabilizar la madera con aceites y resinas.

A pesar de que hacía mucho calor fuimos pocas veces a la playa. La mayoría de los atardeceres terminábamos tan cansados que nos resultaba penoso cruzar la ciudad para ir a bailar.

Una de esas pocas noches que fuimos a la playa me encontré con Zebensui. Aparentemente caminaba solo por la orilla cuando se topó conmigo. Devolví su fervoroso saludo y sus exagerados halagos con extrema frialdad, ante el estupor de Hagora y Gazmira, y seguí mi camino.

Si nos quedábamos en la colina a la puesta del sol, encendíamos fuegos y cantábamos o bailábamos acompañados por los tambores de las chicas de Hiru. Si no teníamos clases en las *Eskuelak*, pasábamos la jornada entera en la construcción. Y cuando el calor era insoportable, cruzábamos hasta el río, muchas veces corriendo, a refrescarnos.

Continuamos cumpliendo el acuerdo con Sutziake. Siempre que no llovía y no bajábamos a la playa, nos repartíamos por señas las recompensas de final de jornada. Rápidamente olvidé mis restricciones con Etxekide y ambas alternamos en nuestras improvisadas camas a los tres varones y a cualquier combinación de dos de ellos. Sin importarnos si estábamos en nuestra luna o en nuestros días fértiles. Ellos se adaptaban de buen humor a eventuales restricciones e incluso las llegaban a anticipar.

Hagora logró vencer sus temores a navegar y viajó a Bosteko con una carga de papayas. Regresó a los siete días trayendo un ánfora de miel y regalos de mi familia. Dijo que mi hermana adoptiva Malazeda era muy agradable, pero no le creí mucho.

Hagora y Gazmira seguían contando con el apoyo de Baraso y algunos de sus amigos de Navegación en las tardes, y de los *mamugilea* en las mañanas. A veces Baraso se acercaba a ayudarnos a Sutziake y a mí. Varias veces tuve la tentación de seducirlo. Tuve la precaución de consultarlo con Gazmira y con Hagora, y ellas no mostraron objeciones. Hasta que una tarde me decidí a hacerlo. Fue divertido, extremadamente breve y pasó inadvertido para los demás. Estando en mi dormitorio con él, le di la espalda y me incliné para provocarlo. Baraso no demoró un instante en acercarse por detrás y yo no demoré un instante en pedirle que me entrara. No hubo más palabras. Parada, apoyé mis manos en mi cama y él me penetró sin el mínimo juego previo. En cuatro o cinco embestidas había terminado. Quedé sorprendida de lo disfrutables que me resultaron sus maneras bruscas, tan distintas a lo que estaba acostumbrada

La pequeña Eider cumplió ocho años unos días antes de Egu Niño. Hice para ella una camisa de fina tela de algodón y la bordé con unos dibujos en lana roja. Los tomates y pimientos que con ella cuidábamos dieron abundante cosecha durante el *uda*.

Los herrajes que debían venir de Zazpir no llegaron. O sí llegaron, pero no lo supimos exactamente. Unos días después de Egu Niño nos enteramos que algunas *etxeak* de la Serpiente ya tenían sus herrajes y estaban colocándolos. Supuestamente era porque los habían obtenido directamente en la *Biltzara*. Fuimos con Sutziake, Iratxe y Oihane a la *Biltzara* pero allí nos dijeron que el embarque aún no había arribado.

Los techos estaban casi prontos cuando empezamos a cumplir los trece. Las dieciséis *hamabineskak* del campo cumplíamos trece años en *neguberri*. Al aproximarse el día de cada una, las amigas colaborábamos con ella para que su techo estuviera al menos presentado para festejar su cumpleaños en su casa propia. La noche de de la fiesta llevábamos comida y bebida y nos reuníamos bajo el recién terminado techo, para homenajear a la que dejaba de ser una *hamabineska*.

El mío fue uno de los últimos y recibí cantidad de brazos solidarios para terminar de colocar los tablones que faltaban.

Mi madre Haridian y la pequeña Eider también vinieron a ayudar. Contando con los músculos de Baraso y sus amigos, en un par de jornadas completamos el techo. Iratxe, Oihane y sus amigos trabajaron en las puertas. Guadarteme y Etxekide iniciaron el tendido de vigas y tablas en el piso del hogar. Gazmira y Hagora me ayudaron a nivelar con arena y piedras la entrada de la calle y la salida al fondo. Cuando el piso del hogar estuvo parcialmente colocado, Haridian y Eider ayudaron a Manindar a improvisar una mesa y unos bancos con tablas y ladrillos.

Finalmente llegó el día. En la mañana me hicieron regalos mi madre Haridian, Eider y el tío Jacomar. También llegaron por barco desde Bosteko regalos de mi madre Atissa y de mis hermanos. En la *Eskuela* recibí varias felicitaciones, besos y abrazos. Al atardecer marchamos a la colina, cargando abundante comida y bebida para la primera fiesta en mi propia *etxea*.

A pesar de que faltaban la mitad de los pisos y de que las puertas y ventanas aún no podían ser colocadas, tuvimos una velada estupenda.

Charlamos, comimos y bebimos cerveza. Cantamos y bailamos al ritmo de los tambores que las chicas de Hiru habían traído.

Entre aplausos, rompí trece nueces y las fui comiendo mientras imaginaba deseos para mi nuevo año de vida.

Avanzada la noche Gazmira vino corriendo y me dijo que alguien quería verme en la calle. Allí, impecablemente vestido, con su lámpara portable en una mano y un ramo de flores en la otra, me esperaba Zebensui. Me entregó las flores deseándome felicidad en mis trece años. Me reí de su compostura. Acepté las flores, le di un beso de agradecimiento y no lo invité a entrar.

Al volver a mi casa, noté que mis invitados observaban asombrados a mi admirador que, iluminado por su lámpara, regresaba hacia el Club de la colina.

INTERLUDIO TRES - CUATRO

LAS trazas de evidencia dura, -las herramientas, tumbas, piezas de cerámica, restos de viviendas y templos, los ambiguos artefactos en las paredes de las cuevas, los restos óseos y las historias que ellos nos cuentan- yacen frente a nosotros en desconcertante diversidad.

Nosotros las entrelazamos con mitos y especulaciones; las enfrentamos contra lo que conocemos de la gente "primitiva" que sobrevive en el presente; usamos la ciencia, la filosofía y la religión para construir un modelo de ese pasado distante anterior al inicio de la civilización.

El enfoque que utilizamos para interpretarlas, -nuestro marco conceptual- determina el resultado. Dicho marco nunca está libre de valores. Preguntamos al pasado lo que queremos responder en el presente. Durante largos períodos del tiempo histórico, el marco conceptual con el que formulamos nuestras preguntas fue asumido como dado, indiscutible e irrefutable.

Mientras la visión teleológica cristiana dominó el pensamiento histórico, la historia pre-cristiana fue vista simplemente como una etapa preparatoria para la historia verdadera, la que dio comienzo con el nacimiento de Cristo y finalizaría con la Segunda Venida.

Cuando la teoría darwiniana dominó el pensamiento histórico, la prehistoria fue vista como una etapa de "barbarie" en el progreso evolutivo de la humanidad, que va desde lo más simple a lo más complejo. Aquello que tuvo éxito y sobrevivió fue , por el mero hecho de su supervivencia, considerado superior a lo que desapareció y por ende "fracasó".

En tanto los supuestos androcéntricos dominaron nuestras interpretaciones, leímos las normas de sexo/género imperantes en la actualidad hacia atrás, hacia el pasado. Asumimos la existencia de la dominación masculina como algo determinado y consideramos cualquier evidencia en contrario simplemente como una excepción a la regla o una alternativa fallida.

Gerda Lerner, historiadora austríaca, The Creation of Patriarchy, Wisconsin, 1986

PARTE CUATRO, INAUGURACIÓN

El piso de mi segundo dormitorio no pudo ser concluido. Cuando terminábamos de colocar las tablas, nos dimos cuenta que no iban a alcanzar. Lo mismo ocurrió en la mayoría de las *etxeak*. No supimos si el cargamento de maderas había sido mal estimado, o se habían utilizado más de las necesarias. Inmediatamente, reclamamos por un envío suplementario en las canteras.

Tras varios intentos fallidos, renunciamos a sujetar las pesadas puertas y ventanas con cuerdas, en reemplazo de herrajes. No pudimos lograr que pudieran abrirse sin peligro de que nos cayeran encima. Y requería la ayuda de varios brazos cerrarlas.

Para colmo, también tuvimos problemas con la resina para impermeabilizar los techos. El envío llegó, pero la resina se encontraba en mal estado y no adhería bien a la madera. Cuando llovía, las mantas de nuestras camas se mojaban irremediablemente y debíamos esperar por días soleados para poder secarlas.

Por motivos que no terminamos de entender, tres de las dieciséis casas sortearon todos estos inconvenientes y sus felices dueñas pudieron mudarse poco antes de la Fiesta de Elkar. Las tres eran de la Serpiente. Habían conseguido los herrajes, obtenido suficientes tablas y acertado en la preparación de las resinas. Gazmira no era una de ellas. Su construcción se había encontrado con los mismos problemas que las nuestras.

En contraste con la escasez de tablas, en el campo sobraban ladrillos. En algunos dormitorios colocamos transitoriamente ladrillos como piso, en lugar de maderas.

La situación de la ciudad continuaba agravándose. Como antes había ocurrido con la miel, la falta de sal se hizo notar. Los pobladores nuevamente debieron ingeniarse para obtener aprovisionamiento por intercambio con familiares. Pero eran pocos los productos abundantes en Sexta que resultaran codiciados en otras ciudades. Por otra parte, también escaseaban en la Plaza de Intercambio otras mercaderías, como hongos, aceites y nueces.

Como trasfondo de estas dificultades estaba la pulseada de fuerzas por el control de la *Biltzara*. En Elkar, exactamente cuando se cumpliría un año de nuestra Recepción, debían renovarse las sesenta integrantes del Consejo de Sacerdotisas de la Ciudad.

Si el Círculo lograba treinta y un asientos, sería el fin de Guaxara como Alta Sacerdotisa.

El Círculo contaba con la complicidad explícita de Hiru y Bosteko, e implícita de Zazpir. Si llegaban a obtener la mayoría, serían revisados los acuerdos de intercambio con esas tres ciudades. Y de esa forma se resolverían, al menos en buena medida, los problemas de abastecimiento de Sexta.

En los planes del Círculo estaba la promesa de duplicar la producción de adoquines de la ciudad. Para ello, se tenía previsto cerrar el Club de Sacerdotisas de Sexta y que el palacio pasara a ser la sede de la Alta *Eskuela*. Los sirvientes se destinarían a una nueva función. Se proponía reasignarlos como obreros en las canteras y capacitar a algunos de ellos en el oficio de la apicultura.

Nueve candidatas del Círculo aspiraban a sumarse al máximo órgano de gobierno de la Ciudad, entre ellas mi madre Haridian y la madre de Sutziake y Etxekide, la Sacerdotisa Nekane. Se postulaba la reelección de otras veinticuatro, que ya lo integraban.

Por su lado, la Confraternidad de la Serpiente apostaba a mantener su preeminencia. Pretendía la reelección de treinta y la incorporación de siete más.

Por último, existía un pequeño grupo de sacerdotisas independientes que tiempo atrás habían dado su apoyo a Guaxara y últimamente lo habían retirado, aunque sin sumarse al bando contrario. Ellas aspiraban a obtener entre tres y cinco lugares en la *Biltzara*.

Finalmente llegó el día de Elkar. Durante la mañana y la tarde, las cuatro veces sesenta sacerdotisas de Sexta acudieron a depositar sus votos. Recién al anochecer supimos los resultados, que ninguno de los poderes enfrentados pudo salir a festejar.

La Serpiente había obtenido veintinueve de los sesenta asientos. Y el Círculo veintisiete.

La permanencia de Guaxara como autoridad máxima de Sexta dependía de los cuatro votos de las independientes.

Nekane fue electa para integrar la *Biltzara*. Pero a Haridian le faltaron escasos votos.

Aquella noche de Elkar ayudé a Eider a preparar su canasto de intercambio, y cuando se hubo marchado, Manindar y yo asistimos al extraño espectáculo de ver a nuestra madre enfurecida. Profería insospechados insultos contra Guaxara y sus colaboradoras. Estaba furiosa con las sacerdotisas que no le habían otorgado su confianza y derrochaba hacia ellas calificativos como inútiles, parásitas, infradotadas y serviles, descargando su rabia a golpes de puños contra la mesa. Luego fue calmándose, al tiempo que nos aseguraba que obtendrían los cuatro votos necesarios para derrocar a Guaxara. En sesenta días la *Biltzara* debía resolver si mantenía o reemplazaba a la Alta Sacerdotisa.

Las cuatro independientes repentinamente fueron acosadas y obtuvieron todos los favores posibles de uno y otro bando. El Club abrió las puertas para ellas y se hicieron fiestas en su honor. Por su parte, el Círculo les propuso viajar a Hiru y Bosteko, en condición de invitadas especiales. Las cuatro sacerdotisas decidieron aprovechar su momento y aceptar todas las invitaciones.

Las de la Serpiente, hábilmente, hicieron públicas las propuestas del Círculo para realojar a los sirvientes del Club.

Lo que a juicio de quienes lo impulsaban, era una medida dignificante para los trabajadores del palacio, en la población de Sexta resultó fuertemente impopular. Las familias de los sirvientes se pronunciaron abrumadoramente en contra de que sus hijos fueran convertidos en obreros en la cantera. Los propios sirvientes estaban aterrados con esa perspectiva y se dedicaron a divulgar bondades, reales o imaginarias, de su trabajo. Por otra parte, a más de la mitad de las mujeres de la ciudad, que asistían o habían asistido a las fiestas del Club, les disgustaba la idea de que se terminaran.

El Círculo tenía a su favor el descontento generalizado por la escasez de miel, nueces, sal, lámparas y calderos. Y por la basura del puerto. Era evidente para toda la población que la ciudad sufría desprestigio en Atlantis. Tenía por ello aceptación el discurso del Círculo, de que Sexta debía recuperar su imagen frente a las demás ciudades. Y que eso no sería posible mientras Guaxara continuara gobernando.

Pocos días después llegaron al puerto barcos de procedencia desconocida, trayendo aceite mineral. Un contingente de sirvientes del Club inesperadamente irrumpió en los muelles a limpiar la basura. Durante tres jornadas, recurriendo a elefantes y caballos como fuerza de carga, trasladaron los desperdicios hacia una zona de médanos en la playa, formando una montaña. Luego volcaron el aceite mineral sobre aquella enorme cantidad de residuos y encendieron el fuego. Una gigantesca columna de humo maloliente se hizo apreciable desde cualquier campo de la ciudad. Muchos nos acercamos a observar el espectáculo que protagonizaban los sirvientes, quienes rodeando la zona, mataban a palazos las ratas que huían despavoridas de la pira nauseabunda.

El puerto de Sexta lucía impecable. Por primera vez en años.

Volvimos en varias oportunidades a la *Biltzara* a reclamar los herrajes, sólo para obtener esperables y ridículas negativas, que alimentaban nuestro desánimo. Era irritante ir al campo sin poder hacer nada y más aun encontrarse con las tres casas ya habitadas por sus privilegiadas dueñas.

Procuramos asesorarnos con los *maisuak* acerca del problema de las resinas. Uno de ellos nos sugirió como medida provisoria, recolectar grandes hojas de palmera que abundaban en la colina y sujetarlas sobre los techos. Así lo hicimos, con buenos resultados. Pudimos estar dentro sin mojarnos por la lluvia y dejar ropas sin temor a que estuvieran empapadas al día siguiente. Al menos por un tiempo, mientras resistieran las improvisadas coberturas vegetales.

Usamos las mismas palmas para tapar las aberturas. Aunque no fuera bonito, cumplían toscamente la función de cerramiento.

A medida que pasaban los días, se incrementaba nuestro fastidio por quedarnos detenidas tan cerca de la culminación de la obra. Deseábamos mudarnos.

Circulaban entre nosotras distintas ideas sobre cómo salir del atasco. Algunas opinaban que debíamos ejercer alguna forma de presión sobre la *Biltzara* y otras éramos desconfiadas al respecto. Hagora y yo enviamos a nuestras madres en Bosteko un pedido de socorro, explorando alternativas para obtener los herrajes, pero no recibimos respuestas alentadoras. Era improbable que nuestra ciudad natal enviara bronce con destino a Sexta, en medio de un conflicto entre ciudades.

Oihane e Iratxe tenían una idea que en principio nos pareció impracticable y ridícula, pero con el tiempo fue ganando adeptos. La propuesta era construir un *aparamen*, una casa, en pleno centro de la ciudad, en la Plaza de Intercambio. Sin techo, ni puertas, ni ventanas. Y que nos turnáramos para habitarla, representando la incomodidad de estar expuestas a la vista de los transeúntes. Iratxe y Oihane aseguraban estar dispuestas a desvestirse para llamar la atención.

Comenzamos a tomarnos más en serio el proyecto. Una dificultad era conseguir maderas para montar el tinglado. Ya no quedaban tablas en la colina y sólo contábamos con la promesa de otra entrega en treinta días, que no era muy confiable, a juzgar por las habituales demoras.

El más entusiasta promotor del proyecto era Sakon, el hermano de Oihane. Él insistía en que las sacerdotisas de la Serpiente no se encontraban en condiciones de tolerar una manifestación de protesta en plena Plaza de Intercambio. Y que harían lo posible por evitarlo, de modo que obtendríamos los herrajes. El propio Sakon era el más atrevido en proponer escenas para representar. Nos hizo unas demostraciones muy graciosas, simulando a través del hueco de una ventana estar gozando con una mujer imaginaria. Etxekide y Guadarteme se llevaban bien con él y acompañaban su iniciativa, jugando a quien inventaba la escena más insólita.

El inconveniente era que para construir la cabaña, debíamos desmontar nuestros pisos incompletos, porque no había otras maderas disponibles. Pero ninguna de nosotras tenía muchas ganas de deshacer los pisos recién construidos.

Otra posibilidad era pedir ayuda en el campo contiguo, asignado a las *hamabineskak* de Ama. Hablamos con las chicas del Círculo emigradas a Sexta después de nosotras. Ellas también estaban molestas con las demoras en la provisión de materiales. Estuvieron dispuestas a colaborar con nuestro proyecto, dándonos a préstamo parte de sus vigas y tablones. Entendieron que ellas también podrían beneficiarse de nuestra iniciativa.

Contando con su colaboración, la alocada idea de las chicas de Hiru y sus amigos, empezaba a parecernos realizable.

Hagora era de las menos afines al proyecto. Su amistad con Gazmira le hacía suponer que el problema iba a solucionarse a la brevedad, sin necesidad de presión alguna sobre la *Biltzara*. Por su parte, Gazmira se hallaba algo desconcertada por no haber recibido las mismas atenciones que las tres chicas de la Serpiente que habían logrado culminar sus construcciones.

La percepción de Gazmira y Hagora se confirmó cuando asistieron a uno de los agasajos que el Club ofreció a las cuatro sacerdotisas independientes. En un aparte, al final del baile, la misma Guaxara les anunció que el embarque de Zazpir había llegado y que los herrajes estarían en la colina al día siguiente.

Cuando vinieron felices a contarnos la noticia, se encontraron con que los *mamugilea* ya los habían traído. Pero solamente a dos de las trece casas que faltaban. Las suyas. Gazmira y Hagora tenían sus herrajes. Las demás seguíamos esperando.

Ante nuestro fastidio, ellas insistieron en lo que Guaxara les había dicho. Trataron de convencernos de que lo mismo ocurriría con nuestras *etxeak* a la brevedad. Que en pocos días todas tendríamos nuestras puertas y ventanas funcionando.

Pero no fue así.

Volvimos a reclamar ante la *Biltzara*, sin éxito. Esta vez admitieron que el cargamento, si bien había llegado a puerto, nunca había pasado por los almacenes de la Ciudad. Nos indignamos y discutimos acaloradamente. Sutziake trató de estúpida a la *eskriba*, quien probablemente poco podía hacer para ayudarnos.

Era evidente que Guaxara y sus colaboradoras más cercanas manejaban directamente el destino de cualquier partida de bronce que arribara a Sexta.

Iratxe y Oihane estaban sumamente enojadas con Hagora. También los varones, Sakon, Etxekide, Manindar y Guadarteme. En menor medida Sutziake. Yo me hallaba en una situación incómoda.

Era de las pocas que saludaba amistosamente a Hagora en la colina.

La *etxea* de Hagora, además, quedaba relativamente apartada de los puntos donde habitualmente nos reuníamos. El lugar típico de reunión de chicas y varones del Círculo era la esquina noreste, la que resultaba más elevada en la pendiente de la colina. En esa esquina estaban las *etxeak* de Sutziake e Iratxe. En cambio la de Hagora quedaba próxima a la de Adexe, donde solían reunirse las ex · *hamabineskak* de la Serpiente y sus amigos, en el extremo opuesto del campo.

La asignación de predios había sido hecha en la *Biltzara* con algún criterio que no entendimos. Mi *etxea* había quedado en la misma calle que la de Sutziake, pero separadas por la de Tasirga, una chica de Biko. Las de Iratxe y Oihane daban a la calle este, que enfrentaba al bosque de la colina. Gazmira y Hagora en cambio, tenían sus predios al oeste, mirando a la ciudad.

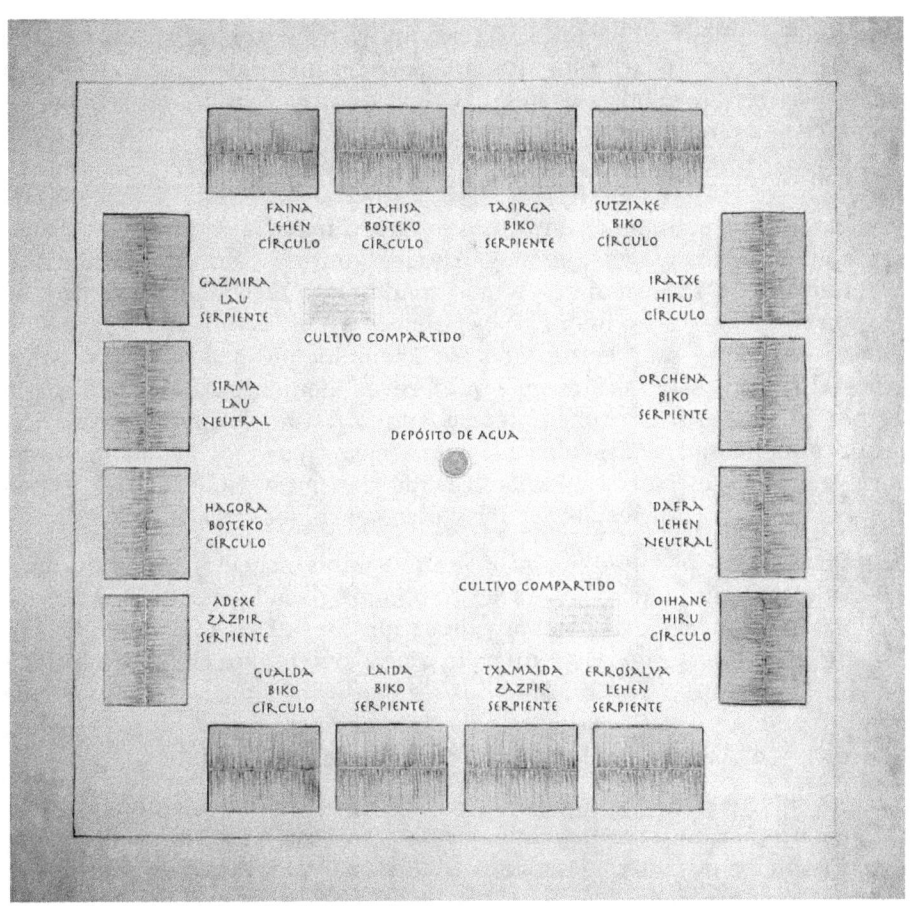

FAINA LEHEN CÍRCULO — ITAHISA BOSTEKO CÍRCULO — TASIRGA BIKO SERPIENTE — SUTZIAKE BIKO CÍRCULO

GAZMIRA LAU SERPIENTE — IRATXE HIRU CÍRCULO

CULTIVO COMPARTIDO

SIRMA LAU NEUTRAL — DEPÓSITO DE AGUA — ORCHENA BIKO SERPIENTE

HAGORA BOSTEKO CÍRCULO — DAFRA LEHEN NEUTRAL

CULTIVO COMPARTIDO

ADEXE ZAZPIR SERPIENTE — OIHANE HIRU CÍRCULO

GUALDA BIKO CÍRCULO — LAIDA BIKO SERPIENTE — TXAMAIDA ZAZPIR SERPIENTE — ERROSALVA LEHEN SERPIENTE

Aunque los fríos días del *negu* se aproximaban, el clima continuaba siendo agradable.

Con los cerramientos vegetales se hizo posible pasar una noche entera en nuestras casas. Por primera vez pudimos invitar a nuestros amigos a dormir.

Consulté a mi madre Haridian sobre la posibilidad de usar mi casa por una noche. Ella me dijo que simplemente alcanzaba con avisarle. Que tratándose de mi propia *etxea* no debía solicitarle permiso para usarla. Aunque ya lo sabía, fue reconfortante confirmarlo.

Fue a Etxekide al primero que invité, inaugurando el privilegio que me correspondía como mujer adulta. Invitar a un hombre a pasar la noche en mi propia cama.

Llevamos algo de comida para calentar al fuego y allí nos quedamos, gozando, celebrando nuestra intimidad, hasta que nos dormimos abrazados. Me resultó maravilloso despertar por vez primera en mi casa la mañana siguiente. Preparar el desayuno con mi amante y compartirlo sin necesidad de vestirnos. Faltaban algunas mejoras en la cama para que se sintiera cómodo acostarse sobre ella, pero no nos importaba demasiado en ese momento.

Pasé con Etxekide un par de noches más. Luego invité a Manindar.

Pero con él no cenamos en la colina sino con nuestra madre. Cuando al terminar le anunciamos que nos iríamos juntos a dormir a mi casa, Haridian quedó sorprendida y emocionada. Era la primera vez que su hijo dormiría con otra mujer. Nos felicitó y nos deseó una estupenda noche. Manindar también estaba emocionado, porque hasta entonces nunca habíamos estado solos más que breves momentos. Le encantaba la posibilidad de pasar la noche entera conmigo. Y fue realmente fantástico. Recién aquella noche descubrí la asombrosa capacidad de mi hermano para recuperarse. No daba muestras de cansarse. Se derramó varias veces antes de dormirnos abrazados y otra vez al despertarnos.

Más tarde invité a Guadarteme. Aunque habíamos ido juntos algunas veces a la cabaña del río, tampoco habíamos pasado una noche juntos. Guadarteme era extremadamente divertido en la cama. Se comportaba de las formas más graciosas, imitando a un perro o a un osito, o simulaba ser mi sirviente. Yo seguía sus juegos fascinada, ordenándoles invariablemente a sus personajes que lamieran mi flor. Y tanto el perro como el oso, o el sirviente, lo hacían maravillosamente bien.

Los tres varones fueron también invitados a dormir con Sutziake. Con ella inventamos un lenguaje que servía para comentar impresiones de cómo habíamos pasado con nuestros amantes. Y para acordar quién sería nuestro siguiente invitado.

Hasta que los días se hicieron insoportablemente fríos en nuestras casas sin puertas. Y a disgusto, tuvimos que volver a pasar las noches en los dormitorios adoptivos.

Contrariamente a lo esperado, la operación de limpieza del puerto no causó buena impresión a las cuatro sacerdotisas independientes. Les pareció que el despliegue había demostrado lo sencillo que era mantener limpios los muelles, si los trabajadores del Club estuvieran realmente al servicio de la Ciudad. Lo que abonaba la posición del Círculo sobre el realojamiento de los sirvientes. Haridian saltaba de alegría al enterarse. El operativo triunfal de Guaxara se había convertido en derrota.

Más contenta se puso cuando Manindar y yo le contamos lo que teníamos previsto montar en la Plaza de Intercambio. Nos felicitó por la iniciativa y nos ofreció el apoyo del Círculo en lo que necesitáramos.

Pero no nos pareció conveniente pedir ayuda a los mayores. Ya teníamos los materiales, el plan de construcción y suficientes trabajadores.

Elegimos una esquina de la plaza y con gran esfuerzo trasladamos hasta allí los materiales.

El tinglado se parecía más a una cabaña que a nuestras casas reales. Tenía un solo ambiente con aberturas huecas a los cuatro lados y una puerta. Sin cocina, ni pisos. Solamente una viga representaba la cumbrera del techo. No obstante nos llevó cuatro jornadas construirla. Pero fue sumamente divertido. Los pobladores no dejaban de preguntar qué estábamos haciendo. Nuestras respuestas generaron curiosidad y variados rumores se extendieron por la ciudad.

La mañana de la inauguración fue un éxito. Iratxe y Sakon fueron los primeros actores en escena e hicieron el deleite de los curiosos espectadores. Iratxe se paseaba peinando su cabello y cambiándose de ropa todo el tiempo, mientras Sakon la perseguía, cariñoso, deseoso, desconcertado ante su indiferencia. La noticia voló por la plaza y en un momento se habían congregado cerca de cuatro veces sesenta espectadores, que reían de los exagerados gestos de Sakon al recibir los rechazos de Iratxe, quien nunca se daba por conforme con el vestido que se había puesto.

Al mediodía fue el turno de Sutziake, que había ensayado unas escenas con Guadarteme. Ellos intentaban colocar en sus marcos pesadas ventanas de madera, sufriendo los más insólitos inconvenientes. Las ventanas se caían hacia fuera y hacia dentro. Las cambiaban de lugar y ensayaban las formas más ridículas de sujetarlas, sin llegar a una solución satisfactoria. Los que estábamos afuera, aprovechábamos a explicar a la numerosa concurrencia el motivo del tinglado.

Avanzada la tarde, hicimos la representación que teníamos preparada con Manindar y Etxekide. Ellos se trepaban a la viga del techo portando una jarra con agua y simulaban goteras sobre mi cabeza, mientras yo intentaba prender un fuego imaginario, o preparar una sopa, o dormir. Las gotas me impedían prender el fuego, caían sobre la sopa y mojaban mi cama al acostarme. Al público le gustaron nuestras actuaciones. El agua mojaba de verdad y al terminar necesitaba cambiarme de ropa. En lo previo no estaba segura que la escena incluyera desvestirme, pero luego del éxito de Iratxe y animada por el interés del público me decidí a hacerlo. Me quité el vestido y elegí uno de los muchos que Iratxe había tirado en un rincón del *aparamen*, cuidando dejar partes de mi cuerpo brevemente visibles tras las ventanas. Cuando salí, recibí aplausos y felicitaciones de los casi tres veces sesenta espectadores, entre hombres, mujeres y niños, que se habían acercado a vernos.

No me di cuenta que entre ellos se encontraba Zebensui.

Sutziake me señaló donde él estaba, apoyado en un poste, observando el tinglado, a unos veinte pasos de distancia. Él hizo un gesto de saludo, seguido de una seña para que fuera a su encuentro.

No fui amable al iniciar la conversación.

- Qué haces aquí ?

- Hola, Itahisa. Te estaba mirando. Te felicito por tu actuación.

- No deberías estar matando ratas ?

Mordió sus labios y sonrió.

- Mi trabajo es variado.

- Sí ? Puedes contarme en qué consiste ? - Apunté con sarcasmo.

- No, - hizo una breve pausa - sólo puedo contarte en qué consiste en este preciso momento.

- Qué ? Estás trabajando, o hablando conmigo ?

- Es lo que tiene de bueno mi trabajo. A veces incluye hablar con la más hermosa de las mujeres de Sexta.

- No creo en tus halagos, Zebensui.

Él no pareció inmutarse por mi desdén.

- Por qué hicieron esto ? - Preguntó, señalando el tinglado.

- Qué cosa ? - Respondí, aparentando no entender.

- Esta cosa. Esta casa.

- Esta cosa es un *aparamen*, un tinglado.

- Con qué motivo ?

- Con el motivo que ya sabes. Reclamar los materiales que la Ciudad no quiere darnos. O mejor dicho, que tu jefa no quiere darnos.

Pensé que se iba a ofender por haber usado el término "jefa" para nombrar a la Alta Sacerdotisa, pero no fue así.

- No tiene sentido lo que están haciendo, Itahisa, ...

- Para nosotras tiene mucho sentido, Zebensui. - Le interrumpí.

- Están haciendo un esfuerzo inútil.

- Sí ? Por qué ?

- Porque alcanzaría con ir a buscar los herrajes al Club para obtenerlos.

- Ah, sí ? - Exclamé, simulando sorpresa.

- Sí. Nadie se los está negando. Sólo deben desarmar esta cosa, e irlos a buscar.

Me reí exageradamente.

- Eso te pidió tu jefa que nos dijeras ?

- Eso me pidió la Sacerdotisa Guaxara que te recordara. Dijo que ya deberías saberlo.

Zebensui irradiaba un perfume masculino que me embriagaba. Quizás por eso nunca me sentía cómoda en su presencia.

- Entonces, si te entiendo bien, si voy ahora con mis amigos al Club, nos darán los herrajes ?

- No.

Ese hombre tenía la habilidad de confundirme.

- No me habías dicho antes que sí ?

- No entendiste bien, Itahisa. Dije antes que si desarman esta cosa y van a buscarlos al Club, los obtendrán.

- O sea... que si primero desmontamos el *aparamen*, ...

- Sí.

- Y luego vamos al Club a buscarlos, nos los darán.

- Exactamente. Eso es lo que dije.

- Hoy mismo ?

- Hoy mismo.

- Por el contario, si no lo desarmamos...

- No hay herrajes. - Sentenció.

- Gracias Zebensui. Has sido muy claro.

- Ha sido un placer hablar contigo, Itahisa.

Al volver con mis amigos, daba comienzo la representación que teníamos prevista para la noche. Era la más atrevida de cuantas habíamos ensayado. Postergué el relato de lo hablado con Zebensui hasta que pudiéramos reunirnos todos. Y atendí la hilarante y disparatada actuación de Sakon con su hermana Oihane. Ella, con gestos seductores lo llamaba desde una de las ventanas. Él se acercaba presuroso a complacerla mientras ella desaparecía de la vista, aparentemente entregándose a sus impulsos. Pero cuando Sakon con exagerados movimientos, tomaba a su invisible amante debajo de la ventana, ella ya había cambiado de lugar y ante su estupor, lo convocaba desde otro lugar.

Era simple y algo tonto, pero sumamente gracioso. Y el público, aunque escaso porque ya estaba oscuro, celebraba con risas y aplausos las actuaciones.

Cuando la concurrencia se dispersó, nos felicitamos por el éxito de nuestro primer día de tinglado. Todos sabían que Zebensui había estado conmigo y que yo era portadora de un mensaje de Guaxara. Parados en ronda, contra las paredes de madera del escenario, nos reunimos en asamblea. Éramos quince. Siete frustradas dueñas de casa y ocho amigos.

Informé en detalle mi conversación con Zebensui. Al terminar mi exposición pude ver rostros de satisfacción en la mayoría de los varones y de descontento en la mayoría de las mujeres.

Iratxe fue la primera en hablar.

- Que nos den los materiales primero, luego desmontamos. Por qué vamos a creerle ?

Varias voces apoyaron su postura. Oihane enfatizó.

- Al Club no tenemos que ir. No corresponde. Es la *Biltzara* que debe darnos los herrajes.

La opinión discrepante la trajo Dafra. Ella no era del Círculo y poco le importaban las minucias administrativas.

- Chicas. Esperen ! Por qué hicimos el *aparamen* ? Fue para obtener los materiales, o para resolver un problema de la Ciudad ? Yo había entendido lo primero. Entonces tuvimos éxito. Vamos a celebrarlo, desarmamos ya mismo y buscamos nuestros herrajes. Y mañana estaremos colocando puertas.

Un barullo de voces superpuestas hizo la asamblea inmanejable. Aproveché a consultar la opinión de Sutziake. No parecía segura de qué hacer.

Levanté las manos pidiendo silencio. Siendo el momento de ir a cenar, propuse postergar la decisión hasta la mañana siguiente, dándonos un tiempo a pensarlo con tranquilidad. La mayoría estuvo de acuerdo, aunque seguimos discutiendo en el camino a nuestras *etxeak* adoptivas.

Como era previsible, nuestras madres reaccionaron negativamente a la posibilidad de desmontar el tinglado bajo promesa de recibir los materiales en el Club.

Nekane fue la principal impulsora de que no aceptáramos la propuesta de Guaxara. Esa misma noche salió de recorrida por Sexta, visitando a nuestras madres adoptivas para hacer frente común a la "vergonzosa maniobra" y "escandalosa trampa" que nos estaban tendiendo. Ella personalmente se comprometía a llevar el asunto a la primera reunión de la *Biltzara*, a la que recientemente se había integrado.

Al día siguiente, la mayoría se pronunció en contra de desarmar el *aparamen*.

En un intento por arribar a consenso, Sutziake propuso realizar una contrapropuesta a Guaxara. Hacerle saber que desmontaríamos el tinglado con la condición de que los materiales se repartieran en el sitio adecuado, o sea en la *Biltzara*, en vez de en el Club. Pero la mayoría opinó que no correspondía realizar contrapropuestas. El éxito del día anterior en la plaza, y el trabajo de persuasión de Nekane durante la noche, habían producido un efecto notorio en los ánimos beligerantes y triunfales de chicas y varones.

La segunda jornada del tinglado tuvo más éxito aun que la primera.

La noticia había corrido por la ciudad, y mucha gente se acercó a presenciar con sus propios ojos lo que amigos y familiares habían contado. La representación matinal de Iratxe y Sakon se prolongó más de lo previsto, mientras gran número de espectadores se arrimaba al *aparamen*. Los actores, motivados por los aplausos y festejos del público, mejoraron los gestos y movimientos en el escenario, logrando incluso que resultara gracioso que lo mismo ocurriera una y otra vez. Unas siete veces sesenta personas disfrutaron del espectáculo durante la mañana.

Similar cantidad por la tarde. En el momento que se iniciaba mi actuación contamos cuatro veces sesenta, pero había más gente al terminarla. Mucho público se había sumado a asistir a la representación nocturna, en la que Oihane seducía hasta la desesperación a su amante.

Esa noche nos fuimos felices a dormir. Estábamos seguras que toda persona en la ciudad Sexta de Atlantis se había enterado de las dificultades para ocupar nuestras casas. Y convencidas de que el Club debía finalmente ceder ante nuestro reclamo y proveer los materiales que ilegítimamente tenía retenidos. Estábamos eufóricas.

El Club efectivamente reaccionó ante nuestra protesta callejera. Pero no del modo que estábamos esperando.

En un momento avanzado de aquella noche, en la oscura y desierta Plaza de Intercambio, un grupo de cuarenta sirvientes de Guaxara procedieron a desarmar en poco tiempo lo que nos había costado tres jornadas montar. Llevándose todas las tablas del *aparamen*. Las que habíamos sacrificado de nuestros pisos y las que nos habían prestado las *hamabineskak* de Ama.

En la esquina donde planeábamos realizar la tercera jornada de actuaciones no había más tinglado, sólo un espacio despejado en el piso de adoquines de la plaza.

Guadarteme fue el primero en enterarse aquella mañana. Llegó muy temprano y al ver que el *aparamen* ya no estaba, preguntó en los puestos cercanos, donde nadie supo decirle qué había ocurrido. Pero algunos vecinos habían advertido la operación nocturna. Curiosos por el ruido de pasos en mitad de la noche, se habían levantado y asistido al desarme. No podían afirmar con certeza que se trataba de sirvientes del Club, pero sí que habían sido unos cuarenta jóvenes varones.

Angustia, furia, reproches y agrias discusiones se dieron entre nosotros, cuando fuimos conociendo la noticia.

Si alguien se adjudicaba haber sugerido montar guardia por las noches, otros le reprochaban no haberlo hecho, o no haber sido claro en la propuesta. Dafra estaba indignada, no por la pérdida del tinglado, sino por lo que ella calificaba como "la estúpida decisión" de no desmontarlo nosotros. Sutziake trataba de calmar los ánimos, especulando con la posibilidad de que los materiales pudieran llegar ese mismo día a la colina. Iratxe, Oihane y Sakon, por el contrario, aseguraban que los herrajes no nos serían entregados, y que debíamos encontrar el modo de construir otro tinglado y montar guardia día y noche, habitándolo.

La posibilidad de hacer otro *aparamen* enfrentaba serias dificultades. No sólo porque no disponíamos de maderas, ni era probable que las *hamabineskak* del campo vecino nos hicieran otro préstamo. Sino porque en pocos días daban inicio los cursos. Y asistiendo a clases, era sumamente complicado construir primero, representar después y finalmente establecer guardias durante toda la jornada.

Desanimados, marchamos al mediodía hacia la colina. Para encontrarnos con otra noticia que nos dejó abatidos. Los herrajes habían sido distribuidos en cuatro de las casas de la Serpiente que faltaban. Pero no estaban los nuestros.

En la tarde volvimos a reunirnos en asamblea. No había mayoría a favor de gestionar un nuevo *aparamen*. Tampoco para ir al Club a reclamar los materiales. En lo único que había consenso era en aguardar a la reunión de la *Biltzara* que se realizaría en ocho días. En la que, supuestamente, la Sacerdotisa Nekane obtendría apoyos para que se hiciera justicia, forzando al Club a darnos lo que era nuestro.

Mientras tanto, poco había que hacer. El *negu* se presentaba agresivo con días ventosos, fríos y lluviosos. Poco propicios para dormir en nuestras *etxeak*, por cuyos techos volvía a filtrarse agua. Eso también hacía imposible trabajar en los muebles, mesas y camas. Y el ambiente de colaboración entre nosotras estaba deteriorado.

El desarme del tinglado había lastimado el espíritu del grupo.

En esa circunstancia fue que recibí el mensaje de Bentaga, diciéndome que le habían llegado noticias de Txanona. E invitándome a ir a Lehen, a visitarla, para contarme lo que sabía de su hija.

No lo dudé un instante. Inmediatamente devolví el mensaje aceptando la propuesta y en dos días me embarqué hacia Lehen.

Pensé mucho en Txanona durante el viaje. El clima era pésimo para navegar. Las olas zarandeaban el barco y el viento amenazaba destruir la vela. Llovía sin parar, el frío era cruel y a poco de partir no quedaba una parte seca de mi cuerpo. Aun cubierta de mantas y enrollada en mí misma, no lograba combatir el frío que iba endureciendo mis pies y manos. Trataba de consolarme en la idea de que el trayecto sería breve. Una jornada y media. En esas condiciones, me costaba imaginar un viaje de veinte o más días como el que había hecho mi amiga. Lo había logrado, había llegado a su destino soñado. Estaba ansiosa por oír los cuentos que tenía Bentaga de su hija. Y también por volver a ver a Bentaga. Cómo sería nuestro reencuentro ? El esperable entre una madre y la amiga de su hija ? O el de nuestra última noche, como amantes ? El viaje se me hizo insoportablemente largo.

Aún llovía cuando nos acercamos a los muelles de las estatuas. Desde lejos pude divisar a Bentaga, quien había tenido el coraje y la gentileza de ir a esperarme. Con una mano sostenía una gruesa tela que la cubría de la lluvia y con la otra me saludaba contenta.

Una parte de mis dudas se despejaron inmediatamente a desembarcar. Ella vino hacia mí, y haciéndonos invisibles con la capa sobre nuestras cabezas, me ofreció su boca en un sabroso y prolongado beso. Mi cuerpo aterido recibió con enorme satisfacción el calor que ella me regalaba.

Abrazadas, ascendimos las calles escalonadas.

Le pregunté por Aieko. Con una sonrisa pícara Bentaga me informó que el pequeño había ido a pasar unos días en lo de su abuela.

No me costó mucho captar lo que ello implicaba. Íbamos a estar solas por dos noches.

Las noticias habían llegado unos días atrás, cuando la flotilla proveniente de Islas Castigadas había arribado a Lehen.

Txanona estaba bien, a gusto con su nueva madre y lugar de residencia. El viaje había sido difícil, pero sin contratiempos graves.

En la *etxea* de Bentaga me esperaba un caldero de agua caliente. Nada más agradable que un baño luego de pasar tanto frío. Esta vez no hubo necesidad de anunciarlo. Me correspondía el privilegio de ser bañada por ella. No sólo me desvistió y volcó reconfortantes jarros de agua caliente sobre mi cabeza, sino que se dedicó a mí sin permitirme hacer nada. Me dispuse con total entrega a sus cuidados. Refregó mi cuerpo con paños empapados en una preparación de grasa, lejía y hierbas, recorriendo cariñosamente mis piernas, brazos, espalda y cuello. Poniendo luego especial atención a mis pechos, vientre y el entorno de mi flor. Después me llevó al hogar para secarme y me abrigó, antes de ofrecerme la cena que ya tenía preparada.

Mientras comíamos, Bentaga hizo el relato de lo que sabía de Txanona.

El viaje se había complicado en las primeras jornadas, al enfrentar las grandes olas. Cuatro de las nueve *txalupak* habían sufrido daños, por lo que debieron ser reparadas en el mar. Curiosamente, el barco de Txanona, en el que la mayoría de los tripulantes nunca había cruzado el mar, había sido de los pocos en resistir las olas sin inconvenientes. Finalmente habían logrado reparar tres de las *txalupak* averiadas, mientras que una debió ser abandonada. Sus tripulantes habían tenido que realojarse en los ocho barcos que continuaban el viaje. Estos percances los habían retrasado cinco días en el plan de navegación. Pero afortunadamente las siguientes jornadas habían sido de buen tiempo y viento favorable, lo que había permitido recuperar parte del atraso. Hacia la jornada veinte, ya cerca de destino, el viento había cesado por completo. De modo que habían tenido que remar durante cuatro días, hasta llegar a las Islas.

Según los cuentos, Txanona parecía un esqueleto cuando puso su pie en el muelle. Al extremo que se le había forzado a comer durante muchos días, por temor a que se enfermara.

Bentaga se rió. Era gracioso imaginar a Txanona aun más delgada de como la conocíamos.

Las dos *hamabineskak* se habían instalado en casa de su madre adoptiva, compartiendo dormitorio. Se llevaban muy bien y no habían tenido problemas entre ellas. La misma casa había servido como *eskuela*. Zanina y otras sacerdotisas habían actuado de *maisuak* con ellas, enseñándoles habilidades básicas en construcción, recolección, caza, cultivo, pesca, cocina y todos los conocimientos imprescindibles para manejarse en las Islas. Empezaban a trabajar en un proyecto de construcción de sus propias *etxeak*.

Txanona nos había enviado mensajes. A Bentaga, que no estuviera preocupada, que se hiciera la idea de que las Islas eran una ciudad como cualquiera. A mí, que estaba obligada a conocer el hermoso lugar que ella había elegido. Que podía tomarme muchos años en ir a visitarla, pero algún día debía hacerlo.

Al culminar la cena, Bentaga dio por terminados los relatos de sobre las peripecias de su hija. Nos acomodamos en el piso del hogar, frente al fuego, sobre las pieles, como lo habíamos hecho la última noche juntas, casi un año atrás. Entonces ella se interesó por mi vida, por mi *etxea*, mis amigas y amigos.

Le conté mis historias. Las dificultades con los materiales, las improvisaciones que habíamos ensayado para hacer las casas habitables, el proyecto de construcción del tinglado y las dos jornadas exitosas como actores. La intervención de Zebensui y las reacciones que había provocado en nuestras madres. Y la sucesión de problemas que habían ocurrido después. Hasta el punto que el ambiente entre los amigos de la colina se había hecho insoportable.

Mientras hacía esta narración, noté que dentro de mí crecía la angustia. Ante la serena presencia de Bentaga pude expresar la frustración que había acumulado. Ella me hizo notar lo mucho que me había esforzado en contenerme delante de mi familia y amigos. Me desbordó la angustia y me puse a llorar como una niña.

Esta vez ella estaba en el otro lugar. Escuchando mi aflicción, atendiendo mi amargura y dándome tiempo para llorar. Me resultó natural apoyar mi cabeza en su pecho. Y recibir sus palabras y caricias de consuelo.

Largo tiempo, juntas, abrazadas frente al fuego. Hasta que sus besos me hicieron sentir mejor.

No interrumpió las caricias cuando surtieron efecto en mi ánimo.

Continuó paseando amorosamente sus labios por mi cara y sus manos por mis hombros. Me apoyé en su regazo y busqué su mirada, para agradecer sin palabras su ternura.

Sus dedos recorrieron el contorno de mi boca hasta que tuve la tentación de besarlos. Ella me los ofreció para que yo los atrapara con mi lengua. Jugamos así, un rato. Yo trataba de presionarlos con mis labios e impedir que los sacara de mi boca, y ella los daba y los retiraba, divertida.

Ella podía hacer que mis labios siguieran a sus dedos en distintas direcciones, y simulando distracción, los llevaba hacia sus pechos. Levantando su camisa para ofrecerme sus cumbres, logró cambiar mi atención. Me entretuve en sus pechos con deleite, mientras ella acariciaba los míos, rodeándolos con sus manos. Provocándome con leves caricias, incrementando mi deseo.

Nos besamos, profunda y apasionadamente. Durante mucho tiempo. Luego se puso de pie y me ofreció su mano, para que yo también me levantara. Me guió a su dormitorio, hacia su cama, donde por segunda vez en el día, procedió a desvestirme. Cuando me acosté, reinició su tratamiento de caricias. Esta vez por todo mi cuerpo. Con sus dedos transitando por mis piernas, desde la cintura a los pies. Y sus labios rozándome los brazos, desde los hombros a las manos.

Haciéndome vibrar en cada sutil contacto, que yo sentía intensamente. Siguió tocando todas las partes de mi cuerpo, excepto a mi flor, que aguardaba ansiosa su turno. Pero Bentaga se obstinó en postergarla, dedicada ahora a mis costados y mis axilas. Originando en mi piel reacciones increíbles de placer. Reacciones que nunca antes había experimentado, en lugares que nunca antes había disfrutado. Que ni siquiera sospechaba que pudieran ser tan sensibles.

Cuando finalmente fue a mi flor, no tardé en estallar. Casi al primer roce de sus labios, las olas me envolvieron. Por un tiempo que me resultó indefinido, inconmensurable, continué gozando, temblando, hasta que lágrimas nuevas, lágrimas de placer inundaron mi cara.

Quedé rendida en su cama, exhausta, sin poder moverme.

Recién entonces ella terminó de desvestirse. Apagó la lámpara, y con un último breve y delicioso beso, me deseó felices sueños.

Cuando desperté, ella tenía preparada una bandeja con el desayuno y me invitó a que comiéramos en su cama.

Afuera seguía lloviendo. Bentaga no tenía que ir a la Alta *Eskuela* porque los cursos no habían empezado. No había motivos para levantarse.

Mi ánimo era distinto al de días anteriores. Me sentía sumamente agradecida con mi anfitriona. Profundamente complacida por sus atenciones. Feliz de haber aceptado su invitación y deseosa de retribuir sus amorosos gestos. Tras desayunar pasé por el baño, mojé mi cara con agua fresca, y arreglé mi cabello frente al pequeño espejo circular de bronce pulido. Regresé al dormitorio donde mi hermosa amante de treinta y cinco años de edad me aguardaba. Su esbelto cuerpo de piel blanquísima, los rulos cayendo con gracia en sus hombros. Y sus profundos, generosos ojos verdes, que me miraban con excitación anticipada.

Nos quedamos en la cama la mañana entera. Acariciándonos, besándonos, complaciéndonos.

Por la tarde, el sol se mostró tras las nubes y aprovechamos a dar un paseo por la espléndida ciudad. Bentaga me llevó a conocer el Campo Ceremonial, próximo a la Alta *Eskuela*. Desde allí había una vista estupenda del magnífico palacio de la *Biltzara* y del elegante puerto de la ciudad primera de Atlantis.

El edificio de la Alta *Eskuela* de Lehen lucía impactante. Su planta circular delimitada por sesenta columnas de mármol. El techo no era piramidal como el de la mayoría de los edificios públicos, sino en cúpula, inevitablemente bañado en oro. Los recintos que pude ver no envidiarían el lujo a ningún otro edificio que hubiera conocido. Pisos de granito rojizo, paredes recubiertas en maderas oscuras, pinturas y esculturas a cada paso, techos en maderas labradas, candelabros gigantes de bronce colgando en el centro de cada sala.

Más tarde deshicimos el camino, descendiendo las calles escalonadas hasta el puerto. Carreras de gaviotas y otras aves marinas celebraban la abundancia de comida en las tranquilas aguas próximas a los muelles, repletos de trabajadores.

Por segunda vez en mi vida pude observar a los extraños cazadores de focas, con sus pequeños cuerpos, sus caras lampiñas e invisibles ojos, descargando las piezas de caza en uno de los muelles.

Regresamos a la *etxea* a la puesta del sol, empujadas por el frío viento del *negu*. Lo primero que hicimos fue encender el fuego del hogar.

Bentaga retomó la conversación sobre mis problemas en Sexta.

- Cómo harán para resolver el punto muerto, Itahisa ?

- Punto muerto ?

- Sí. Punto muerto. Significa que no se puede avanzar, ni adelante, ni atrás, ni a los costados.

- Ehh. No lo sé, realmente. Ahora esperamos por una resolución de la *Biltzara*. La Sacerdotisa Nekane...

- Sí. La madre de tu amiga ... y de tu amante.

- Sí. Ella nos dijo ...

- Va a perder.

- Va a perder ?

Bentaga parecía pensativa y no muy dispuesta a explicarme su pronóstico.

- Estoy segura que va a perder. - Dijo al fin, sin aclararme por qué.

- Por qué estás segura de eso ? - Me reí. - No seas mala Bentaga, no me quites la última esperanza.

- Guaxara no es una niña caprichosa, Itahisa. Ella sabe lo que hace y no arriesga una derrota. Si tuviera sospechas de que Nekane cuenta con la mayoría, se adelantaría a entregar los materiales.

Tardé un instante en digerir la afirmación de Bentaga. Contra mis deseos, reconocí que era razonable.

- Va a perder ? - Repetí como una tonta.

- Lamento decírtelo, pero estoy convencida, querida Itahisa.

Percibí que la angustia volvía a mi estómago. No había pensado en la posibilidad de que Nekane fracasara en su gestión.

- Y si Guaxara se sale con la suya... - especulé en voz alta - nunca tendremos nuestros herrajes.

- No.

- No ? Qué quieres decir ?

- Itahisa, piénsalo bien.

Traté de pensarlo pero sólo obtuve más confusión.

- No entiendo. - Confesé finalmente.

- Por qué crees que Guaxara tiene retenidos los bronces ?

- Porque retiene todos los bronces que llegan a Sexta. - Respondí sin pensarlo mucho.

- Tu crees que ella quiere fundirlos para fabricar lámparas ?

- Ehh, no. No sé.

- Itahisa. Algo te hice mal hoy ? Te traté tan mal que te dejé sin capacidad de pensar ?

Contemplé turbada sus bellos ojos verdes, ahora sarcásticos.

- Debe ser, sí. Tenerte tan cerca me deja un poco... lenta.

Tomando mi cabeza con ambas manos, Bentaga retribuyó con un rápido beso mi dudoso elogio.

- Bien. Vayamos lentamente entonces. - Retomó sonriendo.

Traté de adivinar dónde quería que fuéramos.

- Por qué Guaxara retuvo los herrajes ? - Intenté devolverle la pregunta.

- Eso ! Correcto. Esa es la primera pregunta que debemos contestar.

- Porque ... somos del Círculo ? - Aventuré una solución al acertijo.

- Sí, claro. Y ?

- Quiere molestarnos. Hostigarnos.

- No, Itahisa. Guaxara no se molestaría en hostigar a seis chicas de trece años sin otro propósito.

- Quiere que vayamos al Club.

- Exactamente.

- Quiere que vayamos al Club, para ponernos de su parte. - Complementé.

- Algo así.

- No tiene sentido. - Concluí.

- Qué es lo que no tiene sentido, Itahisa ?

- No vamos a ponernos de su parte por ir una vez al Club.

- Es correcto. Pero no del todo.

- No del todo ? Qué quieres decir ?

- El Club está siendo cuestionado por el Círculo, verdad ?

- Sí.

- El Círculo quiere clausurarlo. Acabar con él. Realojar a los sirvientes en las canteras.

- Sí.

- El Club es importante para Guaxara. Es su *etxea*, es su símbolo de poder.

- Sí.

- Entonces quiere protegerlo, quiere salvarlo de la amenaza de ser destruido.

- Y qué ganaría con que nosotras fuéramos allí a buscar los herrajes ?

- En principio nada. - Dijo ella alegremente.

- Estoy perdida nuevamente.

- Estás cerca de la explicación, Itahisa.

No me hallaba cerca de entender algo. Por el contrario, el interrogatorio de Bentaga me estaba superando. Pero ella no parecía decepcionada de mis respuestas. Después de una pausa vino en mi ayuda.

- Guaxara quiere que todas las mujeres de Sexta vayan al Club. No es algo con ustedes solamente. Dime cuántas mujeres conoces que hayan asistido a las fiestas y quieren que se terminen.

- Pocas. - Admití.

- Bien. Ella quiere tener la oportunidad de seducirlas. Tanto a ustedes como a las nuevas *hamabineskak* que han llegado a la ciudad recientemente. Hacerlas partícipes de sus fiestas. Por eso ha premiado con sus herrajes a tu amiga Hagora. El solo hecho de que ustedes vayan a una fiesta es un golpe para el Círculo. Por eso vuestras madres se resisten.

- Pero Zebensui no me habló de una fiesta. Me dijo que simplemente fuéramos a buscar los herrajes.

- Eso dijo. Pero mintió, Itahisa. Si hubiesen ido, la fiesta se armaba inmediatamente. El Club está preparado para eso.

- Lo que Guaxara quiere entonces es que disfrutemos a los sirvientes ?

- Exactamente.

- Para que nos resulte costoso ponernos en contra del Club más adelante ?

- Sí. Al menos para quitarles el derecho de decir que nunca fueron. Y lo más probable que ocurra, Itahisa, es que tú y tus amigas queden encantadas. Es lo que sucede en la mayor parte de los casos.

- Estás segura, Bentaga ?

- De que te gustará la fiesta ?

Me reí.

- No. De que eso es lo que ella quiere de nosotras.

- Ahh ... eso. Sí, bastante segura. Una noche de lujuria en el Club a cambio de tus herrajes. No es un mal trato, me parece.

Reflexioné un momento sus palabras.

- No estoy segura que pueda convencer a mis amigas de aceptarlo.

- Guaxara no cree lo mismo.

Me sorprendió aquella insólita afirmación.

- Cómo lo sabes ?

- A quién envió ella su mensajero ? A quién ofreció su amante preferido ?

Nuevamente me hizo reír.

- A mí.

- Por qué a ti, Itahisa ? Piénsalo.

- Porque soy la mujer más hermosa de Sexta. - Dije burlona.

- Eso es verdad. Pero no fue por eso. - Replicó Bentaga, divertida.

- Porque quiere que yo convenza a las demás ?

- No, Itahisa.

- Por qué, entonces ?

- Porque ella sabe que tú eres capaz de hacerlo.

Bentaga me dio un beso, se levantó, fue a la huerta a cosechar algunos vegetales y volvió a preparar la cena. Mientras tanto yo permanecí sentada, mirando el fuego, aturdida, desconcertada, dando vueltas en mi mente la conversación.

Trataba de encontrarle problemas a sus conjeturas, pero cuanto más lo pensaba, más hechos encajaban para fortalecerlas. Las conversaciones con Zebensui eran la clave. Algunas cosas que él había dicho, algunas de sus actitudes, sólo tenían sentido a la luz de las explicaciones de Bentaga.

Era asombroso que ella, sólo a partir de mis relatos, hubiera desentrañado hechos y esclarecido intenciones, que ni yo, ni mis amigos, ni nuestras madres en Sexta, habíamos comprendido en todo su alcance.

De todos modos, no lograba dar crédito a su última afirmación. Que Guaxara me hubiera elegido deliberadamente para persuadir a las restantes chicas de asistir a las fiestas del Club. Y que por eso había enviado a Zebensui a hablar conmigo. Sólo conmigo. Por qué si no ? Cuál podría ser otro motivo ? No se me ocurría una explicación satisfactoria.

Cómo podría Guaxara suponer que yo sería capaz de vencer las resistencias de mis amigas ? Cuando yo misma desconfiaba de poder hacerlo ? Era absurdo, no tenía sentido.

Y en el caso de que lo lograra. No sería una traición al Círculo ? Anixua se había ofendido con Hagora cuando ella había asistido a las fiestas del Club. También le había disgustado a mis amigas. Sería sumamente oneroso enemistarme con mi madre Haridian por ir a una fiesta. Y lo mismo evaluarían mis amigas. Difícilmente podría yo convencerlas de lo contrario.

Al sentarnos a cenar, traté de aclarar aquellas dudas.

- Bentaga, tengo unas preguntas.

Ella hizo un ademán con su mano, disponiéndose a escucharme, mientras masticaba un bocado. El plato repleto de hortalizas hervidas ocultaba un lomo de pescado impregnado del sabor de los vegetales.

- Mi temor es que asistir al Club pueda verse como una forma de apoyo a Guaxara, como una traición al Círculo en este momento.

Bentaga asintió con la cabeza y siguió comiendo, aguardando a que yo continuara.

- Guaxara está dependiendo de unos pocos votos para mantenerse en el poder. No deberíamos esperar a que la *Biltzara* la haga caer ?

- No me parece, Itahisa.

Esperaba una respuesta más clara.

- Qué es lo que no te parece, Bentaga ?

Ella permaneció un tiempo pensativa, saboreando la comida.

- Itahisa. Los días de Guaxara están terminando. Quizás caiga ahora, aunque lo dudo. Pero no podrá permanecer muchos años más. Ninguna ciudad puede sostener la escasez de bronce por tanto tiempo. Y eso determinará el fin de su gobierno. No otra cosa. Ni mucho menos que siete chicas asistan o no a una fiesta del Club. No es decisivo para ella. Pero sí lo es para ustedes, que no pueden ocupar las casas que han construido. No me parece justo que ustedes queden atrapadas en el forcejeo de poder entre el Círculo y la Serpiente. Y si el costo es asistir a una fiesta, me parece procedente. Claro que yo no vivo en Sexta y veo el problema desde lejos. Las cosas se ven distinto según la distancia.

Fue mi turno de comer en silencio, mientras reflexionaba sobre las opiniones de Bentaga, que cada vez me resultaban más convincentes. No obstante, seguía pareciéndome difícil transmitir a las otras chicas esa convicción. Dafra sería mi única aliada segura. Quizás podríamos sumar a Sutziake, aunque ella estaría influida por Nekane. Pero me parecía sumamente improbable que Iratxe y Oihane aceptaran ir al Club.

- No se me ocurre cómo convencer a mis amigas.

- Con paciencia, Itahisa. Hallarás la forma. Deberás usar tus recursos. Quieres otro plato ?

- No, gracias. Estaba muy rico. Mis recursos ?

Bentaga sonrió.

- Sí.

- No entiendo.

- Tus recursos son tus vínculos Itahisa. Tus vínculos y tu capacidad de persuasión. Son poderosos. Debes usarlos bien.

- Puedes ser más explícita, por favor ?

- No, querida Itahisa. Es algo que tendrás que descubrir por ti misma.

- Qué debo darte a cambio de que me ayudes ? - Pregunté provocativamente.

- Se me ocurren muchas cosas que puedes darme. Pero no hay trato. Sería diferente si me las quisieras regalar.

Me levanté, fui hacia ella y me senté en su falda. Acaricié amorosamente su hermoso cabello. Acercando mi boca a la suya dije en un susurro.

- Mis recursos de persuasión son poderosos.

- No lo dudes, Itahisa.

Ella rozó mis labios primero, para luego explorar mi boca con su lengua. Dejamos los platos y la cocina sin limpiar, y sin dejar de besarnos nos dirigimos a su cama.

Afortunadamente hubo un tiempo espléndido de regreso a Sexta. Estaba apenas fresco y una suave brisa soplaba nuestra vela.

En el final del trayecto, pensé en mi hermano Manindar, que cumplía trece años ese día. Quizás encendiendo el fuego en mi *etxea* de la colina, podría tener con él una atención especial al atardecer.

El puerto seguía limpio. Era obvio que los sirvientes habían continuado las tareas de limpieza y lo seguirían haciendo, al menos hasta que se decidiera la suerte de Guaxara. Era agradable aproximarse a los muelles sin tener que sufrir el insoportable olor a podrido.

Faltaban dos días para la reunión de la *Biltzara* y cinco hasta el inicio de las clases. Decidí que era prudente esperar el resultado de la gestión de Nekane, antes de dar inicio a un plan para convencer a mis amigas de aceptar el trato de Guaxara.

Al llegar a mi casa adoptiva deseaba darme un baño. Eider ayudaba al tío Jacamar a acomodar la leña cerca del hogar. Los saludé y puse agua a calentar. Solamente por pudor quería estar bañada antes de que Haridian tuviera evidencias de que había dormido con Bentaga. No quería que su refinado sentido del olfato lo advirtiera. Por otra parte, debía prepararme para la fiesta de cumpleaños. O mejor dicho, para las fiestas.

Para la primera de ellas, la privada en la colina, mi idea era simple.

Manindar había llegado cuando terminé de bañarme. Lo felicité con un breve beso y le conté resumidamente mi estadía en Lehen. Le dije que tenía un regalo para él, pero que debía ayudarme a transportar un canasto de leña a la colina. Como era esperable, accedió gustoso.

Al llegar, pude verificar que nadie se encontraba en las casas vecinas. Aproximamos ambas puertas a sus marcos para evitar en lo posible la pérdida de calor y encendimos el fuego. Entonces me senté junto a él, apoyando mi cara en su hombro y le expliqué mi regalo. Le dije que estaba a su disposición para complacerle como quisiera. Que le ofrecía mi cuerpo a su antojo. Que pidiera cualquier deseo o que me tomara como le dieran ganas.

Él recibió encantado mi oferta, pero no reaccionó del modo que yo esperaba.

- Tengo una curiosidad.- Dijo en tono alegre.

- Haré lo que pueda por satisfacerte, Manindar. - Respondí sin dudar.

- Puedo pedirte cualquier cosa ?

- Sí. Solamente por hoy.

- Dormiste con la madre de tu amiga en Lehen, no ?

Me descolocó su pregunta.

- Ehh ... sí.

- Quiero que me cuentes.

- Que ... te ... cuente ? - Me costaba creer lo que Manindar estaba pidiéndome.

- Sí. Me dijiste que te pidiera lo que quisiera. Bueno. Ese es mi antojo. Quiero que me cuentes cómo pasaste con esa mujer.

Quedé un momento desconcertada. Aquello no encajaba en ninguna de las escenas que podía haber imaginado en lo previo. Me disgustaba revelar mi intimidad con Bentaga a mi hermano, pero acababa de ofrecerme a complacer cualquier antojo.

Él insistió.

- Si fuera alguien que yo conozco, no te lo pediría. Pero nunca la vi, ni creo que algún día la vaya a conocer. O sea que no deberías preocuparte por eso.

- Eres un atrevido, Manindar. - Dije al fin.

- No siempre. - Admitió sonriendo.

- Qué es lo quieres saber ?

- Lo que sucede cuando dos mujeres están ... juntas.

- Cuando dos mujeres están juntas, se complacen una a otra.

- Cómo ?

Iba a responderle una obviedad, pero me detuve. Mi hermano adoptivo estaba demandando que satisficiera su curiosidad y eludir sus preguntas era incumplir mi promesa de cumpleaños. Era evidente que quería detalles y yo podía dárselos. Aunque no me interesara demasiado.

- Ella es una mujer hermosa, Manindar. Debo empezar por ahí ?

- Sí.

Él se acomodó frente a mí, la avidez brillando en sus ojos.

Tal como Bentaga había pronosticado, Nekane fracasó en su intento de que la *Biltzara* de Sexta resolviera la entrega de los bronces.

Las sacerdotisas de la Serpiente se ampararon en una resolución anterior, por la cual los embarques de bronce eran puestos a resguardo de la libre distribución, dada su escasez. Sostuvieron que en el caso de nuestros herrajes se había cumplido el procedimiento de trasladarlos al Club, que era un edificio público anexo a la Administración de la Ciudad, para garantizar que no hubiera pérdidas o desvíos de los materiales a otros campos. El embarque se encontraba bajo custodia de la misma Alta Sacerdotisa, quien se había comunicado con las destinatarias para informarles que debían ir al Club a retirar los materiales.

Las sacerdotisas del Círculo protestaron la resolución y el procedimiento, mocionando la entrega inmediata de los materiales, pero al momento de votar quedaron en minoría. Las cuatro sacerdotisas independientes acompañaron la postura oficial, dando el asunto por terminado.

Nekane reclamó entonces por el desarme del *aparamen*. Las sacerdotisas de la Serpiente no solamente se hicieron cargo de haber ordenado desmontar el tinglado. Argumentaron que la Plaza de Intercambio era un sitio público administrado por la *Biltzara* y que cualquier puesto requería un permiso para ser instalado. Que nosotras no habíamos solicitado permiso y además habíamos ignorado el aviso de que debíamos desarmarlo. Por ello se había resuelto que los funcionarios de la Ciudad lo hicieran. La resolución fue sometida a ratificación y las independientes volvieron a votar en apoyo de lo actuado.

Este resultado provocó la ira en las sacerdotisas opositoras, quienes confiaban contar con el apoyo de las independientes. Era un antecedente desfavorable previo a la votación que tendría lugar en pocos días, que decidiría la ratificación o el reemplazo de Guaxara.

Al dar inicio el segundo año de cursos en la *Eskuela* de Construcción, consultamos a los *maisuak* sobre el problema que habíamos tenido con la resina. Llevamos unas muestras para que los profesores las estudiaran. Aparentemente las resinas se habían resecado debido una prolongada exposición al aire libre y la solución era sencilla. Debían ser pulverizadas y humedecidas durante varios días, antes de volver a cocinarlas con aceite.

Con Sutziake retomamos la rutina de almorzar en la *Eskuela* y luego ir por las tardes a Cultivo. Dafra también asistía a los mismos cursos y varias veces conversábamos con ella sobre la situación de nuestras *etxeak*. Ella era partidaria de ir al Club a retirar los herrajes y yo procuraba convencerla de que no lo hiciera, hasta que pudiéramos tomar una actitud como grupo. Al mismo tiempo, Dafra colaboraba conmigo en persuadir a Sutziake de que, luego del fracaso de su madre en la *Biltzara*, no nos quedaba otra alternativa.

Sutziake insistía en que no íbamos a obtener los bronces simplemente yéndolos a buscar. Que el objetivo de Guaxara era hacernos asiduas asistentes de sus fiestas y no quedaría conforme con una única visita. Por otra parte, estaba el problema de que nuestras madres no aceptarían que fuéramos a una fiesta en el Club, al menos en medio de un conflicto por el gobierno de la Ciudad. Tampoco Sutziake aceptaba la propuesta de Dafra de ir cada una por su cuenta.

Tras pensarlo un par de noches, decidí explorar una forma de solución al punto muerto. Hablé con Gazmira y le pedí que invitara a Zebensui a venir a mi casa a conversar sobre el problema.

La respuesta no se hizo esperar. Zebensui se mostró dispuesto a aceptar mi invitación al día siguiente.

Era arriesgado. No podía esperarlo con otras chicas o varones presentes. Él se cuidaría mucho de hablar delante de otros. Y si yo adelantaba frente a mis amigas o amigos la propuesta, probablemente fuera más difícil llevarla adelante. Por lo tanto iba a estar a solas con él. Me daba un poco de temor su capacidad de hacerme olvidar del propósito de la conversación. Era necesario un esfuerzo enorme para poder hablar con Zebensui, sin distraerme con sus encantos, sin ceder a la tentación de ser provocativa.

La puerta de mi casa dejaba un espacio incómodo para ingresar, cuando él llegó al atardecer. Yo tenía preparada una infusión y le ofrecí un jarro, mientras me servía otro. Le indiqué sentarse en los improvisados bancos de tablones y me quedé de pie, a unos pasos de distancia.

- Gracias por invitarme a tu *etxea*, Itahisa.

- Zebensui, sabes que tenemos un problema.

Él probó un sorbo del líquido amargo y caliente, sin dejar de mirarme.

- No tienes miel ?

- No. Escasea la miel en esta ciudad. Vas a escucharme ?

- Te escucho.

- Has visto que no he podido colocar puertas ni ventanas.

- Sí.

- Porque nuestros herrajes están depositados en el Club. Y tú nos has dicho que fuéramos a buscarlos.

- Sí.

- Y entiendo bien si el Club espera que vayamos para ofrecernos ... una visita ... divertida ?

Zebensui contuvo una sonrisa.

- Sí. Entiendes bien.

Dudé un momento mientras buscaba las palabras adecuadas.

- Yo estoy tratando de solucionar este problema, Zebensui. Pero necesito tu ayuda.

Una expresión radiante favoreció su hermoso rostro.

- Me encantaría ayudarte, Itahisa. Cuenta conmigo.

- Tenemos que lograr que la invitación del Club sea ... aceptable para mis amigas.

La expresión cambió a curiosidad. Luego sonrió.

- Dime cómo podemos hacer eso.

Me reí nerviosa. Ya estaba dudando de mí misma.

- Tengo una idea ... pero tienes que ayudarme.

- Tranquila. Haré lo posible.

- Este campo, - dije señalando con mi mano alrededor - es el campo más cercano al Club, verdad ?

- Sí. - Contestó él, sorprendido.

- Entonces somos, de alguna forma, vecinos.

- Somos vecinos.

- Nosotras somos las vecinas nuevas, el Club hace años que está en la colina.

Zebensui me miraba con tanta atención que mis piernas empezaron a moverse.

- Es cierto.

- Entonces, hay una tradición en Atlantis ...

- De que los vecinos más viejos inviten a los más nuevos a un almuerzo. - Completó sin dejarme terminar.

En mi estómago algo se sacudía.

- Eso.

Zebensui continuaba devorándome con sus enormes ojos azules.

- Estás diciendo ... que si el Club invitara a un almuerzo de buenos vecinos a todas vosotras, a las dieciséis...

- Sí.

- Sería una invitación más fácil de aceptar ?

- Sí.

Quedó un momento pensativo, que aproveché para reponerme. Luego pude continuar.

- Pienso que es la forma en la que puedo convencer a mis amigas. Es la única que se me ocurre. Te parece posible ?

- Debo consultarlo, Itahisa. Pero no veo qué objeciones podría haber. Sí, me parece posible.

Respiré aliviada. Repetí la pregunta para sentirme mejor.

- Te parece posible ?

- Sí. Me parece. Es una buena idea, Itahisa. Te confirmo apenas lo consulte. Mañana mismo.

- Te estaré agradecida.

- Y yo a ti, Itahisa.

Mordí mi boca para no preguntarle cómo iba a expresar su agradecimiento.

- Cómo estaba esa bebida ?

- Rica. Gracias. Un tanto amarga ... pero lo compensó la dulce presencia tuya.

- No empieces, Zebensui.

- Sólo soy sincero, Itahisa. De la misma forma que tú lo eres conmigo.

- No mientas, por favor.

- En qué estoy mintiendo ? En que tú me gustas ?

Traté de ignorar sus palabras.

- Estás aquí porque es tu trabajo, no ?

- No exactamente.

- No exactamente ?

- Mi trabajo ya terminó. Ahora estoy aquí porque me encanta estar contigo. Y porque tú me invitaste.

- Te invité a hablar. Nada más.

- Eres dura, Itahisa. Yo nunca sería tan poco amable contigo.

Sentí que no podía soportar más la distancia. Si daba un paso hacia él, me estaría ofreciendo. Y lo deseaba con todo mi cuerpo.

- La conversación está terminada, Zebensui. Puedes volver al Club.

Él se levantó, dejó su jarra sobre los tablones y caminó hacia la puerta que no se abría. Desde allí hizo un gesto de despedida con su mano.

Yo permanecí rígida, mi espalda apoyada en los adoquines de la chimenea, esperando que las piernas dejaran de temblarme.

Hagora me despertó a la mañana siguiente. En su rostro era evidente la preocupación. Tras desayunar fuimos juntas caminando hacia la *Eskuela*. Su luna estaba varios días atrasada y no había querido hablarlo con Anixua, su madre adoptiva.

Me enojé con ella. Le dije que no podía ocultar una noticia así a su madre, aunque la relación estuviera deteriorada. Hagora no soportó mis reproches y se puso a llorar desconsoladamente.

Nos detuvimos en una esquina y la abracé hasta que pudo tranquilizarse. En tono más cariñoso le insistí que fuera a hablar con Anixua y ella continuó negándose. Temía que su madre adoptiva terminara de molestarse con ella y se negara a prestarle ayuda. Traté de mostrarle que Anixua nunca podría tener esa actitud, pero fue en vano. Hagora estaba aterrada ante la posibilidad de ser definitivamente rechazada por su madre, sin estar aún en condiciones de mudarse a su nueva casa.

- Hagora, tienes que elegir. O vamos ahora a hablar con tu madre, o vamos ahora a hablar con la mía.

Mi amiga de la infancia me observaba con los ojos enrojecidos del llanto. Tras una larga pausa balbuceó.

- Quiero que me acompañes, Itahisa.

- Te acompañaré. Vamos.

Fuimos hacia lo de Anixua, pero ella ya se había marchado. Volvimos a cruzar la ciudad en dirección a la Alta *Eskuela*, donde la encontramos en plena clase con un grupo de doctoras. Le hice señas para que abandonara la sala y le expliqué la situación. Anixua miró a su hija que no apartaba la vista del piso y no le habló. Me ordenó que la siguiéramos por el corredor hasta una sala, donde nos señaló unos asientos, y desapareció corriendo.

Pasamos bastante tiempo sentadas, aguardando el retorno de Anixua. Ella volvió con otra sacerdotisa que portaba un vaso de cerámica. Se sentó junto a Hagora y tratándola por su nombre con amabilidad, le ofreció la infusión. Permanecimos las cuatro en silencio mientras mi amiga daba pequeños sorbos, disimulando sus sollozos.

Cuando hubo terminado, la sacerdotisa me preguntó si podía acompañar a Hagora. Me dispuse a hacerlo. Me indicó que era conveniente que permaneciera el resto del día acostada en la cama. Recién en ese momento, Anixua se acercó a su hija y con un breve beso en la frente, le pidió que no estuviera preocupada.

Fui con Hagora a su casa adoptiva y me quedé junto a ella toda la tarde.

Los acontecimientos fueron sucediéndose en los días que siguieron.

Primero tuve la confirmación de que el Club convocaría a un almuerzo de buena vecindad a las ex - *hamabineskak* del campo. Tendría lugar en siete días y el propio Zebensui recorrería las dieciséis *etxeak* para transmitir personalmente la invitación.

Llegó una nueva partida de resinas. Su color y consistencia diferían de las que habíamos recibido anteriormente. Y cuando las calentamos se produjo una mezcla viscosa, espesa, que adhería perfectamente a la madera.

Nos insumió un par de jornadas limpiar las hojas de palmera de nuestros techos y tuvimos que esperar que las tablas se secaran para estar en condiciones de aplicar las resinas., pero finalmente pudimos hacerlo. A un año y treinta días de nuestra llegada a Sexta, teníamos techos en condiciones aceptables.

El ánimo en el grupo de amigas de la colina cambió completamente cuando terminamos de impermeabilizar.

Aunque algunas mantenían cierta reticencia al recibir la invitación del Club, fueron aceptando que, junto con el almuerzo, recibiríamos finalmente los bronces. Con Dafra y Sutziake pusimos empeño en convencer a las menos dispuestas a asistir, que sería una grosería de nuestra parte no aceptar la invitación y que no teníamos otra chance de obtener los herrajes, tras del fracaso de la gestión en la *Biltzara*. No fue tan fácil persuadir a nuestras madres, pero terminaron cediendo ante nuestra insistencia puesto que no podían ofrecernos otra alternativa.

Tampoco los varones estaban contentos con la idea de que fuéramos al Club. Aunque sus motivos era más personales y menos políticos. Ellos no estaban invitados al almuerzo y sospechaban, con razón, que la atención que allí recibiríamos de los sirvientes no se iba a limitar a servirnos la comida. Devolvimos sus suspicacias haciendo bromas al respecto, incrementando con malicia sus temores.

También en forma sorpresiva, antes de lo esperado, nos fueron entregadas las tablas que faltaban para completar nuestros pisos y muebles.

El campo volvió a llenarse de gente que trabajaba contenta, desarmando pisos de ladrillos y colocando los de madera, construyendo mesas, sillas, bancos y estantes, aun en las *etxeak* que ya estaban habitadas.

A Hagora le llegó su luna con seis días de retraso. Quedó sumamente agradecida conmigo y parcialmente reconciliada con su madre. Recuperó el buen humor y volvió a colaborar con nosotras en la finalización de nuestras casas. En poco tiempo, parecía que nunca se había distanciado del grupo del Círculo y hasta los varones volvieron a recibir con agrado sus maneras seductoras, que difícilmente pasaran por ingenuas.

Invitamos a las *Maisuak* de Cultivo a que recorrieran el campo y nos dieran sugerencias sobre cuáles plantas podríamos sembrar en los días que restaban del *negu*. Ellas nos recomendaron disponer un pequeño cobertizo de hojas de palmera para proteger los cultivos de los fríos, por lo menos hasta la llegada del *udaberri* a fin de año.

La propia Guaxara, en los típicos atavíos sacerdotales, flanqueada a ambos lados por sacerdotisas y escoltada por unos cuarenta sirvientes correctamente vestidos, nos aguardaba en la puerta del palacio. Con voz dulce y maternal fue saludando a cada una de nosotras por su nombre.

- Buenos días Sirma, buenos días Txamaida, sois bienvenidas.

- Buenos días Gazmira, bienvenida Orchena, bienvenidas Itahisa y Sutziake.

Al cruzar la enorme puerta nos golpeó el cambio de aire. De un lado del espacioso salón, llamaba la atención una plataforma de piedra de unos cuatro pasos de ancho y veinte dedos de altura, sobre la que ardían varios troncos. A los costados, pequeños recipientes de bronce con aceites aromáticos, emitían vapores en la proximidad del calor.

Dos sirvientes se apartaban de la escolta cuando cada una de nosotras ingresaba a la sala y nos invitaban a quitarnos y entregarles nuestros abrigos de lana. No pude ver a Zebensui entre ellos. Luego reparé en que todos los sirvientes que estaban en la sala eran de nuestra edad, o apenas mayores. Algunos de ellos ni siquiera insinuaban barba en sus rostros. Las chicas de la Serpiente los conocían por sus nombres. No tardé en percatarme que muchos de ellos eran los trabajadores fantasmas, los hasta ese momento invisibles *mamugilea*.

Sobre la plataforma del hogar, la imponente chimenea de piedra lucía en su frente un relieve en metal, mostrando una mujer de larga cabellera y prominentes pechos, aplastando con su pie descalzo una gran serpiente.

Por las aberturas situadas en lo alto, ingresaba una luz grisácea que otorgaba brillo a las maderas claras que revestían las paredes del salón. Desde el techo colgaban cadenas de bronce que sostenían horizontales en el aire vigas onduladas de metal, cada una con ocho lámparas. Formando un arco frente a la chimenea, había unos veinte sillones de cuero rojizo, similar al rosado oscuro del piso de granito.

Cuando todas estuvimos instaladas en los sillones, frente al fuego, Guaxara nos dirigió unas palabras.

- Estimadas mujeres, queridas mujeres. Sois bienvenidas al Club de las Sacerdotisas de Sexta. Hace un poco más de un año habéis llegado a ésta, nuestra ciudad. Recuerdo aquella noche de Elkar en la que os dimos la Recepción y os adoptamos como hijas. Recordaréis que en aquella Fiesta de Recepción hicimos un anuncio importante. Anunciamos que finalmente los campos delimitados de la colina empezarían, con vosotras, a ser poblados. La Ciudad Sexta está creciendo con vosotras. La Ciudad Sexta ha cumplido en asignaros vuestros predios, en perforar vuestro depósito de agua, en designar a los *Maisuak* de Construcción. En proveer vuestros materiales, adoquines y maderas. Ha habido sí, lo reconozco, algunos inconvenientes y algunos malentendidos. Pero se han solucionado, como corresponde. Estamos muy contentas porque en pocos días todas vosotras ocuparéis vuestras *etxeak*. Habiéndose cumplido un año y treinta días de vuestra llegada a la ciudad. Son los tiempos esperables para cualquier *hamabineska* en cualquier ciudad de Atlantis. Esto es un orgullo para nosotras, porque hemos cumplido con esos plazos en medio de grandes dificultades. Y debe ser un orgullo para vosotras, que habéis trabajado tan duro para hacerlo posible. Hoy estamos festejando en primer término, este logro de la Ciudad y este logro vuestro.

Las sacerdotisas, los sirvientes y algunas de las invitadas, aplaudieron el énfasis de Guaxara. Otras permanecimos en inmutable silencio. La Alta Sacerdotisa prosiguió su alocución.

- Hace sesenta años, queridas mujeres, esta colina estaba deshabitada. La Ciudad Sexta apenas sobrepasaba una carrera de pobladores. Y en esta colina abundaban las serpientes. Pero la Diosa Ama inspiró a nuestras antecesoras, a que dominaran estos terrenos. Para que fuéramos nosotras, las mujeres de Sexta, las que conquistáramos esta colina. Para que nosotras, las mujeres de Sexta, ocupáramos este hermoso sitial en uno de los más bellos lugares de las siete ciudades de Atlantis. Así se construyó este palacio, que es el templo de las mujeres de Sexta. Desde aquí se gobierna la Ciudad y desde aquí expresamos nuestra honra por la civilización que construimos, nuestro orgullo de mujeres atlanteanas.

Más aplausos saludaron el emocionado alegato de Guaxara.

- Hoy tenemos, queridas amigas, una satisfacción especial. La ladera oeste de la colina empieza a ser poblada. Por vuestra valiente decisión de elegir esta ciudad y por el empeño que habéis puesto en vuestras construcciones. Vosotras sois nuestras vecinas más cercanas. Compartimos este territorio. La tradición de Atlantis nos enseña a homenajear a los nuevos vecinos. A tender lazos de buena vecindad con nuestra comunidad. El Club de las Sacerdotisas de Sexta, en unidad comunitaria, en unidad con la Diosa Elkar, abre sus puertas hoy, extendiendo un abrazo fraterno que cruza la colina, hacia vosotras, queridas mujeres, estimadas vecinas. Vosotras, las que hace un año erais las recién llegadas, las *hamabineskak* de Elkar, hoy sois nuestras homenajeadas, hoy sois dueñas de vuestras casas.

Una aclamación recibió el final del discurso, acompañada de aplausos de cortesía de algunas de nosotras.

Guaxara nos llevó entonces a recorrer el palacio. Salimos de la sala y pasamos a un gran patio interior enjardinado, demarcado por columnas y galerías que daban a otras salas. Los sirvientes nos seguían, portando nuestros abrigos. Ascendimos unas escaleras de mármol y volvimos a rodear el patio. Finalmente ingresamos al salón donde tendría lugar el banquete.

Al verlo, quedamos deslumbradas.

Sobre una gran mesa de seis pasos de largo y dos de ancho, vestida con telas blancas y rojas, había una cantidad de bandejas de plata, conteniendo diversidad de carnes preparadas, cerdos, corderos, pollos, *huetxi* y conejos. Ollas de cobre humeantes conteniendo sopas o líquidos espesos de distintos colores. Y más bandejas con panes, frutas y verduras. Las sillas que rodeaban la mesa también lucían impresionantes. Hechas en maderas labradas, con altos respaldos y cojines forrados en gruesas telas de color rojo oscuro. A un lado del salón había un estrado y sobre él tres sirvientes tocaban extraños instrumentos musicales. En el otro extremo, otra chimenea de descomunales proporciones, el fuego consumiendo leños del grosor de un árbol. Del techo pendían cadenas de bronce sosteniendo la viga en forma de serpiente que cruzaba el salón, y sobre ella, gran cantidad de lámparas, innecesariamente encendidas.

Las del Círculo ocupamos las sillas del extremo de la mesa más cercano al fuego y más alejado de Guaxara, que ocupaba la cabecera próxima al estrado. Los sirvientes se quedaron de pie, rodeando la mesa completamente. Zebensui seguía sin aparecer. La anfitriona dirigió una oración a Ama bendiciendo la comida y otra a Elkar bendiciendo la vecindad.

A una señal suya, los sirvientes llenaron nuestros vasos de una exótica cerveza de color dorado, casi transparente. Guaxara elevó el suyo y lo sostuvo esperando que hiciéramos lo mismo. Cuando todos los vasos fueron levantados volvió a hablar.

- Queridas vecinas, compartiremos este almuerzo, y al terminar tendremos un breve espectáculo de música y danza. Luego podréis dar un paseo por los jardines o elegir entre una variedad de disfrutes que el palacio os ofrece. Más tarde volveremos a reunirnos aquí en esta sala, porque tengo un anuncio importante que haceros, antes de entregar los bronces a quienes no los habéis recibido todavía. Por Ciudad Sexta !

A lo que las sacerdotisas apostadas a su lado, los sirvientes y muchas de nosotras respondieron en voz alta.

- ATL TANI KA !

Entonces los sirvientes se acercaron a preguntarnos cuáles carnes, cremas y verduras deseábamos servir en nuestros platos.

Sutziake y yo pedimos que nos explicaran el contenido de las distintas ollas y bandejas antes de tomar nuestras opciones. Nos recomendaron combinar la variedad de carnes, vegetales y cremas cuidando de mezclar los colores. Todo lo que pudimos probar estaba delicioso. Mientras comíamos, los sirvientes permanecieron de pie detrás de nosotras, atentos a reponer alimento en los platos, o a rellenar los vasos con aquella exquisita y extraña cerveza.

Cuando habíamos comido hasta saciarnos se sumaron otros músicos al estrado y tocaron ritmos más animados. Los sirvientes nos ofrecieron frutas y otras preparaciones dulces que abundaban en la mesa. Guaxara dejó su lugar en la cabecera y dialogó unos instantes con sus colaboradoras. Luego todas las sacerdotisas se retiraron de la sala.

Algunas chicas acompañaban la música golpeando palmas y otras se pusieron de pie para tener mejor vista del espectáculo.

Dos jóvenes, de unos dieciocho o veinte años, aparecieron en el estrado y fueron recibidos con gritos de festejo por algunas chicas. Una absurda camisa, extremadamente corta, cubría escasamente sus pechos y un mínimo pañal apenas tapaba sus atributos masculinos. Cada uno portaba dos bastones de madera similares, aunque mayores, a los que habíamos utilizado en el ritual de Iniciación en el bosque. Parados frente a frente, lanzaban los bastones hacia arriba, haciéndolos girar en el aire y atrapándolos en su caída, al tiempo que acompañaban con graciosos movimientos los ritmos de los músicos.

Supimos que aquel juego con los bastones se llamaba *malabar* que en atlanteano significa "leños arrastrados por un torrente". Los jugadores eran muy hábiles y lograban intercambiar los bastones en el aire. Los que lanzaba uno eran capturados por el otro y vueltos a enviar al aire para que girando llegaran a las manos del primero.

Con Sutziake, Iratxe y Oihane intercambiamos miradas, preguntándonos si la fiesta de lujuria que nos habían anunciado iba a reducirse al espectáculo de dos hombres poco vestidos haciendo volar bastones entre ellos al compás de la música. Era evidente que varias nos hacíamos la misma pregunta. Era gracioso vernos, observando tranquilamente un inocente juego de *malabar*, tras habernos resistido tanto tiempo a asistir a una fiesta del Club por temor a involucrarnos en descontroladas escenas.

Como si hubieran leído nuestros pensamientos, el espectáculo devino más interesante cuando un grupo de bailarines de entre quince y veinte años ingresó al salón. Vestían el mismo atuendo que los *malabari*, mínimos pañales y cortísimas camisas anudadas al pecho, regalando a nuestros ojos sus interesantes cuerpos masculinos. Que movían con mucha gracia, contorneando torsos y cinturas, alzando y estirando los brazos, y danzando en perfecta coordinación con la música.

Sus bailes alrededor de la mesa fueron celebrados con gritos y aplausos. Algunas chillaban su admiración de formas que me parecieron excesivas. Resultaba poco creíble el estado de excitación que provocaron en las chicas de la Serpiente, que aclamaban a algunos de ellos por sus nombres. Adexe y Txamaida, gritaban y aullaban cuando los bailarines pasaban frente a ellas, ante cualquier leve roce con alguna parte de su cuerpo. No podían ser más estúpidas. Pero de a poco, todas nos fuimos dejando contagiar por el baile. Hasta Iratxe y Oihane fueron soltándose a acompañar los movimientos. Los sirvientes que nos habían asistido en el almuerzo rápidamente despejaron platos, ollas y bandejas de la mesa y retiraron las telas que la cubrían, dejando a la vista la soberbia tabla de madera oscura de cuatro dedos de espesor.

Treparon a ella los dieciséis bailarines y desfilaron ante el aplauso cerrado de la concurrencia femenina. Se dispusieron en doble fila de modo que todas teníamos de frente a uno de ellos y retomaron sus danzas.

Adexe, la chica de Zazpir cuya casa en el campo era contigua a la de Hagora, fue la primera en extender los brazos para que el musculoso hombre que tenía enfrente le ayudara a subirse a la mesa. Fascinada, bailó con él un momento intentando copiar sus movimientos. Las que estaban más próximas, aplaudiendo, empezaron a corear: "*brusa*!, *brusa*!, *brusa*!", a lo que Adexe fue aproximándose al bailarín y lo tomó de la cintura, imitando sus contorsiones. Lentamente desplazó sus manos por el transpirado abdomen masculino, hasta unirlas en el centro del pecho. Allí hizo una pausa para recoger más gritos de aliento de sus amigas y de un solo tirón desanudó la camisa. Tras acariciar el pecho desnudo, terminó de quitarle la *brusa* y con una mano la hizo girar sobre su cabeza, provocando una explosión de chillidos alrededor de la mesa.

Agitando su trofeo, saltó hacia el piso, e inmediatamente Txamaida la reemplazó sobre la mesa. Adexe, quien se había colocado la *brusa* de sombrero, pasó a dirigir con entusiasmo el griterío para motivarla. Txamaida optó por acercarse a un segundo bailarín por detrás, tomándole las nalgas, mientras actuaba exageradas muecas de satisfacción a sus amigas. Completó el abrazo apoyando sus voluminosos pechos sobre la generosa espalda del sirviente. Se entretuvo en explorar con sus manos los llamativos pectorales, antes de deshacer el nudo y despojarle de su camisa.

Otras chicas fueron subiéndose a la mesa e inventaron maniobras más extravagantes para hacerse de las *brusak*. Mi vecina Tasirga suscitó un momento de nerviosismo general, al intentar desatar el nudo con sus dientes. Laida, quien en el campo parecía liderar el grupo de la Serpiente, fue más atrevida aun y en vez de desatar la camisa, simplemente la desgarró con sus manos por atrás y por delante, dejándola hecha jirones.

Intercambié miradas con Sutziake, Iratxe y Oihane. Indudablemente nos estábamos divirtiendo, pero ninguna aparentaba haber colmado las expectativas que traíamos en nuestra primera visita al Club. El espectáculo era sensual, animado y hasta atrevido, pero no dejaba de ser un espectáculo. Nada nos impedía participar de aquel juego y estaba llegando el momento en que todas las chicas de la Serpiente habían quitado la camisa a uno de los bailarines.

Sin necesidad de explicitarlo, era evidente que era nuestro turno de hacer lo propio. Por señas, entendimos que Oihane sería la primera de nosotras en subirse a la mesa.

Cuando lo hizo, circuló en la sala una corriente de expectación. Las de la Serpiente tuvieron la confirmación de que nosotras habíamos accedido a tomar parte de la diversión y concentraron su atención en lo que ocurría sobre la mesa. Oihane deslumbró con sus dotes de excelente bailarina, siguiendo los pasos de su ocasional compañero, inclusive agregando alguna complejidad de su propio talento. La arenga de "*brusa*!, *brusa*!" no se hizo esperar, pero ella nos sorprendió alterando el juego. En vez de aproximarse al espléndido joven que tenía en frente, permaneció bailando a un paso de distancia. Luego, con movimientos sensuales, fue recogiendo su propia camisa desde la cintura hacia arriba, dejando a la vista el ombligo y la mitad inferior de su espalda, anudando las puntas entre sus pechos, reproduciendo en su propio cuerpo la apariencia de las minúsculas *brusak* de los bailarines.

- *Bru - sa*! *Bru - sa*! - Aullaban a coro las espectadoras.

Oihane continuó contorneando las caderas, sus manos unidas en el nudo de su camisa, sosteniendo intensamente la mirada a su socio de baile. Durante unos instantes él la observó embelesado, sin captar lo que ella le estaba proponiendo. Hasta que percibió sus intenciones. Entonces el bailarín, llevando las manos a su pecho, a su propio nudo de la *brusa*, renunció a pautar la escena, para conceder a Oihane el privilegio de comandar las acciones. Ella, sutilmente, fue ampliando el escote en sus pechos, expectante a que el hombre hiciera lo mismo, ante los gritos de aprobación de todas nosotras. Sin dejar de hamacar la cintura, Oihane fue desanudándose la camisa, al tiempo que su pareja de baile la imitaba. Terminó de descubrir sus hermosos pechos y el sirviente hizo lo propio para nuestro deleite. Las que tenían *brusak* de trofeo las sacudían exaltadas, mientras la chica de Hiru desnudaba su torso, provocando el mismo gesto de su contraparte.

Finalmente, Oihane levantó su prenda ofreciéndosela a su hombre y él correspondió al intercambio, dándole la suya. Todas las que estábamos en el piso aprobamos con gritos y aplausos la enardecedora escena.

Mientras Oihane bajaba con gesto triunfal de la mesa, e Iratxe se aprestaba a tomar su turno, Gazmira se acercó a mí y me habló al oído.

- Alguien te requiere afuera, Itahisa. Te imaginarás quien.

Sentí un temblor recorriéndome de piernas a cabeza. Estaba deseando ver a Zebensui, Me sentía furiosa por su ausencia en aquella, mi primera y quizás última, visita al Club. Salí corriendo de la sala.

Zebensui me esperaba en una esquina de las altas galerías con vista al jardín interior del palacio. Lucía tan atractivo y seguro de sí mismo como cuando se me había presentado inesperadamente, medio año atrás, en la Fiesta de Egu, en el laberinto del Campo Ceremonial.

Fui a su encuentro sin disimular mi enojo.

- Ésta es tu manera de demostrar amabilidad ?

- Buenas tardes, Itahisa.

- Eres un mentiroso, Zebensui.

Él recibió mis agresiones con una sonrisa. Y aparentó ignorarlas.

- Cómo estuvo el almuerzo de buena vecindad ?

No estaba dispuesta a cambiar de tema.

- Más de una vez dijiste que si venía al Club, te ibas a preocupar de recibirme.

- Dije eso ? - Preguntó fingiendo inocencia.

- Sí. Lo dijiste. Y no veo que hayas cumplido tu palabra.

- Eres muy exigente, Itahisa, me encanta que seas tan exigente.

- No soy exigente. No me gustan las promesas falsas.

- Está bien. Lo siento, me he comportado como un tonto, te pido disculpas.

Había tanta ternura en sus palabras que no me resultó fácil seguir expresando mi molestia. Deseaba castigarlo de alguna manera, y a la vez, deseaba fervorosamente, ardientemente, besarlo.

- No las acepto.

- Qué puedo hacer para repararlo, Itahisa ? Puedo invitarte a recorrer el palacio y conversar ? O acaso quieres que haga para ti un espectáculo de danza en privado ?

Se me ocurrían varias otras opciones que exigirle como compensación, pero no era elegante explicitarlas.

- Dudo que puedas hacer algo por repararlo, Zebensui.

Él simuló estar contrariado por mis negativas.

- Entonces me dejarás apenado, Itahisa. Es eso lo que deseas ?

Lo que deseaba era otra cosa.

- Por qué no estuviste para recibirme ?

- Tú deberías saberlo, creo.

- No lo sé. Explícate por favor.

- Es que no puedo ... - hizo una larga pausa - no puedo mostrar ... lo mucho que estoy interesado en ti.

No entendí el alcance de su respuesta. No entendí por qué había aparecido recién en ese momento. No entendí por qué no pude darle la espalda y regresar al baile con mis amigas. No entendí por qué había pasado tanto tiempo eludiendo sus insinuaciones. Mi cuerpo me ordenó otra cosa. La cerveza que había bebido se interpuso entre mi razón y mis impulsos. La pulsación entre mis piernas anuló toda capacidad de proseguir aquel diálogo incoherente.

Me acerqué y lo tomé del cuello. Él me abrazó por la cintura. Su perfume terminó de embriagarme. Me ofrecí a sus ojos, ardiente, ávida. Zebensui estrechó la presión de sus brazos en mi espalda, inundando mi boca con su lengua.

Tomándome de la mano me guió por galerías, escaleras y corredores de mármol.

Entramos a una lujosa habitación de paredes azules, dominada por una regia cama, delimitada por cuatro columnas de madera labrada y cubierta de finísimas telas, próxima a una inmensa tina para bañarse, rebosante de leche. En un rincón, crepitaban leñas, encendidas sobre una base de adoquines, produciendo una sensación cálida y perfumada en el ambiente.

Zebensui no me permitió hablar. Yo no quería hablar. En silencio me despojó de mi *brusa* y de mi falda, hasta que estuve desnuda frente a él. Luego me alzó con sus potentes brazos y me depositó en la suntuosa cama. Lentamente se desvistió. Su cuerpo me pareció aun más estupendo de lo que había imaginado. Las piernas elegantes, el abdomen musculoso, los brazos bellamente torneados, las nalgas firmes, la piel bronceada, el *zakil* espléndido. Me entregué deseosa a sus vehemencias, impaciente por sentirlo dentro de mí.

Pero él optó por acariciar mis pies, lamiendo con delicadeza los huecos entre mis dedos, llevándome de inmediato a una nube de deleite. Como había ocurrido unos días atrás con Bentaga, experimenté asombrosas sacudidas por el acto trivial de que él besara mis tobillos. Grité mis goces sin preocuparme de otra cosa, mientras el roce de sus labios avanzaba por mis piernas, tomando la parte posterior de mis rodillas. Vibré con sus besos en mis muslos y me estremecí cuando su lengua alcanzó los pliegues de mi flor.

Su boca continuó paseando por mi piel, rodeándome el ombligo, conquistando mis pechos. Le rogué que no demorara más en penetrarme, pero él ignoró mis demandas. Con suavidad se dedicó al contorno de mis pechos, ascendiendo en círculos a saborear mis cumbres. Luego fue a mi cuello y a mis hombros, atento a los jadeantes gemidos que denunciaban mi regocijo. Su boca volvió a la mía, a contener mis labios, al tiempo que su *zakil* acariciaba mi centro de placer. Aluviones recorrieron mi cuerpo, antes de que su miembro ingresara dulcemente en mi canal.

Me desbordé cuando finalmente lo hizo. Grité su nombre, agradecí sus embestidas, demandé que siguiera haciéndome gozar, perdí la noción del tiempo, subí y bajé montañas de placer. Hasta que los ímpetus de su semen tocaron un lugar profundo de mi vientre.

Zebensui permaneció dentro de mí largo tiempo, retomando el aire, mordisqueando mis orejas, mientras yo acariciaba complacida su larga cabellera dorada, su barba y sus mejillas, disfrutando, memorizando, reteniendo el contundente contacto de su hermoso cuerpo sobre el mío.

Bruscamente, empujé a Zebensui a un lado, para liberarme de su abrazo. De un salto salí de la cama y sin pedir permiso di dos pasos hacia la tina. Estaba tibia. Introduje una pierna y luego la otra. Apoyándome en los bordes fui descendiendo, hasta recostar la espalda en un extremo de la bañera, de modo que todo mi cuerpo, exceptuando cabeza y rodillas, quedara sumergido en la crema.

Zebensui me observaba, fingiendo afectación por mi comportamiento.

Ignorándolo, me reí en silencio, concentrada en la agradable sensación de leche tibia en toda mi piel. Guaxara nos había convocado a una última reunión en el salón comedor y antes de ello, yo no iba a perder la oportunidad, quizás única de mi vida, de tomar un baño de crema.

- Siempre eres así ? - Preguntó Zebensui desde la cama.

Me causaba gracia que estuviera enojado. Ni siquiera giré la cabeza. Evité mirarlo.

- A qué te refieres ? Estás molesto por algo ?

- No.

- Ah, no ? Mejor entonces. - Dije con sorna.

- Siempre eres así en la cama ?

La pregunta corregida me sorprendió. No la esperaba. Busqué su mirada. Zebensui permanecía tendido de costado, su cabeza descansando sobre su puño. Su físico perfecto era un deleite para la vista.

- Así ... cómo ?

Pareció que le resultaba difícil elegir las palabras.

- Tan ... expresiva, tan ... extendida.

Me resultó oscuro el uso de la palabra "extendida" aplicada a mi desempeño como amante. Decidí no darle importancia.

- No voy a creer que algo de mí te haya sorprendido, Zebensui. Tienes diecinueve años, no ?

- Sí.

- Has estado con muchas mujeres.

- Sí.

- Qué has visto hoy que no hayas visto antes ?

- No entiendes, Itahisa.

- No. No entiendo. Puedes contestar mi pregunta ?

- No. Por qué ? Si tú no has contestado la mía.

- Si soy así siempre ? Claro que soy así siempre, Zebensui, no hubo nada especial contigo. - Mentí.

- Es asombroso. – Murmuró.

No supe interpretar si su afirmación era sincera o irónica. Esperé por nuevas respuestas o preguntas que no vinieron. Zebensui se estiraba perezosamente como un niño que está despertando. Opté por cambiar a otro tópico de conversación.

- Sabes de qué se trata el anuncio que nos dará tu jefa ?

- Sí.

- Puedes decirme ?

- No.

- Puedes decirme si es algo referido a nuestras *etxeak* ?

Zebensui se incorporó y logró sentarse al borde de la cama. Sus cabellos despeinados le cubrían parte de la cara.

- No puedo decirte, Itahisa, ya lo sabrás.

- Y cómo nos enteraremos que hay que volver al comedor ?

- Sonará una campana. No te preocupes, tenemos ventaja.

- Ventaja ?

- Sí. Porque salimos antes de que terminara el baile.

- Y ? Eso qué significa ?

- Significa que ganamos tiempo. Tus amigas aún no entraron a las tinas a bañarse.

Me costó un instante componer la situación.

- Quieres decir que cada una está en este momento en una habitación con un sirviente ?

- La mayoría, seguramente sí, Itahisa. Otras están con dos.

Zebensui me ayudó a salir de la tina y secó con toallas de algodón mi cuerpo empapado de leche. Me colgué de su cuello y lo besé, recompensando la espera para estar con él, anticipándome al tiempo que no podría volver a verlo en intimidad, si es que alguna vez iba a ocurrir.

Él insistió en que volveríamos a encontrarnos. Pero no había certeza de ello. Si su disponibilidad dependía de la voluntad de Guaxara, lo más probable era que aquella fuera la primera y última vez que estaríamos juntos en la cama. Traté de aprovechar al máximo ese momento y Zebensui puso empeño en que no lo olvidara. Fue atento, generoso, extremadamente agradable conmigo. Y estupendo como amante.

Al escuchar el tañido de una campana, volvimos a vestirnos. Zebensui me acompañó fuera de la habitación, pero se detuvo antes de llegar al salón comedor. En el mismo lugar donde nos habíamos encontrado, nos dimos un beso de despedida.

Las dieciséis nos reencontramos, pero no parecíamos las mismas. Los cabellos mojados y desgreñados, los ojos brillantes, los cuerpos relajados, las conversaciones calmas, hacían del ambiente de la tarde muy distinto al del mediodía. Tampoco había sirvientes a la vista.

Guaxara se presentó escoltada por las mismas cuatro sacerdotisas que habían estado en el almuerzo. Esta vez no tomó su puesto en la cabecera, sino que utilizó el estrado.

- Estimadas amigas. Queridas vecinas. Esperamos que hayáis pasado un disfrutable momento en nuestro Club. - Hizo una pausa revisando nuestros rostros y sonrió. - Tenemos la certeza de que habéis pasado un momento disfrutable en nuestro Club.

Débiles risas y cuchicheos aprobaron su apreciación.

- Os hemos convocado por dos motivos antes de despedirnos. Algunas de vosotras aún no habéis recibido los metales que os corresponden. Por ello, hemos dispuesto que los trabajadores de la Ciudad os acompañen al salir de aquí, para que no tengáis que cargar la pesadas cajas.

Noté expresiones de alivio y satisfacción en mis amigas.

- Y en retribución de vuestra grata visita, quisimos haceros un pequeño, pero significativo regalo. Primero os los repartiremos, para que podáis tenerlos a la vista y luego voy a explicaros de qué se trata.

Dos sirvientes ingresaron al salón portando un pesado canasto. Dentro de él había piedras, guijarros del tamaño de un puño, de un llamativo color rojo, que fueron entregándonos. Cuando todas tuvimos uno y los observábamos extrañadas, los sirvientes se retiraron y Guaxara retomó la palabra.

- Queridas mujeres de Sexta, con mucho orgullo, con enorme alegría, queremos haceros partícipes de una gran noticia para nuestra ciudad. Son pocos los que están enterados hasta el momento, pero pronto lo sabrá toda la población. Hace quince días, un grupo de exploradores de la *Eskuela* de Minería se internaron en las montañas de Sexta, a unas veinte carreras a pie hacia el oeste. Allí descubrieron estas piedras que, como a vosotras, atrajeron su atención. Regresaron cargando unas muestras para ser estudiadas por los *Maisuak*. En estos últimos días se han realizado con ellas varios ensayos, para probar sus propiedades. Hoy no tenemos dudas, queridas amigas, de lo que hemos hallado. Y es un hallazgo de enorme importancia para nuestra ciudad.

Guaxara hizo una larga pausa, recorriendo miradas, prolongando la expectativa.

- Hoy estamos, estimadas vecinas, en condiciones de anunciarlo y vosotras seréis portadoras de esta buena nueva. Contra lo que siempre se había supuesto, aquí, cerca de Sexta, aquí en la Isla Principal de Atlantis, hemos encontrado abundante mineral de cobre de la mejor calidad !

Su declaración triunfal recogió entre nosotras más asombros que aplausos. Pude advertir expresiones de incredulidad, aun entre las chicas de la Serpiente. La Alta Sacerdotisa continuó su discurso, sin inmutarse.

- En pocos días, queridas mujeres, tendremos funcionando el primer horno especializado en producción de cobre de esta ciudad. Esta, nuestra querida Ciudad Sexta, que tanto ha sufrido de la escasez de metales en los últimos años, en poco tiempo tendrá excedentes de cobre para intercambiar con otras ciudades. Por ello, estimadas vecinas, estamos en situación de hacer un pronóstico venturoso. Los problemas de desabastecimiento, que esta población con tanta entereza ha soportado, están próximos a su fin. Vendrán días de abundancia, os lo prometo. Vendrán años de esplendor para nuestra ciudad. Los Dioses han sido justos con nosotros, premiando nuestra espera y compensando nuestras penurias. Hemos pasado momentos penosos, queridas amigas, pero no hemos desesperado. Hemos mantenido nuestra dignidad, defendido los intereses de nuestros ciudadanos, buscado soluciones. Gracias a Ama, que nos dio sabiduría, Gracias a Elkar, que nos mantuvo unidos en la adversidad, Gracias a Egu, que nos dio la fuerza para salir adelante. Hoy tenemos un horizonte de felicidad para nuestros ciudadanos. Gracias a vosotras, finalmente, que habéis tenido la valentía de elegir esta ciudad para vivir, para construir, para engrandecer ésta, nuestra querida Ciudad Sexta.

Las ex · *hamabineskak* de la Serpiente esta vez demostraron con gritos y aplausos su entusiasmo por los anuncios de Guaxara. Las del Círculo, apenas concedimos tímidas aprobaciones. Cruzamos miradas de estupor. No podía ser una noticia más excelente. No podía ser una noticia más terrible.

A la salida del palacio, nos aguardaban otros sirvientes. Y siete cajones de madera con los herrajes para quienes no los habíamos recibido. Con esfuerzo, los cargaron sobre sus hombros para transportarlos. Recuperamos nuestros abrigos, e iniciamos en silencio la travesía por la colina.

Estábamos aturdidas por lo vivido en nuestra primera visita al Club de las Sacerdotisas de Sexta. La felicidad de tener por fin los bronces que tanto habíamos esperado. La sorpresa de portar un guijarro de mineral rojo cuya importancia nos costaba evaluar. La deliciosa tersura de baños de crema en nuestras pieles. La satisfacciones prestadas en las *naturak*. La suave embriaguez de la bebida en las cabezas. La gracia de *malabares* y bailarines de *brusak* y pañales, en los ojos. La plenitud de los manjares en los estómagos. Y las cascadas de palabras de Guaxara en los oídos.

Demasiadas emociones en un solo día.

En la colina, cada noche era una fiesta. Siempre había un motivo para celebrar. Una casa que terminaba de estar en condiciones habitables o una casa que era ocupada finalmente por su dueña.

Acordamos un calendario para acompañar colectivamente las inauguraciones, en el que mi *etxea* resultó ser la última de las dieciséis. Mi mudanza quedó fijada cincuenta y dos días después de Elkar. El calendario nos daba la posibilidad de dedicar una jornada previa a cada una de las casas, poniéndonos a disposición de la dueña, para completar la limpieza, mobiliario y decoración, antes de cada fiesta de inauguración.

Envié mensajes a mi madre Atissa en Bosteko, a la tía Maite en Biko, a la abuela Iruene en Hiru, a Bentaga en Lehen, invitándoles a venir a Sexta a celebrar la ocupación de mi *etxea*.

Las respuestas fueron llegando en los días siguientes, confirmando asistencia. Me hizo feliz saber que mi madre Atissa vendría con su panza de dos estaciones, junto con mis hermanos Jama, Aikor y Lore, el tío Txoim, y mi hermana adoptiva Malazeda. Debía procurar alojamiento a todos los visitantes, para lo que conté con la disposición de mis amigas y también de mis vecinas, Faina y Tasirga.

En mucho colaboraron mi familia y mis amigos en esos días previos a la mudanza.

Haridian supervisó y acompañó mis decisiones sobre cada detalle de funcionamiento de la casa. La pequeña Eider se instaló jornadas enteras en la colina limpiando pisos y paredes, ayudándome a trasladar y a ordenar objetos. Manindar y Etxekide, con asistencia de los *maisuak*, culminaron la fabricación de muebles, poniendo especial cariño en la enorme cama que compartiría con ellos. Baraso, Guadarteme y Sakon dedicaron jornadas a pintar las paredes de ladrillo con agua y cal, dejándolas impecablemente blancas.

Con Sutziake, fuimos a la *Biltzara* a completar nuestro registro de ocupación. La Ciudad debía proveernos de leña, cal, aceite, harina y sal desde el momento que habitáramos las *etxeak*. Asimismo dejamos asentada una demanda de lámparas y herramientas de bronce, que dudosamente la Ciudad podría satisfacer.

Tuve tiempo para ayudar a Dafra en esos días.

Ella no tenía amigas en el campo, ni se sentía a gusto en ninguno de los bandos. Estaba encantada de haber creado un vínculo conmigo. Hacía frecuentes referencias sobre nuestra complicidad para convencer a las chicas del Círculo de asistir a la fiesta del Club. Bromeaba con el modo en que ellas se habían divertido con los sirvientes, luego de resistirse durante tanto tiempo a hacerlo. Era llamativa su relación con su amigo y amante, Ameqran, a quien había visto por primera vez bañándose con ella en el río, la mañana siguiente a mi primera noche con Etxekide en la cabaña. Ameqran era mayor que ella, de unos quince años y tenía un físico formidable, que contrastaba con el cuerpo pequeño y delgado de Dafra.

Pero lo curioso no era la diferencia de tamaños corporales, sino la forma en la que ellos se comunicaban, sin los habituales recatos entre hombres y mujeres. Dafra no se inhibía en contar detalles de su tarde con el sirviente en el Club delante de Ameqran y él escuchaba sus relatos sin muestras de afectación. Por el contrario, parecía gozar con igual intensidad el disfrute de su compañera. Dafra recurría ocasionalmente a los reclutas que la habían ayudado durante la construcción y Ameqran no sólo compartía amistosamente el trabajo con ellos, sino que también asistía a los momentos de recompensa, participando de los festejos como un recluta más. Por su parte, Dafra interrogaba a Ameqran sobre sus gustos y atracciones por las vecinas del campo. Él no ocultaba sentir deseos por Iratxe, aunque el sentimiento no era recíproco. Dafra le hacía chistes al respecto y él los tomaba con buen humor.

Era interesante estar con ellos y empecé a gustar de sus compañías. Ninguna de las chicas del Círculo habíamos sido sinceras sobre lo que había ocurrido luego de nuestro almuerzo en el Club. En general habíamos cuidado de pasar directamente de los *malabares* y el baile, al discurso de despedida de Guaxara, en los relatos que habíamos dado a nuestros hermanos, amigos y amantes. Asumíamos que ellos no tenían interés, o no les agradaría verificar cuánto nos habíamos divertido con los sirvientes en el palacio.

Dafra estaba sumamente contenta conmigo, no sólo por las gestiones previas a la visita al Club, desde la construcción y posterior destrucción del *aparamen*. También por la ayuda, muy escasa, que yo le había proporcionado en las tareas de amueblar y decorar su casa. Pero principalmente por lo que significaba para ella tener, por fin, una amiga en la colina.

Una tarde, entre bromas, me expresó su agradecimiento de un modo que me dejó algo confundida. Primero me ofreció a sus reclutas, a lo que gentilmente me negué. Entonces, en tono pícaro, me preguntó si estaría interesada en Ameqran. No me esperaba aquella oferta y me costó un poco más rechazarla, porque realmente me gustaba su compañero. Le agradecí divertida su generosidad alegando que disponía de suficiente entretenimiento masculino.

A lo que ella hizo una tercera propuesta que me descolocó completamente. Con cara atrevida, propuso que si yo disponía de suficiente entretenimiento masculino, quizás careciera de suficiente entretenimiento femenino. Y sin rodeos, con una sonrisa, confesó estar dispuesta ella misma a complacerme cuando yo lo deseara.

- Lo dices en serio ?

- Claro que sí, tontita.

En mi pecho sentí un nudo. No estaba interesada en acostarme con Dafra, pero su acto de disponibilidad me emocionó profundamente. No supe qué responderle. Me acerqué a ella y besé su boca en gesto de gratitud.

- Eres una linda persona, Dafra. - Dije al fin.

- No tan linda como tú. - Replicó ella.

- No sé qué contestarte. - Admití nerviosa.

- Nada tienes que contestarme, Itahisa. Soy yo la que me ofrezco. Tú puedes convocarme cuando te plazca.

- Gracias Dafra. Lo tendré en cuenta.

La noticia del hallazgo de mineral de cobre provocó un extraordinario impacto en la población de ciudad Sexta.

Los partidarios de la Alta Sacerdotisa difundieron la novedad en términos similares a los que la propia Guaxara había utilizado con nosotras en el Club. Postulando el fin de todos los padecimientos y el principio de una era de esplendor para la Ciudad. Los opositores no pudieron contrarrestar aquella ola de optimismo, ni siquiera poniendo en duda la veracidad del hecho. Cualquier expresión de desconfianza sobre el "futuro venturoso" de ciudad Sexta era mal visto, se consideraba una traición a la propia ciudad. En la Plaza de Intercambio, próximo a la escalinata de la *Biltzara*, se montó un puesto para mostrar las piedras rojas a quien quisiera examinarlas y allí se regalaron guijarros a todos los niños que fueron a pedirlos.

En el Círculo cundió el desánimo. La buena nueva para la ciudad era una mala noticia para las aspiraciones de reemplazar a Guaxara. Se temía que las cuatro sacerdotisas independientes terminaran ratificando al oficialismo, a partir de las promesas que acompañaban el hallazgo del mineral rojo. Y eso significaría no sólo una derrota en lo inmediato, con dos años más de Guaxara en el poder, sino también una perspectiva desalentadora hacia adelante.

Si efectivamente la ciudad resolvía los problemas de abastecimiento por intercambio de cobre, la ilusión de cambiar de orientación el gobierno de Sexta se vería amenazada por muchos años más.

El día de la inauguración no asistí a las *eskuelak*.

Por la mañana ayudé al tío Jacomar a cocinar tortas y rellenar panecillos para la noche.

Al mediodía, fuimos con Eider al puerto a esperar a Bentaga y Aieko. Le había pedido a mi hermana que hiciera de anfitriona con mis invitados de su edad y ella había aceptado encantada esa tarea. En cuanto Aieko puso su primer pie en el muelle, Eider se hizo cargo de él, cautivándolo con su simpatía. Recibí a Bentaga con un abrazo y aproveché el largo camino desde el puerto a la colina para contarle los sucesos que habían derivado en el almuerzo en el Club y luego, en la finalización de nuestras *etxeak*.

Ella me escuchaba admirada.

- Itahisa, parece que supiste resolver el punto muerto.

- Fue gracias a tu ayuda, Bentaga.

- Yo no hice el trabajo, querida, fuiste tú.

- Pero no hubiera podido hacerlo sin tus consejos.

- No hubieras podido hacerlo sin tus recursos.

- Eso, – acepté vanidosa – sin mis maravillosas habilidades...

- Sin tus poderosos recursos de persuasión. – Exageró Bentaga.

- Y sin tus sorprendentes capacidades de predecir el futuro. – Devolví el elogio.

- Qué predije Itahisa ?

- Todo.

- No es cierto.

- Claro que sí.

Bentaga interrumpió sus pasos y me miró fijamente.

- Itahisa. Escúchame bien. El futuro es como las ramas de un árbol. Si conoces bien el tronco, que es el presente, puedes saber cómo son las posibles ramas aunque no las veas. Luego hay que trabajar para seguir por una de ellas. Son opciones que se toman y nunca son de una sola persona. Mucha gente trabajó para que tú pudieras hoy inaugurar tu *etxea*. Estaba en tu futuro, pero hubo que sudar para lograrlo, no ?

- Sí. – Concedí, aunque no terminaba de entender lo del árbol y las ramas.

- Te parecería correcto decir que tú adivinaste el futuro cuando te imaginaste tantas veces inaugurando tu *etxea* propia ?

- Eh ... no.

- Lo imaginaste.

- Sí.

- Y peleaste por ello.

- Sí.

- Y mucha gente te ayudó.

- Sí.

- Ahí lo tienes. En eso consiste predecir el futuro, Itahisa. Nada tiene de sorprendente.

Mostré mi *etxea* a Bentaga y Aieko y los dejé en lo de Sutziake, donde se alojarían. Eider se quedó acompañándolos. Luego bajé corriendo hasta mi casa adoptiva, donde me esperaba Haridian para volver al puerto. La abuela Iruene estaría por llegar desde Hiru.

Ella traía un regalo para mí, pero no me permitió verlo en el muelle. Estaba dentro de una pesada caja de madera y mi abuela ofreció un frasco de miel para que unos trabajadores transportaran el cajón hasta mi casa.

Tras saludarnos sin ocultar cierta fatiga por el viaje, mi abuela quiso hacer una recorrida por el puerto. Nos hizo preguntas sobre la operación de limpieza realizada por los sirvientes, y sobre cómo se explicaba que el puerto se mantuviera sin acumulación de basura desde entonces. Haridian calificaba la situación como una maniobra temporal de Guaxara, un engaño a la población. Iruene discutió con ella.

- Piensas que si Guaxara llega a ser ratificada el puerto volverá a llenarse de basura ?

- No lo dudo, Sacerdotisa Iruene.

Mi abuela reflexionó un instante.

- No me parece a mí tan obvio. Se ha demostrado que se puede mantener los muelles en buenas condiciones. No creo que la gente lo olvide.

- Hemos estado años con el puerto inmundo, no sería una sorpresa volver atrás.

- Yo creo que sí sería. No va a ser fácil desde que se demostró que es posible mantenerlo limpio.

- Realmente no lo creo, – insistió mi madre adoptiva – sería un acto de buen gobierno y no podemos esperar eso de Guaxara.

- No lo hizo por gusto, Haridian. Lo hizo porque vosotras le habéis obligado.

- Sí. Pero ella se lleva el prestigio, no nosotras. – Declaró con amargura mi madre.

- No hay que verlo así. No hay que verlo así. – Repitió mi abuela.

- Cómo deberíamos verlo entonces ?

- Es un logro de la ciudad, estimada Haridian, es una mejora para la población y para Atlantis. Y es un logro vuestro, producto de vuestro empeño, de vuestras denuncias, de vuestra presión en la *Biltzara*. Deberíais verlo así.

Haridian no contestó. Aceptó por cortesía el parecer de mi abuela, aunque era evidente que no le resultaba satisfactorio.

A mediados de la tarde estaba prevista la llegada de la tía Maite desde Biko. Fui por tercera vez al puerto y esperé largo rato, pero ella no apareció. Más tarde supe que había viajado a Bosteko, para luego venir a Sexta junto a mi familia.

Manindar me acompañó en mi cuarta incursión a los muelles al atardecer. El sol estaba por ocultarse cuando vimos aproximarse a dos *txalupak*.

Me emocioné al recibir el abrazo de mi madre Atissa, con su panza bien visible. Luego di tantos besos y abrazos a mis hermanos Aitor, Jama y Lore, que terminé con lágrimas en los ojos por la alegría de que hubieran venido a celebrar conmigo. En el otro barco venían el tío Txoim, la tía Maite y mi nueva hermana adoptiva, Malazeda. A primera vista ella me pareció vulgar, con su físico espigado, su cabello llovido y su nariz algo prominente. No la vio así Manindar, quien se mostró estúpidamente fascinado con ella.

Los invitados traían cantidad de regalos, entre ellos varias lámparas de bronce, herramientas, pieles, vasos y cestos de mimbre de distintos tamaños, y la invaluable ánfora repleta de miel. Agradecí cada uno de los obsequios y luego procuramos un caballo para transportarlos a la colina.

Mis amigas ofrecieron sus casas para que los visitantes pudieran bañarse y vestirse, previo a la fiesta. Jacomar y Etxekide prepararon las mesas con bocadillos y bebidas. Dafra y Sutziake me ayudaron a vestirme y peinarme. De a poco mi *etxea* fue llenándose de gente, de risas y conversaciones.

En la repisa del hogar, mi abuela Iruene había colocado el regalo. Una magnífica escultura de un halcón erguido representando a la Diosa Elkar. Al verla, quedé impresionada. Estaba bellamente realizada en piedra gris con vetas verdes.

Mi abuela quiso decir unas palabras. Con un gesto pedí silencio para escucharla.

- Queridos todos. Estamos acompañando a Itahisa en la inauguración de su *etxea*. Ella y sus compañeras, amigas, vecinas, aquí presentes, emigraron a esta ciudad hace poco más de un año, en la fiesta de la Diosa Elkar. Bajo su signo, fueron recibidas y adoptadas. Bajo su signo, encontraron a sus familias adoptivas, conocieron a sus amigos y amigas. Todos habéis ayudado para llegar a este momento. Bajo el signo de Elkar habéis construido esta comunidad en la colina, habéis creado y honrado vínculos de mutua colaboración. Pido a la Diosa Elkar que presida este hogar, para que siempre os acompañe en mantener y forjar esta comunidad, para que mi nieta Itahisa encuentre aquí su felicidad junto a todas vosotras, para que ella sea bendecida por Ama con fecundidad y me dé bisnietos, - se escucharon risas - y para que el calor y la energía de Egu nunca falten en este hogar.

Me acerqué a corresponder las palabras de mi abuela con un fuerte abrazo. Ella me susurró al oído: "Que seas muy feliz, mi nieta, que seas muy feliz, te lo mereces". La emoción me provocó un nudo en la garganta y no me salieron las palabras.

Di recomendaciones a Etxekide.

- Cuida que nadie quede sin comida ni bebida, lo harás ?

- Como tú me pidas, preciosa.

Pregunté a mi madre Atissa por su alojamiento.

- Se han acomodado bien en lo de Hagora ?

- Perfectamente, Itahisa, Hagora nos ha atendido impecablemente, no te preocupes.

Crucé unas palabras con Manindar.

- Te ha gustado mi hermana adoptiva, me parece.

- Por qué lo dices ? - Respondió fingiendo sorpresa.

- Tú lo sabes, Manindar. Algo te conozco.

Busqué con la mirada a Malazeda, que charlaba con Hagora en el jardín. Me acerqué a ellas. Cambiaban impresiones sobre viejos amigos nuestros de Bosteko.

- Te felicito por tu *etxea*, Itahisa, este sitio es hermoso. - Se apresuró a decirme gentilmente.

- Gracias Malazeda. Cómo va tu construcción en Bosteko ?

- Bien. Pero recién estamos en los cimientos. Tenemos medio año antes de inaugurar.

- Seguramente no tendrás tantos problemas como nosotros aquí. - Intervino Hagora.

- Espero que no. Realmente ha sido tan complicado ?

Dejé a Hagora relatando su versión sobre las penurias de nuestra construcción y fui adonde Jama discutía con Aieko.

- En los bosques de mi ciudad, - decía mi hermano, haciendo gestos con las manos - hay tigres feroces con enormes colmillos, que pueden comerte. Y mi tío Txoim mató a uno con una lanza.

El pequeño de los bucles dorados abría los ojos de espanto.

En un rincón se habían reunido las sacerdotisas. Allí estaban mis dos madres, mi abuela, la tía Maite, Nekane, Anixua y Bentaga. El tema era indudablemente el futuro político de Sexta.

- El Círculo se reúne ahora en mi casa ? - Pregunté bromeando.

- Sí Itahisa, - respondió Maite - estábamos pensando en convocar a un congreso y este lugar es ideal.

- Sobre todo por la proximidad al nido de las serpientes. - Agregó Nekane en el mismo tono.

- Eso mismo, - les seguí la corriente - podríamos hacer una gestión con nuestras vecinas, para hacer el congreso en el palacio. No hay duda que serían bien atendidas.

Varias carcajadas saludaron mi ocurrencia.

La pequeña Lore se notaba cansada por las jornadas de viaje. La alcé en mis brazos con esfuerzo y respondí a sus preguntas sobre detalles de mi casa, y los nombres de mis amigos. Con ella a cuestas, intenté charlar con Sakon e Iratxe.

- Quién es esa belleza ? - Preguntó Iratxe.

- Esta linda niña es mi hermana Lore.

- Hola Lore !

- Hola Iratxe. - Saludó somnolienta.

- Quieres venir conmigo Lore, así Itahisa puede atender a sus invitados ?

Lore negó con la cabeza. Pero aceptó ir a mi cuarto a acostarse. Me quedé un rato acompañándola, mientras ella hacía un confuso cuento de unas iguanas que se le habían perdido a Jama. Al rato vino mi madre Atissa a relevarme.

- Déjala dormirse en mi cama, madre. Estará bien aquí hasta que termine la fiesta.

Pude advertir que Ameqran había establecido conversación con Iratxe. Busqué a Dafra y no pude hallarla. Txoim y Jacomar evaluaban la temporada de pesca. Mis vecinas Faina, Tasirga y Sutziake comentaban sobre rutinas recién inauguradas de dueñas de casa.

En el jardín, Bentaga charlaba con Anixua, ambas con una copa en las manos. Me detuve a observarlas un instante. Bentaga lucía un vestido azul oscuro que destacaba sus hombros y Anixua uno negro con tiras blancas. Ambas se veían bellísimas. Indudablemente eran dos mujeres muy hermosas.

Gazmira hacía chistes a Etxekide en la cocina. Aunque me constaba que tenían asuntos pendientes, no estaba dispuesta a permitir que ella lo distrajera de sus tareas. Simplemente tuve que hacerme visible para que Etxekide tomara una bandeja de bocadillos y saliera a repartirlos. Gazmira entendió la señal inmediatamente.

- Necesitas ayuda Itahisa ?

- Sí. - Repliqué sin dudar - Necesito que no distraigas a Etxekide.

- Ah, perdón ! No sabía que era tu sirviente.

- Por esta noche es mi sirviente.

- Te agradezco el dato. Puedo ayudarte en algo más ?

- Sabes dónde está Dafra ?

- Ni idea. La necesitas ? Voy a buscarla ?

- Sí. Gracias Gazmira.

En la oscuridad de los terrenos compartidos pude divisar a dos personas. Una chica y un chico se estaban besando. No resistí la curiosidad y me acerqué disimuladamente. Al descubrir quienes eran quedé asombrada. El grandote, rústico, entusiasta de la Serpiente, Baraso, y la pequeña, sofisticada, e intransigente partidaria del Círculo, Oihane. Como pareja era bastante imprevisible. Regresé a la fiesta sonriendo para mis adentros por la rareza que había presenciado.

Iratxe continuaba entretenida con Ameqran, mientras Guadarteme y Manindar conversaban con Hagora y Malazeda. Recorrí con la vista las distintas reuniones y todas se veían animadas. El único que estaba solo era Sakon, quien me preguntó por Oihane. Le mentí diciéndole que no sabía de su hermana y le pedí que se quedara conmigo. Deseaba sentarme un tiempo a descansar y Sakon era una excelente compañía. Él accedió gustoso.

- Todos parecen estar felices en tu fiesta, Itahisa.

- Obviamente Sakon, no podría ser de otra manera.- Afirmé con petulancia.

- Siempre eres tan segura de ti misma ?

- No sé por qué lo dices.

- Porque es lo que se ve.

- No me parece que se vea eso.

- Es lo que todos vemos en ti.

- Todos ?

- Sí, creo que es lo que todos admiramos, entre otras cosas.

- Entre otras cosas ?

- Claro, Itahisa.

- Cuáles otras cosas ? - Pregunté provocativamente.

- Eh, por ejemplo, tu capacidad de liderazgo ...

- Yo ? Qué es lo que he liderado ?

- No seas modesta, Itahisa. Quién sacó adelante lo del *aparamen* ? Quién convenció a todas de ir al Club ?

- Lo del *aparamen* hubiera sido imposible sin tu ayuda, Sakon. Lo del almuerzo hubiera sido imposible sin la ayuda de Dafra, y luego la de un amigo que tengo en el Club.

- El famoso Zebensui.

- Sí.

- Por qué no lo has invitado ?

- Porque no estaría cómodo en esta reunión, que parece un congreso del Círculo.

- Creo haber visto a Gazmira, a Baraso, a Tasirga...

- Gazmira y Baraso son mis amigos. Tasirga es mi vecina.

- Y Zebensui es ... ?

Sakon acompañó su pregunta con un exagerado ademán de desconcierto que me causó mucha gracia.

- Zebensui es un amigo también. - Concedí riéndome.

Gazmira irrumpió desde la oscuridad de los terrenos compartidos. Temí que hubiera descubierto a su hermano besándose con Oihane y estuviera molesta por ello.

- Encontré a Dafra. - Anunció con la respiración agitada.

- Dónde está ?

- En su *etxea*.

- En su *etxea* ? Le ocurrió algo ? - Pregunté alarmada.

- No ... sí. - Gazmira sonreía - fue a buscar algo y se encontró con alguien.

- Alguien ?

- Sí, Itahisa. El divino de Zebensui está en la *etxea* de Dafra, tomando una cerveza con ella. - Informó con malicia.

Quedé sobresaltada. Gazmira disfrutó de mi reacción. Luego completó la frase.

- Esperando que tú vayas allí, porque trajo un regalo para ti.

Me levanté y salí corriendo hacia lo de Dafra. A mis espaldas escuché las risas socarronas de Gazmira y Sakon.

La fiesta continuó al día siguiente.

Mi madre Atissa y Malazeda pasaron la noche en lo de Hagora. Mis hermanos Lore y Aitor en mi segundo dormitorio. Bentaga y Aieko en la *etxea* de Sutziake. Iratxe alojó a tía Maite. Txoim y Jama durmieron en lo de mi vecina Faina. Y la abuela Iruene en mi cama adoptiva en casa de mi madre Haridian.

Etxekide se quedó en mi casa, luego de que despedimos a los invitados y limpiamos vasos, platos y bandejas.

Fiel a su estilo, me despertó con un beso, mientras le caían gotas de agua helada de sus cabellos.

- Buen día, preciosa.

- Buen día, mi amor. Ya te bañaste ?

- Sólo me refresqué un poco la cabeza. Quién te regaló ese cuchillo ?

Había dejado el regalo de Zebensui en la pequeña mesa junto a mi cama. Un magnífico cuchillo de bronce con mango de madera labrada y funda de cuero.

- Mi amigo del palacio.

- Zebensui ? Estuvo aquí anoche ?

- No. Me lo hizo llegar por Dafra. - Contesté obviando detalles.

Etxekide desenfundó el cuchillo y lo estudió con admiración. Me apresuré a cambiar de tema.

- Seremos muchos a almorzar y a cenar hoy. Te parece que podamos traer la mesa y los bancos del comedor de Faina y colocarlos a continuación de los nuestros ?

- Eh ... sí. - Balbuceó mi amante sin dejar de observar el cuchillo.

Se precisaron cuatro hombres para trasladar la pesada mesa desde lo de mi vecina. Guadarteme, Sakon, Manindar y Etxekide fueron los esforzados ayudantes que me asistieron a colocarla, ocupando todo el largo de mi hogar.

El tío Txoim y el tío Jacomar hicieron una estupenda pareja de cocineros. En un gran sartén prepararon una exquisita mezcla de verduras, cereales, carne de ave y mariscos, aderezada con hierbas y raíces aromáticas.

Con tantas hermanas del Círculo, era casi inevitable que la conversación en el almuerzo se centrara en la situación política.

- Aun disponiendo de abundancia de cobre, Sexta continuará dependiendo del estaño de Zazpir. No creo que pueda resolver la escasez de bronce. Cómo hará para intercambiar el estaño que necesita ? - Conjeturó mi madre Haridian.

- Depende, - replicó Bentaga - quizás en Lehen nos resulte conveniente retacear el consumo de estaño, a favor de más cobre. Ello podría convertir a Lehen en un proveedor de segunda mano de estaño para Sexta..

- Lo que a mí me parece difícil, - intervino Maite - es que Sexta cuente con trabajadores suficientes para explotar la minería de cobre. Han pensado en ello ? Se requiere al menos tres veces sesenta hombres, entre mineros, transportistas y trabajadores de la fundición. Y Sexta no tiene trabajadores capacitados en minería, ni suficiente mano de obra disponible.

- Es cierto, - acotó Anixua - los sirvientes han sido enviados a limpiar el puerto, pero el puerto está cerca del Club y siguen siendo sirvientes. Si ellos tuvieran que ir a las montañas a extraer el cobre, deberían alojarse allá y el Club se quedaría sin sirvientes.

- Sería un cambio radical. - Reflexionó mi abuela. - Aunque me parece poco probable que suceda. Lo esperable es que Guaxara nos sorprenda con otra solución.

- Cuál podría ser otra solución, madre ? - Preguntó mi madre Atissa.

Mi abuela acarició su melena gris, pensativa.

- Ya lo veremos, queridas amigas, pero estoy convencida de que el punto que ha traído Maite, es el dilema de Sexta de los próximos años.

A la madrugada siguiente acompañamos a los invitados al puerto, en sus partidas hacia cuatro ciudades diferentes.

Mi *etxea* estaba inaugurada.

El tránsito desde mi salida de Bosteko había llevado un año y cincuenta y seis días.

Fue arduo acomodarme a la rutina de dueña de casa.

Pasábamos las mañanas en la *Eskuela* de Construcción, donde almorzábamos, y por las tardes asistíamos a Cultivo. Afortunadamente, los días se hacían más largos con la finalización del *negu* y eso nos daba un breve tiempo para llegar a la colina antes del anochecer. Que debíamos aprovechar para ordenar, limpiar, cocinar y asegurarnos el aprovisionamiento de alimentos, aceite, leña, harina, cal y otros productos. Al llegar la noche, luego de cenar al calor del hogar, estábamos tan cansadas que pocas veces nos permitíamos reuniones de amigos en una de las casas.

Como era previsible, las cuatro independientes votaron a favor de Guaxara. El hallazgo del mineral rojo en las montañas fue decisivo para que la Alta Sacerdotisa fuera ratificada por dos años más. Aunque el Círculo marcó sus veintisiete votos contrarios anunciando una firme postura opositora, el triunfo de Guaxara fue rotundo y las perspectivas le eran favorables.

En los últimos días del año me di el gusto de invitar a mi cama a mis amigos.

Etxekide durmió en mi *etxea* la mayor parte de esas noches. Algunas veces lo hizo en lo de Sutziake, otras con Gazmira y unas pocas en su casa materna.

Manindar y Guadarteme se quedaron varias noches, excepcionalmente ambos a la vez. Guadarteme fue el más frecuente amante de Sutziake, mientras que Manindar alternó entre mi cama, la de Sutziake y la de Hagora.

Dos o tres veces logré que Baraso fuera mi compañero nocturno. Él era sumamente codiciado en la colina y no le faltaban invitaciones desde prácticamente todas las *etxeak* del campo.

Varias veces invité a Zebensui, pero sólo vino una noche. Cenamos juntos y disfrutamos un momento intenso, pero no se pudo quedar a dormir. No se lo permitían en su trabajo.

Y también estrené un compañero de cama. Hacía tiempo que lo deseaba y los hechos se sucedieron a partir de la fiesta de inauguración. Pude comprobar los atributos y habilidades que las chicas de Hiru tanto apreciaban. Aunque su pequeño físico no lo anunciaba, Sakon era, indudablemente, un excelente amante.

La primera Fiesta de Ama en la colina fue memorable.

En la tarde unimos todas las mesas en las calles para el banquete comunitario. Calles que se iluminaron inusitadamente con lámparas y fogones al caer el sol. Las chicas de la Serpiente procuraron que los ex-*mamugilea*, los bailarines, los *malabari* y músicos del palacio vinieran a participar de la fiesta con nosotras. Entre ellos y nuestros amigos, en el baile había una relación de cuatro o cinco jóvenes varones por cada mujer.

No fuimos desagradecidas con ellos. Ninguno de los varones quedó sin recompensa en el transcurso de aquella excepcional, eufórica noche de año nuevo.

INTERLUDIO CUATRO - INTERMEDIA

Yo, la que alguna vez se sentó triunfante, fui
arrojada del santuario.

Como una golondrina me hizo volar por la
ventana, y mi vida se ha consumido.

Él me hizo caminar entre las breñas de la
montaña.

Él me arrancó la corona apropiada de la alta
sacerdotisa,

Y me dio daga y espada -- "esto es más para ti" --
me dijo.

Enheduanna, Alta Sacerdotisa de Ur, Sumeria, 2280 a.de C.

PARTE INTERMEDIA

Cinco años viví en mi *etxea* en la colina. Fueron los cinco años más felices de mi vida.

Varias cosas sucedieron en ese tiempo que me impulsaron a emprender el gran viaje.

No terminaron nuestros problemas con la *Biltzara* de Sexta una vez que todas las *etxeak* del campo estuvieron ocupadas.

El aprovisionamiento de leña, aceite, cal, harina, sal y otros productos esenciales, demandó nuevos esfuerzos entre las vecinas para que funcionara adecuadamente. La distribución se hacía en forma irregular y muchas veces en momentos del día en los que nadie había en la colina. Debimos acudir a la ayuda de los varones para que montaran guardias para recibir las cargas de leña, imprescindibles para cocinar y para la calefacción de nuestras casas.

Fueron necesarios varios reclamos ante la administración de la Ciudad hasta lograr que los envíos se efectuaran en los tiempos oportunos y en las cantidades apropiadas.

Tuvimos mejor suerte cuando solicitamos ayuda a la Ciudad para combatir la proliferación de serpientes que había en la colina, entre ellas las de cascabel, cuya mordida era muy peligrosa.

Al año siguiente aumentó la población de almiquíes, unas grandes ratas con pico curvo que alcanzan hasta los treinta dedos de largo y sólo se ven por la noche, alimentándose de insectos. Los almiquíes también eran temidos por su mordida venenosa, por lo que volvimos a reclamar en la *Biltzara*. La solución fue traer del Continente del Norte una docena de gatos monteses. Éstos hicieron desaparecer a los almiquíes, pero con el tiempo, se reprodujeron de tal forma que empezaron a atacar a las gallinas que nos proveían de huevos.

Los cultivos compartidos fueron otro motivo de preocupación y conflicto. El manejo de los dos pozos del campo había sido tomado por las primeras ocupantes, que eran chicas de la Serpiente que no habían cursado la *Eskuela* de Cultivo. La preparación de los terrenos previa a la siembra había sido deficiente y el cuidado de las plantas no había sido el correcto.

Por lo que nos enfrentamos en continuas discusiones sobre qué plantar y cómo repartir lo producido.

Luego de un tiempo, renunciamos a acordar criterios y separamos el manejo de los pozos, quedando uno de los terrenos en poder de cinco casas (todas de la Serpiente) y el otro abasteciendo a las restantes once.

Esta situación desigual en el uso de los terrenos nos obligó a acelerar la preparación de un segundo pozo para duplicar la producción de la huerta compartida. Recurrimos a los *maisuak* para que nos asistieran en el acondicionamiento de la tierra, la siembra, el cuidado y el riego. Con su ayuda logramos en menos de un año, hacer rendir a nuestros terrenos más del triple de lo que obtenían nuestras vecinas en el suyo.

El trabajo común y la satisfacción de cosechar nuestras propias frutas, hierbas y hortalizas, tuvo como consecuencia una división en dos grupos dentro del campo. Progresivamente Gazmira y Tasirga se unieron a nuestras actividades y compartieron con nosotras además de los alimentos, las fiestas, las reuniones y los paseos. El equilibrio entre bandos que había marcado el tiempo de construcción, terminó revirtiendo a la relación de once a cinco correspondiente a las dos zonas de cultivo.

El buen clima de nuestras reuniones y la forma en que los varones participaban en ellas, convocaron no solamente a las neutrales Dafra y Sirma, sino también a las originalmente oficialistas Gazmira y Tasirga. Ellas se fueron adaptando a nuestro grupo y tomando distancia de las actividades lideradas por Laida en la calle baja del campo.

De este modo, a nuestra pequeña escala, el enfrentamiento que se daba en toda la ciudad tuvo su correlato. En nuestro campo, las formas de convivencia y los criterios de planificación del Círculo terminaron imponiéndose a los de la Serpiente.

Sutziake y yo nos involucramos en el enfrentamiento por el gobierno de Ciudad Sexta.

Por nuestra edad no éramos, ni podíamos ser, miembros activos del Círculo, pero en los hechos era como si lo fuéramos. Cuando tuvimos catorce, participamos en la organización del primer Congreso del Círculo en Sexta.

El Círculo realizaba todos los años su Congreso en una ciudad diferente. Pero desde que esta práctica se había establecido, nunca le había tocado a Sexta ser la sede. Porque nuestra ciudad se había mostrado poco amistosa y nunca había ofrecido colaboración a la Confraternidad para albergar la reunión. Convocarlo en Sexta era un desafío al gobierno de Guaxara y una forma de respaldo a las fuerzas opositoras.

El Congreso tuvo lugar en *neguberri*, en los salones de la *Eskuela* de Navegación. Asistieron cerca de tres veces sesenta sacerdotisas en delegaciones representativas del desarrollo de la Confraternidad en cada una de las ciudades. La organización del evento fue un reto importante para nuestras madres, que invirtieron un gran esfuerzo en su preparación. En la colina, colaboramos con el alojamiento de varias de las asistentes.

A Sutziake y a mí se nos permitió asistir a durísimos debates, en los que las hermanas de Biko, Bosteko, Lau y Sexta trataron de imponer propuestas de conciliación, mientras que las participantes de Hiru, Zazpir y Lehen se negaban cualquier tipo de solución mientras no cambiara la administración de nuestra ciudad.

La deliberación culminó con pocos avances, porque un modelo alternativo de intercambio requería que otra ciudad pudiera reemplazar a Zazpir en fundición y moldeado del bronce, La única que hubiera podido hacerlo era Biko. Y si bien las sacerdotisas de Biko presentes en el Congreso, sostenían con entusiasmo esta propuesta, era improbable que tuvieran el suficiente peso como para imponerlo en su respectiva *Biltzara*.

En la siguiente renovación de la *Biltzara* se produjo otra derrota del Círculo que, sin embargo, fue celebrada casi como una victoria. Guaxara fue ratificada por dos años más con el apoyo de treinta y un sacerdotisas y el voto negativo de veintinueve, entre ellos el de mi madre Haridian, que pasó a integrar la Asamblea de la Ciudad.

Esa ajustada derrota fue decisiva para lo que ocurrió después.

Las de la Serpiente supieron que la explotación del cobre no era suficiente para asegurarse el poder. Y las del Círculo también lo entendieron. El enfrentamiento se tornó más intenso, dividiendo en mitades a mujeres y hombres de Sexta. Cada decisión de gobierno era cuestionada por la oposición y cada propuesta del Círculo era rechazada por Guaxara.

El centro de los problemas fue la administración de la fuerza de trabajo masculina, insuficiente para satisfacer la demanda de mano de obra que la minería había introducido.

En Atlantis, si bien eran muchas las mujeres que trabajaban en la pesca, en la navegación y en la construcción, no se veía bien que las mujeres se dedicaran a la minería. Se consideraba una actividad excluyente de los hombres, por demandar gran fuerza y resistencia física bajo incómodas condiciones de alojamiento y escaso contacto con las ciudades.

Guaxara ensayó distintas soluciones, pero todas fracasaron o trajeron nuevos problemas.

Sexta no contaba con experiencia en extracción ni en fundición de mineral de cobre. Algunos trabajadores de las canteras y un grupo de *Maisuak* de la *Eskuela* de Minería viajaron a Zazpir a adquirir conocimientos durante el primer año que siguió al hallazgo del mineral en las montañas.

Pero las diferencias eran enormes. En la gran ciudad del norte existía una acumulación incluso anterior a la existencia de la ciudad, dado que Zazpir había sido fundada por atlanteanos provenientes de Lehen por su proximidad a los yacimientos. Cerca de una carrera de trabajadores se ocupaban en la minería del cobre y el estaño, contando con herramientas, palancas, crisoles y hornos, en escalas que eran impensables en ciudad Sexta. Los *maisuak* regresaron abatidos, anunciando que sin la colaboración decidida de colegas de Zazpir, iba a ser imposible desarrollar la minería en nuestra ciudad.

Con este supuesto, se hicieron gestiones para que un contingente de trabajadores de la ciudad séptima pudiera instalarse temporalmente en nuestra isla, para dar un empuje inicial a la producción de cobre. Pero, como era esperable, no se obtuvo aprobación de la *Biltzara* de Zazpir. Ésta se negó a enviar hombres a Sexta, alegando que no contaba con suficientes trabajadores para sus propias explotaciones.

Las sacerdotisas de la Serpiente, que se resistían a reciclar a los sirvientes del palacio como reclamaba el Círculo, iniciaron una operación para alentar a los jóvenes de Sexta a ingresar a la *Eskuela* de Minería, con la motivación de ser partícipes del engrandecimiento de la Ciudad. La propia Guaxara utilizó sus discursos en las fiestas de Ama y de Egu para animar a los varones de la ciudad a abrazar el oficio de la minería.

Pero los jóvenes de Sexta no respondieron como se esperaba. La perspectiva de trabajar en la montaña, alejados de sus familias y con escaso contacto con jóvenes mujeres, no era muy estimulante para los varones.

En una maniobra desesperada Guaxara recurrió entonces a recibir *ukatuak*.

Los *ukatuak* son atlanteanos rechazados en sus ciudades natales. Acusados y juzgados por crímenes graves, en general por intentar o cometer asesinato. En Atlantis son muy raros estos casos. Cuando un acusado es condenado por un tribunal de la *Biltzara* a dejar la ciudad para siempre, es frecuente que resuelva dar fin a su propia vida lanzándose desde una roca alta. Porque la condena implica una perspectiva insoportable para los rechazados. En su frente y brazos se les marca una inscripción con bronce caliente. Son expuestos a la población y obligados a abandonar la ciudad. Y muy probablemente las demás ciudades respetarán la condena, negándose a darles residencia. La única perspectiva cierta para los *ukatuak* es la de trabajar en lejanas minas, confinados y sin comunicación con las ciudades, obligados a convivir entre ellos.

En los años que siguieron, llegaron a las montañas cerca de treinta *ukatuak* provenientes de las siete ciudades de Atlantis. La perspectiva de trabajar junto a ellos, desestimuló aun más a los jóvenes de Sexta a dedicarse al oficio de la minería y provocó gran malestar entre los pocos obreros de las canteras que se habían reciclado para extraer el mineral. Muchos de ellos abandonaron las montañas alegando cualquier excusa, reclamando que se les asignara a otra tarea.

Los *ukatuak* eran temidos por los hombres debido a su fama de comportamiento violento o impredecible. No así por muchas sacerdotisas de la Serpiente, quienes hacían frecuentes visitas al yacimiento con el propósito declarado de elevar el espíritu de los mineros, aunque circulaban en Sexta variedad de rumores sobre lujuriosas escenas celebradas entre *ukatuak* y sacerdotisas en aquellas visitas.

Nunca supimos si el trabajo espiritual de las sacerdotisas sobre los condenados fue efectivo, o en realidad las fiestas nocturnas en las que se divertían hasta saciarse fueron determinantes en su comportamiento. Lo cierto es que la producción de la mina fue deficiente, pero no tuvimos noticia de un solo incidente de violencia involucrando a los *ukatuak* en la montaña.

La extracción del cobre, en esos años, no llegó a ocupar más de sesenta trabajadores ni fue suficiente para satisfacer la demanda propia del metal.

La vida social en la colina tenía distintos ritmos según el momento del año.

En *neguberri* y *negu* lo habitual era reunirse cada noche en una casa distinta. Lo más frecuente era que se acordara durante el día lo que se haría al anochecer, en general en tres o cuatro reuniones de pocas personas. Muchas noches pasábamos con Dafra y Ameqran, otras con las chicas de Hiru. Y a veces con Hagora, Gazmira y Tasirga y sus amigos varones.

Baraso dormía algunas noches con Hagora, otras con Oihane y excepcionalmente con Gazmira, o Sutziake, o conmigo. La mayor parte de las noches, Etxekide se quedaba en mi cama y Guadarteme en la de Sutziake, pero a veces cambiábamos. Fue también haciéndose frecuente que Manindar durmiera con Hagora. Raramente, cuando Etxekide estaba navegando, acepté la compañía nocturna de Sakon y de Ameqran.

Sólo compartí mi cama con una mujer de la colina en esos años. Dafra resultó ser una deliciosa y adorable amante. Ella siempre estaba dispuesta a venir a mi *etxea*, pero yo sólo la convocaba cuando todos mis compañeros varones tenían otros planes, lo que era muy excepcional. Con frecuencia cenábamos en su casa, pero sólo en escasas ocasiones me quedé a dormir con ella, sola, o con Ameqran.

En *udaberri* y *uda*, las reuniones eran más grandes. Si hacía calor íbamos a la playa y nos quedábamos hasta la medianoche, bailando y cocinando alrededor de un fuego. O bien nos encontrábamos en el río a la puesta del sol. Cuando la gran reunión nocturna se hacía en una de las casas, la anfitriona era la que proponía la cena y los invitados llevábamos algo de comer o beber. En general, los amigos varones más asiduos en su *etxea*, eran los que cocinaban.

En las fiestas de Egu, volvimos al río.

Por Nekane conseguimos una anciana sacerdotisa que hiciera la preparación de la miel en el caldero y dirigiera la ceremonia. No fuimos con nuestras madres adoptivas, sino con nuestros amigos. En sus *zakilak* reales vertimos el prodigioso ungüento para que los llevaran a nuestros canales sin necesidad de bastones. Al lamernos, ellos también quedaron embriagados.

Luego bailamos en ronda, hasta que las luces de colores, los árboles y los grillos iniciaron sus alocadas danzas a nuestro alrededor, convocándonos a viajar a otros continentes, a campos de flores y ríos de frutas, anunciando insólitos periplos a nuestras vidas.

Los campos vecinos de la colina se fueron poblando. Seis campos contiguos fueron construidos e inaugurados por diez contingentes sucesivos de *hamabineskak* adoptadas en Sexta. Los grupos eran cada vez más reducidos, llegaban entre ocho y doce doceañeras en cada Fiesta, la mayor parte de ellas portando su aro del delfín y provenientes de Hiru y de Bosteko. Entre las residentes de la colina, las del Círculo casi duplicamos en número a las de la Serpiente.

Las nuevas pobladoras tomaron nuestros aprendizajes en sus respectivos conflictos con el Club por el aprovisionamiento de materiales. Reclamaron por sus entregas, protestaron de distintas formas, resistieron las gentilezas de los *mamugilea* y eventualmente asistieron al "almuerzo de buena vecindad" cuando sus casas requerían los últimos imprescindibles materiales. Ellas nos tomaron como las pioneras en la "conquista" de la colina y de varios modos fuimos sus referentes.

Casi todas las sacerdotisas del Círculo en Sexta, en particular nuestras madres, adoptaron nuevas *hamabineskak*. Mi madre Haridian adoptó una nueva hija cuando tuve catorce y otra cuando tuve dieciséis. Anixua adoptó a tres. Nekane también adoptó dos chicas y recibió dos *klanak* de sacerdotisas jubiladas. De esta forma, los *klanak* del Círculo fueron agrandándose, ganando influencia en la sociedad de Sexta.

Con el tiempo y las sucesivas adopciones, nuestros vínculos con nuestras respectivas madres fueron haciéndose más distantes. Mis visitas a la casa de Haridian se tornaron esporádicas, con las excepciones de las Fiestas de Ama, la recepción a mis nuevas hermanas y los cumpleaños de Manindar o Eider.

Mi pequeña hermana adoptiva se convirtió en una hermosa mujer y emigró a Biko al cumplir los doce. Trabajé varias tardes tejiendo canastos de mimbre que intercambié en la plaza por un pequeño dije de plata y luego entregué a Eider como regalo de *hamabineska*.

Hagora casi perdió contacto con su madre adoptiva Anixua. Sólo se veían en la Fiesta de Ama, por obligación ceremonial. El vínculo ya era tenso cuando volvió a ocurrir que a Hagora se le atrasara su luna a los quince años. Nuevamente acompañé a mi amiga a la Alta *Eskuela* a encontrarse con su madre, para repetir la escena de hacerle salir de su clase. Aguardar que Anixua, expresando sin palabras su reproche, fuera en búsqueda de la Doctora. Otra vez la espera en los sillones, el té caliente y luego acompañar a mi amiga a su *etxea*.

A Hagora no parecía preocuparle demasiado y simplemente acataba la norma de postergar el embarazo hasta los dieciocho. No le agradaba la idea de hacer la *Eskuela* de Navegación y el Servicio Naval obligatorio. No dejaba de fantasear con quedar embarazada y tener sus hijos.

Cuando mi abuela Iruene cumplió sesenta años, viajé a Hiru a asistir a la fiesta de su jubilación, en la que cedió su *Klan* a una sacerdotisa joven.

Pero Iruene no abandonó sus tareas en el Círculo. Continuó viajando, coordinando actividades, asistiendo a reuniones y presidiendo los congresos. Había ganado el respeto de las confraternidades de cada ciudad y todas reconocían su liderazgo. Bajo su dirección, el Círculo había alcanzado posiciones de gobierno en Hiru, luego en Bosteko y estaba cerca de lograrlo en Sexta. Al mismo tiempo se había consolidado como una fuerza importante en Biko, Lau y Lehen, y era incipiente su presencia en Zazpir.

Al cumplir quince, culminamos nuestros estudios en Construcción y Cultivo y obtuvimos nuestras dos primeras maestrías.

Tal como había ocurrido con las inauguraciones un par de años atrás, en la colina realizamos un calendario de celebraciones. Cada nueva *Maisu* organizó una fiesta en su *etxea*, invitando a amigos y familiares, con la colaboración de todas las amigas. En los mismos días Manindar y Guadarteme celebraron sus *maisutzak* en Navegación. Etxekide la había culminado un año antes y ya estaba cumpliendo el Servicio Naval.

Al mismo tiempo debíamos hacer nuestras opciones sobre las dos *eskuelak* a seguir entre los quince y los dieciocho. Se trataba en realidad de una sola elección. Porque lo esperable para una mujer atlanteana al cumplir los quince es ingresar a la *Eskuela* de Navegación, de modo de satisfacer ese requisito antes de tener hijos. Sutziake y yo estábamos dispuestas a ello desde que habíamos sido adoptadas. También acordamos asistir juntas a la *Eskuela* de Medicina.

El primer año de Medicina me resultó muy exigente. Debimos aprender muchísimos conceptos sobre el funcionamiento del cuerpo humano. De la piel, los músculos, los órganos y los huesos. De fluidos y corrientes que circulan por el cuerpo. De enfermedades y dolores, y sus respectivos tratamientos. Del modo de descubrir una afección hablando y tocando a la persona enferma, de cómo tratarla y ser cuidadosa con ella. Y de incontables curas para cada una de las dolencias. Infusiones, preparaciones de hierbas, flores o raíces, cataplasmas, compresas, pomadas y emplastos.

Nos enseñaron que el cuerpo debe estar en un equilibrio entre frío y calor. Que deben aplicarse preparaciones frías cuando el equilibrio se ha alterado hacia el calor y calientes cuando se ha perdido la energía del cuerpo. Fuimos a los campos de cultivo de la ciudad a cortar hojas de ruda, albahaca y romero para utilizar en compresas. Descubrimos la potencia de la infusión de corteza de sauce para aliviar diversos dolores. Aprendimos a preparar la crema de papayas, de gran poder curativo en heridas y quemaduras.

Todo ello no fue lo más difícil. Lo que me resultó agotador fue atender a personas que habían sufrido terribles accidentes o padecían graves enfermedades. Conversar con ellas y colaborar con los *Maisuak* en definir y preparar los tratamientos. Me abatía enterarme, poco después, que no habían sobrevivido. También ocurría en muchos otros casos que los enfermos se recuperaban de forma maravillosa y la satisfacción de verlos mejorar ayudaba a superar la angustia que me producían los que no lograban sanar.

Descubrí entonces que Sutziake era mucho más capaz de manejarse en esas situaciones difíciles. Ella pensaba y actuaba con sorprendente calma. Era admirable su paciencia para sentarse junto a los enfermos, hablar con ellos y transmitirles serenidad en su eventual tránsito por la Puerta. Yo en cambio, no podía evitar sentir en mi propio cuerpo el dolor ajeno.

Cuando tuvimos dieciséis años, el Círculo volvió a reunirse en Sexta, en un clima completamente distinto. Había un marcado optimismo sobre las posibilidades de alcanzar la mayoría de la *Biltzara* en la siguiente ratificación. Nekane y Haridian habían realizado un excelente trabajo hacia las sacerdotisas independientes para asegurar su voto opositor en la próxima fiesta de Elkar.

La imagen de Guaxara se había deteriorado, porque sus reiterativos discursos augurando un futuro de riqueza, contrastaban con la permanente escasez de productos esenciales como calderos, lámparas, miel y nueces. La presencia de los *ukatuak* en las montañas era vista con desconfianza por los pobladores. Y las historias de las fiestas de la Serpiente en la mina de cobre se propagaron por todo el mar de Atlantis, agregando una gota más al generalizado desprestigio de nuestra ciudad.

En este segundo Congreso del Círculo en Sexta, se discutió y acordó un nuevo modelo de intercambio, que incluía no sólo la extracción y fundición del cobre, sino una planificación de largo plazo de la producción y manejo de excedentes. Zazpir se encargaría de la fundición de nuestro cobre, duplicando en contrapartida las entregas de bronce. Bosteko sería la nueva proveedora de miel y nueces para Sexta, a cambio de adoquines, tinturas y papayas. La ciudad de Lau proporcionaría aceite mineral a cambio de pescado y mejillones. Se estimaba que la fuerza de trabajo necesaria en las montañas era de dos veces sesenta mineros y para ello se postulaba que los sirvientes del palacio realizaran esta tarea, al mismo tiempo que se les capacitaría en Navegación y Minería.

Mucho más disfrutable que la *Eskuela* de Medicina fue para mí lo que aprendimos en la *Eskuela* de Navegación.

Aunque al principio fue tedioso. Durante el primer medio año no tocamos el mar. Íbamos todas las mañanas a unas clases para escuchar a los *maisuak* y a practicar en bancos de madera con remos que sólo podían moverse en el aire.

Hasta que por fin llegó el día en que nos subimos a una *txalupa*. Fue emocionante el momento en que el *Maisu* soltó las amarras y nos miramos con Sutziake, antes de hundir simultáneamente los remos en el agua. El barco empezó a moverse producto de nuestro esfuerzo, en una tímida recorrida por la calma bahía del puerto.

Fueron necesarias varias jornadas para adquirir el acompasamiento de nuestros movimientos, sostener el ritmo perfecto sin agotarnos y más tarde, aprender a manejar la vela. Un par de veces dañamos la *txalupa* por rozar unas rocas y en una de nuestras primeras salidas a mar abierto, en una mala maniobra con la vela, perdimos estabilidad y caímos al mar. Tuvieron que rescatarnos desde otros barcos. Pero con el tiempo y la práctica llegamos a dominar el manejo de la vela y la técnica de remo.

Entonces empezamos a amar la navegación. Salir al mar se nos hizo una necesidad, como comer o beber. Siempre que el clima lo permitía, hacíamos un pequeño recorrido por la costa cercana. Y cada diez o veinte días, una travesía de mayor alcance, de una jornada.

Con Sutziake, Iratxe e Oihane fuimos muchas veces a Hiru. Allí nos alojábamos en las casas maternas de nuestras amigas, disfrutábamos de las playas durante el día y bailábamos desde la puesta del sol hasta la medianoche. Para volver a embarcarnos y regresar a Sexta a la mañana siguiente. Acostumbrándonos a navegar con cualquier viento, mar calmo o agitado, sol o lluvia, calor o frío.

Más tarde emprendimos viajes más largos: a Lehen, Bosteko y Biko. Sutziake me acompañó a visitar a mi familia de vientre y yo hice lo propio, conociendo la suya en Biko.

Al cumplir diecisiete, conocimos la ciudad de Zazpir.

La gran ciudad del norte nos resultó fascinante. Era la más rica y la de mayor crecimiento de las siete. En Zazpir no existía el lujo de Lehen, Lau o Biko, ni la belleza de paisaje de Hiru, Sexta o Bosteko. Pero llamaba la atención la actividad de la ciudad. Por todos lados casas y edificios en construcción. El puerto continuamente en reformas de ampliación. Durante la noche, una multitud de gente caminando, tocando música o bailando, comiendo o bebiendo en infinidad de mesas por las calles abarrotadas de lámparas de bronce.

Todo era abundante en ciudad séptima, la comida, la diversión y por supuesto los jóvenes. En nuestra primer noche en Zazpir conocimos a Naga, un joven *Maisu* de Navegación, que nos enseñó los lugares más hermosos de la ciudad, y nos presentó a sus amigos y amigas. Otras veces que fuimos a Zazpir nos volvimos a encontrar con él, para salir de recorridas nocturnas por las bulliciosas calles de ciudad séptima.

A partir de entonces cuando Naga venía a Sexta, pasaba las noches con nosotras en la colina.

Él viajaba por todos los confines del Mar de Atlantis y siempre nos traía regalos exóticos. Vestidos, adornos y joyas realizadas por artesanos de lejanos pueblos del Continente del Sur.

Fue Naga quien nos hizo conocer las hojas de fumar. Unas hojas grandes ovaladas, que se secaban y tostaban al sol, antes de ser aderezadas con miel y licor de caña. Luego se arrollaban en un paquete, se encendía un extremo del rollo y se aspiraba por el otro. La sensación que producía saborear ese humo era muy agradable. Provocaba un estado de relajación, aliviaba los malestares y convocaba al disfrute de las conversaciones. Desde que lo probamos la primera vez, el humo de aquellas hojas traídas del Continente del Sur, pasó a ser un ingrediente habitual de nuestras reuniones de amigos en la colina.

Durante todo ese tiempo seguí viéndome a escondidas con Zebensui.

Él fue ganando confianza entre las sacerdotisas de la Serpiente como operador y como negociador. Sus habilidades para seducir sacerdotisas le otorgaron gran prestigio en uno y otro bando. Y cuanto más influencia ganaba, más difícil se hacía vernos.

A pesar de ello, seguimos encontrándonos. Nunca en el Club, pocas veces en mi *etxea*. La mayoría de las ocasiones en breves, furtivos, momentos nocturnos, en los bosques o en la playa.

Hablábamos poco de los problemas de la Ciudad. Él no podía contarme lo que se planeaba hacer desde el gobierno. Yo manejaba información del Círculo que él no podía conocer. Hablábamos poco de cualquier tema. Sólo dábamos lugar a nuestra pasión, que se hacía más intensa cuanto más prohibida. Y ambos mentíamos deliberadamente para ocultar el hecho de que seguíamos viéndonos.

Con el paso del tiempo, la distancia fue haciéndose dolorosa y frustrante. Deseaba estar con él y las dificultades para vernos eran insoportables. La perspectiva de encontrarme con Zebensui me quitaba interés en mis amantes en lo previo, y luego de verlo me resultaba difícil volver a hallarme contenta para disfrutar mi cama con otros hombres.

Etxekide era el único que lo sabía. Lo notó desde el principio y a pesar de que le causaba fastidio, nunca expresó un reproche o un reclamo. Me esforcé en agradecer su tolerancia a mis ocasionales malestares. Etxekide no los merecía. Él estaba siempre dispuesto a ayudarme, siempre servicial, amable y de buen humor. Era un excelente compañero. Pero no encendía mi cuerpo como Zebensui.

Cuando la Serpiente perdió la mayoría en la *Biltzara*, ocurrió lo que estaba anunciado. El Club de Sacerdotisas de Sexta fue desmantelado. El palacio pasó a ser la sede de la Alta *Eskuela* y Guaxara debió mudarse a la casa de su anciana madre adoptiva. La mayoría de los sirvientes fueron reciclados para trabajar por períodos en la mina del cobre, al tiempo que obligados a cursar Minería y Navegación. Algunos pocos hicieron Construcción y fueron asignados como obreros de la cantera de adoquines. Entre estos últimos estuvo Zebensui.

Las fuerzas de la Serpiente se reagruparon en la oposición. En sus planes, Zebensui tenía un rol importante que cumplir entre los descontentos ex - sirvientes, ahora convertidos en obreros. Y también entre los *ukatuak* confinados en la montaña quienes estaban disconformes con el nuevo trato, que excluía las divertidas fiestas con sacerdotisas.

Esta situación me ocasionó problemas con mis amigas. Zebensui era uno de los más íntimos colaboradores de Guaxara y nadie quería siquiera saludarlo.

Pronto volvió a hacerse imposible seguir encontrándonos, aunque ambos lo deseábamos ardientemente.

Lanzarme al gran viaje fue también un intento de desalojarlo de mi cabeza.

Estuve en Lehen cuando Bentaga culminó sus estudios en la Alta *Eskuela* y se recibió de Sacerdotisa. Ella vino a Sexta algunas veces y tuve el gusto de recibirla en mi *etxea*, en mi cama.

A través de Bentaga tuve, al inicio de cada año, noticias de Txanona.

Pero Txanona nunca pudo visitarnos. No le permitieron iniciar su maestría en Navegación hasta cumplir los quince. Y no estaba autorizada a cruzar el mar hasta que no la hubiera terminado.

Reiteradamente me enviaba sus invitaciones a que fuera a conocer Islas Castigadas, e invariablemente le respondía que algún día iba a hacerlo. Supe de la inauguración de su *etxea*, de sus viajes a las otras islas próximas, de sus amigas y amigos. La población de Islas Castigadas continuó aumentando y muchas nuevas *hamabineskak* siguieron el ejemplo de mi amiga. Ella me envió regalos para cada cumpleaños y yo le preparé luego de cada Fiesta de Ama un paquete para que cruzara el mar con la flotilla de residentes.

Bentaga continuó siendo mi más importante consejera en cualquier decisión complicada que tuve que tomar. Siempre lograba hacer simple lo que a mí me resultaba un enredo. Ella fue mi fuente de información de lo que ocurría en Lehen y en Zazpir, y varias veces me anticipó sucesos que estaban por ocurrir en mi propia ciudad.

Por Bentaga además, fui enterándome de los planes secretos del Círculo.

Interludio intermedia - Cinco

El chimpancé resuelve las cuestiones sexuales con poder;

el bonobo resuelve las cuestiones de poder con sexo.

Frans de Waal, biólogo holandés, Bonobo: The Forgotten Ape, California, 1997

PARTE CINCO,
PREPARACIÓN

- Esta vez no va a conseguir los votos.

- Cómo lo sabes ?

- No hay manera, Itahisa, va a perder.

- Una vez me dijiste que Guaxara no arriesga una derrota.

Bentaga me miró somnolienta, su larga cabellera desordenada sobre mi cama, donde permanecía acostada, aguardando el desayuno.

- Te dije qué ?

- Me lo dijiste hace unos cuatro años, cuando esperábamos los herrajes.

Le acerqué una taza humeante de leche de cabra y una bandeja con frutas. Ella se incorporó y cruzó sus piernas, pensativa.

- Se le acabó el tiempo. – Murmuró.

- Empiezan otros tiempos entonces.

- Sí, Itahisa. Pero no sólo para Sexta. Esto es mucho más trascendente.

- Trascendente ?

- Sí.

Estaba acostumbrada a que Bentaga se perdiera en sus pensamientos. Compartimos por un tiempo nuestro desayuno en silencio.

El segundo Congreso del Círculo en Sexta estaba culminando marcado por el entusiasmo por los acuerdos logrados y la perspectiva del inminente acceso al poder en nuestra ciudad. De lograr la mayoría en la *Biltzara*, el Círculo lograría imponer su política en tres de las siete ciudades de Atlantis. Pero durante el largo enfrentamiento sostenido frente a Guaxara se habían generado alianzas entre los gobiernos de Hiru y Bosteko, con las administraciones de Lehen, Biko y Zazpir. Me pregunté si a eso se refería mi amante en sus cavilaciones.

- Estás diciendo que el cambio en Sexta modifica el futuro de Atlantis ?

Bentaga arqueó sus cejas. Bebió unos sorbos del jarro antes de responder.

- Si terminan los problemas internos, podremos dedicarnos a los temas importantes.

Me resultó oscuro su vaticinio.

- Cuáles temas importantes, Bentaga ?

- Hay muchas cosas, querida Itahisa, que no sabes.

- Que no vas a decirme ?

Bentaga me regaló la dulzura de su verde mirada.

- Que no deberías saber, – aclaró sonriendo.- porque aun no has cumplido diecisiete.

- Perdóneme, Sacerdotisa Bentaga, tengo edad para invitarla a dormir y a desayunar en mi cama, pero no para hablar de política ?

Ella rió y me devolvió un beso. Elaboró por un momento su respuesta.

- Los atlanteanos hemos construido una civilización. Una manera de organizar la convivencia entre las personas, de relacionarnos con los Dioses y con la naturaleza.

Hizo una pausa para probar una de las frutas.

- Estamos orgullosos de la civilización que hemos creado, Itahisa. Estamos seguros que es la forma más avanzada, más justa y más sabia que ha habido nunca en la Tierra. Por lo que sabemos, ningún otro pueblo de la Tierra ha construido ciudades como las nuestras. Ningún otro pueblo de la Tierra ha surcado los mares como nuestros barcos. Y ningún otro pueblo de la Tierra ha acumulado tantos conocimientos en Astronomía, en Medicina, en Construcción, en Cultivo, en todas las Ciencias.

Me recosté en la cama. Daba la impresión que Bentaga estaba repitiendo un discurso aprendido en la Alta *Eskuela*. Confiaba que en algún momento llegaría a decirme algo sustancial y novedoso.

- Entonces, querida Itahisa, esos son los asuntos importantes.

No disimulé un gesto de decepción.

- No me has dicho nada que no supiera, querida Bentaga.

- No ? – Preguntó ella fingiendo extrañeza.

- No. Sigo esperando que me aclares lo de la trascendencia y los temas importantes.

- Deberás hacer un esfuerzo por entender.

En devolución a su pedantería le pellizqué un brazo. Ella exageró su dolor.

- Está bien ! Si me vas a castigar, me rindo.

- Tengo más castigos preparados. – Advertí siguiéndole el juego.

- Qué es lo que quieres saber, Itahisa ? Si en realidad ya lo sabes. Acaso no sabes desde antes de cumplir los doce que existen proyectos de fundar otras ciudades ?

Recordé los secretos que me había confiado Txanona la noche que nos habíamos conocido.

- Islas Castigadas ?

- No, Itahisa. Islas Castigadas es sólo un punto intermedio. Un puente.

Percibí que por fin estaba obteniendo algo de la conversación.

- Un puente ?

- Exactamente. Un puente. Un lugar para repostarse.

Quedé algo perpleja ante aquella información. Siempre había imaginado que Islas Castigadas no era otra cosa que Zortzi, la octava ciudad de Atlantis.

- Para repostarse ? – Repetí como una tonta.

- Sí. Y no es el único. Hay tres. – Dijo Bentaga en voz baja.

- Tres ?

- Sí ... Y no voy a decirte cuáles son los otros dos.

Amenacé con pellizcar sus muslos. Ella con agilidad alejó sus piernas de mi alcance, pero en la maniobra derramó leche tibia sobre sus pechos. Nos reímos. Finalmente simulé conceder a su discreción.

- Está bien. No me cuentes. No sé nada. No puedo saber que existen tres puntos de ...

Me detuve porque mi curiosidad pudo más.

- Puentes hacia otras ciudades ?

Bentaga reflexionó un momento.

- Ten paciencia, ya lo sabrás. Voy a decirte algo a condición de que no sigas haciendo preguntas, podrás hacerlo ?

Extendí mi mano en señal de aprobación.

- No se trata de nuevas ciudades, - hizo una pausa y continuó en un susurro - es más que eso. Son nuevos Atlantis, Itahisa. Nuevos conjuntos de ciudades. En otros mares y ríos lejanos de la Tierra. Al sur, al norte y al este. Por favor no hagas más preguntas.

Mordí mis labios para forzarme a cumplir mi promesa.

Acompañé a Bentaga a la *Eskuela* de Navegación donde tenía lugar la tercera y última jornada del Congreso.

Allí estaban Nekane y Haridian, ajustando detalles de las resoluciones que serían sometidas al plenario de sacerdotisas.

La reunión era presidida por mi abuela y mi madre Atissa encabezaba la delegación de Bosteko. La saludé agitando mi mano y ella vino a mi encuentro.

- Hola Itahisa, tienes un momento para hablar ?

No esperaba una conversación con mi madre de vientre en ese momento.

- Hola, madre Atissa. Claro que sí.

Nos acomodamos en unos bancos bajo las galerías. Supuse que me iba a anunciar una nueva adopción, pero no fue así.

- Cómo van tus cursos de Navegación ?

- Estupendamente bien. Ya estamos haciendo viajes de dos y tres jornadas

- Sutziake es tu pareja de remo, no es cierto ?

No le hallaba sentido alguno a aquella pregunta.

- Cierto.

- Has remado alguna vez con un compañero varón ?

- No hasta ahora. Sólo con los *Maisuak*.

- Sigues durmiendo con Etxekide ?

Continuaba el desconcertante interrogatorio.

- Sí.

- Etxekide está cursando otra *Eskuela* ahora ?

- Sí. Está haciendo Astronomía.

- Excelente. - Afirmó mi madre.

- No entiendo qué me estás queriendo decir. - Admití.

Ella apoyó sus manos en mi falda y por un momento pareció absorta en el vuelo de las gaviotas sobre el mar, más allá del puerto.

- Has pensado en qué harás cuando obtengas tu *Maisutza* en Navegación ?

- Te refieres a cuáles *eskuelak* asistiré luego de Navegación y Medicina ?

- No. Me refiero a ... tú sabes lo que es un viaje de *hamazortzi*?

Había escuchado de la tradición atlanteana de que los jóvenes, al cumplir dieciocho, realicen un viaje por las siete ciudades para celebrar la *Maisutza* en Navegación.

- Sí. El viaje de los dieciocho años.

- Exacto. Has pensado en ello ?

- No ... en realidad. Aún no.

- Itahisa. Sabes que es posible que en pocos días cambie el gobierno en ésta, tu ciudad, no ?

- Sí, lo sé.

- Entonces, muchas cosas van a cambiar. Particularmente en esta misma *Eskuela* de Navegación dirigida por tu madre Haridian.

- Haridian dejará de ser Decana ?

Mi madre de vientre sonrió.

- No lo sé, Itahisa. A menos que se postule a Alta Sacerdotisa, y lo dudo, supongo que seguirá siendo la Decana. Me refiero a la propuestas que habrá en la *Eskuela* para viajes de *Maisutza*.

- Propuestas ?

- Sí. Escúchame bien. Procura salir al mar con Etxekide, acostúmbrense a remar juntos, hablen de la posibilidad de realizar juntos el viaje de *hamazortzi*.

Me gustaba la idea de preparar mi viaje de maestría con Etxekide. Pero parecía absurdo que mi madre insistiera en que remara con él, cuando la regla en Atlantis era que las parejas de remeros sean ambas mujeres o ambos hombres. Los profesores nunca me permitirían remar con un varón y menos con alguien que ya había egresado.

- Dices que Etxekide sea mi pareja de remo ? No ... me parece ... posible.

- No es imposible, Itahisa, ya lo verás. Dime que harás lo que te he pedido. Es importante.

- Así lo haré, madre Atissa.

Ella se levantó sin ocultar satisfacción en su rostro. Dándome un beso en la frente, se encaminó al gran salón donde sesionaba el Congreso.

Más tarde busqué a mi madre Haridian en la *Eskuela*. La encontré en los jardines, hablando con profesores y le hice señas. Ella me solicitó un momento para culminar su conversación y vino hacia mí.

- Tienes un tiempo ? Quisiera hacerte unas preguntas.

- Por supuesto, Itahisa, algún problema ?

- No. Sólo quería saber ... si en alguna clase de navegación ... se permite hacer una pareja de remo de ... una mujer y un hombre.

- No es lo recomendable. Por qué lo preguntas ?

- En realidad no lo sé, - admití con algo de vergüenza. - es que mi madre Atissa me dijo ...

- Que te entrenaras en remar en pareja con un varón ?

- Sí, eso me dijo.

- Creo saber por qué motivo te propuso eso. Quién sería tu compañero ?

- Etxekide.

- No hay problema, Itahisa, hablaré con tu *Maisu* para que te permita hacer algunas salidas con Etxekide.

Quedé algo sorprendida por la buena disposición de mi madre adoptiva a tan extraña petición.

- Y dile a Sutziake que deberá elegir un compañero para cuando tú no salgas con ella. Mejor dile a Sutziake que venga a hablar conmigo, lo antes posible. Si no me encuentra acá en la *Eskuela,* que pase por casa en la noche.

- Así lo haré, madre Haridian.

- Tienes otra pregunta ?

- Ah, sí ... si es que se puede saber ... si Guaxara es derrocada ...

- Será derrocada, no tengas dudas.

- Te postularás para Alta Sacerdotisa ?

Haridian sonrió.

- No lo creo, Itahisa. No lo creo.

Dio por terminada la conversación y se alejó, pero me pareció advertir en su cara la misma expresión de alegría que le había visto a mi madre de vientre.

- A quién te parece que deba elegir ?

Sutziake había colgado la hamaca en su hogar, hecha de gruesa tela de algodón y sostenida en sus extremos por fuertes hilos trenzados. Se acomodó en ella desentendiéndose del fuego, en el que cocinábamos una sopa de verduras y pescado para la cena.

- Qué opciones tenemos ? - Le pregunté divertida.

- Manindar o Guadarteme.

- O sea que ya descartaste a otros.

Sutziake puso cara de no entender.

- A quiénes ?

- A Baraso, por ejemplo.

- Baraso ? Estás loca ?

Me reí.

- Es quizás el mejor remero entre nuestros amigos.

- Itahisa, no inventes problemas. Sabes bien que Baraso pertenece a un *Klan* de la Serpiente. Y que es el compañero de Oihane y de Gazmira mucho antes que nuestro. De ninguna manera puedo proponerle que sea mi pareja de remo.

- Está bien. Tienes razón. - Concedí disfrutando de la reacción de mi amiga.

Sutziake recuperó su habitual sonrisa pícara.

- Quieres meterme en líos, Itahisa. Imagina la cara de mi madre. Tienes otras propuestas ridículas ?

- Sí. - Respondí fingiendo seriedad. - Qué te parece Ameqran ?

- Ameqran ! Hablas en serio ?

- Por qué no ? - La busqué. - Es una hermosa persona, tiene un físico formidable ...

- Si elijo a Ameqran, tendré problemas con Dafra. - Anunció como si no fuera obvio.

- Y con Iratxe. - Agregué.

Nos reímos.

- Alguna otra propuesta para que me pelee con alguien ?

- Sólo se me ocurre una.

- Te escucho.

- Sakon no será un gran remero, pero tiene otras habilidades.

Sutziake lanzó una carcajada contagiosa. Ambas gustábamos de Sakon, pero él era el menos indicado como pareja de remo. Además de ser el amante principal de Iratxe, ocasional de Oihane y excepcional de casi todas las chicas del Círculo, incluyéndonos.

- No tengo ganas de que Iratxe se moleste conmigo. - Sentenció Sutziake cuando pudo controlar su risa.

- Entonces nos quedan Manindar o Guadarteme. - Retorné al punto inicial de la conversación mientras revolvía el caldero con una cuchara de madera.

La decisión era difícil. Implicaba excluir a uno de los dos, algo que desde las épocas de *hamabineskak* tratábamos de evitar. Quizás Manindar fuera algo mejor como pareja de remo que Guadarteme. Pero también debíamos considerar en qué situación quedaría el excluido cuando los demás nos ausentáramos por varios días de viaje. Era previsible que mi hermano adoptivo pudiera estar a gusto con Hagora o en su casa materna. Mientras que a Guadarteme le sería ciertamente difícil digerir que nosotras nos fuéramos con Etxekide y Manindar, que sus cuatro mejores amigos nos marcháramos sin él.

Nos sentamos a la mesa a disfrutar la cena y a intercambiar estas preocupaciones.

- Hola Hagora.

Me pareció escuchar a Etxekide saludando a mi amiga.

- Buenos días, dormilones.

La voz de Hagora era inconfundible. Abrí los ojos sobresaltada. Qué estaba haciendo sentada en mi cama tan temprano ? A mi lado, mi compañero se levantaba a preparar su habitual baño matinal. Me costó reaccionar.

- Hola Hagora. Qué haces aquí ? - Atiné a saludarla sin demasiada amabilidad.

- Tengo noticias.

Lo único que pude imaginar fue que nuevamente había tenido un atraso en su luna.

- Tu luna está atrasada. - Murmuré sentándome con pereza y acomodando mis cabellos.

- Sí. - Exclamó contenta. - Cómo lo supiste ?

- Y quieres que te acompañe a la Alta *Eskuela*. - Me adelanté al conocido curso de los acontecimientos.

- No.

- Por qué no ?

- Porque ya lo hice.

Quedé atónita ante la inesperada muestra de madurez de mi amiga.

- Qué bueno ! Fuiste sola ?

- No. Fui acompañada, por Manindar.

Aquello me descolocó. No podía creer que Hagora le hubiera pedido a mi hermano que fuera a la Alta *Eskuela*, donde los varones tienen vedado el ingreso. Aún no terminaba de despertarme y me costaba procesar la situación.

- Con Manindar ?

- Sí. Itahisa. Fui con Manindar. Bebí la infusión y él me acompañó a mi *etxea*.

- Bien. Me alegro. Entonces no tengo que acompañarte. - Respondí aliviada dejándome caer en la cama.

- Esa no es la noticia.

- Cuál es la noticia, Hagora ?

- Eso ocurrió hace veinte días, Itahisa.

- No entiendo.

- La noticia es... que estoy embarazada.

Me sentí aturdida. Volví a incorporarme y observé incrédula la cara radiante de mi amiga.

- Cómo ?

- Estoy embarazada, Itahisa, voy a ser ... madre, voy a tener un bebé.

- No dijiste que tomaste la infusión ?

- Sí. Eso hice.

- Y ?

- No funcionó. La sangre no bajó. - Informó encogiéndose de hombros.

Me resultaba poco creíble lo que mi amiga me estaba contando.

- Pero ... recién cumpliste diecisiete Hagora ... no podrás completar ... la *Eskuela* de Navegación.

- No. La terminaré en un par de años. No vas a felicitarme ?

Abrí y cerré la boca sin que me salieran las palabras. Como tanta veces, Hagora provocaba en mí sentimientos encontrados. Quería enojarme con ella y mostrarle lo descuidada e irresponsable que había sido y al mismo tiempo sentía la necesidad de compartir su ostensible felicidad.

Primó esto último. Abrí los brazos para fundirme en un largo y apretado abrazo con mi amiga de la infancia y luego llamé a gritos a Etxekide para que viniera a felicitar a la futura madre.

El encuentro estaba pactado a medianoche, al extremo norte de la playa. Cuando pude divisarlo en la oscuridad, esperándome con los brazos extendidos, corrí y de un salto me colgué de sus hombros, rodeando con mis piernas su cintura, recibiendo su boca contra la mía.

Sólo goce, al besarlo tan intensamente como pude, mientras él giraba sobre sí mismo haciéndome volar. Sólo deseo, al sentir que apoyaba mi espalda en la superficie rugosa de una palmera, alzando mi falda para que su *zakil* tuviera acceso a mi entrepierna. Sin tiempo para desvestirnos, sin tiempo para acostarnos, sin intercambiar una palabra, mis manos aferradas a sus hombros, sus potentes manos sosteniéndome de los muslos, unimos nuestros cuerpos ardientes pese al frío aire nocturno, en profundos, frenéticos, espasmos de placer.

Zebensui retiró lentamente la presión que me sujetaba y mis sandalias pudieron posarse en la arena.

Permanecimos abrazados, mi cabeza apoyada contra su pecho hasta que nuestras respiraciones se calmaron y pudimos hablar.

- Felices diecisiete, Itahisa. - Fueron sus primeras palabras.

La escasa luz de la luna no me impidió adivinar el brillo de sus ojos y la encantadora sonrisa que me estaba regalando. No podría dar inicio de forma más feliz a mi cumpleaños.

- Tú me has hecho feliz. - Murmuré cerca de su oído.

Nos besamos, por largo tiempo, hasta que volvimos a percibir el rumor de las olas que lamían la playa cercana.

- No es seguro que podamos vernos ... después de Elkar.

Noté gravedad en su rostro.

- Qué piensas que va a ocurrir ?

- No lo sé, Itahisa. Lo de los *ukatuak* fue un error, ... un grave error. Se lo advertí a la Alta Sacerdotisa. Pero ella no quiso escucharme.

Me causó gracia la esperable pedantería de mi amante clandestino. Él superaba en visión política a la misma Guaxara.

- Tú advertiste a tiempo el error.

- Sí, por supuesto. Le dije ...

- Veías venir las consecuencias.

Zebensui parecía inmune a mis ironías.

- Era obvio que los *ukatuak* iban a generar problemas.

- Y ahora, cuando tu jefa sea derrocada, tendrás que ir a la montaña a trabajar con ellos.

Él no respondió a tan cruel augurio. Su cara delataba el pánico que la perspectiva le producía. Continué divirtiéndome.

- Quién sabe, te puede ir bien.

- Qué quieres decir ?

- Que eres muy hermoso, le vas a gustar a los *ukatuak*.

Zebensui me miró espantado. No aguanté la risa. Me colgué nuevamente de su cuello para silenciar con mis besos sus intentos de insultarme.

El método de votación en ciudad Sexta otorga a cada sacerdotisa la posibilidad de apoyar hasta seis candidatas a la *Biltzara*. Con el recuento de los votos recibidos por cada una, se ordenan las integrantes electas, del uno al sesenta.

Se calculaba que eran necesarios entre veinticuatro y veintiséis respaldos para que una candidata accediera al máximo órgano de gobierno. En el Círculo estaba claro que si una postulante obtenía más de treinta votos, era probable que ese exceso de apoyos terminara perjudicando a otra candidata. Por ello debía planificarse con extremo cuidado en los días previos, las listas de seis nombres que cada una de las hermanas iría a depositar en el momento de la votación.

Un alto número de candidatas era también una forma de desperdiciar votos. Para evitarlo, el Círculo de Sexta realizó una deliberación interna para determinar quiénes serían las treinta y dos postulantes. Entre las que se proponían para ser reelectas quedaron Nekane y Haridian. Entre las nuevas aspirantes a ingresar a la *Biltzara*, estaba la joven Sacerdotisa Anixua, la madre adoptiva de Hagora.

Ni el Círculo ni la Serpiente contaban con los votos necesarios para imponer su propia mayoría. Se requerían dos veces sesenta sacerdotisas para alcanzar la mitad de los asientos, pero el Círculo tenía sesenta más cincuenta y dos, lo que le otorgaba certeza de unos veintisiete puestos. La confraternidad de la Serpiente disponía de similar cantidad de apoyos seguros.

Unas treinta sacerdotisas que no pertenecían en lo previo a un bando ni al otro, serían las que determinarían el resultado. Ello estaba claro desde las últimas dos elecciones y las del Círculo habían dedicado enorme trabajo en los últimos años a convencer a este grupo de independientes de la conveniencia de un cambio de dirección en el gobierno de la ciudad. Habían logrado que la mayor parte de ellas dejaran de concurrir a las fiestas que de continuo tenían lugar en el Club de la colina.

En la previa de Elkar, nadie prestó mayor atención a las trece *hamabineskak* que fueron llegando al palacio a vivir el resto de sus vidas en Sexta. Todas las sacerdotisas se encontraban revisando listas y visitándose unas a las otras para transmitirse consignas e informaciones de último momento.

En las calles se podía advertir la expectativa. Hombres y mujeres, ancianos, adultos y jóvenes, comentaban y discutían sobre la posibilidad de que, luego de catorce años, llegara a su fin el gobierno encabezado por Guaxara. Sus partidarios anunciaban terribles males y catástrofes para la ciudad si las del Círculo accedían al poder. Y la otra mitad de la población festejaba en anticipación el derrocamiento.

Un grupo de trabajadores del puerto afines al Círculo, se proponía como ejecutor del desalojo del Club, prometiendo expulsar por la fuerza a Guaxara, a sus colaboradoras, y especialmente a los más de dos veces sesenta sirvientes, a quienes calificaban de parásitos y degenerados.

La Sacerdotisa Arantxa era la de más alta jerarquía entre los miembros del Círculo de Sexta

Incluyendo sus hijos varones, sus doce hijas adoptivas, sus cerca de cuarenta nietos y los *klanak* cedidos por sacerdotisas jubiladas, un total de sesenta más veintinueve personas componían su *Klan*. De aspecto robusto, mediana estatura, y buen estado físico pese a sus cincuenta y seis años, llevaba siempre el cabello canoso anudado con un lazo en la espalda y raramente se la veía luciendo joyas o adornos.

Infatigable en el trabajo, Arantxa se definía a sí misma como la principal opositora de la ciudad. Llevaba veinte años enfrentada a Guaxara, aun desde antes de que la Alta Sacerdotisa accediera a ese cargo.

Ambas habían llegado a Sexta en la misma generación de *hamabineskak*, provenientes de Lehen. Habían cursado juntas la Alta *Eskuela* y se contaba que habían sido amigas. Hasta que Guaxara, luego de la emigración de su segunda hija, había dejado su casa en el centro de la ciudad para residir en el Club de la colina, como colaboradora de la Alta Sacerdotisa que la había precedido. Desde ese momento, Arantxa y Guaxara se habían enemistado, aparentemente por la decisión de la última de no adoptar *hamabineskak* y dedicarse de lleno a la política, que según Arantxa, había sido una excusa para disfrutar de las comodidades y lujos que proporcionaba el Club, mientras que según Guaxara, se trataba de una consecuencia de la plena entrega al trabajo sacerdotal.

Los dos hijos varones de Arantxa trabajaban en el puerto y eran famosos en Sexta por su descomunal estatura. Ambos superaban los dos pasos y treinta dedos y por ello recibían los apodos cariñosos de "Primer Gigante" y "Segundo Gigante". Habían ganado el respeto de toda la población no sólo por su fuerza física, sino también por su abnegación en el oficio y su buen trato con todos quienes trabajaban o transitaban con frecuencia por el puerto.

Los gigantes guardaban lealtad absoluta hacia su madre, la Sacerdotisa Arantxa, y por ende un rencor irreconciliable hacia Guaxara. La noche de Elkar, ellos estaban al frente de un numeroso grupo de trabajadores portuarios, formados a un costado de la escalinata de la *Biltzara*.

El recuento de los votos comenzó a la puesta del sol y en esta ocasión la Fiesta de Elkar, con los niños disfrazados y sus canastos de regalos recorriendo las calles, pasó a segundo plano en la atención de los pobladores de Sexta. Una multitud se congregó en la Plaza de Intercambio a la espera de las novedades que fueran surgiendo en el interior del palacio de la Ciudad. Allí estábamos también nosotras, aguardando el resultado.

A través de nuestras madres adoptivas fuimos conociendo adelantos de lo que se llevaba contado. Los datos que se filtraban provocaban comentarios, festejos o reprobaciones según de quién se tratara, pero mostraban una tendencia auspiciosa para los intereses del Círculo. La minuciosa tarea de adjudicación de listas en los días previos parecía estar teniendo éxito. Las sacerdotisas de la Serpiente que se dejaban ver en la entrada del palacio no disimulaban la tensión en sus rostros.

Cuando aún restaban algunos votos por sumar, supimos que Haridian, Nekane, Anixua y varias otras candidatas del Círculo ya tenían ganados sus lugares. Pero no era seguro que existieran los votos para evitar la ratificación de Guaxara por dos años más. Era necesario esperar hasta el final del recuento para saberlo. No les parecía lo mismo a los portuarios comandados por los gigantes quienes, antorchas en mano, vociferaban sin cesar la derrota de la Alta Sacerdotisa y el fin de los días de vergüenza de nuestra ciudad.

Mucho más tarde, ya cerca de la medianoche, ocurrió una conmoción. Alcancé a ver a los gigantes ingresar corriendo al palacio y a mi madre Haridian abrazándose con otras sacerdotisas en lo alto de la escalinata. Brazos en alto, banderas, saltos, gritos e inmediatamente la campana de la *Biltzara* que empezaba a sonar mucho más ruidosamente que nunca, convocando a toda la población a reunirse en la plaza.

El Círculo había logrado treinta y dos asientos. Ninguna de las sacerdotisas propuestas había quedado fuera del máximo órgano de gobierno. Guaxara no sería ratificada.

Sutziake y yo procuramos ascender los escalones para felicitar a nuestras madres, pero nos resultó imposible avanzar. Mientras la campana seguía aturdiéndonos, observamos en lo alto de un balcón a Segundo Gigante cargando un enorme rollo de tela blanca que parecía una vela de barco, y amarrarlo en la cornisa, para que se desenrollara con su propio peso. Al caer la tela vimos que en ella estaba dibujada una representación de Guaxara con los brazos abiertos, que había sido utilizada en alguna fiesta de la ciudad. Gritos y silbidos de desaprobación saludaron el despliegue de la imagen, cuya parte inferior quedó al alcance de las antorchas de los portuarios, e inmediatamente fue alcanzada por sus fuegos.

Casi la mitad de los pobladores de ciudad Sexta asistimos al impresionante espectáculo de la quema de la imagen, acompañada de aplausos, gritos, insultos y el sonar incesante de la campana. Las llamas ascendieron consumiendo la tela, y sobre ella, las piernas, el torso y finalmente la cabeza y los brazos de Guaxara.

Recién entonces apareció la Sacerdotisa Arantxa en el balcón, se abrazó con su segundo hijo y saludó a la multitud eufórica reunida en la plaza. Los trabajadores del puerto corearon su nombre agitando las antorchas, mientras ella hacía gestos solicitando silencio. La campana se detuvo.

Aunque su voz era potente, no fue fácil captar sus palabras.

- ... la fuerza de Elkar, la fuerza de esta comunidad, ...

La interrumpieron gritos y aplausos.

- ... esta noche es la noche de la dignidad de Ciudad Sexta, ...

Otra ruidosa explosión de algarabía recorrió la plaza.

- ... se terminó la imprevisión, se terminó la desidia, se terminó la vergüenza, ...

Arantxa no pudo continuar su discurso. Se lo impidió el rugido de dos veces sesenta obreros del puerto, que exaltados coreaban sin parar.

- Se terminó la vergüenza ! Se terminó la vergüenza !

Repitiendo a gritos aquella sentencia y movidos por señales que sólo ellos conocían, dieron la espalda al balcón donde aun se hallaban Arantxa y Segundo Gigante, e iniciaron el descenso de los escalones, formándose en una gran columna iluminada por sus antorchas, emprendiendo el camino hacia el este, hacia la colina, hacia el Club de la Serpiente.

Vimos a mucha gente correr. En su mayoría espectadores curiosos de lo que sucedería cuando los obreros llegaran al Club. Vimos correr espantadas a sacerdotisas de la Serpiente que pretendían alertar a sus hermanas sobre el peligro que se acercaba. Vimos a Nekane, a Haridian y a Anixua, alarmadas ante el avance de la columna de hombres y preocupadas por la situación que iría a producirse. Vimos también a mujeres temiendo por sus hijos que trabajaban y residían en el Club, corriendo a su rescate.

Pero era difícil adelantarse a la columna de hombres que, iluminados por sus antorchas, marchaban a paso firme, anunciando a gritos su intención de dar por terminada la vergüenza. En Sexta, la iluminación de las calles era deficiente y muy alto el riesgo de caerse o lastimarse por cruzar corriendo la colina durante la noche. Como nosotras estábamos bastante familiarizadas con el trayecto, lo hicimos a mayor velocidad y llegamos a la entrada del Club antes que la multitud. Trepamos a un árbol para observar el desenlace de la particular escena. Desde allí pudimos advertir que varios sirvientes estaban cargando bolsas y canastos sobre unos caballos en el jardín trasero del palacio. Vimos a sus madres gritándoles con desesperación que se marcharan, en momentos que la gran columna se aproximaba a la puerta principal del Club, que se encontraba cerrada.

Varias madres de los sirvientes se interpusieron entre los enardecidos trabajadores y la puerta, rogándoles que no se acercaran. Pero ellos no estaban dispuestos a detenerse. Continuaron avanzando y forcejeando hasta aporrear la enorme entrada del palacio.

En ese momento escuchamos el galope de caballos, alejándose en dirección contraria, hacia el río. A Sutziake le pareció divisar a Guaxara montada en uno de ellos. Yo no tuve dudas de que Zebensui era el que cerraba la partida.

La ruidosa multitud congregada en el frente del edificio no se enteró de lo que ocurría en la parte de atrás.

La puerta del palacio se abrió. Flanqueando la entrada, varias sacerdotisas dialogaron con Primer Gigante, pero no alcanzamos a oír sus palabras. Tras una discusión, los hombres ingresaron a la gran sala de recepción y desde nuestro lugar dejamos de ver lo que estaba sucediendo.

Descendimos del árbol. Llegaban a nuestros oídos alaridos provenientes del interior del Club. Era imposible alcanzar la entrada principal, por lo que nos internamos en los jardines traseros, con la intención de ingresar al palacio por otra puerta. En el camino, nos cruzamos con sirvientes que huían, presos de pánico y escasos de ropas, hacia los bosques.

Al llegar a las galerías del patio asistimos a un espectáculo terrible. En todas direcciones corrían sirvientes, perseguidos como animales por los trabajadores del puerto. Y detrás de ellos las sacerdotisas, de la Serpiente o del Círculo, tratando desesperadamente de detener la cacería humana. Cuando uno de los sirvientes era atrapado, era llevado a empujones o puntapiés hasta la sala principal, abarrotada de gente, donde recibían una lluvia de insultos y burlas, hasta que su madre o una tía les ofrecía consuelo y protección para salir del Club.

Nuestras madres, por su parte, trataban de calmar los enfervorizados ánimos de los portuarios utilizando todos sus recursos, las palabras, los gestos y cualquier modalidad de seducción. Se interponían entre ellos y sus perseguidos, y procuraban distraerlos con sutiles o descaradas provocaciones.

Asistí con asombro a la escena de Haridian trepada al desmesurado cuerpo de Segundo Gigante, besándolo, acariciándole el cabello y hablándole al oído hasta que el hijo de Arantxa no lo soportó más y la llevó a una de las habitaciones del Club. Sutziake me señaló un rincón oscuro donde Anixua, arrodillada en el piso, emprendía la tarea de lamer un enorme *zakil* que casi no cabía en su delicada boca. En otras piezas cuyas puertas no habían sido cerradas podían adivinarse situaciones similares, de sacerdotisas que ofrecían seductoras sus bocas y *naturak*, procurando calmar los excitados impulsos de uno, dos o más trabajadores del puerto.

La situación fue tranquilizándose a medida que todos los sirvientes lograron escapar y la mayoría de los perseguidores recibieron especiales atenciones en alguno de los más de treinta lujosos recintos del palacio.

La multitud aglomerada en la entrada fue dispersándose y regresando a sus casas, comentando entre risas y exclamaciones los impactantes sucesos que habían presenciado.

Nadie en Sexta olvidaría aquella noche de Elkar.

- Hacía mucho tiempo que no corríamos tanto, no ? - Se lamentó Nekane.

Haridian suspiró.

- Qué pena que el festejo popular haya derivado en algo tan escandaloso.

- Qué difícil fue detener a esos brutos. Estaban dispuestos a cualquier cosa. - Recordó la madre de Sutziake con fastidio.

- Queridas. No vamos a quejarnos. No fue una tarea tan desagradable, especialmente para ti, Haridian.

Las tres sacerdotisas celebraron la acotación de Anixua.

- Por favor Anixua ! - Exclamó mi madre adoptiva - Mi hija está presente !

- Qué ocurrió que no hayamos visto, madre Haridian ?

Ella me miró sorprendida. Luego buscó la mirada de Sutziake.

- Qué vieron ustedes, chicas ?

- Nada, madre, sólo que diste un paseo montada en un gigante. - Respondí simulando despreocupación.

Haridian puso cara de horror. Nekane y Anixua festejaron a carcajadas. Sutziake hizo un esfuerzo por contenerse.

- Estuvieron ahí !

- Claro que estuvimos ahí, - me apresuré a aclarar - pero no nos involucramos del mismo modo que ustedes.

Sutziake esta vez no pudo evitar reírse.

- Ya que todas aquí estamos al tanto de lo sucedido, - intervino Anixua con suspicacia - no hay necesidad de que seas reservada, Haridian. Es un tema de común interés para todas. Puedes ilustrarnos sobre cómo es la experiencia de montarse sobre un gigante ?

Haridian ignoró nuestras miradas curiosas.

- A menos que ... - continuó Anixua divertida - haya sido al revés. No puedo ni imaginarme a Segundo Gigante montado sobre mí.

A Nekane se le atragantó el líquido que bebía de su jarra y se atoró. Haridian aprovechó a sumarse al jolgorio.

- No creo que el asunto tenga tanta relevancia, estimadas. Estás exagerando, Anixua y tengo el vago recuerdo que tú también tuviste que manejar algunas ... cuestiones masculinas de proporciones importantes.

Anixua aceptó la contraofensiva con una sonrisa.

- Nada que no pudiera manejar, querida Haridian, y nada comparable a tu experiencia.

Fue Nekane la que desvió la conversación.

- Creo que debemos felicitarnos por varios motivos.

- Cierto ! - Exclamó Haridian, alzando su jarra.

- Ganamos ! - Celebró Sutziake chocando la suya con la de su madre adoptiva.

- Y debemos felicitarnos porque en esta pequeña reunión, queridas chicas, están tres de las doce sacerdotisas más votadas de la ciudad. - Informó Anixua.

- Efectivamente, - prosiguió Nekane - la dos, la nueve y la doce.

- La dos ! Quién fue la dos ? - Preguntamos Sutziake y yo al unísono.

- Adivinen. - Propuso Haridian.

Miré a Nekane, que sonreía complacida.

- Nekane ! Felicitaciones ! - Dije entusiasmada.

- Error. Perdiste tu chance, Itahisa. - Sentenció Nekane con satisfacción.

- Haridian ! - Hizo su intento Sutziake.

- Error, perdieron ambas. - Anunció mi madre.

Ambas giramos las cabezas y observamos incrédulas a Anixua.

- No tiene importancia, chicas. - Explicó ella con modestia. - Vuestras madres resignaron votos propios para dármelos a mí. Para asegurar mi ingreso a la *Biltzara*. Si no hubieran hecho eso, el resultado no hubiera sido el mismo.

- No seas tan humilde Anixua, - acotó Nekane - nosotras te aseguramos veinticinco y obtuviste cincuenta y cinco. La próxima vez lo tendremos en cuenta.

- Gracias, Nekane. - respondió Anixua riendo.

- Felicitaciones Anixua.! - Alzó nuevamente su jarra Sutziake.

- Felicitaciones ! - Coreamos las demás.

Finalizaba una tarde hermosa del primer día del *negu*. Charlábamos sentadas en ronda en el jardín trasero de la *etxea* de Nekane. Durante toda la jornada, los acontecimientos de la noche de Elkar habían acaparado las conversaciones en cada esquina de Sexta.

Hombres y mujeres no dejaban de comentar el resultado de la votación, la concentración en la plaza, el tañer alocado de la campana de la *Biltzara* golpeada furiosamente por Primer Gigante, la quema de la imagen de Guaxara, el discurso inconcluso de Arantxa, la extraordinaria marcha de una carrera de gente hacia la colina tras la columna de los obreros del puerto y la huida a caballo de Guaxara y sus colaboradores más cercanos.

Pero el tópico preferido por los pobladores de Sexta era el violento desalojo de los sirvientes del palacio.

Catorce de ellos habían tenido heridas leves y recibían cuidados en la *Eskuela* de Medicina. Uno tenía un brazo partido. Otro, el rostro lleno de cortes por caerse al huir corriendo en la oscuridad. De varios, no se conocía el paradero y se presumía que aún se hallaban escondidos en los bosques linderos al río.

Tampoco se sabía dónde estaba alojada Guaxara. Los rumores la ubicaban viajando en un barco hacia Biko, o en la mina de cobre con los *ukatuak*, o recluida en la *etxea* de su anciana madre adoptiva. La versión oficial difundida por sacerdotisas de la Serpiente decía que la Alta Sacerdotisa se encontraba reponiéndose de una afección, que agradecía el honor de haber sido por octava vez consecutiva la más votada a la *Biltzara*, que habiendo cumplido cincuenta y siete años era el momento oportuno para no aspirar a una nueva ratificación y que tomaría su puesto en la Asamblea de la Ciudad para dedicarse por entero, como siempre, a los intereses de la población.

El siguiente tema de conversación, aquel día, era el reemplazo de Guaxara.

Arantxa era sin dudas, la candidata natural a tomar el puesto de Alta Sacerdotisa.

- Arantxa tiene dos problemas. - Afirmó Haridian iniciando el debate.

- Sólo dos ? - Interrumpió Nekane.

- Sí. No sé qué opinan ustedes. Uno es su edad.

- Le faltan tres años para jubilarse.

- No sería necesariamente un problema reemplazar una veterana por otra. - Observó Nekane.

- Y también sería su revancha de tantos años de enfrentamiento a Guaxara.

- Ese es el segundo problema, amigas. - Señaló Haridian preocupada.

- Lo de anoche fue realmente ... inquietante.

- Inquietante ? Eso es poco decir, querida Nekane. Lo de anoche fue muy desagradable. No luchamos durante años por salir de la vergüenza de los sirvientes para instalar la vergüenza de los portuarios.

- Comparto lo que dices, Haridian. - Terció Anixua - La conducta de Arantxa de hostigar a los obreros del puerto fue infeliz. Pero para que ella no sea la próxima Alta Sacerdotisa alguien más debe postularse por el Círculo. Tenemos la candidata ?

- Yo la tengo. - Anunció mi madre en tono desafiante.

- Quién ? - Respondimos varias a la vez.

- Quién es la siguiente en jerarquía entre los *klanak* del Círculo, luego de Arantxa ?

Todas miramos a Nekane. Ella negó con la cabeza.

- Queridas amigas, les agradezco pero no me siento en condiciones de competir con Arantxa. Ella ha sido mi *maisu* en política y me ha apoyado todos estos años. No podría postularme en su contra.

- A veces el alumno supera al *maisu*. - Sugirió Anixua.

- No podemos ser cómplices de un gobierno revanchista. - Enfatizó Haridian.

- Debemos pensarlo bien, - replicó Nekane - quién sería capaz de desafiar a Arantxa ? Debería ser una sacerdotisa prestigiosa. Por ejemplo, qué les parece la Decana de la *Eskuela* de Navegación ?

Mi madre adoptiva sonrió ante la alusión.

- No lo veo así, Nekane. Tú tienes mejores chances que yo. Es difícil que entre nuestras hermanas del Círculo encontremos disposición a apoyar a una postulante que no sea Arantxa. Para tener alguna posibilidad de éxito se requiere que sea la siguiente en jerarquía.

- Estimadas yo creo que tenemos dos muy buenas candidatas. Disponen de pocos días para ponerse de acuerdo entre ustedes. - Dijo Anixua risueña.

Se hizo un silencio, que aproveché para introducir una preocupación más inmediata.

- En cuánto tiempo creen ustedes que tendremos lámparas en las calles?

- En menos de lo que te imaginas, Itahisa. - Respondió Nekane - Varios barcos con lámparas, calderos y herramientas, partirán en los próximos días desde Zazpir. Otros con miel y nueces desde Bosteko. Los nuevos términos de intercambio entrarán en vigencia de inmediato, en cuanto las otras ciudades tengan confirmación del resultado de la votación de ayer.

- Iremos al puerto a recibir los embarques. Y nos encargaremos de que las lámparas sean colocadas en sus postes lo antes posible. - Complementó Haridian.

- Será otra fiesta ver las calles de Sexta iluminadas. - Sentenció Anixua.

Todas saludamos con entusiasmo aquel anuncio.

Muchas cosas importantes sucedieron en los días siguientes.

Tal como nos habían informado, arribaron al puerto gran cantidad de barcos provenientes de Zazpir cargados de lámparas, calderos, ollas, arpones, hachas, martillos, palas y otras herramientas de bronce.

Las lámparas fueron colocadas en cada poste de las calles de Sexta, pero a la noche más de la mitad habían desaparecido. Los pobladores, habituados a tantos años de escasez, habían querido asegurarse su lámpara propia en temor a que los otros vecinos las robaran. La *Biltzara* recién renovada debió realizar un excepcional trabajo de persuasión en todas las casas de la ciudad, explicando que las lámparas eran de uso común y no debían ser retiradas de los postes. Aun así, parte de la población continuó desconfiada y en algunas calles las lámparas debieron ser repuestas cuatro o cinco veces hasta lograr que permanecieran una noche entera en sus postes.

También fueron necesarios varios días para que la gente se adaptara a la disponibilidad de miel y nueces. Cada embarque que llegaba de Bosteko era aguardado por una pequeña multitud y la carga vigilada a pie hasta que se instalaba en la Plaza de Intercambio. Se formaban tumultos para demandar las preciadas mercaderías y los puestos debieron restringir las cantidades que se permitía intercambiar, para que todos pudieran llevar a sus casas una jarra de miel o una bolsa de nueces.

La Alta *Eskuela* de Sexta se mudó al palacio de la colina que había sido la sede del Club.

Se requirieron muchas jornadas para reacondicionar las lujosas recámaras de placer en sobrias aulas de conocimiento. Una carrera de cabras que pertenecían al Club fueron repartidas en todos los campos de la ciudad. Treinta cabras le correspondieron a nuestro campo, con las que duplicamos la producción y el consumo diario de leche. Repentinamente la leche de cabra pasó a ser un ingrediente frecuente de nuestros almuerzos y cenas, y debimos forzosamente aprender a preparar nuevos platos y cremas para sacar provecho a su abundancia.

La tensión política se instaló al interior del Círculo.

Cerca de cuarenta *klanak* promovían con entusiasmo la postulación de Arantxa al más alto cargo de la Ciudad, mientras que otros tantos se hallaban disconformes con lo ocurrido en la noche del triunfo, y veían con recelo un gobierno encabezado por quien había sido la principal promotora de la marcha de las antorchas y el violento desalojo de los sirvientes. Fuertes presiones recibieron nuestras madres Nekane y Haridian para que asumieran una postulación alternativa, hasta que ambas dejaron de negarse y lo admitieron como una posibilidad en el caso de que sus nombres lograran consenso entre las hermanas del Círculo.

Pero ello no ocurrió.

La mitad de la confraternidad que apoyaba a la "principal opositora", estimaba como una traición la eventual postulación de nuestras madres. La propia Arantxa dejó escapar durísimos desprecios para con ellas, lo que enardeció aun más los ánimos. Un ensayo de votación en un plenario del Círculo arrojó un resultado insólito. Cuarenta y tres apoyos a Arantxa y cuarenta y tres a Haridian. Con varias sacerdotisas que se abstuvieron de expresar su preferencia.

Las de la Serpiente, por su parte, se recuperaron de varios días de abatimiento y silencio en cuanto tuvieron la noticia de los problemas del Círculo para nombrar a la sucesora. La propia Guaxara reapareció en la *Biltzara*, sólo para dedicar sorprendentes discursos elogiosos a quien había sido su rival irreconciliable durante veinte años. Se puso a disposición de Arantxa para colaborar en todo lo que fuera posible para el cambio de gobierno, lo cual generó más rispideces a la interna del Círculo.

Una delegación del Círculo de Hiru encabezada por mi abuela Iruene vino a Sexta al tomar conocimiento de los problemas para elegir al reemplazo de Guaxara.

Mi abuela mantuvo reuniones con Arantxa y su grupo, y luego con Nekane y Haridian y quienes las apoyaban. Logró convencerlas de realizar un nuevo plenario con el fin de explorar una forma de acuerdo.

Cuando todas estuvieron reunidas les pidió públicamente a Arantxa y a Haridian que resignaran temporalmente sus postulaciones para permitir la búsqueda de un consenso necesario para que el Círculo lograra tomar el gobierno de la Ciudad con su unidad intacta.

Haridian declinó su candidatura de inmediato, forzando a Arantxa a hacer lo propio.

Acto seguido, mi abuela pronunció un encendido discurso sobre la importancia de la situación y los grandes objetivos que estaban en juego. Luego derivó a las condiciones que debían exigírsele a una Alta Sacerdotisa para cumplir tales objetivos. Culminó su exposición argumentando el valor de la renovación, testimoniando su propia cesión de *Klan* a una de las sacerdotisas más jóvenes de Hiru, e inesperadamente propuso a la más joven y más votada de las hermanas integrantes de la *Biltzara* como reemplazante de Guaxara.

Corrientes de sorpresa, expectativa y desconcierto se instalaron en el plenario cuando Iruene finalizó su discurso. Ella no dio tiempo a las reacciones y propuso de inmediato la votación. La candidata obtuvo sesenta más treinta votos en sesenta más cuarenta y cinco presentes.

Entre aplausos, festejos y asombros, la Sacerdotisa Anixua fue proclamada para ocupar el más alto cargo de ciudad Sexta.

- En cinco días nos vamos a Hiru, mi amor.

Etxekide terminó de desvestirse y se acostó a mi lado. Por toda respuesta me besó tiernamente. Acaricié sus fuertes brazos y lo traje junto a mí.

- Va a ser un placer remar con tan apuesto y musculoso compañero.

Mis elogios me valieron más besos. Luego de un tiempo preguntó.

- No he recibido comunicación de la *Eskuela*, ni de la *Biltzara*. Me convocarán por el Servicio Naval ?

- Creo que no. Que será por la *Eskuela*.

- Y qué hará Sutziake ?

- Ella ha elegido a Guadarteme para reemplazarme como pareja de remo.
- Informé divertida.

Él se mostró contento ante la perspectiva de viajar los cuatro a la bellísima isla secundaria del Mar de Atlantis.

- Y Pequeño Tapir ?

Los varones aplicaban aquel mote a mi hermano adoptivo.

- Pequeño Tapir se quedará acá, acompañando a Hagora. Ella no debe quedarse sola. Y me parece que su madre adoptiva estará bastante ocupada en estos días.

Etxekide sonrió. El embarazo de Hagora no era notorio y nos resultaba aun algo extraño. Pero mucho más difícil era hacernos a la idea de que su madre adoptiva asumiría en pocos días como Alta Sacerdotisa. Anixua tendría, seguramente, una gran cantidad de preocupaciones previas a la lejana llegada de su primer nieto.

- Iremos los cuatro en el mismo barco ?

- No lo sé, Etxekide. Creo que sí. Nosotros cuatro y un *Maisu*.

- Y dices que esto es una preparación del viaje de *hamazortzi* ?

- Sí. Por lo que hemos averiguado, los viajes de maestría del año próximo requerirán parejas de remeros de hombre y mujer. No entiendo mucho por qué. Es algo misterioso.

- Entonces, en un año haremos juntos un viaje de sesenta días por las siete ciudades ?

- Creo que vamos a divertirnos mucho. - Confirmé en tono seductor.

Mi amante pasó rápidamente a una diversión más inmediata, acariciando mis pechos y mi cuello, anunciado su deseo. Sus besos provocaron mi cuerpo de tal modo que casi me produjeron una distracción.

- Etxekide. Quieres hacer el viaje de maestría conmigo, verdad ?

Él detuvo sus caricias y me miró sorprendido.

- Claro que sí.

- No podré hacerlo si llego a quedar embarazada. Y esta noche ...

No fueron necesarias más explicaciones para que mi amante comprendiera en qué parte de mi cuerpo no debía culminar su entusiasmo.

- Tomen asiento, probaremos un exquisito plato típico de Hiru.

- De qué se trata, abuela ?

- Es *txarki* de tiburón acompañado de *txatni* picante de papayas.

Sabíamos que el *txarki* es un modo de preparación de la carne, que se deja secar al sol recubierta de sal y a veces ahumada. Pero no teníamos idea de qué era el *txatni.*

- *Txatni* ?

- *Txatni* es una conserva de frutas. Las papayas se cortan y se dejan macerar en su propio vinagre, con tomates, cebollines, pimientos, aceite y sal.

Por un tiempo degustamos en silencio aquella comida que nos resultó sabrosa, aunque excesivamente sazonada.

Estábamos en Hiru por la *Eskuela* de Navegación. Era nuestro primer viaje teniendo a Etxekide y Guadarteme como parejas de remo. Nos había llevado bastante trabajo adaptarnos al ritmo y la fuerza desigual del otro, desde la partida del muelle de Sexta. Pero la *Maisu* que nos dirigía había sido comprensiva y tolerante a nuestras dificultades. Ella se había limitado a guiar el barco con su propio remo, interviniendo pocas veces para señalarnos una descoordinación o proponernos una corrección en los movimientos. Después de alojarnos y pasar la noche en las habitaciones de estudiantes, nos encontrábamos almorzando en la Plaza de Intercambio.

Como lo habíamos hecho con Txanona, cinco años atrás, cuando el asunto era el viaje de mi amiga a Islas Castigadas. Ahora estábamos en la mesa Sutziake, Guadarteme, Etxekide y yo, con una preocupación similar

- Abuela, tenemos unas preguntas para hacerte.

- Uy ! Creo que estoy en dificultades. - Respondió ella alegremente, recordando aquella conversación.

- Es acerca de nuestro viaje de *hamazortzi.* - Complementé.

Iruene recorrió nuestras miradas antes de probar un sorbo de su licor de caña.

- Debí imaginarlo, - dijo al fin - adelante mi querida nieta. Cuál es tu primera pregunta ?

- Entendemos que por alguna razón se propone que las parejas de viaje de maestría sean de un hombre y una mujer.

- Es correcto. - Afirmó mi abuela.

- Pero no entendemos cuál es el motivo. - Complementó Sutziake.

- Qué más sabéis, chicas ?

Sutziake y yo nos miramos confundidas.

- Pues ... nada. - Respondí balbuceando.

- Nada ?

- Sólo que ... nos han asignado a una *Maisu* para entrenarnos ... y aquí estamos.

- Suponéis entonces que se trata de un viaje de *hamazortzi* común por las siete ciudades ?

Cruzamos miradas en todas direcciones alrededor de la mesa. La cara de Guadarteme era muy graciosa.

- Sí, abuela, suponemos eso.

Iruene hizo un gesto que no comprendimos y sonrió.

- Pues, suponéis mal, queridos.

La abuela hizo una seña a un puesto cercano para que le rellenaran el pequeño vaso de cerámica con licor, disfrutando de nuestras caras de intriga.

Etxekide no soportó la demora.

- Puede usted decirnos, Sacerdotisa Iruene, en qué consiste el viaje que se nos va a proponer ?

- No debería, Etxekide, no debería.

- Abuela ! Por favor !

Ella meditó un instante sus palabras.

- Os diré, queridos, lo que queréis saber. Hay tres grandes y lejanos territorios que los atlanteanos estamos explorando. No hay problema en que vosotros lo sepáis. Uno es en las grandes montañas donde nace el Río Grande del Sur. Eso es, desde Lau, bordeando el continente hacia el sur, hasta la desembocadura del Gran Río, y luego remontándolo casi veinte jornadas, por uno de sus afluentes. Allí residen pueblos hermanos con los que intercambiamos mercaderías desde hace muchos años. Ellos tienen oro en abundancia, pero no manejan el bronce. Algo parecido ocurre en el Continente del Norte, remontando quince jornadas el Río Grande del Norte desde su boca, unas dieciocho jornadas hasta las grandes montañas, donde otros pueblos hermanos nos ofrecen también oro y aceite mineral a cambio de nuestras herramientas. En las bocas de los dos grandes ríos tenemos puertos en construcción. Nuestra intención es comunicar Atlantis con esos pueblos que viven en ambos continentes, que nuestros barcos transporten productos de uno a otro extremo de esta parte de la Tierra.

La abuela hizo una pausa, observando el interés en nuestras miradas.

- Y también está el resto de la Tierra. Del otro lado del mar de Atlantis, hacia el este. Sabéis que estamos terminando de construir otro puerto en Islas Castigadas. A unas veinte jornadas de Zazpir. Este puerto será el punto en el que nuestros barcos reposten antes de continuar sus viajes. Diez jornadas más hacia el este, hasta los otros continentes que casi desconocemos. El del norte, el continente regado por los ríos, que llamamos Euriopa, y el del sur, al que llamamos Libia. Entre ambos, hay un mar que llamamos Lubarnea o mar mediterráneo.

Iruene deleitó su garganta con las última gotas del licor de caña antes de proseguir.

- No tenemos allí pueblos hermanos. Sabemos que hay pastores en las costas del Lubarnea, hombres de los bosques en Libia y hombres del hielo en Euriopa. Pero aún no hemos iniciado el intercambio con ellos. Ni siquiera disponemos de buenos mapas de estos lejanos territorios. Sí sabemos que en el mar de Lubarnea hay muchas islas, como en el mar de Atlantis. Y que esas islas están deshabitadas, porque ni los pastores, ni los hombres de los bosques, ni los hombres del hielo conocen la navegación. Nuestro sueño, queridos chicos, es llegar a construir ciudades en esas islas. Generar rutas de intercambio en el mar de Lubarnea. Para luego comunicarlas con Atlantis. De modo que finalmente nuestros barcos recorran todos los mares y todos los continentes, alcanzando a todos los pueblos. Transportando productos de unos a otros. Llevando nuestro conocimiento, nuestra civilización, nuestra bandera atlanteana a todos los confines de la Tierra.

Aquella larga explicación nos dejó perplejos. No porque desconociéramos que los barcos atlanteanos alcanzaban los puntos más distantes en lejanos continentes, sino porque nos resultaba oscura la relación que guardaba con nuestro viaje de maestría.

Guadarteme se animó a pedirle a mi abuela que uniera una cosa con la otra.

- Y todo esto que nos ha explicado, Sacerdotisa Iruene, qué tiene que ver con nuestro viaje de *hamazortzi*?

Por un instante, la abuela lo miró fijamente. Luego continuó.

- Hemos llegado a un acuerdo, queridos chicos, entre las ciudades de Bosteko, Hiru, Lehen y Zazpir. A ese acuerdo se sumará el nuevo gobierno de Sexta en los próximos días. Las ciudades apoyarán a las respectivas *Eskuelak* de Navegación en un programa de viajes de maestría. Os vamos a ofrecer, a vosotros y a todos los egresados de Navegación al cumplir los dieciocho años, la posibilidad de viajar a esos tres destinos de los que os he hablado.

Una confusión de emociones nos envolvió. Nuestras miradas denunciaban excitación, sorpresa, desconfianza y temor.

- Nos van a ofrecer ... ?

- Sí, Itahisa. Que el viaje de *hamazortzi* no sea el tradicional por las siete ciudades, sino un viaje mucho más largo, a alguno de estos territorios que los atlanteanos estamos explorando.

- Mucho más largo ? - Etxekide hizo eco, tratando de digerir la idea.

- Sí, Etxekide. Estamos hablando de un viaje de al menos tres estaciones, quizás hasta de un año.

Sentí fuertes pulsaciones en mi pecho, mientras en mi mente se agolpaban hechos y posibilidades. Un gran viaje hacia un continente desconocido. Recordé mis conversaciones con Bentaga y mis dos madres. Ellas habían intervenido para que yo, sin saberlo, me preparara para esta perspectiva.. Miré a Sutziake que simplemente sonreía, radiante.. Etxekide abría los ojos entre extrañado y asustado. Guadarteme estaba tenso pero repentinamente se incorporó y abrió sus brazos en un grito de festejo.

- Sí, Sí, Síiiiiiiii ! - Exclamó.

Mi abuela rió ante su reacción.

- Sabía que os gustaría la propuesta. - Comentó con satisfacción.

Traté de pensar con calma, pero no pude. Un año. Abandonar por un año nuestra ciudad, mi nueva *etxea* en la colina, conocer otros pueblos, territorios exóticos. Dejar de ver a Hagora, alejarme de Zebensui, reencontrarme con Txanona.

- El viaje a Lubarnea implica ir a Islas Castigadas. - Murmuré pensando en voz alta.

- Es correcto, Itahisa. Unos treinta días son necesarios para luego continuar el viaje.

- Yo voy a Islas Castigadas. - Anuncié con firmeza sin razonarlo.

Etxekide me miró, dudando entre exigirme sensatez o acompañar incondicionalmente mi locura.

- Yo voy a donde tú vayas. - Dijo al fin.

Instintivamente me levanté y fui a celebrar con besos y abrazos su lealtad. Los demás saludaron con alegre nerviosismo nuestros gestos. Sutziake, con su mejor sonrisa seductora, se dirigió a Guadarteme

- Vendrás conmigo a Lubarnea, Guadarteme ?

- Por supuesto, Sutziake.

Ambos repitieron nuestra actuación incorporándose a festejar. Los cuatro nos sumamos en un único abrazo, gritando y saltando, ante las atónitas miradas de quienes ocupaban las mesas vecinas.

- Muy bien chicos. Dejadme terminar. - Intervino Iruene solicitándonos tranquilidad con gestos de sus manos.

Volvimos a sentarnos, aunque era difícil controlar nuestras ansiedades.

- Me estoy aproximando a responder la pregunta inicial de mi querida nieta. Por si no lo recordáis, la pregunta era por qué os han propuesto hacer parejas de remo de un hombre y una mujer.

- Ah, eso, sí. - Dijo Guadarteme, como regresando de un lugar remoto.

- Hay un conjunto de condiciones para realizar el viaje que debéis conocer.

Con este anuncio logró recuperar nuestra atención dispersa.

- La primeras dos, ya las sabéis. Tener dieciocho cumplidos y maestría en Navegación.

Asentimos con nuestras cabezas.

- La tercera. Para los varones, una segunda maestría. Para las mujeres, otras tres.

Revisamos mentalmente nuestras situaciones. Los cuatro cumpliríamos el requisito al llegar a los dieciocho. Sin darnos tiempo a comentarlo, Iruene prosiguió.

- La cuarta condición. Para las mujeres, ni hijos, ni embarazo.

Sutziake y yo cruzamos una mirada cómplice.

- La quinta. Los viajes se realizarán en flotillas de seis o más barcos, pero en cada uno habrá tres parejas de *txalupari*, cada pareja de una ciudad diferente.

Aquello era inesperado y excluía la posibilidad de viajar los cuatro en el mismo barco, pero no lo discutimos, aguardando a que Iruene culminara su exposición.

- La sexta ya la sabéis, cada pareja será de un chico y una chica, preferentemente amigos habituados a convivir bajo el mismo techo.

Intercambiamos aprobaciones. También cumplíamos aquella condición.

- La séptima y creo que última. Las parejas deberán recibir un entrenamiento especial en la ciudad de partida, un curso intensivo de veinte jornadas de preparación para el viaje.

- La ciudad de partida ?

- Sí, Itahisa. En vuestro caso, si resolvéis ir a Lubarnea, será desde Lehen o Zazpir, lo sabréis a mitad de año. Debo advertiros que, entre los tres destinos, Lubarnea es el más lejano y por ello, el viaje más extenso.

- Puedes darnos más detalles de cómo será el viaje, abuela ?

- No muchos, querida nieta. Ya os he dicho. Después de la siguiente fiesta de Ama, deberéis ir al entrenamiento a la ciudad de partida. Tras esos veinte días estaréis zarpando en dirección a Islas Castigadas. Veinte o veinticinco jornadas para cruzar el mar. Repostar treinta o más días allí, antes de realizar el segundo cruce del mar hasta Euriopa, que os llevará de seis a diez jornadas. Luego no conozco los detalles, pero recorrer el Lubarnea en toda su extensión os insumirá más de cuarenta jornadas. El viaje tiene el propósito de acumular experiencia y saber sobre sus costas. Establecer contacto con los pastores, aprender de su modo de vida, los animales que crían, las hierbas, frutas y granos de los que se alimentan, o utilizan como medicinas. Internarse en algunos ríos para poder luego señalarlos en los mapas. Recorrer las islas del Lubarnea procurando hallar las mejores ubicaciones para construir un puerto. Finalmente emprender el regreso, que tendrá también varias etapas. En suma, estaréis casi un año viajando, antes de volver a vuestras casas en Sexta.

- Perderemos un año de cursos en las *eskuelak*. - Anotó Sutziake.

- Es correcto, querida. Pero ganaréis mucho más que eso.

- Por qué las tres parejas de un barco deben ser de ciudades distintas ? - Recordó preguntar Etxekide.

La abuela acarició sus blancos cabellos.

- Digamos que es para favorecer el espíritu atlanteano, por encima de ciudades. Pero también es una medida de ... contingencia.

- Qué es contingencia ?

- Algo que se hace en prevención de un problema, Etxekide. Previendo una situación que puede o no ocurrir. En el caso de que, por ejemplo, la *txalupa* quede accidentalmente separada de la flotilla, hemos aprendido que es mejor que las seis personas que quedan aisladas sean de distintos lugares, con distintas maestrías, a la vez que cada una tiene a su compañero o compañera. Cada barco porta la vivencia de tres ciudades de Atlantis.

- Y mientras dure el viaje, las parejas de remo serán las de hombre y mujer de la misma ciudad ? - Continuó averiguando Etxekide.

- No. Seguramente en el entrenamiento se os obligará a formar pareja con los otros compañeros del barco. De modo que estéis habituados a remar con cualquiera de ellos.

- Y nuestras *etxeak* ? - Se preguntó Sutziake.

- Permanecerán cerradas hasta que regreséis. A menos que vosotras dispongáis otra cosa. Vuestras vecinas las cuidarán.

- Y qué ocurrirá si a todas nuestras vecinas les gusta la idea de hacer el viaje de *hamazortzi* y parten con nosotros ?

La abuela sonrió ante la especulación de Sutziake.

- Pues, no creo que sea un problema. Dudo que el campo entero quede deshabitado. Quienes se queden tendrán comida en abundancia y muchas casas que cuidar.

- Hagora no podrá viajar, está embarazada. - Informó Guadarteme como si no lo supiéramos.

- Hagora tiene una tarea muy importante, - replicó Iruene alegremente - cuidar al primer nieto de la Alta Sacerdotisa. Sería excesivo pedirle que además cuide vuestras casas durante un año.

- Vendrás a Sexta para la asunción de Anixua, abuela ?

- Por supuesto, querida Itahisa, por ningún motivo podría estar ausente en ese día tan importante para la historia de Sexta, de Atlantis y del Círculo.

- En la flotilla, además de nosotros, viajarán *Maisuak*, no ?

- Claro que sí, Etxekide. No lo he dicho ?

- No. - Respondimos varios.

- Omití ese detalle, disculpad. Sí, cada seis o siete barcos habrá uno de *Maisuak* experimentados. Preferiblemente que ya hayan realizado el mismo viaje. No hay muchos que cumplan esa condición, aun sumando las cinco ciudades que colaboran en este proyecto. Ninguno de Sexta. Pero seguramente entre diez y quince *Maisuak* de Lehen, Zazpir, Bosteko o de aquí, de Hiru, os servirán como guías en la travesía. Ellos serán quienes dirigirán la flotilla y deberéis respetar sus indicaciones en todo momento. Queremos que todos vosotros regreséis a Sexta cargados de aprendizajes.

La última frase de Iruene ponía sutilmente en evidencia los riesgos que el gran viaje comportaba. Todos guardábamos la certeza de que deberíamos enfrentar enormes peligros. Las grandes olas, las tormentas, la posibilidad de naufragar o quedar aislados de la flotilla. De padecer hambre o sed. De sufrir ataques o mordidas de animales desconocidos. De encontrarnos con extraños hombres cuyas lenguas nos eran incomprensibles y cuyas reacciones podrían ser violentas.

- Son peligrosos los hombres de Lubarnea, Sacerdotisa Iruene ?

- No debéis temerles, Sutziake. Los pastores, por lo que sabemos, son sumamente tranquilos y serán ellos los que se asustarán de vosotros.

Guadarteme rió ante el absurdo.

- Los pastores tienen baja estatura, Guadarteme, os verán como gigantes.

- Son chiquitos como los cazadores de focas ?

- No, Itahisa, no tanto. Los asiáticos son los hombres más pequeñitos que conocemos. Los pastores, en cambio, superan un paso y medio de altura. Los hombres del hielo pueden ser más peligrosos, porque su fuerza física es excepcional, a pesar de ser también bajos de estatura. Por su parte, los hombres de los bosques de Libia son casi tan altos como nosotros, muy agradables y excelentes corredores, pero os sorprenderá su aspecto. Su piel y su cabello son completamente negros.

- Negros por el sol ? - Preguntó Guadarteme incrédulo.

- No. Guadarteme. Toda su piel es negra desde que nacen.

- Desde que nacen ? - Repitió asombrado.

- Pero es difícil que os encontréis con ellos. Porque no residen en las costas sino en los bosques de Libia, a varias jornadas del mar. Ciertamente os relacionaréis con los pastores, que viven en sus chozas en las bocas de los ríos. Allí cuidan a sus cabras, ovejas, cerdos y gallinas. Tienen pequeños cultivos. Tratar con ellos no será peligroso. Los hombres del hielo no construyen casas sino que habitan cavernas. No cultivan ni pescan. Viven de la caza y de la recolección, y son muy buenos músicos. No os acerquéis a ellos a menos que los superéis en número.

- No existen atlanteanos residiendo en Lubarnea ?

- No, Etxekide. No hasta el momento. Recién nos estamos instalando en Islas Castigadas. Pero lo haremos en pocos años, por ello es tan importante este viaje que os estamos proponiendo.

Se produjo un silencio en nuestra mesa, mientras el bullicio de la Plaza de Intercambio de Hiru se hacía notorio a nuestro alrededor.

- No tenéis más preguntas, chicos ? Me permitiréis tomar un descanso ?

- Creo que ha sido mucho por este almuerzo, gracias abuela.

- Gracias, Sacerdotisa Iruene. - Se sumaron a coro mis amigos.

- Habéis disfrutado el *txarki* con *txatni*?

- Estuvo exquisito abuela. - Mentimos por cortesía.

- Entonces, os deseo un buen regreso a Sexta y volveremos a vernos en pocos días, en la fiesta de asunción.

- Gracias, abuela. Gracias por todo. Nos has proporcionado mucha ... información importante.

- Ha sido un gusto para mí, querida nieta. Os dejo tranquilos.

Iruene se levantó y despidiéndose con una bendición, se encaminó a un puesto cercano.

Los cuatro nos miramos conteniendo las entreveradas emociones que golpeaban nuestros pechos. Chocamos nuestras palmas y nos volvimos a saludar alborozados. Nada podría detenernos. Cruzaríamos juntos el mar de Atlantis y nos internaríamos en territorios inexplorados, en el exótico mundo del Lubarnea.

En poco más de un año, emprenderíamos el gran viaje.

Un viaje que determinaría, de forma insospechada, nuestras vidas.

- Este es vuestro tercer y último año en la *Eskuela* de Navegación. En los dos años anteriores habéis aprendido a manejar los remos, a acompasar con una pareja, a acompasar entre parejas, a manejar la vela, y a conducir la *txalupa* con la vela y con los remos. En definitiva, habéis aprendido muy pocas cosas importantes.

Débiles risas saludaron el sarcasmo de la *Maisu*, en nuestro primer día de clases.

- En este año deberéis aprender lo más difícil. Lo que realmente se requiere para ser un *Maisu* en Navegación. Primero: construir un barco.

Segundo: reparar un barco en el mar. Y tercero y lo más importante: navegar por la noche guiados por las estrellas. En años anteriores habéis navegado durante el día y descansando en tierra durante la noche. Al finalizar este año os propondremos navegar de Sexta a Zazpir sin escalas. Sería mucho más fácil ir de Sexta a Zazpir parando una noche en Lehen, pero no es lo que haremos. No haremos lo fácil. En primer lugar vamos a construir nuestros propios barcos. Para ello, iremos al bosque a elegir los mejores árboles, cuyas ramas dejaremos secar en las curvaturas perfectas para construir la estructura del barco. Luego viajaremos al Continente del Norte a matar bisontes para hacernos de sus cueros ...

La *Maisu* hizo una pausa para regodearse con nuestras expresiones de incredulidad y asombro.

- No, no haremos eso. Está bien. No iremos a cazar bisontes. Le pediremos a la *Eskuela* de Caza y Recolección los cueros de bisonte para curarlos. Mientras tanto iremos fabricando nuestros barcos. Cuando estén listos, los llevaremos al río para hacer una prueba muy sencilla. Si se hunden, no podremos usarlos para navegar.

El chiste me pareció algo tonto, pero no así a la mayoría de la clase que lo recibió con una carcajada. Éramos cerca de cuarenta en el grupo, integrado por mujeres de diecisiete y varones de catorce, con escasas excepciones.

- Pero si acaso flotan, vamos a navegar con ellos. Tres días y dos noches desde aquí hasta Zazpir, guiados por las estrellas. Y en la segunda noche del trayecto, con un cuchillo vamos a rasgar la piel de la *txalupa* y quebrar algunas de sus costillas. Para que se llene de agua y tengáis la necesidad impostergable de repararlo. Y lo haremos cuando estéis más cansados, de modo que sea más divertido.

Esta vez no nos animamos a reír de la crueldad de la *Maisu*, porque sospechábamos que podría no estar bromeando.

- Si la *txalupa* continúa navegando y llegáis en ella a destino, podréis consideraros *Maisuak* en Navegación. Si por el contrario, debemos rescataros desde otros barcos, podréis consideraros unos inútiles y tendréis que repetir la prueba. Si esto os parece muy exigente, tengo una buena noticia. Antes de llegar a ese extremo, nos tomaremos un tiempo en romper vuestras *txalupak* varias veces, en la bahía del puerto, de día, con mar calmo y cuando estéis descansados. De modo que nadie pueda quejarse. Habéis comprendido ?

Sin dar lugar a preguntas o comentarios de sus alumnos, la *Maisu* desenrolló un gran lienzo en el que estaba dibujada la estructura de una *txalupa* atlanteana, e inició una minuciosa descripción de cada una de las piezas.

Tantos barcos llegaron a Sexta para la fiesta de asunción, que saturaron la capacidad del puerto. No pudiendo atracar en los muelles, debieron anclar en la bahía y hasta en las costas cercanas, ofreciendo un espectáculo inusitado a quienes teníamos el privilegio de vivir en la colina. Asimismo quedó superada la disponibilidad de alojamiento de la ciudad para recibir a los visitantes. Casi veinte veces sesenta personas sumaban las delegaciones enviadas por las demás ciudades a asistir a la ceremonia de cambio de gobierno. En todos los edificios públicos se hicieron acomodaciones para que los visitantes pudieran pasar la noche. Las calles mostraban una agitación inusual, colmadas de transeúntes, destacándose la presencia de grupos de sacerdotisas de las ciudades más cercanas.

La última aparición de Guaxara como Alta Sacerdotisa fue muy breve. Desde el balcón de la *Biltzara* ignoró los silbidos, insultos y gritos de condena de la multitud congregada en la plaza, y procedió a entregar su tiara de piedras y el disco de oro a Anixua, quien lucía más hermosa que nunca en sus atuendos ceremoniales.

Una ovación saludó a la recién investida, cuando ella dirigió su primera bendición desde el balcón. Para mí y para mis amigos fue realmente emocionante verificar con nuestros ojos aquel acto de asunción. Anixua, la madre de Hagora, la amiga de mi madre, la que tantas veces había estado con nosotras en la colina, compartiendo momentos de angustia y celebrando momentos de alegría, era a partir de ese instante la principal dirigente de la Ciudad. Marcando el fin de una etapa nefasta en la historia de Sexta. Inaugurando un tiempo de esperanza, de crecimiento, de recuperación del prestigio perdido entre las ciudades de Atlantis.

La fiesta continuó durante la tarde en la plaza. Los músicos se instalaron en las esquinas, y hombres, mujeres y niños bailamos hasta la puesta del sol. Mientras tanto, en el palacio de la *Biltzara*, Anixua recibía los saludos de las delegaciones, aprovechando a confirmar detalles de los nuevos términos de intercambio.

Mi amiga Hagora, luciendo orgullosa su panza de apenas una estación, estaba feliz de pasar a pertenecer al *Klan* más importante de la ciudad. Actuaba como si nunca hubiera tenido problemas con su madre adoptiva, elogiando su belleza, su inteligencia y augurando los mejores resultados a su gobierno. Manindar bailó con ella y con nosotras. Gazmira y Baraso también estaban en la plaza, festejando alegremente la asunción de Anixua, pese a pertenecer a uno de los *klanak* más cercanos a Guaxara. Mientras Baraso procuraba sin éxito seguir a Oihane en sus danzas, Iratxe y Sakon hacían una perfecta pareja de baile. Ameqran y Dafra se habían sumado asimismo a la fiesta, en la misma esquina de la plaza donde, cuatro años atrás, habíamos construido un tinglado para protestar por la demora de la Ciudad en entregarnos los materiales.

Desde allí no pudimos oír el breve discurso de Anixua cuando, al caer la noche, volvió a hacerse presente en el balcón. Los aplausos y gritos nos impidieron registrar sus palabras. Pero ello no nos impidió componer su mensaje. Bastaba observar las expresiones de satisfacción en la gente que nos rodeaba. La Ciudad Sexta volvía a tener confianza en su futuro.

Era pasada la medianoche cuando regresamos, felices, a nuestras *etxeak* en la colina.

Pocos días después realizamos nuestro primer viaje a Zazpir.

Aunque estaba prevista la escala en Lehen a la ida y a la vuelta, la novedad era que debíamos navegar una jornada entera, con su noche, antes de llegar a la ciudad primera. A diferencia de ocasiones anteriores, en las que al caer el sol buscábamos una playa para pasar la noche y luego retomábamos el trayecto al amanecer.

Previo al viaje, se nos había convocado por las noches a la *Eskuela* de Navegación para acostumbrarnos a reconocer las *izar-multzo*, las figuras del cielo nocturno, observar sus giros y poder orientarnos según su posición. Como mi madre Atissa me había enseñado a leer las estrellas desde que tuve nueve años, esto no me resultó dificultoso.

Tampoco era necesario ser un experto en astronomía para navegar de noche de Sexta a Lehen, cuando en realidad se trataba de rodear la Isla Principal. El riesgo mayor residía en no chocar contra islotes o puntas rocosas, para lo cual debíamos mantener una distancia prudente de la costa y aguzar la vista al frente, observando las grandes banderas blancas que indicaban la existencia de arrecifes.

Éramos siete en la *txalupa*. Cuatro varones de catorce años, la *Maisu*, Sutziake y yo. Al caer la noche tomamos turnos para que una pareja descansara, mientras las otras dos remaban o manejaban la vela. Era de los últimos días del *negu* y hacía bastante frío, el viento escaso, pero suficiente para no tener que remar de continuo. Al llegar nuestro turno de dormir, nos acurrucamos una junto a la otra y no nos costó encontrar el sueño.

Nos pareció que el tiempo no había transcurrido cuando nos despertaron avisando que debíamos volver a nuestros puestos en los remos. Antes de hacerlo bebimos cada una un jarro de *txocoatl*, un líquido amargo, espeso y oscuro, que nos ayudó a recuperar energías.

Cerca del mediodía ingresamos al magnífico puerto de Lehen. Disponíamos de la tarde y la noche antes de retomar nuestro viaje con destino a Zazpir.

Le pedí a Sutziake que me acompañara a visitar la *etxea* de Bentaga. Cuando nos abrieron la puerta, quedamos impactadas.

- Aieko !

Aieko ya no era un niño. Sutziake no podía creer que era el mismo a quien ella había dado alojamiento la noche de la inauguración de mi casa. Yo lo había visto por última vez cuando Bentaga se había recibido de sacerdotisa, tres años atrás. Desde entonces, el pequeño de los bucles dorados se había convertido en un hermoso joven, alto y musculoso

- Hola Itahisa, hola Sutziake, bienvenidas, entren.

- Hola Aieko, cómo has crecido, estás hecho ... un hombre.

- Gracias. Se las ve cansadas por el viaje. Pongo agua a calentar por si quieren tomar un baño ?

- Nos vendría estupendo, Aieko. Muchas gracias. Bentaga no está ?

- No. Mi madre está en la *Eskuela* de Música.

- Es profesora de música ? - Preguntó Sutziake.

- No. Es profesora de danza. - Informó Aieko acercando el caldero al fuego.

- Es profesora de Historia. - Discutí.

- Sí, es cierto. - Aceptó Aieko. - Por las mañanas va a la *Eskuela* de Historia y *Eskritura* y algunas tardes a la *Eskuela* de Música, como hoy. Estará llegando para la cena. Se quedarán a cenar, verdad ?

- Nos estás invitando ?

Aieko sonrió complacido.

- En realidad no. Mi madre me pidió que les preparara el caldero, les ofreciera las camas para descansar y que les transmitiera su invitación a cenar con nosotros.

Aceptamos agradecidas. En la cabina nos quitamos la sal de los cabellos volcándonos mutuamente jarros de agua tibia. Luego nos secamos y envueltas en las toallas fuimos al dormitorio. Sutziake se dejó caer en la cama de Aieko y yo en la que había sido de Txanona. Con su recuerdo en mi mente y la certeza de que en un año volveríamos a encontrarnos, cerré los ojos, rendida de cansancio.

Tardé en ubicarme cuando sentí suaves caricias en mi espalda y mi cuello. La habitación estaba oscura.

- Hola Itahisa, cómo estás ?

La voz de Bentaga era inconfundible. Reconocí sus aromas cuando besó mi frente.

- Hola Bentaga. - Saludé somnolienta.

Sutziake se desperezaba en la cama cercana.

- Voy a tener que conversar seriamente con mi hijo, - bromeó Bentaga - lo dejo un rato solo y trae a dos hermosas mujeres a dormir a su cuarto.

- Aieko está ... enorme.

Nos causó gracia la apreciación exagerada de Sutziake. Cuando se estaba despertando hablaba como una niña.

- Apenas cumplió trece, Sutziake, qué dirás cuando tenga dieciocho ?

- No ... te voy a decir, - mi amiga parecía embriagada - no te lo voy ... a decir.

- Está bien, Sutziake, - rió Bentaga - por favor no me lo digas. La cena va a estar lista. Puedo pedirles que se vistan ?

- Ya vamos. - Respondió Sutziake simulando enfado.

- En un momento nos vestimos. - Intenté ser más amable.

- Tranquilas. No empezaremos a comer sin ustedes.

Bentaga encendió una yesca para prender la lámpara. Tras un instante, en el que no disimuló su disfrute al apreciar la desnudez de nuestros cuerpos, nos dejó solas en el cuarto.

- Les diré lo que he podido averiguar, chicas. - Anunció Bentaga rellenando su tortilla.

Aieko había amasado unas tortillas de maíz, que se mantenían calientes en un canasto cubierto con un paño. El relleno era una preparación de frijoles, carne de ave y papas, y como condimento crema verde, hecha con pimientos, tomates verdes y cebollas.

- Lo más probable es que el entrenamiento sea aquí, en Lehen. Y dará comienzo exactamente dentro de un año, pocos días después de Ama. Es muy importante que la partida se realice en *udaberri*, porque es la época en que las corrientes marinas son favorables para cruzar el mar hacia Islas Castigadas. En este momento, una flotilla de residentes está próxima a llegar. Y partirá nuevamente hacia las Islas unos sesenta días después de Ama. A ellos se sumará el grupo de *hamazortzi* de este año. Quizás unas seis *txalupak*, que sumadas a las de los residentes, compondrán una flotilla de dieciocho o veinte barcos en total.

- Y el año siguiente será igual ?

- Seguramente, Itahisa. Aunque se espera que sea un número mayor.

- Entonces no viajaremos solos ?

- Es lo que estoy diciendo, Sutziake, cuanto mayor sea la flota, más seguro será el viaje para todos. Luego sí, continuarán solos, los *hamazortzi*, hacia Lubarnea.

- La abuela nos habló de un curso que demandaría unos veinte días.

- Sí. Pero cada vez se ponen más exigentes, Itahisa. Ésta que da inicio ahora insumirá treinta días y cuando les toque a ustedes, el año siguiente, estimo que será de cuarenta.

- Por qué tanto tiempo ? A Txanona no le exigieron tanto para hacer su viaje. - Protesté.

- No puedes comparar. Una cosa es simplemente cruzar el mar para ir a residir a las Islas donde ya tenemos una población de atlanteanos. Otra muy distinta es un viaje de exploración. Requiere de otra cantidad de habilidades, saberes y ...

- Tengo entendido que en cada *txalupa* viajarán tres mujeres, cada una con cuatro maestrías, y tres varones, cada uno con dos maestrías. De modo que habrá *Maisuak* de las Doce Ciencias en cada barco. Qué más saberes se necesitan ?

Bentaga toleró pacientemente mi interrupción. Luego continuó.

- Hay saberes, querida Itahisa, que no se enseñan en las doce *eskuelak*.

- Como cuáles ? - preguntamos Sutziake y yo contrariadas.

Nuestra anfitriona mordió un bocado a su tortilla ordenando sus ideas.

- En primer lugar: sobrevivencia. - Afirmó sin dejar de masticar.

Miré a Sutziake, luego a Aieko, verificando si aquello les resultaba tan extraño como a mí.

- Sobrevivencia ?

- Sí. Sobrevivencia es la habilidad de resistir varios días con escasez de alimentos y agua. En el mar o en tierra. Recoger el agua de la lluvia, alimentarse de insectos, resistir el calor y el frío...

- Insectos ! - Exclamó Sutziake horrorizada.

- Sí. Insectos, o caracoles, o raíces, lo que pueda servir para no morirte de hambre.

- Qué asco !

- Qué otros saberes, Bentaga ?

- Otra cosa puede ser, por ejemplo, comunicación a distancia.

- Qué es eso ?

- Son formas de enviar mensajes entre dos puntos lejanos. Por ejemplo usando banderas en el mástil del barco. O encendiendo un fuego y manejando la columna de humo de modos distintos. O con espejos de bronce, reflejando la luz del sol.

Bentaga continuó sin darnos tiempo a reaccionar.

- También aprender a medir distancias, lo que permite dibujar mapas. Eso sí se enseña en la *Eskuela* de Astronomía, pero todos quienes integren la expedición de *hamazortzi* deberán saber hacerlo. Y sin dudas formará parte de la preparación escuchar los relatos, ver los mapas y recibir los aprendizajes de quienes ya hayan completado el viaje a Lubarnea.

- Está bien. No sigas Bentaga. Ya entendí por qué necesitamos cincuenta días. - Se rindió Sutziake.

- Mobad viene este año ?

Bentaga aceptó con agrado el giro de la conversación.

- No lo sé con certeza, Itahisa, espero que sí. El año pasado no vino.

- Viene un año sí y el otro no. - Complementó Aieko.

- Entonces el propio Mobad podrá transmitirle a Txanona que nosotros iremos a Lubarnea el año siguiente. - Reflexioné en voz alta.

- Sin dudas, no te preocupes. Txanona sabrá que ustedes irán a visitarla y quedará feliz por la noticia.

- Y quizás continúe el viaje con nosotras. Ella también habrá terminado su maestría en Navegación y cumplido los dieciocho cuando lleguemos allá.

- Conociendo a mi hija, te diría que tienes razón, Itahisa. Ella no va a renunciar a la posibilidad de una aventura si se le presenta. Y de regreso, me encantaría que la trajeran hasta aquí. Hace cinco años que no la vemos. Harán lo posible por convencerla, chicas ?

- Haremos lo posible, Bentaga.

La segunda etapa del viaje fue muy placentera. A poco de partir bordeamos la punta noreste de la Isla y luego pusimos rumbo hacia el oeste, cruzando el mar hacia el continente. El clima era fresco, pero soleado y tuvimos viento favorable durante toda la jornada. Pasamos el día bromeando con los *txiki*, los compañeros de barco tres años menores que nosotras, quienes intentaban de las formas más tontas llamar nuestra atención. Nos divertimos mucho con sus chistes y lisonjas, que la *Maisu* toleraba denotando cierto fastidio.

Era noche cerrada cuando nos aproximamos por fin a los muelles de Zazpir. De la ciudad, sólo se veían las luces y el espectáculo era extraordinario. A juzgar por la cantidad de lámparas aquella era la más grande de las siete ciudades. La *Eskuela* de Navegación tenía tres

---

muelles exclusivos, además de los doce del puerto principal y otros cuatro que se estaban construyendo.

Luego de descargar los equipajes y que nos fuera asignada una de las habitaciones de la *Eskuela*, nos dimos un baño y nos impusimos un breve tiempo de descanso. Estábamos decididas a salir a conocer la ciudad, pero no queríamos hacerlo con los *txiki*, sino por nuestra cuenta, aunque nos resultara difícil orientarnos de noche en una ciudad tan grande que nos era desconocida.

Antes de salir, pasamos por el comedor de la *Eskuela*, en el que muchos estudiantes y *maisuak* estaban cenando. Un *Maisu* joven, de unos diecinueve años, graciosamente nos pidió permiso para comer con nosotras. Parecía simpático, tenía un físico admirable y su rostro era agradable, a pesar de una curiosa coloración rojiza a un costado de la boca.

- Primera vez en Zazpir, cierto ? - Preguntó cuando lo invitamos a sentarse.

- Cierto. Cómo te llamas ?

El joven indicó con un dedo la mancha de su cara.

- Naga. Y ustedes ?

- Te llamas Naga ? - Replicó Sutziake incrédula.

- Así me llamo. Desde que nací con esta peca en la cara. Mi madre no tuvo mejor idea que ponerme ese nombre.

Nos quedamos mirándolo, evaluando si su madre habría acertado en poner tan en evidencia su defecto, porque en atlanteano "*naga* "significa, precisamente, mancha.

- Hola Naga, mi nombre es Itahisa. Bosteko, Sexta. - Reaccioné extendiéndole mi mano.

- Sutziake, Biko, Sexta. - Se presentó mi amiga.

- Sexta ! La ciudad de la Serpiente. Qué interesante. - Comentó Naga haciendo gestos con sus brazos.

- No somos de la Serpiente. Somos del Círculo. – Se apresuró a aclarar Sutziake.

- El Círculo y Zazpir son aliados, de modo que en nombre de la ciudad de Zazpir doy oficialmente la bienvenida a las distinguidas y bellísimas amigas del Círculo de Sexta.

No pudimos evitar reírnos de la rimbombante declaración de Naga. Sus modos algo extrovertidos nos resultaban llamativos. Y estar con él nos daba la excusa perfecta para apartarnos de los *txiki*.

- Corresponde entonces, Naga, que en gesto de bienvenida nos acompañes a conocer esta hermosa ciudad.

Naga se mostró complacido ante mi atrevimiento.

- Por supuesto que corresponde. Lo haré con mucho gusto. Parten mañana de regreso ?

- No. Nos quedaremos dos días.

- Entonces, distinguidas amigas, tenemos esta noche. Conocer Zazpir es conocer su vida nocturna. Ni piensen en cenar aquí en la *Eskuela*, hay muchos sitios más interesantes.

Naga se levantó y ofreció una mano a cada una, invitándonos a salir.

- Vamos ?

Sutziake y yo nos miramos divertidas. De la mano de Naga abandonamos el comedor y caminamos hacia el puerto que se veía sumamente activo a pesar de lo avanzado de la noche.

Naga nos guió hacia uno de los muelles en el que un grupo de gente parecía observar un espectáculo. Nos trepamos a unos troncos para poder asistir a la competencia de fuerza. Cuatro hombres aguardaban una señal para recoger del piso grandes piezas de pesca del tamaño de una persona. Para luego cargarlas en sus hombros y trasladarlas hasta dejarlas caer en los barcos atracados más próximos. El público gritaba y aplaudía a los forzudos competidores, en lo que entendimos era un juego habitual en el puerto de Zazpir.

El juego que se desarrollaba en el muelle siguiente nos resultó mucho más interesante. Portando un palo de varios pasos de largo, los participantes corrían hasta el extremo del muelle y apoyándolo en el piso, se impulsaban en un gran salto, que los hacía volar hasta cinco pasos de altura para dejarse caer en las frías aguas de la bahía. Con una cuerda flotante se señalaba la distancia del que había logrado el mejor salto, que era la marca a superar por los demás competidores.

Una calle muy ancha e iluminada comunicaba el puerto con la *Biltzara* de Zazpir, que distaban entre sí unos doce campos. En las mesas dispuestas a cada lado, muchos hombres y mujeres, jóvenes y mayores, conversaban animadamente, comían y bebían. Naga nos guió hacia una esquina, donde un grupo de músicos tocaban sus instrumentos. Saludó a algunas personas y consiguió una mesa para nosotras. Al poco tiempo nos trajeron una bandeja de nueces y bellotas, unas jarras de *txocoatl* y unos pequeños vasos de licor ardiente de maíz fermentado.

Mientras los degustábamos, contemplamos fascinadas el movimiento a nuestro alrededor.

En ninguna otra ciudad de Atlantis podía verse tanta gente en la calle cerca de medianoche. Especialmente tantos hombres. Le preguntamos a Naga sobre ello.

- Hay más hombres que mujeres, o yo estoy algo confundida ?

- Estás viendo bien, Sutziake.

- A qué se debe, Naga ?

- Pues a algo muy simple. Quiénes no trabajan mañana ?

- Mañana ? Es un feriado o algo así ?

- No. Mañana es un día cualquiera de trabajo. Quiénes no trabajan ? Los pescadores que están en tierra, en su mayoría hombres. Los navegantes que estamos en tierra, en su mayoría hombres. Y los mineros que se encuentran en sus días de descanso, casi todos hombres. Por esa razón, en cualquier noche como esta, en las calles de Zazpir verán más hombres que mujeres.

- Las mujeres que vemos son también navegantes o pescadoras ?

- Algunas sí. Pero la mayoría trabajan en otros oficios. Ello no les impide salir a divertirse.

- Yo haría lo mismo si viviera aquí. - Confesó Sutziake con envidia.

- No son pescadoras de peces, - continuó Naga - pero igualmente les llamamos pescadoras.

Nos reímos. Era notorio que las mujeres a nuestro alrededor se interesaban en los grupos de varones que transitaban alegremente por la calle.

- Y luego se llevan el producto de la pesca a sus casas ? - Pregunté fingiendo inocencia.

- Sí, los hierven y se los comen. - Respondió Sutziake con una carcajada.

Naga festejó la ocurrencia de mi amiga con un cómico gesto de sus cejas.

- En general se llevan la pesca a sus *etxeak*. Otras hacen algo más ... exagerado.

- Exagerado ?

- Sí. Hay en esta calle algunos lugares ...

Naga hizo una pausa gozando de nuestra curiosidad.

- Lugares ?

- Sí. Algunos salones donde la luz es escasa.

- Qué ocurre en esos salones ?

- Digamos que ... - Naga meditó sus palabras - algunas mujeres aprovechan la abundancia de ... pescado fresco.

Sutziake estalló en su típica y contagiosa risa.

- Entonces tiran la red y comen al mismo tiempo. - Dijo secándose las lágrimas de sus ojos.

- Algo así. - Confirmó Naga encogiéndose de hombros.

La curiosidad fue más fuerte que nuestras precauciones.

- Nos podrás mostrar uno de esos lugares ?

- Claro que sí, Itahisa. Pero debo advertirles que asistirán a escenas un poco ... fuertes.

- No somos unas niñas, Naga. Qué vamos a ver que pueda asustarnos ?

- Si una mujer se ofrece dentro del salón, no elige a quien. Simplemente se ofrece a quienes estén cerca.

Sutziake y yo nos miramos impresionadas. Naga continuó.

- Sólo cuando ella vuelva a ponerse en pie, la fila de hombres que está esperando debe disolverse.

- La fila de hombres ?

- Sí, Sutziake. Suele formarse una fila para cada mujer que se ofrece.

Volvimos a cruzar miradas. Las escenas que Naga nos anticipaba excedían cualquier experiencia que hubiéramos conocido. Nos resultaba poco creíble que algunas mujeres de Zazpir se dispusieran a un trance tan perturbador. Ofrecerse a una fila de hombres desconocidos en público, en un salón oscuro y disfrutarlo hasta saciarse.

- No se verá mal que nosotras estemos en el salón sin ... involucrarnos ?

- No se preocupen por eso. Mientras no se les ocurra levantarse la falda nadie reparará en ustedes.

Disimulando el nerviosismo caminamos por las transitadas calles. Ingresamos a un gran edificio construido enteramente de piedra, en lo que parecía ser un comedor, también repleto de mesas y gente.

- Estos son los viejos almacenes de Zazpir. - Informó Naga.

Cruzamos el comedor para acceder una callejuela empedrada interna del edificio. Muchos hombres de físicos fornidos caminaban en ambas direcciones. Vimos también algunas mujeres luciendo *maskarak,* antifaces de tela negra que les cubrían parcialmente el rostro.

- Qué clase de mujeres vienen a esos lugares, Naga ?

- A qué te refieres, Itahisa ?

- Me refiero a si son mayoritariamente jóvenes o mayores, si también concurren profesoras, sacerdotisas, de algún oficio en particular.

Naga reflexionó un momento.

- En general son mayores de treinta. Entre los treinta y los cincuenta. Pero se ven algunas jóvenes, como ustedes y también abuelas. Estoy casi seguro que de todos los oficios, incluso profesoras y sacerdotisas, pero es difícil saberlo con certeza.

- Por qué usan *maskarak*?

- No está bien visto que una mujer acuda a divertirse a esos lugares. Si lo hace con una *maskara*, nadie puede recriminárselo.

Varias cosas nos impactaron al cruzar la gran puerta que daba al salón.

El aire era caluroso y húmedo, sofocante. La iluminación efectivamente era muy pobre y al principio sólo pudimos notar que había mucha gente. Desde distintos puntos del salón llegaban a nuestros oídos gritos y gemidos que denunciaban hombres y mujeres escalando y descendiendo montañas de placer.

Una mezcla de aromas de cuerpos masculinos, de variedad de transpiraciones, se imponía sobre el olor a humedad antigua de las piedras que formaban las paredes y era interrumpida por oleadas dulces, inequívocas, de semen y de jugos femeninos.

Nuestros ojos fueron acostumbrándose a la oscuridad y pudimos componer la disposición del salón. Más de sesenta hombres y unas pocas mujeres se hallaban de pie dando sus espaldas a las paredes de piedra. Dos filas de lo que podrían ser bancos altos, o mesas angostas, eran los únicos muebles en la parte central.

Pudimos ver que a uno de ellos se aproximaban dos mujeres con *maskarak*. La primera apoyó su pecho en el banco revestido de cuero, con los pies en el piso y los brazos extendidos hacia adelante, mientras que la otra permanecía de pie a su lado.

Inmediatamente se formó una fila de hombres. La que estaba de pie levantó la falda de la que estaba apoyada en el banco, dejando expuestas sus nalgas y *natura* como señal para que el primer hombre de la fila se acercara y la tomara por detrás.

Éste no demoró un instante en dar un paso adelante, su *zakil* ya pronto para la penetración, sujetando apenas las caderas de la mujer ofrecida. No se intercambiaron palabras en el breve e intenso acto, en el que el hombre en pocas acometidas obtuvo su satisfacción y dejó su lugar al siguiente.

Así llegó el segundo y luego el tercero. La mujer receptora dejaba escapar suaves quejidos con cada penetración. La acompañante le acariciaba el cabello y le hablaba al oído. En la fila aguardaban varios hombres, algunos de ellos manipulando sus *zakilak* en anticipación.

Sutziake buscó mi mano en la oscuridad. Estábamos transpiradas. Mi *brusa* empapada se adhería a mis pechos y gotas de sudor caían por mi cuello.

La mujer aferrada al banco incrementó sus gemidos ante las frenéticas embestidas del cuarto hombre de la fila, un minero de unos cincuenta años, de cabeza calva, que gruñía su placer de un modo intimidante. Cuando hubo terminado, pudimos notar gruesas gotas de semen escurriendo desde la *natura* receptora hacia el piso.

Tocó el turno a un joven delgado de larga cabellera. Su *zakil* se elevaba en una curva como una *txalupa* atlanteana. Cuando lo introdujo, la mujer ofrecida empezó a gritar, sus puños se cerraron sobre el cuero y su cuerpo entero comenzó a temblar. El joven no aparentaba estar tan urgido como los anteriores y balanceaba su cuerpo apenas tocando las nalgas de la mujer ofrecida, que continuaba gritando en la cumbre de su goce.

Sentí que Sutziake estrechaba la presión de su mano en la mía. El calor se había adueñado de mi cuerpo y por mis piernas descendían incómodas sensaciones de humedad. Aunque no podía apartar la vista de la escena, crecía en mí la certeza de que no podría permanecer allí por mucho tiempo.

Los gritos terminaron abruptamente, pero la mujer continuó temblando, mientras el joven de pelo largo anunciaba con gruñidos sordos su final, al tiempo que desde otro extremo del salón que no alcanzábamos a ver, nos llegaban otras escaladas de gemidos que se hacían más agudos.

A nuestro frente, la mujer ofrecida dijo algo imperceptible que su amiga tradujo como invitación al sexto hombre de la fila. Cuando éste hizo penetrar su grueso *zakil* en la *natura* desbordante de semen, ella volvió a gritar.

- No aguanto más. - Me dijo Sutziake al oído.

- Nos vamos. - Transmití a Naga a mi lado.

Rápidamente abandonamos el salón. Dejamos atrás el aire cargado de gritos y gemidos, desandamos la callejuela y cruzamos el comedor.

Afuera continuaba el animado tránsito de hombres y mujeres por las calles salpicadas de mesas.

Me apoyé en un poste. Necesitaba un tiempo para que la fresca noche despejara mi cabeza y trajera alivio al calor que agobiaba mi cuerpo.

La playa de Zazpir era la más extensa y recta de cuantas habíamos visto. Una perfecta franja de arena se prolongaba hacia el norte perdiéndose en el horizonte. Pequeñas olas barrían suavemente la orilla. El paisaje absolutamente plano, sin montañas, ni colinas, ni la más mínima elevación. La superficie de arena era extremadamente firme, ideal para realizar carreras de caballos.

Luego de dormir toda la mañana, nos habíamos reencontrado con Naga en el comedor de la *Eskuela* y realizado una breve recorrida por el centro de Zazpir, antes de caminar por largo rato hasta llegar a aquel punto de la playa.

En una tarde soleada pero bastante fría, muy pocos adultos y niños paseaban por la calma orilla que miraba hacia el este. Sentados en la arena contemplamos el mar intensamente azul, recortado por barcos que iban hacia el puerto. Incontables aglomeraciones de gaviotas, quietas como estatuas a pasos de la orilla, miraban hacia el mar como nosotros.

La conversación no tardó en circular por los sucesos de la noche anterior.

- Yo les advertí. Ahora no son admisibles los reclamos. - Se defendió Naga.

- Eh ? De ninguna manera. Dinos cuáles eran tus intenciones.

- Está claro, Sutziake. Naga pretendía que nosotras fuéramos a uno de esos bancos para ponerse en primer lugar en la fila.

Naga optó por seguir el juego. Con exagerados ademanes se confesó culpable.

- Está bien. Es cierto, lo admito. Quise aprovecharme de la situación. Sepan disculparme.

Intercambiamos guiños cómplices con Sutziake. La experiencia de nuestra primera noche en Zazpir había sido por demás extraña. Lo que habíamos presenciado en el salón de los viejos almacenes nos había resultado a la vez revulsivo y excitante. Al punto que no habíamos soportado permanecer allí, pero tampoco logrado que las imágenes desaparecieran de nuestra mente, dejándonos en un estado de intranquilidad, de agitación, de confuso deseo. Pese al cansancio acumulado nos había costado dormir. Por un rato habíamos comentado impresiones sobre las vivencias de la noche y bromeado con la idea de despertar a los *txiki* para reproducir en nuestro dormitorio las escenas que habíamos visto.

- Y hoy nos trajiste a la playa con la excusa de que habría una carrera de caballos. - Continué con malicia.

Sutziake soltó una carcajada.

- Es cierto, - aceptó Naga risueño – por allí, detrás de esos arbustos, están los mineros aguardando el momento.

- Dónde ? Dónde ? - Sutziake representó la farsa de buscar a los hombres escondidos.

- No te entusiasmes, Sutziake, es un engaño. No hay mineros, ni caballos, ni jinetes, esto es muy aburrido.

- A mí no me parece que estés aburrida. – Replicó Naga, haciéndose el ofendido.

- El problema de Itahisa es que lo de anoche la dejó algo nerviosa.

No tuve tiempo de responder la insidiosa acusación de mi amiga. Poniéndose de pie, Naga señaló hacia el sur, desde donde los caballos se acercaban a gran velocidad. Eran unos veinte competidores, levantando una nube de arena a su galope.

Por instantes disfrutamos del espectáculo de los animales exigidos, de los jóvenes jinetes trepados a sus cuellos, del esfuerzo de músculos en máxima tensión, las crines ondeando en el aire y las huellas de sus galopes marcadas en la arena .

Mientras se alejaban hacia el norte, Naga aprovechó a desquitarse.

- Me pareció ver unos caballos. – Dijo en voz baja.

- Bellísimo. – Comentó Sutziake.

- Muy lindo, Naga. – Admití sinceramente.

- Me preocupaba que se lleven una imagen agradable de mi ciudad. – Aclaró rascándose la barbilla.

- No hay de qué preocuparse, Naga. Nos llevamos recuerdos inolvidables de esta visita a Zazpir.

- Agradables y de otro tipo. – Bromeó Sutziake

Regresamos a la *Eskuela* porque debíamos acostarnos temprano para partir de regreso a la madrugada.

Al despedirnos, ofrecí a Naga mis manos en señal de amistad. Él me retribuyó con un abrazo e hizo lo mismo con Sutziake.

- Has sido muy amable con nosotras, Naga. Estamos agradecidas contigo.

- Ha sido un gusto para mí, distinguidas amigas.

- Volveremos a vernos, verdad ?

- Por supuesto que sí.

- Aquí o en Sexta.

- Aquí, en Sexta, o en cualquier lugar.

Hagora engordaba en forma sorprendente. No solamente su panza de casi dos estaciones. Sus pechos parecían no caberle en la *brusa* y su cara estaba más redonda que nunca. Se le veía muy contenta, luciendo orgullosa los signos de fecundidad en su cuerpo, sin dar cuenta de molestia alguna y comiendo como si nada la dejara satisfecha.

Manindar estaba fascinado con el cuerpo engrosado y las curvas pronunciadas de mi amiga embarazada. Dormía casi todas las noches con ella y no desaprovechaba oportunidad para regalarle elogios y gestos de cariño. De modo que ella se sentía acompañada y a él no le afectaban nuestras reiteradas ausencias por viajes de la *Eskuela*.

Hagora había abandonado los cursos en Navegación pero continuaba asistiendo a la *Eskuela* de Tejido y Confección, lo que, sumado a mis frecuentes salidas de la ciudad, hacía que nos viéramos muy pocas veces.

Previo a la Fiesta de Ama pasé una tarde en su *etxea*. Le ayudé a limpiar pisos y muebles, admiré los avances de la cuna que Manindar estaba construyendo y las minúsculas prendas de ropa que la futura madre estaba tejiendo para el bebé. Aproveché a comentarle la eventualidad de nuestro viaje de *hamazortzi*, que nos impediría acompañarla en el primer año de su hijo, a lo que Hagora reaccionó con tranquilidad, asegurándome que ella y el bebé estarían bien, alegrándose por la posibilidad de nuestra experiencia y pidiéndome que no nos preocupáramos por ella.

- Qué harás mañana en la Fiesta de Ama ?

- Cómo que haré ? – Respondió extrañada.

- Quiero decir, con tu panza, en el baile, en la noche.

- En el baile bailaré, Itahisa.

- Y luego vendrás a descansar con Manindar ?

- No.

- No ?

- Manindar duerme conmigo todos los días. Mañana de noche voy a divertirme.

La primera Fiesta de Ama celebrada por Anixua fue una jornada inolvidable en ciudad Sexta.

Tocó un día espléndido. Al amanecer, luego de que la cruz atlanteana se hubo formado, un cerrado y prolongado aplauso saludó la aparición de la Alta Sacerdotisa en el altar.

Ella inició las oraciones de bienvenida al nuevo año, haciendo una similitud entre las capacidades maternales de engendrar, cuidar y proteger, y las capacidades de nuestra ciudad para alumbrar y hacer crecer una nueva convivencia. Hizo énfasis en el valor del trabajo, en la necesidad de incrementar los esfuerzos de cada ciudadano en sus oficios y tareas. Repasó los nuevos términos de intercambio con otras ciudades, que exigían de nuestra parte incrementos sustantivos en las producciones de la cantera, del puerto, de la pesca, de la minería y de la fábrica de tinturas. Anunció la construcción de un camino desde el yacimiento de cobre en las montañas hasta el mar, para facilitar el transporte del mineral hacia los barcos, así como de un pequeño muelle para que éstos pudieran atracar y recibir las cargas. También refirió a la importancia de la capacitación de los ex - sirvientes en navegación, construcción, minería y apicultura. Confirmó la llegada de quince expertos de Zazpir que colaborarían durante un año en la construcción de grandes hamacas de perforación y trituración de la piedra en la mina. Culminó su mensaje remarcando los significados de los siguientes rituales de la Fiesta de Ama. El abrazo comunitario al deshacer la formación de la cruz, la ceremonia de la siembra por cada *Klan*, el almuerzo de vecinos por la tarde, y el festejo final de la noche que, luego de muchos años, contaría con las calles de Sexta totalmente iluminadas.

La multitud reunida en el campo ceremonial aclamó con gritos y aplausos el final de su discurso. Anixua aguardó con las manos extendidas a que se hiciera silencio, antes de dar inicio, con un grito vibrante y festivo, al saludo a las siete ciudades.

- LEHEN !

Para que el coro de hombres y mujeres respondiera con inusual entusiasmo.

- ATL TANI KA !

Aquella noche presté especial atención a Manindar. A la puesta del sol fui a buscarlo a mi casa adoptiva y juntos caminamos hacia la colina, mientras en las calles se encendían los fogones, en las esquinas empezaban a tocar los músicos y las ánforas de cerveza eran puestas en común en todas las mesas.

Bailé con él buena parte de la noche, derrochando gestos cariñosos y poses provocativas para hacerle saber de mi deseo. Él entendió el mensaje y sin dejar de bailar me siguió por la calle hasta que decidí no esperar más y tomándolo de la mano lo conduje hasta mi puerta.

Luego de cruzarla continué bailando mientras me iba desvistiendo, jugando con mis pechos, disfrutando la admiración que sus ojos me devolvían, y dejándome caer en mi cama, ofrecida, expectante, rogándole tontamente que no se tardara en complacerme.

Como era esperable, Manindar cumplió en exceso mis demandas. La primera vez abrazando mis piernas levantadas, apenas flexionando las suyas al borde de la cama, haciéndome explotar en las primeras incursiones de su *zakil* en mi canal. Tras derramarse, con su lengua lamió deliciosamente mi flor impregnada y recién entonces se acostó a mi lado. A besar mi boca y mis pechos, sin dejar de jugar con sus dedos en mis pliegues, sosteniendo mi excitación, mientras su *zakil* recuperaba su esplendor.

No pude resistir el deseo de montarme sobre él y suavemente acompañar con mis caderas los ritmos que se escuchaban desde la calle. No recuerdo cuántas olas experimenté en aquel gozoso baile, hasta que finalmente él, con frenéticos movimientos de cintura, anunció jadeando su segundo estallido. Me deleité con las expresiones de su cara y los reiterados suspiros cuando se permitió relajar su cuerpo y descansar.

- Estás disfrutando el baile, verdad Manindar ?

- Mmmm, mucho.

- No me dirás que estás cansado ? - Atormenté su orgullo.

- Mmmm, no.

Contemplé el hermoso cuerpo de mi hermano adoptivo. Cuánto había cambiado desde que nos habíamos conocido el día de mi Recepción ! O desde aquella primera noche que lo había invitado a cruzar del otro lado de la mampara que separaba nuestros espacios en el dormitorio.

- Manindar.

- Sí.

- Quieres quedarte en mi cama ?

- Sí.

Me reí ante tan obvia respuesta.

- Está bien. Te lo mereces.

Manindar abrió los ojos y me miró sorprendido.

- No volverás a la fiesta ?

- No. - Dije acariciándole el cabello.

En su rostro se alternaron la satisfacción y la incredulidad.

- Me estás invitando a quedarme aquí, contigo, hasta mañana ?

- Sí, Pequeño Tapir.

Volvió a cerrar los ojos, sonriente. Luego dijo en un susurro.

- Gracias, Itahisa.

Permanecí un buen rato apenas rozando con mis caricias su cabeza. Revisando mis sentimientos y buscando el modo de expresárselos.

- Soy yo la agradecida, querido hermano. Por tu amorosa disposición a acompañar a mi amiga Hagora en su embarazo. A quedarte cuidando de ella y de su bebé, cuando nos vayamos por un año de viaje de maestría, y por ...

No pude continuar porque, con un inequívoco resoplido, Manindar me indicó que se hallaba profundamente dormido.

El juicio a Zebensui se inició cuarenta y cinco días después de Ama.

La acusación fue presentada por el encargado de la zona oeste del yacimiento de cobre y se fundamentaba en varias denuncias que señalaban a Zebensui participando en conspiraciones con los *ukatuak*. Desde la asunción de Anixua, la producción del mineral en la zona confinada había disminuido sensiblemente. Los condenados se quejaban continuamente de las malas condiciones de trabajo, reclamaban mejor alimentación, mejores galpones para dormir y el mismo régimen de descanso que los demás mineros.

La Ciudad no otorgaba a los *ukatuak* los mismos privilegios que a los demás trabajadores por una razón sencilla. Los condenados no eran ciudadanos. No les correspondía el mismo trato y, particularmente, no se les permitía circular libremente en sus días de descanso.

El tribunal, constituido por tres sacerdotisas de la mayoría, dos de la minoría y una independiente, dedicó su primera sesión a escuchar a los testigos de la acusación.

Éstos fueron unánimes en señalar a Zebensui como el inspirador de los reclamos y de la baja productividad de los *ukatuak*. Varias veces lo habían visto por las noches, acercándose furtivamente al área confinada. Aunque carecían de testimonios directos de lo que había ocurrido en aquellas reuniones nocturnas, no dudaban de que el acusado era responsable de instigar a los *ukatuak* a la rebelión.

Las sesiones del juicio tuvieron lugar en gran salón del palacio de la *Biltzara* donde se había realizado nuestra ceremonia de Recepción. El estrado estaba ocupado por las seis integrantes del tribunal. En un extremo se encontraba Zebensui, acompañado permanentemente por la Sacerdotisa Alaine, quien había sido nombrada como su abogada. En el público, algunas sacerdotisas de la Serpiente y amigos de Zebensui le brindaban su apoyo, en tanto otro grupo igualmente numeroso se divertía asistiendo a la incómoda situación de quien había sido, hasta poco tiempo atrás, uno de los hombres más influyentes de la ciudad.

La acusación se abstuvo de convocar a los *ukatuak* como testigos. Era problemático trasladarlos hasta la *Biltzara* y sus testimonios poco confiables, por estar implicados en el conflicto. Se dudaba que alguno de los *ukatuak* estuviera dispuesto a acusar a Zebensui. Hábilmente, tampoco la defensa solicitó que fueran llamados a declarar y se basó exclusivamente en el testimonio de Zebensui, quien declaró tranquilamente haber visitado a los condenados varias veces en la zona oeste del yacimiento. Que mantenía con ellos una relación cordial desde que habían empezado a trabajar en la montaña. Reconoció haberse interesado en su bienestar, pero negó categóricamente haberlos inducido a trabajar a desgano o a reclamar condiciones de trabajo iguales a las de los demás mineros.

Asistí a las sesiones procurando pasar desapercibida. Ocupando un asiento en la última fila del salón, controlando mis expresiones y disimulando mi preocupación. En escasos y fugaces momentos crucé mi mirada con la de Zebensui, leyendo en sus ojos cansancio, preocupación y agradecimiento a mi presencia.

En Atlantis, los juicios pueden culminar en tres resultados. Se puede considerar al acusado culpable o inocente. Pero si ninguna de esas situaciones resulta evidente para el jurado, éste puede dictaminar una tercera opción: que el acusado deba por un tiempo someterse a ciertas restricciones. En este caso se dice que el acusado ha sido absuelto bajo vigilancia. No es culpable ni inocente, sino vigilado.

En caso de que un tribunal llegara a un fallo dividido, la ley de Atlantis otorga la sentencia final a la Alta Sacerdotisa, pero no fue lo que ocurrió. Por cuatro votos contra dos se sancionó a Zebensui con la prohibición de visitar los yacimientos, bajo apercibimiento de una condena mayor en caso de incumplimiento. El resultado fue interpretado como una victoria para la defensa, pero no dejó del todo disconformes a los encargados de la mina. De todas formas, buena parte de la población continuó señalando a Zebensui como un conspirador contra los intereses de la Ciudad.

Y como consecuencia, se tornó aun más arriesgado encontrarme con él.

En la *Eskuela* de Navegación avanzamos en la construcción de nuestras *txalupak*.

Las costillas se habían secado sostenidas por gran cantidad de hilos tensados para forzar sus curvaturas. Las pieles de bisonte curadas con grasas al sol para hacerlas impermeables, estaban listas para ser cosidas. Las maderas habían sido cuidadosamente pulidas y talladas definiendo la estructura que sostenía al resto de las partes. Apoyando el armazón sobre unos pilares, procedimos el tejido de las costillas sobre los tirantes, sujetándolos con clavos de bronce. Luego extendimos y unimos las pieles sobre el costillar y trabajosamente las unimos con dobles costuras, sosteniendo al máximo la tensión de los cueros. Finalmente impregnamos las costuras con resinas para cerrar las puntadas y pintamos el barco entero con aceite mineral.

La prueba de flotación se realizó pocos días antes de Egu. Una mañana calurosa transportamos en nuestros hombros las *txalupak* sin mástiles desde la *Eskuela* hasta el río, pasando por la colina, descendiendo luego por el bosque, bordeando los jardines de lo que había sido el Club de la Serpiente, ahora la Alta *Eskuela* de Sexta. Muchos amigos vinieron a acompañar nuestra suerte cuando pusiéramos, por primera vez, nuestros barcos a flotar.

El resultado no fue el esperado, pero tampoco decepcionante. Las seis *txalupak* que botamos en el río flotaron, pero el agua se filtró y debimos trabajar para achicarla y ubicar los puntos de falla en las costuras. La *Maisu* nos exigió que realizáramos las reparaciones más evidentes y volviéramos a introducir los barcos en el río, hasta que las filtraciones nos permitieran remar una distancia de un campo, de ida y vuelta, en el tramo inmediato a las cabañas de los pescadores.

En la *Eskuela* de Medicina asistimos a los *maisuak* a curar a personas que llegaban con horribles quemaduras y a trabajadores de las canteras con huesos quebrados. Vimos cómo amputaban su pierna a un pescador mordido por tiburones y fuimos testigos de una impactante operación en la que a un obrero del puerto le trepanaron el cráneo para aliviarle un dolor insoportable en su cabeza.

Sutziake continuó sorprendiéndome con su habilidad para tratar a los enfermos. Pasaba las tardes conversando con ellos, animándoles, haciendo reír hasta a quienes estaban más graves. Logró comunicarse con una mujer muy anciana que algunas tardes paseaba por la playa chillando y agitando los brazos como si fuera una gaviota, imitando sus gestos y hablándole hasta convencerle de regresar a su casa.

Cuando en cualquier punto de la ciudad una mujer se hallaba en trabajo de parto, alguien corría a avisar a la *Eskuela* y una *Maisu* elegía entre los estudiantes de tercer año a sus acompañantes. En las ocasiones que me tocó estar entre los asistentes, fui partícipe del nacimiento de dos varones y una niña, en lo que recuerdo como los momentos más felices de mi interminable maestría en Medicina.

Como era de prever, a muchos de nuestros amigos les encantó el proyecto del gran viaje de *hamazortzi*.

A Iratxe y a Dafra no les agradaba Lubarnea como destino, y preferían las propuestas de remontar los grandes ríos en los continentes conocidos. Sakon viajaría con Iratxe y Dafra lo haría con Ameqran. Los cuatro salieron a navegar juntos para adiestrarse como parejas de remo. Las veces que Naga nos visitó en la colina, trayéndonos regalos y deleitándonos con relatos de los pueblos del Gran Río del Sur, terminaron de convencer a Iratxe, Dafra y sus respectivos compañeros, de que esa sería la opción de su viaje de maestría.

Oihane prefería Lubarnea, pero dudaba en su decisión y además no contaba con un compañero seguro. Baraso era un excelente remero y también *Maisu* en Pesca, por lo que cumplía el requisito básico para participar en el viaje. Su pertenencia a un *Klan* de la Serpiente no lo inhabilitaba, aunque no resultara agradable a nuestras madres. El problema era que si bien Baraso dormía con frecuencia en la *etxea* de Oihane, también lo hacía con Gazmira y varias de nosotras. Difícilmente ella pudiera pedirle que dejara la colina para acompañarla en un largo viaje de tres o cuatro estaciones. Tampoco podía ser su hermano Sakon porque lo haría con Iratxe, ni Guadarteme, que viajaría con Sutziake. Esta situación afligía a Oihane, impidiéndole compartir nuestro entusiasmo.

En los primeros días del *udaberri* trabajamos hasta que nuestras *txalupak* recién construidas estuvieran en condiciones perfectas para navegar. Colocamos y sujetamos fuertemente el mástil, volvimos a aplicar resinas y aceites, y completamos el equipamiento con la vela y otros artefactos, como listones y remos de repuesto, cuerdas, cobertura para la lluvia y un pequeño depósito de agua para beber.

Cuando estuvieron prontas, volvimos a botarlas, pero esta vez en el mar, en el muelle de la *Eskuela*, que ocupaba el lado este de la bahía de Sexta. Realizamos breves paseos de prueba en la cercanía del puerto, hasta cerciorarnos de que el barco respondía adecuadamente a nuestro manejo y podría permanecer amarrado durante las noches.

Finalmente los exigimos a una prueba real de navegación, yendo y viniendo a Hiru en la misma jornada.

Entonces fuimos sometidos al suplicio de romperlo y repararlo. A pocos pasos de los muelles, la *Maisu* desgarraba con un cuchillo unas costuras o utilizaba un hacha para quebrar una de las costillas. Los seis a bordo debíamos esforzarnos al máximo para reparar la avería provocada, utilizando cuerdas, maderas, mimbres y cueros de repuesto. Para ello era necesario que dos de nosotros, atados con sogas a la estructura del barco, nos zambulléramos provistos de cuero, hilo y una aguja, y sumergidos intentar coser el parche. Para hacerlo con éxito, debíamos no sólo adiestrarnos en la técnica de la costura, sino extremar nuestras capacidades de inmersión, aprovechando al máximo los breves tiempos que debíamos operar conteniendo la respiración bajo el agua. Se requería además una gran coordinación entre los seis que integrábamos la tripulación, para que cada uno ocupara su puesto sin necesidad de dar indicaciones, sin perder valioso tiempo en distribuirnos las tareas.

Pese a nuestro empeño, la mayor parte de las veces el desenlace era frustrante. La *txalupa* continuaba a flote, pero la reparación resultaba defectuosa, por lo que debíamos remar hacia el muelle y volver a subir el barco a tierra para reemplazar las costillas o la piel dañada.

Una vez que la *txalupa* volvía a estar en condiciones, realizábamos excursiones en mar abierto en las noches despejadas, guiando nuestra ruta por la lectura del cielo nocturno.

El gobierno encabezado por la Alta Sacerdotisa Anixua alcanzó sus primeros logros importantes.

Bajo la supervisión de los expertos de Zazpir se construyeron las hamacas y palancas de perforación y trituración de la piedra rojiza. El camino desde la montaña hacia el mar y el pequeño muelle de carga, fueron completados en dos estaciones. La fuerza de trabajo de la mina alcanzó la cantidad esperada de dos veces sesenta obreros, incluyendo a cincuenta ex-sirvientes y a los treinta *ukatuak*, quienes, misteriosamente, dejaron de quejarse de sus malas condiciones de trabajo. La producción del mineral, a mediados del año, llegó a la previsión de tres barcos por día pactada en los nuevos términos de intercambio con Zazpir. Como consecuencia, la escasez de bronce en Ciudad Sexta dejó de ser una angustiosa realidad cotidiana, para ocupar un lugar en la memoria de la población, un recuerdo asociado al desacreditado gobierno de Guaxara.

En contraste con aquellos años, la ciudad Sexta lentamente fue convirtiéndose en referencia en Atlantis por sus exquisitos productos del mar, sus excelentes tinturas y por la belleza de su paisaje.

Los congresos académicos que antes habían sido excepcionales, comenzaron a ser frecuentes. En particular, nuestra *Eskuela* de Navegación fue la sede de varios encuentros a los concurrieron expertos de todas las ciudades, para poner en común avances en diseños de barcos, experiencias y proyectos de viajes de maestría y los respectivos planes de enseñanza de la Navegación.

Las sucesivas llegadas de *hamabineskak* alcanzaron a veintinueve en Ama, treinta y siete en Egu y la asombrosa cantidad de cincuenta en Egu Niño. Por primera vez en casi diez años llegaban más chicas que las que se iban. La tendencia a la pérdida de población de los últimos años parecía revertirse.

Nuestra ciudad volvía a crecer.

Hacia fines del *uda*, se acercaba el tiempo del parto de Hagora.

Con anticipación, habíamos hablado con los *maisuak* en Medicina para que Sutziake y yo fuéramos designadas como asistentes por la *Eskuela*.

Aunque caminaba con alguna dificultad y sufría en los días calurosos, Hagora se veía espléndida con su descomunal panza de tres estaciones.

En los días previos al parto, solicité permiso en la *Eskuela* de Navegación para no embarcarme y poder pasar las tardes haciendo compañía a mi amiga. A las puestas del sol, cuando nuestros amigos se marchaban hacia la playa, yo prefería quedarme con Hagora e invitarla a dar breves paseos por los campos aledaños de la colina, disfrutando el paisaje y observando el ritmo de construcción de las nuevas *etxeak*.

- Has decidido qué nombre le pondrás al bebé ?

El rostro más redondo que nunca de Hagora irradiaba felicidad.

- Sí.

- Si es varón ?

- Si es varón, se llamará Taganaje.

- Será un buen hermano de este pueblo. - Intenté interpretar.

- Exacto.

- Y si es niña ?

- Y si es niña, Sibissa.

- Sibissa ? - Repetí extrañada.

- Claro. Son atributos de estos tiempos. - Explicó ella contenta.

Reflexioné sobre la decisión de mi amiga. Daba la impresión que el cambio político en Sexta llegaba a influir hasta en los nombres que se les daban a los bebés. Taganaje era una apelación a la fraternidad y Sibissa una virtud de buen gobierno, porque la palabra *sibissa* en nuestro idioma califica como "cabal", "justa" u "honesta" alguna cosa.

En una noche lluviosa de fines del *uda*, ante un público de siete mujeres que incluía a la Alta Sacerdotisa de la Ciudad, y tras un agotador trabajo de parto que la madre primeriza soportó con admirable entereza, llegó a la vida la pequeña Sibissa.

Su primer llanto fue en brazos de su abuela Anixua, mientras era envuelta en un pañal y llevada a los pechos de Hagora, quien lloraba en silencio su dicha, su cansancio y su satisfacción.

La madre besó repetidamente la cabecita rala de Sibissa y ella le devolvió la primera mirada a los ojos. Entonces Hagora la llamó por su nombre y todas asistimos emocionadas al primer diálogo de sonidos cariñosos entre madre e hija.

Anixua dirigió unas breves oraciones a la Diosa Ama casi en un susurro, con la voz afectada por la conmovedora escena.

Más tarde, mientras las otras mujeres ordenaban el dormitorio y la madre se tomaba un descanso, tuve por un momento en mis brazos a la recién nacida, y pude apreciar la rosada redondez de su rostro, las diminutas manos y el gris azulado de sus ojos.

Sibissa movía sus labios buscando el pecho de su madre y para entretenerla acaricié delicadamente con un dedo el contorno de su boca.

- *Aho, aho*, Sibissa, *aho.* - Atiné a decirle como cualquier tía tonta hace con un bebé.

La pequeña buscaba en el contacto con mi dedo una satisfacción que sólo su madre podría darle y pronto demostró su descontento con un estridente llanto.

Hagora me devolvió comprensión con su mirada y se acomodó en su cama para que se la entregara.

- Gracias, Itahisa. Puedes decirle a Manindar, a Baraso y a Etxekide que entren.

- Felicitaciones madre. Tienes una hija hermosísima. - Expresé besando su frente.

- Gracias. Sí lo es. Qué bueno que su tía Itahisa ya empiece a enseñarle a hablar. - Respondió ella contemplando sonriente a la bebé apoyada en sus pechos.

Acepté de buen humor que se burlara de mi frustración por no lograr distraer a la recién nacida.

- Es cierto. Tenemos mucho que enseñarle.

- Dale tiempo. Mira lo rápido que aprendió la primera palabra - Se rió Hagora.

Ruidosamente, la pequeña Sibissa succionaba la cumbre del voluminoso pecho. A ello se refería bromeando mi amiga, porque en atlanteano *aho* significa "boca".

Al igual que en años anteriores, en la noche de la Fiesta de Egu teníamos planeado un encuentro de amigos en el río.

Pero el día anterior, tuvimos por Nekane la noticia de que la anciana que nos iba a proporcionar la preparación de miel, se hallaba gravemente enferma y no podría asistir a nuestra fiesta. Tratamos de conseguir un reemplazo, pero todas las posibles candidatas se hallaban comprometidas en otras ceremonias. Si bien era posible obtener una jarra de la miel pidiéndola a cualquiera de las reuniones que tendrían lugar simultáneamente, no nos estaba permitido consumirla sin la presencia vigilante de una sacerdotisa jubilada que cuidara de nosotros durante el trance. Aunque recorrimos la ciudad golpeando en muchas puertas, no encontramos a quien se dispusiera a acompañarnos. Por lo que nos resignamos a postergar la fiesta en el bosque para más adelante.

Recién fue posible hacerla varias lunas después, a mediados del *neguberri*.

El día acordado, el clima no estuvo favorable. El cielo se presentó nublado y con ráfagas de fuerte viento. Al mediodía se descargó la tormenta de rayos, truenos e intensa lluvia. Nuestra ceremonia en el bosque nuevamente corría riesgo de suspenderse.

Por la tarde nos encerramos malhumorados, con pocas esperanzas de que el Dios Egu se acordara de nosotros y mostrara su radiante poder antes de la noche.

Etxekide me sobresaltó al despertarme. Una luz tenue se filtraba por la ventana cerrada de mi dormitorio.

- Vamos preciosa. - Dijo con voz animada.

- Vamos adónde ?

- Al bosque.

No estaba acostumbrada a dormir por la tarde. Me llevó un instante ubicarme.

- No llueve más ?

- No llueve. Está despejado. Calmó el viento. Tenemos una hermosa puesta de sol.

- Qué bueno ! Le avisaste a los demás ?

- No.

- Por qué no ?

Etxekide se encogió de hombros.

- A quiénes ?

- A Sutziake y Guadarteme. Iratxe y Sakon. Dafra y Ameqran ...

- Hagora y Pequeño Tapir ?

- No.

- Faina y Artemis ?

- Sí, también.

Etxekide salió de la casa y escuché sus pasos en la calle.

Desperezándome caminé hasta la cocina y refresqué mi cara. Por las ventanas del hogar se veían las copas de los árboles doradas por los últimos rayos del sol. Las aves cantaban su alborozo por el final de la tormenta. Todo colaboraba en confundir el tiempo, haciendo que aquel crepúsculo se asemejara a una aurora.

- Ahí está !

Parado en un montículo, Etxekide señalaba hacia unas palmeras en la cumbre de la colina.

Observamos en la dirección indicada sin distinguir algo que llamara la atención.

- Qué hay ?

- Vengan aquí.

Nos desviamos de nuestro camino hacia el río, accediendo al pedido de Etxekide, quien parecía muy contento con su descubrimiento. Supuse que se trataría de un mono o de un almiquí. Era poco probable avistarlo con escasa luz de luna, aun esforzando la vista.

- En el cielo, Itahisa.

- Un animal ?

Etxekide rió.

- No. Una estrella.

En el cielo despejado se veía una multitud de estrellas. Nada parecía justificar la excitación de mi compañero, quien sostenía su brazo extendido apuntando hacia el norte.

- Sobre aquellas palmeras. Una estrella con cola. La ven ?

Faina gritó "Síii" y Sakon dejó escapar un silbido de admiración. Los demás no alcanzábamos a distinguir alguna estrella que se diferenciara de las otras

- En la *Eskuela* de Astronomía nos pidieron que en las noches de *neguberri* observáramos hacia el norte. A unos tres dedos a un costado del *izar-multzo* de la osa. Es una estrella viajante que tiene una cola hacia abajo. Como de espuma, como la estela de un barco.

Yo seguía sin ver algo extraordinario. Recordaba que siendo muy niña mi madre me había enseñado una estrella viajante, claramente visible sobre el techo de mi casa en Bosteko. Con mi mentón apoyado en el hombro de Etxekide, pude al fin notar algo como una diminuta nube alargada, tan tenue que me sentí decepcionada.

- Uyy, qué impresionante ! - Exclamé.

Él no se afectó por mi ironía y continuó su explicación.

- Recién empieza a verse, pero al final del *neguberri* será muy brillante. Nos dijeron en la *Eskuela* que su cola podría alcanzar hasta un paso de apertura.

Contemplamos incrédulos el gesto de Etxekide separando sus brazos extendidos, señalando dos puntos muy distantes del firmamento.

- Una estrella viajante como ésta, - continuó - aparece solamente cada dos ciclos. Será seguramente la única que veremos en nuestras vidas.

- Mi madre Atissa me mostró una mucho mayor cuando yo tenía seis años. - Repliqué.

Nadie confirmó mi recuerdo de la infancia.

- De verdad, Itahisa, ésta se verá realmente grande.

- Está bien, Etxekide. Te creo. - Concedí para no prolongar la discusión.

Él sonrió complacido. Por un momento observamos en silencio la casi imperceptible estela vaporosa sobre el horizonte.

Luego retomamos el camino hacia un claro próximo al río, donde habíamos pactado el encuentro con la anciana.

Hasta que la hallamos, vestida de negro, encorvada sobre el fuego que entibiaba el caldero conteniendo el secreto de nuestra fiesta nocturna, con el que inundaríamos de alegría y goce nuestros cuerpos.

Para celebrar nuestros vínculos y festejar nuestros sueños de los diecisiete años.

- Ten cuidado, Itahisa. Eso es mucha cantidad.

Al reflejo del fuego noté que la vieja tenía un ojo desviado. Resolví no hacerle caso y llené la cavidad de mis manos con tanta miel como pude.

Arrodillándome ante Etxekide, la esparcí en abundancia por su *zakil*, disfrutando de provocar su esplendor y saboreando con la punta de mi lengua su redondez embadurnada. Mientras con mi otra mano untaba los pliegues de mi flor con la miel sobrante, suscitando las primeras sensaciones deliciosas en mi centro de placer.

Mi vecina Faina daba gritos en la cumbre de su goce, tendida sobre el piso con las piernas hacia el cielo, mientras su compañero Artemis, de rodillas, deslizaba su *zakil* dentro de ella.

Sentada en un tronco cercano, Sutziake disfrutaba de las caricias que, usando sus manos impregnadas, Guadarteme aplicaba en su *natura*.

Escuché las risas de Oihane y pude verla trepada al enorme cuerpo de Baraso. Él caminaba tranquilamente buscando un sitio cómodo y ella permanecía adherida a él, como un mejillón a la roca.

Di la espalda a Etxekide e inclinándome hacia adelante apoyé mis manos en un árbol, mis piernas separadas y mi flor ofrecida, deseosa, a su *zakil*.

Desde lugares invisibles, llegaban las exclamaciones de placer de Iratxe y de Dafra, señal de las amorosas atenciones que Sakon y Ameqran les estaban dispensando.

Pronto dejé de ver y de oír. No pude sentir otra cosa que las pulsaciones que Etxekide provocaba en mi canal, disparando corrientes de calor hacia todas las partes de mi cuerpo, haciendo temblar mis piernas, replicando en cosquilleos desde mis manos hasta los dedos de mis pies, conmoviéndome hasta las lágrimas.

- Qué bueno que pudiste venir, Oihane.

Nos dimos un fuerte abrazo en reconocimiento mutuo de nuestra amistad.

- Qué bueno que pude venir acompañada. - Me dijo al oído con voz pícara.

En la orilla del río, Iratxe, Ameqran, Sakon y Dafra bailaban tomados de la mano como si fueran niños haciendo una ronda.

- Cómo hiciste para convencer al grandote ?

Del otro lado, Baraso y Guadarteme se entretenían lamiendo restos de miel en los hermosos pechos de Sutziake. Ella agradecía con caricias a los dos, con los ojos cerrados y el deleite dibujado en su boca.

- No tuve que convencerle. Él quiso. Creo que se imaginó lo que se perdería si no venía.

Faina arrastraba a Artemis tirando de su mano hacia donde estaba la vieja. Él se tomaba el estómago como sintiéndose indispuesto. La anciana le sirvió un jarro de agua y le pidió que se sentara. Los demás mantuvimos distancia, comprensivos, sabedores que las náuseas se le pasarían en un momento.

Sentí que Oihane se aferraba a mis brazos y quedaba rígida un instante. La abracé nuevamente y la sostuve, mientras el calor de la miel hacía una réplica tardía dentro de su cuerpo.

- Tengo que sentarme. - Me dijo como disculpándose.

- Yo también. - Admití.

Mis manos ya se sentían líquidas, mis piernas querían dejar de obedecerme y los árboles empezaban a encorvarse hacia nosotras, cuando nos acostamos sobre unas mantas a mirar las estrellas. La música de los grillos y el susurro del río sonaban maravillosos en mis oídos.

- Vamos a viajar juntas, Itahisa ?

- Vamos a viajar juntas, Oihane.

Giré sobre mi costado y besé los labios de Oihane, sellando nuestro acuerdo.

Etxekide y Baraso vinieron a acostarse con nosotras, en el momento que empecé a notar que mi cuerpo se despegaba del piso.

- Todos éramos delfines. Saltando en el mar a gran velocidad cerca de una costa escarpada, de filosas rocas.

- Los árboles se torcían hasta caerse. Se me caían encima. Pero ninguno llegaba a tocarme.

- Corríamos como cabras en la montaña, comiendo florcitas blancas como lirios.

- Nuestra *txalupa* enfrentaba las olas, llegando a una isla llena de monos y palmeras, pero nos estábamos alejando de ustedes.

El sol empezaba a calentar en el claro del bosque. La vieja había traído unas tortas para calmar nuestra hambre. Sentados en ronda compartíamos las experiencias de la noche.

Noté que Baraso se tomaba la cabeza con sus manos y vi a Oihane haciéndole gestos de consuelo. Me acerqué a ellos.

- Qué le ocurre al grandote ?

- Está asustado. Dice que no le agradó su viaje.

- Pobre Baraso. Por qué no nos cuenta a todos ? Eso le haría bien.

- No quiere. Dice que no quiere preocuparlos a ustedes.

- A nosotros ? a quiénes ?

- A Sutziake, a tí, a Guadarteme y a Etxekide.

- Por qué nos habría de preocupar su cuento ?

- Lubarnea, Itahisa. Baraso anduvo volando anoche por allí.

- Y ?

- Dice que vio cosas horribles.

Me causó gracia. Baraso era muy grande para asustarse como un niño. Y me resultaba absurdo que su experiencia fantástica pudiera afectarnos.

- Horribles ? Horribles como qué ?

- No me quiso contar. Sólo repite que Lubarnea es un lugar muy peligroso.

Me senté frente a Baraso y busqué su mirada.

- Baraso, cuéntame. Qué viste ?

Él me observó en silencio. En sus ojos me pareció advertir admiración y compasión.

- Si ustedes van a Lubarnea de *hamazortzi* ... - Empezó a decir y se detuvo.

- Baraso, tranquilo. Cuéntame tu viaje.

Él negó con la cabeza

- Nada impedirá que vayamos. No creo que logres asustarnos. - Dije fanfarrona.

- Si ustedes van a ir ...

Hizo otra pausa para reformular su frase.

- Si Oihane va a ir ... yo ... debo ir con ella.

Miré a Oihane que parecía tan sorprendida como yo.

- Iré con ustedes. - Repitió Baraso con determinación.

- Eso es ... excelente ! - Festejé sin terminar de entender.

La expresión en el rostro de Baraso cambió por completo. Volvía a verse seguro de sí mismo. Oihane y él se unieron en un largo abrazo.

Sin necesidad de comprobarlo, supe que en los ojos de mi amiga corrían lágrimas de alegría.

Durante el *neguberri* vimos a Sibissa crecer de manera notable. Mientras no nos hallábamos navegando, elegíamos con frecuencia la *etxea* de Hagora para realizar las reuniones de amigos por las noches. Tíos y tías nos alternábamos en la tarea de hacer dormir a la bebé, cantándole distintas versiones del *arrorro*, la canción infantil tradicional que nuestras madres nos habían enseñado. Mientras tanto, otros preparábamos la cena o nos instalábamos cómodamente en el hogar a encender las hojas de fumar, y a comentar los últimos acontecimientos y noticias de cada día.

La expectativa por nuestro viaje de *hamazortzi* continuaba en aumento y ocupaba mucho tiempo en nuestras conversaciones. No sólo para compartir cada detalle de información que nos iba llegando desde Lehen, o por la *Eskuela*. Debíamos además acordar lo que ocurriría en el campo en nuestra ausencia, dado que muchas casas quedarían deshabitadas.

Salimos a navegar con los varones. Con Etxekide, Guadarteme y Sutziake fuimos a Biko y a Lehen. La nueva pareja formada por Baraso y Oihane hizo su primer viaje a Hiru.

Por su parte, Dafra, Sakon, Iratxe y Ameqran iban más adelantados que nosotros en la preparación. Ellos emprendieron una vuelta completa a la Isla Principal de Atlantis que les insumió diez jornadas.

Naga nos visitó otras veces en sus idas y regresos del Gran Río del Sur. Trayendo de regalo artesanías, sapos y lagartijas talladas en unas bellísimas piedras verdes, cintos y mantas tejidos en sorprendentes colores, pequeños dijes de oro labrado y los esperados paquetes de hojas de fumar.

Sutziake y yo nos turnábamos para darle alojamiento. Si Naga se quedaba en mi *etxea*, Etxekide y Guadarteme dormían con Sutziake, luego de cenar todos juntos. Los relatos de Naga sobre los paisajes y pueblos del Continente del Sur eran un deleite de escuchar.

Nos informó que se había postulado para ser uno de los *Maisuak* que viajaría a Lubarnea con nosotros y tuvimos por él la confirmación de lo que Bentaga nos había anunciado. La ciudad de partida de nuestro viaje de *hamazortzi* sería, efectivamente, la ciudad primera de Atlantis.

También vimos crecer, lentamente, al norte del cielo nocturno, la estrella que Etxekide nos había enseñado la noche de la fiesta en el bosque. El espectáculo que proporcionaba era bellísimo y claramente visible desde la colina.

Como Sibissa, como nuestra ansiedad por el gran viaje, y como la estrella viajante, la ciudad Sexta de Atlantis mostraba su constante crecimiento. El movimiento diario de barcos en el puerto se incrementó de tal modo que fue necesario planificar la construcción de nuevos muelles. Los campos delimitados de la colina terminaron de ser tomados por las entusiastas *hamabineskak* de Egu y Egu Niño, por lo que la Ciudad debió iniciar la demarcación de nuevas calles y campos en la ladera norte de la colina.

En nuestro campo, dio comienzo la sucesión de cumpleaños de dieciocho. El calendario conocido hacía que tuviéramos una fiesta de *hamazortzi* cada cuatro o cinco días. En la de Hagora vinieron su madre Vilda y sus tíos desde Bosteko a conocer a su nueva nieta.

El día de mi cumpleaños lo pasé embarcada, cumpliendo la anunciada prueba final del tercer año de Navegación. El viaje a Zazpir de tres jornadas, sin detenciones, que incluía el durísimo examen de romper y reparar nuestras *txalupak* a mitad de la segunda noche. Colocar un tramo de costilla nueva en reemplazo de la quebrada y coser el parche debajo del agua, antes de que la rotura amenazara la capacidad del barco de continuar el viaje.

Los cuatro *txiki*, Sutziake y yo, reaccionamos inmediatamente al grito de "agua, agua" de la *Maisu*, ocupando cada uno su puesto de trabajo y consiguiendo, pese al cansancio, una reparación exitosa antes de que el barco se inundara. Extenuados, achicamos el agua que se había filtrado, hasta comprobar que la rotura estaba adecuadamente sellada.

Nuestra *txalupa* pudo continuar con destino a Zazpir. Con la vela henchida por el viento, como nuestros pechos por la satisfacción.

Antes de que la *Eskuela* nos lo confirmara, ya lo sabíamos con certeza.

Lo habíamos logrado. Ya éramos *Maisuak* en Navegación.

INTERLUDIO CINCO - SEIS

La serpiente dijo a la mujer:

No es cierto que morirán, Dios sabe muy bien que cuando coman de ese árbol , se les abrirán los ojos y llegarán a ser como dioses, conocedores del bien y del mal.

Entonces la mujer vio que el fruto era apetitoso, que atraía a la vista y que era muy bueno para alcanzar la sabiduría. Tomó el fruto y comió, y luego se lo ofreció a su hombre que andaba con ella, quien también lo comió.

Génesis (Bereshith), 3: 5,6, Medio Oriente, circa 1000 a. de C.

PARTE SEIS,

VIAJE

PRIMER MOVIMIENTO,
ENTRENAMIENTO

Era una hermosa tarde del tercer día del año veinticinco del ciclo cincuenta y ocho, cuando partimos de Sexta con destino a Lehen.

La brisa empujó la vela apenas salimos del puerto y en poco tiempo navegábamos a buena velocidad sin necesidad de remar.

Oihane rescató sus pequeños tambores de entre una montaña de bolsos y sentándose con ellos entre las piernas, empezó a tocar lo que conocíamos como un ritmo típico de Hiru, su ciudad natal.

Guadarteme acompañó la música trepado al banco central, las manos apoyadas sobre su cabeza, balanceando exageradamente sus caderas en seductores movimientos.

No era fácil mantener el equilibrio sobre el barco que se hamacaba atravesando las olas, y resultaban graciosos los esfuerzos de Sutziake para bailar en el banco delantero, siguiendo el ritmo de los tambores de Oihane y las contorsiones de su compañero.

Etxekide y yo no parábamos de reírnos, mientras Guadarteme le daba ánimos, cantándole:

- Ven a bailar conmigo, *guahira*. Ven a gozar conmigo, *guahira*.

Los varones aplicaban cariñosamente aquel término a nosotras, sus amigas, o a las jóvenes en general que les resultaban atractivas. Sutziake rápidamente se dio por vencida y trató de disimularlo involucrándome.

- Te ríes mucho, Itahisa, pero no te he visto intentarlo. – Me desafió.

Etxekide trepó con dificultad al lado de Guadarteme y ambos se sumaron a la propuesta, acompasando con sus palmas los tambores, invitándome:

- Ven a bailar conmigo, *guahira*. Ven a gozar conmigo, *guahira*.

Como estaba segura de no poder hacerlo, ensayé una danza simple con una mano apoyada en el mástil. Sutziake desaprobó mi actitud y me llevó hacia ella, haciéndome subir al banco delantero. Abrazadas, logramos por un instante acompasar nuestros movimientos, hasta que ambas perdimos el equilibrio y caímos sobre la pila de equipajes.

Los varones estallaron de risa ante nuestra torpeza. Oihane, impasible, continuó tocando.

A unos treinta campos de distancia, las playas blancas y las verdes costas próximas a ciudad Sexta, lucían hermosas a nuestros ojos.

Alcanzaba a verse la desembocadura del río que comunica el gran lago de la isla con el mar.

Un paraje conocido como "el lugar en que la tierra y el agua se encuentran", que en atlanteano se denomina *"guantanamo"*

Teníamos aún vivo el recuerdo de la Fiesta de Ama, dos días atrás.

De la celebración comunitaria en nuestra calle que se había transformado en fiesta de despedida, en la que habíamos compartido el banquete con los amigos que no vendrían con nosotros. Con los que partirían más tarde a otros destinos de *hamazortzi* y con los que se quedarían en la colina en nuestra ausencia.

En la comida, había aprovechado a ultimar detalles con Faina y Artemis, a quienes dejaba a cargo de mi casa. Gazmira había quedado con la responsabilidad de los cultivos compartidos, de las gallinas y las cabras, cuya producción iba a exceder largamente las necesidades de las *etxeak* que permanecerían habitadas.

Por la noche se habían sumado al baile un gran número de vecinas y sus amigos. Formándose concentraciones en las esquinas, alrededor de los músicos. Como era habitual, Iratxe y Oihane habían dirigido las filas danzantes por las calles de la colina, chocando jarras de cerveza con los vecinos.

Cerca de medianoche, había aceptado la invitación de Dafra de pasar un rato con ella y con Ameqran en su *etxea*. Una gozosa despedida en la que yo había sido la homenajeada. Más tarde, luego de regresar al baile, cuando ya empezaba a clarear el segundo día del año, había elegido al dulce Sakon para dormir conmigo hasta el mediodía.

La tarde anterior a la partida, la había pasado con Hagora y Manindar, disfrutando de la encantadora presencia de la pequeña Sibissa.

Y en mi última noche en Sexta, había ido en busca de Zebensui, sin éxito.

Su hermano no había sabido decirme dónde se encontraba, lo que indicaba que probablemente estaría en una de tantas casas de Sexta que podrían requerir de su compañía.

Disimulando mi decepción, había descolgado de mi oreja un pendiente de plata y se lo había entregado a su hermano, en señal de despedida.

Con el frío de la noche golpeando en mis mejillas, había desandado el camino a mi *etxea*, por las calles iluminadas por lámparas recientes.

La estrella viajante que había iluminado el cielo nocturno con su larga cola durante la estación del *negu*, empezaba a perder tamaño.

Aunque disponíamos de tiempo suficiente, resolvimos continuar navegando por la noche. Debíamos estar en Lehen en la mañana del quinto día del año.

En la segunda jornada, bordeamos las costas serpenteantes de la Isla Principal y al atardecer alcanzamos a ver los techos dorados de la lujosa ciudad primera de Atlantis.

Atracamos en el muelle de la *Eskuela* de Navegación, donde una mujer de unos treinta años nos estaba esperando.

- Bienvenidos, *hamazortzi* de Sexta, - nos saludó alegremente al reconocernos - me llamo Tinabuna y soy la *Maisu* a cargo de vuestro entrenamiento.

Tinabuna nos pareció agradable. Su rasgos duros y su complexión *atletika* no la hacían muy femenina, pero su simpatía era desbordante. Supimos que era nacida en Bosteko y adoptada en Hiru. Nos ayudó a desembarcar y trasladar nuestros equipajes hasta las habitaciones de la *Eskuela*. Nos dio indicaciones para que luego de tomar un baño volviéramos a encontrarnos en el comedor.

La habitación de estudiantes tenía doce camas, cada una con una pequeña mesa con su lámpara. En algunas de ellas había bolsos abiertos, señal de que otros compañeros habían llegado antes. Elegimos lugares, tendimos las mantas y descansamos un momento, reconociendo lo que sería nuestro dormitorio por cuarenta días.

El comedor de la *Eskuela* se encontraba lleno de gente.

Buscamos a Tinabuna, quien nos guió hacia una mesa larga en el extremo del salón, en la que otros jóvenes ya estaban comiendo.

Fuimos presentados ante ellos. Había dos parejas de *hamazortzi* de Zazpir, una de Hiru y otra de Lau.

Después de comer, Tinabuna nos dirigió unas palabras.

- Mañana darán comienzo los entrenamientos. Quiero a todos vosotros en el salón grande al final del ala norte del edificio. Habrá treinta *hamazortzi* en la expedición, o sea, cinco barcos. Y seremos doce los *maisuak* que viajaremos con vosotros, en otros dos barcos. Hace unos días han arribado los residentes de Islas Castigadas. Nos uniremos al regreso de ellos, de modo que sumando los barcos de residentes a los nuestros, haremos una flota de casi veinte *txalupak* para el primer tramo del viaje. También han llegado hace pocos días quienes formaron parte de la expedición a Lubarnea del año pasado. Ellos han traído mucha información, nuevos mapas y descubrimientos muy interesantes. Ya conoceréis a Ferinto, un *Maisu* que viajó el año pasado y volverá a hacerlo con nosotros. Él será el encargado de transmitir esa experiencia a vuestro entrenamiento. Me imagino que tendréis muchas preguntas para hacer, pero disponemos de muchos días para sacarnos todas las dudas.

No pude contener mi ansiedad.

- Se sumarán *hamazortzi* en Islas Castigadas a nuestro viaje ?

- Lo dudo, Itahisa. Hay pocos residentes de esa edad. Quizás menos de diez. Y para que ellos puedan acompañar nuestra expedición deberán ser suficientes como para completar una *txalupa*. No podemos hacer un viaje tan largo con número imperfecto de navegantes.

La respuesta de Tinabuna me resultó decepcionante, pero no daba lugar a discusión.

- Cómo se compone la flotilla ? - Preguntó Guadarteme.

- A qué te refieres ?

- Nosotros, los treinta *hamazortzi*...

- De qué ciudades ?

- Sí.

- Cuatro parejas de aquí, de Lehen. Tres de Bosteko, tres de Sexta. Dos de Zazpir, dos de Hiru y una de Lau.

- Nadie de Biko ? - Preguntaron varios.

- No. Aún no hemos incorporado a la *Eskuela* de Biko a este programa. Tampoco a la de Lau, pero afortunadamente Guaire y Janequa han podido venir.

La pareja aludida se mostraba feliz, a pesar de no haber contado con el apoyo de su *Eskuela*. Janequa llamaba la atención por sus largas trenzas, sus mejillas rosadas y sus prominentes pechos. Su compañero, Guaire, por su cara huesuda y grandes orejas, rasgos que suavizaban sus cabellos rubios ondeados.

Tinabuna nos deseó buen descanso y se retiró. Los demás permanecimos un rato en la mesa, conversando con quienes iban a ser nuestros camaradas durante un año, compañeros en la gran aventura que se iniciaba.

En la primera clase del entrenamiento continuaron las presentaciones.

Tinabuna fue la primera, haciendo un breve relato de su vida, comenzando por su fascinación por la navegación desde la infancia en Bosteko, su adopción en Hiru por un *Klan* del Círculo y su ingreso a la docencia al cumplir los dieciocho. Pasando por sus viajes a las siete ciudades, su estadía de un año en Islas Castigadas y sus recorridos por los grandes ríos en el sur y en el norte. Terminó su exposición contando las circunstancias que la habían llevado a dirigir nuestro entrenamiento y sus expectativas de conocer el mar de Lubarnea, de ir más allá del mundo conocido.

Luego nos fue nombrando, de a uno, a los treinta *hamazortzi* para que hiciéramos lo propio, lo que nos ocupó toda la mañana.

Hicimos un corte al mediodía para almorzar. El clima era espléndido e invitaba a pasear por los cuidados jardines de la *Eskuela*, disfrutando de la vista del suntuoso y atareado puerto de Lehen.

Hacia el este, alcanzaban a verse las puntas rocosas donde una lejana mañana de calor y lluvia, a nuestros once años, Txanona y yo habíamos pactado con un beso nuestra amistad.

Al volver al salón, Tinabuna nos presentó a Ferinto.

Tenía veinticuatro años, era nacido en Lehen y su aspecto físico no resultaba típico de un *Maisu* en navegación. No era excepcionalmente alto ni fornido. Llevaba su cabello castaño oscuro muy corto. De aspecto tímido, tampoco su mirada denotaba la audacia de un aventurero.

Pero esa impresión inicial se diluyó cuando comenzó hablar de su experiencia reciente del viaje a Lubarnea. Del espíritu de grupo que deberíamos poner por encima de adversidades y desavenencias personales. De cómo el conjunto de la expedición debía ser un solo cuerpo, la flotilla un único barco. De la obligación de solidaridad con los demás en toda circunstancia, la renuncia a la comodidad personal para asegurar el éxito colectivo. Puso ejemplos de las dificultades que había afrontado la expedición que acababa de regresar. Barcos que habían estallado en pedazos al enfrentar las grandes olas. Largos períodos detenidos en la infinidad del mar con escasa agua para beber. Encuentros con los extraños hombres del hielo, rodeados de lobos que les obedecían como perros. Y discusiones que habían comprometido la continuidad del viaje. Tras referir brevemente al espectacular paisaje de Islas Castigadas, y al primer contacto con la costas y ríos de Euriopa, nos habló entusiasmado de los avances que la expedición había logrado.

El más importante era que se había completado un mapa del mar de Lubarnea en toda su extensión, que nos sería de enorme utilidad para planificar nuestro recorrido. Con el que ellos no habían podido contar porque las expediciones anteriores sólo habían dibujado mapas incompletos. El logro más sorprendente había sido el descubrimiento de un enorme lago de agua dulce formado por el deshielo de las montañas de Euriopa y de Asia, remontando un río unas diez jornadas al norte desde el Lubarnea oriental. Poblaban sus orillas carreras de hombres del hielo, tantos que no se habían arriesgado a desembarcar por temor a enfrentarlos.

Finalmente nos describió en detalle lo que habían conocido de las islas, que eran el objetivo más importante de la expedición. Porque en ellas los atlanteanos nos proponíamos la construcción de puertos y ciudades para tejer rutas de intercambio en el mar de Lubarnea.

Con la ayuda de Tinabuna, desenrolló un gran lienzo, en el que estaba dibujado el mapa señalando los continentes, algunos ríos y el mar mediterráneo con sus cinco islas más importantes.

En la entrada al mar, viniendo del oeste, nos mostró las dos islas llamadas cercanas. En la parte central, el equivalente a la isla principal de Atlantis, cuyas escarpadas costas debíamos proponernos explorar minuciosamente. Y en el extremo oriental otras dos islas llamadas "de las Cigarras " y "del Cobre", próximas al continente de Asia. Ferinto narró el descubrimiento casual de mineral de cobre en esta última, al internarse en sus bosques en busca de buenas maderas para reparar las embarcaciones y cómo finalmente debieron renunciar a hacerlo, optando por cruzar al continente de Asia, donde sí encontraron excelentes árboles para reemplazar mástiles estropeados.

Al terminar la larga disertación de Ferinto, Tinabuna nos entregó a cada uno lienzos blancos de algodón y una barra de carbón para dibujar.

- Copiadlo. Haced una copia para cada uno. En los próximos días vamos a trabajar sobre este mapa. Lo trazaremos una y otra vez hasta que lo podáis dibujar de memoria.

Pasamos el resto de la tarde intentando reproducir aquel mapa en nuestros lienzos, imaginando las costas, los ríos y los paisajes que empezaríamos a descubrir con nuestros ojos en menos de medio año.

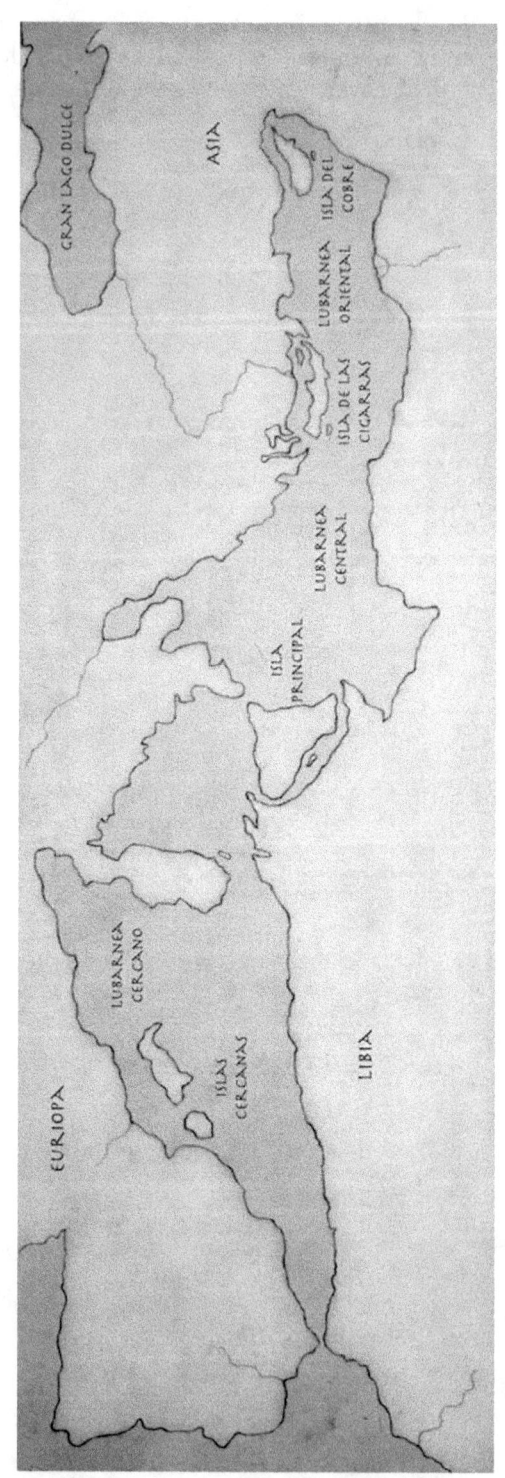

En el segundo día de entrenamiento, Tinabuna nos sorprendió preguntándonos si disponíamos de un cuchillo propio. La mayoría lo teníamos entre nuestros equipajes. Nos pidió que fuéramos por ellos y que más tarde la siguiéramos hasta uno de los muelles.

Al llegar, caminó hasta detenerse frente a un barco de pescadores que descargaban el producto de su pesca en cajones de mimbre. Les hizo una seña y ellos asintieron con sus cabezas. Entonces la *Maisu* tomó un pescado de un cajón y ante nuestro asombro, utilizando su cuchillo cortó la cola, lo abrió longitudinalmente y rascando la pulpa, se la llevó a la boca con gesto de satisfacción.

- Queridos *hamazortzi*, - dijo sin dejar de masticar - esto es *harenke* crudo, vuestro principal alimento mientras estemos cruzando el mar.

Noté sonrisas y rostros de estupor. Nos resultaba familiar el *harenke*, pero nunca lo habíamos probado crudo.

Venciendo el desagrado, algunos se animaron a imitar el ejemplo de Tinabuna, eligiendo sus piezas y limpiándolas parsimoniosamente con sus cuchillos. Me causaron gracia las miradas que intercambiaban Guadarteme y Etxekide mientras saboreaban la pulpa cruda.

A mi lado, una chica de Lehen empezó a hacer arcadas y a escupir al piso, el asco expresado en su rostro, agitando los brazos como una mariposa, provocando crueles carcajadas de los varones.

Vimos a Tinabuna correr hacia una zona cercana del muelle donde había gran cantidad de ánforas apiladas y regresar rápidamente con una de ellas.

- Nira. Escúchame bien. Te gusta la cerveza ?

La chica de Lehen la miró con extrañeza, con los ojos enrojecidos por las náuseas.

- Claro que sí. - Balbuceó.

- Prueba esto.

Temerosamente, Nira tomó el ánfora de manos de la *Maisu* y probó un sorbo de su contenido. La expresión de su rostro cambió completamente, emergiendo una sonrisa.

- Es cerveza. - Confirmó con agrado.

Se escucharon risas y gritos que pedían probar la bebida.

- Exacto. - Corroboró Tinabuna volviendo a prestar atención al resto de su *harenke*.

Los demás asistimos a la curiosa actuación de la *Maisu*, quien parecía medir una pequeña cantidad de pulpa cruda en su cuchillo.

- Ahora, Nira. Ponte esto en la boca y no lo mastiques.

Nira observó la punta del cuchillo horrorizada y empezó a negar con la cabeza.

- Tranquila. Colócalo en tu lengua y no lo mastiques.   - Tinabuna endureció el tono. - Tu viaje a Lubarnea depende de esto.

La chica de Lehen dirigió una mirada de odio a la *Maisu*, respiró profundamente, tomó el cuchillo y llevó la pulpa a su boca. Luego cerró los ojos y contuvo la respiración, intentando controlar su repugnancia.

- Bien, - continuó Tinabuna recogiendo el ánfora de entre sus piernas - ahora, Nira, vas a tomar un buen trago de exquisita cerveza. Concéntrate en el sabor de la cerveza y olvídate del pescado. Has entendido ?

Un imperceptible movimiento de cabeza fue lo que obtuvo por respuesta. Sin abrir los ojos, Nira tomó el ánfora con ambas manos y la elevó hasta su boca semiabierta, volcando tanta cantidad que el líquido espumoso desbordó por sus mejillas. Con un movimiento brusco logró tragar el bocado de *harenke* desmenuzado.

- Bien, Nira. - Aprobó Tinabuna - No era tan difícil, cierto ?

- Ehh, no. Era espantoso. - Comentó Nira reponiéndose del susto.

La *Maisu* se dirigió a todos.

- Habéis visto. Nira puede comer pescado crudo. Luego está en condiciones de cruzar el mar. Aquel de vosotros que no pueda hacerlo, es mejor que recoja hoy mismo su equipaje y regrese a su casa. Porque no es posible cocinar el *harenke* en medio del mar. A diez días de partir, los alimentos que llevaremos en nuestros barcos se habrán consumido o estropeado, con la excepción, quizás, de la cerveza.

Algunas risas y exclamaciones interrumpieron la arenga de Tinabuna, quien aprovechó a tomar otro *harenke* del cajón.

- Estos peces, serán nuestra supervivencia. Sin ellos, moriremos de hambre antes de llegar a Islas Castigadas. Y lo mejor, es que ellos vendrán a nosotros. No deberemos hacer nada por pescarlos. Saltarán hacia nuestros canastos durante la noche.

La *Maisu* reafirmó sus palabras simulando un ridículo salto del *harenke* muerto hacia el cajón de mimbre.

Al anochecer de nuestro tercer día en Lehen, tuve tiempo para ir a la *etxea* de Bentaga.

Pero no fue ella, ni su hijo Aieko quien me abrió la puerta, sino un hombre de unos cuarenta años, de rasgos delicados y largas trenzas. No me costó reconocerlo.

- Hola Mobad, soy Itahisa, me recuerdas ?

Sus ojos se abrieron y una gran sonrisa se dibujó en su cara.

- Itahisa !

Me ofreció un abrazo y me invitó a pasar.

- Qué gusto verte ! Estás hermosa. Ponte cómoda. Bentaga no ha llegado aun.

- Gracias, Mobad.

Tomé asiento frente al fuego, en el que un caldero despedía vapores de sopa de carnes y verduras.

- Viajaremos juntos a las Islas, verdad ? Tenemos mucho de que hablar.

- Así es. Cuéntame de Txanona. Cómo está mi amiga ?

Mobad se acomodó sobre las pieles del piso.

- Muy bien. Se puso muy contenta cuando le anuncié tu visita. Me ha encomendado varios mensajes. Déjame recordar. Dice que debes alojarte en su *etxea*. Que dispondrá de una pieza para ti y tu compañero. Que tiene planeado llevarte de excursión a las cascadas ...

- Cascadas ?

- Sí. Hay muchas cascadas en Islas Castigadas. Unas caen al mar y otras en lagunas azules en las montañas y bosques de las islas. Te encantará bañarte en esas aguas calientes, próximas a las caídas.

- Será un placer !

- No lo dudes, Itahisa. Qué otra cosa ? Ah, sí. Dice que Teno y ella están entrenando.

- Quién es Teno ?

- Teno es un joven muy agradable que vive con Txanona.

- No sabía que tenía un compañero.

- Sí. Hace un par de años. Casi desde el momento en que él llegó a las islas.

- Me estabas diciendo que ...

- Sí, que ella y Teno entrenan navegación juntos. Él ha sido uno de sus *maisuak* en Navegación. Txanona pretende rendir su prueba final de maestría en estos días, antes de nuestra llegada.

- Han hablado de la posibilidad de viajar con nosotros a Lubarnea ?

Mobad sonrió ante mi esperada pregunta.

- Mucho, Itahisa.

- Y es posible ?

- Te diría que no es imposible.

- No hay seis *hamazortzi* dispuestos a viajar entre los residentes ?

- Creo que sí los hay.

- Entonces ?

- El problema es otro.

- Cuál ?

Mobad dejó escapar un suspiro de fastidio.

- El problema es político. Hay pocos pobladores en las islas. Y mucho trabajo. Se necesita gente. Las sacerdotisas no están interesadas en que los jóvenes se ausenten. Quieren que trabajen. Y que tengan hijos. Lo antes posible.

- Ni siquiera medio año ?

- Por qué dices medio año ?

- Para quienes parten de Islas Castigadas, el viaje será más breve.

- Es cierto. Pero el proyecto de Txanona y Teno es venir aquí, a Lehen, sumándose al retorno de ustedes. Y regresar a Islas Castigadas con el siguiente viaje de residentes, o sea, dentro de un año.

- Entiendo. Partirán nuevos residentes dentro de treinta días ?

- Sí. Creemos que unos doce. Dos barcos.

- Todos hombres ?

- No. Habrá tres o cuatro mujeres.

- *Hamabineskak*?

- No lo sé. Creo que no. Por qué lo preguntas ?

- Porque de tratarse de mujeres mayores de dieciocho, quizás Txanona tenga un atenuante de su ausencia por un año. Habrá alguien que la reemplace.

- No me parece que las sacerdotisas tengan eso en cuenta, Itahisa.

Repentinamente se abrió la puerta y entró Bentaga, sonriente. Me levanté a saludarla.

- Escuché tu voz, Itahisa. Ya me extrañaba que no vinieras a visitarnos.

- Estuve ... ocupada. Discúlpame.

- Ahh, no sé si te disculpo. - Bromeó mientras descargaba el contenido de su canasto sobre la mesa del hogar. - De qué hablaban ? Qué es lo que no tenemos en cuenta ?

- De la posibilidad de que Txanona sea autorizada a viajar con Itahisa a Lubarnea y de regreso aquí, a Lehen.

Bentaga se inclinó para permitir que Mobad, con ternura, besara su boca. Luego tomó asiento cerca del fuego, pensativa.

- Quiénes son los *maisuak* a cargo de la expedición ? - Me preguntó.

- Una mujer de Hiru llamada Tinabuna. Y un joven de Lehen llamado Ferinto.

- No les conozco. - Murmuró Bentaga decepcionada. - Sabes de algún otro ?

- Sí. Un *Maisu* de Zazpir que es amigo nuestro. Su nombre es Naga.

- Tinabuna es del Círculo ?

- Sí. Lo mencionó al presentarse.

- Sabes si ella es la portadora ?

- Portadora ?

- No les han informado de ello aún ?

- No. - Admití encogiendo mis hombros.

Bentaga y Mobad cruzaron miradas.

- Supongo que nunca has oído hablar de las técnicas secretas. – Dijo ella.

- No.

- Bien. Es momento de que te enteres, Itahisa. Existen algunos ... conocimientos a los que pocas personas han accedido. Que se consideran de gran importancia para el futuro de Atlantis. Nos referimos a ellos como las técnicas secretas.

- Qué clase de conocimientos ?

- De varios tipos. Algunas son técnicas de construcción, otras de iluminación, otras de *eskritura* ...

- Por qué son secretas ?

- Una razón es que esas técnicas se están estudiando. Se están probando. Aún no están completamente dominadas. Y por ello no pueden enseñarse en las e*skuelak*.

- Tampoco en las Altas *Eskuelak* ?

- Tampoco.

- Cómo se transmiten entonces ?

- Existen grupos de *maisuak* que las investigan. Grupos de distintas ciudades. Ellos reclutan entre los mejores estudiantes a nuevos colaboradores. Hay otras personas, un reducido número de *maisuak* en Navegación, que también las conocen. A ellos les llamamos portadores. En el Círculo hemos procurado que los grupos que investigan las técnicas secretas acepten compartirlas con los portadores. Y nos hemos preocupado de que al menos un portador de esos conocimientos secretos, forme parte de cada expedición a territorios desconocidos.

- No termino de entender.

Bentaga me ofreció su típica sonrisa socarrona. Mobad parecía divertido con la situación.

- No es preciso que entiendas todo, querida Itahisa.

- No seas mala, Bentaga.

- Qué es lo que no entiendes ?

- Cuál es el motivo de preocupación del Círculo ?

Bentaga se sumió en una de sus exasperantes pausas reflexivas, para darme una respuesta enojosamente simple.

- Es sencillo, Itahisa. Las técnicas secretas nos dan ventajas.

- Ventajas ?

- Así es. Nos colocan en posición ventajosa frente a otros pueblos. Son cruciales para la expansión de nuestra civilización en otros continentes. Por ello son tan importantes. Por ello son secretas. Y es por ello que el Círculo ha puesto tanto empeño en elegir y capacitar a los portadores.

Mientras Mobad se incorporaba a servir la cena, intenté asimilar lo que Bentaga me había transmitido. Repasé mentalmente la conversación hasta que pude regresar al principio.

- Por qué preguntabas si Tinabuna es la portadora ?

- Porque la portadora es la referente de la expedición para el Círculo.

- Y eso qué significa ?

- Que ella será la que transmita a las sacerdotisas hermanas en Islas Castigadas los criterios.

Empezaba a sentirme abrumada por tanta información.

- Cuáles criterios ?

- Los que el Círculo defina para el viaje de *hamazortzi*.

- Otra vez estoy perdida. - Confesé con amargura.

- Itahisa, por favor. Las sacerdotisas residentes son del Círculo. La portadora es del Círculo. El nuevo programa de viajes de *hamazortzi* fue promovido por el Círculo. Entonces, si el Círculo dispone que algunos residentes de dieciocho años se sumen a ustedes en la expedición a Lubarnea, así se hará. Y si el Círculo dispone que ellos vengan aquí, a Lehen, antes de regresar a las Islas, así se hará.

- El Círculo ha dispuesto eso ?

Bentaga sonrió.

- No.

- No ?

- No lo ha dispuesto aun. Pero estoy trabajando en ello. Cuento con el apoyo de tu madre Haridian. Y si es necesario, viajaré a Hiru a hablarlo personalmente con tu abuela. Creo poder persuadirla de que es recomendable que los residentes jóvenes de Islas Castigadas conozcan el mar de Lubarnea. Y de que es conveniente que puedan volcar lo aprendido en las *eskuelak* de Atlantis, antes de volver a las Islas. Ese es mi plan, Itahisa. Lo entiendes ahora ?

- Sí.

- Cenarás con nosotros, verdad ?

- Claro. Y Aieko ?

- Aieko está de visita en casa de su abuela, en Biko. No dormirá aquí esta noche.

El cuarto día de entrenamiento lo dedicamos a equipar las *txalupak*.

Tinabuna y Ferinto nos ilustraron sobre el uso adecuado del espacio. En la parte posterior instalamos un toldo para que debajo de él, se pudiera dormir en los turnos de descanso. El toldo permitía además recolectar el agua de la lluvia en un recipiente y servía de mampara para utilizar el borde trasero de la *txalupa* como asiento de baño.

Sobre el piso extendimos cuerdas, maderas, cueros y velas de repuesto. Sobre ellas los remos, arpones, redes y otros artefactos de pesca. En las paredes laterales adosamos dos tablones de tres pasos de longitud, que se utilizarían como puentes entre barcos mientras estuviéramos detenidos en el mar.

Un pesado colmillo de elefante ahuecado que serviría para producir potentes sonidos soplando por su extremo, telas de varios colores como banderas y lámparas de distintos tamaños componían el conjunto de instrumentos de comunicación a distancia que portaba cada embarcación.

En la proa amarramos una red para sujetar los equipajes. Alrededor del mástil colocamos ánforas y canastos con alimentos, como *txarki*, frutas y semillas. En una jaula de mimbre viajarían dos gallinas cuyos excrementos caerían en un cajón de tierra con lombrices, las que a su vez, servirían de alimento a las gallinas. La tierra enriquecida por las lombrices sería utilizada como abono en un pequeño cantero de hierbas aromáticas.

Cuando terminamos de colocar todas las cosas, tuvimos una perspectiva de lo incómodo que sería nuestro viaje. Casi no quedaba espacio para caminar, apenas para apoyar los pies en nuestras posiciones de remo. Implicaba varias maniobras recorrer los ocho pasos de distancia entre ambos extremos del barco.

Los días siguientes salimos a navegar.

En las primeras excursiones de entrenamiento hicimos el trayecto de Lehen a Zazpir, ida y vuelta, sin desembarcar. Navegábamos media jornada y nos deteníamos en el mar, acoplando las *txalupak* con los puentes. En cada una de estas paradas, cambiábamos de pareja y a veces de barco, para que los distintos *maisuak* pudieran evaluar nuestro desempeño individual y el de cada pareja. Nos habituamos a vivir día y noche embarcados, y esa convivencia nos permitió ir conociendo al resto de nuestros compañeros de expedición.

Sutziake y yo nos asombramos cuando nos asignaron turnos con Naga como *Maisu*. Parecía otra persona. Era severo e implacable y no mostraba rastros de la simpatía y amabilidad que lo caracterizaban en tierra. En realidad, entre los *maisuak* predominaba esta actitud. Si nos hallábamos en la *Eskuela*, se nos presentaban comprensivos, tolerantes, dispuestos a escucharnos y proclives a discutir nuestras preocupaciones. En cambio, en el mar no daban lugar a discusiones, exigían el riguroso cumplimiento de las indicaciones y amonestaban duramente a quienes no cumplían satisfactoriamente las consignas de navegación.

En esos días iniciamos una buena relación con Janequa y Guaire, la pareja de Lau.

A pesar de no tener un físico formidable, ni un rostro bonito, Guaire me pareció interesante. Sus modos amables y corteses me resultaron disfrutables y sus comentarios acertados, irónicos, en los momentos oportunos. Guaire era, además, *Maisu* en Pesca y su habilidad en el manejo del arpón era sorprendente.

Su compañera Janequa también me pareció encantadora. Derrochaba simpatía y buen humor, siempre dispuesta a ayudar a quien tuviera a su lado. Janequa era *Maisu* en Cocina, la comida era uno de sus temas predilectos y ello era ostensible en las curvas de su cuerpo. Sus formas gruesas no eran muy propias de su edad ni de su condición de *Maisu* en Navegación, pero ello no le impedía manejar los remos o la vela a la perfección. Tampoco la hacían menos atractiva para los varones. No demoré en notar que sus voluminosos pechos ejercían sobre Etxekide una fascinación permanente.

A todos los varones les encantó Nira, la chica de Lehen que había logrado digerir el *harenke* con cerveza en nuestro segundo día de entrenamiento. Aunque hermosa, Nira era delgada, poco amable y poco simpática. Las mujeres no logramos entender por qué los varones estaban embelesados con ella.

Tanto nos disgustaba Nira como nos cautivaba su compañero.

Abian era una torre masculina de dos pasos y diez dedos de altura. A su lado, hasta Baraso se veía pequeño. Excelente remero, de pocas palabras y modales rústicos, Abian parecía solamente interesado en Nira, atento únicamente a ella, lo que nos resultaba exasperante.

Otra pareja con la que hicimos amistad rápidamente fue la que hacían Mizkila y Atabar, de Zazpir. Ellos congeniaron bien con nuestro grupo de Sexta, especialmente Mizkila con Guadarteme y Atabar con Sutziake. Mizkila no se mostraba preocupada por el interés de Atabar en nosotras, ni él mostraba afectación por los despliegues seductores de su compañera. Hacia el día quince o veinte del entrenamiento, Sutziake me puso al tanto de las bondades de Atabar como amante. Antes del final del entrenamiento, tanto Oihane como yo las habíamos verificado. Mizkila por su parte, no tardó en convocar a momentos divertidos a Guadarteme, a Baraso y a Etxekide.

Diez días antes de la partida estaba previsto que los *maisuak* nos comunicaran la integración de los cinco barcos.

En los sucesivos viajes a Zazpir, ellos habían evaluado no sólo nuestras capacidades como navegantes, sino la forma de acompasarnos y colaborar con los demás. Estas apreciaciones debían combinarse con el criterio preestablecido de que las tres parejas de cada embarcación serían de ciudades distintas.

Tinabuna nos convocó por la mañana a presentarnos las actividades previstas para los últimos diez días de entrenamiento.

La figura de la flotilla, la *eskuadra* sería de uno, dos, tres, uno. Abriendo y cerrando las *txalupak* de los *maisuak*, que llevarían los números uno y siete. De modo que los barcos dos y tres viajarían veinte pasos detrás del uno de los *maisuak*, y en una tercera línea de avance, los barcos cuatro, cinco y seis. En esa formación viajaríamos por delante de la otra *eskuadra*, la de los residentes que regresaban a Islas Castigadas.

Previo a la partida, haríamos una excursión hacia el mar profundo al este de Lehen. Allí nos encontraríamos con las grandes olas, las que deberíamos enfrentar hasta encontrar mar calmo. Tomaríamos un tiempo para reponer fuerzas y evaluar los daños en las embarcaciones, para luego emprender el regreso a Lehen, volviendo a cruzar las grandes olas.

Aguardábamos con expectativa el momento en que Ferinto y Tinabuna darían las integraciones de cada barco. Ellos nos presentaron un dibujo de la flotilla, que únicamente develaba de qué ciudades serían las parejas.

Luego procedieron, en orden, a dar los nombres de las parejas.

Los de Sexta ocupábamos la tercer línea de la flotilla.. A Sutziake y a Guadarteme les tocó el barco cuatro, junto a Mizkila y Atabar, quienes se saludaron felicitándose de estar juntos.

Tinabuna anunció entonces las tres parejas del quinto barco.

- De Sexta, Itahisa y Etxekide. De Lau, Janequa y Guaire. De Lehen, Nira y Abian.

La alegría que me produjo saber que Janequa y Guaire compartirían nuestra *txalupa,* se desvaneció inmediatamente al escuchar los nombres de la tercera pareja.

Hubiera preferido cualquier otra compañía antes que la de Nira. La perspectiva de tenerla a mi lado todos los días, soportar mañanas, tardes y noches sus modales engreídos y quejumbrosos, no compensaba la fortuna de contar asimismo con el forzudo de Abian.

A la mañana siguiente partimos hacia mar profundo.

La primera media jornada remamos para habituarnos a coordinar esfuerzos y ritmos entre los seis que viajaríamos en cada *txalupa.* A pedido de los *maisuak,* alternamos parejas. No me costó remar con Janequa ni con Guaire, pero hacerlo con Abian fue agotador. Él no se disponía bien a adaptar la fuerza de sus brazos para que sus empujes pudieran equipararse con los míos. Le disgustaba formar pareja con mujeres, y tuvo los mismos problemas con Nira y Janequa. Ni siquiera Ferinto, quien pasó parte de la mañana en nuestro barco, logró hacerle entender que debía suavizar la potencia de sus movimientos cuando una de nosotras remaba a su lado.

Contra lo esperado, Nira se comportó de forma excelente. Trabajó con aplicación en cada uno de los puestos y acertadamente cuando le fue asignado sostener la dirección del barco. No hizo chistes estúpidos ni se quejó tontamente, pese a que era una mañana calurosa y remamos sin detenciones.

Por la tarde continuamos avanzando con velas desplegadas, entrenando la capacidad de la flotilla de sostener la formación. Al caer el sol, los *maisuak* dieron la orden de detenernos. Aproximamos los barcos en una única hilera y tendimos puentes entre ellos con los tablones.

Oihane y Sutziake me hicieron señas para reunirnos en mi barco. Antes quise darme un baño. Quitándome la ropa, me dejé caer desde el puente disfrutando por un momento de hallarme sumergida. Al regresar a la superficie, noté que otros también se zambullían, para refrescarse tras una cansadora jornada de navegación.

- Cómo estuvo ? - Preguntó Sutziake, luego de habernos secado y vestido.

- Hermoso, no ? A qué te refieres ?

- A tu jornada con el gigante y la tontita. - Aclaró ella risueña.

- Ahh. Eso ! No estuvo tan mal. El gigante todavía no aprendió a remar con mujeres.

- Vas a tener que enseñarle. - Intervino Oihane.

- Yo no tendría problema en enseñarle algunas ... cosas. - Agregó Sutziake con aires de profesora.

- Está bien. - Concedí - No se preocupen por ello. Tengo por delante un año pasando días y noches con él.

Mis amigas mostraron desaprobación a mi pronóstico.

- Si es que la tontita te deja acercarte a él. - Acotó Oihane.

- La tontita se portó bien hoy.

- Te dejó tocar a Abian ?

Me reí de la insistencia de mis amigas.

- No. Eso no. Hablo de su actitud.

- Dices que no se pasó protestando ?

- No sólo eso. Estuvo callada, atenta a las indicaciones y se esforzó en remar bien en todas las posiciones.

- Me cuesta creer eso, Itahisa.

- A mí también. En realidad no lo sé. Quizás estemos juzgando injustamente a Nira.

- Ahora nos vas a decir que es una persona amigable. - Exclamó Sutziake con sorna, provocando la risa de Oihane.

- Tanto no. Pero intentaré llevarme bien con ella. De otro modo, sería insoportable la convivencia durante un año.

Logré silenciar por un instante los comentarios mordaces de mis amigas. Tras una pausa, fue Sutziake quien puso fin al tópico.

- Pues. Te deseamos mucha suerte, amiga.

La cena de aquella noche fue abundante en panes con carnes y frutas. Debíamos acumular energías para la difícil jornada que estaba por venir.

La suerte no parecía estar de nuestro lado al amanecer. La neblina era tan baja y espesa que sólo podía verse a pocos pasos de distancia. En tales condiciones era inviable avanzar hacia las grandes olas. La flotilla se mantuvo estática durante la mañana, atados los barcos unos a otros con pesadas sogas.

Pasado el mediodía, la niebla empezó a disiparse y pudimos sentir agradables caricias del sol. Los *maisuak*, reunidos en el barco uno, deliberaban sobre si era recomendable encarar la travesía disponiendo sólo de media jornada. Observando la dirección e intensidad del viento y buscando señales en el vuelo de las aves que se dirigían al este, resolvieron que las condiciones eran suficientes.

Las siete embarcaciones se dispusieron en la formación de avance, desplegamos las velas e iniciamos la prueba final de nuestro entrenamiento.

El sol aún estaba alto cuando, bruscamente, el tamaño de las olas aumentó a cinco pasos. No era algo que no nos hubiéramos enfrentado anteriormente, de modo que tomamos posiciones con sólo una pareja de remeros, dos en la dirección y los dos restantes manejando la vela, todos ligados con sogas a la *txalupa*. Las costillas crujían con cada ascenso y descenso, pero la flotilla continuaba su marcha sin percances. Las olas se hicieron aun más grandes, y la tensión se advertía en los rostros cuando notamos que quedaba poco tiempo de luz solar y nos enfrentábamos a montañas móviles de agua de diez pasos de altura.

Los *maisuak* no cesaban de gritar consignas cuando cada una de aquellas montañas azul-verdosas se nos venía encima. A mi lado tenía a Abian, la mirada fija hacia adelante, sus poderosas piernas afirmadas sobre la popa, sus músculos de hombros y brazos marcando el esfuerzo de sostener con el remo la dirección, para que la *txalupa* trepara frontalmente cada embestida del mar. Unos pasos a mi *eskuona* podía ver a Baraso haciendo lo mismo en el barco seis, su cara y su cabello chorreando, su torso empapado.

Al frente se veía aparecer a los tres barcos de vanguardia con cada ascenso, para trepar la siguiente ola y desaparecer al descenso. Empecé a sentir miedo. Los crujidos de la estructura de la *txalupa* se hicieron más agudos y permanentes, y parecía que no iba a resistir. Las enormes olas fueron adquiriendo un resplandor dorado cuando el sol empezó a ocultarse a nuestras espaldas.

Sentí gritos a mi *eskuerra* pero no logré ver lo que ocurría hasta la siguiente ola. Había problemas con el barco cuatro donde iban Sutziake y Guadarteme. Alguien había sido barrido y otros intentaban rescatarlo del agua extendiendo sus brazos para ayudarle a volver a bordo. Otra ola y dejé de verlos. Más gritos. En la siguiente bajada sentimos un estrépito de maderas quebradas, aullidos, astillas volando más alto que las olas, y de inmediato consignas y pedidos de socorro que llegaban de distintos puntos de la flotilla.

- Barco cuatro perdido ! Barco siete rescata. Los demás siguen ! - Vociferaban los *maisuak*.

- Barco cuatro perdido ! Barco siete rescata. Los demás siguen ! - Repetimos a coro para darnos por enterados.

Traté de concentrarme en mi tarea pero no podía quitar de la mente la imagen del barco partido en pedazos y de Sutziake y Guadarteme intentando nadar hacia los tablones.

Rápidamente los perdimos de vista y empezaba a oscurecer. Noté que Nira se encorvaba aferrada al mástil y vomitaba un líquido amarillo de bananas a medio digerir, mientras Etxekide empeñaba toda su fuerza en sostener la vela. Janequa, inagotable, remaba y no dejaba de dar ánimos a Guaire a su lado y a Nira para que volviera a tomar su puesto. Un momento más tarde, pregunté a Abian si podía continuar solo en la dirección de popa y sin mirarme devolvió un gesto afirmativo. Dejé mi lugar junto a él y fui a reemplazar a Nira, en ayuda de Etxekide.

Los reflejos dorados que coronaban las montañas desaparecieron, el cielo a nuestro frente tornó al gris y al violeta, y las imponentes olas se mostraban aun más amenazadoras.

Empezaban a verse las estrellas y continuábamos sufriendo en cada tumbo por la integridad de la *txalupa*. Nira no lograba reponerse de las náuseas. Su cuerpo temblaba de frío y no había chance de darle abrigo.

Entonces me sorprendió una carcajada de Etxekide. Lo observé espantada. De qué se reía ? Su cara denotaba una felicidad triunfal.

- Se achican, Itahisa. Las malditas olas se están achicando. Gracias a Ama.

Recién a medianoche nos detuvimos. En lo alto de los mástiles encendimos potentes lámparas de aceite, cuyo resplandor señalaría nuestra ubicación al barco siete.

El mar no estaba totalmente calmo pero las ondulaciones resultaban tan inofensivas como caricias. Despúes de amarrar los barcos, y achicar el agua que los había inundado, procuramos mantas secas dentro de las barrigas de oveja y nos acostamos a dormir. Estábamos extenuados.

No había amanecido cuando me sobresaltaron unos gritos.

Eran ellos. El barco siete nos había encontrado. A la luz de las lámparas logré contar las personas a bordo. Eran doce ! Estaban todos ! Gracias a Ama ! Alcancé a divisar los rostros de Sutziake y de Guadarteme marcados por el agotamiento, y agité mi brazo para saludarlos.

Reconfortada, volví a dormirme.

Cuando desperté, el sol ya estaba alto. El cielo azul, libre de nubes, se confundía en todo el alcance de la vista con el azul más oscuro del mar, que se mostraba increíblemente calmo.

A una distancia de veinte pasos saltaban dos delfines.

En la flotilla detenida, reinaba la agitación. Muchos desayunaban frutas y *txocoatl,* comentando los sucesos de la jornada anterior. Entre los barcos dos y tres se habían tendido varias tablas de puente, formando un estrado improvisado en medio del mar.

Tinabuna, escoltada por Ferinto y Naga, ocupó el lugar central del puente y levantó los brazos solicitando silencio.

- Queridos *hamazortzi.* Hemos completado la primera parte de la prueba final del entrenamiento, cruzando las grandes olas en media jornada. Estamos acá los mismos cuarenta y dos que partimos hace dos días de Lehen. Hemos perdido un barco con todo su equipaje, sus herramientas y sus víveres. Quiero haceros una pregunta muy sencilla. Cómo debemos sentirnos al respecto ?

Tinabuna dedicó una pausa a observar nuestros rostros. Sutziake y Guadarteme miraban hacia abajo. Atabar envolvía en un abrazo a Mizkila, que lloraba en silencio.

- Apenados ? - Preguntó la *Maisu,* recogiendo gestos en nuestros ojos.

- Molestos ? Enojados ? - Continuó el mortificante interrogatorio, mientras sólo se escuchaban las débiles caricias del mar sobre los costados de los barcos.

Tras una pausa, Tinabuna retomó su discurso.

- Queridos *hamazortzi,* esta mañana hemos estado evaluando los daños y estamos convencidos de que debemos sentirnos ... realmente ... muy contentos.

La afirmación nos resultó inesperada. Quedamos atentos a sus palabras.

- Perdimos un barco, sí. Pero en este momento eso es reparable. Si hubiéramos perdido a uno de vosotros, sería irreparable. Perdimos un barco, sí. Pero ganamos una experiencia valiosa. Hoy podríamos estar con la flotilla intacta, pero sin esa experiencia. Si me dan a elegir, prefiero estar como estamos. Eso nos cuida del exceso de confianza para cuando finalmente estemos en viaje hacia Lubarnea. Vamos ahora a poner en común nuestra experiencia.

Tinabuna miró fijamente a Guadarteme, quien volvió a bajar la vista.

- Guadarteme !

- Sí, *Maisu.*

- Puedes decirnos por qué perdimos el barco cuatro ?

- Fue mi culpa, *Maisu.*

- Ahora eso no interesa, Guadarteme. Queremos saber por qué ocurrió.

- Abandoné el remo de popa ...

- Y ?

Guadarteme se mostraba compungido, pero sereno.

- Perdimos la frontal. Y la ola nos tomó de costado.

- Y ?

Guadarteme miró a Tinabuna, suplicante, dudando qué decir. Ella sostuvo su mirada.

- Y el barco se hizo pedazos.

Se escucharon risas ante la obviedad de la respuesta. Tinabuna simplemente sonrió.

- Por qué abandonaste el remo de popa, Guadarteme ?

- Para ayudar a Atabar... que estaba cayéndose.

Todas las miradas se dirigieron a Atabar, quien se mantuvo firme sin dejar de abrazar a Mizkila.

- Atabar !

- Sí, *Maisu.*

- Te estabas cayendo y Guadarteme fue a ayudarte dejando su posición ?

- Sí, *Maisu*, así fue.

Tinabuna mostró un gesto de impaciencia. Con voz forzadamente dulce, continuó:

- Puedes decirnos, Atabar, por qué te estabas cayendo ?

- Sí, *Maisu*. Mizkila había sido barrida en la ola anterior. Traté de ayudarla a volver a bordo. Fue cuando empezamos a descender y perdí estabilidad.

Tinabuna miró entonces a Mizkila, quien secaba lágrimas de sus mejillas.

- Mizkila !

El tono repetitivo de Tinabuna al invocar cada nombre resultaba gracioso.

- Sí, *Maisu*.

- Tengo tres preguntas para hacerte. Podrás responderlas ?

La interrogada cambió su encogida postura para demostrar disposición.

- La primera es obvia. Por qué caíste al mar ?

- Fue una estupidez mía. La jaula de las gallinas ...

Una carcajada general interrumpió la explicación de Mizkila. Ella aguardó silencio para seguir.

- ... la jaula de las gallinas se abrió. Yo quise cerrarla y caminé por encima de los equipajes hasta el mástil. Mis compañeros me gritaron que volviera a mi posición y no les hice caso. En cuanto trepamos la siguiente ola no pude mantenerme en pie, traté de aferrarme al borde de la *txalupa,* pero no pude y caí al mar.

- Pudiste salvar las gallinas, Mizkila ?

La insólita pregunta provocó otra carcajada.

- No, *Maisu*.

- Por último. Requerías ayuda para treparte a un barco al que estabas unida por una soga ?

Mizkila se volvió hacia su compañero Atabar con ternura.

- No, *Maisu*. Podía hacerlo sola. Estoy entrenada para eso.

- Gracias por tus respuestas, Mizkila. Bien, queridos *hamazortzi,* ha terminado mi interrogatorio. Creo que hemos aprendido algunas cosas. Les diré lo que yo he aprendido de esta experiencia. En primer lugar, que más vale perder dos gallinas que un barco.

Esta vez las risas fueron más relajadas, el nerviosismo se había disipado.

- Fijaos bien. Mizkila se equivocó al intentar salvar las gallinas, que no sabemos si necesitaban su ayuda. Atabar se equivocó al intentar salvar a Mizkila, que sí sabemos que no necesitaba su ayuda. Y Guadarteme se equivocó al dejar al barco sin dirección por intentar salvar a Atabar, quien probablemente no necesitaba su ayuda. Qué conclusión podemos extraer de esta cadena de errores ?

Nadie se animó a dar una respuesta. Tinabuna prosiguió.

- Es simple, queridos *hamazortzi*, debemos aprender que no es buena idea prestar ayuda a quien no la pide. Pidieron ayuda las gallinas ? No. Pidió ayuda Mizkila al caer al mar ? No. Pidió ayuda Atabar al perder estabilidad ? No. Pues bien, hemos perdido un barco porque tres navegantes experimentados, tres egresados de la *Eskuela* de Navegación, han intentado salvar a quienes no requerían ser salvados.

Cambiando el tono, la *Maisu*, pasó a las consignas de trabajo.

- Tenemos el resto de la jornada para hacer las reparaciones y realojar a los seis *hamazortzi* que se han quedado sin barco. La flotilla de siete por seis pasa a ser de seis por siete. Mañana al amanecer volveremos a cruzar las grandes olas hacia el oeste. Y espero que nadie se distraiga porque una gallina puede salirse de su jaula. Habéis comprendido ?

Los cuatro días previos a la partida fueron agotadores.

En las mañanas trabajamos con los *maisuak* en la planificación del viaje.

La primera etapa entre Lehen e Islas Castigadas podría insumir entre veinte y treinta días, y estaba prevista una estadía de cuarenta días en las Islas. El segundo tramo hasta tocar las costas de Euriopa era más breve, estimándose entre seis y ocho jornadas. De allí, dependiendo del estado de las embarcaciones, ingresaríamos al mar de Lubarnea. El recorrido por las islas cercanas tomaría unas diez jornadas, luego otras diez para rodear la isla principal. Estaba en los planes remontar el río que comunicaba al gran lago dulce y recorrerlo en toda su extensión. Dispondríamos entonces unas treinta jornadas para bordear las islas llamadas "de las Cigarras" y "del Cobre" y emprender el regreso por las costas de Libia, cuando se cumpliera medio año de viaje.

Los tiempos de regreso no estaban estrictamente fijados, lo que daba un margen para volver a visitar algún punto que nos pareciera importante. Lo que sí estaba determinado era que el trayecto de vuelta sería distinto al de ida. Para aprovechar al máximo las corrientes marinas, en vez de cruzar nuevamente hacia Islas Castigadas, viajaríamos por las costas de Libia al sur unas quince jornadas, para recién emprender el cruce del Mar de Atlantis en dirección suroeste hasta la boca del Gran Río del Sur. Por último, desde allí seguiríamos la costa del Continente del Sur hacia Lau, donde se daría por finalizada la expedición.

Por las tardes, verificamos el estado de las *txalupak* para asegurarnos que cada herramienta o parte del equipaje estuviera en su lugar, a la vez accesible y bien amarrada. Las jaulas de mimbre de las gallinas fueron reafirmadas con un cinto de cuero, igual al que cada uno calzaba en la cintura, para sujetarse con una soga a la estructura del barco. A la ya rebosante carga, agregamos varias ánforas de agua y de cerveza, y bolsas con nueces, *txarki*, bellotas, semillas y frutas.

En esos días fueron llegando a Lehen nuestras familias. De Bosteko, mi madre Atissa y mi hermana Lore, de diez años. De Biko, la madre de vientre de Sutziake y su hijo. De Hiru, mi abuela acompañada por la madre y hermanos de Oihane. Y de Sexta, Nekane, Haridian, Manindar, Gazmira y su madre adoptiva, la madre de Baraso.

Todas las noticias de Sexta eran buenas. Sibissa había cumplido cuatro lunas de vida creciendo y engordando del pecho de su feliz madre. Mi casa se hallaba perfectamente cuidada por mis amigos Faina y Artemis. Iratxe y Sakon ya estaban en Hiru, para el entrenamiento de su viaje de *hamazortzi* al Continente del Sur. La ciudad resplandecía bajo el nuevo liderazgo de Anixua.

Gazmira me hizo llegar un regalo personal de Zebensui. Una finísima diadema de plata labrada.

- Me pidió que te agradeciera el pendiente que le dejaste.

- Esto es ... bellísimo.

- Es cierto. Te queda muy linda. Tan linda como una sacerdotisa ... de la Serpiente.

Opté por ignorar la ironía de Gazmira.

- Dile por favor a Zebensui que me encantó.

- Sólo eso ?

- Ehh, sí.

- No debo decirle cuánto lo amas ? Que todo tu ser sufre por no verlo ?

- Ehh, no. Aunque fuera verdad, nunca lo admitiría.

- Entonces no es verdad ?

- No, Gazmira, no. Por favor, no seas tan malvada.

La noche anterior a la partida realizamos un gran banquete en el comedor de la *Eskuela*.

En la cena estuve con Manindar y Lore, haciéndoles cuentos de lo vivido durante el entrenamiento, en particular sobre el accidentado cruce de las grandes olas en dirección este y la vuelta sin mayores problemas, luego de haber hecho las reparaciones y reasignado a los náufragos rescatados del barco cuatro.

Observé a distancia una discusión en la que participaban mi abuela Iruene, Bentaga, Haridian y Tinabuna. Sin poder oírlas, sabía que hablaban de la posible incorporación de un octavo barco a nuestra expedición, con *hamazortzi* residentes en Islas Castigadas. Fue mi madre Haridian quien me puso al tanto de las conversaciones. El Círculo consideraba favorablemente la participación de residentes en el viaje a Lubarnea. Tinabuna sería la encargada de presentar la recomendación, pero la decisión final la tendrían las sacerdotisas de Islas Castigadas.

Más tarde tuve un momento para hablar con mi madre Atissa, quien me hizo muchas preguntas sobre el viaje y el entrenamiento.

- De modo que está todo listo para mañana.

- Así es.

- Me viene a la memoria tu cara de felicidad cuando te anuncié nuestro primer viaje a las islas, te acuerdas ?

- Claro que sí, madre.

- Y también recuerdo la noche de mi celebración de Sacerdotisa. Una niña de once años lloraba desconsolada en mi cama.

- Tú me consolaste.

- Fue difícil hacerlo. Tuve que prometerte otro viaje.

Ambas sonreímos. Habían transcurrido siete años desde aquella noche. De aquel segundo viaje en el que habíamos conocido a Bentaga y a Txanona.

- Volveré a encontrarme con Txanona en pocos días.

- Envíale mis cariños, por favor. Quiera Elkar que pueda viajar contigo a Lubarnea.

- Que así sea, madre.

- Te cuidarás mucho, hija, verdad ?

- No te preocupes, madre, sé cuidarme.

- Escúchame bien. Sabes cuidarte aquí en Atlantis. Pero todo será distinto allá en Euriopa y en Libia. Nosotros tenemos nuestras *etxeak*, nuestras ciudades, nuestra comunidad. Estamos habituados y dependemos de lo que hemos construido, me entiendes ?

- Sí, madre. - Respondí, aunque sin comprender totalmente.

- Los hombres del hielo, los pastores, pueden saber muchas cosas que nosotros no sabemos.

- Sí, madre.

- Si te encuentras en peligro, por favor Itahisa, prométeme que tendrás la astucia de aprender de ellos. Ellos saben sobrevivir en su territorio, nosotros no.

- Entiendo.

- Me lo prometes ?

- Te lo prometo, madre.

Sintiendo una mezcla de emociones, confusión y agradecimiento, acepté el largo abrazo de mi madre de vientre.

En una mesa próxima, Oihane empezaba a tocar sus tambores. Guadarteme trepado a un banco, convocándome con un brazo extendido y la otra mano apoyada en su cabeza, contorneaba su cintura, cantando.

- Ven a bailar conmigo, *guahira.* Ven a gozar conmigo, *guahira.*

Era una nublada mañana del día cuarenta y nueve del año veinticinco del ciclo cincuenta y ocho, cuando partimos de Lehen con destino a Islas Castigadas.

Cerca de diez veces sesenta personas nos despidieron desde los muelles.

Al grito de Tinabuna, cuarenta y dos remos se hundieron en el agua y la flotilla partió hacia el norte, como un solo barco.

PARTE SEIS,
VIAJE
Segundo Movimiento,
TRAVESÍA

El buen viento nos acompañó en los primeros días del viaje.

Fueron días frescos y nublados, con mar calmo, ideales para la navegación. Las tres primeras jornadas nos dirigimos al norte, bordeando la costa del continente y luego viramos ligeramente al noreste, apartándonos hacia mar profundo.

En cada barco, una pareja manejaba la vela, otra colaboraba con la dirección y la tercera descansaba, en turnos. Avanzábamos desde el amanecer hasta poco después de la puesta del sol, porque la visibilidad de las estrellas era deficiente. Por las noches recogíamos las velas, amarrábamos las *txalupak* unas a otras, y una pareja montaba guardia mientras los demás descansaban.

Con las primeras luces de la aurora, la guardia despertaba a los que habían dormido, quienes luego de desayunar frutas y semillas, se aprontaban a reiniciar la navegación.

En la quinta noche fuimos alcanzados por los once barcos de residentes. Los líderes de ambas flotillas acordaron enfrentar las grandes olas con media jornada de diferencia, para volver a reunirnos en mar calmo dos días después.

El cruce de las grandes olas nos ocupó enteramente la sexta jornada y fue agotador.

Lloviznaba y el viento que soplaba levemente del norte resultaba de poca ayuda. Debimos remar todo el día contra las moles de agua de diez pasos de altura.

Al mediodía permitimos a Abian tomar un descanso y Guaire lo reemplazó en el remo de dirección. En el banco delantero remaban Janequa y Nira y en el central Etxekide y yo, pero con esa disposición no fuimos capaces de sostener el ritmo de la flotilla.

Volvimos a cambiar posiciones. Guaire hizo pareja en el segundo banco con Abian, Janequa y yo en el delantero, y Etxekide ocupó la posición de popa, con lo que recuperamos la línea de avance. En ese momento fue el barco cuatro el que comenzó a rezagarse. En poco tiempo quedó tan atrás que lo perdimos de vista y recibimos la consigna de disminuir el ritmo para volver a agruparnos.

Cuando los tuvimos nuevamente en la misma ola, advertimos que Naga se había cambiado de barco y formaba pareja de remo con Atabar. No pudimos explicarnos cómo había logrado Naga pasar de un barco a otro, en medio de aquel tremendo oleaje.

A media tarde el mar no daba descanso. Seis brazadas y ascenso. Dos brazadas y descenso. Las costillas de la *txalupa* rechinaban en cada subida y los equipajes se sacudían con cada caída.

Brazos y piernas empezaron a dolerme hasta que cada brazada se me hizo un suplicio. Etxekide empezó a gritarme pero no lo escuchaba. No quería dejar mi puesto a Nira. Sólo ansiaba que aquellas insoportables olas empezaran a achicarse. Pero Etxekide siguió insistiendo y finalmente la propia Nira me hizo una seña de que fuera a descansar. Le entregué el remo y me arrastré gateando hasta debajo del toldo, donde quedé hecha un ovillo, sin saber qué músculo me dolía más.

Etxekide continuó gritándome.

- No te enfríes, Itahisa, no te quedes así. Estírate y mueve lentamente las piernas y los brazos.

Miré a mi compañero con fastidio. Respiré profundamente antes de disponerme a hacer lo que me estaba pidiendo.

El sol caía a nuestras espaldas y las olas no parecían disminuir. Lentamente, el temor de haber perdido la dirección vino a menoscabar nuestro ánimo. Los dos cruces que habíamos hecho en el entrenamiento nos habían insumido solamente media jornada. Cómo era posible que transcurriera el día entero ?

Volví a tomar el puesto de remo, esta vez en reemplazo de Janequa. Pero nuestras fuerzas flaqueaban y lo mismo pasaba en los demás barcos. Seguimos avanzando lentamente, subiendo y bajando a los tumbos, hasta que se hizo la noche.

Afortunadamente había pocas nubes y algo de luna, lo que nos permitía distinguir las olas a nuestro frente.

- Banco central solamente. Tres descansan y seguimos. - Llegó la consigna desde el barco uno.

- Banco central solamente. Tres descansan y seguimos. - Repetimos.

Quedamos con Janequa en los remos, con Abian en la dirección de popa. Etxekide, Guaire y Nira fueron a reponer energías. Así fuimos turnándonos hasta casi medianoche, cuando finalmente notamos que las olas eran menos altas que el largo de los barcos.

Un par de turnos más tarde, la brisa volvió a ayudarnos. Desplegamos las velas que habían sido inútiles durante el día y suspendimos el remo.

Continuamos avanzando contra las oscuras olas, hasta que por fin escuchamos la consigna de detenernos. Desde todos los barcos se oyeron gritos de alegría, por haber completado la jornada más agotadora de nuestra corta vida como navegantes. Pudimos secarnos y abrigarnos.

El horizonte empezaba a clarear en el momento que nos acomodamos para dormir.

Cuando me despertó Janequa, el sol recién alcanzaba media altura.

- Qué ocurre ?

- Seguimos viaje, Itahisa.

- Cómo ?

- Hay buen viento y no vamos a desaprovecharlo. Seguimos viaje.

- No podemos. Hay que esperar a la flotilla de residentes. - Respondí abrumada por el cansancio.

- Ellos ya han llegado. Hace rato.

Sin dar crédito, me asomé por debajo del toldo hacia popa. Vi muchos barcos, lo que me resultaba incomprensible. Cómo habían hecho para llegar tan rápido ? Mi cabeza y mi cuerpo se negaban a moverse.

- Vamos de a tres, mientras haya viento. Sería tu turno ahora, con Etxekide y Guaire. Pero puedo reemplazarte si no te sientes bien.

La generosa oferta de Janequa era irresistible.

- Gracias Janequa, muchas gracias.

Debo haberme dormido de inmediato porque no escuché las consignas de partida.

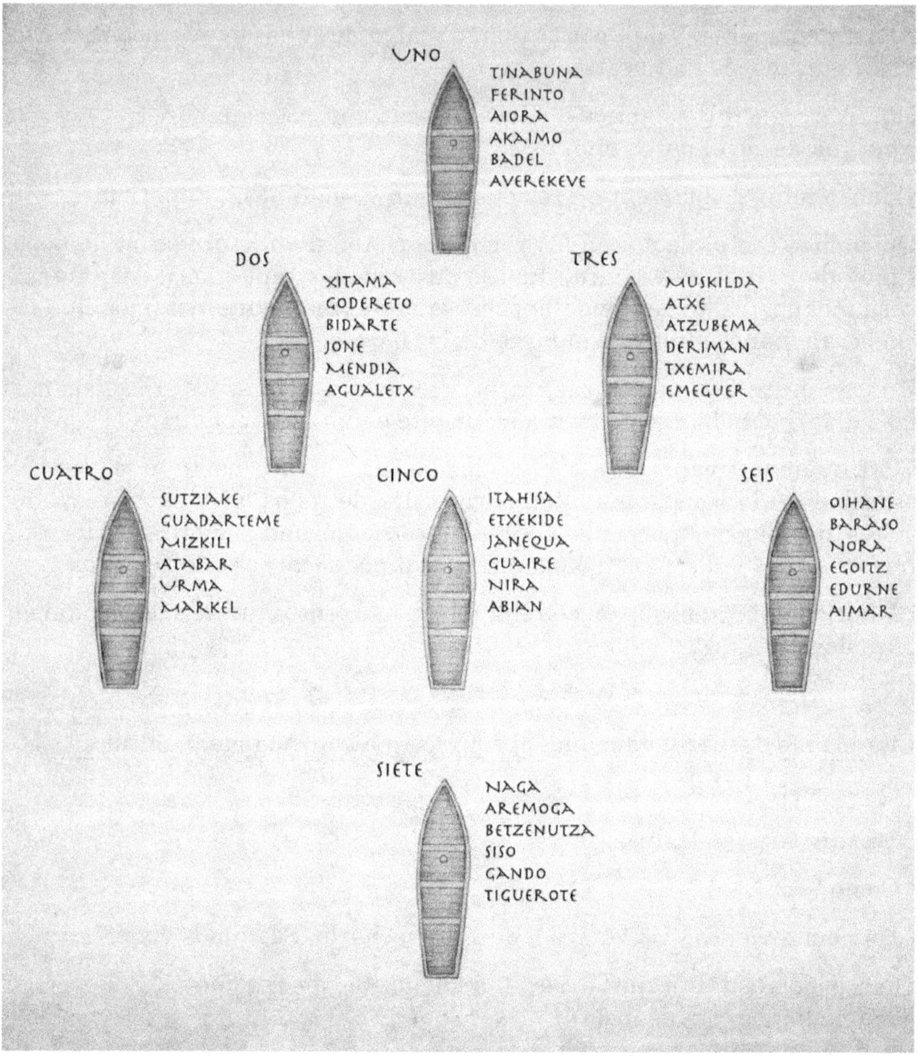

UNO
TINABUNA
FERINTO
AIORA
AKAIMO
BADEL
AVEREKEVE

DOS
XITAMA
GODERETO
BIDARTE
JONE
MENDIA
AGUALETX

TRES
MUSKILDA
ATXE
ATZUBEMA
DERIMAN
TXEMIRA
EMEGUER

CUATRO
SUTZIAKE
GUADARTEME
MIZKILI
ATABAR
URMA
MARKEL

CINCO
ITAHISA
ETXEKIDE
JANEQUA
GUAIRE
NIRA
ABIAN

SEIS
OIHANE
BARASO
NORA
EGOITZ
EDURNE
AIMAR

SIETE
NAGA
AREMOGA
BETZENUTZA
SISO
GANDO
TIGUEROTE

Formación de *eskuadra* de la flotilla

Los siguientes tres días, avanzamos sin detenernos en dirección este.

Las condiciones eran muy favorables, clima cálido de *udaberri*, viento moderado de popa, noches despejadas y olas de apenas un paso de altura. Como los turnos llevaban la mitad del día y la mitad de la noche,

Etxekide, Janequa y Guaire dormían mientras Nira y yo manejábamos la vela, con Abian en el remo de dirección.

Pese a descansar en las mañanas y las primeras partes de las noches, sentía que mi físico no se había recuperado de la terrible jornada del cruce de las olas. Dormir y despertar dos veces por día, desayunar al mediodía, almorzar a la puesta del sol y cenar a medianoche, era una rutina extraña que provocaba en mí una sensación confusa del paso del tiempo.

Mi relación con Nira no era buena. Apenas nos hablábamos, solamente para coordinarnos el trabajo en la vela. Tampoco se suscitaron problemas, porque yo no tenía chance de interactuar con Abian, a quien casi ni veía, a pesar de compartir los turnos. Él pasaba apostado en popa, a nuestras espaldas, y nos separaban cuatro pasos y el toldo donde descansaban Etxekide, Guaire y Janequa.

Durante esas jornadas, me entretuve en adivinar qué estaría ocurriendo en las demás embarcaciones. No era posible intercambiar palabras con mis amigos en los barcos contiguos, por lo que nos comunicábamos únicamente por gestos. El entusiasmo y el buen humor eran perceptibles aun a distancia. Sabíamos que de mantenerse aquellas óptimas condiciones, estaríamos arribando a Islas Castigadas antes de cumplirse veinte jornadas de la partida, algo que en principio resultaba improbable.

El otro entretenimiento eran los delfines.

Desde que habíamos superado las grandes olas, un grupo de unos veinte delfines viajaba con nosotros. Aprendí a reconocerlos. Había adultos y pequeños, unos de piel gris plateada y otros de piel más oscura con líneas blancas a los costados. Tres de ellos lucían una extraña coloración rosada. Con frecuencia saltaban con elegancia a pocos pasos de los barcos. A veces se adelantaban unos campos a la flotilla, pero más tarde volvían a hallarse alrededor.

Fue mucho más tarde que descubrí que los *maisuak* del barco uno observaban con tanta atención el desplazamiento de los delfines, como el movimiento del sol y las estrellas.

Por algún motivo, parecía que los *maisuak* confiaban en la capacidad de los delfines para marcarnos el camino. Como si nuestros acompañantes también viajaran a las Islas Castigadas, apartándose por momentos de la dirección oeste - este, tal vez respondiendo a señales que nos resultaban imperceptibles.

Al amanecer del décimo día, el viento cesó por completo.

Desperté cerca del mediodía y noté que nos hallábamos detenidos. Los *maisuak* no habían dado la orden de avanzar con los remos. Nos encontrábamos a seis o siete jornadas de Islas Castigadas y aún contábamos con alimentos. De modo que la consigna fue aguardar a que el buen viento regresara, y mientras tanto recuperar fuerzas y reparar los daños menores que tuvieran las embarcaciones.

La flotilla de residentes también se detuvo y sus once *txalupak* se acoplaron a las nuestras, formando una pequeña ciudad flotante de sesenta más cuarenta y ocho personas. Por primera vez, pudimos transitar a nuestro antojo por cualquiera de los barcos y conversar con los compañeros de la travesía. Los turnos se suspendieron y fue anunciado un encuentro general para la puesta del sol.

El aire estaba cálido, agradable para mediados de *udaberri*. El cielo despejado y el mar calmo daban un marco azul extenso a nuestro alrededor. Pasamos una tarde disfrutable con Mizkila, Atabar y Sutziake, alternando charlas con los residentes, zambulléndonos desde los puentes y nadando cerca de los delfines que se habían quedado junto a nosotros.

Algunos residentes jugaban a quién lograba transitar un puente evitando al adversario, sin caerse al agua, y el desenlace más frecuente era que ninguno lo lograba. Porque el que perdía el equilibrio se aferraba del otro, llevándoselo en la caída, lo que era saludado con gritos y aplausos por los espectadores.

Al anochecer los *maisuak* anunciaron que estaba prevista una tormenta. Dieron la orden de desacoplar, recoger la mayor cantidad de agua de lluvia y procurar descansar durante la noche. De haber buenas condiciones, al día siguiente reiniciaríamos la navegación.

La lluvia fue recibida con alegría avanzada la noche.

Muchos aprovechamos a bañarnos quitándonos del cabello y la piel la acumulación de sal de varios días, en medio del fenomenal espectáculo de los relámpagos que iluminaban por instantes el inmenso mar de nubes sobre nuestras cabezas.

El viento no llegó a ser lo suficientemente intenso para mantenernos en vilo y pasada la medianoche logramos dormir, incómodamente apretados unos a otros, bajo los toldos.

Contra lo esperable, al día siguiente amaneció despejado, caluroso y sin viento.

Tras deliberar parte de la mañana, los *maisuak* indicaron otra jornada de descanso.

Aunque frutas y semillas se estaban terminando, teníamos *txarki* para un par de días, además de abundante agua y suficiente cerveza. Se evaluaba que contábamos con margen para esperar, dado lo bien que habíamos avanzado en las diez primeras jornadas del viaje.

El sol a pleno nos bañaba en calor. Tendidas sobre las pilas de equipajes, nos deleitábamos con las danzas de los delfines a nuestro alrededor.

- Realmente detestaría estar remando con este calor. - Comentó Sutziake recogiendo agua en la cavidad de su mano y refrescándose con ella la cara y el cuello.

- No creo que mañana seamos tan afortunadas. - Advirtió Oihane acostada mirando al cielo, su cabeza apoyada en sus manos.

- Me parece lo mismo. - Agregué mientras seguía los movimientos de un pequeño delfín. - No da la impresión de que vaya a regresar el viento.

- No sé a ustedes, chicas, pero esto de estar detenidas no me agrada mucho. Me pone algo nerviosa.

Todas miramos a Mizkila, interrogando el alcance de su comentario. Sutziake le preguntó burlona.

- Qué clase de nervios, Mizkila ?

- No puedo estar quieta ... necesito ... hacer algo.

- A mí me pasa algo parecido, - intervino Janequa - no sé si exactamente lo mismo pero necesito hacer algo.

Ilustró su afirmación simulando acariciar sus abundantes pechos, provocando la risa de Sutziake y Oihane.

- Ah ! Ahora entiendo. Yo también estoy así de nerviosa. - Declaró graciosamente Sutziake.

Janequa contuvo una sonrisa, mirando hacia mi barco.

- A ver si hablamos de lo mismo, Sutziake. Nos estamos refiriendo a un nerviosismo muy grande, casi ... gigante ?

No pudimos evitar una carcajada. Mizkila retomó la conversación en voz baja.

- No tiene sentido chicas, preocuparse por el único hombre inalcanzable en esta flotilla, si nuestros compañeros están más que dispuestos a darnos toda la actividad que necesitamos.

- Estoy de acuerdo. - Admitió Oihane aun tentada por el chiste.

- Yo no. - insistió Janequa.

- Qué quieres decir ? que sólo Abian podría ... quitarte los nervios ?

Janequa, riendo, negó con la cabeza.

- No estoy hablando de Abian, Itahisa.

- De qué hablas entonces ? - Preguntamos varias a la vez.

- Por favor chicas, miremos alrededor. Entre los *hamazortzi* somos quince y quince, verdad ?

- Es cierto.

- Entre los *maisuak*, cuatro y ocho. Pero entre los residentes, hay sólo nueve mujeres. Si saben contar, el total da veintiocho mujeres y sesenta más veinte hombres. Eso significa algo así como tres para cada una.

- A dónde quieres llegar, Janequa ? - Preguntó inocentemente Mizkila.

- A que esta noche no voy a prestarle atención a mi querido Guaire. Tengo pensado ir de visita por alguna de las *txalupak* de residentes, donde espero ser bien recibida.

- A mí me parece un buen plan. - Festejó Sutziake.

- A mí también. - Se sumó Oihane.

- Vayan chicas, no se preocupen que yo me encargo de Guaire, Baraso y Guadarteme. - Anunció Mizkila divertida. - Qué harás tú, Itahisa ?

- Eh, no lo sé. - Contesté.

Realmente no lo sabía. La propuesta de Janequa de abordar un barco de residentes me resultaba tentadora. Era una oportunidad excepcional para gozar de varios hombres a la vez. Pero no me agradaba la idea de dejar solos a nuestros compañeros. Extrañaba hallarme en los brazos de Etxekide. Deseaba volver a estar con Atabar. Y albergaba la secreta expectativa de seducir al gigante Abian, en caso de que Nira se apartara de él por un momento.

- Decídete Itahisa, vendrás con nosotras ? - Me presionó Sutziake.

- No, amigas. Creo que me quedaré aquí. Diviértanse mucho.

El resto de la jornada permanecimos acostadas, disfrutando de la cálida tarde en la proa del barco cuatro.

Janequa fue la primera en abrir su *brusa*, exponiendo al sol sus formidables cumbres. De a una, la fuimos imitando, fingiendo indiferencia a los silbidos de admiración que nos llegaban desde los barcos cercanos.

Fue nuestra primera fiesta en medio del mar. Pero no así para los residentes, quienes estaban habituados a las paradas por ausencia de viento. Ellos construyeron un escenario tendiendo tablones entre cuatro barcos, iluminado por gran cantidad de lámparas.

Sobre él tocaron los músicos y se cantaron canciones de distintas ciudades. Un grupo de actores representó escenas de una *txalupa* en la que reinaba el desconcierto, las discusiones se sucedían por los motivos más tontos y todos terminaban en una gran pelea.

Mientras observábamos el espectáculo, Etxekide se acercó a mí por detrás y me rodeó con sus brazos. Ofrecí mi cuello a sus besos. La oscuridad nos amparaba. Guaire y Janequa, también abrazados, se encontraban cerca del mástil, a un paso de distancia. De reojo pude advertir que Nira y Abian ocupaban la zona más privada del toldo.

Otro grupo de músicos ocupaba el estrado. Fui acostumbrándome a la idea de permitirme jugar con Etxekide, aun cuando Guaire y Janequa pudieran vernos. Levanté mi falda y sentí su dureza crecer contra mis nalgas.

Janequa anunció en voz alta que iría de paseo por otros barcos. Un momento más tarde Etxekide estaba dentro de mí, llenándome de placer. Me apoyé en el borde para sostener sus embestidas, gocé cuando se derramó en mi canal y luego lo sentí salir.

Al darme vuelta a besarlo, me encontré con la mirada de Guaire, recostado en el mástil, divertido por la escena que acababa de presenciar. El deseo en sus ojos incrementó mi excitación.

- Pobre Guaire, se ha quedado solo. - Dije para que ambos oyeran.

No hubo respuesta. Varias *hamazortzi* danzaban en el estrado flotante.

- Podemos invitarlo, no ? - Pregunté a Etxekide.

Él solamente suspiró su agitación. Muchas veces habíamos estado juntos con Guadarteme o Manindar en mi cama. Pero Guaire era una novedad para los dos.

- Ven aquí Guaire. - Ordené.

El compañero de Janequa no dudó en acercarse. Por primera vez besé su boca mientras lo atraje hacia mí. Disfruté de reconocer sus olores masculinos.

- Te gustó lo que viste, verdad ? - Le dije al oído.

- Claro que me gustó. - Habló finalmente.

Sin disimulos, llevé mi mano a sus partes, palpando su entusiasmo. Él abandonó su timidez midiendo con sus manos el contorno de mis pechos. Le di la espalda y volví a apoyarme en el borde del barco, ofreciéndome.

Guaire me deleitó con sus lentos movimientos por un momento, tomándome de las caderas. Fue incrementando el ritmo, provocándome explosiones que gocé en silencio, con mi frente apoyada en mis puños cerrados. En la lejanía seguían las canciones. Cuando Guaire alcanzó su placer, dejó su lugar para que Etxekide volviera a entrar en mi canal desbordado de semen.

Por un instante me pareció que Nira y Abian nos observaban desde el interior del toldo.

Abandoné a mis amantes extenuados y de un salto trepé al tablón que nos separaba del barco cuatro. No encontré a Atabar ni a Mizkila, pero sí a Guadarteme bebiendo.

- Hola Guadarteme.

- Hola *guahira*, tengo un poco de cerveza para compartir contigo.

Acepté gustosa el trago.

- Qué sabes de Sutziake y de Mizkila ?

Guadarteme señaló otros barcos.

- Se fueron. Primero Sutziake, después Mizkila.

- Y Atabar ?

Esta vez señaló hacia el toldo.

- Duerme como un bebé.

Me despedí de Guadarteme con un beso y transité dos puentes para llegar al barco siete, en el que varios *maisuak* asistían al espectáculo. En un rincón oscuro, reconocí a Naga complaciendo a una *maisu* joven de profusas trenzas, llamada Aremoga.

Cerca del estrado pude ver a Sutziake divirtiéndose con dos hombres mayores. No me pareció una situación para interrumpir con preguntas y ella ni siquiera advirtió mi presencia.

Traspasé la zona central de la ciudad flotante hacia donde se encontraban la mayoría de los residentes. En el estrado, unos diez *hamazortzi*, chicas y varones, bailaban al ritmo de los tambores.

En una de las últimas *txalupak* encontré finalmente a Janequa.

No me sorprendió hallarla sentada frente a dos hombres que jugaban con sus pechos, sosteniendo un *zakil* en cada mano, alternando la atención de su boca entre uno y otro. No me sorprendió verla sonriente, sus cabellos, su cara y sus pechos impregnados de semen. Lo que me dejó impactada fue la escena que vi a su lado.

Oihane también lamía un *zakil* de un hombre, pero éste a su vez, era penetrado por otro hombre. Y ambos expresaban ruidosamente su disfrute.

Janequa me hizo una seña invitándome a sumarme a la fiesta. No supe qué hacer. Aunque había ido con la intención de participar del juego, aquello me resultaba algo indescifrable. Los gemidos del hombre penetrado aumentaban, haciéndose audibles para los barcos próximos. Lo más insólito era que su *zakil* derramaba semen sin hallarse crecido. Oihane recibía aquel regalo fascinada, en un extraño disfrute, al tiempo que Janequa, en forma entrecortada, me refería de las delicias que estaba saboreando.

Me acerqué. Los dos hombres de pie me recibieron con caricias.

En un instante perdí mi *brusa* y mi falda. En el siguiente me había arrodillado y colaboraba con Janequa en su tarea de alternar atención a los dos miembros. Un momento más tarde, uno de los hombres me tomó las nalgas y rozó con sus dedos mi *natura* humedecida. Me ofrecí a sus impulsos. Su entrada en mi cuerpo me empujó adelante, hacia Janequa.

Ella me recibió amorosamente, tomando mi cabeza con sus manos. Mi boca rozaba sus rosadas cumbres con cada embestida y ella festejaba a quien me estaba tomando, solicitándole más fuerza masculina.

Fui sumergiéndome en una confusión de sensaciones, integrándome a los asombrosos goces que ocurrían en aquel barco, escalando mi placer en los vaivenes de desconocidos *zakilak* que hacían vibrar desde mi canal hasta mis pies.

Y en la fruición de mi boca, en la descontrolada exploración de mis labios por los enormes, suaves, voluptuosos pechos de Janequa.

Pasada la medianoche, volvimos las tres en silencio a nuestros barcos.

Aún me hallaba conmovida por la inusitada fiesta que habíamos vivido con los residentes, pero me sentía muy cansada para compartir con mis amigas las impresiones que la experiencia había proporcionado.

Dejamos a Oihane en el barco seis, donde ya todos dormían.

Al llegar a nuestro toldo, encontramos una escena que nos dejó atónitas.

Abian no estaba. Nira se hallaba acostada, desnuda, con los ojos cerrados. A sus costados descansaban nuestros compañeros, también desnudos. La cabeza de Guaire se apoyaba en los insignificantes pechos de Nira y la cabeza de Etxekide en su *natura*.

Entre las jornadas doce y quince de la travesía debimos remar. El viento se presentó discontinuo y en general desfavorable.

Los turnos de trabajo y descanso me dieron pocas oportunidades de hablar con mis compañeros de barco, pero ellos supieron de mi fastidio.

Mi malestar con Nira, lejos de atenuarse, fue en incremento. Me parecía inaceptable su actitud de encarar a mi compañero, en mi ausencia, sin habilitar reciprocidad. Me enojaba además su comportamiento displicente, pretendiendo que nada había ocurrido. A la vez me sentía una tonta por haber dejado a Guaire y a Etxekide solos con Nira. No tenía motivos para reprocharles, pero igualmente lo hice. Ellos reaccionaron con ofuscación a mis reclamos, lo que terminó de consumar mi malhumor.

Me hallaba aún desconcertada por lo ocurrido en el barco de los residentes.

Hasta aquel momento había considerado a Janequa como una compañera regordeta, simpática y graciosa. Hasta inocente. Ahora la veía con otros ojos. Ella había sido la promotora y protagonista de una de las experiencias de placer más intensas de mi existencia.

El cielo era una aglomeración de nubes en variedad de grises. El mar, un continuo espectáculo de olas encrespadas, interrumpido en lo inmediato por los demás barcos y el salto ocasional de los leales delfines.

A trece días de la partida comimos las últimas frutas y volcamos los residuos podridos en el cajón de las lombrices. Al día siguiente, acabamos con el *txarki*. En la jornada quince se terminaron las nueces y el *txocoatl*, y al caer el sol preparamos lámparas y canastos para recoger *harenkeak*, que serían nuestro único alimento durante el resto de la travesía.

Algo me despertó en medio de la noche. Eran las piernas de Nira pasando sobre mi cabeza. La vi avanzar con sigilo por entre bultos y canastos hacia el mástil y detenerse a revisar las ánforas. Supuse que estaría procurando un poco de agua para beber y me dispuse a seguir durmiendo, pero cierta precaución exagerada en su modo de actuar me indujo suspicacia.

Permanecí inmóvil, observando sus movimientos. La vi maniobrar con dos ánforas, volcando cuidadosamente el contenido de una en la otra, cargar una de las vasijas hasta la proa y acomodar el ánfora entre los equipajes, de modo que quedara escondida a la vista. Luego volver al mástil para beber de otra de las vasijas, acomodarse en el borde del barco para orinar y finalmente regresar al toldo.

Fingí despertarme cuando ella se acostó a mi lado.

- Qué ocurre, Nira ? – Pregunté en un bostezo.

- Nada, Itahisa. Falta mucho para el amanecer.

- Por qué te levantaste, entonces ?

- Tenía sed.

Me incorporé. Una tormenta se agolpaba en mi cabeza. Ella giró sobre su costado dándome la espalda.

- Quiero que me expliques qué estabas haciendo.

Nira suspiró y volviendo a girar, me miró extrañada.

- Fui por un poco de agua. Qué te sucede, Itahisa ?

- Quiero que me expliques qué estabas haciendo. – Repetí alzando la voz.

- Puedes hablar más bajo ? Vas a despertar a todos.

- Lo haré si es necesario. – Dije en tono cortante.

Ella escudriñó mi mirada, desafiante.

- Lo que necesitamos es descansar, Itahisa. Vas a calmarte ?

Aquello me quitó la poca calma que podía quedarme. Me sentía furiosa.

- No hasta que me cuentes qué fue lo que escondiste entre tus bultos.

Etxekide y Janequa abrieron sus ojos y nos observaron pasmados. Nira no contestó.

- Qué está pasando ? – Preguntó Etxekide, sentándose con dificultad.

- Tu compañera tiene un ataque de ira, – propuso Nira con sarcasmo – qué debe hacerse en estos casos ?

Contuve mi impulso de abofetearla.

- Nira nos está robando la cerveza. – Anuncié lo más serenamente que pude.

- No digas tonterías, Itahisa, por favor. - Replicó ella.

Etxekide y Janequa no salían de su asombro. Abian se despertó sobresaltado. Guaire respiraba ruidosamente su profundo sueño.

- Vas a decirme que no trasegaste cerveza a un ánfora y la escondiste con tu equipaje ?

- No voy a decirte eso, porque sí lo hice y tú lo viste.

No me esperaba aquella descarada confesión.

- Eso no se llama robar ?

- No. Eso se llama reservar.

- Reservar ? – Intervino Janequa.

- Están haciendo un escándalo de una trivialidad. – Afirmó Nira haciéndose la indignada. - Se sabe que tenemos que cuidar la cerveza, ahora que se acabaron los alimentos. A partir de mañana sólo comeremos *harenke*. Lo que hice fue poner media ánfora a recaudo. Sólo por precaución.

- Nira, nos corresponde a todos racionar los víveres, incluso la cerveza. – Discutió Janequa con voz amable.

- Quién puede asegurar que alguien no se termine la cerveza mientras dormimos ? – Gruñó Abian en defensa de Nira.

- No puedo creer ... – empecé a decir enfadada.

- Está bien, Itahisa. Ahora sabemos que Nira tiene media ánfora reservada. – Me interrumpió alegremente Janequa.

No pude evitar desbordarme. Sin pensarlo me dirigí a Nira gritando.

- Qué te crees, estúpida, que vamos a dejarte sin comer porque a tu delicado estómago le da náuseas el pescado crudo ?

Nira sonrió cínicamente. Abian vino hacia mí con un gesto amenazador y Etxekide y Janequa se interpusieron.

- Me parece, amigos, que este asunto está aclarado. – Sentenció Janequa.

- Eso. Está aclarado. Por favor, Itahisa, vamos a dormir. – Terció Etxekide.

Recogiendo mis mantas, me dirigí al otro extremo del barco a acostarme. Etxekide vino conmigo y se durmió de inmediato.

De vez en cuando un *harenke* saltaba desde el mar hacia las lámparas del mástil, cayendo sobre los canastos y sacudiéndose hasta la muerte. No me fue posible conciliar el sueño hasta la madrugada.

Fue un alivio que en la jornada dieciséis de la travesía regresara el viento propicio, porque nuestras fuerzas comenzaban a sentirse menguadas tras remar cuatro días.

Navegábamos en turnos opuestos, de a tres, sin detenciones hasta el anochecer. Mientras que en los barcos cercanos se percibía un estado de entusiasmo y alegría, en el nuestro casi ni se hablaba. Los habituales comentarios graciosos de Janequa no encontraron buena receptividad. Por la tarde, Guaire hizo un par de referencias en chiste sobre la cerveza "reservada" con los que logró devolverme una sonrisa. Abian y Nira no me dirigieron la palabra durante toda la jornada, ni yo a ellos.

Al hacerse la noche, los *maisuak* dieron la orden de detenernos. No comprendimos la consigna, dado que el buen viento continuaba y el cielo despejado permitía avanzar sin perder la dirección.

Cuando terminábamos de cenar, escuché que me llamaban los *hamazortzi* del barco dos. Crucé el puente hacia ellos y allí me dijeron que Tinabuna quería verme en el barco uno.

Me sentí repentinamente angustiada. Por qué querría la directora de la flotilla hablar conmigo ? No me hallaba de ánimo para soportar recriminaciones de los *maisuak*.

Tinabuna me llevó aparte y me invitó a sentarme con ella en el banco delantero. Así estuvimos un momento en silencio, ambas esperando por la otra para dar inicio a la conversación. Yo estaba determinada a sólo escuchar lo que Tinabuna tuviera para decirme.

- Parece que tuvimos un conflicto anoche, no es cierto ?

- Es cierto. - Respondí sin mirarle.

- Es cierto que estuviste cerca de golpear a Nira ? Y que tus compañeros debieron detenerte ?

- Sí. Es cierto.

Tinabuna hizo una larga pausa. Aproveché a observar de reojo la expresión de su cara. No aparentaba estar muy enojada.

- Itahisa, debo ser sincera contigo.

- Sí, *Maisu.*

- No podemos permitir que un conflicto entre nuestros dirigidos ponga en riesgo la expedición.

- Sí, *Maisu*, pero ...

- Déjame terminar, por favor.

- Sí.

- Si anoche hubieras golpeado a Nira, hoy deberíamos estar discutiendo tu sanción. Está claro lo que digo ?

- Sí, *Maisu.*

- Pero tienes que saber también, que si anoche hubieras golpeado a Nira, estaríamos juzgándote con benevolencia. Porque todos en este barco, opinamos que ella se lo merecía.

Aquellas palabras trajeron alivio a mis aflicciones. Me sentí reconfortada.

- Gracias. - Atiné a responder.

- Nosotros sabíamos, desde antes de la partida, que esto iba a ocurrir.

- Qué cosa ? - Pregunté confundida.

- Que iban a surgir problemas entre Nira y tú. Estábamos aguardando que ocurrieran.

- No entiendo.

- Sabemos que Nira es una chica ... problemática. Discutimos mucho la integración del barco cinco. Y estamos conformes de haberte asignado con ella. A ti y a Janequa. Porque ambas son capaces de enfrentar a Nira, lo que es para nosotros muy importante.

- Hubiera preferido cualquier otra compañera, antes que ella. - Confesé.

- Lo sabemos, Itahisa. Cuando dimos las integraciones, esperábamos que vinieras a quejarte. Pero no lo hiciste. Y valoramos mucho que no lo hayas hecho.

No supe qué decir. Me sentía apesadumbrada. Que los *maisuak* me hubieran elegido para confrontar a Nira no me resultaba un reconocimiento, sino una carga. Una promesa de disgusto para todo mi año de *hamazortzi*.

Tinabuna continuó.

- Sabemos que no te alegra, Itahisa. Pero lo que ocurrió anoche nos confirma que hemos tomado una buena decisión. Vamos a mantenerla, por lo menos hasta llegar a Lubarnea. Míralo de esta manera. En cuatro o cinco jornadas estaremos en Islas Castigadas. Allí te encontrarás con tu amiga ... cómo se llama ?

- Txanona.

- Con tu amiga Txanona. Podrás ir a conocer las bellezas de las Islas con ella. Y olvidarte de Nira por treinta o cuarenta días.

Tuve que reconocer que la perspectiva era alentadora. Aproveché la ocasión para traer el asunto del octavo barco.

- Mi amiga Txanona quiere realizar el viaje a Lubarnea. Ella y otros *hamazortzi* residentes.

- Lo sé, Itahisa.

- Nos ayudarás a convencer a las sacerdotisas de que los autoricen ?

- Haré lo posible. Quédate tranquila. También estamos interesados en sumar un barco a la expedición.

- Gracias, Tinabuna.

- Estamos terminando esta plática. Tienes tú algo para hablar conmigo ?

Vino a mi mente algo que hacía tiempo deseaba preguntarle a los *maisuak*.

- Sí.

- Te escucho, Itahisa.

- Los delfines.

Tinabuna sonrió por primera vez desde que habíamos iniciado la charla.

- Qué pasa con los delfines ?

- Por qué viajan con nosotros ? Son ellos que nos siguen o nosotros a ellos ?

- Es un asunto interesante. Tú qué opinas ?

- A veces parece una cosa y a veces la contraria. Por eso pregunto.

- Es correcto.

Tinabuna insistía en no dar respuestas claras a mis simples preguntas.

- Qué es correcto ?

- Somos compañeros de viaje. Los beneficios para nosotros son evidentes, la ventaja para ellos, no la sabemos.

- Evidentes ?

- Tú deberías saberlo.

Respondí con un gesto de confusión.

- Dime, Itahisa. Cuando fuiste *hamabineska*, el día de tu adopción, qué llevabas colgado del cuello ?

- Un delfín.

- Por qué motivo llevabas un delfín en tu adopción ?

- Porque me identificaba como perteneciente a un *Klan* del Círculo.

- Correcto. La pregunta debería ser entonces: Por qué el Círculo se identifica con un delfín ?

Miré a Tinabuna azorada. No entendía por qué nunca me habían dado aquella explicación.

- Es que ... no lo sé. - Admití.

La *Maisu* parecía complacida de mi ignorancia. Después de una pausa, se explayó en voz baja.

- El aro, Itahisa, representa la Tierra. El delfín es nuestra capacidad de navegar por todos los mares. La que nos permite extender la civilización atlanteana a los más distantes confines y pueblos de la Tierra. Los delfines nos han acompañado siempre en esa misión. Ellos nos han marcado sendas, nos han ayudado a recuperar náufragos y nos han guiado en las peores tormentas. Habrás notado que los tiburones no se acercan mientras los delfines viajan con nosotros. Por ello, no tenemos riesgo de sufrir ataques si caemos o nos bañamos en el mar. Los delfines, Itahisa, son nuestra seguridad durante la travesía. Así lo ha dispuesto la Madre de la Creación, en su Divina Sabiduría.

Medité por un instante aquellas palabras, que iban colocando sentido a remotas porciones de mi memoria.

- Alguna otra pregunta ?

Tinabuna se veía inusitadamente feliz.

- Creo que no.

- Entonces te vuelves a tu barco. Escúchame bien. Te acercas a Nira y le dices que la estoy esperando acá, que venga de inmediato. Luego les avisas a los demás que se preparen a reiniciar la navegación. Tenemos estrellas y buen viento, que no vamos a desaprovechar. Comprendido ?

- Así lo haré. Gracias Tinabuna.

- Gracias a ti, Itahisa.

Avanzada la noche, desplegamos las velas y reemprendimos la marcha.

Notoriamente ofuscada tras su conversación con Tinabuna, Nira había ido a buscar el ánfora escondida para volverla a depositar cerca del mástil. Sus únicas palabras habían sido para informar que se nos ordenaba modificar la conformación de los turnos. Abian pasaría a navegar con Janequa y Guaire, mientras que Nira lo haría con Etxekide y conmigo. Aunque nadie lo dijo, era obvio que la medida tomada por los *maisuak* era una sanción a Nira.

Ella pareció reponerse de inmediato del malestar y en lo sucesivo, su comportamiento fue irreprochable. Se mostró servicial, amable conmigo y hasta reconoció gustar del sabor del *harenke* crudo.

Las siguientes tres jornadas fueron muy favorables. El clima espléndido, la brisa moderada del suroeste, las noches de cielo despejado, todo ayudaba a que nos aproximáramos rápidamente a nuestro destino.

En esos días vimos a Abian más desenvuelto en el trato, menos callado y hasta simpático por momentos. El buen humor de Guaire y de Janequa, y quizás el hecho de pasar la mayor parte del tiempo en turnos desencontrados con Nira, ayudaron que pudiéramos apreciar esa otra faceta del gigante.

Por su parte, Etxekide y Nira también se relacionaban muy bien, elogiándose recíprocamente hasta un nivel de dulzura que me resultaba insoportable.

Guaire y Etxekide asumieron el rol de mantener en alto los ánimos entre los seis, cuando ya el *harenke* nos estaba hastiando y en nuestros físicos empezaban a notarse las señales de delgadez.

En la madrugada de la jornada veintiuno, las olas aumentaron de tamaño y los delfines desaparecieron.

Los *maisuak* ordenaron una parada, para que la flotilla de residentes pudiera darnos alcance. Tras una breve deliberación, sus *txalupak* pasaron adelante y nosotros los seguimos a pocos campos de distancia. Las olas se hicieron mayores aun, y fue necesario tomar los remos y realizar turnos de a cinco.

Al mediodía nos sobresaltó un griterío. Casi imperceptible, al frente, podía divisarse una mínima rugosidad en el horizonte.

Eran las montañas de Islas Castigadas.

En la tarde, continuamos remando contra las grandes olas, las que recién disminuyeron al aproximarnos a la más cercana de las montañosas islas.

Viramos al norte para bordear sus costas. El puerto se encontraba más allá, en otra de las islas y se requería otra jornada para arribar. Guiados por la flotilla de residentes, nos internamos entre dos abruptos acantilados, desde cuyas alturas podían verse ríos cayendo al mar, en un espectáculo de impresionante belleza.

Nos hallábamos agotados, pero la excitación nos impedía aprovechar los turnos de descanso. Por fin aquel mundo maravilloso del que tanto nos habían hablado, aparecía delante de nuestros ojos. Durante el crepúsculo vimos inmensas ballenas emitiendo sus sonoros resoplidos a pocos pasos de nuestros barcos, observamos multitud de aves marinas de varios colores viajando entre los acantilados y nos deslumbramos con la presencia lejana de un volcán humeante.

Recién logramos dormir cuando la oscuridad de la noche nos impidió seguir disfrutando del paisaje.

Desperté en el momento que cruzábamos un tramo extenso hacia otra isla más al este.

Al mediodía, luego de bordear una punta rocosa, avistamos la ciudad más remota construida por los atlanteanos.

El puerto era pequeño, de un solo muelle y estaba rodeado de escasas construcciones. Había pocos barcos atracados, apenas una cantidad similar a la formada por nuestras flotillas. Sobre el muelle pudimos ver que los residentes se agolpaban a recibirnos.

Alguien hizo sonar un colmillo de elefante en señal de saludo, y ello desató una algarabía de estridencias, gritos y más trompetazos que festejaban nuestro arribo.

Las maniobras para atracar debieron ser lentas. En primer lugar lo hicieron los de la flotilla de residentes, por lo que nuestros barcos fueron los últimos en acercarse al muelle.

Cuando soltábamos las sogas de amarre, alcancé a oír sus gritos.

Quedé estática al reconocerla, saltando de alegría y agitando sus brazos, junto a un apuesto joven de curiosa barba.

Era Txanona. Pero no la *hamabineska* que yo recordaba. Esta mujer era la imagen misma de Bentaga.

Etxekide abrió los ojos de asombro. Ni él ni Sutziake habían conocido a Txanona, pero sí a su madre y el parecido entre ambas era increíble.

De un salto trepé al muelle, pisando tierra firme por primera vez en veintidós días y fui corriendo al encuentro de mi amiga.

Chocamos ambas manos y nos unimos en un interminable abrazo para expresar la alegría de reencontrarnos.

Para celebrar su felicidad de recibirme y mi satisfacción de haber cumplido la promesa tantas veces reiterada desde que nos habíamos despedido una mañana, en los muelles de Lehen, seis años atrás.

PARTE SEIS,
VIAJE
TERCER MOVIMIENTO,
ESTADÍA

Txanona saludó a Etxekide tan cariñosamente como si lo conociera y desestimó los comentarios que le hicimos sobre su parecido a Bentaga. Nos presentó a su compañero, quien también fue afectuoso. Teno era delgado, usaba el cabello corto y la barba afeitada excepto debajo de la boca.

Uno de los galpones del puerto había sido acondicionado para albergar a los integrantes de la expedición. Etxekide y yo seríamos los únicos en no alojarnos allí. Tinabuna nos pidió que nos reencontráramos a la tarde siguiente, para enterarnos de la planificación de la estadía.

Tras descargar nuestros equipajes y despedirnos de nuestros amigos, nos dirigimos a la *etxea* de Txanona, que distaba un par de campos.

Mientras ascendíamos una estrecha calle empedrada, fuimos comentando los pormenores de la travesía e intentando responder a la lluvia de preguntas que nos hacía Txanona sobre el viaje, el entrenamiento, Bentaga, Aieko y la situación de Sexta luego del cambio de gobierno.

Llamó nuestra atención una zanja por la que circulaba agua a un costado de la calle. Nos explicaron que los surgentes termales de la montaña habían sido canalizados hacia todas las casas. Incrédulos, nos detuvimos a mojar nuestras manos. Efectivamente el agua que corría por el canal se sentía agradablemente tibia.

- Ni bien lleguemos podrán darse un baño, - anunció Txanona contenta - esta ciudad es tan avanzada que no se necesita calentar el agua.

- Excelente ! - Celebró Etxekide.

- Pueden utilizar toda el agua caliente que deseen. Nunca se va a terminar. - Complementó Teno.

Nada podía superar aquella bienvenida.

Habíamos completado la larguísima y agotadora primera etapa del gran viaje. Habíamos llegado a Islas Castigadas. Allí estaba mi amiga Txanona, radiante, bellísima, enseñándome su *etxea*. Teníamos todo el tiempo para contarnos historias de los últimos seis años. Iríamos de paseo por lugares maravillosos.

Era un sueño cumplido.

La población de Islas Castigadas había crecido desde tres hasta diez veces sesenta residentes. La abrumadora mayoría eran hombres de mediana edad. Cada una de las siete sacerdotisas, todas del Círculo, había constituido su *Klan*, aunque no de la manera tradicional. No sólo adoptaban a las *hamabineskak*, sino a todos los hombres y mujeres que llegaban a formar parte de la nueva ciudad.

Las siete integraban la *Biltzara*, que tomaba decisiones con la misma autonomía que cualquier otra ciudad de Atlantis. Txanona pertenecía al *Klan* de Zanina, una sacerdotisa de Biko que a su vez cumplía el rol de Decana de Astronomía. Aún no existían las *eskuelak* funcionando en edificios, pero sí grupos de docentes en cada una de las Doce Ciencias.

Los cultivos y los campos de cría de animales eran suficientes para abastecer de alimentos a los residentes. Se contaba con bosques para proveer la leña, las maderas y el mimbre. El agua de la mejor calidad corría en abundancia por cualquier punto de la isla. Pero aún no se habían encontrado minerales aptos para la fundición de metales, por lo que todas las herramientas debían ser traídas por las flotillas que viajaban una vez al año.

El otro problema era la ausencia de animales de carga. En Islas Castigadas existían ciervos, ovejas, cerdos y cabras, pero no caballos ni elefantes. Y era imposible traerlos desde Atlantis. Por ello, la fuerza de trabajo en las canteras y en el puerto, dependía solamente de los hombres.

Dieciséis niños componían la población menor de doce años. Todos habían nacido en las Islas, los primeros hijos de las pioneras residentes.

La casa de Txanona estaba hecha enteramente en piedra y madera. El piso y las paredes eran de piedra gris y los techos de maderas oscuras. Cumplía la tradicional disposición de las *etxeak* atlanteanas. La mitad de la construcción dedicada al hogar y la otra mitad a los dormitorios.

Unos enormes huesos se utilizaban como asientos y mesas de lámparas. Txanona nos dijo que eran vértebras de ballenas halladas en las costas cercanas. En un estante reconocí el caracol de cavidad púrpura que yo había recogido en la playa de Sexta poco después de mi adopción.

Tras un reconfortante baño en el que derrochamos agua tibia, Etxekide y yo nos instalamos en el segundo dormitorio, y nos vestimos con faldas y *brusak* limpias que nuestros anfitriones nos prestaron. Porque toda nuestra ropa se hallaba sucia, humedecida o endurecida de sal marina.

Nos ofrecimos a ayudar a Teno a preparar la cena, pero él y Txanona se negaron. Entonces nos sentamos sobre los asientos de huesos de ballena revestidos con pieles de ovejas, a saborear una infusión caliente y comer unos exquisitos panes, los primeros que llevábamos a nuestras bocas en mucho tiempo.

Hablamos largamente del viaje. Del difícil cruce de las grandes olas, los días de buen viento y los días que habíamos debido remar. De nuestros compañeros de barco, de la conflictiva relación con Nira y Abian, y del incidente de la cerveza reservada.

Pasamos luego al asunto que más nos importaba. La posibilidad de que Txanona y Teno pudieran sumarse, junto con otros residentes, a la expedición a Lubarnea.

- Deberán trabajar para que podamos ir con ustedes. - Dijo Teno en tono reflexivo.

- Claro que sí. - Respondimos - Qué debemos hacer ?

- Trabajar. - Repitió Teno sonriente.

- La propuesta que hemos hecho a la *Biltzara*, - explicó Txanona - es que compensemos nuestra ausencia.

- Cómo ?

- Si seis de nosotros nos ausentamos por tres estaciones, se habrán perdido sesenta lunas de trabajo. En contrapartida, los tenemos a ustedes, a los treinta *hamazortzi* que han llegado aquí y se quedarán por algo más de una luna. Más los doce *maisuak*.

- Somos cuarenta y dos. - Procuró entender Etxekide.

- Exacto. Cuarenta y dos son los días que se requieren para compensar.

- Me perdí. - Confesé.

- Cuarenta y dos veces cuarenta y dos jornadas da algo así como treinta veces sesenta jornadas.

Etxekide y yo nos miramos sorprendidos.

- Quiere decir que todos los miembros de la expedición deberemos trabajar cuarenta días antes de continuar el viaje ?

- Así es. - Confirmó Teno.

- Es una broma ? - pregunté indagando el rostro de Txanona.

- No, debilucha.

- Ahh, no ! Vinimos aquí a descansar, verdad Etxekide ?

Mi compañero compartía mi desconcierto. Aquello alteraba bruscamente la perspectiva de la estadía.

- Bueno, tampoco necesitamos descansar cuarenta días. - Dijo finalmente con resignación.

Teno y Txanona soltaron una carcajada.

- Veremos lo que resuelva la *Biltzara* en consulta con los directores de la expedición. Es posible que luego de veintidós jornadas de travesía, no se les pida que vayan mañana a cargar bloques de piedra.

- Txanona !

- Sólo puedo asegurarte, Itahisa, algo que ya tenemos acordado.

- Qué cosa ? - Pregunté con temor.

- Que iremos a disfrutar de unos días en las cascadas. Los cuatro.

- Qué bueno ! - exclamé aliviada - Nos lo merecemos. Cuándo salimos ?

- Pasado mañana. Tenemos algunas ideas ...

La exposición de Txanona fue interrumpida por alguien que golpeaba la puerta. Un joven a quien reconocimos como uno de los residentes que había viajado con nosotros. Él y Txanona se saludaron con afecto.

- Deberán disculparme un momento. Estaré para la cena. Teno, cuéntales sobre nuestra licencia y sobre lo que hemos planificado.

Teno asintió con un gesto. Txanona llevó al visitante al dormitorio y cerró la puerta.

- Qué es una licencia ? - Preguntó Etxekide.

- Es una autorización que obtuvimos. Solicitamos a la *Biltzara* no estar disponibles por diez días. Y nos concedieron siete.

- Disponibles ?

- No cumplir con nuestras obligaciones como ciudadanos. Para salir de paseo con ustedes.

- Tenemos entonces siete días para recorrer la isla ? - Intenté aclarar.

- Sí. Txanona y yo creemos que el mejor lugar para visitar es otra de las islas. Que queda casi a una jornada de navegación hacia el oeste. Por donde ustedes, supongo, pasaron ayer.

- Te refieres a la isla de los ríos que caen por el acantilado ?

- No. A otra.

- La del volcán ? - Sugirió Etxekide.

- Tampoco. Es más lejana que esas. Se llama la Isla de las Flores. Es la que tiene el paisaje más hermoso, las mejores cascadas y las mejores lagunas.

- Entonces allí iremos. - Aprobé con entusiasmo.

- Hay casas o cabañas en la Isla de las Flores ? - Quiso saber Etxekide.

- Nada. Ni gente, ni casas. Sólo árboles, flores y simpáticos animalitos. Tortugas, conejos y lagartos.

- Deberemos llevar provisiones ?

- Sí. Algo de pan, carne y frutas. Pero en realidad no es necesario. Podríamos alimentarnos de los frutos del bosque y cocinar una tortuga.

- No tendremos frío por las noches ?

- Nunca hace frío en Islas Castigadas. Menos a la orilla de una laguna de agua termal. Lo que podría ocurrir es lo contrario. Que terminemos deseando un baño de agua fría. Pero en ese caso, tenemos el mar. Quién de ustedes se anima a probar esta sopa ?

Ambos nos levantamos. En el caldero se hervían vegetales, mariscos y hortalizas, a los que faltaba un tiempo de cocción.

Al mediodía me despertó Etxekide.

Txanona y Teno no se encontraban en la *etxea*. Tras disfrutar de otro baño, enjuagar la ropa y preparamos un abundante desayuno, fuimos al encuentro de nuestros compañeros de expedición.

El acuerdo entre *maisuak* y sacerdotisas establecía diez días de descanso para recuperar nuestros físicos de la travesía. Luego trabajaríamos dieciocho jornadas completas en la construcción de un terraplén entrante en el mar, que serviría más tarde como el segundo muelle del puerto. Una vez completado este trabajo, realizaríamos una breve navegación recorriendo las islas, para descansar otros seis días antes de la partida hacia Euriopa.

Tinabuna también confirmó que un octavo barco, integrado por *hamazortzi* residentes, se sumaría a la expedición a Lubarnea.

Para nosotros eran buenas noticias. Txanona y Teno participarían del gran viaje y las jornadas de trabajo serían menos de la mitad de lo que nos habían anunciado.

No lo vieron así nuestros compañeros, quienes manifestaron su malestar por la obligación de trabajar en el terraplén, que consideraban una exigencia desmesurada para lo breve de la estadía.

Pero los *maisuak* no dieron lugar a las protestas. Fueron enfáticos en que debíamos alimentarnos más de lo habitual para reponer el peso perdido durante el viaje y nos recomendaron no realizar excursiones por las islas sin la guía de los residentes. Dicho esto, nos desearon diez días de buen descanso.

Comentamos a Oihane, Guadarteme y Sutziake que iríamos a la Isla de las Flores. Ellos también tenían previsto un paseo por las islas, por lo que manejamos la posibilidad de coincidir en algún momento.

Nuestros anfitriones llegaron juntos al anochecer, cargando un ánfora y varios canastos de comida.

Txanona presentó una pierna de cerdo sobre la mesa y cuidadosamente llenó cuatro jarras con cerveza.

- Amigos. Este es un día feliz. Estamos celebrando en primer lugar un reencuentro de amigas. Estamos celebrando que viajaremos juntos por el Mar de Lubarnea y de regreso a Atlantis. Y también, aunque parezca menor, Teno y yo estamos contentos de estar de licencia. Y todo ello, de algún modo, se lo debemos a ustedes. Gracias Etxekide. Gracias Itahisa.

El discurso de Txanona me obligó a ser recíproca.

- Queridos Txanona y Teno. Somos nosotros los agradecidos por lo bien que hemos sido recibidos en esta *etxea*. También estamos encantados por viajar juntos a Lubarnea. Y en lo inmediato por salir a conocer estas islas. Hace mucho, cuando aún éramos niñas, esta mujer que tengo enfrente me contó su sueño de venir aquí. Si bien colaboré con ella y fui su cómplice, debo confesarles que me parecía una locura. Ahora ...

Aguardé a que la lluvia de risas y protestas me permitiera continuar.

- Ahora quiero decirles que me siento orgullosa de mi amiga Txanona. Por su determinación y valentía de hacer su vida en este maravilloso lugar.

Txanona se acercó a ofrecerme un emocionado abrazo.

Alzamos las jarras y bebimos. Por la dicha de estar reunidos y por los momentos felices que nos tocaría vivir.

Desde lejos, la Isla de las Flores no parecía muy acogedora.

Se elevaba sobre el mar como un macizo rocoso, mostrando escasa vegetación en sus alturas. Navegábamos con Teno en el remo de dirección, flanqueados por juguetones delfines y a pocos pasos de gigantescas ballenas, que parecían observarnos.

Recién cuando rodeamos la isla, alcanzamos a ver pequeñas playas de arenas oscuras. Txanona señaló una de ellas como nuestro lugar de desembarco. Al llegar, hicimos la maniobra de encallar suavemente la proa en la orilla. Descendimos y descargamos los equipajes hacia el bosque inmediato. Trabajosamente quitamos el mástil y finalmente cargamos entre los cuatro la *txalupa* hasta depositarla panza arriba, sobre unos troncos que se hallaban en la playa a tales efectos.

Txanona y Teno nos guiaron por un sendero apenas visible a través del bosque de arbustos y helechos, hasta el lugar donde iríamos a acampar. Al verlo, quedamos admirados.

Desde unos diez pasos de altura, un arroyo caía partiéndose en blanquísimos hilos sobre una pequeña laguna de agua transparente, cuyo lecho de piedras era visible aun hasta dos pasos de profundidad. A los costados de la cascada, la espesa vegetación de líquenes y helechos ocultaba la pared de roca rojiza. En las orillas, sobre una franja de arena y guijarros se distinguían oscuros restos de fogones. Todo el escenario estaba rodeado por árboles que formaban una bóveda verde, permitiendo apenas entrar la luz. La superficie despedía tenues vapores, señal de que el agua estaba más caliente que el aire, y por todas partes se veían pequeñas aves azules y amarillas, persiguiendo en su vuelo a libélulas, o intentando pescar diminutos peces en la laguna. Un formidable lagarto de piel gris con vetas doradas huyó disgustado al vernos.

- Es bellísimo. - Pude decir recuperándome de la conmoción que el lugar me había producido.

Txanona y Teno no ocultaban su satisfacción.

- Qué te parece, Etxekide, la casa que elegimos para descansar ?

- Impresionante, Txanona. Realmente un lugar hermoso. - Respondió mi compañero radiante, probando el contacto del agua tibia.

- Nos damos un baño ya para festejar ? - Sugirió Txanona.

- Falta poco antes de que sea muy oscuro para armar el toldo. - Opinó Teno.

- No va a llover esta noche, no hay problema. - Desestimó Txanona quitándose la *brusa* y exponiendo sus pequeños pechos, tan parecidos a los de su madre.

No hubo más objeciones. Todos deseábamos sumergirnos en aquellas aguas exquisitas y nadar hasta la cascada, para gozar la sensación de los chorros cayendo sobre nuestros cuerpos.

Tuvimos tiempo para trasladar los equipajes desde la playa, pero no para montar el toldo. Tampoco fue necesario. El aire nocturno se asemejaba al de una noche calurosa de *uda*. Cenamos los panes y carnes que habíamos traído, y a poco de oscurecer nos habíamos dormido, tendidos sobre las hamacas hechas con viejas velas de barcos.

Teno había recolectado frutos del bosque para el desayuno. Unas bayas de color violáceo y forma ovalada, similares a las ciruelas azules que había en Zazpir. Su sabor era dulce, ligeramente ácido. Teno nos advirtió que comer muchas podría provocar descompostura y nos recomendó beber mucha agua.

Por la mañana tendimos el toldo que nos protegería de las frecuentes y breves lluvias que eran típicas en Islas Castigadas. Con sogas logramos sujetar horizontal el mástil y colocamos la vela sobre él, formando un techo de dos pendientes. El espacio cubierto era suficiente para dormir los cuatro y mantener secos nuestros alimentos.

- Alguna otra tarea ? - Preguntó Etxekide, mientras revisaba la tensión de las cuerdas en las cuatro esquinas del toldo.

Txanona contempló a mi compañero con ternura.

- Quieres seguir trabajando ?

Etxekide recibió con agrado la burla. Igualmente insistió.

- No hay que hacer otra cosa ?

- Claro que sí. La tarea más importante que nos trajo aquí. Disfrutar.

- Entonces, - anunció Etxekide contento - voy al agua.

- Yo también. - Aprobó Txanona.

Los cuatro nos apuramos a sortear las resbalosas piedras redondeadas de la orilla, hasta ganar profundidad y nadar hacia donde el arroyo se deshacía en múltiples hilos espumosos.

Jugamos a disputarnos los mejores lugares para recibir el masaje tibio de los chorros y al mismo tiempo tener apoyo en una de las rocas del lecho.

Etxekide descubrió una hendidura en la pared de la cascada, pero treparse allí requería de ayuda. Tras varios intentos fallidos, en los que terminaba cayendo sobre nosotros, logró apoyar sus pies en nuestros hombros, y de espaldas a la pared, acomodarse sobre el musgoso asiento de piedra, agregando su propio físico a los numerosos accidentes que bifurcaban las caídas del agua. Luego de deleitarse por un rato en aquella privilegiada posición, pudo ponerse de pie y dar un gran salto por sobre nuestras cabezas.

Así se instaló un entretenimiento para el resto de la jornada. Primero Txanona, luego yo y por último Teno, fuimos ayudados a subir al asiento, gozamos la sensación de ser una parte de la cascada, para más tarde zambullirnos hasta tocar con nuestras manos el fondo rocoso de la laguna.

Al atardecer estuvo lloviendo pero nos resultó irrelevante. Nos dimos tantos baños como quisimos sin obligación de secarnos, porque el aire se mantuvo agradablemente cálido.

Aunque no fue dicho, fue haciéndose obvio que mientras estuviéramos ahí no volveríamos a vestirnos. No había necesidad de abrigarse. Y nos fue resultando cómodo y placentero permanecer desnudos.

- Mañana, - empezó a decir Teno acariciando su barba - si no llueve ...

- Vamos a bañarnos al mar. - Interrumpió Txanona.

- No, ehh, sí, puede ser.

- Qué idea tenías, Teno ?

Él señaló al norte.

- Iba a proponer un paseo por la isla, por el valle de las flores, hasta la costa opuesta.

- Y bañarnos en el mar. - Insistió mi amiga.

- Con un poco de suerte, encontraremos una tortuga para hacer una sabrosa sopa. - Pronosticó Teno besándose las yemas de sus dedos.

- No tenemos leña seca. - Observó Etxekide.

- No tenemos leña. - Repitió Teno lentamente, estudiando el bosque que nos rodeaba.

- Qué les parece, chicos, si aprovechan ahora, antes que se haga de noche y nos dejan un rato solas, que tenemos muchas cosas de que hablar ?

La propuesta de Txanona no daba chance a una negativa. Obedientes, Teno y Etxekide recogieron hachas y cuchillos, y se internaron en el bosque.

- Qué compañero has elegido, Itahisa. Debes estar orgullosa.

- Por supuesto. - Acepté complacida el inesperado elogio. - Etxekide es maravilloso.

- Tiene todo lo que una podría pedir de un hombre, es hermoso, es fuerte, es servicial, te adora. Pero lo que más me gusta de él es que se divierte como un niño.

- Es cierto. - Admití, aunque nunca había visto a Etxekide de ese modo.

- Y tienes otros amigos, verdad ? - Sugirió con voz pícara.

- Sí, varios. Ya conocerás a algunos de ellos, que han viajado también.

- Y otros que no han viajado. - Continuó indagando Txanona.

- Qué quieres que te cuente ?

Ella se acomodó y cruzó los brazos, como disponiéndose a escuchar un largo relato.

- Me he enterado de tus aventuras, Itahisa, y ahora tengo la posibilidad de confirmar si eran ciertas.

- Veo que te han llegado algunos chismes.

- Es obvio. Debes saber que mi madre no tiene secretos con Mobad, y que Mobad no tiene secretos conmigo.

Disimulé mi sobresalto. Qué implicaba aquella afirmación ? No había previsto la posibilidad de que Txanona fuera a recriminarme mi vínculo con Bentaga. Escudriñé en sus profundos ojos verdes señales de desaprobación. Luego respondí tranquilamente.

- Dime que te han dicho y te diré si es verdadero.

- Por ejemplo, que tienes una relación íntima secreta con un hombre mayor, cuya principal ocupación es seducir sacerdotisas y que ha sido condenado por conspirar contra la Ciudad Sexta.

Me reí aliviada.

- Eso es completamente cierto, Txanona.

- Tu comportamiento es completamente reprobable. - Afirmó ella con ironía.

- Eso también es verdad, - concedí con una sonrisa - pero no he podido evitarlo.

- Qué tiene ese hombre que no tenga, digamos, Etxekide ?

Medité la respuesta, pero no se me ocurrió una forma sutil de expresarlo.

- Zebensui enciende mi cuerpo como nadie, Txanona. Es sólo verlo y me estoy mojando. Si estoy cerca, quiero tocarlo. Apenas me besa, lo deseo dentro de mí. No sé cómo explicarlo.

Txanona atendió mis palabras abriendo la boca y los ojos.

- No te preocupes. Ya lo has explicado bastante. Debo confesarte que te envidio.

- Por qué ?

- Porque a mí nunca me ha ocurrido eso.

En su mirada había un dejo de tristeza. No supe qué decirle, hasta que agregó una frase que me dejó desconcertada.

- Ni me va a ocurrir.

- No digas eso, Txanona. Cómo puedes saberlo ?

Ella miró hacia la laguna, pensativa.

- Es el ... castigo ... que he elegido.

- Cuál castigo ?

- El problema que tenemos en Islas Castigadas, Itahisa. Tu abuela me lo advirtió cuando teníamos once. Acá sobran los hombres.

- Cuál es el problema ? Puedes tener a todos los hombres que desees.

- Aparentemente sí. Pero en los hechos, no es posible.

Supe que Txanona estaba exponiendo su angustia. Atiné a devolverle una caricia a modo de consuelo, aunque la causa de su pesar me resultaba indescifrable.

- Por qué no ?

Mi amiga exhaló un suspiro y pareció recuperar su semblante animado.

- En realidad los he elegido. A cada uno de ellos. Los he deseado.

- Elegido ? - Repetí como una tonta.

- A los hombres que tengo asignados. A mis amigos.

En mi mente, las cosas empezaban a encajar. Txanona continuó.

- Tengo siete hombres, Itahisa, sin contar a Teno.

- Siete ?

- Sí. Y serán ocho el año próximo. Todas las mujeres tienen al menos ocho hombres que atender. Ello otorga a cada uno, un encuentro cada ocho días.

- Todos los días ves a un hombre distinto ?

- Casi siempre. Pero a veces son dos. Y excepcionalmente tres.

- Tú los elegiste ?

- Sí. Ellos son buenos. Me complacen. Me dan placer. Pero vienen a mi *etxea* cuando ellos lo desean, entiendes ? No cuando yo los deseo.

Recordé la visita de un joven residente, en nuestra primera noche en su casa.

- Ellos vienen a tu *etxea* y tú debes estar dispuesta a recibirlos ?

- Sí. La mayoría de las veces estoy bien dispuesta. Los extraño si no los veo por mucho tiempo.

- Y si no estás de ánimo ? Si no te sientes bien ?

Txanona apretó sus labios.

- Sé como tratarlos. Pero no los rechazo. No puedo hacerlo.

Me sentí afligida. Y enojada. Me parecía inaceptable que una mujer debiera atender a uno o a varios hombres por obligación.

- Y cómo llevas esta situación con Teno ?

Txanona sonrió.

- Teno es muy comprensivo, muy tolerante. Sabe leerme. Nunca me hace demandas si no estoy de ánimo.

- No sé qué decirte Txanona, lo que me estás contando es ... terrible.

- Bueno, ahora podemos llegar al punto de esta charla.

- Que viene a ser ?

- Que estoy contenta de hallarme de licencia. Lo entiendes ahora ?

- Sí. No tienes obligación de complacer a ... nadie.

- Exacto. - Confirmó Txanona alborozada.

- Y el punto es ?

- El punto, mi querida Itahisa, es que estoy de licencia. Puedes disfrutar a tu antojo de Teno y de Etxekide. No te preocupes si yo no me sumo a la fiesta, porque debes saber que lo haré cuando realmente lo desee.

Sostuve su mirada y apreté sus manos con las mías.

- Está claro, Txanona. - Dije finalmente.

Permanecimos en silencio, escuchando el canto de los pájaros y el rumor continuo de la cascada. Empezaba a oscurecer.

Un rato más tarde llegaron Teno y Etxekide trayendo de arrastre sendas pilas de ramas y de inmediato encendieron el fuego para preparar la cena.

Mientras comíamos, no pude apartar mis pensamientos de la conversación con Txanona.

Ahora comprendía el verdadero alcance de la palabra "licencia". Y las tremendas implicancias que en la vida de mi amiga había tenido elegir Islas Castigadas como destino de adopción. Sus vínculos con "amigos" habían tenido una cualidad que no pertenecía a mi experiencia. La obligatoriedad de estar disponible para cada uno de ellos. Me resultaba sensato que fuéramos respetuosos de su licencia.

Me costaba hallarme en aquella situación. No iba a ser sencillo divertirme con Etxekide sin invitar a Teno. Tampoco gozar con uno o con ambos en presencia de Txanona. Por otra parte, mi compañero no entendería que transcurriera una segunda jornada sin darnos un momento de placer, siendo las condiciones más que favorables para ello.

Pero no tuve necesidad de resolver el problema.

Txanona lo hizo por mí en cuanto terminamos la cena. Tomando una lámpara, anunció que iría a caminar sola por la playa. Susurró unas palabras al oído de Teno y al pasar, me hizo un guiño de inequívoco significado.

Lo que parecía difícil se hizo simple. Convoqué a los varones a sentarse junto a mí. Solamente expresé sentirme halagada por tenerlos uno a cada lado y lentamente hice pasear mis manos por el entorno de sus piernas, despertando el esplendor de sus *zakilak*.

Ambos aceptaron el juego sin sorpresas ni objeciones. Permití por un instante que sus manos y bocas recorrieran mis pechos, para que en el siguiente instante nuestros cuerpos se fundieran en arrebatos de deseo contenido.

Al día siguiente cruzamos la isla por el valle de las flores.

El paisaje era magnífico. Campos ondulados de hortensias, agapantos y arbustos, se alternaban deleitando nuestros ojos con flores rojas, blancas, amarillas y azules.

Siguiendo el consejo de Teno, antes de partir habíamos rociado nuestros cuerpos con una infusión aromática que ahuyentaba los insectos. Carreras de zumbantes abejas, multicolores mariposas y atemorizantes abejorros libaban el néctar de las flores, pero ninguno se acercó a molestarnos.

Muchos conejos corrían en todas direcciones, también en variedad de colores. Los había de pelaje blanco, amarillento, gris y negro.

Txanona nos guió hasta una zona despejada del valle donde se destacaba un árbol cargado de frutos rojos. Según nos dijo, los hombres del hielo de Euriopa consumían aquella fruta, que nos era desconocida. Las semillas habían sido traídas de Euriopa por expediciones anteriores y desde entonces los residentes las habían plantado en todas las islas. Se estaba estudiando la capacidad del árbol de subsistir y reproducirse, debido a que su plantación en Atlantis había resultado en un fracaso.

Txanona arrancó uno de aquellos frutos y luego de morderlo me lo dio a probar.

No tenía aroma, su pulpa era blanca, jugosa y crujiente, y su sabor era dulce y refrescante.

- Exquisita. - Aprobé entusiasmada, ofreciendo la fruta a Etxekide.

- Me encanta. - Ratificó él, saboreando el exótico manjar.

Teno y Txanona cargaron una bolsa para llevar. Era un primer contacto con el continente que estábamos por conocer. Un anticipo de lo que sería el resto de nuestro viaje de *hamazortzi.* Nunca olvidaríamos aquella deliciosa sensación en nuestras bocas cuando, por primera vez en nuestras vidas, probamos una manzana.

Nos tomó la mañana entera alcanzar la costa norte, pero allí no había playas, sino rocosos acantilados.

Desde la altura, la vista era soberbia. De un lado el mar intensamente azul, salpicado por diminutas líneas de espuma formada en las crestas de las olas. A cierta distancia se veían grupos de ballenas y llegaban a escucharse sus bramidos. Bajo nuestros pies, la presencia imponente, vertical, del acantilado, con sus rocas en tonos negros y marrones, en cuya proximidad volaban multitud de aves marinas. Y del otro lado, el colorido valle que acabábamos de atravesar podía apreciarse en toda su extensión.

Resolvimos realizar una parada para almorzar, disfrutando del paisaje.

Teno y Txanona quisieron saber sobre la planificación del viaje por Lubarnea. Les hablamos de las distintas etapas y los plazos previstos para cada una de ellas, el descubrimiento del gran lago dulce por parte de la expedición anterior y el objetivo de identificar los mejores lugares en las islas para proyectar la construcción de puertos.

Nos pidieron una evaluación de Tinabuna, como directora del viaje. Con Etxekide coincidimos en nuestra conformidad con su trabajo. Ello derivó en el rol de las portadoras y las técnicas secretas. Txanona y Teno sabían algo más al respecto y nos informaron que las técnicas secretas se estaban experimentando en las cinco nuevas ciudades en construcción.

- Cinco ?

- Sí, cinco.

- Sabíamos de tres.

Txanona usó los dedos de una mano para ilustrar la cuenta.

- Puerto en boca de Río Grande del Sur. Fortaleza en montañas del Continente del Sur.

- Fortaleza ? - Preguntamos Etxekide y yo, extrañados.

Txanona continuó.

- Puerto en boca de Río Grande del Norte. Fortaleza en montañas del Continente del Norte. Ahí tenemos cuatro. Con Islas Castigadas, cinco. Y vamos por dos o tres más en Lubarnea.

- Qué es una fortaleza ? - Insistió Etxekide.

- En realidad no lo sabemos, - respondió Teno - lo que hemos escuchado es que son ciudades que tienen una parte dentro de la montaña, como cavernas construidas por los hombres.

- Y que otra de las técnicas secretas, consiste precisamente en eso. - Agregó Txanona.

- Consiste en ?

- En perforar las montañas, para construir cavernas y túneles.

- Cómo ?

Teno y Txanona se encogieron de hombros, sonriendo.

- Si supiéramos eso, seríamos portadores, Itahisa.

Pasado el mediodía, hicimos otra larga caminata por las rocas hasta que Teno nos señaló una pequeña ensenada, de arena casi negra, en la que se distinguían tortugas haciendo sus torpes avances. El descenso fue arduo y riesgoso, y varias veces nos preguntamos cómo haríamos para trepar por aquellas escarpadas paredes, pero Teno no dio importancia a nuestras precauciones.

Aunque no hacía demasiado calor, nos internamos a nadar en el mar.

Había delfines a unos veinte pasos y Txanona fue decidida hacia ellos, demostrando su excelente habilidad de nadadora. Asistimos perplejos a lo que ocurrió entonces. Txanona le habló a uno de los delfines, acariciando su cabeza y su hocico. Después abrazó su cuerpo y se montó sobre él, como si se tratara de un caballo. El delfín avanzó a velocidad y se sumergió llevándose a su jinete. Un instante más tarde, ambos reaparecieron con un gran salto, que Txanona aprovechó para soltarse del animal y volar a una altura de casi tres pasos, hacer una pirueta en el aire y finalmente caer dando un alarido de festejo. Al emerger, recibió con los brazos al cielo nuestros aplausos y gritos de congratulación por su increíble acto.

Teno atrapó una tortuga verde de mediano tamaño y la guardó en una bolsa que colgaba de su hombro. Nos indicó otro camino para escalar hasta lo alto del risco, que se nos hizo menos difícil de lo esperado. De allí accedimos directamente al valle y emprendimos el regreso.

Llegamos a tiempo para encender el fuego con la leña que teníamos acopiada.

Teno se dispuso a cocinar su anunciada sopa de tortuga, mientras Etxekide, Txanona y yo reparamos el cansancio gozando un prolongado baño.

Al la mañana siguiente, Teno trabajó en la fabricación de su lira.

En el caparazón de la tortuga hervida la noche anterior, adosó dos ramas, cuidadosamente talladas con su cuchillo, como dos cuernos trabados sobresaliendo del interior de la cavidad. En sus extremos produjo hendiduras para calzar un tercer palo, recto, donde fijó unas cuerdas de tripa que, pasando por un puente, se anudaban en la base de la carcasa . Dedicó largo rato a tensarlas, para que cada una de ellas produjera un sonido diferente.

Cuando el instrumento estuvo listo, comenzó a tocar sencillos acordes. Por su cara de satisfacción, era notorio que a su juicio resultaban muy bellos, pero terminaron por aburrirnos y delicadamente se lo hicimos saber.

Teno siguió paseando sus dedos por las cuerdas, acompañando espaciadamente la música con versos cantados, con los que respondía sutilmente a nuestras muestras de desaprobación.

> *Dejad que me relaje, tan inusual vergel,*
>
> *Dejad que me navegue, la lira que me inspira,*
>
> *Libertad de ensueño, ansias de efusión,*
>
> *De vuelos ociosos, de tardes imprudentes,*

Su creatividad terminó por vencernos y debimos resignarnos a que la única forma de dejar de escucharlo, era sumergirnos bajo la cascada.

Fue recién al quinto día de nuestro descanso en Isla de las Flores, cuando Txanona me habló de la *atsegin-guruin.*

Hasta ese momento, ella se había abstenido de involucrarse en los juegos que yo había tenido con Teno, con Etxekide o con ambos. O se marchaba a caminar sola, o se hacía la dormida, o simplemente guardaba distancia.

Aquella tarde, Etxekide y yo habíamos ido a la playa en busca de señales de nuestros amigos quienes nos habían dicho que podrían venir a la isla. Aunque no vimos algo que pudiera avisarnos de su llegada, nos quedamos conversando, acostados en la arena, tomando un baño de sol.

Al regresar a la laguna, quedamos sorprendidos al hallar a nuestros amigos ocupados en una extraña actividad. Por discreción nos detuvimos, manteniéndonos ocultos tras el follaje.

La espalda de Teno se apoyaba en el piso, sus piernas elevadas por encima de su cabeza. Txanona, de rodillas a su lado, le acariciaba suavemente el *zakil* con una de sus manos. Lo llamativo era que Teno expresaba su placer de un modo que no correspondía con la parsimonia de su compañera al tocarlo.

Entonces nos percatamos de lo que Txanona estaba haciendo con su otra mano.

Con uno de sus dedos totalmente introducido en el esfínter de su compañero, parecía estar masajeándolo por dentro del cuerpo. Él no cesaba de gemir con la respiración agitada, mientras ella le regalaba amorosas palabras, solidaria con su disfrute.

Sin que Txanona incrementara el ritmo, Teno emitió unos aullidos discordantes, hasta que de su *zakil* se derramaron chorros de semen sobre su propio cuerpo. Lentamente, Txanona fue retirando sus manos de las distintas partes de su compañero y le ayudó a bajar sus piernas, hasta que estuvo acostado.

Etxekide y yo nos miramos atónitos, desconcertados por la escena de la que habíamos sido inadvertidos testigos.

Luego actuamos como si recién estuviéramos llegando, comentamos la ausencia de novedades en la playa y fuimos a bañarnos.

Aproveché la oportunidad cuando, más tarde, los varones volvieron a marcharse en busca de leña para la cena.

- Txanona.

- Sí, Itahisa.

- Hoy cuando regresábamos de la playa.

- Nos vieron ?

- Sí.

Ella se encogió de hombros, despreocupada.

- Yo los he visto a ustedes antes. No ?

- Sí. No, no me refería a eso.

- Me estás preguntando por qué salí de mi abstinencia ? En realidad no salí. Sólo tuve ganas de darle un gusto a mi querido Teno.

- Tampoco me refiero a eso, Txanona. Bienvenidas tus ganas.

- Entonces ?

- Quiero decir. Nos resultó algo ... sorprendente.

- Qué cosa ?

- Lo que le hiciste ... a Teno.

Txanona me miró por un instante confundida. Luego dejó escapar la risa.

- De qué hablas, Itahisa ? No puedo creer que no sepas lo que es un masaje de la *atsegin-guruin.*

Me avergonzaba confesar mi ignorancia, pero no iba a mentirle.

- Qué es eso ?

Mi amiga abrió los ojos simulando espanto.

- Qué les enseñan en Atlantis ? No eres *Maisu* en Medicina ?

Acepté el tormento.

- Lo soy, flaquita. Pero nunca oí hablar de esa cosa.

Txanona escondió la cara entre sus manos, actuando su asombro. Luego se sentó frente a mí, evidenciando el disfrute por tener algo que enseñarme.

- Los hombres y las mujeres, querida Itahisa, tenemos dentro del cuerpo una bellota, - Txanona hizo un gesto con sus dedos - una *atsegin-guruin,* una glándula de placer. No vieron eso en la *Eskuela* de Medicina ?

- No.

- Es increíble.

- Por favor, Txanona, puedes seguir ?

- Bueno. Esa bellota es ovalada, algo menor que una nuez. Es blanda, como esponjosa. En las mujeres se halla detrás de nuestro centro de placer y es accesible por ambos agujeros, pero en los hombres está en la base del *zakil* y sólo es accesible por el orificio de atrás. Hay que llegar a ella con la yema de un dedo y apenas masajearla. Alcanza con presionar muy suavemente, para que tu pareja esté viajando a una nube de placer. De hecho, es similar a lo que puede producir un *zakil* al penetrarnos.

Me sentí como una niña tonta y traté de disimularlo.

- Eso es todo ?

Txanona pareció perdida por un momento. Luego negó con su cabeza y dijo.

- Cuando esta bellota es acariciada, produce un líquido.

- Un líquido ?

- Sí, como agua. Nunca has tenido un fuerte deseo de orinar en plena acción ?

- Sí, creo que sí.

- Y no te dejaste ?

- No.

- Lo que te has perdido, Itahisa.

Aunque Txanona pudiera estar exagerando, era innegable que hablaba con conocimiento. Algunos recuerdos acudían a confirmar lo que ella estaba exponiendo. A lo que habíamos presenciado esa misma tarde, se sumaba la curiosa escena del hombre penetrado la noche de la parada en medio del mar y otras situaciones de mi propia experiencia. No lograba explicarme por qué nunca me habían hablado de la *atsegin-guruin*. Ni mis *maisuak,* ni mis amantes. En particular, la propia madre de Txanona.

- Me estás diciendo que cualquiera debería saberlo ?

- Sí, claro.

- Cuándo lo aprendiste tú ?

Txanona demoró su respuesta, pensativa.

- Creo que apenas llegué aquí, a los doce.

Ella leyó el desconcierto en mi cara.

- Itahisa, quizás haya algo que no estás considerando. En Atlantis son los hombres los que deben preocuparse por satisfacer a las mujeres. De otro modo serían rechazados. Pero aquí en Islas Castigadas es diferente. Las mujeres estamos en minoría y debemos conocer todas las formas de complacer a un hombre. Porque de lo contrario quedamos expuestas a ofrecernos siempre. Quizás por ello, lo que fue importante para mí, no lo fue para ti.

Las palabras de Txanona me resultaron sensatas, aunque no terminaron de conformarme. Permanecí un rato en silencio.

- Ahora, - retomó ella en tono jocoso - tenemos una cuestión que resolver.

- Cuál ? - Pregunté extrañada.

- En realidad dos cuestiones. Quién le va a enseñar a Etxekide y quién le va a enseñar a Itahisa.

- No entiendo. - Me previne, aunque sin comprender el alcance.

- Alguien debe iniciar a Etxekide en el disfrute de su *atsegin-guruin*. Y tú deberás aprender a hacerlo. Por otro lado, alguien tiene que iniciarte y Etxekide necesita aprender a hacerlo contigo.

Aunque la tesitura de Txanona me producía cierta incomodidad, me resultó graciosa la forma de plantearla. Como si aquello fuera el asunto más urgente y nada pudiera superarlo en importancia.

- A ti qué te parece ? - Atiné a responder.

- Yo no tengo problema en actuar de docente. - Afirmó risueña.

La idea de que Txanona le enseñara a Etxekide nuevas formas de disfrute me resultaba inquietante, pero me parecía indudable que él estaría dispuesto.

- Crees que Teno sería capaz de darme ese ... masaje ?

Los ojos verdes de Txanona brillaron.

- De eso estoy segura, Itahisa. Teno es un *maisu*.

Alegres y desprevenidos de lo que ocurriría aquella noche, nuestros compañeros regresaron cargando la leña para nuestros últimos días de ocio y placer en la Isla de las Flores.

Fue Etxekide el encargado de preparar la cena. Era una de sus especialidades y nos la había prometido desde la llegada a la isla. Un conejo que habíamos cazado el día anterior y dejado macerando en jugo de papayas.

En la oscuridad de la cascada, Txanona y yo jugamos a ponernos a espaldas de Teno, invitándolo a adivinar quién de nosotras lo tocaba. Aunque en principio resultara sencillo, porque cualquier parte del cuerpo de Txanona era más delgada que la mía respectiva, la gracia consistía en ofrecer una absurda combinación de manos y piernas, o cambiarlas rápidamente para provocar su confusión. Nos causaban mucha risa sus protestas, y el juego fue cargándose de roces y fricciones, hasta que él no lo soportó más y nos llevó a ambas a la orilla opuesta. Txanona se acostó de espaldas y yo me tendí sobre ella, apoyando mi vientre y mis pechos sobre los suyos. De ese modo ofrecimos nuestras *naturak* a la impaciencia de Teno, quien nos hizo gozar alternadamente, saliendo de un canal para entrar al otro, hasta vaciarse.

Teno regresó a la laguna dejándonos solas. Había muchos motivos para celebrar. La intimidad, la diversión reciente y la que estaba por venir. El haber compartido a Teno de forma tan intensa. El fin de su abstinencia voluntaria. El reinicio de nuestro vínculo de amigas, ahora adultas. Era Txanona, no era Bentaga. En la oscuridad se perdían los detalles que las hacían distintas. Pero en aquel momento quise besarla a ella, con la pasión con la que tantas veces había besado a su madre. Era Txanona, sin dudas, el sabor de su boca era diferente.

Cuando a la tarde siguiente sonó el cuerno, yo seguía conmovida por los sucesos de la noche anterior.

Por mi mente paseaban las imágenes, haciéndome revivir las sensaciones.

La exasperación de Teno en la cascada.

Mi atrevimiento al acostarme sobre Txanona.

El disfrute de ambas, al sentir a Teno alternando su atención entre una y otra.

El beso que nos habíamos dado al quedar solas.

La sorpresa de Etxekide cuando, al terminar la cena, fue invitado a recibir el mismo tratamiento que había recibido Teno por la tarde.

La excitación compartida al verificar su placer, cuando le practicamos el masaje.

La ternura de Teno al acariciarme, explorando mi *atsegin-guruin.*

El prolongado deleite que sus manos me habían provocado.

La insistencia de Txanona animándome a derramarme.

Y finalmente, la curiosa, maravillosa satisfacción de dejarme fluir, el extraño goce de chorrearme, completado con el absurdo, gracioso, casi delirante festejo de Teno por recibir mis jugos.

Cuando a la tarde siguiente sonó el cuerno, yo estaba absorta y no capté lo que significaba.

Teno y Txanona salieron corriendo hacia la playa. Etxekide los siguió. Era obvio que alguien estaba llegando a la isla. Reaccioné y fui tras ellos.

Recién al llegar al mar y ver los barcos aproximándose, caí en la cuenta que los cuatro estábamos desnudos. No parecía preocuparle a Txanona, que agitaba sus brazos dando la bienvenida a los visitantes.

Eran dos *txalupak*. Al primero que reconocí fue a Naga, apostado en el *moko*, dirigiendo la maniobra de encallar en la arena. Sutziake y Baraso estaban en los remos. La chica de trenzas debía ser Aremoga, la *maisu* amiga de Naga. Oihane y Guadarteme, como siempre, bailando alegremente sobre uno de los bancos. En el segundo barco venían cuatro personas. Eran Mizkila, Atabar, Guaire y Janequa. Empecé a gritar sus nombres, brincando de contenta.

En cuanto fueron descendiendo, nos saludamos con abrazos y les fuimos presentando a Teno y a Txanona. Varios hicieron chistes sobre nuestra desnudez, preguntando si era obligatorio desvestirse. Les respondimos que no era forzoso pero sí recomendable. Janequa fue la primera en hacerlo y de inmediato la imitó Sutziake. Me causó gracia la cara de Teno al tomar nota de los portentosos pechos de la primera y del estupendo físico de la segunda.

La tarea de quitar los mástiles y depositar las *txalupak* sobre los troncos fue bastante sencilla contando con la colaboración de catorce personas. A Txanona y Teno se les terminaba su licencia al día siguiente y debían regresar a la ciudad, pero los demás no teníamos esa obligación, porque aún disponíamos de cuatro jornadas de descanso. Naga y Aremoga anunciaron que volverían al día siguiente. Resolvimos que Teno y Txanona regresarían con los *maisuak* y los diez restantes nos quedaríamos en la laguna por tres noches. Debíamos montar un solo toldo, además del que ya teníamos.

Nuestros amigos venían de recorrer otras islas, en las que habían conocido otras lagunas con cascadas, pero igualmente quedaron impresionados con la belleza del lugar. Tal como lo habíamos hecho nosotros seis días antes, dejaron sus equipajes tirados en el piso y se internaron en las tibias aguas, nadando hacia la pared rocosa por la que caían los chorros.

Recordaré siempre esa noche como una de las más felices de mi vida.

Compartimos provisiones y bebimos cerveza. Tocamos los tambores y bailamos a la luz de las lámparas, cada una de nosotras alternando con los siete varones.

Entrando y saliendo de la laguna a jugar los juegos que fuimos enseñando, y a otros que fuimos inventando.

Celebrando la dicha de estar juntos. Honrando la sensualidad de aquel maravilloso lugar.

A la mañana siguiente todos fuimos a la playa. Volvimos a botar una de las *txalupak* que habían llegado el día anterior, y en ella se marcharon Teno y Txanona con Naga y Aremoga.

En el abrazo de despedida, Txanona me dijo unas palabras de agradecimiento que me parecieron excesivas y me sentí en el deber de retribuir. En tres días, volveríamos a alojarnos en su *etxea*.

Sutziake se quedó conmigo en la playa, viendo como el barco se alejaba. Ambas deseábamos un momento de privacidad, porque casi no habíamos hablado desde la partida. En cuanto estuvimos solas aprovechamos a ponernos al día.

Repasamos los incidentes de la travesía, mi problemática relación con Nira, y nos contamos en detalle las experiencias de la noche de la fiesta en el mar. Ella me habló de Mizkila y de Atabar, de lo bien que habían pasado con ellos, tanto durante el viaje como en estos últimos días de paseo por las islas.

Yo le transmití los detalles de mi reencuentro con Txanona, de su casa y de la particular situación de su licencia. Sutziake compartió su indignación contra la imposición de que las mujeres residentes atendieran a ocho hombres. Aunque reflexionó que no hallaba otra manera de manejar la diferencia de población entre hombres y mujeres. Llegó a relativizar la aflicción de Txanona, considerando que la posición de los residentes varones debería ser aun más incómoda.

Escuchó con interés y por momentos no pudo contener la risa, cuando le relaté las escenas y conversaciones relativas a nuestro descubrimiento de la *atsegin-guruin*. Sutziake admitió no conocer la existencia de la bellota de placer, lo que me reconcilió conmigo, aunque aseguró haberse dejado fluir en muchas ocasiones.

Me puse al tanto de que las cosas entre Oihane y Baraso no iban bien, que discutían a menudo y nunca estaban juntos. Que el grandote se veía un poco triste al punto que Janequa y Mizkila se habían preocupado por él, otorgándole algunas atenciones especiales. Por otra parte, se daba cierta confluencia de intereses de las chicas en Atabar. Tanto que Mizkila casi no había tenido chance de disfrutar con su compañero y su generosidad se estaba agotando.

Me sentí algo desilusionada, porque yo también tenía deseos de estar con Atabar. Sutziake me dijo que no me preocupara, porque al estar Etxekide, el escenario era distinto. Janequa podría distraerse consolando a Baraso, Oihane se llevaba bien con Guadarteme, y me confesó lo mucho que ella y Mizkila extrañaban a mi compañero, por lo que a nadie afectaría que yo me divirtiera con el codiciado Atabar.

Algo no me cerraba en la propuesta de Sutziake.

- Y quién ... se preocupará ... de Guaire ?

Ella hizo el gesto de levantar sus cejas.

- Nadie parece muy interesada en Guaire, Itahisa. Ni la propia Janequa.

- Por qué ?

- No lo sé. Él es inteligente, pero deberás admitir que no muy atractivo.

- A mí no me parece poco atractivo. - Repliqué sin mucho convencimiento.

Sutziake reaccionó con su peculiar, contagiosa risa.

- Entonces es tuyo, Itahisa. Guaire y Atabar son tuyos por estos días. Que los disfrutes.

Aprovechamos al máximo esos tres días de ocio y placer en la Isla de las Flores con nuestros amigos.

Etxekide y yo pasamos a ser los anfitriones, enseñando lo que Teno y Txanona nos habían mostrado de la isla.

Distribuimos las escasas tareas que incluían cocinar y recolectar leña. La mayor parte del tiempo la dedicamos a pasear y a bañarnos.

Recorrimos el valle de las flores, cazamos conejos y tortugas, comimos manzanas y nadamos en el mar cerca de los delfines, aunque nadie se animó a montar en uno de ellos.

No tuve dificultad para disfrutar intimidades con Atabar y con Guaire. Simplemente los invité a pasear por la playa y ellos aceptaron encantados.

El la novena noche desde nuestra llegada, desmontamos los toldos, recogimos los equipajes y procuramos dormir temprano.

Etxekide me sobresaltó al despertarme. Aún estaba oscuro.

- Ha regresado. – Me dijo contento.

No hallé sentido a su anuncio.

- Quién ?

- La estrella viajante.

- De qué hablas ?

- Hacia el este, desde aquellas rocas. En cuanto aclare, dejará de verse.

Etxekide estaba determinado a mostrarme su descubrimiento. Fue tan insistente que terminé accediendo a trepar al promontorio, donde con dificultad pude advertir un borroso punto en el cielo nocturno. No entendí por qué mi compañero suponía que se trataba de la misma estrella del año anterior, pero no quise discutir con él.

A medida que fuimos despertando, nos dimos un último baño en la laguna y empezamos a trasladar los bultos a la playa.

El sol ya había asomado cuando pusimos a flotar las *txalupak.* Desplegamos las velas y partimos, felices, satisfechos por los espléndidos días de descanso que habíamos vivido en la Isla de las Flores.

Nos aguardaba una etapa bien diferente de la estadía, el duro trabajo de acarrear pesadas piedras para la construcción del terraplén.

Las consignas de la primera jornada de trabajo nos resultaron incomprensibles.

Las mujeres fuimos asignadas a hervir grasa de ballena en unos enormes recipientes. Y a los varones se les envió a montar una estructura de madera al pie de la montaña.

Pese a que el aroma era repugnante, la tarea no nos resultó pesada. Volcábamos los trozos de grasa en las bateas y recogíamos el aceite filtrado en ánforas, las que dejábamos enfriar, antes de transportarlas al muelle.

No obstante, culminamos la jornada cansadas, aunque no tanto como los varones, que regresaron de la montaña extenuados, caminando lentamente y quejándose de la ardua labor de montaje del andamio. Hasta Etxekide se veía agobiado, algo poco común en él.

Afortunadamente, Teno y Txanona nos esperaban en su casa con la cena pronta. Después de darnos un rápido baño, nos sentamos a comer y a comentar con ellos los sucesos de la jornada.

Los siguientes días fueron similares. No recibimos explicaciones de los *maisuak* sobre el propósito de tantas ánforas de aceite de ballena. Solamente se nos ordenó colocarlas en una larga fila que, partiendo del puerto, ascendía por las calles empedradas de la ciudad y continuaba por el sendero de adoquines que llevaba a la montaña.

Mientras tanto, veíamos crecer el inmenso andamio que, desde su ancha base, iba angostándose a medida que ganaba altura. La estructura enfrentaba a una pared casi vertical de la montaña, un precipicio de roca gris con vetas oscuras.

Los trabajos se detuvieron con motivo de la fiesta de Egu, el inicio del verano.

Aunque no pertenecíamos a la comunidad de residentes fuimos invitados a participar del ritual en el Campo Ceremonial.

La desproporción entre la población masculina y femenina no permitía la formación del laberinto de la manera tradicional. Antes del amanecer, nos integramos al grupo de sesenta mujeres residentes y nos dispusimos en dos arcos separados, a ambos extremos del campo.

Los hombres formaron la columna que avanzó desde el este, con los primeros rayos del sol, llenando el espacio delimitado por los dos arcos femeninos. Cuando estuvimos reunidos, una de las Sacerdotisas pronunció las oraciones correspondientes saludando al Dios Egu, agradeciendo el calor del *uda*, la energía y la fuerza masculinas.

Luego de unos cánticos y saludos, la ceremonia se dio por concluida y la multitud vestida de blanco se dispersó de regreso a las *etxeak*.

Pasé la tarde con mis amigos de Sexta, prestando especial atención al grandote Baraso, quien no se veía muy contento aquellos días.

Transcurridas once de las dieciocho jornadas previstas para la tarea, ninguna piedra del proyectado terraplén había sido colocada.

Fue entonces que todo ocurrió simultáneamente.

El andamio alcanzó su cúspide a unos cuarenta pasos de altura, al tiempo que nuestra hilera de ánforas llegaba hasta su base. Fueron retiradas una gran cantidad de tablones de la imponente estructura de madera y desde su vértice se colgaron fuertes sogas, del grosor de un brazo.

Al pie de la gigantesca hamaca, junto a casi toda la población de la ciudad, asistimos a la maniobra de los *maisuak* para sujetar al extremo de las sogas una gran roca redonda de unos tres pasos de altura. Nos ordenaron formar filas y nos fue asignada una cuerda para tirar de ella. Cuando todo estuvo dispuesto se gritó la orden de retroceder jalando de las cuerdas, las que se iban uniendo cerca del eje superior del andamio, con otras que bajaban de ahí a envolver la roca.

Por efecto de la fuerza concurrente de unas siete veces sesenta personas, la pesada piedra comenzó a elevarse. Los *maisuak* distribuían el esfuerzo entre las distintas filas, reasignando continuamente nuestras posiciones en ellas. Cuando la gran piedra alcanzó una altura de dos pasos, los trabajadores encaramados en la cima del andamio realizaron peligrosas maniobras para anudar las sogas, transfiriendo el peso únicamente a la estructura, aliviándonos de la necesidad de sostener la fuerza. Teníamos las manos doloridas y a algunos se les habían lastimado hasta sangrar.

Nos fue dada la orden de apartarnos y vimos como un grupo de unos veinte trabajadores volvía a jalar de las sogas, esta vez a mayor distancia, pero directamente hacia la roca recién colgada. Ésta comenzó a balancearse, al principio lentamente. Pero en sucesivos empujes el movimiento pendular fue ganando amplitud. Los hombres estaban perfectamente coordinados para tirar de la cuerda en el momento exacto, soltarla y correr a recogerla para volver a empujar. Así lo hicieron hasta que en uno de los vaivenes el gigantesco martillo alcanzó a golpear la pared de la montaña.

La multitud saludó con vítores y aplausos este primer choque que no produjo resultados, pero la algarabía se desató cuando, al cuarto o quinto golpe, una enorme losa se desprendió de la pared de la montaña y cayó con estruendo, partiéndose en gran cantidad de piedras de varios tamaños. Los hombres dejaron de jalar y el descomunal martillo continuó hamacándose, sin que nadie hiciera otra cosa que contemplarlo.

Recién entonces comprendimos la razón de nuestro trabajo.

Parte del contenido de las ánforas fue vertido en toda la extensión del camino de adoquines que comunicaba la montaña con el puerto. Unas piezas de roca recién caídas por efecto del martillo, fueron arrastradas unos pasos hasta el inicio de la senda.

Entonces observamos con asombro a un solo hombre impulsando una piedra, cuesta abajo, por la calle embadurnada de aceite. La roca tenía cerca de un paso de espesor y se hubieran requerido diez hombres para moverla, pero se deslizaba casi sin esfuerzo.

Todo el pueblo acompañó con aplausos el traslado de aquella primera piedra, atravesando la ciudad hasta llegar al mar, hacia donde fue empujada, dando inicio a la construcción del terraplén.

Mientras trabajábamos en el deslizadero, Teno, Txanona y otras dos parejas de residentes, asistían a su entrenamiento del viaje de *hamazortzi*.

Tinabuna y Ferinto fueron los encargados de transmitirles los aprendizajes de viajes anteriores, presentarles los mapas de Lubarnea, explicarles el complejo equipamiento de las *txalupak*, e inculcarles los objetivos y reglas de la expedición. No fue necesario realizar con ellos extensas pruebas de navegación, porque ya contaban en su haber la experiencia de cruzar el mar desde Atlantis, enfrentando las grandes olas.

Sólo nos encontrábamos por las noches en su casa, para cenar juntos. Fuimos conociendo a los siete amigos de Txanona, a medida que iban pasando los días y ellos golpeaban la puerta para obtener su breve cuota de atención femenina.

Etxekide nos obligó un par de veces a despertarnos antes del amanecer, para observar el diminuto halo en el firmamento que él postulaba como el regreso de la estrella viajante del año anterior. Pretendía que la estrella había viajado por detrás del sol, lo que nos sonaba ridículo, pero nadie se animaba a descartar, porque Etxekide era *Maisu* en Astronomía. Txanona le propuso a mi compañero una entrevista con Zanina, su madre adoptiva, quien ejercía el decanato de Astronomía en Islas Castigadas.

Etxekide me pidió que lo acompañara a la *etxea* de la Sacerdotisa Zanina.

Al llegar, ella nos abrió la puerta, dándonos la bienvenida con gran amabilidad. No fue necesario presentarnos porque sabía nuestros nombres y el motivo de la visita.

Cuando tomamos asiento, inesperadamente se dirigió hacia mí.

- Itahisa, nacida en Bosteko ?

- Es cierto, - confirmé – adoptada en Sexta, del *Klan* de Haridian.

- Hija de Atissa. – Agregó ella sonriente.

Obviamente la profesora de Astronomía conocía a mi madre. Lo que no explicaba que supiera que yo era su hija.

- Sí, es correcto.

Zanina me observaba con curiosidad.

- Cuando tuviste nueve años, viajaste con tu madre por primera vez a Biko. E hiciste un discurso ante la Altísima *Biltzara* sobre los cazadores de focas.

Abrí la boca de asombro y no supe qué decir. Aquella mujer había averiguado demasiadas cosas sobre mí. Zanina rió divertida antes de continuar.

- Las sesenta sacerdotisas te aplaudieron de pie, verdad Itahisa ?

- Es ... verdad. – Confirmé aturdida.

- Te estás preguntando cómo lo sé. Pues es muy sencillo. Yo estaba allí. Yo era una de ellas.

- Usted ... estaba ... allí ? - Dije tratando de aceptar la insólita casualidad.

- Sí, Itahisa. - Explicó Zanina - Soy amiga de tu tía Maite. Del Círculo de Biko. Hicimos juntas la Alta *Eskuela* e ingresamos al mismo tiempo a la *Biltzara*. Varias veces recordamos con ella la anécdota de tu visita. Un año después, vine a residir aquí en Islas Castigadas. Siempre supe que Txanona tenía una amiga llamada Itahisa, pero nunca hasta ahora la había relacionado con la sobrina de Maite. En cuanto me entero que son la misma persona, la tengo aquí, sentada en mi hogar.

- Qué coincidencia ! - Exclamé entremezclando alegría y extrañeza.

- Realmente, Itahisa. Me alegro mucho de conocerte, o mejor dicho, de volverte a ver. Pero ustedes han venido conmigo para hablar de astronomía, cierto ?

Señalé a mi compañero, quien había permanecido en silencio asistiendo al curioso intercambio.

- Sí, Etxekide tiene una consulta.

Zanina cambió su postura en el sillón para prestar atención al asunto que nos había llevado a su casa. Etxekide inició su exposición tímidamente.

- Desde hace unos días, en las madrugadas, hemos visto una estrella viajante, en el noroeste, en una inclinación de diez dedos sobre el horizonte.

En el rostro de Zanina pude advertir destellos de sorpresa e interés.

- Es correcto, Etxekide. Puedes precisar cuándo la viste por primera vez ?

Él pensó un momento antes de responder.

- Exactamente hace doce noches, Sacerdotisa Zanina.

Ella se mostró contrariada. Luego negó con la cabeza.

- Hace doce noches, Etxekide, estuvo nublado. No es posible.

Mi compañero se sintió afectado. Aunque estaba seguro de lo que estaba afirmando, no se sentía en condiciones de contradecir a la profesora. Intervine en su ayuda.

- Hace doce noches, Sacerdotisa Zanina, nosotros no estábamos aquí.

Ella giró hacia mí, intrigada.

- Donde estaban, entonces ?

- En la Isla de las Flores. - Respondimos a coro.

Zanina emitió un suspiro de aprobación y quedó mirándonos, pensativa.

- Es posible, es posible. - Dijo finalmente.

Etxekide aprovechó para continuar.

- En la *Eskuela* de Astronomía de Sexta, nos han dicho que en algunas ocasiones una estrella viajante puede dejar de verse por una luna y más tarde reaparecer.

Nuestra interlocutora asintió.

- Les han dicho bien. Continúa.

Etxekide se sintió más confiado para exponer su juicio.

- Yo creo que ha regresado. Que es la misma que apareció a fines del año pasado.

Zanina adoptó una típica actitud de profesora.

- Qué te hace estar tan seguro ?

- Que ahora se presenta antes del amanecer, cuando antes la teníamos al anochecer. Y que luce similar a cuando empezó a verse, por Egu Niño, hace medio año. Creo que ha estado viajando por detrás del sol y ahora regresa.

Zanina sonrió complacida por la respuesta.

- Has discutido esto con otros *Maisuak* ?

- No.

- Itahisa, espero que no te ofendas por la proposición que voy a hacerle a tu amigo. - Zanina hizo una pausa y se dirigió a él. - Etxekide, si alguna vez deseas venir a residir a Islas Castigadas, eres bienvenido. Tendré mucho agrado en respaldar tu postulación como profesor en esta *Eskuela* de Astronomía.

La satisfacción inundó el rostro de Etxekide.

- Gracias, Sacerdotisa Zanina. Lo tendré en cuenta. Muchas gracias.

La construcción del terraplén adquirió un ritmo inesperado cuando estuvieron operativos el andamio y el deslizadero.

En pocos días, la hilera de bloques de piedra había penetrado quince pasos en el mar. Una vez que las rocas apiladas alcanzaban la superficie, se vertía una gran cantidad de arena para producir un piso horizontal, y sobre éste se colocaban adoquines, prolongando el camino de las siguientes piedras.

Una tarde, Txanona vino corriendo y me apartó del lugar donde estábamos volcando el aceite.

- Qué ocurre ? - Le pregunté sobresaltada.

- Las escuché, Itahisa, hoy lo harán.

- De qué hablas ?

- Luego te explico. Ven, rápido !

Por la expresión de Txanona, supe que se trataba de algo importante. Dejar mi puesto de trabajo era arriesgarme a una amonestación de los *maisuak*, pero confié en ella y la seguí calle abajo hasta el puerto. Allí me señaló uno de los galpones. Hallamos una pequeña puerta, la abrimos y nos enfrentamos a una escalera de madera. Txanona me hizo una seña cruzando un dedo sobre sus labios. Subimos a un entrepiso, procurando que el crujido de las maderas no delatara nuestra presencia. Aun sin entender de qué se trataba, era obvio que no debíamos estar allí.

La iluminación era escasa. En el centro del galpón, cuatro mujeres rodeaban lo que parecía ser una batea cuadrada. Reconocí a Tinabuna entre ellas.

A un costado había tres montañas de colores distintos. Una se distinguía claramente. Era ceniza. Otra tenía la apariencia de cáscaras trituradas de mejillones y la tercera era más clara, como sal. Las mujeres comenzaron a volcar los tres materiales y a mezclar con palas el contenido.

Más tarde, descargaron ánforas de agua, produciendo un espeso barro, de color gris oscuro. Estuvieron largo rato revolviendo el barro con las palas, hasta que empecé a impacientarme. Le advertí por señas a Txanona que debía volver a mi trabajo. Accedió a desgano y nos retiramos tan silenciosamente como pudimos.

En cuanto nos alejamos del galpón, quise sacarme las dudas.

- Es una de las técnicas secretas ?

- Exacto. - Confirmó Txanona.

- Me pareció que estaban haciendo una torta gigante. - Dije burlona.

- Sí, una masa. Así la llaman.

- Para qué sirve ?

- No tengo idea, Itahisa. Pero estoy decidida a averiguarlo.

El terraplén había avanzado más de veinte pasos en el mar al culminar la última de las jornadas de trabajo.

La que se nos había presentado como una tarea agotadora, terminó siendo divertida y gratificante. La ciudad octava de Atlantis contaría con un segundo muelle y nosotros habíamos sido parte de ese logro.

Al cumplirse treinta días de nuestra llegada, volvimos a reunirnos en el puerto, esta vez con la presencia de los seis residentes que se sumaban al gran viaje hacia el Lubarnea. Txanona, Teno, Ixemad, Galder, Iulen y Eneko fueron presentados a los demás *hamazortzi*. Pasamos revista al estado de las *txalupak* porque al día siguiente partiríamos a una recorrida por las Islas.

En mi reencuentro con Nira y Abian no hubo inconvenientes. Durante la estadía casi no habíamos hablado. Nuevamente obligados a convivir, ellos se mostraron amigables, de buen humor y sin rastros del malestar que nos había distanciado.

Navegamos en la formación de uno, dos, tres, dos, con el barco de residentes en la última línea de avance, acompañando a los *maisuak* en la retaguardia. Nos dirigimos al oeste, como hacia la Isla de las Flores pero no llegamos hasta ella. Al mediodía, bordeamos las pintorescas costas de la Isla del Volcán y regresamos con viento desfavorable a la ciudad, cerca de medianoche.

Los *maisuak* quedaron satisfechos con el resultado de esta prueba, en particular con el comportamiento de los recién incorporados a la expedición.

Se decidió entonces adelantar la partida. El último cruce del mar, desde Islas Castigadas al continente de Euriopa daría inicio en tres días y no en seis como estaba planificado. Estuvimos de acuerdo. Habíamos disfrutado intensamente aquel tiempo en las Islas, pero ya estábamos deseosos de continuar el viaje.

Era una mañana gris y calurosa, cuando partimos de Islas Castigadas con destino a Euriopa. Habían transcurrido catorce días desde Egu, y cincuenta y seis a partir del inicio del viaje.

Casi todo el pueblo acudió a despedirnos. Los *maisuak* gritaron las consignas de partida y los remos impulsaron a la flotilla, hasta que el muelle y el terraplén dejaron de verse a nuestras espaldas.

Desplegamos las velas y nos dirigimos rumbo al este.

Un numeroso grupo de delfines se congregó junto a los barcos, acompañando nuestro avance por el Mar de Atlantis.

PARTE SEIS,
VIAJE
Cuarto Movimiento,
TORMENTA

A media jornada de partir, dejamos atrás la última de las islas que forman el archipiélago de Castigadas y nos internamos en mar profundo. Navegamos a ritmo moderado impulsados por la brisa estival que venía del sur. Pese a que el cielo estaba cubierto de nubes, el aire se sentía caluroso y húmedo.

El ánimo era alto en las ocho *txalupak* de la flotilla. Los días de estadía habían hecho maravillas en recuperar nuestros físicos del debilitamiento sufrido en la travesía. El descanso primero, como el trabajo en el terraplén después, había servido para relajar tensiones y malestares.

El tiempo previsto para arribar a las costas de Euriopa era de siete jornadas. Con viento a favor y noches despejadas podría reducirse a cinco. De lo contario, teniendo que remar, podría extenderse a diez.

Mi preocupación estaba centrada en Nira.

Nos habíamos enterado de los términos de la conversación que Tinabuna había tenido con ella, luego del incidente de la cerveza. Los *maisuak* le habían advertido que de no modificar su comportamiento, podrían tomar la decisión de apartarla de la expedición. Ello implicaba quedarse en

Islas Castigadas hasta que la próxima flotilla de residentes partiera hacia Lehen a fines del *negu*. Bajo esa amenaza, Nira se había mostrado extremadamente cuidadosa durante la estadía. Pero ya nos encontrábamos en viaje a Lubarnea, por lo que el apercibimiento había perdido su vigencia.

Con excepción de sus maneras habituales, nada hizo Nira que mereciera reproche. A la vez que era sutilmente seductora con Guaire y Etxekide, se interponía a cualquier aproximación mía o de Janequa, a su gigante. Terminamos por resignarnos a ello y dejó de llamarnos la atención. Con Janequa pactamos seguirle el juego y no permitirle acercarse a nuestros compañeros. O bien, regalar a Abian las mismas atenciones que ella tuviera para Guaire y Etxekide.

En contrapartida, mi vínculo con Janequa y con Guaire fue haciéndose más fuerte. Ambos derrochaban buen humor y tomaban con liviandad cualquier inconveniente. Sus opiniones solían ser sensatas y oportunas, y me fui acostumbrando a consultarles sobre cualquier asunto. De Guaire, sólo me disgustaba su debilidad ante Nira, mientras que a Janequa solamente podía reprobársele su insaciable apetito. No me molestaba que ella estuviera más interesada en Etxekide que en su compañero. Yo lo compensaba disfrutando de los agasajos de Guaire.

Mis lunas se estaban adelantando desde que habíamos iniciado el entrenamiento en Lehen. Los últimos ciclos habían sido de veintiséis días, tres menos de lo habitual, alterando una regularidad que me había acompañado desde los doce hasta los dieciocho. Lo conversé con Janequa y ella me dijo que le ocurría lo contrario. Estaba sorprendida porque sus ciclos se habían alargado. Al día siguiente de dejar Islas Castigadas, tuvimos nuestra luna al mismo tiempo. Estábamos sentadas en el mismo banco y ambas nos levantamos a buscar unos paños, cuando notamos que a la otra le ocurría lo mismo.

Las primeras noches debimos detenernos porque las nubes impedían la visibilidad de las estrellas. El mar relativamente calmo permitía colocar los puentes entre las *txalupak* y compartir momentos con los amigos de otros barcos.

Pude comprobar que Teno y Txanona estaban encantados, felices de participar de la expedición, y que Sutziake y Mizkila pasaban estupendo con Atabar y Guadarteme.

En contraste, Oihane continuaba molesta con Baraso y a él se le notaba el disgusto acumulado con su compañera. Nunca habían convivido en Sexta y no estaban acostumbrados uno al otro. Mientras que lo más importante para Oihane eran los momentos de disfrute, Baraso era sumamente estricto con el trabajo y no soportaba que se postergaran tareas o se dejaran cumplidas a medias. Sus intereses y preocupaciones eran distantes. Para colmo, Baraso era un amante entusiasta y potente, pero simple, incapaz de satisfacer las diversas demandas de la chica de Hiru.

El viento fue disminuyendo en la cuarta jornada y al mediodía los *maisuak* dieron la orden de recoger las velas. Continuamos navegando a dos bancos de remos hasta que el sol se ocultó tras las nubes. Luego amarramos las *txalupak* unas a otras y tendimos los tablones entre ellas.

Después de cenar, Etxekide y yo fuimos a visitar al barco ocho de los *hamazortzi* residentes. Al pasar por la *txalupa* de los *maisuak*, nos detuvimos a compartir con ellos unas hojas de fumar, que Naga encendía en las noches de parada. Su amiga Aremoga era una mujer agradable, aunque poco conversadora. Delgada, de nariz algo prominente, no llamaba la atención por sus curvas, sino por las incontables trenzas doradas que, partiendo de todos los puntos de su cabeza, caían a descansar sobre sus bronceados hombros. A su turno de aspirar el humo de las aromáticas hojas empezó a toser y a dar arcadas, alegó no sentirse bien del estómago y se retiró a descansar bajo el toldo.

Aprovechamos para agradecer a Naga y cruzar el puente hacia el barco de Teno y Txanona.

Al rato de estar con ellos, nos distrajeron unos gritos. Eran dos mujeres discutiendo agresivamente. Etxekide y yo nos levantamos alarmados. La pelea tenía lugar en nuestra *txalupa* y las protagonistas eran, indudablemente, Janequa y Nira.

Cuando llegamos, la situación había derivado a un intercambio de insultos de un extremo a otro del barco, porque varias personas habían acudido a interponerse. Janequa, desbordada, acusaba a Nira de "niña caprichosa", "inútil" y "estúpida consentida", mientras que Nira, con aparente calma, le devolvía sutilezas como "grasosa", "vaca embarazada" y "glotona perturbada".

Las versiones sobre el origen del problema eran confusas y diferían completamente. Aparentemente Nira le había reprochado a Janequa comer a escondidas, mientras que según Janequa, Nira había demandado a Guaire que la complaciera. Ninguno de los varones confirmaba las versiones y ambos se veían molestos con sus compañeras.

La pelea fue diluyéndose y esperábamos que, de un momento a otro, los *maisuak* convocaran a las involucradas a hacer declaraciones en el barco uno, pero ello no ocurrió. La única consigna que recibimos fue la de acostarnos temprano, porque al día siguiente estaba previsto remar toda la jornada.

Ya al amanecer teníamos certeza que sería un día caluroso.

El cielo era una capa gris uniforme y el mar un extenso plano azul apagado, tan calmo como la superficie de un lago. Trabajamos a dos bancos toda la mañana, la tercera pareja en turno de descanso, porque no había necesidad de remo de dirección. Hicimos una parada al mediodía, para evitar el momento de calor más intenso.

Por la tarde, los delfines se desviaron ligeramente en dirección noreste y la flotilla corrigió el rumbo, siguiéndolos.

El buen humor de días anteriores se había disipado. El calor y la obligación de remar fueron minando nuestro ánimo. Sabíamos que no alcanzaríamos las costas de Euriopa en el plazo esperado, lo que nos forzaba a racionar los alimentos.

Se presentaron más problemas. Una discusión sobre los turnos de descanso en el barco dos, una situación que no entendimos en el barco siete que involucraba a Naga y a Aremoga y, más tarde, una pelea en el barco seis, en el que viajaban Baraso y Oihane.

Pese a todo, la flotilla continuó su marcha hasta la puesta del sol.

Cuando Ferinto gritó la consigna de parada, respiramos aliviados. Habiendo remado toda la jornada, nos sentíamos exhaustos.

Mientras amarrábamos las *txalupak* y colocábamos los tablones, se hizo evidente que los *maisuak* se hallaban sumamente tensos, tratando de manejar los distintos problemas. Los vimos correr por los puentes, yendo y viniendo, hablando con unos y otros, con preocupación en sus rostros. A nadie parecía importarle el episodio de la noche anterior en nuestro barco, como si fuera algo ya lejano en el tiempo, incluso para las involucradas.

En condiciones favorables, deberíamos estar alcanzando el continente. Pero aún nos encontrábamos lejos, quizás a tres o cuatro jornadas, de ver sus costas.

De a poco, nos fuimos enterando de los asuntos que ocupaban a los *maisuak*.

Oihane había solicitado ser cambiada de barco. Su permanencia junto a Baraso le resultaba insoportable, tanto a ella como a sus compañeros. Baraso se ofrecía también a ser cambiado, para facilitar la solución del problema.

Vi que Tinabuna conversaba con Sutziake y me acerqué a ellas, pero ambas me indicaron por señas que les permitiera hablar en privado.

Cuando terminaron, Sutziake vino hacia mí y me abrazó.

- He tomado una decisión, Itahisa. Espero que sea correcta. - Me dijo al oído.

- Qué decisión ?

- Me cambio de barco. Le haré el favor a Oihane. Espero que algún día me lo devuelva.

- Te vas ... con Baraso ?

- Sí. Al menos hasta llegar al continente. Luego veremos.

- Y por qué tú ?

Sutziake se encogió de hombros.

- Oihane pidió formar pareja con Guadarteme. La otra posibilidad era que él cambiara con Baraso. Pero nadie en nuestro barco estaba conforme con ello. Tinabuna me consultó entonces si aceptaba ir al seis, y aunque me entristecía separarme de Mizkila y Atabar, accedí.

- Has sido muy generosa, Sutziake.

- Yo soy así. - Respondió ella con una sonrisa forzada.

- Sabes lo que ocurre en el barco siete ?

- Síii. - Sutziake abrió los ojos denotando sorpresa. - Me lo acaba de contar Tinabuna.

- Qué ? - Pregunté intrigada.

- No lo sabes ?

- No. Qué está pasando ?

- Aremoga ...

Sutziake hizo el gesto de mover una mano en círculos sobre su panza.

- Qué !

- Aremoga está embarazada. Tomó la infusión antes de partir, hace siete días, y su sangre no ha bajado.

Recordé que ella se había sentido mal la noche anterior.

- Y qué va a ocurrir ?

- No se ha decidido aun, Itahisa. Pero no podrá continuar la expedición. No puede remar.

- No podemos dejarla en Euriopa. - Pensé en voz alta.

- No. Es probable que los *maisuak* vuelvan a Islas Castigadas.

- Cómo ! Cuándo ?

- No lo sé, Itahisa. Es lo que están discutiendo en este momento. Supongo que al llegar a Euriopa nos detendremos unos quince días, aguardando a que los *maisuak* lleven a Aremoga a las Islas y regresen con nosotros.

Reflexioné sobre las implicancias de aquello. Deberíamos procurar un sitio donde instalarnos en el continente, para esperar por el regreso de los *maisuak*, antes de continuar la expedición.

- Es comprensible que estén tan preocupados. - Comenté intentando interpretar las reuniones en el barco siete.

- No es por ello que están tan preocupados, Itahisa.

- Qué ? Por qué entonces ?

Sutziake señaló al cielo.

- Tinabuna también me ha dicho que tendremos tormenta mañana. Una grande.

Aún no había aclarado cuando nos despertaron los gritos.

Las consignas eran quitar los puentes, soltar las amarras entre barcos y revisar las redes que sostenían los equipajes. Luego, calzarnos los cintos y tener a mano los estómagos de oveja que nos ayudarían a flotar en caso de caer al mar.

Una brisa húmeda venía del sur. En el horizonte podían verse los relámpagos. Repentinamente las olas empezaron a hamacar las *txalupak*. Poco más tarde, el rumor de truenos lejanos llegó a nuestros oídos.

La fuerza del viento continuó en aumento, en ráfagas de aire caliente que precedieron a las primeras gotas de lluvia.

Ferinto continuaba vociferando consignas que repetíamos de un barco a otro: reforzar los nudos que sujetaban las velas enrolladas bajo los bancos, envolver las ánforas con telas para que no se quebraran al golpearse, sujetar canastos, sujetar toldos, sujetar remos de repuesto. Trabajábamos aplicadamente, sabiendo que restaba poco tiempo antes de que el tamaño de las olas nos impidiera cualquier maniobra.

A media mañana, la lluvia se hizo más intensa y el aire enfrió bruscamente.

Cuando las olas superaron los tres pasos de altura, nos apostamos en los bancos a enfrentarlas. Habíamos encarado olas mucho más grandes, pero éstas eran menos previsibles. Venían de distintas direcciones y existía el riesgo de que una de ellas rompiera sobre el barco, provocando serios daños.

Pasado el mediodía, la tormenta continuó empeorando. La lluvia y el viento arreciaban. Las olas cada vez mayores no daban descanso y el costillar de la *txalupa* crujía en cada encuentro con las moles de agua.

Los estallidos de relámpagos recorrían el cielo, acompañados del estruendo casi permanente de los truenos.

La panza del barco estaba inundada y nuestros equipajes se encontraban sumergidos. Empezamos a temer por la integridad de la flotilla. La escasa visibilidad nos hacía difícil saber a qué distancia se hallaban las demás *txalupak*.

Mucho antes de oscurecer, se puso en práctica el procedimiento de ubicación sonora. Desde el barco uno de los *maisuak* alguien hacía sonar el colmillo de elefante, esperando idéntica respuesta del barco siete a retaguardia. De este modo podíamos notar si nos apartábamos de la *eskuadra* y eventualmente remábamos para mantener equidistancia de ambas señales de sonido.

En medio de aquella violenta tempestad, resultaba llamativa la fuerza espiritual de Guaire, quien no paraba de hacer chistes. Señalando a las gallinas empapadas en su jaula, repetía, imitando a Tinabuna: "Pidieron ayuda las gallinas ? Noooo." Y continuaba remando, en perfecta coordinación con el gigante Abian, quien permanecía callado. Por su parte Nira, con un brazo aferrado al banco y medio cuerpo sumergido, achicaba el agua con un jarrón, soltando maldiciones cada vez que una ola nos zarandeaba. Janequa y yo ocupábamos el banco delantero, nuestros brazos doloridos del esfuerzo con los remos durante todo el día. Unas bananas y unos tragos de *txocoatl* era todo lo que habíamos ingerido desde la noche anterior. De estar irremediablemente mojadas y con los pies en el agua, el frío se internaba en nuestros cuerpos.

Deseábamos que la lluvia y el viento cesaran, para secarnos, comer y descansar, pero nada indicaba que ello podría ocurrir. Las olas enormes continuaban arremetiendo la *txalupa* y la tormenta parecía agravarse en vez de disminuir. La perspectiva de pasar la noche luchando en la oscuridad por mantener el barco a flote, comenzaba a intimidarnos.

El cansancio, el frío y el hambre empezaban a ganarnos, en el momento que oímos el estrépito de maderas quebradas, los chillidos y las consignas atropelladas que siguieron.

Una ola había producido el choque entre dos *txalupak*.

Sin verlo, supimos que una de ellas había sufrido daños importantes. Nos fuimos enterando por llamados desesperados que llegaban a nuestros oídos. Con algunas costillas quebradas, el barco dos corría riesgo de hundirse. Repararlo en medio de aquel oleaje era imposible. Lo perderíamos. Uno de los *hamazortzi* estaba lastimado. El barco de vanguardia de los *maisuak* se estaba haciendo cargo del rescate.

Se escuchaban lamentos y llantos. Quisimos acercarnos para evaluar la situación y prestar ayuda, pero recibimos la orden de no hacerlo. La consigna fue mantener las distancias entre *txalupak*, para evitar otros accidentes.

Alcanzamos a ver a unos náufragos trepando al barco de los *maisuak* y a Ferinto acostado sobre uno de los tablones que usábamos de puentes, nadando contra las enormes olas.

Habíamos sido entrenados para encender lámparas en una tormenta, aunque nada semejante a ésta que estábamos soportando. El procedimiento consistía en prender la lámpara con la yesca bajo el toldo y colocarla dentro de un tambor de cuero delgado, que permitía el pasaje de la luz, pero no del viento. Lo difícil no era encenderla sino llevarla a lo alto del mástil. Etxekide se ocupó de esta peligrosa operación, que implicaba abrazarse al resbaladizo poste de madera y trepar por él, mientras el barco se movía en todas direcciones. Cuando estuvo a media altura, Abian le alcanzó la lámpara y Etxekide, con gran esfuerzo, logró colgarla en el gancho. De a una, vimos aparecer otras lámparas, describiendo furiosos movimientos en los otros mástiles. Contando la nuestra, eran siete. Afortunadamente sólo habíamos perdido una de las *txalupak*.

Los relámpagos pasaron a ser nuestros aliados. A cada instante nos ofrecían un panorama fugaz de las olas circundantes, que debíamos interpretar rápidamente para corregir nuestra posición usando los remos.

Nuestro barco cargaba demasiada agua, porque el trabajo de achicarla era incesante. En algún punto teníamos averiada la piel, pero era impensable repararla. Etxekide se sumó a la tarea de quitar el agua que nos inundaba y, junto a Nira, lograron mantenerla en niveles soportables.

Había transcurrido buena parte de la noche, cuando la lluvia dejó de ser intensa y el viento amainó levemente. Los estallidos en el cielo fueron alejándose y se hicieron menos frecuentes. Pero las olas no disminuyeron. Las moles negras eran menos visibles aun, lo que incrementaba el riesgo de que una de ellas nos tomara de costado, provocando daños o volcando la *txalupa*. A pesar de ello, las señales eran alentadoras. Etxekide y Guaire se encargaron de celebrarlas, anunciando el final de la tormenta con un concurso de insultos.

Janequa y yo estábamos extenuadas, casi paralizadas del dolor en brazos y piernas, por lo que nuestro aporte en los remos se había ido deteriorando, hasta hacerse irrelevante. Los varones insistieron en que dejáramos el banco y terminamos por seguir su recomendación. Con dificultad aseguramos los remos y a los tumbos, nos arrastramos hasta el toldo. Janequa rescató un par de mantas de una bolsa impermeable y pudimos secarnos y abrigarnos, aun cuando nuestros pies continuaban ateridos, sumergidos en el piso inundado de la *txalupa*.

Las frutas y el *txocoatl* hicieron maravillas en nuestros físicos debilitados, y aliviaron en parte el suplicio de nuestros músculos. Un rato más tarde pudimos relevar a Etxekide y Nira en la tarea de achicar el agua y ellos nos reemplazaron en el banco delantero, colaborando con Guaire y Abian en los remos.

La noche se nos hizo interminable, sometidos a la persistencia de las olas que nos sacudían en todas direcciones, orientados por los titilantes destellos de las lámparas en los mástiles cercanos y por el monótono, repetitivo, lúgubre eco de los colmillos de elefante, que nos indicaba la formación.

Cuando finalmente surgió una claridad en el horizonte, estábamos extenuados. Seguía llovizando, el viento no había calmado y el mar continuaba encrespado.

Las olas de tres a cuatro pasos de altura, hacían inviable reparar las roturas. La necesidad de quitar agua de continuo no daba descanso y nuestras agotadas fuerzas apenas alcanzaban para desalojar el agua que entraba.

Nira propuso pedir ayuda a los *maisuak* y como no le hicimos caso, se puso obstinada, al punto que terminó por convencernos. Ella misma hizo sonar el cuerno que servía para solicitar asistencia en caso de accidente. Al rato tuvimos al barco siete a nuestro lado.

Los *maisuak* observaron alarmados el nivel de agua que nos inundaba y dieron indicaciones para que tanteáramos el casco, palmo a palmo, hasta detectar los puntos de rotura. Pero la tarea era impracticable, porque montañas de bolsos, telas, tablas y herramientas impedían el acceso a la piel del barco. Ya lo habíamos intentado, sin éxito.

Naga y otro *maisu* llamado Siso, lanzaron sogas y se arrojaron al mar atados a ellas, para nadar hacia nosotros. Nos ayudaron en la tarea de disminuir el agua y luego revisaron los cueros de repuesto. Ante la imposibilidad de detectar los agujeros, la idea era colocar parches enteros por debajo de la *txalupa* y amarrarlos a los bordes como una segunda piel. Para ello no eran suficientes los cueros que llevábamos a bordo, por lo que se hacía necesario traer otros rollos desde el barco siete. La operación era peligrosa, porque ambas *txalupak* debían permanecer a corta distancia, tomando las olas en simultáneo, con riesgo de choques o roturas.

Abian y Guaire no se apartaron de los remos en el banco central, mientras Siso arrojaba los cueros enrollados a *eskuona* y Naga maniobraba sumergido, fuertemente atado para acompañar los vaivenes del barco, desenvolviendo el rollo hasta que el otro extremo aparecía alcanzable a *eskuerra*. Usando un arpón, Etxekide lo capturaba y lo acercaba para que yo lo sujetara al borde. Colaborábamos con Siso en tensar al máximo el parche recién colocado y luego el procedimiento se reiniciaba con otro rollo. Para determinar la zona donde colocarlo, seguíamos las indicaciones de Naga, quien en cada inmersión intentaba palpar las roturas.

Janequa y Nira, que trabajaban controlando la inundación, fueron las primeras en advertir que la operación estaba dando resultado, tras haber sujetado el tercer parche. Naga trepó al barco y le procuramos una manta, mientras observábamos atentamente la lenta disminución del nivel de agua en el fondo de la *txalupa*. Los *maisuak* evaluaron que la situación era manejable, al menos hasta que la tormenta nos diera un respiro y permitiera una reparación definitiva. Luego volvieron al barco siete, y éste se apartó del nuestro, retomando la formación.

Recién entonces tuvimos un momento para aliviar las tensiones. Tomamos conciencia de la gravedad de lo que había ocurrido. Nuestra *txalupa* había estado cerca de hundirse y habíamos logrado evitarlo. Gracias a nuestro esfuerzo y a la colaboración de los *maisuak*, oportunamente solicitada por Nira.

Lloviznaba. Las olas requerían remar continuamente y el viento seguía siendo demasiado fuerte para utilizar las velas, pero por primera vez desde la madrugada anterior, pudimos prescindir de los brazos de Guaire y Abian, y permitirles un descanso. Etxekide y yo tomamos los remos en el banco central, con Janequa y Nira en el delantero.

La tarea, como lo había sido durante toda la noche y todo el día anterior, era cuidar que las olas no nos hicieran volcar.

No navegábamos, simplemente resistíamos la tormenta.

En la séptima jornada desde la partida de Islas Castigadas, no sólo no podíamos avanzar, sino que nos alejábamos de Euriopa, empujados por la tormenta hacia el norte. Durante el día, hicimos turnos de dos parejas en los remos, mientras la tercera descansaba.

Otras *txalupak* también habían tenido averías y los *maisuak* procedieron a revisarlas, evaluando la magnitud de los daños, repitiendo en una de ellas el procedimiento de adosar una segunda piel, como lo habían hecho en la nuestra.

Las tres parejas de náufragos se habían distribuido en los barcos tres, cuatro y ocho. Uno de ellos tenía un brazo quebrado y vendado, y su continuidad en la expedición era discutida, siendo probable que regresara con los *maisuak* a Islas Castigadas, y allí se quedara, junto a Aremoga, la *Maisu* embarazada, hasta fines del año.

Casi todos los equipajes y herramientas del barco hundido habían sido recuperados, con excepción de las velas, cueros y maderas de repuesto.

Por la tarde, la lluvia pasó a ser intermitente, el viento continuó amainando y las olas se redujeron hasta dos pasos de altura. En esas condiciones hubiera sido posible soltar las velas, pero se acercaba la noche y estábamos exhaustos. Los *maisuak* dieron la orden de cambiar a un solo banco de remos para que, en cada *txalupa*, fueran cuatro los que pudieran recuperar fuerzas. También nos indicaron duplicar la ración de comida, pese a que las reservas se estaban terminando.

Hacía frío y nuestros abrigos se hallaban empapados, de modo que debimos acostarnos apretados unos a otros, bajo los toldos, hasta que el sueño diera alivio a nuestros debilitados cuerpos.

Al día siguiente amaneció nublado. No veíamos el sol ni las estrellas desde antes de la partida y eso incrementaba el malhumor en toda la flotilla.

La buena noticia era que, aunque el viento y las olas seguían siendo fuertes, podíamos volver a navegar. Luego de verificar el estado de las siete embarcaciones, desplegamos las velas y nos dirigimos en dirección sureste, corrigiendo el desvío que la tormenta había producido.

La lluvia había cesado y tendimos cuerdas del mástil para colgar ropas y mantas a secar.

Los delfines reaparecieron nadando cerca de las *txalupak*. Janequa aseguraba que eran los mismos que nos habían acompañado previo a la tormenta y los demás nos burlábamos de ella, aunque sin estar convencidos de lo contrario.

Avanzamos toda la jornada sin detenernos, a buena velocidad, tratando de recuperar el tiempo perdido. Al atardecer, notamos con disgusto que nuestra *txalupa* volvía a ganar agua, lo que obligaba a dedicar a uno de nosotros a la tarea de achicarla. Era dudoso que pudiéramos seguir así varios días y no teníamos certeza de encontrarnos con mar calmo antes de arribar a Euriopa.

Por la noche, recogimos las velas y retomamos los turnos de a cuatro para dormir. La pareja de guardia no debía usar los remos porque las olas ya no resultaban un peligro. La preocupación era controlar el agua que se filtraba, amenazando nuestra flotación.

Dispusimos lámparas y canastos, para capturar *harenkeak* por la noche. Las frutas que nos quedaban estaban pudriéndose, el *txarki* se terminaba y las galletas se habían estropeado con la lluvia. Lo único que disponíamos en abundancia era el agua para beber.

Por algún motivo que relacionamos con la tormenta, ningún *harenke* saltó dentro de los canastos durante la noche. Un nuevo problema que se sumaba a los muchos que ya teníamos. Los alimentos apenas nos alcanzaban para aquella, nuestra novena jornada en el mar y de persistir la ausencia de *harenkeak*, nada tendríamos para comer al día siguiente.

Hicimos unos ensayos de colocar redes de arrastre a los laterales de la *txalupa* con la expectativa de recoger peces, pero la cosecha se redujo a unas pocas medusas.

El fastidio y la tensión eran apreciables entre los *hamazortzi* y empezaban a hacerse visibles también entre los *maisuak*.

Para colmo, el viento que seguía soplando fuerte, empezaba a hacer estragos en las velas. Debimos hacer una parada al mediodía para repararlas, mientras los *maisuak* se reunían en el barco siete a evaluar la situación.

La discusión se prolongó más de lo esperado y desde todos los barcos podíamos oír un áspero enfrentamiento entre ellos. Mientras esperábamos de un momento a otro la consigna de retomar la marcha, empezaron a llegarnos los rumores de lo que estaba pasando en el barco siete.

Aparentemente había dos posiciones, una sostenida por Ferinto y otra por Naga, que diferían en la dirección que debíamos tomar para llegar lo antes posible al continente.

La propuesta de Ferinto (el único de ellos que había estado en Euriopa), era avanzar en dirección este, que parecía ser la que los delfines nos estaban señalando, directamente a toparnos con las costas de Euriopa y luego descender hacia el sur, bordeándolas, hasta encontrar la boca del río donde estaba previsto el desembarco.

Esta tesitura era respaldada por Tinabuna, pero no por la mayoría de los *maisuak*, quienes apoyaban a Naga en su propuesta de navegar en dirección sureste, en diagonal al recorrido que proponía Ferinto. La cuestión no se resolvía, porque Naga apelaba a la mayoría de voluntades, mientras Tinabuna reclamaba para sí la autoridad que le correspondía como directora de la expedición.

Rápidamente la discusión se propagó entre los *hamazortzi*, resultando que la mayoría se inclinaba por la posición de Ferinto y Tinabuna. Solamente Sutziake, Baraso y sus compañeros del barco seis, respaldaban la postura de Naga. Cuando Ferinto tomó conocimiento de ello, quiso agregarlo como argumento a la discusión, provocando el enojo de Naga y de sus seguidores, quienes reaccionaron airadamente ante la posibilidad de que nosotros tomáramos parte en la decisión.

Como avanzaba la tarde y no se llegaba a un acuerdo, empezamos a impacientarnos. No podíamos perder más tiempo cuando el alimento se nos estaba terminando y varias *txalupak*, en particular la nuestra, tenían problemas para mantenerse a flote.

Ferinto y Tinabuna acusaban a Naga, Siso y los otros *maisuak* del barco siete de preocuparse más por Aremoga que por la expedición. Y ellos respondían culpando a Ferinto y a Tinabuna de demorar innecesariamente la llegada a nuestro destino.

Nunca habíamos visto a Ferinto tan enfadado. En un momento alzó la voz para que todos lo oyéramos, declarando que no se haría responsable de los problemas que la equivocada decisión que los otros *maisuak* querían tomar y desafió públicamente a Naga a llegar a la boca del río antes que él. Dicho esto, habló con Tinabuna y se retiró furioso de la reunión.

La directora de la expedición cambió unas palabras con los *maisuak* y nos convocó a acercarnos al barco seis.

Se dirigió a nosotros con voz calmada.

- Queridos *hamazortzi*, como habréis visto, tenemos una discrepancia.

Se escucharon risas.

- Vamos a hacer algo que nos disgusta, que no estaba en los planes, ni es muy acertado como criterio, pero no hemos hallado otra solución.

Hizo una pausa innecesaria porque la escuchábamos con atención.

- Nuestro barco continuará yendo al este, hasta el continente y después bordeará sus costas hacia el sur. El barco siete navegará al sureste, para arribar al mismo punto. Unos y otros tenemos la expectativa de llegar a la boca del río en dos jornadas, pero no nos hemos puesto de acuerdo en cuál es el mejor trayecto. De modo que los primeros en llegar aguardarán por los demás, para así demostrar quién tenía la razón. Queda a criterio de vosotros, de cada *txalupa,* resolver a cuál de los dos barcos de *maisuak* seguiréis, desde este momento, hasta que nos reunamos en el punto de encuentro. Está comprendido ?

Todos asentimos. Antes que fuera explicitado, ya sabíamos que la flotilla iba a dividirse y cómo se produciría el corte. Los barcos tres, cuatro, cinco y ocho viajaríamos con Ferinto y Tinabuna, mientras que el barco seis, en el que iban Baraso y Sutziake, sería el único en acompañar al barco siete de Naga.

Me despedí de Sutziake con un largo abrazo y di un beso a Baraso, deseándoles suerte en las siguientes jornadas.

Soltamos las velas y reiniciamos la navegación, cinco *txalupak* en dirección este y las otras dos, separándose hasta perderse de vista, hacia el sureste.

El viento era fuerte pero aprovechable y nos dirigíamos a buen ritmo hacia Euriopa, escoltados por los delfines, cuando se produjo una algarabía.

A nuestras espaldas, una parte del manto de nubes se había rasgado, dejando pasar tímidos rayos de sol, los primeros que recibíamos desde la partida. La luz solar cambió la apariencia agrisada del mar, dando brillo intenso al azul y encendiendo las olas con tonos dorados.

El sol también trajo caricias cálidas a nuestros cuerpos, operando maravillosamente en recuperar los ánimos deteriorados tras la tormenta. Nos regaló una puesta magnífica que coloreó las nubes, proyectando sobre nuestras cabezas franjas amarillas, rojas y púrpuras.

Continuamos avanzando durante el crepúsculo, en espera de que el cielo se despejara lo suficiente para poder guiarnos por las estrellas durante la noche. Pero ello no ocurrió y debimos detenernos cuando la oscuridad se instaló por completo.

Prendimos las lámparas y montamos guardias, esperando que los *harenkeak* tuvieran la gentileza de saltar hacia los canastos, para aliviar el hambre que se iba apoderando de nuestros cuerpos.

Los *harenkeak* no vinieron, pero las nubes fueron dejando su lugar a las estrellas. A mitad de la noche, Ferinto dio la consigna de volver a desplegar velas y retomamos la navegación, engañando el vacío de nuestros estómagos únicamente con nueces y *txocoatl*.

De medianoche al amanecer era el turno de descanso de Etxekide y Nira.

Guaire y Abian maniobraban las velas, Janequa volcaba jarras de agua afuera del barco y yo manejaba el remo de dirección. La formación de la flotilla reducida era de uno, tres, uno. Una cruz, en la que nuestra *txalupa* ocupaba el centro.

Aunque había nubes, la ubicación de las estrellas principales era distinguible y ello alcanzaba para marcarnos la dirección. De a ratos, la claridad de la luna creciente otorgaba un resplandor tenue al oscuro mar que nos rodeaba.

Fue entonces, cuando las nubes dejaron un tramo de firmamento despejado al noroeste, que alcanzamos a verla.

Quedamos asombrados, tanto que olvidamos por un momento la vela y el remo.

La estrella viajante había crecido de un modo increíble y estaba allí, como un surco espumoso en el cielo, enorme, bellísima, impactante.

Fui a despertar a Etxekide, para compartir con él aquel espectáculo. Mi compañero asomó la cabeza bajo el toldo y abrió los ojos, impresionado al ver la larga cola luminosa atravesando el cielo.

Durante doce noches, las nubes nos habían impedido advertir su crecimiento. La última vez que la habíamos visto, era posible ocultarla con un dedo de nuestro brazo estirado. Ahora no alcanzaba con una mano. Etxekide presentó ocho dedos al cielo y cerró uno de sus ojos, midiendo el largo de la cola y luego hizo otras maniobras con sus manos para evaluar la altura desde el horizonte. Más tarde se sentó a contemplarla, extasiado.

- Ha crecido muchísimo. Está preciosa. Tenías razón, mi amor. - Le dije con ternura.

Etxekide se refregaba los ojos, como si dudara de lo que estaba viendo.

- Sí, es ... extraño. - Murmuró.

- Qué es lo extraño ?

Etxekide parecía absorto.

- Es ... curioso.

Me senté junto a él, apoyando un brazo sobre sus hombros.

- Qué es lo curioso, mi amor ?

Él simplemente señaló la estrella viajante, pensativo. Respeté su silencio. Las nubes continuaban yéndose hacia el norte y el cielo seguía ganando estrellas. Etxekide observaba el fenómeno, sus manos abiertas en arco a los costados de su cara, obligándose a no ver otra cosa.

Al rato dijo algo que no entendí.

- Está rota.

- Qué dices, Etxekide ?

- Está partida, Itahisa. Mírala bien.

Por más que lo intenté, imitando su gesto de hacer pantalla con las manos, no pude distinguir algo que corroborara su observación.

- No alcanzo a ver. - Admití.

Etxekide dejó escapar un suspiro. Luego insistió.

- No tiene una, sino dos cabezas, o quizás tres. Mírala bien.

No supe si dudar de mi propia vista, o de la capacidad de imaginación de mi compañero. Me resigné a no poder dilucidarlo.

- Tú ves cosas que yo no veo, mi amor.

El viento viró repentinamente. Los días anteriores, incluyendo la tempestad, había venido desde el sur, y ahora nos llegaba del oeste, lo que resultaba extremadamente favorable. Las cinco *txalupak* formadas en cruz avanzamos a máxima velocidad, surcando las olas de menos de un paso de altura. Era una mañana espléndida, la primera con cielo despejado desde que habíamos partido, diez días antes, de Islas Castigadas.

En toda la noche, sólo tres *harenkeak* habían saltado a los canastos. Nos enteramos que en los otros barcos la cosecha había sido similar. Era muy poco, insuficiente para aplacar nuestros doloridos estómagos.

Por fortuna, el sol y el viento nos permitían secar ropas, mantas y equipajes que habían permanecido sumergidos o sometidos a la intensa lluvia de días anteriores.

La tarea de achicar el agua en nuestro barco era permanente. Si la acometíamos a cuatro brazos, lográbamos disminuir la inundación, pero mientras uno solo se dedicaba a quitar el agua, el nivel crecía inexorable, lentamente.

Éramos conscientes de que nos habíamos involucrado en una carrera. El orgullo y quizás la autoridad de Tinabuna y Ferinto estaban en juego. Debíamos llegar a la boca del río, antes de que lo hicieran los barcos seis y siete. O al menos, con poco tiempo de diferencia. Por ello, descartábamos hacer reparaciones en nuestra *txalupa*. Mientras pudiéramos seguir el ritmo de la flotilla, avanzaríamos sin detenernos.

A mediodía notamos que las olas se hacían más grandes. Era una buena señal de que nos aproximábamos al continente. Pero era una amenaza para nuestro barco averiado y para la capacidad de nuestros debilitados físicos de gobernarlo.

Contra lo esperado, Ferinto dio la orden de parada.

Los *maisuak* vinieron a inspeccionar el estado de nuestro barco. Uno de ellos se zambulló a revisar el casco por debajo, mientras los demás intentaban ajustar los parches a los bordes. Resolvieron agregar un cuarto rollo de cuero en la zona central de la *txalupa* y nos ordenaron trasladar tablas, herramientas y equipajes a los barcos cuatro y ocho, que se habían aproximado a ambos lados del nuestro.

Ferinto dirigía las operaciones, en las que se involucraron todos los *hamazortzi*. Hasta Godereto, el náufrago del brazo quebrado, hizo su aporte acomodando nuestros bolsos. Rápidamente desalojamos el equipaje, incluyendo las velas, los tablones, remos y otras maderas de repuesto.

Así fue posible detectar un par de quebraduras de las costillas cerca del banco central, que eran las causantes de las filtraciones. Trabajamos arduamente en quitar el agua del fondo de la *txalupa*, para que las roturas dejaran de estar sumergidas. La reparación recomendable implicaba el reemplazo de las costillas, pero hacer eso nos hubiera demandado demasiado tiempo. Los *maisuak* optaron entonces por aplicar resina en los puntos dañados. Era una resina amarilla y viscosa que no requería ser calentada con fuego. Se hacía maleable por exposición al sol y volvía a endurecerse al tomar contacto con el agua. El *maisu* que se había sumergido, trabajó reforzando el parche en la zona de las roturas. Cuando estas tareas fueron completadas, nos quedamos observando su efecto. La filtración parecía controlada. El agua dejó de inundarnos.

Celebramos con aplausos, realmente nos sentíamos aliviados.

Inmediatamente Ferinto dio indicaciones para regresar nuestros equipajes a sus ubicaciones y, con la colaboración de los compañeros, lo hicimos en poco tiempo. Volvimos a desplegar las velas y la flotilla retomó su rápido avance hacia el este.

Estábamos en condiciones de afrontar las grandes olas.

Comparado con las zozobras que habíamos vivido, el cruce de las grandes olas resultó sencillo. Se nos presentaron regulares, predecibles, fáciles de enfrentar. Y en menos de lo que hubiéramos previsto, notamos que decrecían hasta dejar de ser peligrosas.

Al atardecer volvimos a desdoblar las velas y, antes de la caída del sol, pudimos ver al frente una línea de tierra apareciendo en el horizonte.

El desconocido continente de Euriopa se presentaba al fin ante nuestros ojos.

El buen ánimo regresó a la flotilla, pese a que nos hallábamos extremadamente fatigados y hambrientos. Sonaron cuernos y tambores celebrando la satisfacción de estar cerca de la meta. Nos sentíamos felices por haber resistido todas las adversidades y porque en poco tiempo pondríamos nuestros pies en aquella tierra. Donde podríamos comer hasta saciarnos y dar el descanso necesario a nuestros debilitados físicos.

Aun contando con luna, existía el riesgo de chocar contra las rocas próximas a la costa. De modo que nos detuvimos a una distancia prudente del continente y montamos guardias esperando el amanecer.

Pese al cansancio, el hambre y la excitación nos impedían dormir. Pocos *harenkeak* saltaron durante la noche. Los recogimos y comimos con desesperación a medida que fueron cayendo sobre los canastos. Las gallinas habían puesto dos huevos, los que rompimos en un vaso y repartimos equitativamente, un sorbo para cada uno.

Al día siguiente nos aproximamos a la costa. Enfrentamos una larguísima muralla de rocas que caían verticales al mar, sin una sola playa a la vista. Las olas rompían con violencia contra los acantilados, lo que hacía sumamente peligroso acercarse a ellos.

Virando al sur, acompañamos la costa durante la mañana, hasta que el muro de rocas dio lugar a una extensa playa de arena blanca, con dunas y pequeños barrancos. La playa, cuyo extremo se perdía en el horizonte, miraba al suroeste. Navegamos buena parte de la tarde frente a ella, recorriéndola, hasta que encontramos la boca del gran río en una zona de dunas que mostraba escasa vegetación.

Los *maisuak* hicieron sonar el colmillo de elefante, esperando una respuesta que no llegó.

Penetramos por el río, e inmediatamente buscamos un lugar para desembarcar. Las cinco *txalupak* atracaron con suavidad en la arena y desde ellas saltamos a pisar por primera vez la tierra de Euriopa.

Treinta y seis expedicionarios sucios, desgreñados y famélicos, acometimos la tarea de capturar en la orilla pequeños peces y cangrejos, para devorarlos en el acto.

Tras un intervalo de duda sobre si los barcos seis y siete se hallaban en las proximidades, fue haciéndose evidente que habíamos llegado primeros al punto de encuentro. Habíamos ganado la carrera, pero Ferinto y Tinabuna, aunque se veían contentos, no se prestaron a festejarlo.

En cuanto calmamos el hambre, procedimos a amarrar las *txalupak* y a procurar leña para encender el fuego, porque empezaba a oscurecer.

Alrededor de la fogata tendimos las mantas y nos acostamos sobre ellas. Los *maisuak* se harían cargo de las guardias para permitirnos descansar.

Colmados de satisfacción, no nos costó dejarnos vencer por el sueño, en nuestra primera noche en el continente de Euriopa.

El sol estaba alto en el momento que desperté, extrañada por hallarme en tierra firme. Varios *hamazortzi* trabajaban descargando las *txalupak*, un grupo cocinaba en un caldero y otros pescaban con redes, sumergidos hasta la cintura.

Cerca del fuego, acepté de buen grado un plato de mejillones y me senté a comerlos disfrutando del paisaje.

El curso del río daba varios codos entre las dunas antes de llegar al mar. En sus orillas volaban o nadaban variedad de aves. Había flamencos, garzas de diversos colores y halcones que atrapaban peces con sus garras. Otras aves me resultaban desconocidas. Unas semejantes a gaviotas de largos picos, eran las más llamativas por su gran tamaño.

Tras desayunar, quise bañarme en el río. Txanona y Janequa vinieron conmigo. Más tarde enjuagamos ropas y las pusimos a secar. Los varones habían descargado los equipajes y herramientas de nuestra *txalupa* y maniobraban para colocarla panza arriba con el propósito de revisar las roturas.

Circulaban comentarios sobre los acontecimientos de los últimos días. En particular sobre la discusión entre *maisuak* que había concluido con la división de la flotilla. Sin señales de la llegada de los barcos seis y siete, la actitud tomada por Naga y sus seguidores era motivo de ironías, especulaciones y burlas.

En contrapartida, era notorio que el prestigio de Ferinto había crecido, por habernos conducido con acierto hasta el continente. Era saludado con palabras de reconocimiento y los chistes que se hacían sobre él, aludían a su capacidad de orientación. Varios *hamazortzi* lo rodeaban, haciéndole preguntas sobre su viaje del año anterior.

Quise acercarme a escuchar sus relatos.

Explicó que nos hallábamos a escasa media jornada de la entrada al Mar de Lubarnea, un pasaje estrecho entre los continentes de Libia y Euriopa, llamado Atlater, que en atlanteano significa "portal del mar". Dijo que no disponíamos de mucho conocimiento sobre el lugar donde habíamos desembarcado. La expedición anterior solamente había pasado dos noches en ese sitio y luego continuado hacia Atlater. Por lo que sabíamos de viajes anteriores, nos encontrábamos en la desembocadura de un río importante, con muchas ramas provenientes de las montañas de Euriopa. Que en sus riberas existían aldeas de pastores, siendo posible que en la cercanía de los afluentes de las montañas, vivieran hombres del hielo en sus cavernas.

- Qué nombre tiene este río ? - Se me ocurrió preguntarle.

Ferinto, sonriente, se encogió de hombros.

- El que queramos ponerle. Qué nombre te gusta, Itahisa ?

Imaginé algo relacionado con la difícil etapa del viaje que acabábamos de realizar.

- Yo le pondría "tramo completado".

Varias risas saludaron mi ocurrencia. No era un nombre bonito para un río, pero celebraba el final de la angustia de las jornadas recientes, e implícitamente, el haber triunfado en la carrera.

- Así lo llamaremos, entonces. - Sentenció Ferinto.

Rápidamente la denominación ganó adeptos. Fuimos habituándonos a llamar al río con la palabra atlanteana *tartessos*, que refiere a una etapa o distancia que ha sido completada.

La alegría fue deviniendo en preocupación al transcurrir la jornada sin noticias de los barcos seis y siete.

Por la tarde, los *maisuak* fueron a la playa a enterrar un mástil y colgaron de él la vela de una *txalupa*, la bandera atlanteana con la cruz y los tres círculos, a modo de indicación visual para los navegantes que aún no habían llegado.

Se proponían distintas explicaciones de la demora. La más aceptada era que una de las embarcaciones habría sufrido daños y por ello habían debido atracar en otro punto de la costa. Dependiendo de la gravedad, podía llevarles varios días arribar al sitio de encuentro pactado. Otros especulaban con que ellos habrían encontrado la boca de otro río y estarían allí esperándonos, tan seguros como nosotros de estar en el lugar correcto. Pero los *maisuak* descartaban enfáticamente esta posibilidad, porque sólo existía una desembocadura en esta parte de la costa de Euriopa.

Tinabuna nos convocó al atardecer, para proponer las actividades de los días siguientes. En cuanto llegaran los barcos seis y siete, los *maisuak* emprenderían el regreso a Islas Castigadas para dejar allí a Aremoga y regresar de inmediato. Solamente Tinabuna se quedaría con nosotros. Godereto, el náufrago del brazo quebrado, continuaría el viaje a Lubarnea. Mantendríamos el sitio donde estábamos, la boca del río Tartessos, como punto de encuentro. Pero no íbamos a desaprovechar quince días de la expedición. De modo que una vez que los barcos uno y siete se marcharan, los *hamazortzi* remontaríamos el río explorando sus ramales navegables, haciendo un relevamiento de los recursos que halláramos en sus riberas y, eventualmente, de los asentamientos humanos que pudieran existir.

Antes de que oscureciera, salimos en distintas direcciones a recoger leña. La cena fue pescado asado al fuego, un manjar para nuestros desacostumbrados estómagos.

Era una noche hermosa y nos sentíamos de ánimo para dar un paseo a la luz de la luna. Fuimos con Janequa, Guaire y Etxekide. Cruzamos unas dunas, accedimos a la playa y desplegamos las mantas sobre la arena.

Allí nos quedamos, contemplando las estrellas y comentando los sucesos de los últimos días. Pudimos reírnos de las dificultades que se habían suscitado en el viaje. Los varones nos pusieron al tanto sobre los avances en la reparación de la *txalupa*. Hablamos del proyecto de remontar el río Tartessos y de las expectativas de cada uno frente a posibles encuentros con los nativos de Euriopa.

Escudriñamos el mar en búsqueda de luces de los barcos demorados, pero nada se presentó. Vimos aparecer sobre el horizonte el resplandor espumoso de la estrella viajante, que parecía aun más grande que dos noches atrás. Disfrutamos del inusual espectáculo que daba aquella larga cola blanca, levemente curva, engalanando el cielo nocturno como una preciosa joya.

Los varones jugaron a provocarnos, en procura de un goce que no había sido posible desde previo a la tormenta. Ambas nos hallábamos en días fértiles, pero igualmente nos prodigamos para complacerlos.

La siguiente mañana pusimos a flotar la *txalupa*, como prueba de las reparaciones realizadas. Fuimos agregándole carga para verificar que el agua no ingresara por algún punto, hasta que nos dimos por conformes.

Cuando nos aprontábamos a regresarla a la arena, Tinabuna nos pidió que no lo hiciéramos, de modo que simplemente la amarramos con una soga a una gran piedra de la orilla, dejándola sometida a la suave corriente.

Los *maisuak* habían reconsiderado la situación.

Puesto que los barcos seis y siete podrían tardarse varios días, adelantaríamos la excursión. Cinco de los *maisuak* quedarían esperando por ellos y las cuatro *txalupak* de *hamazortzi* con Tinabuna, comenzaríamos a remontar el río esa misma tarde. En caso de que los barcos llegaran, Ferinto abordaría el barco siete para ir a buscarnos río arriba, mientras los restantes *maisuak* partirían hacia Islas Castigadas. Frente a cualquier contingencia, volveríamos a la boca del río como punto de encuentro.

Mientras hablábamos de estos criterios, fuimos interrumpidos por extraños sonidos que venían desde las dunas. Aunque se asemejaban a chillidos de pájaros, nos parecieron emitidos por personas. Corrimos a buscar su origen. Al alcanzar la cima de uno de los médanos, los vimos alejándose, asustados. Eran niños. Dos niños pastores que habían estado observándonos. A la distancia, no pudimos ver sus rostros, pero sí sus cabellos negros, ensortijados. Era un indicio de que nos hallábamos cerca de una aldea de pastores y de que ellos estaban en conocimiento de nuestra presencia.

Después de almorzar, volvimos a cargar las embarcaciones, nos despedimos de los *maisuak* e iniciamos la exploración del río Tartessos.

A poco de partir, traspasando uno de los muchos codos del río, encontramos la aldea.

Los pastores suspendieron sus actividades y se agolparon en la orilla a mirarnos, curiosos. Y nosotros a ellos.

Eran unos treinta, de distintas edades.

De armoniosos físicos pese a su baja estatura, piel blanca tostada por el sol y cabellos renegridos, los hombres me resultaron interesantes y las mujeres, hermosas. Vestían falda y *txaleko,* confeccionados toscamente con pieles de oveja. Los adultos nos vigilaban con respeto y los niños nos saludaban contentos, agitando sus brazos y profiriendo palabras incomprensibles.

Tinabuna ordenó mantenernos a distancia, mientras el barco en el que ella viajaba se acercaba a la orilla. Apenas el *moko* tocó la arena, la *Maisu* bajó y dio unos pasos hacia los pastores, que la observaban fascinados, temerosos.

Entonces ella extrajo un cuchillo de la funda que llevaba en la cintura y con exagerada parsimonia lo depositó en la arena. Hecho esto, caminó hacia atrás regresando a la *txalupa,* al tiempo que los niños se abalanzaban sobre el cuchillo a examinarlo.

Los pastores fueron pasándose el objeto, de unos a otros, admirados por el filo de la hoja de bronce que brillaba al sol. Tinabuna permaneció apoyada contra el barco, imponiendo con su silencio el de todos nosotros, que atendíamos expectantes la escena de nuestro primer encuentro con los nativos de Euriopa.

Ellos discutían, señalando al objeto de bronce y a los barcos. En un momento, uno de los adultos impuso su voz y dio unas indicaciones. Dos jóvenes fueron corriendo hasta detrás de las chozas y regresaron con un cordero. Procedieron a inmovilizarlo, anudando sus patas con sorprendente habilidad. Luego depositaron el animal en la orilla, a unos dos pasos de Tinabuna, quien se mantuvo indiferente, mirando hacia abajo.

El cordero balaba tratando de zafar de su incómoda prisión y los pastores aguardaban por un gesto que Tinabuna no otorgaba. Una pastora se dirigió a su choza, regresando con un canasto de frutas y semillas, que colocó al lado del cordero.

La *Maisu* continuó mirando el piso, impasible.

El hombre que parecía el mayor de la aldea volvió a dirigirse a los jóvenes, una chica y un chico que aparentaban ser hermanos. Ellos se marcharon y pasó un rato hasta que reaparecieron, trayendo consigo un pequeño cerdo. Hicieron lo mismo que antes, sujetando al lechón con sogas y ofreciéndolo, junto al cordero que chillaba y el canasto de nueces.

Tinabuna finalmente alzó su cabeza y sonrió complacida.

Cargó el canasto y se lo entregó a Atabar, luego la oveja, y por último el cerdo. Trepando a la *txalupa*, nos dio la consigna de tomar los remos para continuar remontando el río.

A unos pocos campos de distancia volvimos a desembarcar. Aunque restaba mucho para la puesta del sol, entendimos el motivo.

Hacía tiempo que no probábamos carnes rojas y deseábamos acometer los manjares que habían resultado del intercambio con la aldea de pastores. Recogimos leña y nos convocamos en torno al fuego, para gozar en anticipación de los deliciosos aromas de cordero y lechón, mientras se iban asando.

Teno acompañó el momento con los sonidos de su lira, soltando hilarantes versos alusivos.

> *Aquellos jóvenes*
>
> *de oscuro y brilloso cabello,*
>
> *de marrones ojos, destellantes*
>
> *de grises vestimentas,*
>
> *abrillantadas,*
>
> *ofrendaban animales*
>
> *al brillante bronce, de oscuro puño.*
>
> *Pero ella, en la orilla, no hablaba,*
>
> *callada, sin palabras,*
>
> *en silencio.*
>
> *Qué decía ?*
>
> *Nada.*

A mitad de la noche me despertaron unos movimientos. Tinabuna, en cuclillas, hablaba unas palabras al oído de Etxekide. No logré captar lo que estaban cuchicheando. Etxekide se levantó y fue tras ella.

No se veían preocupados. Desentendiéndome del asunto, me cubrí con la manta y volví a dormir.

Temprano en la madrugada nos aprestamos a retomar la exploración del río Tartessos.

Continuamos recorriendo codos, en un paisaje dominado por las dunas y las aves. Bellas garzas de varios colores y elegantes flamencos de color rosa ocupaban ambas márgenes del río.

A media mañana, enfrentamos una bifurcación. Dos grandes ramales del río confluían en el tramo final que llegaba al mar.

Nos detuvimos a establecer criterios.

Tinabuna propuso que los barcos tres y ocho remontaran una de las ramas, y los barcos cuatro y cinco, la otra. La intención era conocer la navegabilidad de cada afluente y buscar un sitio con recursos para servir de alojamiento por quince o veinte días, hasta que los *maisuak* regresaran de Islas Castigadas. En caso de encontrarnos con nativos, debíamos mantener distancia. Al cabo de dos jornadas, aunque el río permitiera continuar navegando, regresaríamos al punto de encuentro.

Distribuimos los sobrantes de cordero y nueces, producto del intercambio con los pastores y reiniciamos la navegación, un par de *txalupak* por cada rama del río.

Como no había viento y era un día caluroso, resolvimos remar a dos bancos contra la corriente, con la tercera pareja en turno de descanso.

Al mediodía, Janequa y yo dejamos los remos y fuimos relevados por Nira y Etxekide. Luego de compartir unas costillas de cordero, estuvimos observando el paisaje y cotejando dibujos sobre las curvas del río que habíamos recorrido.

El intenso calor nos invitaba a acostarnos bajo el toldo. No tardamos en dormirnos profundamente.

Al despertar, muchas cosas habían cambiado.

En primer lugar, el paisaje. Habíamos dejado atrás la zona de dunas y nos hallábamos en un valle de profusa vegetación. Flanqueaban las riberas numerosos árboles, cuyas ramas caían sobre la superficie del agua. A gran distancia se veía, imponente, una cadena de montañas.

Corría una brisa y la vela nos impulsaba lentamente, río arriba

El sol se hallaba a media altura, señal de que habíamos dormido más de lo razonable.

No captamos en principio por qué no habían ido a despertarnos. Cuando lo empezamos a vislumbrar, el enojo fue creciendo en nosotras. No era raro que los varones se encontraran de excelente humor. Pero que Nira derrochara simpatía, resultaba en extremo llamativo.

Pero no tuvimos ocasión de averiguar lo que había ocurrido entre ellos durante nuestra siesta, porque en cuanto salimos del toldo, quedamos atónitas.

Nuestra *txalupa* navegaba sola por el río. El barco cuatro no estaba a la vista.

Janequa y yo nos miramos desconcertadas. No comprendíamos la tranquilidad pasmosa de nuestros compañeros, cuando viajábamos solos por un río desconocido en un continente desconocido.

- Qué pasó con el barco cuatro ? - Preguntamos al unísono.

Nira lanzó una carcajada, que me sonó cínica. Los varones hicieron gestos de no poder dar una explicación.

- Los perdimos de vista. - Informó Etxekide, como si careciera de importancia.

- Cómo ! - Interpelamos, conteniendo la ira.

- Iban delante de nosotros, - complementó Guaire - pero no logramos alcanzarlos.

- Dejamos atrás otra bifurcación. - Esbozó Etxekide - Es posible que hayan seguido por la otra rama.

- Hicieron algo ? Hicieron sonar el cuerno ? - Inquirió Janequa, irritada.

- No. - Intervino Abian molesto por el tono de Janequa - Ellos iban adelante. Debían habernos esperado.

- Y por qué no nos despertaron para consultarnos ? - Estallé.

Etxekide me miró disgustado, encogiendo sus hombros.

- Qué podíamos hacer, Itahisa ? Volver ? Abandonar la exploración del río ? Tenemos una tarea que cumplir. Si resulta que el barco cuatro recorre una rama y nosotros otra, regresaremos pasado mañana con más información. No hay forma de perderse río abajo.

Aunque me sentía molesta, no pude discutir las razones de Etxekide. No se me ocurrió qué contraponer a lo que habían resuelto mientras dormíamos. Pero íntimamente tenía la certeza de que habernos alejado del barco cuatro, había sido un error. Una estúpida distracción provocada por Nira, con la complicidad de los varones. Estaba furiosa con ellos y lo mismo le ocurría a Janequa.

Ella fue a buscar entre los equipajes el colmillo de elefante. Sus redondas mejillas se hicieron más rojas que nunca cuando ensayó soplar por su extremo, para producir un sonido grave, profundo, pero sin la potencia suficiente. Nira se cubrió la cara con ambas manos para ocultar su risa ante el esfuerzo de Janequa.

Abian se compadeció y tomó el instrumento. Respiró hondamente antes de insuflar con toda su fuerza. El estruendo que emitió hizo volar a bandadas de pájaros y fue contestado por aullidos de animales en el bosque. Aguardamos largamente por una respuesta que nos dijera de la proximidad del barco cuatro. Pero ésta no llegó.

Nos fuimos resignando a continuar la exploración por nuestra cuenta. Habíamos perdido un barco en la tormenta. Dos se habían separado en medio del mar, luego de la discusión de los *maisuak*. Otro había quedado en la desembocadura, esperando su llegada. Y los restantes tres, navegaban por otras ramas del río, lejos del alcance de nuestro llamado.

El resto de la jornada continuamos remontando el afluente, aproximándonos a la cadena de montañas. Avanzado el crepúsculo nos detuvimos, sin atracar en la orilla. Sujetamos la *txalupa* a la rama de un gran árbol para pasar allí la noche.

La luna, casi llena, mostraba su contorno difuso en un halo amarillento. A medianoche vimos el resplandor de la estrella viajante, iluminando el firmamento hacia el norte.

Al amanecer, el cielo se había cubierto de nubarrones grises. El viento era escaso, pero suficiente para empujar la vela, lentamente, corriente arriba. Janequa y yo pudimos manejar la *txalupa,* agregando trazos al mapa mientras avanzábamos, en tanto nuestros compañeros seguían durmiendo.

A ambos lados del valle, las montañas se veían cada vez mayores. El río serpenteaba entre zonas más o menos pobladas de árboles. En sus orillas avistamos nutrias de pelaje rojizo y pecho blanco, que nadaban con agilidad. A la distancia vimos correr ciervos y cerdos salvajes. Más tarde, pasamos por un bosque en el que abundaban los ciruelos.

Fuimos anotando, minuciosamente, nuestras observaciones.

El viento empezó a arreciar cerca del mediodía, acompañado de lluvia. Entre los seis, nos ingeniamos para continuar navegando pese a lo adverso del clima, procurando completar el relevamiento, antes de que terminara la jornada.

Nuestro empeño se vio recompensado cuando, repentinamente, nos encontramos en un extenso remanso del río. Un lago en medio de las montañas.

Nos detuvimos a apreciar el lugar, que se veía hermoso, a pesar del mal tiempo. En las orillas del lago, los patos resistían la lluvia, inconmovibles.

De pronto, algo apareció de entre los pastizales.

Lo vimos moverse rápidamente y zambullirse, permaneciendo un momento oculto a nuestra vista. Al incorporarse, quedamos impresionados de su aspecto.

Era, o al menos parecía, un hombre. Al descubrir la *txalupa,* se detuvo a mirarnos, de modo intimidante. De complexión robusta y de baja estatura, sus ojos eran de un color gris azulado y su ancha nariz ocupaba buena parte de la cara. La melena rojiza le caía, desordenada, en sus hombros. Usaba una piel de oveja como única vestimenta. Sus brazos y piernas estaban llamativamente cubiertos de pelos cobrizos, como la nutria que acababa de cazar con su rústico arpón de madera.

Pero nuestro asombro fue en aumento cuando lo vimos recoger su presa. Había atravesado la nutria con su lanza y procedió a cargarla, sangrante, sobre sus hombros. Entonces nos dimos cuenta que no era un hombre. Alcanzamos a notar sus pechos, una de las escasas partes del cuerpo que no cubrían sus pelos.

Aquello que estaba delante de nosotros era una mujer. Una mujer del hielo.

Ella nos dio la espalda y se internó, raudamente, en la vegetación. Tras un momento, pudimos expresar nuestras reacciones.

- Vieron esas piernas peludas ? - Dijo Abian, reponiéndose de la impresión.

- Tenía pelos hasta en la cara. Parecía más un mono que una persona. - Anotó Guaire.

- Realmente, desagradable. - Calificó Janequa con cautela.

- Francamente repulsiva. - Ratificó Nira.

- Debemos seguirla. - Afirmó Etxekide con determinación.

- Qué ? - Preguntamos varios.

- Debemos seguirla. - Repitió - Llevará su presa hasta la caverna donde está su gente.

- Etxekide, no te parece arriesgado ? - Nira usó su tono más edulcorado, disimulando su pavor.

- No. La seguiremos a distancia. No vamos a acercarnos. Pero debemos averiguar cuántos hombres del hielo forman su grupo y dónde se encuentran sus cavernas.

Busqué la mirada de Etxekide para cerciorarme de que hablaba en serio. La perspectiva de internarnos bajo lluvia en un bosque desconocido, con riesgo de enfrentar a una banda de hombres del hielo, no se encontraba dentro de mis previsiones.

Janequa, Nira y yo discutimos la propuesta, tratando de hacerle desistir de su propósito. Pero él insistió en que debíamos obtener la información sobre el lugar donde vivían los nativos. Abian y Guaire no participaron de la controversia, pero se mostraban proclives a seguirlo.

Como no llegábamos a un acuerdo, Etxekide me llevó aparte y me dijo en voz baja.

- Itahisa, esto es importante, tienes que confiar en mí, por favor.

Lo escuché con fastidio. No me hallaba de ánimo para otorgar otra decisión que pudiera ponernos en peligro. Pero algo en su mirada me provocó la duda.

- Hay algo que yo no sé, verdad ? - Pregunté finalmente.

Mi compañero asintió.

- Luego podré explicártelo, Itahisa. Ahora no es posible.

Janequa y Nira me observaban con preocupación, deseando que Etxekide no lograra persuadirme. Él aguardaba mi resolución, expectante.

No obstante, se veía dispuesto a seguir su propósito, aun contra mi voluntad. La idea de quedarnos las tres solas me resultaba aun más arriesgada que la de acompañar a los varones en la descabellada persecución. Mordí mis labios evaluando las opciones, antes de tomar mi decisión.

- Está bien, Etxekide. Iré contigo.

Abian y Guaire no dieron lugar a las protestas de sus compañeras. Les propusieron seguirnos, o esperar hasta nuestro regreso. Y ellas, a desgano, terminaron accediendo. Amarramos la *txalupa* a un árbol y desembarcamos. Buscamos el rastro de gotas de sangre y, siguiéndolo, nos internamos en el bosque.

Avanzamos un rato por terrenos cada vez más pedregosos, escalando la ladera de la montaña. Ya no llovía, pero continuaba el viento y no teníamos abrigos. Nuestras ropas estaban mojadas y pese al esfuerzo de subir la pendiente, empezábamos a sentir frío.

Aunque las marcas de sangre fueron haciéndose más difíciles de hallar, podía adivinarse un sendero que trepaba la montaña. Caminábamos en fila, señalando las gotas rojas en el piso, sin emitir una palabra, atentos a cualquier sonido o movimiento a nuestro alrededor.

Cuando Etxekide levantó su mano nos detuvimos. Con sigilo, nos agachamos detrás de unas rocas. A unos diez campos de distancia alcanzaba a verse una columna de humo, señal de la presencia de los hombres del hielo.

Amparados por el viento que soplaba en dirección contraria, fuimos acercándonos cautelosos hacia el origen del humo, buscando siempre la siguiente roca donde ocultarnos.

Finalmente, desde un promontorio pudimos divisar el fuego, próximo a una pared rocosa, a unos cuatro campos de distancia. Permanecimos inmóviles, observando la situación. Contamos ocho de aquellos hombres o mujeres peludos, vestidos con pieles. Dos de ellos parecían estar moliendo semillas con unas piedras. Por momentos nos llegaba el sonido de los golpes que producían. También había perros, o lobos, de pelaje gris claro.

Desde nuestro punto, no alcanzábamos a ver la entrada de una caverna. Pero los desplazamientos parecían indicar que se hallaba del otro lado de la roca. De allí traían objetos y los depositaban en el piso, a unos pasos de la hoguera.

Nira protestaba en voz baja, demandando regresar al lago. Sabiendo ya el lugar donde se asentaban los hombres del hielo, no hallaba razón para quedarnos allí, empapados y sufriendo de frío. Janequa y yo procuramos establecer un plazo razonable para volver a la *txalupa*, teniendo en cuenta que pronto iría a oscurecer. Pero los varones no aceptaron nuestros reclamos y nos pidieron silencio.

Cerca del fuego, algo estaba ocurriendo. Los hombres trasladaban bultos y los cargaban sobre sus hombros. Agitaban sus brazos como indicándose instrucciones. En el momento que se agruparon, notamos que eran más de los que habíamos contado. Serían unos doce. Todos empuñaban bastones o lanzas, y cargaban una bolsa como joroba sobre la espalda. Parecían aprontarse para realizar una marcha, y empezamos a temer que nos hubieran descubierto y vinieran por nosotros.

- Vámonos, por favor. - Rogó Nira.

- Tranquila, Nira. - Solicitó Etxekide, denotando exasperación.

- Cuánta ventaja podemos darles en una carrera ? - Bromeó Guaire.

- Nunca podrían alcanzarnos. - Afirmó Abian, tratando de mostrarse confiado.

- Ellos no. Pero los lobos sí. - Replicó Janequa.

- Pueden callarse, por favor ! - Rezongó Etxekide.

Le hicimos caso, aun conscientes de que lo apuntado por Janequa era incontrastable. Si bien portábamos cuchillos en la cintura, enfrentar una manada de lobos no formaba parte de las habilidades en las que habíamos sido entrenados.

Nuestros temores se disiparon de inmediato. El grupo de hombres del hielo efectivamente emprendió la marcha, pero en dirección contraria, alejándose de nuestro punto de observación. Los lobos fueron tras ellos. Respiramos aliviados.

La columna de hombres se dirigió al norte, hasta desaparecer del alcance de nuestra vista.

Nira y Janequa se incorporaron, dando por un hecho de que la misión había terminado, pero era notorio que Etxekide tenía otras intenciones.

La expresión de su cara mostraba entusiasmo.

- Vamos a explorar la caverna. - Anunció.

Nira lo miró horrorizada.

- No. No vamos a hacer eso. - Discutió ella, enfatizando el "vamos".

- Cómo sabes que no quedó gente ? - Apuntó Janequa, nerviosa.

- No lo sé. Pero me parece raro que hayan abandonado el fuego.

- Voy contigo. - Declaró Abian, resuelto.

- Adelántense ustedes dos, - propuso Guaire - y si está despejado, nos lo hacen saber.

Etxekide y Abian cruzaron miradas, conformes con lo que Guaire había sugerido. Con andar prudente fueron aproximándose al fuego, que empezaba a apagarse.

Cuando estuvieron a unos treinta pasos, los vimos intercambiar palabras, recoger una rama y ocultarse. Abian lanzó el palo hacia donde supuestamente estaba la entrada de la caverna. Nada ocurrió. Entonces continuaron avanzando hasta el lugar donde los hombres se habían congregado. Allí inspeccionaron los restos del fogón y más tarde, desaparecieron detrás de la pared de rocas.

Pasó un tiempo antes de que volvieran a verse. Hicieron señas para que fuéramos con ellos.

Tal como Etxekide había previsto, la cueva se encontraba deshabitada.

La boca de la caverna se enmarcaba en una pequeña gruta de unos tres pasos de altura, que servía como patio delantero, a cubierto de la lluvia. Abian y Etxekide nos esperaron allí, usando unos cráneos de cerdo como asientos.

Antes de entrar, Etxekide nos hizo dos recomendaciones. Que fuéramos cuidadosos porque el piso estaba resbaladizo y que observáramos bien los objetos que los hombres del hielo habían dejado.

Pero no nos advirtió del olor nauseabundo que nos golpeó al entrar. Una mezcla pestilente de hedores animales, orines y tufos rancios de insospechable origen. Nira dio un paso y retrocedió con espanto, agitando los brazos y controlando sus arcadas. Cuando pudo hablar, lo hizo para negarse terminantemente a entrar.

- Te acostumbrarás, Nira. Es sólo un momento. - Intentó persuadirla Etxekide.

- Vayan ustedes. - Dijo ella con firmeza, intentando quitarse la repugnancia de la boca.

Nuestros ojos se habituaron a la penumbra de la caverna antes que nuestras narices al aire fétido que en ella reinaba. La entrada daba a una gran sala, de unos diez pasos de ancho y cinco de altura. Del techo salían extrañas agujas de piedra blanca, como mármol, con vetas azules. En el piso había gran cantidad de huesos de distintos animales, trozos de carbón y mucho barro. Por una de las paredes caía una lámina de agua, alterando con un murmullo constante el cerrado silencio de la cueva.

En un rincón pudimos ver un hueco que comunicaba con una galería ascendente. De a uno trepamos por ella, accediendo a una segunda cámara, más pequeña que la anterior, en la que el olor era menos repugnante. Tendría un ancho de cinco pasos y tres de alto. Por algún punto entraba algo de luz, lo que permitía apreciar las curiosas formaciones cónicas de mármol que colgaban del techo. Algunos jirones de piel de oveja en el piso denunciaban que esa habitación había sido utilizada como dormitorio.

Volvimos a descender la galería y Etxekide nos guió hasta un extremo oscuro de la sala principal, en el que podía adivinarse un agujero en la piedra, como un pozo. Tomando uno de los huesos del piso, lo dejó caer. Un instante más tarde oímos el inequívoco sonido del hueso al chocar con agua. De lo que podía deducirse que unos diez pasos más abajo había un lago, o al menos un charco. Como yo conocía los cenotes de Bosteko, no me sorprendió que la parte inferior de la caverna estuviera inundada.

Etxekide dio por terminada la exploración y se lo agradecimos sin palabras. Deseábamos volver a respirar aire limpio.

Nos reunimos nuevamente en el patio de la entrada, donde había quedado Nira, esperándonos.

Etxekide habló con aires de profesor. Se veía contento.

- Pues bien. Qué conclusiones sacáis, chicos, de lo que habéis visto en esta caverna ?

- Yo, *Maisu*. - Le seguí el juego, burlona, levantando mi mano para hablar.

- Te escuchamos, Itahisa. - Dijo él, risueño.

- Se han ido. - Afirmé escuetamente.

Etxekide se mostró complacido de que yo hubiera llegado a la misma conclusión que él. Nira me miró sorprendida, asumiendo que yo estaba informando algo obvio.

- Se han ido, - complementé - y no volverán. Al menos por unos cuantos días.

- Cómo sabes eso ? - Intervino Janequa.

- Es simple. No han dejado algo de valor para ellos. No hay comida, no hay herramientas, no hay pieles. No se tomarían la molestia de llevarlas consigo si pensaran regresar en pocos días.

- Es cierto, pero eso no significa forzosamente que no vayan a regresar. - Apuntó Guaire.

- Tengo entendido que los hombres del hielo son nómadas. No viven todo el año en el mismo lugar. En el *uda* se marchan al norte, donde hace menos calor, como las golondrinas o las ballenas, pero al revés. - Disertó Etxekide.

- De acuerdo. Pero insisto en que eso no impide que por algún motivo se les ocurra volver. O bien, que otro grupo de ellos resuelva tomar esta caverna, de paso hacia el norte, mañana o pasado. - Discutió Guaire.

Nira escuchaba el intercambio perpleja, con creciente preocupación en sus ojos.

- De qué están hablando, chicos ? Entiendo mal o se les ha ocurrido la loca idea de que nos instalemos en esta asquerosa cueva ?

Etxekide contuvo la risa. Luego procedió a darnos la explicación que venía postergando.

- Como saben, tendremos que esperar quince o veinte días hasta que los *maisuak* regresen de Islas Castigadas. Hablé con Tinabuna antes de ayer y ella me recomendó que intentáramos localizar las cavernas en estas montañas. Ella tenía la idea ...

- Tinabuna habló sólo contigo ? - Interrumpió Janequa, extrañada.

- No. Lo hizo con uno de cada *txalupa*. - Informó Etxekide, quitándole importancia.

- Y por qué contigo ? Digo, si es que hubo una razón, y se puede saber.

- Supongo que porque eligió en cada barco a un *Maisu* en Astronomía.

Janequa no pareció conforme con la respuesta de Etxekide, pero le permitió continuar.

- Tinabuna tenía la idea de que los hombres del hielo estarían abandonando sus cavernas para marcharse a lugares más fríos. Hemos tenido una enorme suerte de llegar acá en el momento exacto para verlos partir. Mañana regresaremos al punto de encuentro y compartiremos este gran descubrimiento con los demás *hamazortzi*, aunque es probable que ellos también hayan hecho lo propio. Tendremos entonces que evaluar cuál es el mejor lugar para quedarnos.

- No entiendo. - Discutió Nira con enojo - Por qué Tinabuna quiere que vayamos a una inmunda caverna ? No somos hombres del hielo. Por qué no podemos construir unas chozas como las de los pastores ?

- Tinabuna podrá darte las razones. - Respondió Etxekide con sequedad.

- No creo que sea posible construir una choza en tan poco tiempo. - Agregó Guaire.

- No les parece que deberíamos volver a la *txalupa* ? Va a oscurecer, hace frío y tengo mucha hambre. - Sugirió Janequa.

Felizmente, los varones estuvieron de acuerdo.

Iniciamos el regreso hacia el lago a paso firme, porque el sol se estaba ocultando, invisible, tras las nubes.

Cuando estábamos llegando, Abian, que iba adelante, quedó rígido un instante y empezó a correr. Los demás nos detuvimos sin poder creer lo que estábamos viendo.

La *txalupa* había encallado en los pastizales y se hallaba escorada sobre uno de sus lados. El agua había inundado bultos y equipajes. Un remo flotaba a unos veinte pasos de distancia. Dos nutrias huyeron al advertirnos. Habían devorado los restos del cordero asado, que guardábamos para la cena.

Pero lo más grave era que el costillar estaba dañado. El viento había movido el barco, haciéndolo chocar contra una roca de la orilla, que no habíamos tenido en cuenta en el momento de amarrarlo.

Examinamos la rotura consternados. Era impensable que la *txalupa* volviera a flotar al día siguiente. Nos demandaría al menos una jornada repararla.

Para colmo, volvía a llover y la noche avanzaba rápidamente sobre nuestras cabezas.

Guaire tenía esa habilidad para tomar livianamente hasta la mayor adversidad.

- Amigos, tenemos un problema. - Anunció, como si no fuera obvio.

- Sólo uno ? - Interpeló Janequa.

- Por lo menos tres. - Enumeró Nira - No tenemos barco, no tenemos comida y no tenemos abrigo.

- Yo agregaría, - complementó Etxekide abatido - que no podremos llegar al punto de reunión mañana de noche, como estaba previsto.

- Pasado mañana saldrán a buscarnos. - Conjeturé.

- Habría que montar un toldo, para pasar la noche. - Sugirió Abian, haciendo el gesto de recibir la lluvia en su mano abierta.

- Creo que antes deberíamos vaciar la *txalupa*. Sería terrible que durante la noche la corriente arrastrara alguno de los equipajes.

- Es cierto, Itahisa. - Aceptó el gigante, disponiéndose a iniciar la tarea.

Janequa tenía una preocupación más inmediata.

- Alto ! Qué vamos a comer ?

- Nada que haya que cocinar. - Acotó Guaire - Será difícil hacer fuego con todas las ramas mojadas.

- Tenemos algunas nueces. Y creo haber visto ciruelos en el bosque. - Reflexionó Etxekide sin mucho convencimiento.

- Podemos cazar una nutria. Ya aprendimos cómo se hace. - Bromeó Guaire.

- Está bien, chicos, vamos a organizarnos. - Protestó Nira.

- Janequa y Guaire, procuren algo de comer. Y los demás descargamos. Les parece ?

A la luz de las lámparas y bajo lluvia pertinaz, trabajamos hasta avanzada la noche, trasladando bultos, herramientas y equipajes a un punto cercano del bosque, en el que montamos un toldo a dos aguas, como lo habíamos hecho en la Isla de las Flores.

La jornada siguiente fue agotadora.

En la mañana pudimos llevar la *txalupa* a tierra y colocarla panza arriba para proceder a repararla.

Por la tarde, adosamos dos costillas y tensamos sobre ellas uno de los cueros de repuesto. Luego cosimos el parche, aplicando aceite en las costuras.

Pese a que continuaba lloviendo, logramos hacer fuego y cocinar los pescados que habíamos capturado con las redes.

Restaba poco para el atardecer cuando estuvimos en condiciones de volver a botar la *txalupa*, pero resolvimos no hacerlo. No tenía sentido probar la capacidad de flotación y volver a trasladar los equipajes, si no podríamos navegar por la noche.

El tiempo continuaba empeorando. Las ráfagas sacudían los árboles y amenazaban volar el toldo que apenas nos protegía de la insoportable lluvia.

- Qué haremos mañana, si la tormenta sigue ? - Preguntó Janequa, interpretando lo que todos estábamos pensando.

Nadie contestó. Miré a Etxekide, que jugaba a dibujar con un dedo en el barro. Algo en su comportamiento me resultaba incomprensible. Parecía abrumado por sus pensamientos.

- Etxekide.

Él fingió despreocupación.

- Sí ?

- Hay algo que debemos saber, verdad ?

Todos me miraron intrigados, excepto Etxekide, que continuaba jugando con el barro.

- Etxekide.

Él suspiró. La tensión se notaba en su rostro.

- Puedes decirnos lo que estás pensando ? - Insistí.

Tras otro largo silencio, él se animó a decir.

- Es posible ... que no vengan a buscarnos.

- Claro. - Interpretó Nira - Crees que nos esperarán en la boca del río ?

- No.

- Qué estás queriendo decir con eso ?

Etxekide hundió sus dedos en el barro, buscando las palabras.

- Es posible que no vengan a buscarnos y también es posible, - hizo una pausa - que no los encontremos ... si es que logramos bajar por el río mañana.

- Cómo ? - Preguntamos varios.

- La noche que hicimos el asado, luego del intercambio con los pastores, Tinabuna vino a despertarme antes de la madrugada. Tuvimos una reunión.

- Ya nos dijiste que fijaron la consigna de hallar las cavernas. - Trató de ayudarlo Guaire.

- Sí.

- Continúa Etxekide, por favor. - Lo presioné con mi voz más dulce.

- No les dije que se establecieron plazos.

- Plazos ?

- Sí. Nos propusimos ocupar las cavernas en cinco días. Dos de exploración, uno de reunión, y dos más para regresar e instalarnos. En este momento estaríamos resolviendo en cuáles sitios alojarnos. Entonces, suponiendo que los barcos tres, cuatro y ocho se hallan ahora en el punto de encuentro, no podemos saber si ellos vendrán por nosotros o asumirán que hemos encontrado un lugar seguro. En tal caso, partirán mañana hacia otras caverna y es improbable que los encontremos descendiendo el río.

Cruzamos miradas, mientras procesábamos la información que Etxekide finalmente se había decidido a darnos.

- Por qué no nos dijiste esto antes ? - Protestó Nira.

- Porque en cualquier caso, primero debíamos reparar la *txalupa*. De no haber tormenta, estaríamos navegando río abajo y podríamos llegar al mar antes del amanecer.

- Pero, aunque los *hamazortzi* hayan partido, allí estará el barco de los *maisuak*. - Observó Nira

- Sí, o no. - Respondió Etxekide, lacónico.

Algunas cosas empezaban a cerrar, pero me faltaban datos.

- Cuál es la razón de que los plazos sean tan estrictos ?

Los ojos de Etxekide se fijaron en mí, implorantes. Era notorio que había algo más, que no quería decirnos. Traté de ser más persuasiva.

- Mi amor, sea lo que sea, debemos compartir la decisión. Necesitamos que nos expliques.

- Es que ... quizás les parezca ... ridículo. - Balbuceó.

- Déjanos juzgarlo. - Demandé con firmeza.

Él volvió a suspirar, antes de explayarse.

- Tinabuna convocó a los cuatro *hamazortzi* que somos *Maisuak* en Astronomía aquella noche. Ella nos pidió opinión sobre el estado de la estrella viajante. Estuvimos observándola e intercambiando predicciones.

- Predicciones ?

- Sí. Aunque no todos estábamos de acuerdo, la mayoría pensábamos que existe una posibilidad de que se produzca alguna ... perturbación.

- Qué clase de ... perturbación ?

- Es algo que puede o no ocurrir. De modo que acordamos no generar alarma.

- Entiendo eso, Etxekide. Puedes ser más explícito, por favor ?

- La estrella ha venido creciendo rápidamente. No la podemos ver ahora. Pero si estuviera despejado, sería un espectáculo increíble, imponente. Créanme que sería ... terrible.

- Entonces ? Qué perturbaciones podrían darse ?

- No lo sé, Itahisa. Quizás tormentas, frío, calor, vientos, incendios. No lo sé.

- Si hay algo que me da miedo, es que una estrella caiga sobre mi cabeza. - Intentó bromear Guaire.

Etxekide no celebró el chiste. Realmente se veía angustiado.

Traté de poner en limpio la situación.

- El criterio que acordaron con Tinabuna fue que en cinco días todos estaríamos refugiados en las cavernas.

- Sí.

- Ya pasaron tres.

- Sí.

- Tenemos que resolver, entonces, qué haremos mañana. Descender el río hasta el punto de encuentro, con el riesgo de que nadie nos esté esperando allí, o ...

- O renunciar a hacerlo y acondicionar la caverna para hacerla habitable. - Completó Etxekide.

- No ! - Desaprobó Nira.

- Y si ellos resuelven venir a buscarnos ?

Etxekide ya había pensado en la objeción que planteaba Janequa.

- Dejaremos la *txalupa* así como está, a la vista. Y marcaremos de algún modo el camino para que nos encuentren. O bien, nos comunicaremos usando los colmillos de elefante.

- No ! - Volvió a quejarse Nira.

- Es esa tu opinión, Etxekide ? Piensas que no es conveniente descender el río mañana ?

Él levantó los brazos y tejiendo los dedos de sus manos, las apoyó en su cabeza, antes de hablar.

- Creo que es mejor idea quedarnos aquí, Itahisa.

Busqué las miradas de los demás. Guaire se encogió de hombros, otorgando. Janequa me ofreció un breve gesto de asentimiento. Abian miraba a Nira, quien continuaba negando con la cabeza. Sin dar ocasión a discutirlo levanté mi mano, votando mi respaldo a la recomendación de Etxekide. Con gran satisfacción, vi que Abian también la acompañaba.

- Está decidido, entonces. - Sentencié, gozando de la perplejidad de Nira.

- Mañana comenzaremos nuestra nueva vida como trogloditas. - Anunció Guaire, imitando la encorvada postura de los hombres del hielo.

Su actuación fue tan convincente que logró hacernos reír.

Afortunadamente, al día siguiente, el viento y la lluvia, aunque no cesaron, nos ofrecieron una tregua.

Esto nos permitió trasladar bultos, equipajes y herramientas hasta la entrada de la caverna, lo que nos insumió toda la mañana. La distancia del lago hasta la cueva era de unos treinta campos y debimos realizar varios viajes.

Dejamos la *txalupa* invertida sobre unos troncos y colgamos la vela que habíamos usado de toldo, fuertemente sujeta por sus cuatro esquinas a los árboles de la ribera, de modo que resultara ineludible a quien accediera al lago.

Cargando el pesado colmillo de elefante, así como algunas tablas, la jaula de las gallinas, un canasto de pescados y otro de ciruelas, hicimos por última vez el recorrido a la montaña, cerca del mediodía.

Luego de almorzar, nos esforzamos en limpiar pisos y paredes, y más tarde quemamos cortezas, para atenuar la pestilencia dentro de las dos cámaras de la cueva.

Mientras lo hacíamos, toleramos que Nira se resistiera a ingresar, brindando su modesta colaboración desde el exterior. Varias veces la invitamos a entrar, pero ella continuó negándose.

Llevamos mantas y ropas a la cámara superior, donde el olor era menos penetrante. En la principal, construimos algo parecido a una mesa y colocamos unos estantes. Con los remos apoyados sobre la pared, inventamos un modo de recoger agua dentro de un ánfora. Utilizando cuerdas, hicimos descender una lámpara por el agujero en la roca, sólo para verificar que debajo nuestro había una cueva que parecía aun mayor, cuyo lecho se hallaba totalmente inundado.

Al anochecer, estábamos exhaustos, pero satisfechos.

Cuando nos aprontábamos a preparar la cena, oímos un alarido de Nira desde el patio y la vimos entrar corriendo, el espanto visible en su rostro.

Señalando hacia afuera, nos pudo decir.

- Hay ... algo !

Los varones corrieron a recoger cuchillos y arpones y se acercaron cautelosamente a la salida. Tras un instante, empezaron a reírse a carcajadas.

- Son cabras, Nira. No parecen muy peligrosas. - Informó Guaire cuando pudo contenerse.

No logramos dormir cómodamente en nuestro nuevo dormitorio. El piso extremadamente duro, el murmullo monótono del agua, el aleteo de los murciélagos y los ruidos desconocidos que nos llegaban del exterior, nos mantuvieron alertas buena parte de la noche.

Poco antes de la madrugada, noté que Abian se levantaba y desaparecía por la galería. De inmediato lo vi regresar, lámpara en mano, con expresión de desconcierto.

- Qué ocurre, Abian ? - Pregunté en voz baja.

- Las cabras. - Fue su respuesta.

- Qué pasa con las cabras ?

- Están abajo, una docena de ellas.

Me resultó gracioso que el gigante estuviera preocupado por unas cabras.

- Ya se irán mañana. Tranquilo.

Traté de hallar una posición cómoda para retomar el sueño.

Me despertó un barullo de balidos y gritos que provenían de abajo. Guaire dormía a mi lado. Al descender por la galería, me encontré con una escena insólita, disparatada.

Abian y Janequa intentaban arrear las cabras fuera de la caverna, amenazándolas con los arpones, mientras Nira las llamaba ofreciéndoles pasto desde la entrada, pero los animales se resistían a abandonar el rincón oscuro donde se habían agrupado.

Etxekide, indiferente, preparaba el desayuno. Riéndome de su actitud, le pregunté.

- Por qué no los ayudas, mi amor ?

- Buen día, preciosa. Quieres leche de cabra recién ordeñada ?

- Claro.

- No voy a ayudar, porque es una tarea inútil.

- Cuál ?

- Desalojar las cabras. Es imposible. No quieren irse.

- Ellas te lo han dicho ?

Etxekide hizo una mueca cómica.

- Lo están diciendo, no las escuchas ?

- Ahora que lo dices, creo que sí. - Le seguí el juego.

- Ellas están acá por el mismo motivo que nosotros.

- Cuál es ese motivo, Etxekide, si es que se puede saber ?

Mi compañero me ofreció una jarra de leche, acercó una bandeja con ciruelas cortadas y tomó asiento sobre el tablón que cumplía funciones de mesa, a observar, divertido, los frustrados intentos de Abian y Janequa.

Tras una larga pausa, dijo finalmente.

- La razón más poderosa que puede existir, Itahisa. El miedo a la muerte.

No fui capaz de entender su respuesta hasta dos días más tarde.

INTERLUDIO SEIS - SIETE

Fuego sutil dentro mi cuerpo todo

Presto discurre; los inciertos ojos

Vagan sin rumbo; los oídos hacen

    ronco zumbido.

Cúbrome toda de sudor helado;

Pálida quedo cual marchita hierba;

Y ya sin fuerzas, sin aliento, inerte,

    Muerta parezco.

Safo, Poetisa Griega, Efectos del Amor, Lesbos, circa 600 a. de C.

PARTE SIETE,
DESASTRE
PRIMER MOVIMIENTO,
SEQUÍA

Día Previo

Janequa y Abian terminaron resignándose a que las cabras estaban allí para quedarse y suspendieron los intentos de desalojarlas. No así Nira, a quien le resultaba detestable la perspectiva de convivir con los animales soportando sus ruidos y olores. Ella intentó persuadirnos de usar sogas para llevarlas por la fuerza hacia fuera de la caverna, pero desestimamos su idea, asumiendo que las cabras regresarían en cuanto las desatáramos.

Etxekide tenía previsto utilizar las sogas con otro propósito. Trabajó durante la mañana cortando ramas para producir unos veinte palos de igual tamaño, los que fue anudando a intervalos. Fabricó así una escalera de veinte escalones, que lanzó por el agujero hacia la cámara inferior de la caverna, sujetando un extremo a las rocas de la cámara principal, cerca del lugar de las cabras. Atamos una lámpara a otra soga y la fuimos bajando, en tanto Etxekide descendía los escalones.

Lo vimos aproximarse al fondo inundado y medir con sus pies la profundidad del agua. Apenas le llegaba a las rodillas. Nos hizo señas de que bajáramos y lo fuimos haciendo de a uno, con excepción de Nira, que se hallaba ofuscada en el patio exterior, y de Janequa, quien permaneció en la boca del pozo para asistirnos en cualquier necesidad.

La cámara inferior era más grande de lo que habíamos imaginado. En su largo tenía unos veinte pasos y en su contorno se distinguían grutas más pequeñas. A la luz de las lámparas los techos lucían bellísimos, en tonos grises y blancos con vetas azules. La transparencia del agua permitía ver huesos de animales diseminados en el lecho rocoso. Caminamos de un extremo a otro sin encontrar galerías que comunicaran a otras cámaras, ni siquiera un punto donde el agua pudiera escurrirse. En pocos rincones de la cueva era posible estar sin tener los pies sumergidos, lo que explicaba que los hombres del hielo no la hubieran ocupado. Incontables murciélagos parecían ser sus exclusivos habitantes.

Antes del mediodía hicimos otra exploración, esta vez hacia el extremo superior de la caverna.

A la cámara que usábamos de dormitorio llegaba tenue la luz del día, proveniente de un hueco en un rincón del techo. Para acceder allí utilizamos a Abian como escalera. Parándose en sus hombros, Guaire logró trabar las rodillas en el contorno del hueco y anunció que sería posible ascender, apoyando manos y pies en las paredes. Con una soga enrollada a la cintura, lo vimos iniciar trabajosamente el ascenso y desaparecer. Transcurrió bastante tiempo hasta que el extremo de la cuerda cayó sobre nuestras cabezas, señal de que Guaire nos invitaba a seguirlo.

Agachándose, Abian colocó su cabeza entre mis piernas y me elevó como si fuera una niña. Aferrándome de la soga, puse mis pies en sus hombros y pude introducir cabeza y brazos en el hueco. Me impulsé para trepar por él, raspándome los codos en la maniobra. La galería ascendía casi verticalmente. La forma de subir era apoyando la espalda en la pared, dando pequeños pasos en las rugosidades, ayudándome con la cuerda. Así fui escalando mientras el pasillo se iba haciendo cada vez más estrecho. Era improbable que Abian y Janequa pudieran transitar aquella galería.

Cuando hube trepado unos veinte pasos, el ascenso fue haciéndose menos empinado y me fue posible gatear. Escuchaba las palabras de Guaire, animándome a seguir. Continué arrastrándome por el angosto pasadizo cada vez más iluminado, hasta que, doblando un codo, vi la silueta de Guaire recortada contra el cielo nublado.

Reptando los últimos pasos, estuve junto a él.

Nos hallábamos en un risco en lo alto de la montaña. Un minúsculo balcón con vista al valle, al borde de un precipicio de unos dos campos de altura. Enormes águilas y buitres volaban en las cercanías, hostiles a nuestra presencia. Sentí vértigo y me abracé a Guaire, embelesada por el maravilloso panorama que se desplegaba ante mis ojos.

Al sur, podía verse el afluente del río Tartessos que habíamos remontado tres días atrás, serpenteando el valle de los ciruelos. En el horizonte, al oeste, llegaban a divisarse las dunas donde se hallaba la aldea de los pastores. También podían adivinarse los otros dos ramales del río que confluían próximos a las dunas, tras recorrer otros valles y bosques que se perdían hacia el norte.

De regreso, con Guaire hicimos un bosquejo del perfil de la montaña, representando las distintas salas y galerías de la caverna.

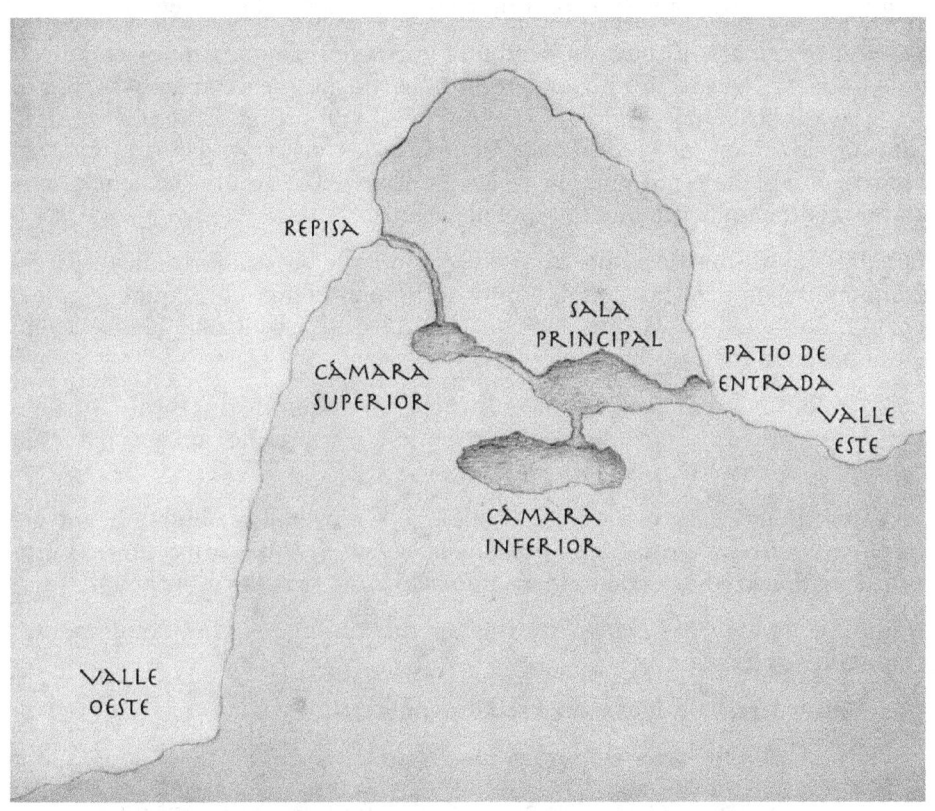

Al mediodía almorzamos pescado, preparado de forma exquisita por Janequa. Las nubes empezaban a partirse, dejando ver tramos de cielo azul. Llamaba la atención la gran cantidad de aves que se dirigían, en bandadas, al sureste. Patos, perdices, halcones, golondrinas y también palomas, parecían participar en una masiva migración hacia el continente de Libia.

Comentamos los descubrimientos de la mañana, tanto de las profundidades como de las alturas de la caverna. Compartimos preocupaciones acerca del paradero de los demás compañeros de la expedición, en particular del barco seis, en el que viajaban Sutziake y Baraso. Guaire dijo estar convencido de que los barcos seis y siete, habiendo desviado su trayectoria al sur, estarían en algún punto de la costa de Libia, recuperando provisiones antes de volver a partir hacia el punto de encuentro.

Como su conjetura nos resultaba tranquilizadora, terminamos por aceptarla.

Avanzada la tarde, notamos una luminosidad especial en el cielo.

Las nubes se habían retirado y daba la impresión de que amanecía en vez de oscurecer. Desde la entrada de la caverna no alcanzábamos a ver el sol, que se estaba poniendo del otro lado de la montaña. Etxekide se alejó caminando unos dos campos, volviendo la vista a cada momento, observando el cielo por encima de las cumbres. De pronto lo escuchamos gritar y corrimos para saber lo que ocurría.

Lo que vimos nos produjo una mezcla de pavor y admiración. En el firmamento no existía un sol, sino una aglomeración de pequeños soles. Formando la cabeza de una franja dorada que tornaba al blanco como una enorme nube luminosa.

La estrella viajante, partida en múltiples fragmentos, alumbraba el cielo como una gigantesca antorcha invertida, otorgando un espectáculo sublime, majestuoso, intimidante.

Permanecimos largo rato en silencio, abrazados unos a otros, contemplando la grandiosa presencia celestial que muy lentamente avanzaba hacia abajo, como queriendo ocultarse tras las montañas.

Nadie se atrevió a hablar, atentos al dictamen que, indudablemente, debía darnos Etxekide.

- Está muy cerca. - Fueron sus escuetas palabras.

De regreso a la caverna, estábamos intranquilos. Nos sentamos en la entrada, aguardando que oscureciera.

Pero no oscureció. La luminosidad continuó en aumento, hasta hacerse de día cuando debía llegar la noche.

Más aves viajaban hacia el sureste. Vimos correr conejos y cerdos salvajes en todas direcciones. Abejas y libélulas aparecían repentinamente en grandes cantidades, en vuelos circulares, nerviosos. Las hormigas trabajaban frenéticamente, portando huevos a otros refugios.

La consigna de Etxekide resultó sorprendente.

- Vayamos a recoger ciruelas. - Dijo de improviso.

- No será peligroso alejarnos de la caverna ahora ? - Objetó Nira.

Etxekide no se molestó en responderle. Recogiendo dos canastos salió caminando, decidido, hacia el bosque. Resignados, fuimos tras él.

Volvimos con los canastos cargados y con un conejo que Guaire atravesó con su arpón como si se tratara de un pez.

Traté infructuosamente de pedir a Etxekide un pronóstico de lo que estaba por ocurrir. Lo único que obtuve fue una sentencia incomprensible.

- Si llega a hacerse la noche, es una mala señal.

Janequa y Nira prepararon la cena. Cuando debería haber sido medianoche, comimos el conejo acompañado de salsa de ciruelas.

Más tarde, Etxekide volvió al bosque por leña. Aunque esta vez no pidió que lo siguiéramos, los varones lo hicieron, mientras nosotras procuramos ordenar y limpiar la caverna.

Pese a que sentíamos el cansancio, nadie quiso subir al dormitorio en aquella extraordinaria noche tan iluminada como un día. Permanecimos reunidos en la cámara principal, fingiendo entretenernos con los rezongos de las cabras, disimulando la ansiedad.

Día del Desastre

Suponíamos que estaría por llegar la madrugada, cuando finalmente se hizo la noche.

No fue un crepúsculo habitual, progresivo, sino que oscureció de forma brusca, repentina, como si una lámpara se hubiera apagado.

Las palabras de Etxekide resonaban en mi mente. "Si llega a hacerse la noche, es una mala señal". Lo observé ansiosa. Él no hablaba, pero en su rostro se leía una profunda preocupación.

Luego de que encendimos las lámparas, él fue a buscar un ovillo de hilo y cortó un segmento de un paso de largo. En uno de los extremos ató una pequeña piedra y en el otro, el mango de su cuchillo. Procedió a trabarlo en un intersticio entre dos rocas, próximo a la pared, de modo que la piedra quedara colgando. Después fue por un trozo de carbón de *eskritura*. Alejando la piedra, Etxekide dio inicio al movimiento del péndulo. Tras contar sesenta vaivenes, hizo una marca en la pared, y así siguió, absorto en los recorridos que se iban acortando.

Todos lo mirábamos con interés. Sabíamos lo que estaba haciendo, pero ignorábamos el motivo. Habíamos visto muchas veces a los estudiantes de astronomía utilizando el péndulo de un paso de largo. Etxekide lo había usado en mi casa en Sexta y me había explicado que los vaivenes son iguales en tiempo, sin importar si el recorrido es mayor o menor. Él lo había demostrado utilizando dos péndulos, uno de ellos describiendo vaivenes largos y el otro moviéndose en balanceos casi imperceptibles.

Era evidente que Etxekide asignaba gran importancia a medir el tiempo que estaba transcurriendo. Pero cuál era esa importancia ? Qué tendría que ocurrir para dar por terminada la cuenta ?

- Qué estás midiendo, Etxekide ?

- El tiempo.

- Hasta que suceda qué cosa ?

- No lo sabemos aun, Itahisa.

Las cabras continuaban inundando el silencio con sus balidos quejumbrosos. En ese momento me resultaron irritantes y lamenté no haberlas expulsado con violencia de la cueva. Nos acomodamos en un círculo, sobre las mantas en el piso. Etxekide no apartaba sus ojos del péndulo, agregando una marca a la pared cada sesenta idas o venidas de la piedra.

Había trazado siete marcas cuando empezamos a sentir calor.

Era sumamente extraño que el aire dentro de la caverna se tornara cálido antes de la madrugada. Pero no le otorgamos importancia. Simplemente nos fuimos quitando los escasos abrigos que llevábamos, mientras las bocanadas calientes continuaban entrando por la apertura principal y desde la cámara superior.

Rápidamente, en pocos balanceos del péndulo, el calor se hizo insoportable.

Nira se desvistió y fue a mojarse los cabellos en la lámina de agua que caía por una de las paredes. De a uno, la fuimos imitando, turnándonos para apoyar nuestros cuerpos desnudos en la roca fría. Con ello, no solamente aliviábamos la sensación sofocante, sino que podíamos regresar a la ronda en el piso, en tanto el aire caliente no volviera a secarnos por completo.

Aunque nadie se atrevía a afirmarlo, todos éramos concientes de que aquello que estábamos temiendo, había sucedido.

La estrella viajante, partida en múltiples soles, había caído sobre la Tierra.

Tras la decimoctava marca del péndulo, la tierra empezó a temblar.

Al principio fue como un ronquido, un ronroneo lejano que venía desde el piso, de algún punto remoto en las entrañas del suelo, pero lentamente comenzó a hacerse más intenso, hasta convertirse en una vibración de toda la montaña.

Desnudos y empapados, unimos nuestras manos en círculo, alrededor de la lámpara.

Nuestras caras reflejaban la angustia y la incertidumbre. Curiosamente, Nira era la que se mostraba más serena.

Fue Janequa quien dirigió las oraciones. Con mirada firme y voz algo temblorosa, pronunció:

- Diosa Ama, acuérdate de nosotros.

Todos repetimos.

- Diosa Ama, acuérdate de nosotros.

- Tú has creado el cielo y las estrellas, los valles, las montañas, los mares y los ríos. Los animales y las plantas. Tú nos has hecho partícipes de tanta belleza, testigos y protagonistas de tu Creación. Sabemos que la vida que has creado dará lugar a más vida cuando crucemos la Puerta para encontrarnos contigo. Si esa fuera tu voluntad, estaremos felices de cumplirla.

La voz de Janequa se quebró. Respetamos su pausa. Las rocas a nuestro alrededor trepidaban, sacudidas por una fuerza insospechable.

- Pero si tienes otros planes para nosotros, seguramente será para asistir a un nuevo acto de tu divina Creación. Seguramente será para alumbrar la Naturaleza con un nuevo esplendor. Si tu voluntad es que seamos partícipes de ello, estaremos felices de cumplirla.

El temblor de la tierra continuó aumentando. Algunos canastos cayeron al piso. Guaire corrió a sujetar las ánforas en posiciones seguras, para que no se quebraran al caer.

El calor se sentía abrasador. Peor que el más intenso mediodía de *uda* que hubiéramos experimentado en nuestras vidas. Remojamos nuestros cuerpos contra la pared y esparcimos agua en los lomos de las cabras, que parecían desmayadas.

Etxekide renunció a contar los balanceos del péndulo, afectados por el temblor de la montaña.

De regreso a la ronda, volvimos a unir nuestras manos, para que Janequa retomara la oración.

- Diosa Elkar, acuérdate de nosotros.

A coro, respondimos.

- Diosa Elkar, acuérdate de nosotros.

- Aquí nos hallamos, unidos, reunidos en tu Nombre. Acuérdate de Abian, nacido en Lehen. Ten presente a Nira, nacida en Biko, adoptada en Lehen. Fíjate en Etxekide, nacido en Sexta. Recuerda a Itahisa, nacida en Bosteko, adoptada en Sexta. Evoca a mi compañero Guaire, nacido en Lau. Y no olvides a tu leal servidora, Janequa, nacida en Lehen, adoptada en Lau. Los aquí reunidos provenimos de cinco de las siete ciudades de Atlantis, representamos la vivencia de esas comunidades. De los *klanak* de origen y de los *klanak* adoptivos. Queremos pedirte por ellos, por nuestras familias y por nuestros compañeros de expedición que están ahora, también, reunidos en tu Nombre, en otros lugares.

Esta última frase de Janequa derrumbó mi cuidada compostura. Lágrimas de aflicción y de pánico empezaron a fluir de mis ojos. Me cubrí la cara, soportando el aire caliente que me envolvía, tratando de ignorar las convulsiones de las rocas, aguardando que Janequa iniciara la tercera invocación, dedicada al Dios Egu.

Pero fue Etxekide el que habló.

- Tenemos que ir abajo.

- Qué dices ? - Preguntó Nira con asombro.

- No es posible soportar este calor. - Explicó .- Abajo podremos estar sumergidos en agua fresca.

- De ningún modo voy a encerrarme en ese pozo para que la montaña se me caiga encima. - Discutió Nira en tono desafiante.

- Tenemos que ir todos abajo, Nira. Aquí nos vamos a derretir.

- Podemos apoyarnos en la roca mojada. - Insistió ella.

- No podemos apoyarnos todos. No cabemos. - Se enfureció Etxekide.

- Qué hacemos con las cabras ? - Apuntó Guaire, desoyendo a Nira.

- Las cabras, las gallinas y los alimentos. Todo abajo. - Ordenó mi compañero.

Movidos por un súbito impulso, por una repentina impaciencia, nos dispusimos a trabajar, pese al aplastante calor y a los furiosos temblores de las rocas.

No nos importó dejar inconclusas las oraciones de Janequa.

El aire que entraba a la caverna se sentía quemante. La montaña entera se sacudía, como si se tratara de algo frágil y liviano, como una brizna doblegada por el viento. Algunas agujas del techo empezaron a caer, partiéndose con estrépito al chocar contra el piso.

Pese a que nunca me había sentido tan aterrada, de algún lado saqué fuerzas para actuar con calma, cuando parecía que en cualquier momento las rocas se quebrarían sobre nosotros, sepultándonos.

Empezamos a darnos consignas a gritos, para sobreponernos al persistente ronquido de la montaña, a la confusa sensación de que el piso se moviera bajo nuestros pies, como si en vez de estar en tierra firme nos encontráramos navegando.

Los gritos se fueron cargando de sarcasmos, de palabras agresivas que en otra circunstancia no nos hubiéramos animado a decir. Terminamos cruzando insultos para espantar el pánico, para evitar paralizarnos por el miedo.

Con sogas fuimos descolgando canastos, jaulas y lámparas. Inmovilizamos a las cabras atando sus cuatro patas y también las hicimos bajar por el agujero. Luego descendimos, de a uno, tratando de convencernos que estaríamos más seguros confinados allá abajo, enclaustrados en aquel oscuro subsuelo, gozando del alivio de sumergirnos en el lago de agua fresca.

Nira continuó negándose, ante todos los esfuerzos que hicieron Abian y Etxekide por persuadirla. Finalmente accedieron a que ella se quedara en la cámara principal, apoyado su cuerpo contra la roca mojada.

El péndulo quedó en su lugar, sometido a las conmociones de la montaña, hamacándose en todas direcciones, midiendo tiempos indescifrables.

A poco de estar sumergida, comencé a sentirme mal.

La cabeza y el pecho me dolían, me costaba respirar.

Las paredes de la cueva se movían, amenazantes, como viniéndose encima. Para no verlas más, cerré los ojos.

Imágenes de mi madre Atissa y de mis hermanos en Bosteko pasaban por mi mente. Imágenes de la cabaña del tío Jacomar en el río de Sexta, escenas en la colina con Manindar, de Zebensui besándome en la playa y de Hagora dando el pecho a Sibissa.

Me abracé a Etxekide y procuré retener esas imágenes en mi mente, haciendo un esfuerzo por apagar mis sentidos, intentando detener mis pensamientos.

Desde la entrada de la caverna, Nira anunció que el horizonte empezaba a clarear. Que las nubes aparecían sucias. Y que de ellas caían cenizas, como lluvia seca.

De nuestro limitado cielo de la caverna caían murciélagos. Atontados como moscas, pasmados por el calor, desprovistos de los reflejos vitales para evitar ahogarse a nuestro alrededor. Uno de ellos se derrumbó sobre la cara de Janequa y ella reaccionó gritando, descargando alaridos de pavor, en un diálogo de chillidos que era contestado por Nira desde arriba.

Después de eso, debo haberme dormido. Estaba agotada.

Me despertó un ruido espantoso.

Que fue creciendo hasta hacerse más fuerte que el estallido de un trueno, una sucesión de estallidos, una cascada de estruendos agudos, ensordecedores. El cielo explotaba en pedazos sobre nuestras cabezas.

Guaire se veía pálido como un pescado, abrazando a Janequa, que lloraba sin consuelo. Etxekide se tapaba los oídos. No alcancé a ver a Abian.

El ruido pasó. Casi tan rápido como vino.

Se oían gritos lastimeros de Nira. Decía algo de árboles caídos.

Las paredes de la cueva insistían en caerse. Volví a cerrar los ojos.

El ruido pasó, pero la montaña continuaba temblando y el aire seguía siendo irrespirable.

- Las paredes, Etxekide, se caen, por favor. - Rogué sollozando.

- Tranquila, Itahisa. Tranquila - Dijo él, abrazándome con fuerza.

Acurrucada en sus brazos, traté de imaginar que lo que ocurría era nada más que un sueño, solamente una horrorosa pesadilla.

La siguiente vez que abrí los ojos, me sorprendió que las paredes no se movieran. Toda mi piel se veía arrugada por la prolongada inmersión. Se oían las arcadas de Nira y los llantos de Janequa.

Etxekide me ayudó a ponerme de pie.

- Debes salir del agua un momento.

- Las paredes ya no se mueven. - Respondí aturdida.

- Está parando, Itahisa. - Aseguró él.

- Está parando ? - Repetí incrédula.

- Sí. Creo que sí. Espero que sí.

Con dificultad, me trasladé a un rincón no inundado de la caverna. Toqué la roca para cerciorarme de que no se moviera. Aún vibraba y se sentía caliente.

- Qué le ocurre a Nira ? - Pregunté sin dejar de mirar a la pared.

- Hace rato que está vomitando. - Informó Etxekide en su estilo conciso.

- Y Abian ?

- Está arriba. Con ella.

- Qué fue ese trueno espantoso ?

- No lo sé. Pero ya pasó.

Tuve ganas de orinar. Sin agacharme, separé las piernas, con mis manos apoyadas en la roca. La cabeza me pesaba. Una sensación dolorosa se alojaba en mi estómago.

Quise que mi voz sonara firme, pero no lo logré completamente.

- No vamos a morir, entonces ?

Etxekide me miró con ternura. Se veía ojeroso y extenuado.

- Parece que no, Itahisa. - Respondió, intentando mostrarse confiado.

Un rato después, los varones treparon por la escalera, dejándonos solas.

Janequa tenía los ojos irritados por el llanto y temblaba. Sentí compasión y me acerqué, rodeándola con mis brazos.

Ella no hablaba.

- No vamos a morir, Janequa. - Dije, procurando animarla.

Su grueso cuerpo desnudo se sacudía en espasmos. Su cabeza estaba empapada de sudor. Sentí las pulsaciones que martillaban dentro de su pecho. Janequa simplemente besó el dorso de mis manos.

Levantando la vista, me fijé en la jaula de las gallinas. Ambas estaban muertas.

Observé las cabras, que permanecían con las patas atadas, parcialmente sumergidas. Todas parecían estar respirando, aunque con dificultad.

Las voces nerviosas y afligidas de los varones aumentaron mi angustia. Quise saber qué sucedía arriba. Guaire se asomó por el agujero, para ver cómo se encontraba Janequa.

- Qué hay ? Qué está pasando ? - Le pregunté.

- Es ... horrible.

- Qué es lo horrible, Guaire ?

- Afuera. Es ... tétrico. No puedo explicártelo.

- Baja por favor. Quédate un momento con Janequa.

Guaire hizo lo que pedí y me ayudó a subir los escalones colgantes. El aire en la cámara principal era mucho más caluroso y olía a quemado.

Nira se veía enferma, su piel enrojecida como si hubiera tomado mucho sol y más delgada que nunca, ensuciada en su propio vómito. Abian se encontraba a su lado. Me arrodillé frente a ella y le ofrecí mis manos en gesto de consuelo.

Al acercarme a Etxekide en el patio de entrada, quedé horrorizada. Aquel paisaje quedó grabado en mi memoria como el más repulsivo espectáculo que vieron mis ojos.

Los árboles, que el día anterior eran frondosos y verdes, aparecían quemados como por un descomunal incendio, los troncos y ramas ennegrecidos, sin hojas. La mitad de ellos estaban caídos, quebrados unos sobre otros. Los arbustos achicharrados, tostados, sin una sola nota de color. No se veían animales, ni aves, ni insectos, ni señales de ellos.

La pradera no existía, sólo el suelo yermo, cubierto por las cenizas grises que caían del cielo, como hojas en *neguberri.* Y el cielo era un manto barroso, inmundo, que se extendía hasta el horizonte.

Todo se hallaba devastado, arrasado, quemado, destruido. Como si la tierra entera hubiera sido colocada en un horno de fundición. Era desolador.

Me di vuelta para evitarlo y apoyando mi cara en el pecho de Etxekide, lloré de amargura.

Dentro de la caverna, Nira seguía sufriendo náuseas y Abian volcaba agua en su cuerpo para limpiarla y refrescarla.

El péndulo se balanceaba solo, señal de que los temblores continuaban, aunque la vibración nos resultara irrelevante luego de lo que habíamos experimentado.

En el piso yacían piedras, guijarros y fragmentos de roca caídos del techo. También canastos y bolsos desparramados por distintos rincones. El tablón que usábamos de mesa estaba volcado, y debajo de él, jarros y platos quebrados. Todo se veía sucio de ceniza.

Pese a que me sentía débil y la cabeza me retumbaba, tuve el impulso de ponerme a ordenar. Etxekide me detuvo.

- No, Itahisa. No mientras continúe la lluvia de cenizas. Es inútil.

- Necesito hacer algo. Esto es un asco.

- Acompáñame arriba, veamos cómo quedó el dormitorio.

Yendo hacia la cámara superior, nuestros cuerpos desnudos transpirados se impregnaron de cenizas. La mugre se adhería a la piel y a los cabellos, tiñéndolos de negro.

El aire sucio y sofocante ardía en la garganta y nos hizo toser. Las mantas que habíamos dejado en el suelo estaban enterradas bajo una capa de polvo. Por el hueco del techo, que comunicaba con la repisa en el risco, caía un hilo, como una pequeña cascada de aquella escoria desagradable, formando una montaña en el piso que cubría parte de mis bultos. Fui a rescatarlos, mientras Etxekide examinaba el techo.

- Tenemos que subir al balcón. Vienes conmigo ?

Me aterraba la idea y dudaba de mis fuerzas para hacerlo.

- No podemos trepar sin la ayuda de Abian.

Etxekide se encogió de hombros. Supe que estaba decidido a acceder al risco con mi compañía o sin ella.

- Necesito refrescarme, tengo sed. - Agregué.

De regreso a la cámara principal, encontramos a Janequa que acababa de espantarse con el paisaje exterior y lloraba con Guaire, como yo lo había hecho un momento antes.

Nira se veía mejor luego de limpiarse y acomodarse los cabellos. Ocupé su lugar en la pared mojada para intentar quitarme las cenizas adheridas a mi cara.

Etxekide y Abian fueron a la cámara inferior a liberar a las cabras de sus ataduras y volvieron con uno de los canastos de ciruelas recolectadas previo al desastre.

Comimos en silencio, masticando también las terribles experiencias vividas.

Sentía confuso el tiempo. No sabía si era de mañana o de tarde. La noche que no había sido noche. El sol indistinguible detrás de la capa asquerosa de nubes cenicientas.

La tierra seguía temblando. Ya me acostumbraba a la vibración como si hubieran transcurrido muchos días desde que había comenzado a roncar bajo nuestros pies.

La tensión sufrida durante la noche se manifestaba ahora en distintas partes de mi cuerpo. Los músculos me dolían como si hubiera remado varias jornadas.

No podía evaluar la gravedad de lo sucedido. Estábamos vivos. Si lo estábamos por una serie de circunstancias extrañas, asombrosas, no me atrevía a reconocerlo.

Tampoco a dejar salir los temores acerca de lo que habría ocurrido a nuestros amigos en otras cavernas.

Ellos debían estar bien. Todos debían estar bien.

⬤━⬤ ⬤━⬤ ⬤━⬤ ⬤━⬤ ⬤━⬤ ⬤━⬤ ⬤━⬤

- Por unos cuantos días, - habló Abian - no podremos cazar, ni pescar, ni recolectar.

Nos costó asimilar aquel pronóstico. Contando con alimentos para sólo dos o tres días, dependíamos de lo que la Naturaleza pudiera brindarnos. Y la Naturaleza, allá afuera, parecía definitivamente estéril.

- Tenemos las cabras. - Apuntó Guaire.

- Sí, pero morirán de hambre. - Replicó Etxekide.

- No quedará pasto en algún rincón, bajo las cenizas ? - Quise ilusionarme.

- Es dudoso. Tendríamos que salir a buscar. Por ahora no es posible. Hace demasiado calor afuera y el piso está caliente. Nos quemaríamos al caminar.

- Qué se te ocurre, entonces ?

- Primero, debemos saber cómo ha quedado el valle del otro lado de la montaña. Desde el risco podremos ver si han quedado zonas verdes.

- Si las hubiera, cómo podríamos llegar a ellas ? - Preguntó Nira, saliendo de su mutismo.

Etxekide la miró intrigado.

- Qué quieres decir ?

Los ojos de Nira mostraban abatimiento.

- Ustedes creen que la *txalupa* está donde la dejamos, pronta para ser botada al río ?

Tampoco habíamos considerado aquello. Pero era probable que Nira estuviera en lo cierto. Difícilmente nuestro barco se hallara en condiciones de navegar.

- En cuanto el calor disminuya, tenemos que ir al lago. - Señaló Abian.

- Recuerdo haber visto nogales cerca. - Recordó Guaire en un asomo de entusiasmo.

- Qué hay con ello ? Estarán quemados, como todos los árboles.

- Sí, pero estoy hablando de las frutas. Las pulpas se habrán derretido, sin duda. Pero quizás las nueces puedan comerse.

- Cierto. - Aprobó Etxekide.

Janequa hizo un gesto solicitando hablar. Desde que los temblores de la montaña habían interrumpido sus oraciones, sólo habíamos escuchado sus llantos y lamentos.

Aguardamos a que encontrara las palabras.

- Etxekide. - Pronunció finalmente.

Su voz sonaba quebrada.

- Sí, Janequa.

- Crees que ... esto ... ha terminado ?

Etxekide la miró con una mezcla de compasión y tristeza. Fue cauteloso en su respuesta.

- Aún no podemos saberlo con certeza.

Después de comer, fuimos otra vez a la cámara superior donde Abian ayudó a Etxekide a trepar por la galería. Al primer impulso, la cuerda que habíamos dejado colocada el día anterior, se quebró por hallarse chamuscada en su extremo. Etxekide cayó encima de Abian, enterrándose ambos en la montaña de ceniza.

En un segundo intento, fue Guaire el que intentó ascender, pero desistió rápidamente porque las paredes calientes le quemaban las manos.

Pero Etxekide estaba determinado a subir. Mojó las ropas antes de vestirse y envolvió sus pies y manos en paños empapados. Con gran esfuerzo logró acceder a la repisa y afirmar nuevamente la soga para que pudiéramos seguirlo.

Guaire quiso ir con él. Me quedé junto a Abian esperando por las noticias que irían a darnos con respecto al estado del valle en la ladera oeste de la montaña.

Al pasar mucho tiempo sin que ellos regresaran, empecé a sentirme intranquila. Qué podía ser lo que les llevaba tanto rato observar ? Armándome de valor, me puse la *brusa* empapada y calcé mis sandalias, antes de treparme a los hombros de Abian, para iniciar el dificultoso ascenso por la caldeada galería.

Impregnada de pies a cabeza por la ceniza que se adhería a mi cuerpo y a mi ropa, y jadeando por el esfuerzo y el calor, me reuní con Guaire y Etxekide en el balcón sobre el precipicio.

El paisaje era igual de horroroso, sin notas de verde, en una enorme extensión de árboles caídos. El valle gris y las nubes sucias, hasta donde alcanzaba la vista. Los otros afluentes del río Tartessos eran más distinguibles, porque la vegetación de sus riberas había desaparecido.

Del cielo seguían cayendo cenizas, como si en algún punto remoto, una fuerza formidable estuviera barriendo los restos de un incendio.

El viento cálido nos daba de lleno, haciendo soportable el calor y trayendo el aroma del paisaje quemado que se presentaba ante nuestros ojos. Observé que todos los árboles yacían torcidos en una misma dirección, apuntando hacia nosotros, hacia el este. El golpe de viento, o lo que fuera que los había abatido, había venido desde el oeste, desde el mar.

No entendí en ese primer momento qué retenía a los varones, que observaban fijamente al horizonte.

- Qué están queriendo ver, chicos ? Todo es horrible. Nada ... alentador.

Ellos simplemente señalaron al oeste, donde las dunas anunciaban la costa.

- Qué hay ? - Pregunté, sin descubrir algo llamativo.

Etxekide no contestó. Guaire fue un poco más gentil.

- En el horizonte, Itahisa, hay una extraña franja, más azul.

Forzando la vista, logré divisar una línea mínima sobre el horizonte.

- Es el mar. - Afirmé, quitándole importancia.

- Sí. Nos parece lo mismo. Pero ayer no se veía el mar desde aquí, no?

No recordaba haberlo visto el día anterior. Traté de hallar una explicación, pero no se me ocurrió. Recordé la noche que Etxekide había distinguido fragmentos en la estrella viajante y confié en su maravillosa vista.

- Qué ves, mi amor ?

Él refunfuñó.

- Qué dices ?

- Se está agrandando.

- Cómo !

- Hace rato que estamos observándola, Itahisa. Créeme que esa franja se ha ido engrosando.

Permanecí un momento en silencio, procurando verificar lo que mi compañero afirmaba. La línea azul se me antojaba simplemente una franja del mar que, pese a la gran distancia, era visible desde la altura en la que nos encontrábamos.

Empecé a impacientarme. Cuando iba a sugerir regresar a la caverna, leí la expresión en el rostro de Etxekide. Se veía rígido, tenso, como advirtiendo un inminente peligro. Quise saber qué le pasaba.

- Qué ocurre ?

Él demoró en responderme.

- Esto no ha terminado, Itahisa.

Recordé la pregunta que le había hecho Janequa. Un nudo de angustia se me formó en el pecho.

- Qué ... estás viendo ?

Etxekide no apartaba su vista del horizonte.

- El mar ... - Empezó a decir y se detuvo.

- Por favor, Etxekide.

- La única explicación de que podamos verlo desde aquí, es que esté mucho más alto. Como cuando desde el mar alcanzamos a divisar una costa montañosa en el horizonte. Pero no puede haber montañas de agua, a menos que ...

No sabía si quería escucharlo terminar la frase.

- ... a menos que sea una ola gigante, tan grande como una cadena de montañas.

La idea me sonó absurda.

- No es posible. - Discutí.

- Es lo único que ... se me ocurre. - Replicó Etxekide arrastrando las palabras.

- No tardaremos en saberlo. - Acotó Guaire - Si así fuera, no hay duda que viene hacia el continente. Hasta dónde podría llegar ?

Etxekide demoró en responder, aparentemente concentrado en estimar las dimensiones del vasto paisaje.

- Hasta la aldea de los pastores, sin duda. - Conjeturó por fin. - Lo que me pregunto es ...

Leí en su rostro que no se decidía a compartir su preocupación.

- Lo que te preguntas es ... ? - Traté de animarlo.

Él me miró apesadumbrado, antes de completar la frase.

- Me pregunto si quedan pastores vivos en la aldea.

La imagen de los simpáticos pastores y sus alegres niños vino a mi mente. No podía pensar que todos hubieran muerto, carbonizados como los árboles que veíamos en el valle. Y más espantoso era que hubieran sobrevivido, para que una ola del tamaño de una montaña arrasara su aldea.

Sentí náuseas. Hice un esfuerzo por serenarme.

- Etxekide. - La voz me salió quejumbrosa.

- Sí, Itahisa.

- Estamos ... seguros aquí ?

Él me envolvió en sus brazos.

- Sí, preciosa. - Dijo para calmarme.

Tuve que admitir que el descomunal muro de agua, efectivamente, se acercaba.

La franja azul fue haciéndose más y más visible, mientras la observábamos alertas, en tenso silencio.

- Aquí viene. - Anunció Guaire.

- Está tomando las dunas. - Ratificó Etxekide.

Aunque lo veía con mis propios ojos, me resistía a aceptarlo. Aquella fenomenal montaña de agua devoraba las dunas y avanzaba, como si el mar entero desbordara hacia el continente. Grité de pánico y sentí que Guaire me sujetaba.

La muralla de mar parecía tan alta como la montaña en la que estábamos y daba la impresión de que nada podría detenerla en su avance devastador. Etxekide trataba de aplacar mis alaridos, imponiendo sus propios gritos a los míos. De abajo nos llegaban, lejanos, los llamados afligidos de nuestros compañeros, queriendo saber qué estaba ocurriendo.

En poco tiempo las dunas que nos había llevado media jornada recorrer, desaparecieron del horizonte.

Empezó a escucharse un rugido distante, el bramido del mar avanzando a una velocidad increíble, inundando el extenso valle, como la marea tomando una pequeña playa. La ola gigante engullía todo a su paso, haciendo desaparecer árboles, ríos y colinas con voracidad implacable.

- No llegará hasta aquí, Itahisa, no llegará hasta aquí. - Repetía Guaire.

Pero continuaba aproximándose. Con fuerza inconcebible, la marea azul venía hacia nosotros. La mitad del paisaje quedó oculto tras la pared de agua.

- Vámonos, vámonos ! - Grité con desesperación, tratando de llevarme a Etxekide de aquel lugar, queriendo huir de la amenaza que se aproximaba.

Pero él no se movió de allí, aferrándome con su abrazo.

El bramido se hizo atronador, pavoroso. Aquella montaña iba a chocar contra la nuestra. La de agua contra la de roca. Rogué que sus cumbres encrespadas no fueran tan altas como para alcanzarnos.

Si así fuera, nada podríamos hacer para escapar. Sería el fin de nuestros días, el horroroso final que nos llevaría a cruzar la Puerta.

El cuerpo me temblaba y sentí que mis propias inmundicias ensuciaban mi entrepierna. El cuerpo de Guaire, a mi lado, también se estremecía.

- No llegará hasta aquí, Itahisa, no llegará hasta aquí. - Repetía.

Tuvimos la masiva montaña de dos campos de altura enfrente, rugiendo como un trueno en todo el ancho del valle. En los últimos instantes, ascendiendo los tramos más cercanos, la ola gigantesca empezó a disminuir.

Tendría menos de un campo de altura en el instante en que impactó con gran estruendo en la base de la montaña, bajo nuestros pies, haciéndola temblar. Estallando en una gran nube de espuma que ascendió hasta el risco, empapándonos.

Luego, comenzó a retroceder.

Me abracé a Etxekide y a Guaire y lloré.

Lloramos los tres, de pánico, de horror y de alivio. Habíamos visto a la muerte, frente a frente, en nuestra cara. Pero su furia no había llegado a lastimarnos. Solamente nos había besado. Y aún estábamos vivos. Era increíble. Por qué capricho de los Dioses se nos había sometido a una prueba tan extrema ?

Desde la caverna, llegaban los gritos angustiosos de Abian. Fue Etxekide el primero en reponerse para anunciar que los tres estábamos bien.

Allá abajo, el reflujo de la ola dejaba ver nuevamente el valle arrasado, llevándose consigo árboles y ramas, y dejando un tendal de peces muertos. Atunes y delfines descuartizados, hundidos en el barro de cenizas. Y ballenas con palos ensartados en sus lomos, provocando lagos de sangre a su alrededor.

Lo que hasta el día anterior era un paisaje hermoso, exuberante en vegetación, ahora se presentaba como un espectáculo exuberante de muerte y destrucción.

El verde había sido desplazado por el barro ceniciento. Los árboles habían sido barridos, primero por el estallido del aire de la madrugada, y más tarde, por la descomunal embestida marina del tamaño de una cadena de montañas.

Al retirarse el mar, pudimos volver a distinguir los distintos ramales del río Tartessos. Sus trazos eran más reconocibles, engrosados por transportar el agua salada que escurría por todos los confines del valle.

Quedamos absortos en el retroceso de las aguas, anhelando que en algún lugar hubiera quedado un rincón verde, una reserva de vida entre los estragos.

Transcurrido un tiempo, pareció que el reflujo se iba enlenteciendo. Aunque a tanta distancia era imposible evaluarlo con certeza, algo nos resultaba incomprensible. Las dunas no aparecían en el horizonte. Creímos verlas por un instante, pero de inmediato habían vuelto a desaparecer devoradas por la franja azulada del mar. Como si éste hubiera retrocedido y vuelto a avanzar, esta vez en forma menos grandiosa, pero implacable.

Nos quedamos observando aun cuando notamos que empezaba a oscurecer. Las dunas de arena no volvieron a verse, la franja marina no continuó su retroceso ni volvió a avanzar. Se detuvo allí, a unas treinta carreras de distancia, donde daba comienzo el valle, por encima de los puntos de bifurcación del río.

El extenso territorio de dunas había quedado sumergido, pasando a formar parte del lecho marino. Los distintos ramales del río Tartessos ya no se unían para llegar al mar en un único afluente, en aquella única boca fijada como lugar de encuentro con nuestros compañeros de expedición. Las distintas ramas desembocaban ahora en una costa más próxima, en puntos diferentes.

El mar había tomado parte del continente. El Tartessos ya no era un río, sino varios.

Cubiertos de una costra de agua salada y cenizas, iniciamos el descenso hacia la caverna, donde Abian, Janequa y Nira nos esperaban preocupados.

Luego de calmar la sed, hicimos un relato abreviado de cómo la montaña de mar había devorado el valle y llegado hasta golpear y deshacerse bajo nuestros pies.

Volvimos a reunirnos en ronda, en la cámara principal, iluminados por las lámparas. Nadie quiso hablar. Ni siquiera Janequa se sintió de ánimo para dar inicio a las oraciones. Solamente coordinamos cuestiones simples, referidas al orden y la higiene de la caverna.

No queríamos pensar en lo ocurrido. No lo entendíamos.

El aire continuaba caliente. De a poco, el agotamiento fue venciéndonos.

Día Dos

Cuando Etxekide me despertó, me dolía la cabeza. Afuera, el amanecer podía adivinarse detrás del espeso manto de nubes casi negras. En menor cantidad continuaban lloviendo cenizas. El calor era insoportable.

Los varones se aprontaban para hacer una excursión. Intentarían llegar al lago, en procura de nueces u otros alimentos. Me sentí incapaz de acompañarlos. Lo mismo le pasaba a Janequa y a Nira. Después que ellos partieron, las tres quedamos en silencio, casi sin movernos, excepto para refrescarnos alternadamente contra la pared mojada.

Mi mente deambulaba por recuerdos.

El agrio enfrentamiento entre Janequa y Nira previo a la tormenta. El embarazo de Aremoga y la discusión de los *maisuak*. La opción de Sutziake de cambiar de *txalupa*, reemplazando a Oihane como pareja de Baraso.

Vino a mi memoria la imagen de Baraso en el bosque de Sexta, afligido tras su experiencia. Él había visto "cosas horribles" en su viaje y no había querido contarlas. Por ello se había decidido a venir con nosotras, a acompañar a Oihane, a ser su pareja. Y ella lo había terminado rechazando, yéndose con Guadarteme.

Estos episodios menores del pasado empezaban a dolerme, a molestarme. Aunque yo quisiera apartarlos, regresaban, invadiéndome de una inexplicable sensación de responsabilidad, de pesadumbre.

Al mismo tiempo, una profunda intranquilidad me gobernaba. No podía alegrarme de estar viva. Presentía que los desastres aún no habían terminado. Que en cualquier momento la tierra volvería a temblar o el mar a venirse sobre nosotros. Una catástrofe más espantosa podía ocurrir en cualquier instante.

A mi lado, Janequa rezaba en voz baja, invocando a la Diosa Ama.

Nira le dirigió una mirada de fastidio.

- La Diosa Ama se ha olvidado de nosotros. - Dijo despectivamente.

Janequa ignoró la blasfemia y continuó sus oraciones.

- La Diosa Elkar se ha olvidado de nosotros. - Insistió Nira.

- Puedes guardarte tus comentarios. - Traté de silenciarla, irritada.

- El Dios Egu se ha olvidado de nosotros. - Me respondió en un tono a la vez desafiante y abatido.

Resolví no contestarle. No me hallaba de ánimo para discusiones religiosas. La cabeza seguía martillándome. Me levanté y tomando una ciruela, caminé al patio de entrada para esperar por el regreso de los varones.

El aire afuera era aun más sofocante. El paisaje muerto me causaba pena. Pero necesitaba apartarme de Nira. Su pesimismo lúgubre, desmoralizante, me alteraba, me sacaba de quicio.

Que la vegetación estuviera quemada, carbonizada, era muy triste. Pero más de una vez en mi infancia había visto campos luego de un incendio. Sabía que con las primeras lluvias, el verde volvería a brotar. La ausencia de animales me provocaba una congoja intolerable. No se veían conejos, ni lagartijas, ni pájaros, ni siquiera insectos.

Dirigí la vista al sur, donde los varones deberían estar sorteando árboles caídos, resistiendo el calor, en procura de algún alimento. Ninguna señal de ellos. Ninguna señal de vida. Las cenizas continuaban cayendo del cielo sucio.

Las sentencias fatales de Nira resonaban en mi mente, atormentándome.

Los Dioses se habían olvidado de nosotros.

Con la cabeza entre mis piernas, lloré largo rato en silencio.

Reaccioné como si me hubieran golpeado al escuchar un zumbido cercano a mi oído. Ahí estaba ! una mosca ! bendito insecto ! Nunca pensé que me podría dar tanta alegría una insignificante mosca.

Me incorporaba a transmitir la noticia, cuando advertí algo en el horizonte, un pequeño punto que se movía en el oscuro mar de nubes. Quedé allí detenida, concentrada en determinar lo que mis ojos veían. No era un solo punto, sino varios y se acercaban.

En pocos instantes se despejaron mis dudas. Era una bandada de aves de gran tamaño.

Eran buitres.

Llamé a gritos a Nira y a Janequa para que asistieran al espectáculo de las aves regresando. Ellas vinieron de inmediato. Las tres contemplamos el vuelo de los buitres sobre nuestras cabezas, yendo hacia el otro lado de la montaña, hacia el valle arrasado por el mar.

- Van a comer los peces muertos. - Conjeturó Nira.

- La muerte da lugar a la vida. - Reflexionó Janequa - Los Dioses así lo han dispuesto.

Los varones llegaron mucho más tarde, cuando empezaba a oscurecer. Cubiertos de tizne de pies a cabeza, desesperados de sed, con las piernas raspadas y heridas.

Aun así, se veían animados. Descargaron una bolsa de nueces tostadas, otra con pequeñas lonjas de grasa y un gran fardo de pasto que, increíblemente, estaba verde.

Contaron que al llegar al lago se habían refrescado en sus aguas. Si bien todo el terreno alrededor estaba quemado, los pastizales sumergidos en sus orillas permanecían verdes y allí habían cosechado el alimento para las cabras. También habían encontrado cantidad de peces muertos, algunos de gran porte, de los que habían extraído la grasa.

Por sus caras, adiviné que algo más quedaba por contar y no se atrevían a hacerlo.

- Qué pasó con la *txalupa*? - Pregunté con temor.

Los varones cruzaron miradas. Abian se animó a dar la mala noticia.

- Un gran árbol cayó encima de ella, partiéndola al medio. No creemos que sea posible repararla.

Un silencio espeso se produjo mientras asimilábamos el dolor de haber perdido nuestro barco. Sin él, nos hallábamos irremediablemente condenados a esperar que otros nos encontraran. Quizás nuestros compañeros de expedición pudieran ascender el río y advertir la vela que habíamos dejado tendida como señal de nuestra presencia.

- Y la bandera ? - Quise esperanzarme.

Los varones negaron con sus cabezas, apesadumbrados.

- Ni rastros de ella. Tampoco encontramos la de repuesto. - Dijo finalmente Etxekide.

El resto de la jornada, trabajamos en la cámara inferior.

Volvimos a atar las cabras y las izamos de regreso hacia la sala principal. Quedamos conformes cuando ellas empezaron a comer el pasto rescatado en el lago. Limpiamos la cueva inferior de inmundicias y murciélagos muertos, para proteger la limpieza del depósito de agua.

Janequa y Guaire recogieron ramas del terreno inmediato para acopiar leña. Nira y yo calentamos la grasa para producir un aceite pestilente que nos proporcionaría luz durante varias noches.

Luego cenamos los restos del conejo con ciruelas y nueces. Sabíamos que, con excepción de las nueces torradas y las cabras, no nos quedaba alimento alguno y era poco probable que pudiéramos obtenerlo, pero nadie quiso agregar preocupación al respecto.

Cuando Janequa dirigió las oraciones, Nira se retiró al patio de entrada.

Día Tres

Teníamos la esperanza de que las cabras dieran leche luego de haber comido la noche anterior, pero sólo obtuvimos unas gotas de sus ubres. Eso nos obligó a desayunar únicamente las pocas ciruelas que quedaban.

Ello no fue lo que más nos preocupó en la mañana del día tres. El agua de la pared de la caverna que utilizábamos para refrescarnos y beber, ya no era fresca ni abundante. La lámina se había reducido notoriamente durante la noche y la poca que continuaba bajando, se notaba tibia. Era una muy mala noticia puesto que el calor no cedía, sino que por el contrario, el aire se sentía aun más asfixiante que antes.

El cielo continuaba cubierto de nubes de escoria.

Esta vez me hice de valor para acompañar a Etxekide y a Guaire en su excursión al lago, mientras que Abian se quedó con Janequa y Nira.

Humedecimos paños, mojamos nuestras ropas y cargamos tanta agua como pudimos en los estómagos de oveja, antes de partir en marcha pausada hacia el sur.

El trayecto de apenas treinta campos se nos hizo interminable. En todo momento nos golpeaban los olores fétidos de carnes en descomposición.

Debíamos parar de continuo para volver a mojarnos y el calor que emanaba de las rocas del camino nos quemaba desde abajo.

El bosque en el que habíamos pasado una noche se hallaba irreconocible. Las ramas y troncos ennegrecidos impedían el avance a cada paso, por lo que nos resultó extremadamente arduo atravesar el terreno. No nos dimos tiempo para buscar nueces entre las cenizas. Solamente el estímulo de llegar al lago y bañarnos en agua fresca, hizo posible que completáramos el agotador recorrido.

En las márgenes del lago e incluso flotando sobre él, gran cantidad de nutrias y peces muertos brindaban una imagen dolorosa. Muchas moscas y pocos buitres acometían la abundante carroña. Tratando de no verlos, nos internamos sin quitarnos la ropa, hasta sumergirnos enteramente. El agua no estaba fría, pero igualmente se sentía agradable.

Con el agua por la cintura trabajamos en los pastizales. Tomando un haz de fibras con una mano, las cortábamos a cuchillo por su base. Sosteníamos lo cosechado en los hombros hasta reunir un atado, que depositábamos en la orilla. Cerca de los restos de la *txalupa* destruida por el grueso árbol que se había derrumbado sobre ella.

Cargados con los fardos, el viaje de vuelta a la caverna fue más penoso que el de ida. Antes de llegar nos dolían los pies. Al quitarnos las sandalias comprobamos que teníamos las plantas ampolladas debido al calor. Las piedras del camino estaban tan calientes que nos habían quemado a través del grueso cuero de las sandalias.

Pero el dolor de las quemaduras resultaba irrelevante frente al hambre que empezábamos a sentir. Unas pocas nueces carentes de sabor, fue todo lo que pudimos llevar a nuestras bocas a modo de almuerzo.

La determinación fue ganando adeptos en el transcurso de la tarde.

Antes de oscurecer, degollamos a la primera de las cabras.

Día Cuatro

La situación continuó empeorando.

El agua dejó de caer por la pared de la caverna. Las cabras tampoco dieron leche.

Los pies nos dolían a tal extremo que nos resultaba imposible caminar. Procuramos convencer a Janequa y a Nira de acompañar a Abian al lago, pero ellas se negaron. Él se ofreció a hacerlo solo. Atamos cada una de las sandalias a otra, de modo de duplicar la suela, esperando que ello fuera suficiente para proteger sus pies de las caldeadas piedras del sendero. Luego vimos marcharse al gigante, con su ropa chorreando, cargado de agua para el camino.

El cielo oscuro se obstinaba en no darnos otra cosa que aquella persistente, asquerosa, lluvia seca de cenizas.

Sin chance de mojarnos en la sala principal, pasamos la mayor parte de la jornada en la cueva inferior, transportando cada tanto un poco de agua hacia arriba, para refrescar a las once cabras, que apenas respiraban.

El malhumor fue adueñándose de nosotros. Nira únicamente hablaba para quejarse, al punto que Etxekide y Guaire empezaron a molestarse con ella. En ausencia de su compañero y protector, Nira no se animó a devolver las agresiones como hubiera sido esperable de su talante pendenciero. Janequa por su parte no hablaba, pero se veía agitada. De su cabeza brotaban gotas de sudor que le caían por la cara. Su abultado pecho subía y bajaba, jadeando ante el mínimo esfuerzo. Observando a una y a otra, me sentí conforme de que Abian hubiera ido al lago sin ellas.

Etxekide buscó una tabla y procedió a afirmarla vertical en el punto de mayor profundidad del depósito de agua. Con su cuchillo hizo una marca en la madera para indicar el nivel de la superficie, que resultó de unos treinta y cinco dedos. Comprendimos de inmediato su preocupación. Aunque la reserva fuera extensa, ya no se alimentaba. Era vital saber si comenzaba a vaciarse y a qué ritmo lo hacía.

Contemplé a mi compañero con ternura, mientras se ingeniaba para dejar el listón de madera sostenido en el punto de medición de profundidad. Él y sus extraños dispositivos para medir cosas. Cuatro días atrás había querido medir el tiempo transcurrido hasta que el calor y los temblores hicieron evidente que la estrella viajante había caído. Los múltiples soles habían estallado, incendiando la tierra sin necesidad de fuego. Y provocando una gigantesca ola que había llegado a las costas de Euriopa media jornada más tarde. Sabía que Etxekide intentaba descifrar aquellos tiempos. De ellos se podría deducir qué tan lejano había sido el impacto. Pero no me animaba a preguntarle por sus conclusiones. Si él no las compartía conmigo, era porque no se hallaba seguro.

Abian llegó al atardecer con un gran fardo de pasto y los pies ampollados pese a la doble suela. Dado que las cabras estaban comiendo muy poco, evaluamos que no sería necesario ir al lago los días siguientes. Teníamos alimento suficiente para ellas por dos o tres días y acopiar más cantidad no justificaba el suplicio de quemarnos los pies.

El gigante transmitió un cuadro triste del entorno del lago. Habló de que las moscas y los buitres se habían adueñado del paisaje, del fétido hedor de la carne descompuesta que provocaba náuseas, de la escasez de vegetación sobreviviente y de la penosa presencia de la *txalupa* arruinada.

Después de la cena, que consistió inevitablemente en costillas de cabra asadas, escuchamos los primeros aullidos.

Día Cinco

Al principio se sentían lejanos, pero igualmente nos sobresaltamos. Fuimos a la entrada de la caverna, pero nada pudimos ver en la oscuridad. Empezábamos a tranquilizarnos en el momento que oímos ruidos de ramas. De inmediato descubrimos varios pares de ojos rojizos.

Supimos que eran lobos cuando volvieron a aullar, esta vez a pocos pasos.

Caminaban de un lado al otro, mirando hacia la entrada de la caverna. Se veían flacos y hambrientos. Seguramente venían rastreando el olor de la carne asada desde algún punto remoto. A la luz de las lámparas alcanzamos a ver sus fauces, mientras exhibían los colmillos en forma amenazadora.

Advirtiendo nuestra presencia, se mantenían agrupados a distancia, pero sus movimientos anunciaban que no renunciarían a su alimento.

Al alimento que estábamos protegiendo. La carne de las cabras.

Comprendimos de inmediato que estábamos en peligro. Los varones se apostaron en la entrada y nosotras fuimos a atar las cabras para volver a descenderlas hacia la cámara inferior.

Janequa y yo asumimos la tarea de amarrar las once cabras. Pedimos ayuda a Etxekide para bajarlas, puesto que Abian, que era el más fuerte, empuñaba la única hacha que teníamos y Guaire era el más diestro en el manejo del arpón.

Uno de los lobos se acercó a la entrada, gruñendo y mostrando sus grandes colmillos.

Nos quedamos paralizados, observando al gigante Abian que se mantenía impertérrito, permitiendo que la bestia se le aproximara. Vimos su brazo elevarse mientras el lobo se aprestaba a saltar sobre él y luego cómo el hacha caía en la cabeza del animal, partiéndole el cráneo. Oímos el agudo chillido de la instantánea agonía, el silbido del arpón de Guaire alcanzando el vientre ya exánime, provocando chorros de sangre que salpicaron el cuerpo desnudo de Abian, seguido del grito aterrorizado de Nira y los gruñidos de los demás lobos que retomaban prudente distancia al advertir el riesgo de muerte.

En el rostro de Abian se dibujó una sonrisa de conformidad. Noté que los vellos de sus brazos estaban erizados. Guaire recuperó el arpón hundido en las entrañas del animal muerto. Nira tuvo que apoyarse en una roca para mantenerse en pie. Sus piernas se tambaleaban.

Después de eso, tuvimos tiempo para iniciar el descenso de las cabras.

Cuando habíamos llevado cinco de ellas al recinto inferior, los lobos se decidieron a atacar. Por encontrarme abajo, no pude ver la escena.

Pero escuché los gritos. Los balidos espantosos de las cabras al sufrir las mordidas. Los estertores de los lobos al ser heridos por los arpones. Más gritos de Janequa y de Guaire. Cuando atiné a trepar los escalones, Etxekide me pidió desesperadamente que no subiera. Me quedé inmóvil a mitad de la escalera escuchando otros golpes, chillidos y llantos.

Hubo un breve silencio. Seguido por el lamento de Nira y los sollozos de Janequa. Terminé de escalar y asomé mi cabeza. Por todas partes se veía sangre. Dos lobos y tres cabras yacían en el piso, retorciéndose, heridos de muerte. Abian y Etxekide estaban rociados de sangre de los pies a la cabeza. Guaire abrazaba a Janequa que gemía de dolor. Nira temblaba, pálida, encorvada, en un rincón oscuro, cerca de otras dos cabras que continuaban vivas.

Acercándome a Janequa pude ver su pierna sangrante. La mordida le había desgarrado la piel y su carne estaba expuesta. Grité de compasión al verla.

- Mataron a cuatro y se llevaron a una. - Informó Abian sin mirarme.

- Mordieron a Janequa. - Complementó Etxekide, entre furioso y culpable.

- Y a ustedes ? - Pregunté angustiada, buscando heridas en sus cuerpos cubiertos de transpiración y salpicados de sangre.

- Estamos bien. - Trató de tranquilizarme Etxekide.

- No volverán por un rato. - Aseguró Abian tenso, con el hacha ensangrentada apuntando a la entrada.

- Necesitamos agua, Itahisa. - Dijo Guaire en voz baja.

- Eran siete, matamos a tres, pero otros dos están heridos. - Continuó hablando Abian, dándonos la espalda.

No sé cómo pude recuperar el aplomo. Hubiera querido desmayarme como Nira o llorar junto a Janequa. Pero me compuse y recobré la serenidad. Yo era la única *Maisu* en Medicina y era apremiante curar las heridas de Janequa. Fui por un ánfora de agua y comencé a limpiar su pierna.

Busqué entre los equipajes un pequeño tarro de crema de papayas y apliqué el ungüento en las incisiones, de las que continuaba manando sangre. Desgarré unos paños y procedí a vendar la pierna lastimada.

Dejé a Janequa en compañía de Guaire y fui a examinar a Etxekide. No tenía heridas. Hice lo mismo con Abian, le pedí que se sentara y volqué jarros de agua sobre su cabeza, limpiando con un paño su enorme cuerpo. Entonces pude advertir unos cortes en su *esku-ona*, pero él les restó importancia. Igualmente repetí el tratamiento, esparciendo la crema y colocando un vendaje en sus dedos, de modo que no le impidiera manejar el hacha en caso de ser necesario.

Más tarde, sentados en ronda, nos reunimos a evaluar la situación.

Cuatro lobos habían logrado llevarse a una de las cabras. Eso les quitaría el hambre por un par de días. Dos de ellos habían sido heridos, quizás de muerte. No obstante, no estaríamos seguros en la cámara principal, a menos que halláramos un modo de bloquear la entrada. Y ello sería imposible hasta la madrugada. Por lo que, al menos por esa noche, dormiríamos en la cámara inferior. Janequa no se hallaba en condiciones de bajar los escalones colgantes, por lo que tendríamos que amarrarla y hacerla descender del mismo modo que a las cabras.

De las doce cabras que se habían refugiado en la caverna, solamente siete quedaban vivas.

Apenas empezó a clarear, nos dispusimos a trabajar en la empalizada.

Janequa, que se hallaba muy dolorida por las heridas de su pierna, no se movió de la cámara inferior y debimos turnarnos para hacerle compañía.

Los varones recolectaron grandes ramas y afilaron sus puntas con el hacha para producir las estacas. Luego las fuimos enterrando en arco delante del patio de entrada, dejando un pequeño espacio para la puerta. Ésta fue improvisada por Etxekide, tejiendo ramas en dos direcciones y atando uno de los lados a la estaca más próxima. La tarea fue agotadora debido al intenso calor, siendo necesario darnos pausas para refrescarnos a cada momento.

No hubo señales de los lobos durante la jornada. Vimos llegar más aves desde el sureste y nos alegramos con el zumbido de variedad de insectos que regresaban desde ignotos refugios. La lluvia de cenizas continuó disminuyendo sensiblemente durante el día, haciéndose casi imperceptible al final de la tarde.

Pero la novedad que más festejamos fue la presencia de relámpagos iluminando el inmutable manto del cielo al anochecer.

Nos ilusionaba creer que eran un anuncio de lluvias que traerían alivio al desesperante calor de los últimos cinco días. Y que regarían el terreno yermo, para que el verde rebrotara en el ceniciento paisaje.

Lamentablemente estábamos equivocados.

Día Seis

La lluvia que esperábamos con ansias no llegó.

Los truenos se hicieron cada vez más fuertes durante la noche, hasta que los sentimos estallar sobre la montaña. Más tarde oímos un repiqueteo lejano que ingenuamente nos figuramos serían gotas de lluvia. Al ir aumentando en intensidad, empezamos a sospechar que se trataba de otra cosa. Eran ruidos secos, agudos, un concierto de chasquidos que llegaba de afuera. Luego nos pareció advertir olor a quemado.

Fue Abian quien trepó la escalera para averiguarlo y nos dio la noticia. Sin dar crédito, fuimos subiendo a la sala principal a corroborar con nuestros ojos el pavoroso espectáculo que se veía desde la entrada.

El bosque se estaba incendiando.

Columnas de fuego de hasta veinte pasos de altura avanzaban en todas direcciones, devorando campos enteros de árboles caídos. El aire exterior era irrespirable. La montaña se hallaba sumergida en una espesa nube de humo.

Los rayos habían caído del cielo no para traer agua, sino fuego. Para incendiar el paisaje como una yesca. Para arrasar lo ya arrasado, quemar lo ya quemado, destruir lo ya destruido.

Con una mezcla de furia, pesadumbre y resignación, regresamos a la cámara inferior donde pasamos el resto de la noche y casi todo el día siguiente.

Parcialmente sumergidos en el agua, refugiados en el tibio vientre de la montaña, a resguardo del aire abrasador, asfixiante, del exterior.

Cambiamos pocas palabras durante la jornada, queriendo preguntarnos cosas que nadie sabría responder: Cuándo terminaría el incendio ? Sería ésta la última de las fatalidades que habríamos de afrontar ? Cómo estarían nuestros amigos y compañeros de expedición ?

Una sensación confusa fue apoderándose de nuestros ánimos. Estábamos resistiendo algo inevitable ? Estábamos burlando a la muerte o era la muerte la que se burlaba de nosotros ?

Janequa hablaba poco y sólo para invocar designios de los Dioses o interpretar señales de sus divinas voluntades. De a poco empecé a reconocerme fastidiada con sus escasos pero reiterativos discursos.

Las heridas de su pierna eran profundas. De un lado las incisiones habían topado con el hueso, pero del lado posterior, próximo a su talón, los colmillos habían penetrado en la carne rompiendo parte del músculo. Volví a aplicar la crema de papayas y a ajustar el vendaje con cierta reserva. Era poco probable que aquel tratamiento tuviera el poder de curar laceraciones tan importantes, pero no disponía de alternativas. Ninguna planta se encontraba viva a nuestro alrededor.

Nira aparentaba estar vencida por las circunstancias. Su pesimismo era inexorable. No daba muestras de esperanza, de rebeldía frente a la adversidad. Su aspecto era deplorable. Se veía debilitada, su piel ya no era rosada sino de un blanco pálido. Los huesos de la cara y los hombros mostraban extrema languidez y el cabello empezaba a caérsele en forma notoria. Aunque ella lo negara, estaba enferma. Pero sus síntomas no me resultaban reconocibles. Nada parecido había visto en tres años en la *Eskuela* de Medicina.

No era fácil saber cómo se sentía Abian. Él se mostraba impasible, inalterable, transmitiendo serenidad con su imponente presencia. Si bien nunca había sido muy extrovertido, su falta de expresividad parecía aun mayor. Sus pocas palabras eran para Nira o para coordinar cuestiones prácticas. Pese a ello, su actitud hacia mí ya no era la misma. Durante la travesía, sus modales habían sido agresivos o al menos indiferentes. Pero desde que estábamos en el continente se comportaba de forma más amable, más atenta. En algún caso, incluso pendiente de mis gestos u opiniones.

Guaire y Etxekide soportaban el trance de una forma más comprensible. Expresando la angustia cuando era inevitable, pero esforzándose en poner lo mejor para que todos estuviéramos bien. Tratando de consolar a los demás, dedicados a las necesidades colectivas y trayendo buen humor de la nada para desafiar el infortunio.

Era próxima la noche cuando los incendios se alejaron hacia el norte. Pudimos volver a la sala principal y asomarnos a la entrada, a observar el luctuoso panorama producido por el fuego.

Los árboles caídos estaban calcinados, reducidos a carbón humeante. La empalizada que nos había llevado una jornada construir había sido alcanzada por las llamas, pese a la gran distancia entre ella y los restos de árboles más cercanos. No obstante algunas estacas seguían en pie, casi intactas, de modo inexplicable.

Hacia el sur, donde antes existía un bosque, se alcanzaba a divisar un campo negro debajo de un espeso manto de humo.

Hacia el norte se veían los resplandores del incendio, alejándose, pintando de tonalidades amarillas las humaredas ascendentes. Esquirlas de hollín transitaban por el aire, como enjambres de abejas, depositándose en todas partes, superponiéndose a la alfombra de cenizas caídas del cielo en los días anteriores.

El cuadro era devastador. Si alguna planta, si algún animal terrestre había logrado sobrevivir en lo previo, seguramente había sido consumido por el fuego, o sofocado por el humo.

En nuestro entorno visible, la Naturaleza entera había sucumbido.

Un denso desánimo nos acompañó en la cena. Por tercer día consecutivo nuestra comida consistió en cabra asada, como única opción para mitigar el hambre. Nira se negó a comer.

Compartimos las preocupaciones más inmediatas que nos pesaban. Era improbable que pudiéramos volver a cosechar pasto en la orilla del lago. Y aquello era una sentencia de fatalidad, para las cabras primero y para nosotros después.

Desde la noche anterior, la profundidad del depósito de agua en la cámara inferior había disminuido de treinta a veinticuatro dedos.

Nos quedaba agua para cuatro días.

Día Siete

Afortunadamente, las cabras dieron suficiente leche para llenar un jarro, que compartimos bebiendo un par de sorbos cada uno.

Etxekide y Guaire hicieron un intento de ir al lago por la mañana, pero renunciaron rápidamente tras alejarse pocos pasos de la caverna. Por todos lados quedaban remanentes del incendio, puntos en los que el carbón aún continuaba ardiendo y transitar entre ellos resultaba en extremo riesgoso.

Abian y yo los vimos regresar mientras procurábamos reparar la empalizada. Sus caras reflejaban exasperación.

El cielo se mostraba tan nublado como en los días anteriores, el calor continuaba siendo muy intenso y nada nos aseguraba que iría a llover. Tras un intercambio de opiniones, aceptamos que no sería posible acceder al lago, al menos hasta el día siguiente.

Mientras hablábamos de esto y de las posibilidades de restaurar el cerco que nos protegería de eventuales ataques de los lobos, escuchamos extraños silbidos provenientes de algún punto más alto de la montaña.

No logramos identificar de qué clase de animal se trataba. Pero resultaba llamativo cualquier signo de vida aquella mañana, en la que hasta las moscas y los buitres habían desaparecido. Quedamos alertas largo tiempo observando la cima de la montaña, sin alcanzar a ubicar el origen de los silbidos, que seguían llegando espaciados, en tonos más altos y más bajos, como el canto triste de un pájaro desconocido.

Evaluamos la posibilidad de trepar la pared rocosa, pero pronto lo descartamos. Era demasiado empinada para escalarla. Y rodear la montaña para buscar un camino más accesible a la cumbre, nos obligaba

---

a transitar por zonas donde el humo anunciaba que el suelo continuaba ardiendo.

Entonces ocurrió algo curioso. Nos pareció que cada vez que dejábamos de prestar atención, los silbidos volvían a escucharse. Nos causó sorpresa e inquietud. De modo que hicimos algo para verificarlo. Tras mirar por un rato hacia lo alto de la montaña sin oír nada, nos dimos la consigna de regresar al trabajo. De inmediato sentimos los silbidos. Dejamos las estacas y nos apartamos a observar la cima. Silencio. Volvimos a la empalizada. Nuevamente silbidos.

Qué podría ser aquello que parecía estar viéndonos ? Qué clase de ave o reptil podría emitir aquellos sonidos sólo cuando nos disponíamos a trabajar ? No le hallábamos sentido. Hicimos una prueba más, ingresando a la caverna. Los sonidos, apenas perceptibles, regresaron y se detuvieron en el instante en que volvimos a salir.

Parecía que aquella cosa, fuera lo que fuese, intentaba llamar nuestra atención. Pero nos resistíamos a admitirlo. En ese momento vimos rodar un guijarro por la pendiente, golpeando en distintas rocas hasta caer a unos pasos. Era muy poco probable que un animal hubiera provocado aquello. Quedamos atónitos cuando cayó un segundo guijarro, del mismo modo que el anterior.

No era posible, no era creíble, pero lo tuvimos que aceptar.

Alguien estaba allá arriba.

- Quién está ? - Preguntó Abian con su grito más potente.

Nadie se dio por aludido.

- Hay alguien ahí ? – Insistió el gigante.

Muy débil escuchamos una respuesta. Nos sobresaltó una voz de mujer que sonaba apagada.

- Ijbin ainenfrau, tumirnijtvui.

Celebramos aquellas incomprensibles palabras con regocijo. No era explicable cómo habría conseguido sobrevivir una persona a la sucesión de catástrofes de los últimos siete días, pero si ella lo había logrado, posiblemente nuestros compañeros también.

Etxekide hizo un intento inútil de comunicación.

- Dónde estás ? Queremos verte ! - Gritó hacia arriba.

La respuesta fue la misma, desde detrás de alguna roca, a unos treinta pasos de altura. Su tono era lastimero.

- Ijbin ainenfrau, tumirnijtvui.

Aun si lográbamos ubicarla, no podríamos trepar a donde ella se escondía. Estaría sola ? No teníamos forma de saberlo.

Nira se acercó consternada, queriendo saber qué estábamos gritando. Le explicamos lo que estaba sucediendo, pero no se mostró proclive a compartir nuestra alegría.

Los varones hicieron otros intentos para que la misteriosa mujer se diera a conocer, pero no tuvieron éxito. Entonces se me ocurrió reproducir sus extrañas palabras.

- Ijbin ainenfrau, tumirnijtvui ! - Vociferé tan fuerte como pude.

El efecto fue prodigioso. La mujer del hielo apareció tras una roca.

Su aspecto nos dejó impresionados. Al igual que nosotros, se hallaba desnuda. Los pelos que le cubrían brazos y piernas, estaban completamente impregnados en cenizas y hollín, y el cabello parcialmente quemado. En las rodillas tenía manchas oscuras de sangre. También sus labios se notaban lastimados. Nos observaba con temor desde su inaccesible balcón.

Nira no pudo contener un chillido de espanto ante la aparición.

De mal modo le pedí que se mantuviera en silencio. Pero no me hizo caso.

- Dile que se vaya. – Reclamó con voz airada.

- No ves que está herida ? – Respondí con fastidio.

- Que vaya con su gente. No vamos a adoptarla, o sí ?

- Nos está pidiendo ayuda. Y debemos dársela. – Intenté dar por terminada la discusión.

Pero Nira no estaba dispuesta a otorgar. Rió con sarcasmo.

- Si eres capaz de entender su lengua, puedes decirle que se marche de aquí.

Busqué apoyo en los varones. Etxekide y Guaire me respaldaban. Abian parecía estar dudando.

Le ordené a Guaire ir con Janequa y explicarle la situación para que diera su parecer, mientras Nira intentaba convencer a Abian de que la mujer sólo podía traernos más problemas. Le pedí también a Guaire que regresara con un ánfora. Así lo hizo, trayendo el consentimiento de Janequa para que fuéramos hospitalarios con la mujer del hielo, quien continuaba atenta a nuestros movimientos desde la altura.

Tomé el ánfora y volqué un chorro de agua en mis labios. Hice lo mismo con Etxekide, empapando su cara. Y repetí el procedimiento con Guaire y con Abian. Nira se apartó de mi alcance. Luego hice el ademán de ofrecer el recipiente a la mujer del hielo.

Ella pareció dudar un instante. Pero de inmediato la sed debió sobreponerse a sus temores. Con movimientos lentos que igualmente evidenciaban su agilidad, inició el descenso.

Nira se retiró hacia la caverna, maldiciendo a la visitante, a nosotros y a sí misma.

Cuando la mujer peluda llegó al piso, cruzamos miradas. Sus ojos grises expresaban precaución y respeto. Me acerqué a ella ofreciendo el ánfora. Tomándola, ella mojó sus labios agrietados y bebió con desesperación. Sus cabellos estaban chamuscados y mugrientos. La piel ennegrecida por el hollín hacía difícil estimar su edad. Los dientes se veían blancos, sin señales de desgaste. Sus pechos eran grandes y algo caídos. A un paso de distancia me llegaba su olor animal, penetrante, repugnante.

Cuando acabó de beber, se dibujó una tímida sonrisa en su enorme boca. Apoyando mi mano abierta sobre mi pecho, le dije:

- Me llamo Itahisa.

Ella imitó mi gesto antes de emitir una frase indescifrable, como un lamento.

- Ijferlor maifok, mainebruda uf mainekinda.

Hice otro intento.

- Me llamo Itahisa. Ijbin ainenfrau.

A lo que respondió de inmediato.

- Itais. Ainenfrau.

Dándome por conforme, le pedí a Etxekide que se acercara para continuar las presentaciones.

- Ainenfrau, él es Etxekide.

Ella lo miró de pies a cabeza, deteniéndose a admirar su *zakil* sin disimulos, antes de hablar.

- Etxekid. Istjain groseman.

Mi compañero extendió su mano en señal de saludo. Pero ella reaccionó de un modo inesperado. En vez de darle la mano, se puso de rodillas frente a él, ofreciendo labios y lengua a su *zakil.*

Etxekide me miró, entre divertido y desconcertado. De reojo, noté las caras de sorpresa de Abian y Guaire. Con delicadeza tomé el brazo peludo de Ainenfrau para que volviera a ponerse de pie y dejara de apoyar sus rodillas lastimadas en el piso. No obstante, repitió el mismo gesto cuando le presenté a Guaire y a Abian.

Revisé rápidamente sus heridas. Tenía cortes, quemaduras y raspaduras poco visibles a través de su singular pelambre cobriza. Supuse que estaría hambrienta. La invitamos a pasar a la caverna y no puso resistencia.

Al ingresar, fue notorio que ella conocía el lugar tanto o más que nosotros. Lo único que llamó su atención fueron los arpones y las pieles de los lobos que habíamos matado y desollado dos días antes. Se acercó a examinarlas impresionada, denotando reverencia por los animales muertos.

Sólo se distrajo cuando Guaire le ofreció una bandeja con restos de cabra asada.

Nira volvió a cargarnos de desaprobaciones al verla acometer la carne.

- Apenas tenemos para comer, escasea el agua y a ustedes se les ocurre traer a una mona peluda de invitada.

El tono agresivo y los ademanes hostiles de Nira no podían pasar desapercibidos para Ainenfrau, pero a ella no parecieron molestarle. Sentada en el piso, se dedicó a roer los huesos como si fueran un manjar, haciendo ruido al masticar. Aun con las piernas abiertas, su *natura* permanecía oculta bajo el bosque de pelos rojizos. Sus pies descalzos mostraban llagas de quemaduras recientes.

Mientras la observábamos comer, intercambiamos impresiones.

Su aspecto ya no resultaba tan chocante. Las expresiones de su rostro y de su mirada decían cosas que debíamos descifrar para comunicarnos con ella. No comprendíamos una palabra de su idioma y tampoco era fácil entendernos por gestos, aun los más sencillos.

Cuál sería su historia ? Qué había ocurrido con su gente ? Cómo había logrado sobrevivir ? Quizás nunca lo sabríamos.

Janequa deseaba conocerla, pero al no poder subir la escalera, la única forma de realizar la presentación era que Ainenfrau visitara la cámara inferior. Pero ella no quiso hacerlo. No logramos convencerla de que se asomara al hueco.

Janequa hizo entonces preguntas acerca del aspecto y comportamiento de la recién llegada, y de inmediato aseguró que teníamos que interpretar su aparición como una señal de los Dioses.

Pese a su típica inexpresividad, pude captar que Abian se sentía complacido con la mujer del hielo. Ella miraba con admiración al gigante, que casi la duplicaba en estatura. Y a él no le resultaba indiferente el interés que provocaba en ella.

Guaire y Etxekide, en cambio, aunque se mostraban conformes y curiosos con la visitante, no ocultaban el desagrado físico que les producía.

- Itahisa, esa mujer apesta. No me parece buena idea invitarla a dormir con nosotros abajo. O crees que aceptará bañarse ?

La preocupación de Guaire me causó gracia, pero me resultó sensata.

No fue necesario resolver el dilema. Durante la tarde, Ainenfrau no se interesó en la cámara inferior. No aparentó curiosidad alguna en que fuéramos y viniéramos por la escalera colgante a cada momento. Solamente se mostró sorprendida al vernos izar desde abajo una de las cabras que sería nuestro alimento por los siguientes tres días.

Sus ojos se abrieron de asombro cuando, al anochecer, encendimos las lámparas de aceite.

Luego de la cena, tras arrojarnos una cantidad de palabras ininteligibles, ella se dirigió a la sala superior, que habíamos abandonado por hallarse inundada de cenizas.

Más tarde, Guaire ascendió la galería y verificó que se encontraba dormida.

Nosotros hicimos lo propio en la gran sala de abajo, en la que el nivel del agua continuaba descendiendo. Sin haber podido reparar completamente la empalizada, resultaba imprudente dormir en la cámara principal. Los lobos podrían regresar en cualquier momento.

Nira se mostró conforme de que nuestra reciente huésped se alojara en el otro extremo de la caverna. Aunque no lo confesáramos, también Guaire, Etxekide y yo nos sentíamos aliviados por dormir apartados de la maloliente y extraña mujer.

Me acosté junto a Etxekide, perseguida por las preocupaciones.

No tenía dudas que recibir a la mujer del hielo había sido lo correcto. No obstante, no lograba sentirme tranquila. Me hacía responsable por agregar una boca más para repartir los escasos recursos.

Etxekide me confortó asegurando que ella nos iba a ser de mucha ayuda. Que conocía el terreno circundante más que nosotros.

Entonces recordé las palabras de mi madre Atissa antes de partir de Lehen: "Si te encuentras en peligro, por favor Itahisa, prométeme que tendrás la astucia de aprender de ellos. Ellos saben sobrevivir en su territorio, nosotros no."

Aquellas palabras de mi madre de vientre resonaron en mi recuerdo, abriendo paso a una duda inquietante, a una desazón que fue tomando mi pecho.

Qué la había impulsado a decirme eso ? Por qué me había hecho prometerle tal cosa ? Tenía acaso una intuición de lo que iría a ocurrirnos ? Habrían podido los sabios astrónomos de Atlantis vaticinar que la estrella viajante provocaría un desastre ? No. Imposible. La estrella en aquel momento se estaba alejando . Y en todo caso, si el riesgo era predecible, por qué mis dos madres y mi abuela se habían mostrado tan proclives a que yo hiciera el gran viaje ? No. Si ellas hubieran estado alertas del peligro que podríamos correr, no se hubieran esforzado tanto en alentarnos a realizar la expedición.

Traté de desalojar aquellas ideas de mi cabeza y concentrar mis pensamientos en una imagen agradable para entregarme al sueño.

Imaginé que una abundante lluvia caía sobre nuestros cuerpos empapándonos, una lluvia refrescante, exquisita.

Tenía que llover.

Día Ocho

Guaire ordeñó las cabras. Sólo dos de ellas estaban dando leche y obtuvo apenas un jarro que debimos compartir entre siete personas.

La reserva de pasto se había acabado. Para reponerla, era imprescindible realizar una excursión al lago. Y ello implicaba transitar treinta campos de ida y de vuelta, entre los restos del incendio, soportando el calor abrasador.

Abian y Etxekide se prepararon para hacerlo. Cubrieron sus piernas con bombachos largos, calzaron sus pies con doble par de sandalias y volcaron agua sobre sus cabezas antes de iniciar el camino.

Ainenfrau, quien lucía mejor semblante luego de haber dormido, observó atentamente los preparativos, procurando comprender lo que nos proponíamos. Cuando los varones emprendieron la marcha, ella quiso ir tras ellos y no hallamos el modo de impedírselo. Simplemente vendó sus pies con jirones de piel de lobo y partió en dirección al lago.

Las heridas de Janequa no se veían bien. Las más pequeñas parecían estar curándose con la crema de papayas, pero las más profundas lucían irritadas y de ellas se desprendía una secreción amarillenta, pestilente. Janequa soportaba el dolor en forma admirable, casi sin quejarse, aun cuando ni siquiera con ayuda podía ponerse en pie.

Por el contrario, sufría en demasía por el calor, pese a que en la cámara inferior el aire era sensiblemente menos caldeado que el de afuera. Se notaba que su grueso cuerpo empezaba a adelgazar. Procuré hacerle chistes al respecto, aunque no me encontrara muy de ánimo para bromas. El formidable temple de Janequa era el que terminaba imponiéndose. Su serenidad ante los infortunios se fundamentaba en su particular comunicación con los Dioses. Pasaba todo el tiempo rezando. Hablando con Ama, Elkar y Egu, pidiendo por ella y por nosotros.

El aspecto de Nira era preocupante. A su delgadez y palidez se había agregado la pérdida de cabello y frecuentes derrames de sangre por la nariz. Había dejado de comer carne y su único alimento diario se limitaba a breves sorbos de leche de cabra. Puse mi mejor esfuerzo en sentarme con ella y tratar de persuadirla de que comiera, pero sólo recibí escuetas respuestas agresivas de su parte.

De mi equipaje de medicina rescaté trozos de corteza de sauce con los que preparé una infusión, que di a Nira para beber. Ella probó el líquido amargo, hizo un gesto de asco y me devolvió la jarra. Era inútil. Aunque me resultaba evidente que Nira estaba muriendo de una extraña enfermedad, no tenía idea de cómo ayudarla. Y ella no colaboraba en absoluto. Por el contrario, tendía a adjudicarme todos los males. Empezando por la decisión de alojarnos en la caverna y terminando por la llegada de Ainenfrau. Su mala disposición hacia mí era implacable. Y eso me quitaba el interés de hacer algo por ella.

El nivel de nuestro depósito de agua continuaba descendiendo. Había bajado a dieciséis dedos y a ese ritmo nos quedaríamos sin agua en un par de días. Llegado ese extremo, la caverna dejaría de ser habitable. Si es que no venían las esperadas lluvias a reparar la vegetación en los campos carbonizados, a restaurar la cercanía de animales, a devolvernos la vida.

Los varones regresaron agotados y abatidos, trayendo un exiguo fardo de pasto.

Ainenfrau venía detrás de ellos, portando un arpón con varios peces atravesados. Su rostro se veía radiante, parecía encantada con la excursión.

El lago también se estaba secando. Las aguas se habían retirado varios pasos desde la orilla, provocando que los pastizales quedaran a la intemperie, irremediablemente condenados a marchitarse. Algunos peces habían quedado confinados por la disminución de profundidad y ello había facilitado la pesca. Ainenfrau había mostrado excelentes habilidades con el arpón, fascinada con el poder de su punta de bronce.

La buena noticia era que comeríamos pescado.

En lo que ocurriría en un par de días no queríamos pensar.

Al anochecer, Etxekide quiso salir de la caverna a inspeccionar el terreno, para asegurarse de que no hubiera lobos merodeando en las cercanías. En cuanto se hubo alejado unos pasos, nos llamó para que fuéramos con él. A desgano de movernos por el calor, Guaire y yo acudimos hacia donde Etxekide señalaba el cielo sobre la cima de la montaña con una expresión de sorpresa en su rostro. Al llegar, no pudimos hacer otra cosa que sumarnos a su asombro.

Las nubes en el cielo oscuro estaban extrañamente iluminadas.

No era el crepúsculo, pero se parecía. El sol se había ocultado hacía largo rato y debería ya ser noche cerrada. Pero las nubes resplandecían en tonos blancos y azules, otorgando un espectáculo nocturno de una curiosa belleza.

- Qué es eso ? – Pregunté.

- Ni idea, pero se ve hermoso. – Declaró mi compañero encogiéndose de hombros.

- Las nubes están ... encendidas. Es rarísimo. – Comentó Guaire.

- Si, son noctilucentes. – Complementó Etxekide luego de meditar un instante

Día Nueve

Abian me despertó a la madrugada. Nira estaba muy mal.

Me acerqué a ella, que se hallaba tendida en el piso de una de las grutas laterales. Había perdido la mitad de su cabello, se retorcía de dolor, sangraba por la nariz y por la boca y estaba salpicada de inmundicias.

Pedí a Abian que trajera agua para limpiarla.

- Tienes que hacer algo, Itahisa. - Me rogó mientras volcaba jarros sobre su cabeza.

Decidí no ser delicada.

- Abian, Nira está muriendo.

Él me miró asustado, apenado, implorante.

- Tienes que hacer algo, Itahisa. - Repitió con voz quebrada.

- Quisiera poder hacerlo, Abian. - Dije con tristeza.

Nira asistía a nuestra conversación apenas girando sus hundidos ojos. Sus labios se movieron dejando escapar un hilo de sangre, mientras pronunciaba con dificultad.

- Todos vamos a morir. Ya ... deberíamos estar muertos.

Abian reaccionó con enojo. Aferrando sus enjutos brazos, la obligó a sentarse.

- Nira, vas a comer y vas a curarte ! - Le demandó con desesperación.

Ella no pareció afectarse por el mandato de su compañero. Mantuvo la mirada indiferente.

Guaire y Etxekide se despertaron con las voces y se acercaron. Me preguntaron por su estado y repetí lo mismo que le había transmitido a Abian.

Janequa también percibió lo que estaba sucediendo y gateando pudo aproximarse hasta los pies de Nira.

Allí, de rodillas, inició las oraciones.

- Diosa Ama, nuestra hermana Nira se apronta a cruzar la Puerta para encontrarse contigo.

Nira la contempló con desconcierto. Por un instante, temí que reaccionara con furia y la hiciera callar, pero eso no ocurrió.

Janequa continuó.

- Acógela en tu divino regazo, llénala de consuelo y enséñale las maravillas de tu Creación, para que su espíritu se colme de regocijo en tu presencia.

Nira tosió, atorada, escupiendo sangre.

- Ten en cuenta a nosotros, tus hijos, que aguardamos tu designio para transitar también la Puerta y así volvernos a reunir.

Noté que al gigante Abian le caían lágrimas. Sus fuertes manos estrujaban el huesudo brazo de Nira, cuya mirada parecía perdida.

Janequa hizo una pausa y cerró los ojos, concentrada en escuchar la respuesta de los Dioses. Sentí pena por Abian y apoyé mis manos en sus fuertes hombros. Me descubrí más afligida por él, que por la agonía de Nira.

Tras un largo silencio, Janequa volvió a hablar, transmitiéndonos el mensaje que los Dioses le habían encomendado.

- Cumpliremos con ello. Daremos su cuerpo a las grandes aves para renovar la vida.

Nira volvió a fijar la vista ante esta última frase. Miró a Janequa y luego a nosotros.

Movió los labios sin pronunciar sonido, hasta que le oímos decir.

- Los ... buitres.

Después de eso, dejó de respirar.

Abian se desplomó, abrazándola, llorando su muerte.

Los demás fuimos respetuosos de su angustia, expresándole como pudimos nuestra solidaridad y afecto.

Así estuvimos buen rato, reunidos alrededor del cuerpo inerte, intercambiando abrazos, rezando.

Asumiendo que Nira ya no se encontraba con nosotros, que ella ya había partido hacia la Puerta.

Más tarde, amarramos el cuerpo de Nira y lo hicimos subir a la cámara principal.

Ainenfrau simplemente guardó silencio al comprender la situación.

Janequa insistió en que también la subiéramos. Para ello, tuvimos que improvisar un asiento con cueros, tablas y sogas. Entonces pudimos izarla, jalando de las cuerdas.

Ella y Ainenfrau se contemplaron por primera vez, pasando rápidamente del asombro inicial a la consideración mutua, y en seguida a la franca simpatía, sin intercambiar una palabra.

- Ainenfrau, ella es Janequa. - Hice la postergada presentación.

- Janeku, Ainenfrau. - Dijo sonriente la mujer del hielo.

Janequa adelantó su mano en gesto amistoso. Esta vez Ainenfrau pareció comprender perfectamente y extendió ambas manos devolviendo el saludo.

Afuera, el cielo continuaba cubierto de nubes oscuras. Por primera vez en varios días sentimos que el aire, aunque caliente, era un poco más respirable.

Abian transportó lentamente el cuerpo de Nira alejándose de la caverna y los demás lo seguimos en procesión, ofreciendo nuestros hombros a Janequa para que pudiera desplazarse en una sola pierna.

Abian descendió la pendiente pedregosa y continuó caminando hasta llegar a un punto más alto, a unos dos campos de distancia.

Allí se detuvo y miró hacia el cielo sosteniendo el cadáver, cuyos huesudos brazos caían, desprovistos de vigor, hacia el piso.

Flexionando una rodilla y luego la otra, el gigante se puso en cuclillas, antes de depositar suavemente el blanquísimo cuerpo fallecido sobre la negrísima tierra carbonizada.

Hecho esto, volvió a ponerse de pie y dio un paso atrás, su enorme espalda encorvada por el pesar, quebrándose en sollozos.

Inesperadamente, fue Ainenfrau la primera en acercársele. Abrazó la cintura del gigante, apoyando la cara en su costado. Abian recibió el cariño sin inmutarse, sin reaccionar al contacto físico con la mujer peluda.

A continuación, ella hizo algo que nos resultó sorprendente. Aproximándose al cuerpo de Nira, se agachó y tomó un puñado de tierra. Luego desparramó el polvo oscuro sobre el vientre y el pecho de la muerta, entonando en un susurro una canción.

Asistimos a la rara ceremonia con cierta perplejidad. Janequa sintió la necesidad de dar una interpretación al ritual de la mujer del hielo.

- Diosa Ama, escucha la canción de tu hija Ainenfrau, en el momento en que nuestra hermana Nira se encuentra cruzando la Puerta hacia tu encuentro !

De a uno, nos aproximamos a Abian a darle otros abrazos.

Juntos, desandamos el camino hacia la entrada de la caverna.

Allí permanecimos un tiempo, los seis, en silencio, observando a la distancia la silueta en blanco sobre negro de quien había sido nuestra compañera de expedición.

Me costaba digerir la idea de que Nira, la conflictiva, quejumbrosa y detestable compañera, ya no estaría con nosotros. Que ya no escucharíamos sus palabras agresivas ni soportaríamos sus modales petulantes.

Nira estaba muerta. Y yo, la única *Maisu* en Medicina, no había logrado siquiera atenuar su repentina agonía.

Ya dejaba de parecerme tan detestable. La echaríamos de menos.

Los buitres aparecieron en el cielo, descendiendo en círculos sobre el cadáver.

Fueron posándose, de a uno, frenando el vuelo con sus enormes alas al apoyar las garras en el piso. Tras una breve inspección, acometieron a picotazos el cuerpo de Nira, empezando por sus ojos.

Abian cubrió su cara para no ver el espeluznante espectáculo de las aves desgarrando sin piedad el rostro, los pechos y el vientre de Nira, haciendo fluir la sangre sobre la piel blanquecina.

Janequa rezó oraciones de agradecimiento, bendiciendo el acto sagrado en que la muerte da lugar a la vida. Guaire se sintió descompuesto y se retiró al interior de la caverna. Etxekide me rodeó con sus brazos.

Ainenfrau intentaba comprender la situación, alternando su mirada entre las distintas escenas: la sangrienta de los buitres devorando el cuerpo, la de Abian sentado, abatido, escondiendo su cabeza, la de Janequa elevando las manos al cielo, y la de Etxekide abrazándome.

Tras un momento, ella se sentó junto al gigante. Lentamente apoyó su peludo brazo por la ancha espalda y comenzó a acariciarle la cabeza.

Él permaneció enrollado en sí mismo, dejando escapar quejidos de lástima.

Nira estaba muerta. Qué sería de nuestros compañeros de expedición ?

Qué sería de Txanona y Teno, y de sus compañeros del barco de residentes ?

Estaría mi amiga aprendiendo secretos de los labios de Tinabuna ? Estaría su compañero interpretando versos con su lira ?

Qué habría sido de Oihane y Guadarteme, de Urma y Markel, y de Mizkila y Atabar, los *txalupari* que se habían separado inexplicablemente de nosotros mientras remontábamos el río Tartessos ? Estaría Oihane tocando los tambores para hacer bailar al inefable Guadarteme ?

Qué habría pasado con el barco seis, en el que viajaban Sutziake, Baraso, Nora, Egoitz, Edurne y Aimar ? Estarían ellos a salvo junto a los *maisuak* Naga, Siso y Aremoga ? Seguiría mi amiga Sutziake riendo de las habituales torpezas del grandote Baraso ? Continuaría Naga encendiendo sus hojas de fumar sin convidar a su amiga embarazada ?

Nira estaba muerta. Ellos podrían también estar muertos.

Nosotros también podríamos estar muertos.

Y lo estaríamos en pocos días, si la lluvia no llegaba.

Pasó un rato hasta que la mujer del hielo complementó sus caricias con besos en el robusto brazo de Abian.

Recorriendo con sus labios el hombro desnudo, explorando la curvatura del potente músculo, al tiempo que continuaba acariciándole la espalda y la rodilla.

Sin recibir rechazo, prosiguió rozándole cariñosamente el contorno de las piernas, jugando con las yemas de sus dedos sobre el cuello, los codos y los muslos del gigante.

Lo que sucedió a continuación fue tan rápido y tan intenso que nos dejó turbados, desconcertados.

Ainenfrau deslizó su mano al *zakil* de Abian, provocando una reacción inmediata.

Entonces él salió de su estado ensimismado y tomando a la mujer peluda por la cintura, la puso de rodillas. Ella se dejó manipular, sin mostrarse disgustada ni sorprendida. Colaboró apoyando los brazos en el piso y elevando las nalgas, presentando su hirsuta entrepierna a los impulsos del gigante, ofreciéndose.

Abian la tomó con fuerza y de un solo empuje introdujo su *zakil* en el invisible canal. En pocas embestidas alcanzó su satisfacción, que acompañó con un potente alarido de alivio, de placer y de angustia.

Luego volvió a sentarse en la misma posición, escondiendo la cabeza entre sus rodillas.

Por primera vez, vimos los ojos grises de Ainenfrau brillando de deleite.

Guaire y Etxekide fueron al lago por la tarde. Era imperioso cosechar más pasto y conocer la situación de la reserva de agua, dado que nuestro depósito se estaba agotando.

Etxekide ató una soga al cuello de una de las cabras, con la intención de llevarla también al lago, pero el animal se resistió a salir de paseo. Etxekide rápidamente se dio por vencido.

Abian permaneció sentado en el patio exterior, acurrucado, llorando ocasionalmente.

Ainenfrau no se apartó de él, brindándole silenciosa compañía, excepto cuando me vio quitar el vendaje de la pierna de Janequa y se acercó a observar las heridas que yo intentaba curar.

La mujer del hielo dijo cosas incomprensibles acerca del estado de las lesiones. Tras varios ensayos de señalar objetos para que ella diera los nombres respectivos, aún no habíamos descubierto una sola palabra similar entre su idioma y el nuestro.

- Amis estotxbuj. - Afirmó señalando las secreciones amarillentas.

Janequa y yo intentamos reproducir su frase lo mejor que pudimos.

- Amis ... estotx ... buj ?

Ainenfrau asintió varias veces, extendiendo sus manos, pero no comprendimos su demanda. Entonces ella me quitó una de las vendas limpias y me hizo gestos para que la acompañara fuera de la caverna. Busqué la aceptación de Janequa, antes de interrumpir el procedimiento de curación y seguir a la mujer del hielo, intentando dilucidar qué se proponía.

Ella caminó hacia los matorrales carbonizados mirando atentamente el suelo, indiferente a la proximidad del cadáver de Nira perforado por los picos de los buitres y cubierto ya de moscas. Varias veces se agachó a inspeccionar la tierra, mientras yo la contemplaba sin captar su intención. En un momento me indicó en el piso un grupo de pequeñas hormigas que transitaban por su camino. Continuó alejándose, llevándose la venda que yo había reservado para aplicar a la pierna de Janequa. Tuve que ir detrás de ella, pensando en cómo convencerla de que me devolviera el paño, hasta que de pronto se detuvo, señalando un diminuto promontorio, que reconocí como el hormiguero.

Con asombro, la vi desplegar la venda y depositarla cuidadosamente en proximidad a la entrada, de modo de obligar a las hormigas a transitar sobre el blanco paño para acceder a su refugio.

- Amis estotxbuj. - Volvió a decir con entusiasmo, ante mi estupor.

Tuve el impulso de recuperar la venda, pero dejé lugar a la duda y me contuve. Qué significaba aquello ? Cuál sería el motivo de tan extraño comportamiento ? Traté de descifrar la expresión satisfecha de la mujer del hielo, sin llegar a conclusión alguna.

Decidí entonces ir por otra venda y dándole la espalda, regresé a la caverna.

Los varones trajeron malas noticias a su retorno. El lago estaba reducido a un exiguo charco que no tardaría en extinguirse. Pocos peces permanecían atrapados en los pequeños estanques, también agonizantes. La corriente del río, que diez días atrás era un torrente navegable y cinco días atrás un arroyuelo, ya no existía. Se había secado por completo, dejando un tendal de peces muertos en su lecho.

Nuestro depósito en la cámara inferior se hallaba en ocho dedos. Decidimos suspender cualquier uso del agua que no fuera para beber o cocinar. No enjuagaríamos platos ni jarras. Ya no nos bañaríamos. Dejaríamos de humedecer paños para refrescarnos.

Tendríamos que soportar el calor sin mojarnos.

Mientras asaba los pescados, noté que Guaire se sacudía, sobresaltado.

- Qué pasó ? - Le pregunté, asustada.

- Nada. - Respondió sin mirarme.

- Guaire ! Por qué saltaste ?

- Nada. - Volvió a decirme, antes de murmurar. - Me pareció que regresaban los lobos.

El cielo volvió a iluminarse aquella noche, mucho más que la anterior. Las nubes noctilucentes resplandecieron en franjas amarillas, rosadas y púrpuras,

Día Diez

Desperté con un intenso dolor de cabeza que me acompañó todo el día, pese a que bebí de a sorbos la infusión de corteza de sauce que Nira había rechazado.

Etxekide se levantó cerca del mediodía y volvió a acostarse por la tarde, algo muy llamativo en él.

Guaire obtuvo apenas media jarra de leche del ordeñe de las cabras.

Ainenfrau trajo de vuelta el paño que había colocado en el hormiguero y me indicó que lo utilizara para vendar a Janequa. Las heridas de su pierna se veían aun peor que en días anteriores. Me resistí a hacerle caso, pero ella fue tan insistente que terminó por convencernos. Entonces Ainenfrau, tomando otro paño limpio, salió de la caverna para ir a depositarlo en la entrada del refugio de las hormigas.

Cuando se marchaba, advertí que por sus muslos caía sangre. Me costó un momento entender que a la mujer del hielo le había llegado su luna. Eso nos hizo tomar cuenta de que ni a mí, ni a Janequa, nos había bajado la sangre desde hacía unos treinta días. La última vez había sido a poco de partir de Islas Castigadas, previo a la tormenta. El recuento de los días nos resultaba confuso. Percibíamos aquel momento como lejano, remoto. Más confuso aun era que nuestras lunas estuvieran atrasadas. Ni ella ni yo recordábamos haber recibido semen en días fértiles.

Abian se mantuvo encerrado en un prolongado mutismo. Ni siquiera agradecía los gestos de atención que le regalábamos de vez en cuando, procurando animarlo.

Por la tarde, Ainenfrau trabajó un hueso delgado que halló en un rincón de la caverna. Parecía de una pata de un ave de gran porte. Sentada en el piso frente a una piedra, ella comenzó a pulir los extremos del hueso y a desgastar ranuras en determinados puntos. En su idioma, anunció lo que estaba haciendo, pero nos fue incomprensible.

Luego de que cargamos las ánforas con agua, el nivel de nuestro depósito descendió a dos dedos. Y la que iba quedando no se veía límpida. No tendríamos agua para beber al día siguiente.

Día Once

Al dolor de cabeza se le sumaron los mareos. Tuve que sostenerme con ambas manos para poder orinar. La orina fue escasa y oscura. Sentía sequedad en la boca, que no pudo aliviar el mínimo sorbo de leche que Guaire me acercó, al advertir que no me levantaba.

Observamos con tristeza el último rastro de agua sucia extinguiéndose en el lecho. Desechando toda precaución nos arrastramos a mojarnos en aquel barro, extendiendo la última humedad posible en nuestros cuerpos.

Nadie quiso ir al lago. La perspectiva de encontrarlo también seco era extremadamente desalentadora. El desgaste físico de ir y volver resultaría intolerable.

Etxekide permaneció durmiendo casi toda la jornada. Todos evitábamos movernos.

Administramos con dificultad la última ánfora para beber, sentados alrededor de ella, vigilándola, desconfiados unos de otros, discutiendo cada gota que se repartía. Cuando ya no quedaba agua, nos quedamos tumbados en el barro de la cámara inferior, en la oscuridad, a resistir como pudiéramos la sed, a soportar el ardor que se iba adueñando de nuestros cuerpos.

Desde la cámara superior nos llegaron sonidos agudos. Era Ainenfrau, que al terminar de confeccionar su flauta de hueso, empezaba a probarla. Tras varios ensayos percibimos una sucesión de notas que se repetía. Y reconocimos la canción que ella había entonado, esparciendo tierra sobre el cuerpo exánime de Nira.

Una música dulce, pero triste.

Al caer la noche, la sed se me hizo insoportable. Dolorosamente insoportable.

Sentí que la vista se me nublaba, la respiración me resultaba difícil y el pecho me pulsaba de agitación.

Día Doce

Estoy seca.

Como el bosque quemado. Como el lecho resquebrajado de los ríos.

Lo que antes era fresco y tierno, ahora es áspero y sucio.

Como el paisaje que antes era verde, ahora incendiado. Teñido de aridez por las cenizas.

Donde antes había un concierto de cantos de animales, ahora se ha instalado un silencio tieso, inerte.

Estoy seca como la Tierra.

De mi cuerpo no sale más orina. Mi piel ya no transpira.

De mi flor no fluye humedad, de mi *natura* no cae sangre.

De mis ojos no brotan lágrimas.

Estoy seca.

Mis labios ya no pueden besar, están agrietados y me duelen.

Mis pechos ya no sienten, están mustios, caídos.

Veo nublado.

Veo a Etxekide, tratando inútilmente de remar en la arena.

Veo a Ainenfrau, persiguiendo hormigas, profiriendo exóticas palabras.

Veo a Nira, seduciendo a los buitres para que vengan a comer su cuerpo.

Veo a Guaire, espantado ante un ataque de lobos que sólo existen en su mente.

Veo las úlceras en la pierna de Janequa, supurando una crema amarillenta que me dan ganas de beber.

Veo a Abian a mi lado, hecho un ovillo, doliendo nuestra muerte.

Estoy seca.

Ellos hablan de lo que hacen las hormigas.

Qué pueden hacer por nosotros las hormigas ? Irán las hormigas con los Dioses ? Vendrán a acompañarnos a cruzar la Puerta ?

Tampoco irán con nosotros las libélulas, las nubes de libélulas que invaden la caverna, llegando desde el cielo, desde las extrañas nubes iluminadas.

Quiero estar en los brazos de mi madre Atissa.

Quiero poder llorar en su regazo. Pero no puedo, porque de mis ojos resecos no brotan las lágrimas.

Estoy seca. Voy a morir.

PARTE SIETE,
DESASTRE
SEGUNDO MOVIMIENTO,
DILUVIO

Día Trece

No supe en dónde me hallaba. Tampoco si era de noche o de día. Estaba soñando.

Soñaba que Etxekide me despertaba como siempre, escurriendo gotas frías de su cabello en mi cara.

Salpicando mi cuello y mi espalda, refrescándome. Acariciando mis pechos con sus manos empapadas.

Jugando en el contorno de mi boca con sus dedos mojados, humedeciendo mis labios.

Chorreándome, llenándome de agua.

Desperté en un sobresalto y era de noche. Estaba oscuro. Había cabras a mi lado. Me costó ubicarme. Un extraño rumor llegaba desde arriba.

- Qué pasó ? – Pensé en voz alta.

- Hola, Itahisa.

Reconocí la voz de Guaire.

- Guaire ! Qué haces aquí ? – Pregunté estúpidamente.

- Intento dormir. – Refunfuñó.

- Dónde están los demás ?

- Por ahí. Durmiendo.

Mi cabeza trataba de ordenar mis percepciones. Todo me resultaba confuso.

- Qué es ese ruido que viene de arriba ?

- Es la lluvia, Itahisa.

Aquello me resultaba increíble, prodigioso.

- Empezó a llover ? Cuándo ?

- Ayer de mañana.

Repentinamente recordé la dolorosa sequedad en mi garganta. Ya no la sentía, aunque igualmente tenía sed.

- Hay agua para beber ?

- Claro que sí. De lo contrario, no estaríamos aquí.

Me incorporé a escuchar el suave murmullo que llegaba a mis oídos. Nunca antes me había parecido tan delicioso el sonido de la lluvia. No alcanzaba a distinguir los bultos a mi alrededor. Palpé el piso buscando el agua del charco, pero verifiqué que continuaba seco.

- Guaire !

- Sí, Itahisa.

- Por favor, dime dónde está el ánfora.

Guaire se levantó y vino hacia mí. Percibí su respiración al acercarse y sentí su mano sobre mi frente.

- No estás viendo bien todavía, verdad ?

Me costó comprender la pregunta.

- Qué dices ? Todo está muy oscuro.

Guaire encendió una yesca y prendió una lámpara con ella. Pude ver el resplandor y sombras difusas. Luego me ofreció un ánfora que tomé y llevé a mi boca de inmediato. El agua estaba fresca, exquisita.

- Mañana estarás bien. No te preocupes.

De qué iba a preocuparme ? Qué había dicho Guaire ?

- Dijiste ayer de mañana ?

- Sí.

- No es posible. Sólo dormí un rato.

Guaire rió.

- Sólo dormiste un rato. – Confirmó como si fuera gracioso.

- No seas tonto, Guaire, dime lo que ha pasado.

- Te desmayaste poco antes de que llegara la lluvia. Ayer intentamos despertarte y no pudimos. Etxekide pasó todo el día mojándote los labios. Está por amanecer.

Traté de aceptar lo que Guaire me estaba diciendo, aunque me resultaba inverosímil. De pronto me di cuenta que el aire se sentía fresco y yo permanecía desnuda.

- Ya no hace calor ?

- Está agradable.

- Puedes despertar a Etxekide ? Está contigo ?

Guaire sacudió el cuerpo tendido a su *eskuona*. Pese a que la luz de la lámpara era muy escasa, advertí que la sombra de Etxekide se levantaba y venía a sentarse junto a mí. Sentí su abrazo, me apoyé contra su pecho y le expresé mi dicha.

- Está lloviendo, mi amor.

- Está lloviendo, preciosa.

Refugiada entre sus brazos, pude por fin llorar.

Un rato más tarde, sentí hambre. Mientras todos dormían, me arrastré hasta la gruta donde solíamos guardar la carne salada, envuelta en paños. A tientas, logré asir un trozo de pescado y me lo llevé a la boca.

Había estado durmiendo casi dos días ? Sería posible ? En mi memoria inmediata, recordaba la pelea por los últimos sorbos del ánfora y la música de la flauta de Ainenfrau. Eso había sido el día once. Ayer no habían logrado despertarme, ayer había sido el día doce. Qué hermosura la lluvia ! Traté de ponerme en pie y no pude. Aún me encontraba mareada.

Volví gateando hacia donde estaba el ánfora y bebí largos tragos. Ya no había que racionar el agua. Ya no era necesario. Estaba lloviendo.

Elevando el ánfora sobre mi cabeza vacié todo su contenido, empapando mis cabellos y mis hombros, gozando de la sensación refrescante del agua escurriendo por mis pechos.

Luego de eso, por primera vez en trece días, noté que mi cuerpo se estremecía de una sensación perdida, remota, antigua. Tenía frío.

Disfruté de aquella extraña conmoción sonriendo en la oscuridad. Me sentí mejor.

Pasó un rato antes de que me volvieran las fuerzas para pararme. Por el agujero del techo comenzaba a notarse la claridad de la madrugada. El rumor que provenía de arriba denunciaba la intensidad de la lluvia.

Cuando Janequa abrió los ojos, me acerqué a ella y le di un beso en la frente.

- Hola Itahisa, descansaste ?

Me reí de su tono burlón.

- Parece que sí. Cómo está tu pierna ?

Ella se incorporó para sentarse.

- Mucho mejor. Gracias a Ainenfrau y a las hormigas. Menos mal que está ella con nosotros, porque si fuera por nuestra *Maisu* en Medicina ...

Acepté el golpe, de buen humor, siguiéndole el juego.

- Estaríamos mal, no ?

- Bueno, no sé si mal del todo. – Concedió.

- Está lloviendo, escuchas ?

Los ojos azul piedra de Janequa me miraron con ternura.

- Hace mucho que llueve, querida Itahisa. Sólo que tú no te has enterado.

- Es maravilloso, no te parece ?

- Claro que sí. Hemos estado celebrándolo ayer, con música, oraciones y bailes. Hasta nos hemos bañado bajo la lluvia. La vida ha regresado y nosotros seremos parte de ella. Gracias a Ama.

- Gracias a Ama. – Repetí contenta.

Me hallaba aturdida como para pedirle a Janequa más detalles. Me fascinaba la idea de salir de la caverna y sentir la lluvia cayendo sobre mi piel. Para ello, necesitaba que alguien me ayudara a trepar los escalones colgantes. No podría pedírselo a Janequa y no quise despertar nuevamente a Guaire o a Etxekide. Busqué el gran cuerpo de Abian en la penumbra, pero no alcancé a verlo.

- Dónde está Abian ?

Janequa revisó el recinto sin encontrarlo.

- Debe estar arriba, durmiendo con Ainenfrau.

Me causó gracia.

- Esa mujer peluda ha logrado en tres días lo que nosotras no hemos podido en medio año.

Janequa asintió.

- Ainenfrau ha sido una bendición, Itahisa. Especialmente para Abian.

Janequa volvió a acostarse y se acomodó de costado para retomar el sueño. Por unos momentos me quedé contemplando su curvada silueta, que se inflaba y desinflaba al respirar.

Un tiempo después, me dispuse a ascender los escalones. Con esfuerzo accedí a la cámara principal, que se veía inusualmente limpia. Alguien había barrido la capa de cenizas del piso. Un gorgoteo uniforme se escuchaba en la pared que habíamos utilizado para refrescarnos y que varios días atrás se había secado.

Caminé hasta la entrada y a través de los restos de la empalizada, observé el paisaje quemado, ahora húmedo, barroso.

Llovía torrencialmente. Se oían lejanos diversos cantos de pájaros.

Di dos pasos más y cerrando los ojos, me entregué al placer de sentir las gruesas gotas frías acariciando todo mi cuerpo.

- Cuéntame.

Etxekide se refregaba la cara, luego de mojar sus manos

- Qué quieres que te cuente, Itahisa ?

- No puedo recordar lo que ocurrió ayer.

Mi compañero me dirigió una mirada graciosa, antes de sentarse junto a mí. Pasó una mano por delante de mis ojos.

- Estás viendo bien ahora ?

- Creo que sí.

- Estuviste desmayada, Itahisa. Casi dos días. De vez en cuando hablabas, pero no nos veías.

- Y ustedes ?

- Nosotros ? Lo pasamos estupendo con Janequa y con Ainenfrau.

- No puedes ser mentiroso conmigo, Etxekide, no te lo permito.

Él se puso cómodo, apoyando la espalda contra la pared de la gruta de entrada. Luego me dijo risueño.

- Ainenfrau nos anunció que iba a llover. Por las "amise".

- Amise ?

- Sí. Las hormigas.

Escenas borrosas trataban de abrirse paso en mi memoria reciente.

- Qué hicieron las hormigas ?

- Ainenfrau nos mostró cómo se desplazaban porque percibían la llegada de la "rigin"

- Rigin es la lluvia ?

- Sí.

- Veo que aprendieron muchas cosas de la mujer del hielo mientras yo dormía.

Etxekide disfrutó de mi ironía.

- Cierto. Y también le enseñamos algunas cosas a ella.

- Me imagino. Cuándo empezó a llover ?

- Ayer, temprano en la mañana. Al principio el agua cayó muy sucia, casi negra. Aunque nos desesperábamos por beberla, estaba caliente y su sabor era repugnante. Provocaba ardor en la boca. De modo que sólo nos mojamos con ella. De a poco fue cambiando, haciéndose más clara y más fresca. Entonces sí, pudimos calmar la sed. En cuanto llenamos las ánforas fui abajo a darte de beber, pero no logré despertarte.

- Vinieron libélulas ?

- Sí. Carreras de libélulas aparecieron poco antes de la lluvia. Al rato se marcharon.

Durante la mañana acopiamos leña mojada.

Disponíamos de pocas ramas secas, las que encendimos en el patio de entrada para que el fuego ayudara a secar los troncos recuperados tras el incendio, ahora empapados.

Aún me sentía levemente mareada, especialmente cuando intentaba levantarme. Y por momentos la vista se me nublaba, pero ello no me impidió colaborar con la tarea de acondicionar nuestro refugio para convivir con la lluvia.

Multitud de sapos aparecieron de no se sabe dónde, e iniciaron un concierto de celebración de la abundancia de agua. Muchos de ellos se aproximaron a saltitos hacia la caverna y nos cansamos de barrerlos hacia afuera.

Aunque dentro de la caverna continuaba cálido, el aire exterior estaba agradablemente fresco. Por primera vez desde el desastre, volvimos a vestir las *brusak*, cubriéndonos los torsos para no sentir frío. Ainenfrau fue la única que permaneció desnuda.

Por la tarde, Guaire y Etxekide fueron hasta el lago. Esta vez lograron llevar consigo de arrastre a una de las cabras.

El piso de la cámara inferior volvió a humedecerse como consecuencia del lento filtrado de agua proveniente de la cima de la montaña.

Ainenfrau pasó yendo y viniendo bajo la lluvia, persiguiendo inútilmente rastros de las hormigas. Pero éstas habían abandonado sus anteriores refugios debido al aguacero. La mujer del hielo estaba preocupada por no poder preparar una nueva venda para las heridas de Janequa. O bien, eso fue lo que pude deducir de sus ininteligibles frases.

Los varones regresaron empapados, trayendo un atado de pasto y unos pocos peces atravesados en el arpón. Nos relataron las dificultades que habían tenido para lograr que la cabra llegara al lago y comiera de los brotes verdes que asomaban en las orillas.

Al anochecer fue Janequa la que preparó los pescados para la cena, cocinándolos al vapor, produciendo una carne asombrosamente tierna, exquisita, que devoramos en el patio de entrada, rodeados del persistente sonido de la lluvia y del canto desafinado de los sapos.

Día Catorce

Tres de las cabras dieron leche, produciendo tres jarras, que disfrutamos compartiéndolas a medias en parejas. Guaire con Janequa, Etxekide conmigo y Abian con Ainenfrau.

Era notorio que Ainenfrau había ocupado el lugar de Nira como compañera del gigante. Ella lo seguía a todas partes durante el día y él la seguía hasta la cámara superior por las noches. Hicimos chistes al respecto, cuando Abian no podía escucharnos.

Poco antes del mediodía acompañé a Etxekide hasta la repisa en el precipicio de la montaña. El paisaje se veía igual de chamuscado y estéril, pese a los dos días de lluvia ininterrumpida. Apenas podían adivinarse algunas notas de verde en las riberas de los ríos, los que antes eran afluentes del Tartessos y ahora desembocaban cada uno por separado, en los confines del valle arrasado. El extenso horizonte de dunas seguía sin verse, sumergido bajo el manto azul del mar. Permanecimos largo rato oteando los rincones en busca de una columna de humo que nos diera una señal de nuestros compañeros de expedición, pero nada pudimos divisar.

Desanimados, regresamos a almorzar.

- No creo que podamos ver humo en el valle, - enunció Guaire para despejar nuestro desaliento – ellos deben estar en cavernas más al norte. En las montañas que no son visibles desde la repisa.

Etxekide asintió en silencio.

- Si pudiéramos preguntarle a Ainenfrau, ella podría decirnos dónde hay otras cavernas. – Reflexioné en voz alta.

La mujer del hielo me miró con curiosidad al ser aludida. Guaire aprovechó la ocasión para una de sus típicas ocurrencias.

- Grof jolti priptxa cavernas ? – Le preguntó, inventando las palabras.

- Ijferstinijt vasijfragen. – Respondió ella seriamente.

Decidí intentarlo.

Pidiendo su atención, con mi brazo extendido describí un arco sobre nuestras cabezas. Ella miró el techo de la caverna, queriendo interpretarme. Apuntando a su pecho dije "ainenfrau" y volviendo a hacer el arco esperé su palabra correspondiente.

- Jule. – Nos pareció entender que decía.

- Jule ? – Repetí para cerciorarme.

Ella aprobó con la cabeza.

Ahuecando mi mano, la apoyé sobre el tablón, representando una caverna en miniatura con su entrada, al tiempo que movía dos dedos de mi otra mano simulando que alguien caminaba hacia la cueva.

Ainenfrau me observaba entre perpleja y divertida.

- Jule. – Dije señalando mi mano.

- Jule. – Concedió ella, sonriente.

Entonces arqueando mi otra mano, traté de mostrar que había dos cuevas, distantes una de la otra.

- Ahora hay dos cavernas, dos jule. – Intenté explicarle.

- Esguibt zsmai jule. – Interpretó la mujer peluda.

Me pareció que íbamos bien, pero llegábamos al punto más difícil. La invité a salir y ella aceptó. Los varones también vinieron. Hicimos caso omiso de la fuerte lluvia que continuaba cayendo. Tras alejarnos unos pasos de la empalizada, señalé la entrada verdadera de la caverna.

- Jule. – Busqué su confirmación.

- Jule. – Aceptó Ainenfrau, aunque con tono de duda.

- Esguibt zsmai jule. – Traté de reproducir sus palabras, indicando al norte.

- Esguibt fil jamile tulben. – Quiso explicarnos ella, también mirando al norte.

Aunque no entendí, no quise darme por vencida.

- Zsmai jule. – Insistí.

- File jule. – Replicó.

Qué significaría "file" ? Muchas o ninguna ?

- File ? – Hice el gesto de no entender.

- Esguibt file jule, grose und klaine. – Ainenfrau habló pausadamente, acompañando sus palabras con extraños ademanes.

Miré a los varones buscando ayuda, pero sólo encontré en sus rostros empapados expresiones de desconcierto. No obstante, recordé que Ainenfrau ya había utilizado la palabra "grose" anteriormente. Enfrentando a Abian, abrí mis brazos cuanto pude tratando de abarcar su altura, interrogando a la vez.

- Grose Abian ?

- Abian ist gros. – Asintió Ainenfrau sonriendo, con admiración hacia el gigante.

- Abian es grande. – Tradujo tardíamente Guaire.

Entonces señalé nuevamente al norte, preguntando.

- Grose jule ?

- Ia, esit aine grose jule, zsmag tagaip joite. Esguibt grose mena. Sifur mai fok. – Se explayó la mujer del hielo con vehemencia y cierta expresión de tristeza.

Aun sin comprender su discurso, habíamos captado lo más importante.

Existía una gran caverna hacia el norte y ciertamente Ainenfrau podría guiarnos hasta ella.

Mientras almorzábamos, discutimos la posibilidad de realizar una excursión hacia la "grosejule", la gran caverna. Rápidamente acordamos emprenderla en cuanto cesara la lluvia.

Pero la lluvia no mostraba signo alguno de amainar. El cielo se había cargado como un gigantesco depósito durante los tórridos días posteriores al desastre.

Por la tarde, limpiamos las mantas impregnadas en cenizas que no habíamos necesitado desde la ocupación de la caverna.

Las heridas de la pierna de Janequa se veían mejor, aunque la más grande de las incisiones continuaba supurando. Ainenfrau se mostró decepcionada y trató de explicarme cosas acerca de las vendas. Creí entender que estaba afligida porque las "amise", las hormigas, habían desaparecido a causa de la lluvia.

En cuanto fue oscureciendo, empezamos a sentir frío. Un frío propio del *negu*, que recibimos igualmente con agrado, recuperando nuestras ropa de abrigo.

En la cámara inferior quedaba escaso espacio para tender nuestras mantas. El nivel del agua continuaba creciendo.

Aquella fue la última noche que dormimos abajo.

Para ser precisos, Janequa, Guaire, Etxekide y yo dormimos abajo. Abian y Ainenfrau lo hicieron en la cámara superior.

Día Quince

Por primera vez, la leche que ordeñamos fue suficiente para todos, bebimos tanto como quisimos y sobró media jarra.

Una de las cabras parecía estar acercándose a su parición. Su vientre se notaba hinchado y Guaire dictaminó que debíamos dejar de ordeñarla por un tiempo.

Afuera, continuaba el diluvio. Empezaban a verse zonas inundadas en los puntos bajos del terreno.

Guaire anunció que iría al lago de pesca. Etxekide se ofreció a acompañarlo. Abian continuaba encerrado en sí mismo, poco atento a lo que ocurría alrededor.

Ainenfrau prestó especial atención a la limpieza que hice de las heridas de Janequa. En la incisión de la parte posterior de la pierna, la más profunda, se había formado una aureola de color blanco, de un par de dedos de ancho, de aspecto desagradable. La piel se estaba muriendo alrededor de la herida.

- Vurma zuese gameilflax. - Afirmó la mujer del hielo, con evidente preocupación en su rostro.

- Sin dudas, querida Ainenfrau. - Respondí resignada, al tiempo que procuraba limpiar la herida.

Ainenfrau se retiró raudamente de la caverna. Aproveché su ausencia para comentar con Janequa acerca del atraso de nuestras lunas, que ya nos resultaba alarmante. Desde que nos había bajado por última vez, habían pasado treinta y cinco días y ninguna de las dos percibíamos muestras de que estuviera por ocurrir.

- Has sentido algo especial en los pechos ? - Me preguntó Janequa.

- No. A qué te refieres ?

- Si estuviéramos embarazadas, deberíamos tener una sensibilidad, como un ardor en los pechos. - Aseguró ella.

- Estoy segura que no estoy embarazada, Janequa. Tú sientes algo ?

Ella negó con la cabeza.

De pronto notamos que Ainenfrau, mojada por la lluvia, nos hacía señas desde la entrada.

- Quiere que vayas con ella a buscar hormigas. - Dedujo Janequa.

- Debería saber que las hormigas se escondieron. - Repliqué molesta.

- Por favor, Itahisa, ve con ella, fíjate qué es lo quiere ahora.

Con desgano, me apresté a satisfacer el llamado de la mujer del hielo.

Ella me tomó de las manos y me llevó decidida hasta donde se encontraba el cadáver de Nira, destruido a picotazos por los buitres e inundado de moscas. Un hedor insoportable, emanaba de los restos parcialmente descompuestos, enterrados en el barro.

No quise acercarme. Me mantuve a unos dos pasos de distancia, viendo cómo Ainenfrau señalaba las aglomeraciones de gusanos que carcomían las entrañas de Nira, mientras repetía enfáticamente:

- Vurma zuese gameilflax.

No supe qué hacer. Aquello me resultaba aberrante. La lluvia que me empapaba o la escena morbosa, o ambas cosas, me produjeron escalofríos.

Lo que hizo entonces la mujer peluda me dejó pasmada.

Introduciendo su mano en la cavidad putrefacta de lo que había sido el vientre de Nira, recogió un puñado de asquerosos gusanos blanquecinos que se movían en todas direcciones.

Sonriendo satisfecha, volvió a explicarme como si yo fuera capaz de entender.

- Vurma zuese gameilflax.

Tras decir esto regresó rápidamente hacia la caverna, portando su manojo de gusanos como si se tratara de preciosas joyas.

Cuando exhibió orgullosa su cosecha de gusanos a Janequa, ésta contuvo un chillido. Se quedó mirando a las larvas movedizas y luego a nosotras, horrorizada, mientras Ainenfrau disertaba una cantidad de frases abstrusas.

Le hice señas de que se apartara para retomar el procedimiento de vendar la pierna, pero ella continuó diciéndonos cosas acerca de la herida y de los gusanos. Comencé a enojarme. Tras un breve forcejeo, me di cuenta que no era capaz de quitar a Ainenfrau del medio. Ella era más fuerte que yo, pese a que no me llegaba a los hombros. Le grité, le pedí que se fuera y terminé descargándole varios insultos, pero fue en vano.

Entonces intervino Janequa, con voz calmada.

- Itahisa, por favor, veamos lo que Ainenfrau quiere hacer con esos repugnantes gusanos.

Me sentí ofendida. Yo había estudiado Medicina durante tres años y Janequa confiaba en aquella troglodita cubierta de pelos. Disgustada, me retiré al patio de entrada, donde busqué conversación con Abian, sin obtener otra cosa que gruñidos de su parte.

Pude oír que Janequa comenzaba a rezar.

Etxekide y Guaire volvieron del lago con abundante pesca, chorreando, cubiertos de barro y tiritando de frío.

Mientras ellos se desvestían y secaban, encendí el fuego para ayudarles a entrar en calor.

Ambos quedaron impresionados cuando Janequa contó alegremente que había larvas comiendo la herida de su pierna, bajo las vendas. Cuando me interrogaron al respecto, me abstuve de hacer comentarios. Me sentía molesta tanto con Ainenfrau como con Janequa y preferí no expresar mi enfado.

Etxekide y yo fuimos los encargados de la cena. Pescado asado condimentado con leche de cabra.

Esa noche volvimos a escuchar gritos de murciélagos en la cámara inferior.

Día Dieciséis

El bienestar y el optimismo que habían llegado con la lluvia, comenzaban a deteriorarse. Lo que había sido una bendición, se tornaba fastidioso.

Por quinto día consecutivo, continuaba cayendo agua como si recién se iniciara el aguacero. Y el cielo permanecía cerrado, gris, sin señal alguna de mejora.

Desde previo al desastre no habíamos visto el sol. No habíamos gozado un sólo día de buen tiempo durante veinte días, desde cuando remontábamos el río Tartessos en nuestra *txalupa*.

Tantas cosas terribles habían sucedido desde entonces, que aquel momento nos parecía muy lejano, antiguo, distante en la memoria.

El agua había anegado los terrenos haciendo dificultosa cualquier excursión. Y el aire, que pocos días atrás era insoportablemente cálido, ahora empezaba a sentirse francamente frío. Ambas cosas nos obligaban a permanecer dentro de la caverna, sin nada que hacer, excepto lamentarnos.

Ainenfrau era ciertamente la menos afectada. Con una piel de lobo que, atada en su hombro, le cubría pecho y espalda, ella no tenía inconvenientes en salir en busca de pasto para las cabras, aun cuando ello implicara enterrar sus pies descalzos en el barro.

Abian, que casi no hablaba desde la muerte de Nira, ya no colaboraba en las tareas. No ayudaba a limpiar, no recogía ni secaba leña, ni siquiera se veía preocupado por mantener en buen estado la empalizada.

Janequa, a causa de su pierna lastimada, apenas se trasladaba hasta el patio de entrada para cocinar y luego regresaba a su lugar de descanso y de oración, próximo a la pared mojada y al rincón preferido por las cabras.

Guaire y Etxekide tampoco eran los mismos. El buen humor de Guaire era esporádico y se apagaba con facilidad. Etxekide permanecía callado, pensativo, durante largos ratos y era difícil sacarlo de ese estado.

Todos estábamos durmiendo mucho más de lo habitual. No sólo durante la noche, sino también en distintos momentos de las tardes.

Día Diecisiete

Me despertaron ruidos provenientes de arriba. Cuando abrí los ojos, me sorprendió notar que solamente Janequa se hallaba durmiendo a mi lado. Los demás no estaban a la vista. Me incorporé y verifiqué que los gritos y quejidos venían de la cámara superior.

Trepando por la galería, asomé mi cabeza hacia el dormitorio de Abian y Ainenfrau para asistir a una escena que me dejó atónita, desconcertada.

Abian era el que estaba abajo, tendido de espaldas al piso. Su *zakil* clavado en la *natura* peluda de Ainenfrau, quien montada sobre él, ofrecía sus grandes pechos a los impulsos de Guaire y a la vez lamía el *zakil* de Etxekide que se hallaba de pie, a un costado, con las piernas separadas. Los tres varones gruñían su satisfacción alternando con insultos, que la mujer del hielo recibía como halagos.

Descendí rápidamente la galería sin ser advertida. Caminé hasta el patio de entrada. Allí me sentí repentinamente indispuesta. El pescado que había ingerido en el almuerzo regresaba a mi garganta, provocándome arcadas.

La lluvia mojó mis cabellos y mis hombros, empapándome de inmediato y enfriando mi cuerpo.

Apoyándome en una de las estacas de la empalizada, vomité todo lo que había comido.

Día Dieciocho

La cámara inferior volvió a inundarse en toda su extensión, recuperando los treinta dedos de profundidad, lo cual la hacía inhabitable.

Afuera, el frío devino intenso como el de las peores noches de *negu* que hubiéramos vivido.

El barro dificultaba alejarse de la caverna, incluso para Ainenfrau quien tardó muchísimo en ir y volver hasta el cadáver de Nira en busca de un nuevo puñado de gusanos para aplicar en la pierna de Janequa.

Traté de disimular mi incredulidad cuando Ainenfrau quitó las vendas y desalojó a las viejas larvas que ya estaban convirtiéndose en moscas.

La herida se veía notoriamente mejor. La aureola blanca putrefacta había desaparecido y en su lugar se veía piel rosada, sana, saludable. Las supuraciones malolientes habían cesado, dejando al descubierto la hendidura de la incisión, que parecía estar cerrándose.

Era innegable que el tratamiento de Ainenfrau estaba dando resultado y Janequa, obviamente, estaba conforme con los cuidados que recibía de la mujer del hielo.

Pero a mí me costaba compartir su alegría. El éxito del tratamiento evidenciaba el fracaso de mis esfuerzos.

No había logrado ayudar a Nira a curarse. Ni siquiera a atenuar su agonía.

No había logrado aplacar el padecimiento de Janequa, ni detener el avance de sus úlceras.

Mi aporte como *Maisu* en Medicina había sido inútil. No había logrado ayudar a mis compañeras mujeres.

Y tampoco había sabido consolar a mis compañeros varones.

No había querido darles lo que ellos estaban necesitando. No me había hallado de ánimo para complacerlos. Y continuaba sin ganas de hacerlo.

Durante veinte días no me había interesado ofrecer mi cuerpo, ni sentir el placer de otros cuerpos, ni siquiera ser provocativa. Los juegos de seducción que antes me excitaban, me resultaban ahora inadecuados, desagradables, como una comida que ha perdido su sabor.

El deseo ya no estaba dentro de mí. Había desaparecido como tantas cosas, luego del desastre.

Día Diecinueve

El frío empezó a sentirse dentro de la caverna. Las ropas de abrigo que disponíamos ya no eran suficientes. Procedimos a abrir tajos en el centro de las mantas para pasar las cabezas por ellos y calzarlas sobre los hombros. Embadurnamos un par de ellas con aceite de pescado, para utilizarlas como capas impermeables. Esto nos permitía realizar breves salidas a recoger leña sin empaparnos.

Volvimos a trepar al risco de la montaña para contemplar el valle, ahora inundado, en el que el verde volvía a brotar, al menos en los terrenos más cercanos, porque a lo lejos no alcanzábamos a ver con claridad.

La lluvia continuaba tan intensa como en los días anteriores. Llevaba ocho días con sus noches sin parar.

Ello nos obligaba a estar encerrados la mayor parte del tiempo. Procurábamos entretenernos en las tareas de rutina, el ordeñe de las cabras, el secado de la leña, la preparación de aceite y las comidas.

Guaire intentó aprender a tocar la flauta de Ainenfrau, pero los sonidos que obtuvo resultaron chirriantes y bastante molestos.

La mujer del hielo pasó a ser nuestra abastecedora de alimentos. A ella parecía no afectarle la lluvia ni el frío, y realizaba cada dos días una excursión al lago, sola o con Abian, en busca de pescado y del pasto para las cabras.

Éstas finalmente se animaron a salir de la caverna pero no les permitimos acceder a campo abierto. Cerramos la empalizada a modo de corral, porque temíamos un nuevo ataque de los lobos. Nos quedaban solamente seis cabras y no podíamos correr el riesgo de perderlas.

Debimos trasladar el fuego en el que cocinábamos hacia el interior. Los varones trabajaron apilando troncos para bloquear la entrada, con el fin de atenuar el frío que venía del exterior. Y ello nos exigió improvisar una chimenea con tablas y mantas, para que el humo derivara hacia afuera.

Janequa volvió a caminar sin ayuda dentro de la caverna. Su figura había cambiado notoriamente. Habiendo perdido mucho peso, se veía realmente más hermosa.

Lo que contrastaba con mi propia delgadez. En mis piernas y brazos se marcaban los huesos. Los pechos y las nalgas habían perdido su redondez. Por primera vez en mi vida, mi cuerpo empezaba a resultarme desagradable, vergonzante.

Ni a Janequa ni a mí nos había llegado la luna. Y no podíamos darnos una explicación al respecto. Nunca antes nos había ocurrido que la sangre no bajara durante cuarenta días y ello nos sumía en una sensación de extrañeza. Sabíamos que no estábamos embarazadas. Sabíamos que a las mujeres mayores, llegando a la edad de cincuenta, les pasaba que la sangre dejaba de caer. Pero nosotras teníamos dieciocho años. Qué le estaba ocurriendo a nuestros cuerpos ?

Día veinte

Estábamos hastiados de comer exclusivamente pescado y leche de cabra. Añorábamos los sabores vegetales.

En el valle cercano, de algunos árboles incendiados comenzaron a surgir brotes, mientras que otros parecían haber quedado definitivamente secos. Traté de convencer a Abian que me acompañara a una excursión de reconocimiento en los terrenos próximos, en busca de vegetación que pudiera ser comestible. Siendo él el único *Maisu* en Caza y Recolección, era esencial contar con su colaboración. Pero no logré persuadir al gigante de salir de su encierro y solamente obtuve de él negativas, cuando le presenté hojas y cortezas que fui tomando de muestra.

La mayoría de las plantas y árboles nos resultaban desconocidos, lo que hacía muy frustrante alejarse de la caverna a través de las cortinas de lluvia. Ainenfrau me enseñó dos variedades de plantas aromáticas de hojas pequeñas, las que incorporamos como condimento en las comidas. Una de ellas producía una agradable sensación fresca en la boca al masticarla.

Aproveché la siesta de Janequa y Guaire aquella tarde, para hablar con Etxekide.

Sentados en la entrada, próximos al fuego con el que secábamos la leña, mirábamos el paisaje opacado por la persistente lluvia.

- Cuánto crees que seguirá ?

- Lloviendo ?

Asentí con una mueca de disgusto.

- Por lo menos, tanto tiempo como tuvimos de calor.

- Eso es doce días ? Cuándo fue que empezó a llover ?

- El día doce. Y hoy estamos en el veinte.

Observando a las palomas que viajaban a través de la lluvia, hice mis estimaciones.

- Etxekide.

- Sí, preciosa.

- Hace más de cuarenta días que no baja mi sangre.

Él no se mostró sorprendido ni preocupado.

- Estás embarazada ?

- Estoy segura que no.

- Cómo puedes estar segura ?

- Estoy segura.

Aunque a él le resultaba inconcebible mi certeza, decidió no insistir.

- Estará por venirte, entonces.

- Estará por venirme. - Admití sin convencimiento.

Él hizo una pausa, antes de preguntar.

- Es por eso que no te interesan los juegos de *atsegín* ?

- No debería preocuparte, tienes a la mujer peluda. - Respondí sin disimular el fastidio.

Etxekide contuvo una sonrisa.

- Te noto ... molesta. - Dijo forzando el tono amable.

- Estoy molesta. Me molesta estar encerrada en una caverna, comiendo solamente pescado y rodeada de cabras malolientes.

- Si eso fuera todo ... - Etxekide dejó inconclusa su frase.

Ambos permanecimos un rato callados. La cuestión que más me agobiaba pugnaba por salirse de mi boca.

- Etxekide.

- Sí.

- Crees que vendrán por nosotros ?

Él suspiró profundamente.

- No lo sabemos, Itahisa. - Admitió apesadumbrado tras un instante.

- Ellos están vivos, verdad ? - Me animé finalmente a dejar escapar mi angustia.

- Quiénes ?

No hallé sentido a la pregunta.

- Tinabuna, Txanona, Teno, Oihane, Guadarteme ...

- Ahh. Ellos. Es ... posible, sí ... si es que hallaron una caverna deshabitada, con un gran depósito de agua, de este lado de la cordillera, con una manada de cabras, cerca de un lago con peces y a salvo de los lobos.

- Qué estás queriendo decir ? - Discutí afligida.

Etxekide apretó mis manos y me dio un beso.

- Es posible, Itahisa, es posible. Pero en tal caso, ellos están igual o peor que nosotros. No pueden salir de la caverna. No sólo por la lluvia y el frío. También les escasean los alimentos y se les está acabando la sal. Sin poder salar la carne, es arriesgado emprender una excursión de varias jornadas.

Como lo había hecho tantas veces, repasé mentalmente los supuestos necesarios para el reencuentro con nuestros compañeros de expedición. A pesar de que las condiciones eran extremadamente desfavorables, algo me decía que ellos estaban vivos, no muy lejos de nuestra caverna. Si nosotros lo habíamos logrado, ellos también deberían haber sobrevivido.

- Si nosotros sobrevivimos, ellos también lo hicieron. - Afirmé convencida.

- Nira está muerta. - Objetó Etxekide.

- Nira murió porque era una estúpida. - Reaccioné enojada.

- Itahisa, si estamos vivos es porque empezó a llover en el momento que nos quedamos sin agua.

El argumento era contundente, pero no quise aceptarlo.

- Porque nuestro depósito se secó. Y el lago también. No necesariamente habrá pasado lo mismo en otras cavernas.

- Tienes razón. También puede haber ocurrido que se les haya secado antes.

La idea de encontrar finalmente a nuestros amigos muertos me aterraba, me producía un dolor insoportable. Traté de quitarla de inmediato de mis pensamientos.

- Ellos están bien. - Me reafirmé en voz alta.

Etxekide se encogió de hombros, otorgando.

Un rato después se levantó a acercar troncos mojados al fuego.

Día Veintiuno

Con jirones de piel de cabra, los varones fabricaron una pelota con la que estuvieron jugando toda la mañana. Intentaban que no cayera al piso al

---

impulsarla con las manos para hacerla rebotar en las paredes de la cueva.

Por la tarde, Guaire desfondó un canasto de mimbre y lo colocó a unos tres pasos de altura. El nuevo entretenimiento consistía en turnarnos para lanzar la pelota hacia el canasto. Se hizo más interesante cuando dispusimos piedras en el piso, marcando distintos puntos de lanzamiento. Quien embocaba un tiro, pasaba a la posición siguiente, hasta que erraba y cedía el turno a otro. Todos participamos, incluso Abian que pareció despertar de su mutismo y Ainenfrau, quien entendió perfectamente las reglas y se mostró encantada con la diversión. Pero nadie pudo ganarle a Guaire. El inventor del juego resultó ser imbatible.

Día Veintidós

Guaire y yo nos aprontamos para ir al lago. Nos cubrimos los pies con pieles y colocamos mantas sobre nuestros hombros, una común de abrigo y otra encima, impregnada en grasa de pescado. Esperábamos que Ainenfrau viniera con nosotros, pero por algún motivo decidió quedarse.

Mientras atravesábamos el terreno pedregoso, llegando a donde antes había un bosque y ahora sólo se veían troncos ennegrecidos semienterrados en el barro, Guaire se detuvo de improviso. Quedó rígido, mirando en dirección a unas rocas. Parecía asustado.

- Qué viste ? No me digas que hay lobos. - Dije burlona.

- Algo ... se movió.

- Guaire, no hay otra cosa que rocas. Sigamos.

Él cruzó un dedo sobre sus labios, pidiéndome silencio. Me resigné a hacerle caso y tomé asiento sobre una piedra, soportando las gotas heladas que golpeaban mi cara.

Transcurrido un rato sin que nada apareciera, me levanté decidida a retomar el camino. Entonces fue que aquella extraña cosa pasó delante de nosotros. Se asemejaba a un pequeño lagarto, con la cabeza más parecida a la de una iguana. Su cola estaba enrollada y su piel escamosa era de un curioso color, entre verde y azul. Rápidamente desapareció de nuestra vista.

Guaire y yo nos miramos sorprendidos. Nunca habíamos visto un animal así.

- Era una iguana ?

- Algo similar.

- Piensas que se pueda comer ? - Preguntó entusiasmado.

- No lo sé. Era muy chico ... pero logró asustarte.

- No fue eso lo que escuché. Créeme que era un animal más grande.

- Te creo, Guaire. Podemos seguir ? Me estoy endureciendo de frío.

El lago había recuperado su extensión y su profundidad. El agua llegaba hasta donde antes se encontraba nuestra *txalupa*, aunque ya no quedaban rastros de ella. La vegetación reverdecía en las orillas. Tampoco se veían peces muertos, ni se sentían los fétidos olores que días atrás convocaban a los buitres y a las moscas. En cambio, nos sorprendió gratamente advertir en la margen opuesta, un grupo de pequeños patos de plumaje pardo.

De sólo mirarlo, supe lo que Guaire se proponía y quise disuadirlo.

- Son muy pequeños. Los destrozarás con el arpón. Si es que logras llegar hasta allá.

Guaire observaba a los patos, evaluando las posibilidades de cruzar a la otra margen del lago, cuando nos distrajo un sonido de agua a pocos pasos. Ambos quedamos expectantes, pero no escuchamos otra cosa que el rumor de la lluvia. Nos hallábamos cerca del lugar donde habíamos visto por primera vez a una mujer del hielo, en el acto de cazar una nutria.

- Fue una nutria entrando al agua, no ?

- Me pareció lo mismo.

- Tiene que estar cerca.

Nos quitamos las pieles de los pies para adentrarnos en la barrosa orilla. Nuestras pisadas levantaron el sedimento, afectando la transparencia del agua a nuestro alrededor.

- Es imposible pescar aquí. No podremos ver los peces.

- No te muevas, Itahisa, verás que el barro vuelve a bajar.

Aguardamos largo rato, soportando el frío que penetraba por nuestros pies sumergidos y por nuestras cabezas expuestas a la lluvia.

Volvimos a escuchar la zambullida de la nutria y la vimos nadar entre los pastos a pocos pasos de distancia. El arpón de Guaire voló hasta incrustarse en la orilla, pero no llegó a tocarla. La nutria realizó un viraje y vino directamente hacia mí. Traté de clavarle mi arpón y también fallé, pero en el impulso caí al agua, casi directamente encima de ella. Mi reacción fue atraparla de la cola, pero el animal giró sobre sí mismo y antes de que pudiera percatarme, clavó sus dientes afilados en mi *esku-ona*. Di un alarido de dolor y vi que Guaire recogía el arpón mientras me pedía a gritos que no soltara la cola. Pero yo ya la había soltado y la nutria se había hecho invisible en el agua barrosa. Guaire se lanzó sobre mí tratando infructuosamente de encontrarla y ambos terminamos calados de barro hasta la cabeza, sin haber cazado nuestra presa.

El dorso de mi mano sangraba copiosamente.

- Creo que no somos buenos cazadores de nutrias. - Informó Guaire, quitándose el barro de la cara.

Nos reímos de nuestro infortunio.

- Tampoco nos hemos destacado como pescadores. - Agregué.

- Era una nutria muy pequeña. Es mejor que engorde un poco. - Insistió él.

- Creo que debemos regresar a la caverna. - Dije, conteniendo la risa.

- Sí. Tienes que curarte esa herida.

Mientras caminábamos a paso firme tratando de quitarnos el frío, no dejé de preguntarme de qué me estaban sirviendo las *Maisutzak* en Construcción, Cultivo, Navegación y Medicina, en las que había ocupado seis años de mi vida.

Dejé que Guaire hiciera el relato de nuestra frustrada excursión, mientras me ingeniaba para limpiar y aplicar crema de papayas a mi mano diestra con mi mano torpe. Ainenfrau quiso ayudarme, pero no le permití tocarme. Etxekide y Janequa rieron a carcajadas de los cuentos e hicieron preguntas sobre los animales que habíamos descubierto. Abian se limitó a escuchar, sin aparentar demasiado interés.

Cuando estaba por oscurecer, vimos que Ainenfrau caminaba hacia afuera con expresión de sorpresa.

No entendimos qué se proponía. Miraba atentamente la lluvia que caía empecinada desde hacía diez días, como si fuera la primera vez que la veía.

Luego se detuvo y extendió las manos. Como queriendo recibir las gotas sobre sus palmas abiertas.

Allí, empapada, mirándonos con gesto de desconcierto, profirió uno de sus vocablos incomprensibles.

- Xni.

Nadie se animó a interpretar lo que quería decirnos. Nos quedamos observando su extraño comportamiento, como tantos otros que nos resultaban enigmáticos.

Entonces fue que las vimos.

Además de las gotas de lluvia, otras diminutas cosas blancas estaban cayendo del cielo. No lo hacían directamente al piso, sino que describían caprichosos trayectos, yendo y viniendo, como el vuelo de las pelusas o de las gráciles semillas de los árboles.

Ninguno de nosotros había visto aquello anteriormente. Por ello nos costó tanto darnos cuenta que la palabra "xni" significaba nieve.

Día Veintitrés

Fue impresionante el paisaje la mañana siguiente.

El valle inmediato que una vez había sido verde de vegetación, luego gris de cenizas, más tarde negro de carbón y por último parecía reverdecer en algunos sitios, ahora se presentaba completamente blanco.

Una delgada capa de nieve cubría el terreno, las rocas y los asomos de vegetación cercanos. La lluvia había disminuido su intensidad hasta convertirse en una fina llovizna, al tiempo que las pelusas blancas habían aumentado de tamaño y se parecían más a grumos de leche, que caían casi verticalmente.

Nunca habíamos tocado la nieve. Sólo la habíamos visto a gran distancia, en las altas cumbres de remotas montañas de Atlantis y de Islas Castigadas. Ciertamente habíamos escuchado relatos sobre la nieve en nuestra infancia y durante nuestra preparación como navegantes. Sabíamos que en los territorios del norte eran frecuentes las nevadas durante el *negu*, pero lo extraño era que no nos hallábamos al norte, ni tampoco en *negu*.

Estábamos en pleno *uda*, en los días que debían ser los más calurosos del año.

Tras desayunar y abrigarnos, salimos a la intemperie. A experimentar aquella desconocida sensación helada en nuestras caras, a palpar aquella exótica textura con las manos.

Ainenfrau nos contempló perpleja mientras recogíamos puñados de nieve y nos los arrojábamos unos a otros.

- Groseloite im xni spilin vikinde.

Llegamos a intuir que se burlaba de nosotros.

Fue la propia Ainenfrau quien interrumpió nuestros juegos matinales, al presentarse con un arpón en cada mano. En su árido lenguaje, nos estaba diciendo que era imperioso ir al lago por alimentos y debimos rendirnos a su sensatez.

- Tiene razón. - Admití a desgano.

- Tuvimos doce días de calor insoportable, seguidos por diez de lluvia fuerte. Cuántos tendremos de nieve ? - Reflexionó Etxekide.

- Ocho. - Conjeturó Guaire, como si fuera obvio.

- Ahh, sí ? Y luego qué viene, puedes decirnos ? - Le pregunté con sarcasmo.

- Puedo. - Respondió sin dudar.

Nos quedamos mirándolo, queriendo saber cuál sería su ocurrencia.

- Es trivial, - afirmó con petulancia - luego de ocho días de nieve, vendrán seis días de un frío tan extremo que todo se va a congelar.

No supimos si reírnos de su terrible pronóstico.

- Y qué ocurrirá entonces ? - Le siguió la corriente Etxekide.

Guaire contuvo la risa antes de soltar su más insólita predicción.

- Entonces empezarán a crecernos pelos en los brazos, en las piernas y en la espalda. Así terminaremos de convertirnos en hombres del hielo.

Los tres varones fueron con Ainenfrau al lago, provistos de arpones y de la red de pesca que hasta ese momento no habíamos utilizado. Llevaron además las capas impermeables y casi todos los abrigos que teníamos, algunos de ellos dentro de los estómagos de oveja, con el fin de disponer una muda de ropa seca para el regreso.

Janequa y yo nos quedamos solas en la caverna, con la tarea de mantener el fuego encendido para continuar secando leña durante la tarde.

- Itahisa.

- Sí, Janequa.

- Ya nos unimos a ellos, ya somos uno con ellos.

- De qué hablas ?

- De lo que ha dicho Guaire.

Me costó captar que se refería al último de los dislates, en el que anunciaba que nos crecerían pelos en todo el cuerpo. Miré a Janequa con preocupación.

- Qué estás queriendo decir ?

- Eso. Que ya nos hemos unido. Los Dioses nos han enviado a Ainenfrau por ese motivo.

- Janequa. Voy a ser sincera contigo. Me parece que estás un poco mal de la cabeza.

- Todos estamos un poco mal de la cabeza, querida Itahisa.

- No soy yo la que afirma que nos hemos unido a los hombres del hielo. El hecho de que los varones se diviertan con la mujer peluda no nos une. Sólo muestra lo diferente que somos. Nosotras no nos hemos sumado a esas desagradables fiestas. Si en vez de Ainenfrau, tuviéramos aquí a un hombre peludo, te aseguro que ni me acercaría a él. Me daría asco.

- Te creo, Itahisa ... sólo que eso demuestra ... lo mal que tú estás.

El juicio me resultó excesivo. Reaccioné irritada.

- Estoy mal por qué ? Por no sentirme cercana a una persona con la que no puedo hablar, que no me llega a los hombros y tiene el cuerpo cubierto de pelos ?

Janequa recibió mi alegato con calma, hasta con cierta expresión de tristeza. Luego continuó arrojando ramas al fuego. Su silencio incrementó mi enojo.

- No vas a contestarme ?

- No.

- Por qué no ?

- Porque debería ser sincera contigo, como tú lo fuiste conmigo.

Sus intentos elusivos terminaron de exasperarme.

- Janequa, por favor. Te lo ruego por Ama, Elkar y Egu. Tendrás la bondad de ser sincera conmigo y traer luz a mi oscuridad ?

Ella sonrió. Estaba acostumbrada a mis ironías. Tras meditarlo un instante, me dijo.

- Tu problema no es ... que rechaces a un hombre peludo imaginario.

- Me alegro. Te agradezco la aclaración. Cuál es mi problema entonces ?

- Sientes rechazo hacia Ainenfrau.

- Ese es mi problema ?

- Sentiste rechazo por Nira.

- Es posible, sí. Y ?

- Sientes rechazo hacia Abian, hacia Guaire y hasta por tu compañero Etxekide.

- Eso no es cierto.

- Es cierto, Itahisa, cuánto hace que no sientes deseos por ellos ? Cuánto hace que no te dispones a complacerlos ?

- Eso no es sentir rechazo, a ti te ocurre lo mismo.

- Estamos hablando de tu problema, Itahisa, no del mío.

- Ahh, bien. Puedes terminar de decir estupideces ?

- No. Aún no he terminado.

- No ?

- Me pediste que te dijera sinceramente cuál me parece que es tu problema.

- Sí, ya me lo dijiste. Creo que fuiste clara.

- No llegué todavía. No me has dejado.

Suspiré ruidosamente.

- Te escucho. Dime lo que tienes para decirme.

En su mirada me pareció detectar compasión.

- Tu problema, Itahisa, es que te rechazas a ti misma.

Solté una carcajada. Janequa no pareció inmutarse.

- Y hasta tanto no te sientas bien contigo misma, - continuó diciendo en tono edulcorado - no podrás sentirte bien con los demás.

- Has terminado ?

- No.

Me levanté queriendo dar por culminada aquella absurda conversación. Cuando le daba la espalda, ella lanzó una última frase que quedó incrustada en mi mente durante varios días.

- Y necesitamos que te recuperes, Itahisa, para poder salir de aquí.

Los varones y Ainenfrau regresaron al atardecer con los cabellos y la ropa impregnados en barro y nieve. Los cuatro se veían contentos. Habían logrado cazar una nutria de mayor tamaño que la que se nos había escapado el día anterior.

Janequa y yo contemplamos atónitas a Guaire vaciando los estómagos de oveja llenos de peces vivos por el agujero que comunicaba a la cámara inferior. Entendimos que mantenerlos nadando en el estanque, sería una forma de conservar el alimento fresco, dado que la sal se estaba acabando.

Día Veinticuatro

A Gorkara, la cabra de pelaje más rojizo, le llegó el tiempo del parto.

Tenía el vientre enorme, abultado hacia los costados y las ubres sumamente hinchadas, cuando notamos que su *natura* comenzaba a dilatarse y de ella asomaba una bolsa amarillenta con trazas de sangre.

La cabra permaneció en sus cuatro patas, mientras los brazos y la cabeza de la cría emergían envueltos en la tela viscosa, deslizándose suavemente. El cabrito terminó de salir, cayendo al piso sin hacerse daño y su madre procedió a lamer el velo sanguinolento que lo cubría, para que empezara a respirar.

Asistimos fascinados a aquella escena del primer contacto externo entre la madre y su cría. El pelaje del cabrito era totalmente blanco, con excepción una mancha rojiza en la cabeza, desde donde nacían sus desmesuradas orejas. Cuando Gorkara terminó de lamerlo, ya el segundo cabrito pugnaba por salir de su *natura*.

Pero éste no venía con la cabeza hacia adelante sino con sus partes traseras y no lograba deslizar como lo había hecho el primero. Janequa y Guaire se acercaron y jalaron con cuidado de las patas para ayudar al parto, sosteniendo la bolsa en su descenso hasta el suelo. Luego de que la madre la lamiera, pudimos advertir que era una cabrita. Por lo demás, ambas crías se veían exactamente iguales, indistinguibles, con la misma mancha rojiza en la cabeza.

Creímos que vendría una tercera pero no fue así. Gorkara se tumbó de costado, mientras de su *natura* expulsaba una tercera bolsa vacía y los cabritos acometían torpemente sus ubres para mamar.

En medio de todas las desgracias que nos habían ocurrido, aquella imagen era reconfortante, conmovedora.

La vida pugnaba por continuar y nosotros éramos testigos de ello. Nos sentíamos responsables de aquel prodigioso evento, por haber protegido a Gorkara con tantos cuidados.

Afuera, la nieve caía cada vez más densa, amenazando la posibilidad de conseguir alimento para nuestras cabras.

Acopiamos tanta leña como nos fue posible en el patio de entrada, formando una pared de troncos que también ayudaba a aislarnos del frío.

Día Veinticinco

El manto de nieve acumulado en lo inmediato a la caverna ya tenía medio paso de espesor. Cuando intentamos salir, los pies se hundían y costaba levantarlos para dar el siguiente paso.

Ainenfrau estaba entrenada para ello. Ella improvisó con ramas, sogas y pieles una pequeña cama que se deslizaba sobre la superficie nevada, la que utilizó para transportar leña.

Más tarde la vimos alejarse, llevando de arrastre el catre, en dirección al lago.

Pocas cosas había para hacer.

Las varones jugaban a la pelota, discutiendo sobre los puntos que les correspondían para realizar los lanzamientos al canasto. Sus riñas pronto empezaron a fastidiarme.

Las oraciones de Janequa ante cualquier suceso intrascendente me resultaban intolerables. Los balidos incesantes de las cabras, irritantes. La música de la flauta de Ainenfrau, penosa.

Necesitaba dejar de escuchar.

Afuera no se podía estar y en el patio de entrada arreciaba el viento. La cámara inferior estaba inundada a más de un paso de altura en toda su extensión.

Envuelta en mantas fui entonces a la cámara superior en procura de tranquilidad, pero el frío era insoportable. Era inconcebible que Abian y Ainenfrau pudieran dormir allí. Por el hueco del techo que comunicaba al risco en la montaña, ingresaba una corriente de aire gélido. De allí pendía aún la soga que utilizábamos para trepar hasta la repisa.

Aquella cuerda ya era inútil. De qué serviría acceder al balcón ? Qué podríamos ver desde la altura ? Sólo el valle arrasado, ahora cubierto de nieve. Un paisaje apenas distinguible. Nunca habíamos divisado una columna de humo ni señal alguna de nuestros compañeros de expedición. Ellos no deberían estar hacia el oeste, sino en algún otro punto de la cordillera, al norte, donde nacían los otros afluentes del Tartessos.

No podíamos ir en su búsqueda. Y ellos tampoco podrían hacerlo. Ni era posible que llegaran a percatarse de nuestra propia columna de humo que se dispersaba en el valle opuesto, hacia el sureste.

Nada podíamos hacer bajo aquel aluvión de nieve que se precipitaba desde las nubes. Desde las macizas nubes que se habían instalado en el cielo el día del desastre, impidiéndonos el disfrute del azul del cielo diurno, las caricias del sol, la gozosa contemplación de la luna y la hermosa compañía de las estrellas.

Las heridas de la mordida en mi mano habían cicatrizado, formando una costra oscura sobre los nudillos de mi *esku-ona* que me producía una comezón intermitente. De modo compulsivo las sucias uñas de mi *esku-erra* acudieron a aliviar la picazón, arrancando la costra. Un hilo de sangre volvió a brotar, trayéndome el recuerdo de la escurridiza nutria en el lago. Aquella nutria que, debido a mi torpeza, se había escapado de mis manos.

No era posible dormir en la cámara superior a menos que se encendiera un fuego. Quizás el humo pudiera ascender por la galería vertical, como si fuera una chimenea. Para ello era recomendable quitar la soga y yo no podía hacerlo sola. Necesitaba de Etxekide.

Pero Etxekide estaba abajo, jugando a la pelota con Guaire y Abian. No se podía contar con ellos. Estaban refugiados en sus tonterías, asombrosamente distraídos, negligentes, indiferentes a mis necesidades.

No podía contar con ellos. Ni con Janequa que los justificaba, cargándome de exigencias y reprobaciones. Ni con Ainenfrau, que lucía orgullosa su profuso pelaje corporal cada día más embadurnado de salpicaduras de semen.

Las mujeres del hielo deberían tener el pecho hecho de hielo. Ella no lloraba la pérdida de sus hermanos, ni de sus hijos... Acaso tendría hijos ? Ella no lamentaba la ausencia de sol, ni la persistencia del frío. No le frustraba convivir con quienes no comprendíamos su idioma. Nunca parecía estar mal dispuesta cuando los varones la tomaban impetuosamente para satisfacerse. Al contrario, parecía hallarse a gusto con nosotros. A gusto con la asquerosa "xni" que nos obligaba a estar encerrados.

Era impensable bañarse con aquel frío. Mis cabellos empezaban a endurecerse por la acumulación de humedad y suciedad. Bajo las mantas, los huesos empezaban a sobresalir y hacerse notorios bajo la piel.

Mis pechos se palpaban flojos, delgados, caídos.

- Me llamaste ?

- Varias veces. Pero estabas muy ocupado.

Etxekide ignoró mi reproche.

- Qué necesitas ?

Señalé la cuerda en el hueco del techo.

- Hay que subir a sacarla.

Él se mostró sorprendido.

- Por qué ?

- Porque se estropeará cuando encendamos el fuego, Etxekide, no me discutas.

- Has consultado a Abian ?

- No. Por qué habría de hacerlo ?

- Porque es él quien duerme aquí ... con Ainenfrau.

- Eso fue hasta anoche.

Etxekide me miró perplejo, queriendo interpretar mi determinación.

- Vas ... a cambiar de dormitorio ?

- Sí.

- Y dónde dormirá Ainenfrau ?

- No me interesa, Etxekide. Yo dormiré aquí.

Él continuó observándome, pasmado. No le permití hacer más preguntas. Trenzando los dedos de mis manos, se las ofrecí como escalón, para alzarse hasta asir el extremo de la soga. Luego le indiqué que apoyara los pies en mis hombros para iniciar el ascenso.

Ocupé el resto de la jornada acondicionando mi nueva habitación.

Apenas encendí el fuego, la cámara se llenó de humo. Tosiendo debido a la irritación en la garganta, continué alimentando las llamas, para lo que fue necesario realizar varios trasiegos de leña.

Nadie me ayudó. Los demás asistieron con recelo a mis esfuerzos para hacer funcionar la chimenea. Aunque Abian evidenció su molestia por ser desalojado de su alcoba, de inmediato se resignó a quedarse abajo, dada la inundación de humo. Ainenfrau no pareció disgustarse con la perspectiva de dormir con los tres varones en la cámara principal.

Al caer la noche, algo sucedió para que se invirtiera la corriente en la galería vertical que llevaba al risco. De pronto, dejó de ingresar el aire frío proveniente del lado oeste de la montaña y empezó a desalojarse el humo espeso hacia arriba.

Lo había logrado, y lo había hecho yo sola.

En mi dormitorio no solamente no hacía frío, sino que estaba agradablemente tibio. Hasta se podía estar con escasa ropa. Recogí una cantidad de mantas y pieles del piso y las arrojé por la galería hacia abajo.

Extenuada y satisfecha, me acosté a dormir.

Día Veintiséis

El grosor de la nieve aumentó a más de un paso y quien intentara caminar sobre ella, corría el riesgo de hundirse hasta la cintura.

Ya no era posible utilizar la pequeña gruta que se encontraba saliendo de la caverna a *eskuona*, como cabina de baño. Debíamos acordar otro sitio para orinar y evacuar. Aunque Ainenfrau podía hacerlo sencillamente sentada sobre la nieve, los demás nos resistíamos a imitarla, porque el contacto con la nieve no era muy favorable a los efectos.

De modo que improvisamos un asiento circular de mimbre, hueco en el centro. Cavando un pequeño foso en la nieve y colocando el asiento sobre él, se podía completar la actividad en el patio de entrada.

Permanecí casi toda la jornada acostada en mi nuevo dormitorio. Sólo me levanté para comer y traer leña.

Nadie vino a molestarme. Pude estar tranquila, ajena a los fastidiosos ruidos de abajo.

Día Veintisiete

Es mi madre Atissa quien me despierta, para invitarme a pasear por el bosque.

Es una noche espléndida, cálida y llena de estrellas. Vamos hacia una zona próxima a la playa en las afueras de Bosteko. Aunque está oscuro, la túnica sacerdotal de mi madre se advierte blanquísima, iluminada, y su cara radiante. Ella me guía de la mano hacia una laguna de sal. De un lado hay palmeras y detrás de ellas está el mar. Me señala las estrellas, nombrándolas, reiterándome explicaciones sobre el giro nocturno de la *izar-multzo* de la Osa. Yo no puedo dejar de contemplar extasiada la belleza de mi madre, que con voz serena y dulce me dice: "Itahisa, querida hija, ves ? hacia allá es el norte."

Cuando miro hacia el norte veo a Anixua, caminando hacia mi encuentro, desde la playa.

Ella porta los atavíos de la Alta Sacerdotisa, la diadema de plata con incrustaciones de piedras y el disco de oro sobre su pecho. Su túnica vaporosa, transparente, trasluce la belleza de sus pechos, sus caderas y sus muslos.

Anixua y mi madre se saludan con un beso y nos despedimos. Ahora es Anixua quien me toma de la mano. Camino con ella en silencio y de pronto nos encontramos en lo alto de la colina de Sexta, próximos a donde Etxekide nos enseñó la estrella viajante. Anixua se detiene contemplando el bosque, en cuyos claros se adivinan los fuegos de las ceremonias de iniciación.

"Hay muchas ciudades, Itahisa", me dice, pero no logro ver más que tenues resplandores. "Ciudades con hombres blancos, con hombres rojos, con hombres morenos."

Anixua también se ve bellísima en sus atuendos sacerdotales.

De la espesura del bosque emerge alguien. Es Zebensui y está desnudo. Increíblemente atractivo. Quiero correr y abrazarlo. Hay algo extraño en su mirada. Está asustado, aterrado. Me grita: "No te quedes a mitad de la escalera, por favor, Itahisa".

Corro hacia él, pero no lo alcanzo.

Día Veintiocho

No sé por qué le permití a Janequa que subiera. Estoy mejor sola. No necesito hablar con ella. No soporto su parloteo, su verborragia inútil. Acabo de cometer un gran error al contarle mi sueño de anoche.

- Iluminada ? Dices que su túnica estaba iluminada ?

- Sí, Janequa.

- Te nombró las estrellas ?

- Sí, Janequa.

- Te das cuenta de lo maravilloso que has soñado ? Es asombroso. Es tan ... lindo !

Hice una mueca de desdén.

- Nada tiene de asombroso, Janequa. Mi madre me señaló las estrellas como lo hizo tanta veces cuando yo era una niña.

Noté con satisfacción que mis palabras le resultaron ofensivas.

- No puedes ser tan necia, Itahisa.

Decidí ser más hiriente.

- Y tú no puedes ser tan tonta, Janequa.

Pero ella no estaba dispuesta a dejarme tranquila.

- Tienes que interpretar esos mensajes, no entiendes ?

Quise continuar siendo agresiva hasta que se diera por vencida y regresara abajo, pero algo en la expresión de sus ojos me hizo dudar.

- Tú eres la que interpreta las cosas en esta caverna. - Concedí.

Ella me miraba fijamente, queriendo leer mis pensamientos. Tras un largo silencio, se animó a continuar.

- Tienes en primer lugar a Atissa gloriosa. Quién es ella ?

- Mi madre.

Janequa exhaló un suspiro de desaprobación.

- Tienes en segundo lugar a Anixua gloriosa. Quién es ella ?

La miré desconcertada. No podía creer que estuviera soportando aquel estúpido interrogatorio.

- Anixua es la Alta Sacerdotisa de Sexta, tú lo sabes perfectamente, Janequa.

- Anixua gloriosa no es la Alta Sacerdotisa de Sexta y tú lo sabes perfectamente, Itahisa.

Janequa se veía furiosa, perturbada. Ya no la soporté más.

- Ya te dicho que estás mal de la cabeza ?

Logré que se levantara para irse. Respiré aliviada. Pero antes de dejarme sola tuvo que lanzar su enardecida perorata.

- Los Dioses nos están hablando a través de ti, Itahisa, y cometeríamos una terrible equivocación, un imperdonable descuido, si despreciáramos sus mensajes. Qué manifiesta la Diosa Ama, la Atissa Gloriosa, al señalar el norte ? Qué significa que la Diosa Elkar, la Anixua Gloriosa, nos enseñe ciudades pobladas por hombres de distintos colores ? Y lo más insólito de todo, qué quiere decir el Dios Egu, el Zebensui Glorioso, cuando te suplica que no quedes a mitad de la escalera ? Por favor, Itahisa, podrás hacernos ese favor mientras disfrutas de tu alcoba exclusiva y de tu fuego propio ? Dispones de tiempo en abundancia para pensar. Hazlo !

Dicho esto, recogió su manta, la calzó en sus hombros y desapareció por la galería que descendía a la sala principal.

Me quedé por fin a solas, recuperando la calma que la indeseable visita había quebrado.

Disfrutando de la rápida retirada de Janequa, riéndome en silencio de su curioso exabrupto.

Hasta que vino a mi mente una imagen que empezó a inquietarme, a molestarme.

Recordé la situación de hallarme suspendida, paralizada por el miedo, a mitad de la escalera.

Ya no teníamos peces nadando en la cámara inferior. De la nutria que habían logrado cazar los varones y Ainenfrau, sólo quedaban los huesos. No había chance de ir a pescar o a cazar al lago.

Como había ocurrido durante la sequía más de veinte días atrás, nuestro único alimento posible volvía a ser la carne de las cabras. Tampoco disponíamos de pasto para mantenerlas vivas.

Día Veintinueve

Me mantuve al margen de la discusión sobre cuál de las cabras debíamos degollar.

Pensaba en Zebensui.

Echaba de menos sus cariños. Extrañaba el poder de su presencia masculina, las sonrisas, el clima de intimidad, las confidencias. Añoraba sus abrazos.

En la agradable privacidad de la cámara superior, lloré su ausencia. Jugando con mi cuchillo entre las manos. Admirando el agudo filo de la hoja de bronce, palpando los relieves en el puño tallado en madera.

Mi cuchillo. El que él me había regalado la noche de la inauguración de mi *etxea*.

Aquella hermosa noche en la que, escapando de mi propia fiesta, fui corriendo hacia lo de Dafra. Donde él me esperaba con una sonrisa radiante. Donde fundidos en un abrazo, nos reímos de felicidad. Donde nos besamos sin preocuparnos de la presencia de la dueña de casa. De mi amiga Dafra, mi amada Dafra, nuestra cómplice desde entonces.

Quien generosamente ofreció su casa en sucesivas oportunidades, para dar lugar a aquellos encuentros intensos, fugaces, clandestinos. De los que nadie se enteró, ni Gazmira, ni Etxekide, ni siquiera Sutziake.

Cuánta pesadumbre me producía el recuerdo de mi adorado Zebensui.

Me abrumaba la nostalgia de aquellas reuniones furtivas, cargadas de pasión. La excitación que su mirada me infundía. La delicia de sus caricias, la embriaguez de sus aromas, el impetuoso placer de estar unidos.

Cuánto me gustaría que él pudiera estar conmigo, cuánto desearía estar en sus brazos.

Me pareció un desatino asar la carne de cabra en el patio de entrada y reaccioné airadamente.

- Qué haces, Etxekide ? Eres tonto o qué ?

Él me miró con fastidio.

- Cuál es el problema, Itahisa ? El humo saldrá hacia afuera.

- Exacto, ese es precisamente el problema.

Guaire intervino.

- Qué estás queriendo decir ?

- Es obvio lo que estoy queriendo decir, no tenemos empalizada, la nieve la cubrió.

Etxekide forzó una carcajada.

- Y tú crees, Itahisa, que los lobos pueden caminar sobre dos pasos de nieve ?

- Y tú eres ahora un experto en el tema, no ? Desde cuándo tienes una *maisutza* en comportamiento de los lobos ?

- No los hemos visto en más de veinte días, Itahisa. No vendrán. - Procuró tranquilizarme Janequa.

- Y si vienen, contamos con Ainenfrau, que sabrá entenderse con ellos. - Quiso bromear Guaire.

Me sentí furiosa, pero entendí que era inútil sostener la discusión. Nadie me apoyaría.

Conteniendo el enojo, las ganas de gritar y el deseo de descargar la ira contra algo o contra alguien, regresé a mi habitación en la cámara superior.

Aquella noche me acosté intranquila, alerta, atenta a sonidos muy lejanos que se me antojaban aullidos, esperando en cualquier momento el ataque de los lobos.

Pero los lobos no vinieron.

Día Treinta

A través de un boquete en la duna blanca que clausuraba la entrada, pudimos notar que la nieve había dejado de caer.

El absurdo presagio de Guaire, insólitamente se había cumplido. Había nevado ininterrumpidamente durante ocho días. Todos recordamos con preocupación su siguiente pronóstico: "vendrán seis días de frío tan intenso que todo se va a congelar".

Si ello también llegaba a cumplirse, nos veríamos obligados a matar el resto de los animales.

Quedaban solamente cuatro cabras adultas y dos cabritos.

Efectivamente, el frío devino tan extremo, que de sólo asomar la nariz hacia afuera se nos clavaban dolorosas punzadas, afiladas dagas de hielo en las mejillas.

No obstante, Ainenfrau trabajó durante el día desalojando la nieve que había cubierto parte de nuestro acopio de leña, procurando recuperar su catre deslizante, hasta que pudo montarse en él y salir a la intemperie.

Ella regresó por la tarde con el cabello poblado de agujas de escarcha y una cosecha preciosa. Dos pescados de mediano porte y un pequeño atado de pasto que no entendimos cómo había logrado rescatar de las orillas del lago.

Desde varios días atrás, mis pies, así como los de Abian y los de Etxekide, estaban afectados por una enfermedad. Manchas blancas que producían una intensa comezón.

Ainenfrau trató de convencernos que ello podría curarse humedeciendo las zonas con la propia orina. Ella misma hizo la demostración refregando su orina en los pies de Abian.

- Quieres que me quede contigo esta noche ?

- No, Etxekide. Estoy bien sola.

- No me parece que estés bien.

- Estoy mal, si tú lo dices. Prefiero estar sola.

- No te molesta el humo ?

- No.

- Te dejo sola para que puedas descansar.

- Gracias, Etxekide. Hasta mañana.

Día Treinta y Uno

Pasé todo el día con fuertes dolores de cabeza. No pude prepararme una infusión porque se habían acabado las cortezas de sauce. Lo único que me alivió fue sentarme en el patio de entrada y mojarme la frente con nieve derretida.

Guaire y Etxekide, abrigados con mantas y pieles de pies a cabeza, salieron con Ainenfrau con la intención de aprender a deslizarse en el catre. Por lo que escuché, no tuvieron mucho éxito. Rodaron varias veces, se hundieron en la nieve y chocaron contra un tronco.

Día Treinta y Dos

Supuse que era una broma.

Me hallaba durmiendo en la cámara superior cuando oí los gritos de Guaire. Era típico de él que se divirtiera burlándose de mis precauciones injustificadas. Etxekide podía ser su cómplice y haberse sumado al embuste. Pero ... también Janequa ?

Cautelosamente descendí por la galería y sin llegar hasta la sala, observé a escondidas, para cerciorarme de lo que estaba ocurriendo.

Rígidos, tensos, todos empuñaban arpones y cuchillos en el patio de entrada. Ainenfrau no estaba a la vista. Entonces escuché los gruñidos, cercanos, desde afuera.

No era un chiste.

Los lobos habían regresado.

Rápidamente volví al dormitorio por mi cuchillo. Recordé las palabras de Guaire: "contamos con Ainenfrau, ella sabrá entenderse con ellos". Estaría la mujer del hielo intentando dialogar con las bestias ?

No importaba. En primer lugar había que poner a salvo las cabras. No había chance de llevarlas a la cámara inferior. Fui por ellas. Intercambié señas con Etxekide, avisándole lo que me proponía. Levantando a los cabritos, uno en cada brazo, los llevé arriba y los dejé en mi lecho, próximo al fuego. Fui a buscar a Gorkara y la arrastré hacia mi dormitorio para reunirla con sus crías. Coloqué leña para obstruir la boca de la galería, con el fin de impedir que los animales pudieran descender.

Me disponía a ir por otra cabra cuando escuché los chillidos de Janequa. Bajé tan rápido como pude. Uno de los lobos asomaba su cabeza por el boquete en la montaña de nieve, contigua a lo más alto de la pila de leña, a escasos pasos del rostro de Abian. El animal gruñía de modo amenazante y usaba sus patas para ensanchar el hueco. El gigante sostenía el hacha por encima de su hombro. Guaire lanzó el arpón alcanzando a herir una pierna de la bestia, que con un aullido de dolor desapareció de nuestra vista.

- Dónde está Ainenfrau ?

- No sabemos. - Contestó Janequa, que transpiraba y empezaba a jadear.

- Cuántos lobos hay afuera ?

- No sabemos.

La invariabilidad de las respuestas me resultó exasperante.

- Alguien me ayuda a llevar las cabras arriba ?

Nadie contestó porque nos llegaron unos gritos angustiosos desde afuera. Eran de Ainenfrau. Abian comenzó a trepar la duna de nieve y de inmediato se detuvo.

En lo alto del montículo, por encima de donde antes había una empalizada, cuatro lobos nos estaban mirando. De sus hocicos pendían agujas de hielo y de sus bocas emanaban pequeñas nubes de vapor.

- Vatxaut fiurjundu dixleit sent ! - Repetía con desesperación Ainenfrau desde algún punto del exterior que no alcanzábamos a ver.

Semienterrado en la nieve, Abian tenía poca capacidad de maniobra. Si las bestias saltaban sobre él, no podría defenderse. Lo vimos intentar retroceder, levantando sus piernas con dificultad, atento al mínimo movimiento de los animales.

Todo ocurrió tan rápidamente que no nos dio tiempo a pensar. Dos de los lobos se lanzaron sobre Abian y el arpón de Guaire alcanzó en vuelo a uno de ellos en el vientre. El gigante fue capaz de reaccionar para descargar su hacha en la cabeza del segundo, y la bestia cayó sobre él, derribándolo. Guaire tomó el arpón de Etxekide y lo arrojó certeramente al animal que, aun gravemente herido, luchaba contra Abian en la nieve.

Mientras Abian intentaba quitarse de encima el cuerpo agonizante, los otros dos lobos iniciaron el descenso. Nos quedaban sólo dos arpones. Etxekide y Guaire los lanzaron simultáneamente. Uno acertó en el lomo de una de las bestias, que retrocedió en un alarido de dolor. Pero el segundo arpón solamente llegó a rozar al otro animal, el que de un salto estuvo en el piso de la caverna. Janequa no paraba de chillar. Abian trataba de levantarse y de recuperar el bronce clavado en las entrañas de la moribunda fiera, en el momento en que apareció un quinto lobo sobre la pila de leña, cerca de donde yo me hallaba.

No entendí lo que ocurrió a mi *eskuerra*, porque no pude apartar los ojos de la bestia que me enseñaba los colmillos. Supe que uno de los lobos había logrado eludir la posición de los varones por los balidos agudos y estertores a mi espalda.

Fue entonces que el lobo vino sobre mí. Se me abalanzó con sus garras directamente a mis pechos y caí de espaldas, golpeándome la cabeza contra el piso. Tuve su aliento espeso, fétido, en mi nariz. Vi las profundidades rojas de sus fauces y los colmillos blanquecinos viniendo a clavarse en mi cuello.

Oí gritos lejanos. Vi a Zebensui Glorioso rogándome que no me quedara a mitad de la escalera.

Invocando el resto de mis menguadas energías, descargando la furia acumulada por tantas crueles veleidades de los Dioses, elevé mi cuchillo y lo introduje con violencia en la boca de la bestia, atravesándole el paladar y haciendo salir la punta de bronce por uno de sus ojos.

Chorros de sangre emanaron de la herida, mientras el lobo aullaba de forma espantosa y se retorcía de dolor.

Etxekide se acercó a rematarlo pero no se lo permití.

Aunque me dolía todo el cuerpo, me levanté y fui decidida a cortarle el cuello. Con mi propio cuchillo.

Ainenfrau apareció finalmente y contempló la pavorosa escena, sin decir una palabra.

Una cabra estaba muerta y otra herida. Abian sangraba en los hombros y en la cara. Guaire y Etxekide tenían cortes en sus manos. Mi pecho estaba surcado de rasguños. Janequa aun temblaba, pero había resultado ilesa.

Cinco lobos agonizaban en distintos puntos de la caverna, tendidos sobre charcos de sangre.

Lentamente me desvestí. Ya no sentía frío. Arrojé al fuego mi *brusa* y mi falda impregnadas de sangre.

Desnuda, caminé hacia la pared por la que caía el agua. Apoyando en ella mi espalda dejé que el agua helada limpiara mi cuerpo y atenuara el agudo dolor de las heridas en mi pecho.

No lavé el cuchillo. Después de bañarme, regresé a donde yacía el lobo degollado.

Colocando al animal muerto boca arriba, volví a clavar mi cuchillo en su garganta. Hice una incisión profunda y extendí el tajo, rasgando hasta llegar al vientre. Al mismo tiempo fui desprendiendo la piel a ambos lados del corte. A mi alrededor se escuchaban voces, pero no entendí de qué hablaban. Con varios golpes de hacha quebré los huesos de las cuatro patas. Cavé una hendidura para extirpar el *zakil* y la bolsa masculina, y los arrojé al fuego. Continué prolongando los cortes hacia las cuatro extremidades, hasta llegar a las articulaciones destrozadas por el hacha.

Luego procedí a desollar la piel, lo que me llevó casi toda la jornada.

No me detuve para comer, no sentí hambre.

Cuando terminé de separar la piel del cuerpo, la tendí sobre la nieve durante un largo rato para que terminara de limpiarse la sangre.

Descargué por última vez el hacha sobre la espina dorsal del animal desollado, quebrándola. Pasé mis dedos por el interior de la vértebra expuesta, para recoger la sustancia interna del hueso.

Llevé a mi boca aquel bocado grasoso del tuétano de la bestia y me deleité con su sabor.

Recién entonces tuve frío. Quité la nieve adherida a la piel del lobo y me abrigué con ella.

Día Treinta y Tres

No tuvimos leche de cabra. La única leche la dio Gorkara para alimentar a sus crías.

Apliqué el resto de crema de papayas en mis heridas. No me preocupé por las de Abian, porque seguramente Ainenfrau le proporcionaría sus cuidados. Los rasguños de Guaire y Etxekide no eran profundos.

Los varones trasladaron los restos de animales muertos fuera de la caverna.

Pasé buena parte del día en la cámara superior, en compañía de las cabras, cosiendo jirones sobre la piel del lobo, para que al vestirla, quedara completamente cerrada por delante. Con el cuero de la cabeza del lobo y con sus orejas, confeccioné un abrigo para mi propia cabeza y orejas.

Afuera, el frío era tan intenso, que la superficie de la nieve empezaba a hacerse sólida.

Día Treinta y Cuatro

Ainenfrau fue al lago, montada en su catre deslizante. A su vuelta, no trajo pescados ni pasto, sino una pequeña nutria atravesada en el arpón.

No disponíamos de más alimento para las tres cabras adultas que quedaban vivas.

Las heridas de mi pecho empezaban a curarse. El ardor que sentía en mis pies era tan insoportable que decidí orinarme sobre ellos sin que Ainenfrau se enterara.

Guaire y Etxekide ya no hablaban, excepto cuando cocinaban juntos. Me pareció que también habían perdido el interés en descargar sus energías acometiendo sobre el cuerpo de Ainenfrau.

Día Treinta y Cinco

Por primera vez desde su llegada, vimos a Ainenfrau escalar. Los varones trabajaban despejando la nieve de la empalizada, Janequa acercaba leña al fuego en el patio de entrada y yo casualmente salía a escudriñar en el cielo nublado algún cambio que nos diera un atisbo de mejora.

La mujer del hielo rodeó las paredes rocosas contiguas a la entrada hasta un punto en el que las grandes losas exhibían una grieta. En ella, trabó manos, piernas y espalda e inició el ascenso. Lentamente, sosteniéndose en mínimas rugosidades de la piedra.

Nos quedamos observándola, admirados, mientras continuaba ganando altura sobre nuestras cabezas, hasta llegar a un punto donde la grieta terminaba para dar lugar a una pared que se veía lisa, inaccesible. Pero Ainenfrau continuó trepando, con la habilidad más propia de un gato que de una persona, asiéndose de invisibles asperezas de la roca, ascendiendo varios pasos más hasta desaparecer cerca del lugar donde la habíamos visto aparecer, unos treinta días atrás.

Un rato más tarde empezaron a llover líquenes.

Ainenfrau estaba realizando una extraña operación de cosecha allá arriba. Arrancando el liquen de las rocas de la montaña y arrojándolo hacia nosotros.

Janequa tradujo en palabras el suceso.

- Las cabras tendrán algo para comer.

Día Treinta y Seis

Es probable que Janequa haya tenido razón.

Zebensui Glorioso fue quien me transfirió sus atributos. Los atributos del Dios Egu: la Energía, la Fuerza y el Calor.

Sin ellos no hubiera podido dar muerte al lobo. Sin ellos, sería yo la que estaría muerta, y mi cuerpo serviría de alimento a los buitres y las moscas.

No me detuve a mitad de la escalera. No tuve miedo.

Mi *esku-ona* fue más rápida que la mandíbula de la bestia. El filo de mi cuchillo más implacable que sus colmillos. La fuerza de mi brazo, más certera que su mordida.

Zebensui Glorioso fue quien me transfirió sus atributos. Por eso no tuve frío luego de matar al lobo, por eso pude resistir el agua helada cuando me bañé desnuda.

El lobo se equivocó al asumir que yo sería su presa. Me vio débil, delgada, enferma. Pero no fue así. Lo enfrenté, luché contra él y fui yo quien resultó triunfante. Él resultó ser mi presa.

Zebensui pudo transferirme sus atributos porque se ha reunido con los Dioses. Porque él ya es Uno con el Dios Egu, ya es Zebensui Glorioso.

Zebensui ya ha cruzado la Puerta. Mi amado Zebensui, mi adorado Zebensui está muerto.

Muchos están muertos en Atlantis.

Mi madre de vientre, Atissa, ha cruzado la Puerta.

Ella es Una con la Diosa Ama. Mi madre Atissa está muerta. Atissa Gloriosa me señala las estrellas hacia el norte.

La Alta Sacerdotisa de Sexta, la bellísima Anixua, ha cruzado la Puerta.

Ella ahora es Una con la Diosa Elkar. Anixua ha muerto. La Anixua Gloriosa me muestra ciudades donde habitan hombres y mujeres de pieles morenas, rojizas y blancas.

Muchos están muertos en Atlantis. La estrella cayó sobre ellos hace treinta y seis días.

Día Treinta y Siete

Janequa me molestó todo el día con absurdas conjeturas sobre la luna de Ainenfrau.

Insistió en que su sangre no bajaba porque estaba embarazada. Traté de explicarle que nosotras tampoco habíamos tenido una luna por cincuenta días y no estábamos embarazadas, y que ambas habíamos visto sangre escurrir por las piernas peludas de Ainenfrau apenas veintisiete días atrás. Pero Janequa no se mostraba dispuesta a razonar conmigo. Por el contrario, parecía proclive a las ambiguas explicaciones que intentaba darnos la mujer del hielo, haciendo el gesto de tocarse los pechos y el vientre.

Yo tenía cosas más importantes de las que preocuparme.

Si los Dioses se habían comunicado conmigo, si yo era portadora de sus mensajes, mi responsabilidad era discernir sus anuncios.

(la noche estrellada de Bosteko)

Por qué los Dioses habían hablado conmigo y no con Janequa que los invocaba varias veces por día ?

(la laguna de sal)

Acaso Ellos habían confiado en mí para ser la intérprete de sus designios? Acaso Ellos me estaban demandando ser ejecutora de sus voluntades ?

(el palmar próximo al mar)

Por qué razones me hallaba allí, enclaustrada, confinada por un espeso manto de nieve ?

(el giro de las estrellas hacia el norte)

Por qué motivos había sobrevivido a la explosión del cielo, el calor abrasador, el masivo avance del mar sobre del continente, los incendios, la falta de agua, el diluvio, la escasez de comida, el aluvión de nieve y dos ataques de lobos hambrientos ?

(los resplandores de las ceremonias de iniciación)

Por qué me encontraba débil, enferma y herida, pero aun viva y no reunida con Ellos, con Atissa, Anixua y Zebensui, en unidad con los Dioses ?

(las ciudades que no alcancé a ver)

Qué podían pretender Ellos de mí ? Si nada podía hacer. Si ni el sol, ni el cielo, ni las estrellas se mostraban allá afuera.

(no te detengas a mitad de la escalera)

Recluida en la oscuridad de mi habitación, interrumpida solamente por el sonido regular de la succión de las crías en las ubres de Gorkara, lloré largamente mi amargura.

Día Treinta y Ocho

La segunda predicción de Guaire, decididamente, no se había cumplido.

Iban ocho días de frío extremo cuando volvió a nevar durante la mañana. Luego se detuvo por la tarde y al oscurecer se instaló una llovizna intermitente.

Nuestra ración diaria de leche se había reducido a un solo trago, como durante los peores días de la sequía. Las cabras sólo tenían líquenes para comer.

Etxekide fue al lago con Ainenfrau.

Al regresar nos hizo una explicación de las curiosas técnicas que ella utilizaba para pescar. Cargado el catre con piedras, lo había empujado cautelosamente sobre la superficie del lago, para evaluar el espesor de la capa de hielo. En el punto en que el hielo empezaba a quebrarse por el peso, había cavado un hoyo y volcado en él insectos cazados previamente. Allí se había quedado sentada, arpón en mano, aguardando que los peces se acercaran atraídos por el cebo. Luego de haber acertado a un par de ellos, los había aproximado al boquete y ella se había tendido sobre el hielo, al acecho de que una nutria asomara para darle caza. Todo esto lo había observado Etxekide desde la orilla, moviéndose constantemente para no entumecerse de frío, mientras Ainenfrau no parecía afectada por permanecer acostada, inmóvil, sobre el hielo.

Aquella noche, luego de haberme dormido, escuché los pasos de Etxekide ingresando a mi dormitorio y percibí su sombra acostándose a mi lado. Quise decirle que se fuera, pero no lo hice. Tenía demasiado sueño.

Día Treinta y Nueve

Discutí con Etxekide.

Le expliqué que debía solicitar mi autorización para dormir arriba. Y que no hacerlo, era faltarme el respeto. Él se enojó y me gritó, pero terminó entendiendo. Janequa y Guaire quisieron intervenir pero les dije claramente que no eran parte del problema. Si la cámara superior estaba habitable, era porque yo había sostenido el fuego encendido cuando todos ellos habían descreído, cuando todos ellos se habían resignado a que era imposible desalojar el humo y me habían dejado sola, sin ayuda. Si querían dormir abrigados, que se esmeraran en sostener el fuego del patio de entrada. Si querían sosegarse antes de dormir, para eso estaba Ainenfrau.

Afuera continuaba lloviznando. La capa de hielo sobre la nieve empezaba a derretirse.

Día Cuarenta

Los Dioses debían darme una señal.

Si Ellos esperaban algo de mí, debían hacérmelo saber.

Janequa se obstinaba en afirmar que Ainenfrau estaba embarazada. Si ello fuera cierto, sería una señal ?

Etxekide continuaba reclamando que yo le permitiera dormir en la cámara superior. Tendría un significado especial su empecinamiento ?

Por primera vez en cuarenta días, vi a Janequa disfrutando de las atenciones masculinas de su compañero Guaire. Era llamativo, aunque no demasiado revelador.

Las crías de Gorkara, los cabritos de apenas dieciséis días de vida, quisieron alejarse de la caverna y, por su pequeño tamaño, lograron transgredir sin dificultades los asomos de la empalizada.

Debimos ir por ellos.

Por la tarde, los cabritos volvieron a escaparse, esta vez a una distancia de un par de campos de la entrada, aun caminando torpemente sobre la nieve.

Cuando fui a buscarlos, algo me llamó la atención en las nubes, más allá de la cima de la montaña. A gritos, llamé a Etxekide.

Él acudió y se quedó a mi lado. Quitándose el cabello hirsuto de la cara, concentró su mirada en las inusuales formas y coloraciones que las nubes mostraban.

Más tarde, vinieron los demás. Por algún motivo, reparé en sus apariencias, que evidenciaban el transcurso de las adversidades.

El semblante agobiado de Abian, cuya espesa barba no disimulaba las heridas de los colmillos del lobo. El andar cansino de Janequa, quien había sido una mujer gorda, pero ahora mostraba una figura esbelta. El aspecto desaliñado de Guaire, también barbudo, las desproporcionadas orejas destacándose en su rostro demacrado. Y la presencia grosera de la mujer peluda, con sus pieles de abrigo sucias colgando del hombro, exponiendo parte de sus turgentes pechos, a pesar del aire helado.

Los seis nos quedamos contemplando el cielo, tal como lo habíamos hecho la tarde previa al desastre.

Cuando aún Nira se encontraba con nosotros. Cuando Ainenfrau todavía no había hecho su curiosa aparición en lo alto de la montaña.

Lentamente, las nubes empezaron a partirse, a desgarrarse.

Entonces ocurrió.

Por entre ellas, la luz se fue filtrando tímidamente, ante nuestro asombro e incredulidad.

Y nuestros ojos, humedecidos por lágrimas de alegría, volvieron a ver el sol.

PARTE SIETE,
DESASTRE
TERCER MOVIMIENTO,
EXPLORACIÓN

Día Cuarenta y Uno

La llegada del sol al atardecer del día cuarenta, produjo un gran efecto en nuestros ánimos deteriorados. Las sonrisas regresaron a nuestros rostros tras la interminable noche de infortunios, de tristeza y de encierro.

El sol había vuelto a brillar. Devolviendo a nuestros espíritus un atisbo de esperanza.

A pesar de que el día siguiente amaneció nublado, con lluvias y frío intenso, tuvimos la certeza de que el sol estaba allí, pronto para sorprendernos en cualquier instante con sus gratificantes rayos de vida.

La espesa capa de nieve que cubría el valle comenzó a derretirse, escurriendo en múltiples hilos de agua helada hacia los terrenos más bajos, y hacia el sur, en dirección al lago.

El sol había vuelto a brillar.

El Dios Egu se había acordado de nosotros.

Día Cuarenta y Dos

Discutí con Etxekide las condiciones para realizar una exploración de los terrenos montañosos al norte de la caverna. Él no se mostró proclive a emprender una excursión que nos implicara más de una jornada. La nieve aún dificultaba la marcha, no contábamos con reserva de comida y no había vegetación de la que pudiéramos alimentarnos durante el camino.

Por otra parte, abandonar la caverna, aunque fuera temporalmente, no parecía prudente. Y no era sensato ni viable trasladarnos con las cabras y todos nuestros equipajes. Una alternativa era que alguno de nosotros quedara al cuidado de la caverna. Ello implicaba tomar una decisión delicada. Deberíamos separarnos en dos grupos.

Hablé con Janequa al respecto. Ella aseguró estar dispuesta a quedarse en compañía de Guaire, lo cual traía como consecuencia no poder contar con su habilidad como arponero en la excursión.

El propio Guaire se manifestó reticente. No a quedarse con Janequa, sino a la eventualidad de separarnos, porque ello nos haría más vulnerables a cualquier situación de peligro.

Por la tarde, volvió a salir el sol.

Salimos de la caverna a gozar de la desacostumbrada luminosidad y de la agradable sensación de calidez que provocaba.

A unos pasos de la entrada me senté sobre un tronco, permitiendo que el sol bañara mi cuerpo a través de las pieles de abrigo. Me las fui quitando, primero las de mi cabeza, luego las de mis pies, hasta que la tibieza fue suficiente para terminar de desvestirme. Así pude recibir el sol sobre mi piel. Mientras fui capaz de resistir el frío, permanecí acurrucada, disfrutando las suaves caricias en mi espalda, llenándome de una energía que creía perdida.

Más tarde me propuse realizar un ensayo de lo que nos costaría avanzar sobre la nieve. Utilizando restos de canastos, improvisé un par de sandalias que ajusté a mis pies envueltos en pieles. Con ellas logré alejarme unos cuatro campos de la entrada, caminando con dificultad. Igualmente me resultó agotador. Tratando de disimular el esfuerzo, emprendí el regreso. Fue entonces que noté a pocos pasos, un bulto que se movía a gran velocidad.

Me asusté por un instante hasta que se detuvo. Era un conejo. Un conejo blanco, casi invisible en el manto de nieve que cubría el terreno. Parecía estar observándome mientras fruncía graciosamente la nariz.

Llamé a gritos e hice señas a los varones. Pero cuando ellos llegaron, el conejo había desaparecido.

Durante la cena hablamos de las posibilidades de realizar la excursión. Abian abrió la boca solamente para anunciar que él no se separaría de Ainenfrau. Lo que confirmaba mis supuestos. Si Guaire y Janequa aceptaban quedarse en la caverna, los otros cuatro iríamos al norte.

Etxekide y Guaire sostuvieron sus objeciones en la escasez de comida y el riesgo de enfrentamiento con manadas de lobos. Traté de convencerlos, conjeturando que los conejos habían regresado. Que ellos nos proporcionarían alimento, no sólo a nosotros sino también a los lobos. Que si los lobos encontraban conejos, no estarían hambrientos y dejarían de ser un problema.

Pero no logré persuadirlos con esos argumentos.

Íntimamente sabía que deberíamos esperar a que la nieve terminara de disolverse y volviera a emerger la vegetación, antes de emprender cualquier excursión. Pero no me hallaba dispuesta a admitirlo. Necesitaba que ellos aprobaran mi plan.

Necesitaba en primer lugar el consentimiento de Etxekide.

Esa noche lo invité a dormir en la cámara superior.

Día Cuarenta y Tres

- Es cierto que los Dioses te han hablado ?

Etxekide se hallaba acostado a mi lado. Luego de tanto tiempo de dormir sola, era una situación extraña. Recordé lo sucedido la noche anterior, cuando lo había invitado a mi dormitorio. El extenso silencio mientras contemplábamos el fuego, sentados en el piso. Y la conmoción de permitirle abrazarme, de volver a sentir su aroma, su cercanía, su piel rozando la mía.

- Janequa te ha dicho eso ?

- Sí. Ella está convencida.

Dudé cuáles de mis experiencias confesar. Qué pensaría Etxekide de mi visión de Zebensui Glorioso ?

- Etxekide.

- Sí, preciosa.

- La estrella ha caído en Atlantis, no ?

Él abrió sus ojos.

- Ellos te lo han dicho ?

- No, Etxekide. Quiero que tú me digas lo que crees.

- No podemos saberlo, Itahisa. - Reflexionó un momento antes de continuar - Ciertamente la estrella ha caído hacia el oeste. Por eso el mar se vino sobre nosotros más tarde.

- No podemos saber a qué distancia ?

- Varias jornadas. Más allá de Islas Castigadas.

- La ola gigante debió ... pasar por las Islas, entonces.

- Sí.

Ambos permanecimos en silencio. Imágenes de los esforzados residentes con los que habíamos construido el terraplén, acudían en aluvión a mi memoria.

- Quizás ellos pudieron refugiarse en las montañas.

- Sí. Creo que la única opción para que consiguieran salvarse es que hayan logrado subir a las montañas a tiempo. Quiero decir, antes de la explosión. - Etxekide hizo una pausa. - La ola gigante también debe haber golpeado a las ciudades atlanteanas que se orientan hacia el este, como Lehen y Zazpir.

No pude evitar llorar. La idea de que las bellísimas ciudades de Atlantis con todos sus pobladores se encontraran sumergidas bajo el mar, era intolerablemente dolorosa.

- No hay montañas en Zazpir. - Dije quitando las lágrimas de mis mejillas.

Etxekide suspiró largamente.

- No. Pero las minas de cobre se encuentran en terrenos elevados ...

- Muchos están muertos.

- Sí, Itahisa. No he dejado de pensar en ello, desde el día del desastre.

Pequeñas hierbas volvieron a verse en los terrenos próximos, estimulantes asomos de verde que alegraban el paisaje en el que aún predominaba el blanco.

El sol se dejó ver varias veces por entre la multitud de nubes que cruzaban el cielo, alternando con breves lloviznas.

Guaire fue con Ainenfrau al lago y ambos regresaron de buen ánimo. El hielo se había derretido y la pesca había resultado abundante. Además de patos y conejos, Guaire nos contó entusiasmado que habían visto un animal de mayor porte a gran distancia. Aseguró que se trataba de un cerdo salvaje.

Me apoyé en sus descubrimientos para insistir acerca de la exploración. Al reunirnos para la cena, tanto Guaire como Etxekide aceptaron que, si no volvía a nevar, podríamos empezar los preparativos.

Día Cuarenta y Cuatro

Por primera vez en casi cincuenta días tuvimos un día preponderantemente soleado. Las múltiples corrientes de nieve derretida adquirieron mayor caudal, regalando una sonoridad distinta, mineral, a la hermosura de la mañana iluminada. En el cielo, reaparecieron las palomas y otros pájaros pequeños contribuyeron con sus trinos a la sensación de resurgimiento, de reparación de la vida.

Pudimos volver a cosechar hierbas para alimentar a las cabras y devolver sabor a nuestros platos de pescado.

Por la tarde, iniciamos el reparto de recursos. Debimos determinar cuáles mantas, sogas, pieles y herramientas eran imprescindibles para la excursión y cuáles debían permanecer en la caverna. No eran problema los arpones y cuchillos, porque teníamos suficientes. Pero disponíamos de una sola pala y una sola hacha. Resolvimos dejar la pala y llevar el hacha, lo que implicaba que Guaire y Janequa no podrían cortar leña en nuestra ausencia. En prevención de ello, trabajamos acopiando leña para varios días y la apilamos en la entrada.

Más tarde preparamos nuestros equipajes. En mi bolso me sorprendió encontrar prendas que nunca había necesitado. Por no soportarlas durante los días del calor ni ser suficientes cuando había empezado el frío. Entre ellas, mi vestido ceremonial, que una vez había sido blanco, ahora arrugado y sucio, impregnado de humo, cenizas y humedad. Lo estiré, lo observé con extrañeza y decidí limpiarlo. Traté de quitar las manchas refregándolo con una piedra y lo puse a secar cerca del fuego.

También recuperé de mi equipaje un bolso de cuero que contenía mis joyas. Pendientes, pulseras, tiaras y aros, finos trabajos en preciosos metales y piedras. Objetos valiosos en otro mundo. De qué podrían servirme ahora ? Tras dudarlo un momento, decidí llevarlas conmigo.

La noche también estuvo despejada y pese al frío, disfrutamos un buen rato del espectáculo increíble de la luna y las estrellas. La belleza que creíamos perdida estaba allí, aparentemente inalterada, inconmovible, para deleite de nuestros espíritus.

Al acostarme a dormir, tuve una percepción que me dejó perpleja por un instante. Aunque me resultara una sensación remota, perdida, era inconfundible.

En mi entrepierna se advertía una humedad espesa. La sangre había vuelto a bajar por mi *natura*.

Día Cuarenta y Cinco

Envueltos de pies a cabeza en pieles de lobo, cargando abultados equipajes en nuestros hombros y sogas enrolladas en las cinturas, elevamos los arpones al cielo para despedirnos de Janequa y Guaire, e iniciamos la travesía, cuando el sol apenas se adivinaba sobre el horizonte.

La marcha fue muy lenta. Debimos hacer rodeos en las zonas aún anegadas por la nieve y saltar continuamente sobre pequeños arroyos del deshielo.

No sabíamos con certeza a dónde nos dirigíamos. No sabíamos cuánto tiempo nos implicaría la excursión. No contábamos con mapas del terreno. Confiábamos en que Ainenfrau, la mujer peluda con la que casi no podíamos hablar, nos guiara hacia otras "jule", otras cavernas más al norte, donde quizás encontraríamos a otros sobrevivientes, o quizás por el contrario, nos enfrentaríamos al dolor de hallarlos muertos.

Al principio el camino fue ascendente. Escalamos por zonas pedregosas hasta la cima de una montaña. Lo que pudimos ver al llegar hasta la cumbre nos dejó admirados. Al sur, mucho más allá de nuestra caverna, se divisaba el mar. Pero no era el mar de Atlantis, según lo que pudimos cotejar, porque el mar de Atlantis se hallaba al oeste. Lo que estábamos observando por vez primera era el Lubarnea. El mar desconocido cuya exploración había sido el motivo de nuestro viaje, se mostraba por fin ante nuestros ojos, inmensamente azul. A la distancia, en el horizonte detrás del mar, se distinguían las montañas grises del continente de Libia.

En cuanto retomamos la marcha, dejamos de ver al Lubarnea. Continuamos en dirección noroeste y rápidamente empezamos a descender hacia un valle ondulado, cubierto aún casi totalmente de nieve. Las cumbres fueron quedando a nuestras espaldas y en la lejanía, al frente, alcanzamos a ver otras cadenas montañosas. En todo el alcance de la vista no pudimos notar una nota de humo que nos diera señales de presencia humana.

Paramos para comer y descansar al mediodía, cuando pudimos cerciorarnos que en el horizonte podía distinguirse uno de los afluentes del Tartessos, aunque era improbable que pudiéramos llegar hasta él antes del anochecer.

Continuamos descendiendo, a veces bordeando pequeñas corrientes y con frecuencia haciendo desvíos para evitar caminar sobre la nieve. Debimos sumergirnos en agua helada hasta la cintura para cruzar un arroyo a mitad de la tarde. Pese a que empezábamos a sentir el cansancio de la larga caminata, decidimos aprovechar hasta la última luz del sol, con la intención de avanzar lo más posible hacia el río que teníamos por destino, mucho más adelante y más abajo, en los confines del valle.

Mientras avanzábamos, evité quejarme de las punzadas que sentía en mi cabeza, de los dolores en mi vientre y del zumbido que por momentos perforaba mis oídos.

Al oscurecer, buscamos una zona libre de nieve para tender pieles y mantas. Recolectamos ramas y encendimos el fuego. Poco tiempo después de cenar pescado hervido con hierbas, nos rendimos al cansancio.

Día Cuarenta y Seis

Despertamos y reiniciamos la marcha con las primeras luces del sol. Por la mañana continuamos cruzando el valle, ascendiendo y descendiendo suaves colinas. Por momentos debimos caminar sobre un espesor de nieve de unos quince dedos, que penetró por nuestros pies, hasta que el dolor se nos hizo insoportable. A los varones y a mí, porque Ainenfrau caminaba sobre la nieve imperturbable, como si se tratara de césped.

Ya no nos hallábamos a suficiente altura para distinguir con la vista el afluente del Tartessos. Pero no fue complicado orientarnos y mantener la dirección noroeste. Podíamos guiarnos por la posición del sol y además, todos los árboles estaban abatidos y carbonizados, señalando, invariablemente, al este.

- Jonterfol kadof.

Ainenfrau estiró su brazo, apuntando algo que no pudimos descifrar. Bruscamente cambió de dirección y caminó a paso rápido por entre la nieve barrosa. La seguimos durante un rato, sin entender lo que pasaba, hasta que Etxekide, observando el cielo, gritó alborozado.

- Humo ! hay humo !

No pude advertir el humo, pero la excitación ascendió por mi pecho, devolviéndome la fuerza para apurar el paso. A la distancia no vi gente, pero sí una pequeña manada de ovejas muy flacas.

Eran las primeras ovejas que veíamos luego del desastre.

Cuando nos aproximamos a ellas, huyeron de nosotros. Iniciamos la persecución de los animales por un terreno rocoso, parcialmente anegado.

Ainenfrau encabezaba la marcha, seguida a pocos pasos por Abian, a un ritmo que Etxekide y yo no fuimos capaces de sostener. Cuando ellos llegaron a la cima de una colina, se detuvieron y pudimos darles alcance.

A un campo de distancia, dos jóvenes pastores, extremadamente delgados y sucios nos miraban con expresión de pánico. Unas diez ovejas se habían congregado cerca de ellos.

- Jonterfol kadof jonter dima jugel. - Intentó explicarnos la mujer del hielo.

- La aldea está detrás de aquella colina. - Intentó traducir Abian.

- Si nos acercamos, saldrán corriendo. Están muy asustados. - Opinó Etxekide.

Pese a que nos quedamos inmóviles, los dos jóvenes se lanzaron a correr, huyendo hacia su aldea, seguidos por las ovejas.

- No podremos entendernos con ellos, - reflexioné en voz alta - pero deberíamos hallar el modo de intercambiar un par de ovejas.

Avanzamos con precaución bordeando la colina, hasta que tuvimos a la vista el origen del humo.

La aldea no existía. No había chozas, sólo un par de toldos hechos con pieles, colocados sobre estacas, en la ribera de un pequeño arroyo. Además de los jóvenes, dos hombres y una mujer mayores, comenzaban a desarmar los toldos. Estaban allí de paso, en busca de pasturas para sus ovejas y era evidente que no tenían interés en tomar contacto con nosotros.

Si ellos y sus ovejas habían logrado sobrevivir al calor, los incendios, los lobos, el diluvio, el frío extremo y la nieve, necesariamente deberían tener su refugio en las montañas, al igual que nosotros. Y del mismo modo, recién con la llegada del sol y el posterior deshielo, habrían podido alejarse de su caverna.

Etxekide nos hizo una seña para que nos ocultáramos tras las rocas. Lentamente caminó hacia los pastores, quienes lo observaban con aprensión. La figura altísima de un hombre barbudo, sucio, cubierto de pieles desde la cabeza hasta los pies, viniendo hacia ellos, les resultaba atemorizante.

Cuando Etxekide estuvo a una distancia de diez pasos, tomó su cuchillo de la cintura y lo depositó lentamente en el piso, retrocediendo luego, como le habíamos visto hacer a Tinabuna en nuestro primer encuentro con los nativos de Euriopa.

Uno de los jóvenes hizo un intento por ir a tomar el cuchillo, pero fue detenido por severas negativas de la mujer mayor. Los pastores intercambiaron palabras y retomaron la tarea de desarmar sus toldos, sin prestar atención al cuchillo, ni a Etxekide.

Tras una breve espera, él terminó por resignarse, recuperó el cuchillo del piso y regresó con nosotros, haciendo unas muecas graciosas que intentaban disimular su fracaso. Abian y yo nos reímos. Ainenfrau inició uno de sus típicos discursos impenetrables.

Los pastores se aprontaban a marcharse con sus ovejas y teníamos que evaluar si los íbamos a seguir, o por el contrario, debíamos desentendernos de ellos y continuar nuestra marcha.

Entonces tuve una idea. Era algo extravagante, pero valía ensayarlo.

Sin que los pastores pudieran verme, corrí hasta el arroyo donde me quité las pieles de lobo que me abrigaban. Desnuda, me interné en el agua helada, soportando las agujas de frío que se me clavaban en la piel. Tras bañarme, desanudé como pude mis cabellos, para dejarlos sueltos. Busqué en mi bolsa la túnica ceremonial y me la coloqué por la cabeza. También extraje la diadema de plata y la puse en mi frente, colgué en mi cuello el aro del delfín de mi adopción, aros en mis orejas y una pulsera de oro en mi brazo.

Regresé a la roca donde estaban Abian, Etxekide y Ainenfrau, quienes me observaron con ojos admirados. Sin prestar atención a sus bromas, tomé un disco de bronce pulido que utilizábamos como espejo y se lo di a Etxekide, junto con indicaciones de cómo usarlo.

Los pastores estaban por emprender su camino, cuando hice mi aparición, en la cima de la colina, vestida de blanco, mis cabellos ondeados por la brisa y mi cabeza engalanada por la tiara ceremonial. Etxekide hizo lo que le pedí. Oculto tras la roca, posicionó el espejo para que reflejara los rayos del sol sobre mi vestido.

Tal como lo había previsto, los pastores quedaron impresionados. Detuvieron sus tareas y se quedaron mirándome, atónitos. Nunca habían visto una mujer atlanteana en sus atuendos ceremoniales. Nunca habían visto a una mujer tan alta y tan rubia. Nunca habían visto una túnica blanca de algodón, ni una diadema de plata con incrustaciones de piedras violetas y rojas. Pero quizás lo que más los sorprendió fue que el vestido brillaba de una forma incomprensible. Los escuché hablar entre ellos, sin dejar de observarme.

En voz alta, pero con mi tono más dulce, les dije.

- Soy Itahisa de Atlantis, no tengan miedo.

Y caminé lentamente hacia ellos, permitiendo que Etxekide girara apenas el disco de bronce para continuar iluminándome.

Fue entonces que la reacción de los pastores sobrepasó mis expectativas. De a uno, empezando por la mujer mayor, fueron arrodillándose en el piso y comenzaron a entonar una extraña, repetitiva oración.

- Sava zeita mama. Sava zeita mama.

Me detuve. La situación era muy divertida pero debía contenerme, tenía que actuar con solemnidad. Simplemente abrí mis brazos y traté de imitar sus rezos.

- Sava zeita mama. - Pronuncié en forma pausada.

- Sava zeita mama. - Corearon los pastores.

Lo que ocurrió a continuación fue inesperado. La mujer mayor, avanzó en cuclillas hasta ponerse frente a mí, e inclinándose hasta el piso, me besó los pies. Los demás pastores quisieron imitarla, pero reaccioné rápidamente en prevención de que pudieran descubrir el brillo del espejo que Etxekide manejaba a mi *eskuona*.

Retrocedí lentamente, haciendo gestos de que no se me acercaran. De pronto, mi idea original de intercambiar alguna joya por un par de ovejas, empezaba a complicarse. Pensaba cómo hacerles entender cuál era mi simple propósito.

Increíblemente, nada tuve que hacer. Como si hubieran leído mis pensamientos, los pastores ataron sogas a los cuellos de un cordero y una oveja, los trajeron hasta mí y, haciendo una cantidad de reverencias, me los entregaron. Me apuré a tomar las sogas, mientras continuaba retrocediendo, ascendiendo nuevamente la colina.

Allí abrí los brazos al cielo. Alzando la voz, pronuncié por última vez.

- Sava zeita mama.

Mientras los pastores repetían indefinidamente la oración, les di la espalda, y arrastrando a los dos animales, descendí corriendo el otro lado de la colina hasta el arroyo.

Até las sogas a una rama, para despojarme de la túnica. Mientras me vestía con las pieles de lobo, me empecé a reír sola. Tras un instante llegaron Abian, Etxekide y Ainenfrau. Chocamos palmas. Etxekide actuó entonces como pastor y se arrodilló a mis pies. Nos reímos durante un buen rato, como hacía mucho tiempo que no lo hacíamos.

Queríamos llegar al río antes que oscureciera. Y aún faltaba una gran distancia. De modo que no demoramos en retomar la marcha, lo más rápido que pudimos, con Abian tirando de las ovejas, ya ingresando a un valle despoblado de árboles, salpicado de charcos de nieve y agua sucia.

Al aproximarnos, verificamos que aquel afluente del Tartessos era mucho mayor de lo que habíamos pensado. Tenia entre cinco y seis campos de ancho, un gigantesco torrente de agua, probablemente engrosado por tantos días de lluvia y por el derretimiento de la nieve en los valles aledaños.

Era impensable cruzarlo a nado con nuestros bultos y menos con dos ovejas de arrastre. Debimos realizar una parada.

Afortunadamente había patos en las orillas y no fue difícil cazar uno utilizando la red de pesca. Encendimos el fuego para cocinar, mientras los varones fueron a recolectar ramas.

Cortamos troncos para producir gruesas estacas de unos tres pasos de largo. Las fuimos atando entre ellas, fabricando una pequeña balsa, con la que intentaríamos cruzar el río al día siguiente.

Día Cuarenta y Siete

La balsa no soportaba el peso de todos, de modo que debimos realizar dos viajes. En el primero, fueron los varones y las ovejas. Abian y los animales aguardaron en la orilla y Etxekide regresó por nosotras. Entonces cruzamos, impulsándonos con largas estacas a modo de remos, hasta alcanzar la margen opuesta.

El sol asomaba en el horizonte cuando iniciamos nuestra tercera jornada en búsqueda de la *grosejule*. Supuse que remontaríamos la ribera del río hacia el norte, pero Ainenfrau insistió en que continuáramos hacia las montañas que veíamos al noroeste.

De modo que nos apartamos del río que habíamos cruzado con las estacas, al que denominamos de esa forma, en atlanteano, *Gu-adaki-ibai.*

A media mañana nos encontramos con un arroyo de pequeño caudal, por el que las aguas transparentes bajaban a gran velocidad golpeando contra las rocas. Ainenfrau se detuvo un momento, tomó un puñado de agua y lo llevó a su nariz. La bebió y nos dijo unas palabras, que interpretamos como que nos hallábamos en el camino correcto.

El resto de la jornada continuamos ascendiendo terreno pedregoso, a la vera de aquel arroyo. Los matorrales estaban secos, pero no quemados como los que habíamos visto durante los días anteriores. Los incendios no habían llegado hasta allí.

Al atardecer, el cielo nos regaló un espectáculo hermoso, pintando las altas nubes de intensos tonos rosados. Continuamos marchando sin detenernos, mientras empezaba a oscurecer, siguiendo a la mujer peluda en su ágil avance por entre las rocas.

De pronto ella se apartó del arroyo y caminó decidida unos pasos hacia el este. Allí se detuvo. Volviéndose a nosotros, señaló una pared de piedra y dijo simplemente:

- Jule.

Entusiasmados, corrimos hacia la boca de la caverna, pero al entrar quedamos decepcionados. Era una gruta pequeña, deshabitada.

Recién al acostumbrar nuestros ojos a la oscuridad, pudimos distinguir restos humanos en el piso. Varios esqueletos sobre jirones de piel de lobo. Supimos que eran de hombres del hielo. Habrían sido ellos en vida, miembros de la familia o del *Klan* de Ainenfrau ? No lo pudimos discernir con certeza. Ella no se mostró interesada en entrar a la cueva. Regresó a un claro próximo al arroyo y comenzó a recoger leña para encender el fuego.

Entendimos que allí pasaríamos la noche.

Día Cuarenta y Ocho

Me despertó una fría llovizna. Sentía fuertes punzadas en la cabeza y las piernas me dolían, en protesta por tanto tiempo de marcha forzada. Me preocupaba no tener certeza sobre lo que restaba de viaje hasta la gran caverna. Quise obtener de Ainenfrau una estimación de lo que nos quedaba por recorrer, pero ella se limitó a señalar las cumbres de la cordillera delante nuestro, como lo había venido haciendo en días anteriores.

Continuamos ascendiendo la montaña, siguiendo la corriente de agua que serpenteaba entre las rocas. Hicimos una breve parada para descansar y comer al mediodía, en la que finalmente compartimos nuestras dudas por habernos alejado tanto de nuestra caverna. Nos empezaba a inquietar que Janequa y Guaire estuvieran bien, y no se afligieran por nuestra larga ausencia, que podría llegar a ser de diez o más días.

Durante la tarde, el camino se hizo más empinado. Por momentos, los varones debieron cargar las ovejas sobre sus hombros, porque enfrentamos pendientes rocosas que los animales no podían escalar. Más tarde bordeamos un lago rodeado de montañas, en el que pudimos ver patos y nutrias, y retomamos el trayecto remontando la corriente en el otro extremo del lago. Cruzamos un bosque de arbustos que, increíblemente, habían resistido las inclemencias de los tiempos recientes, quizás por hallarse protegidos por las macizas montañas que se presentaban ahora a nuestra *eskuerra*.

Por detrás de ellas, el sol comenzaba a descender atravesando una cortina de nubes encendidas, anunciando el final obligado de nuestro cuarto día de excursión.

Imprevistamente, Ainenfrau se detuvo en un recodo del arroyo. La vimos echarse al piso, detrás de unas rocas y atinamos a lo mismo. Abian sujetó a las ovejas con sus fuertes brazos. Hubo un angustioso silencio, en el que intentamos adivinar lo que nuestra guía había advertido. Al rato, nos hizo señas para que nos acercáramos sin hacer ruido.

A un campo de distancia había una persona, envuelta en pieles, agazapada en la orilla del arroyo.

Pero ello no fue lo que nos impactó. Lo extremadamente llamativo era el objeto que tenía en su mano.

Indudablemente era un arpón con punta de bronce. Un arpón atlanteano.

Nos invadió la excitación. Quién sería esa persona ? Podría ser uno de nuestros compañeros de expedición ? Acaso un nativo que había hallado o intercambiado el arpón ? No era fácil saberlo. Su cabello estaba oculto en un gorro de piel. Su rostro no llegaba a distinguirse y su altura era difícil de estimar, por hallarse agachado. Tampoco podíamos descartar que hubiera otros hombres o mujeres con él. Que quizás también tuvieran sus arpones. Por ello, podría ser arriesgado descubrir nuestra presencia.

Una de las ovejas trató de zafar de la presión del brazo de Abian, emitiendo un balido de protesta. El hombre agachado alcanzó a escuchar el sonido del animal y giró su cabeza.

Entonces vimos su barba. Mi pecho estalló de emoción. La barba era rubia. Era uno de nosotros.

- Quién está ? - Grité alborozada, aun sin dejarme ver.

El hombre reaccionó de inmediato poniéndose de pie, evidenciando su estatura. No me esperaba que su respuesta fuera aquello que más deseaba oír.

- Itahisa ?

Reconocí su voz. El pecho me dio varios vuelcos y salí de mi escondite.

Corrí hacia él. Él corrió hacia mí. De un salto estuve en sus brazos. Lo besé y lloré de alegría.

Guadarteme también lloró y me estrujó entre sus brazos. Su cabello y su barba habían crecido, cubriéndole parte de la cara. Me soltó para fundirse en un largo abrazo con Etxekide cuando lo reconoció. Fue conmovedor aquel reencuentro entre amigos de toda la vida.

Recién entonces advirtió la presencia de Ainenfrau, a quien observó con asombro. Sonrió al ver llegar a Abian con una oveja en cada costado.

Las preguntas se atropellaban para salir de mi boca.

- Cómo está Oihane ?

- Bien.

Las lágrimas continuaban brotando de mis ojos.

- Y Txanona ?

Guadarteme dudó un instante.

- Bien. Algo ... alterada. Pero bien.

- Teno ? Tinabuna ? Mizkila ? Atabar ? - La voz me salió quebrada.

Su alegría se desvaneció tras la abundante barba.

- Mizkila ya no está con nosotros.

Aunque me produjo pena, tomé con calma aquella noticia. Durante mucho tiempo había temido que todos estuvieran muertos. Mizkila estaba muerta. Pero Oihane y Txanona estaban vivas.

- Eso quiere decir que Teno, Tinabuna y Atabar están vivos ?

- Sí. - Guadarteme recuperó el semblante alegre. - Teno y Atabar están bien. Tinabuna está muy enferma.

- Están todos juntos ? Los tres barcos ? Es lejos de aquí ?

Él recibió mi cascada de preguntas con una sonrisa.

- Nada supimos del barco tres. Como tampoco del barco cinco, de ustedes, hasta este momento. Teníamos pocas esperanzas de encontrarlos. De los quince que éramos al principio, quedamos once. Hemos visto partir a Eneko, a Ixemad, a Markel y a Mizkila. Y si estamos vivos, Itahisa, es porque los Dioses han jugado de un modo inexplicable con nosotros. - Guadarteme hizo una pausa antes de preguntar - Guaire, Janequa y Nira están muertos ?

Etxekide respondió por nosotros.

- Guaire y Janequa están bien, en nuestra caverna, unas cuatro jornadas a pie hacia el sur. Nira ha cruzado la Puerta.

Guadarteme miró a Abian y se encontró con su expresión de pesar. Por un breve momento nadie habló, en memoria de quienes ya no se encontraban con nosotros.

- Quién es ella ?

Caí en la cuenta que no había hecho las presentaciones.

- Guadarteme, ella es Ainenfrau. Ainenfrau, él es Guadarteme.

La mujer del hielo no se movió. Contemplaba la escena a distancia.

- Ella ... habla nuestro idioma ? - Guadarteme la observaba con perplejidad.

- Ella vive con nosotros hace cuarenta días. Es nuestra guía.

- Vive con ustedes ?

- Ella es mi compañera. - Intervino Abian con cierta brusquedad.

La sonrisa de Guadarteme se congeló, abrió los ojos espantado, alzó las cejas y buscó nuestras miradas, como queriendo cerciorarse que no se trataba de una broma.

- Vive ... con ustedes ? - Repitió sin dar crédito.

- Sí, mi amor. Qué tan lejos estamos de la caverna ?

Él demoró en responder.

- A unas tres carreras. - Señaló al noroeste.

No esperábamos aquello. Era mucha distancia para hacerla en lo que nos quedaba del día.

- Has venido tan lejos ? Solo ?

- Sí. Estamos empezando a explorar los alrededores. Otros marcharon en otras direcciones esta mañana.

- Llegaste a pescar algo ? - Me burlé de su arpón limpio. Aún no cabía en mí la alegría de haberlo encontrado. De saber que otros amigos y compañeros estaban vivos. De volver a reunirnos en comunidad atlanteana. La Diosa Elkar se había acordado de nosotros. Volví a apoyarme en su pecho y a rodearle la cintura.

- No, pero cacé dos ovejas.

Etxekide celebró la típica salida de Guadarteme, pero a Abian no pareció gustarle.

- Podemos ir entonces a la *grosejule* ?

- Qué es la *grosejule* ?

- Deberías saber, Guadarteme. La *grosejule* es el nombre de tu casa.

Él se mostró confundido. Pidió por señas un aparte con Etxekide y conmigo. Nos alejamos unos pasos. Luego nos dijo en voz baja.

- Tenemos un problema.

- Cuál ?

- La mujer del hielo, cómo dijiste que se llamaba ?

- Ainenfrau.

- Eso. Tengo que prevenirles que Ainenfrau no será ... bien recibida.

- Por quién ? Por qué ?

- Es largo de explicar. Podría ella quedarse ... aquí, esperando ?

- No. Ella viaja con nosotros.

- No se podrá hacer algo ... para ... evitar un mal momento, Itahisa ?

- Tinabuna fija las reglas en la *grosejule*? - Protesté.

Guadarteme sonrió nuevamente.

- No.

- Quién ?

- Tu amiga Txanona.

Quedé algo sorprendida. Tinabuna no sólo era la *Maisu* directora de la expedición, también era la mayor. Lo esperable era que ella ejerciera el liderazgo en la gran caverna. Estaría tan enferma ? Cómo había logrado Txanona imponerse sobre las otras *hamazortzi*?

- Bien, entonces no hay problema, yo hablaré con ella.

- No me parece que sea tan fácil, *guahira*.

- No te preocupes, mi amor, vámonos ya.

La impaciencia por reencontrarnos con nuestros amigos nos hizo olvidar el cansancio y los dolores acumulados durante cuatro jornadas. Debimos forzar la marcha durante el crepúsculo, aun transitando zonas anegadas de nieve.

En el camino, Guadarteme nos hizo relatos de lo ocurrido desde el momento en que nos habíamos separado, cincuenta días atrás.

Al percatarse de que navegaban solos, habían resuelto retroceder hasta la bifurcación anterior, asumiendo que nosotros haríamos lo mismo. Al no encontrarnos, habían hecho sonar el colmillo de elefante varias veces, sin obtener respuesta. De modo que habían continuado descendiendo el Tartessos hasta la primera de las bifurcaciones, próxima a la aldea de pastores.

Allí se habían reunido con los barcos tres y ocho.

Ellos habían remontado uno de los ramales del río Tartessos, y llegado a un punto en el que la corriente que bajaba de las montañas era tan rápida y angosta que hacía imposible la navegación, por lo que también habían resuelto volver.

Las tres *txalupak* habían iniciado entonces la exploración de otro afluente, caracterizado por los colores ocres de las rocas y los tonos amarillos de sus aguas. Siguiéndolo durante media jornada, habían llegado hasta un lago al pie de las montañas, donde habían encontrado a un grupo de hombres del hielo, que viajaba hacia el norte.

Al igual que nosotros, habían resuelto perseguir a los nómades, con la idea de localizar las cuevas que utilizaban como refugio. Pero a diferencia de nuestro caso, los hombres del hielo no se estaban marchando de la caverna, sino que recién llegaban a ella.

Allí se había producido la primera discusión. Entre quienes proponían regresar al sitio de encuentro y evaluar las posibilidades, y quienes sostenían que era necesario previamente conocer el interior de la caverna. El problema era que ésta se hallaba ocupada por una docena de hombres del hielo.

El grupo de *hamazortzi* residentes había insistido en ingresar a la caverna, contra la opinión de Tinabuna y de los *hamazortzi* del barco cuatro. En esta determinación había sido decisiva la opinión de Txanona, quien a su vez se guiaba por las previsiones de Ixemad, la *Maisu* en Astronomía que viajaba en el barco ocho. Ella había pronosticado que no habría tiempo para llegar al sitio previsto de reunión en la boca del río y regresar antes de que los desastres empezaran a ocurrir.

La situación había terminado de tensarse cuando Txanona, desoyendo la orden de Tinabuna, había avanzado hacia la entrada de la caverna, seguida por Teno, Ixemad y los demás residentes.

Contrariamente a lo temido, no se había producido un enfrentamiento con los hombres del hielo. La caverna era tan extensa, que ni siquiera se habían encontrado con ellos en la primera incursión. Al mismo tiempo se había descargado una tormenta tan fuerte que hacía inviable proponerse la navegación río abajo, por lo que Tinabuna finalmente había aceptado que lo mejor era refugiarse en la caverna, al menos mientras durara la tormenta.

La mañana siguiente se había generado una segunda discusión, entre quienes entendían que debían regresar al punto de encuentro, y quienes sostenían que el barco cinco, el nuestro, ya debería haber encontrado otro refugio. Como resultado, habían terminado por acordar que el barco tres descendiera por el río en nuestra búsqueda, mientras los demás trabajaban en el acondicionamiento de la caverna.

Desde entonces, no habían tenido noticias del barco tres.

Los hombres del hielo habían abandonado la caverna, la misma tarde que la estrella viajante había desplazado al sol, convirtiendo la noche en día, poco antes de que la tierra comenzara a temblar.

Era noche cerrada cuando llegamos a la *grosejule*.

En la base de una colina notamos la entrada, iluminada por resplandores de una hoguera que se estaba apagando.

Ainenfrau se detuvo de improviso, cuando nos hallábamos a un campo de distancia. Abian y yo intentamos persuadirla de que continuara con nosotros, pero ella se negó con firmeza. Había permanecido en silencio desde el encuentro con Guadarteme en el arroyo.

Nos resignamos a dejarla allí y caminamos hasta la entrada. Algunas lámparas encendidas permitían vislumbrar las curiosas formaciones rocosas del techo, que se asemejaban a nubes. Hasta donde alcanzábamos a ver, la gruta era enorme, olía a humedad, a orines y a carne quemada.

Guadarteme gritó:

- Vengan a ver lo que he pescado !

Entonces los vimos aparecer, de a uno, desde las oscuras profundidades de la caverna.

Nos costó reconocerlos, extremadamente delgados, arropados con jirones, caminando con dificultad.

Eran nuestros amigos, nuestros compañeros de expedición, nuestros hermanos atlanteanos, pero no lo parecían. Más bien impresionaban como muertos vivientes, esqueletos recubiertos de piel, recién levantados de sus lechos de muerte.

A ellos también les costó reconocernos. Abrieron los ojos de asombro antes de gritar nuestros nombres, antes de que se produjera una algarabía general de abrazos, de risas y de llantos.

De celebración de un reencuentro que tantas veces habíamos soñado y tantas veces habíamos creído que jamás llegaría a suceder.

Oihane estaba muy flaca, pero conservaba el brillo de su mirada y la frescura de su risa. Sus pechos se notaban decaídos. Nos prodigamos besos y abrazos, llorando de alegría, comunicándonos la felicidad de volvernos a ver y lo mucho que nos habíamos extrañado.

Teno lucía también sumamente delgado. Sentí su abrazo débil, tembloroso, aunque cargado de cariño. La barba recortada, elegante, que lo distinguía, ya no estaba, había crecido en forma desprolija. Su boca olía a pescado. Acarició mis mejillas mientras decía con voz quebrada: "qué bueno que viniste, Itahisa".

Txanona era un esqueleto de ojos verdes. En su rostro macilento sobresalían los huesos, otorgándole una expresión severa, adusta, en la que no se detectaban rastros de la simpatía exuberante que le era propia. Cuando estuvimos frente a frente, nos saludamos en el modo habitual, chocando palmas y besándonos en la boca. Nos abrazamos largamente, mientras ella me decía: "creí que estabas muerta" y yo me reía, devolviéndole: "estamos vivas, Txanona, estamos vivas".

Continuamos saludando, reconociendo y abrazándonos con los demás integrantes de los barcos cuatro y ocho, entre los que también había sobrevivientes del barco dos, el que había sucumbido en la tormenta, antes de llegar al continente.

En general, los varones me impresionaron menos debilitados que las mujeres. Pero todos se veían mal, con los cabellos resquebrajados y varios tenían heridas sangrantes en la boca. Me pareció que ellos evidenciaban más que nosotros las adversidades vividas. Sería porque ya nos habíamos acostumbrado a nuestro propio aspecto ? Nos verían ellos a nosotros del mismo modo ?

Atabar, aunque delgado y barbudo, se asemejaba mucho a sí mismo antes del desastre. Conservaba su atractiva presencia masculina. Tuve con él un recuerdo especial de su compañera, nuestra amiga fallecida. "Mizkila nos está cuidando, Atabar", le dije al oído, y sentí como él reaccionaba en un estremecimiento de angustia.

Pero lo que más me dejó impactada fue el aspecto de Tinabuna. No sólo porque había perdido el porte robusto, el talante alegre y la determinación de su mirada. No sólo porque parecía haber envejecido veinte años en cincuenta días. Sino por las incomprensibles frases que dijo al saludarme:

- Llegó el barco cinco, el siete y el uno están en camino, van hacia la boca del río, están en camino.

Al mirar sus ojos, me abstuve de explicarle que la boca del río no existía más. Su mirada me hizo recordar a la de una mujer de Sexta, quien por momentos creía ser una gaviota.

Simplemente la contuve en mis brazos, expresándole mi felicidad de hallarla viva.

Completados los saludos nos trasladamos hacia una zona más profunda de la caverna, próxima a un gran lago de agua transparente, aunque ligeramente verdosa. Allí estaban los muebles improvisados con tablones, las ánforas y canastos, y otros objetos rescatados del equipamiento de los barcos.

Nos fuimos enterando que las *txalupak* cuatro y ocho habían sido destruidas, al igual que la nuestra, por la explosión del aire durante la madrugada del desastre.

Habían visto los incendios a lo lejos, aunque el humo los había molestado durante varios días. Nunca habían debido enfrentar ataques de lobos, quizás porque no tenían cabras. El depósito de agua de la caverna nunca había llegado a agotarse. No habían sufrido la sed, pero sí el hambre. Sólo se habían alimentado de pescado, eventualmente aderezado con hierbas. En momentos de desesperación habían llegado a comer grillos y sapos. Y que recientemente, pocos días atrás, habían cazado las primeras nutrias, patos y conejos.

Txanona dirigió las oraciones, previo a la cena, la que consistió en una sopa de carne de pato con huevos hervidos y algunas hojas verdes.

Aunque teníamos mucho de qué hablar, estábamos exhaustos. Poco después de la cena, nos acostamos a dormir.

Día Cuarenta y Nueve

Me desperté en un sobresalto. Me costó reconocer las exóticas formaciones blancas y verdes del techo de la caverna, ahora iluminadas con escasa luz del día que llegaba desde arriba.

Estaba preocupada por Ainenfrau, quien se había empecinado en no acercarse a la *grosejule*, luego de cuatro jornadas buscándola. Las emociones del reencuentro de la noche anterior habían hecho que me olvidara de ella. Rápidamente me puse de pie y salí de la caverna.

No la encontré en el lugar donde nos habíamos separado. Empecé a llamarla a gritos, al tiempo que iba reconociendo los terrenos adyacentes. Un rato más tarde una voz masculina respondió desde un punto lejano. Era Abian. El gigante había salido en búsqueda de la mujer del hielo antes que yo, y la había hallado en la proximidad de otra corriente de agua más al norte.

Las dos ovejas pastaban junto a ellos. Me alegré de verlos. Les propuse ir a la caverna a desayunar, aunque estaba segura que Ainenfrau se negaría. Ella murmuró unas palabras opacas para hacerme saber su deseo de permanecer allí con Abian.

Resignada, regresé a la *grosejule*.

Cuando me encontraba a unos pasos, salió a mi encuentro Txanona.

La luz diurna hacía más notorio su aspecto demacrado. Su mano huesuda me ofreció una bola de carne desmenuzada de pescado, con hebras vegetales. La acepté con gusto.

Nos sentamos sobre un tronco, desde el que podía apreciarse el paisaje ondulado hacia el este, salpicado de acumulaciones de nieve. El sol comenzaba a ganar altura, encendiendo el fulgor de los ojos de mi amiga.

- El sol ha vuelto a brillar, flaquita. - Dije para entablar conversación.

Ella suspiró sin apartar la vista del horizonte.

- Debilucha, tenemos que hablar.

- Es cierto.

Txanona se veía abrumada.

- Han ... sucedido muchas cosas en estos cincuenta días.

- Sí. - Acepté, procurando intuir a dónde me estaba llevando.

- No lo sabemos con certeza, pero tenemos que suponer, que las ocho ciudades de Atlantis han sido destruidas.

Mordí mis labios.

- Sí. Tenemos que ... pensar en ello. - Admití, conteniendo la angustia.

- Si así fuera, ha caído sobre nosotras una enorme responsabilidad, Itahisa.

Simplemente asentí con la cabeza. Durante un rato permanecimos en silencio, masticando los bolillos de pescado, sintiendo la brisa que enfriaba nuestras mejillas. Ella volvió a suspirar antes de proseguir, en tono casi enfurecido.

- Podrá llevarnos muchos años o muchos ciclos. Volveremos a construir *txalupak* y a comunicar los mares. Nuestros hijos y nietos deberán continuar lo que nosotros iniciemos. Entiendes ? La civilización atlanteana no ha sido destruida. Por qué motivo estamos vivos ? Por qué estamos aquí ? Para qué otra cosa, sino para restaurar la tradición de los Pueblos del Mar ?

El alegato de Txanona me produjo una mezcla de sentimientos. Tras un instante, me sumé a sus intenciones.

- Dice Janequa que los Dioses nos han elegido para ello.

El delgado torso de Txanona se puso rígido. Me miró con asombro.

- Pues dile a Janequa que creo lo mismo. No sólo los Dioses han intervenido. Nuestras madres también. Las dos mías y las dos tuyas, Itahisa. Y también tu abuela Iruene.

Por mi mente pasaron recuerdos.

De mi madre Atissa, en las galerías de la *Eskuela* de Navegación, hablándome con cariño, mientras observábamos las gaviotas sobrevolando el puerto. De mi madre adoptiva Haridian, en los jardines de la misma *Eskuela*, viniendo hacia mi encuentro, sonriente. De mi querida Bentaga, contándome entusiasmada su plan para que el Círculo promoviera la incorporación de residentes en la expedición a Lubarnea. De mi abuela Iruene, en la Plaza de Intercambio de Hiru, adelantándonos los detalles y requisitos del gran viaje. Y de la madre adoptiva de Txanona, la astrónoma de Islas Castigadas, discutiendo con Etxekide sobre la reaparición de la estrella viajante.

Txanona estaba en lo cierto. Las cinco sacerdotisas, Atissa de Bosteko, Haridian de Sexta, Bentaga de Lehen, Iruene de Hiru y Zanina de Islas Castigadas, habían sumado sus esfuerzos para que nosotras viajáramos a Lubarnea. Para que nos embarcáramos en la misión de llevar la civilización atlanteana a otros continentes.

- Nos debemos a ellas. - Pensé en voz alta.

- Nos debemos a ellas. - Hizo eco Txanona.

- Mi madre Atissa ha cruzado la Puerta. Ella se me presentó en un sueño que tuve hace unos días.

Txanona me miró con desconfianza.

- Ella te habló ?

- Sí.

- Qué te dijo ?

- Me enseñó las estrellas. Como lo hacía cuando yo era una niña.

- Las estrellas ? - Los profundos ojos verdes de mi amiga se fijaron en los míos.

- No lo sé. La *izar-multzo* de la Osa, el giro en el firmamento ... ella ... su túnica ... brillaba en la oscuridad.

- Por eso dices que ha cruzado la Puerta ? No te dijo alguna otra cosa ?

- No.

Me encogí de hombros para reafirmar mi perplejidad. Resolví no confesar otros detalles de mi sueño. A la distancia, se escuchó el balido de una de las ovejas que habíamos obtenido de nuestro curioso encuentro con los pastores.

- Itahisa.

- Sí, Txanona.

- Tenemos que acordar algunas cosas.

- Sí.

- Tenemos que restablecer la convivencia.

- Qué quieres decir ?

- Ustedes son cinco, nosotros somos once. En esta caverna hay lugar y agua para todos. Tenemos que estar juntos. Pronto dispondremos de comida suficiente.

- Está bien. Pero nosotros somos seis.

- No estás entendiendo, Itahisa. Ustedes son cinco. Esa cosa peluda que tienen de compañía no cuenta. Está afuera.

- Ainenfrau vive con nosotros, Txanona.

- Porque aún no ha encontrado a su manada. No le llevará tiempo hacerlo.

- Es probable que su ... gente ... haya muerto.

- No lo sé, ni me interesa.

- Quieres decir que ella no podría quedarse ? Por qué motivo ?

- Sí, quiero decir eso. Motivos me sobran.

Observé la expresión de firmeza en el rostro de Txanona. Era indudable que hablaba en serio. Traté de ser persuasiva.

- Debes saber que Ainenfrau vive con nosotros hace más de cuarenta días. No hemos tenido un problema serio con ella. No entiendo tus motivos, ni se me ocurre deshacerme de ella.

- Itahisa, hazme el favor de ser sensata. Antes de que la estrella cayera, nos vimos forzados a convivir un par de días con los hombres del hielo en esta caverna. Y fue suficiente. Ellos se comportan como bestias, no tienen el mínimo sentido de orden, ni de higiene, ni de respeto hacia las mujeres. Y es inviable que lo tengan. No es posible convivir con esos ... animales. Pero ese no es el principal de mis motivos.

- No ? Cuál es entonces ?

- Por lo que sabemos, hasta el momento, somos dieciséis los sobrevivientes, ocho mujeres y ocho hombres.

- Qué hay con ello ?

- Me da la impresión de que has perdido la capacidad de razonar, Itahisa.

- Es posible. Por fortuna tú estás aquí para ayudarme.

- Hemos hablado de la necesidad de restaurar una comunidad atlanteana, cierto ?

- Cierto.

- Ello implica que estamos obligadas a traer hijos atlanteanos a este nuevo mundo. Muchos hijos. A quienes transmitir nuestra misión, nuestros conocimientos, nuestras creencias. Que sean iguales o mejores que nosotras. Que aprendan a construir *txalupak*, a navegar, a leer las estrellas, a medir distancias, a dibujar mapas.

- No veo ... qué relación tiene con ...

- Es evidente. Si traemos aquí a esa mujer peluda, ella empezará a tener hijos peludos. Te imaginas, Itahisa ? Bebés peludos que tendremos que alimentar y cuidar. Aprenderán ellos a hablar nuestro idioma o emitirán esos ladridos que les enseñará su madre ? Serán capaces esos enanos de entender nuestra Religión o adorarán a los lobos como los hombres del hielo ? Puedes imaginarlos remando, cuando ni siquiera alcanzarán la estatura de un niño atlanteano de diez años ? No estamos en situación, Itahisa, de consumir nuestros escasos recursos en esa tarea tan ... estéril.

Tomé un instante para digerir el furibundo discurso de Txanona. Dentro de mí se libraba un conflicto de emociones. El estómago se me endureció al tiempo que mi pecho se agitaba.

- Entiendo lo que dices, Txanona, pero creo que estás equivocada.

- Dime en qué estoy equivocada.

- Puedo asegurarte que Ainenfrau tiene cosas para enseñarnos.

Txanona rió exageradamente. Su sarcasmo terminó de incomodarme. Decidí no continuar la discusión. Me aprontaba a incorporarme cuando advertí que Abian se dirigía hacia nosotras. En su rostro se advertía el enojo. Me di cuenta que había escuchado el final de nuestra conversación.

Sin darme tiempo a reaccionar, el gigante se acercó a Txanona. La sujetó con tal fuerza de los hombros, que ella se quejó del dolor.

- Suéltame, Abian.

Él la miraba fijamente, mientras repetía.

- Estás equivocada, muy equivocada, ya lo verás.

- Lo que veo es que ya te has convertido en un troglodita ... Bestia ! Bruto !

Me interpuse entre ellos, tratando de calmarlos. Con esfuerzo, logré que Abian se alejara unos pasos y procuré que Txanona interrumpiera su torrente de palabras ofensivas. Los gritos llamaron la atención a quienes desayunaban en la entrada de la caverna. Ellos corrieron hacia donde estábamos y entre todos pudimos disolver la situación.

Abian se alejó vociferando, acompañado por Etxekide. Teno trató de convencer a Txanona que era buen momento para beber una infusión. Oihane y Guadarteme se quedaron conmigo, notoriamente afectados por lo sucedido.

- Te lo advertí, *guahira*. - Guadarteme puso cara de complicidad.

- Me lo advertiste, querido Guadarteme, pero no quise creerte.

Al mediodía, resolvimos emprender el regreso.

Etxekide me comunicó que Ainenfrau no se sentía bien y que Abian estaba determinado a partir de inmediato, aun cuando nosotros decidiéramos quedarnos. Por otra parte, nos intranquilizaba haber dejado a Janequa y a Guaire solos. Llevábamos cinco días de exploración y teníamos otros cuatro por delante hasta volver a verlos.

Trabajamos un rato con Teno y Atabar, recopilando nuestros bosquejos, para producir un mapa general del territorio de Tartessos. Cotejando lo que unos y otros habíamos observado, llegamos a la conclusión de que existían cinco afluentes mayores, dos de los cuales se unían al llegar al mar, resultando cuatro bocas distintas.

A su vez, distinguimos dos afluentes menores de la más caudalosa de las ramas, la que nosotros habíamos denominado *gu adaki ibai*. Ambas vertientes corrían descendiendo las montañas, hacia el gran valle que separaba la cadena montañosa del norte de la del sur.

Como resultado de la compilación, Teno dibujó prolijamente un mapa, del que hizo dos copias, señalando la ubicación de las cavernas, para que nos sirviera de guía a ambos grupos en futuras exploraciones.

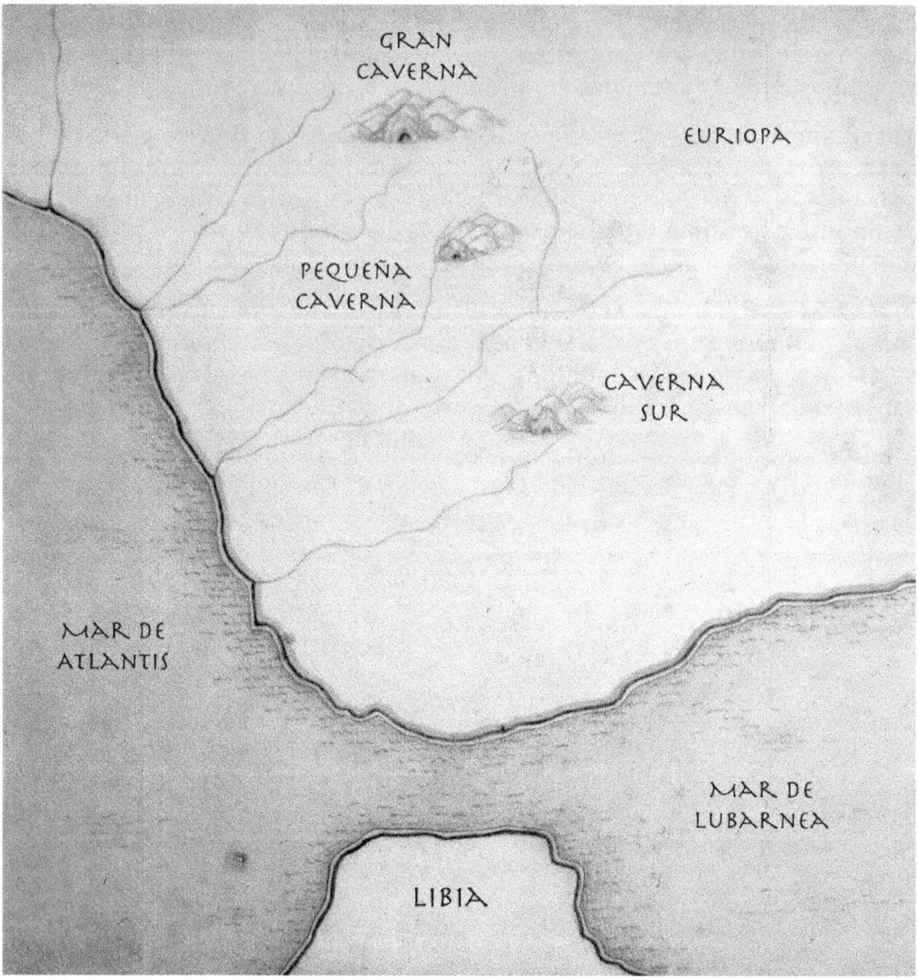

GRAN
CAVERNA

EURIOPA

PEQUEÑA
CAVERNA

CAVERNA
SUR

MAR DE
ATLANTIS

MAR DE
LUBARNEA

LIBIA

Oihane preparó un pato, cazado en la mañana por Atabar, para que tuviéramos comida durante el resto del día. Guadarteme se preocupó de limpiar y recargar nuestras ánforas, Teno nos ayudó a cargar los bultos y Tinabuna nos despidió con insólitas recomendaciones sobre la posibilidad de lluvias y tormentas.

- Manda mis saludos a Guaire y Janequa. Diles que los estaremos esperando. - Declamó Txanona con solemnidad, cuando nos alejábamos de la *grosejule*.

En el arroyo nos reunimos con Abian, Ainenfrau y las ovejas. Allí iniciamos la marcha hacia el sur, apremiados por llegar a la pequeña caverna antes del anochecer.

Día Cincuenta

Nunca había ocurrido que Ainenfrau continuara durmiendo luego de la salida del sol.

Era un día parcialmente nublado. Etxekide capturó un cangrejo de gran tamaño en una zona barrosa de las orillas. Tenía fuertes pinzas hacia adelante y su cuerpo alargado era marrón con líneas rojas. Lo hervimos y saboreamos como desayuno, mientras Abian intentaba despertar a la mujer del hielo.

Por la tarde llegamos al *Gu adaki ibai*. Afortunadamente la balsa de estacas estaba en el lugar donde la habíamos dejado.

Cruzamos en dos viajes como lo habíamos hecho a la ida y nos instalamos a pasar la segunda noche en la misma colina donde había ocurrido el encuentro con los pastores, cuatro días atrás.

Día Cincuenta y Uno

Del otro lado del río, la nieve se había derretido y los terrenos se encontraban más secos. Eso nos permitió realizar el trayecto más directo, sin necesidad de estar sorteando zonas anegadas.

Mientras comenzábamos el ascenso hacia las montañas intercambiamos impresiones sobre lo sucedido en la gran caverna.

Compartimos juicios sobre el estado lastimoso en el que se hallaban nuestros compañeros. Comentamos la pena y la decepción que nos había causado encontrar a Tinabuna, a quien recordábamos ejerciendo con tanta firmeza la dirección de la expedición, en aquella situación tan deplorable, aparentemente perdida, perturbada, irreconocible.

El centro de nuestras preocupaciones radicaba en el incidente con Txanona, acerca de la no admisión de Ainenfrau en la *grosejule*. Abian no volvió a hablar del asunto, pero en su actitud se leía un profundo resentimiento. Etxekide quiso saber de la discusión previa y le hice un relato conciso sobre la visiones que Txanona me había transmitido.

Estaba claro que no enfrentábamos una desavenencia que pudiera diluirse con facilidad. No se trataba de un capricho de Txanona. Habíamos leído en otros *hamazortzi* los gestos de rechazo a la presencia de Ainenfrau. Era obvio que nuestros amigos tenían malos recuerdos de los momentos compartidos con los hombres del hielo. Etxekide y yo nos hicimos preguntas sobre lo que habría sucedido en esos días. No teníamos una explicación de cómo habían logrado ocupar la caverna sin que los lobos lo advirtieran.

Sea cual fuere la explicación, teníamos un problema difícil de resolver. Solos no podríamos preparar cultivos. Solos no podríamos cuidar rebaños, ni cortar árboles para construir cabañas. Necesitábamos reunirnos. Pero ninguno de nosotros aceptaría expulsar a la mujer del hielo como condición de convivencia.

Mucho menos cuando empezaba a hacerse evidente que Ainenfrau estaba embarazada.

Aquella tarde fue espléndida. El sol entibiaba nuestros cuerpos a través de los abrigos de piel, de modo que nos los fuimos quitando a medida que continuábamos el ascenso hacia las montañas del sur.

Por primera vez en mucho tiempo pudimos estar al aire libre con el torso desnudo.

Al oscurecer, volvió a hacer frío. Encendimos una fogata para pasar nuestra última noche de exploración.

Día Cincuenta y Dos

Al mediodía accedimos a la cumbre y volvimos a contemplar la belleza del Mar de Lubarnea. El cielo limpio permitía divisar la cadena de montañas del continente de Libia, recortándose nítidamente en el horizonte.

A poco de iniciar el descenso notamos la columna de humo de nuestra caverna. La alegría que nos produjo atenuó la fatiga acumulada en nuestras piernas. Con entusiasmo recorrimos los tramos finales, sabiendo que Janequa y Guaire nos estaban esperando.

Más contentos se pusieron ellos al vernos llegar. A la distancia observamos a Guaire dar saltos de festejo y luego escuchamos bramidos del colmillo de elefante. Con una agilidad sorprendente, Janequa corrió a nuestro encuentro. Estaba feliz de vernos, rió alegremente al ver las ovejas y rompió a llorar de emoción en cuanto le anunciamos que habíamos encontrado a nuestros compañeros.

El resto de la jornada, disfrutamos haciendo los relatos de lo ocurrido durante los ocho días de exploración. Nos reímos una y otra vez del episodio de los pastores. Transmitimos hasta los mínimos detalles de cómo habíamos encontrado a los sobrevivientes. Compartimos el pesar por la partida de nuestra amiga Mizkila y comentamos con preocupación el rechazo de los habitantes de la *grosejule* hacia Ainenfrau.

Me resultó muy grato sentir el cariño de Guaire y de Janequa. La caverna me pareció más agradable, más limpia y más acogedora de lo que la recordaba.

La noticia que ellos tenían para darnos era que las cabras únicamente entraban a la caverna por la noche, a dormir en su rincón habitual. Durante el día pasaban al aire libre, alimentándose ellas mismas de las hierbas que empezaban a crecer.

Apenas comenzó a oscurecer, Ainenfrau se retiró a descansar.

Día Cincuenta y Tres

Me despertaron los gritos de los varones. Abian había descubierto un cerdo salvaje y se aprontaban a perseguirlo con los arpones. Me divertí observando el nerviosismo mientras se daban consignas para darle caza, aproximándose desde puntos distintos.

Janequa y Ainenfrau estaban en la entrada, asistiendo a la escena. Pasé junto a ellas y besé a ambas en la frente.

Me alejé unos pasos por el valle, disfrutando de los colores de la vegetación que emergía del suelo carbonizado.

Me detuve junto a un tronco cerca de donde pastaban las cabras. La mañana era muy fría pero hermosa.

Con deleite aprecié que detrás de unas rocas había gran cantidad de flores blancas.

Dríadas de ocho pétalos. Bellísimas. Las flores habían regresado a nuestro paisaje.

La Diosa Ama se había acordado de nosotros, devolviéndonos la belleza de su Creación.

El terreno pedregoso, calcinado por los incendios, luego tapado por la nieve, volvía a florecer, trayendo el aroma dulce de aquellas flores propias de los días más fríos, flores del *negu* a fines del *uda*.

Las flores nacidas antes de tiempo. Las dríadas más jóvenes.

INTERLUDIO SIETE - OCHO

Las evidencias demuestran que, entre 20.000 y 10.000 años antes de nuestra era, emergió en la evolución humana europea una especie claramente superior. Éste es el hombre de Cro-Magnon, el Homo Sapiens ...

Los hallazgos de huesos y artefactos que nos permiten concluir la existencia de estos seres humanos en tiempos primitivos, van en notable aumento de este a oeste, a lo largo de los valles de los ríos Guadalquivir, Tajo, Duero, Charente, Dordoña y Garona, todos afluentes del Atlántico.

Asumiendo que estos humanos fueran nativos de Europa, tales hallazgos deberían proliferar hacia el centro de Europa.
Sin embargo, lo que ocurre es exactamente lo contrario, ya que lo que allí predomina es el hombre de Neandertal, prototipo del verdadero europeo.

Por lo tanto, el hombre de Cro-Magnon sólo puede haber llegado desde el oeste, desde el Atlántico, por mar. Debe haber tocado tierra en las desembocaduras de los ríos, y remontándolos, entrado en el corazón de Europa.

Otto Muck, Ingeniero y escritor austríaco, The Secret of Atlantis, Munich, 1954

PARTE OCHO,
REPARACIÓN
PRIMER MOVIMIENTO,
NEGUBERRI

La comunidad de la Caverna del Sur pidió fuerzas a Elkar para afrontar el *neguberri*.

Quise que Janequa dirigiera la celebración de Egu Niño. Limpiamos su túnica ceremonial, la que debimos entallar a su cuerpo más delgado. Le ayudé a bañar su piel agrietada con leche de cabra, y más tarde a arreglar y peinar sus cabellos. Por último coloqué en su cabeza la diadema de plata que me había regalado Zebensui.

Nos reunimos en ronda en el patio de entrada a recordar a nuestros muertos, a nuestras familias de vientre y a nuestros *klanak* de adopción. A pedirles inspiración y sabiduría para la enorme tarea que debíamos acometer.

Pedimos a los Dioses discernimiento para ser fieles a nuestros orígenes y leales al excelso legado del que éramos portadores. Para que nuestros vínculos, forjados en el crisol de las adversidades, adquirieran la fuerza suficiente para restaurar la convivencia atlanteana en un mundo desconocido y devastado.

Ainenfrau asistió a las oraciones, sintiéndose parte del grupo aun sin entender una palabra. Al finalizar, cuando hicimos silencio, ella tomó la flauta y entonó una música suave, serena, distinta a la canción triste que conocíamos.

Unos campos al sur descubrimos un grupo de árboles que había permanecido en pie, al amparo de un alto despeñadero. Aunque afectados por los incendios, no habían llegado a quemarse por completo y sus ramas estaban recuperando el follaje.

Abian evaluó que la madera era de buena calidad y podría ser utilizada en construcción de muebles y quizás de embarcaciones. Denominamos a aquellos grandes árboles con la palabra atlanteana "*arté*". Ainenfrau trepó con agilidad poco creíble a uno de los gruesos troncos y avanzó por una rama hasta alcanzar unas bellotas, que fue arrojando sobre nosotros.

- Aigxe. - Nos dijo contenta al recoger la cosecha, tras descender del árbol tan rápido como había subido.

De regreso a la caverna nos detuvimos a inspeccionar unas hierbas de hojas largas acanaladas, muy abundantes en la zona. Cortamos con los cuchillos por la base hasta reunir un atado de esas hojas de puntas afiladas, con la idea de utilizarlas para trenzar fibras.

Etxekide inició el registro de las salidas y las puestas del sol, utilizando una estaca para determinar los mediodías. Aunque el frío continuaba siendo intenso, el calendario nos decía que recién había terminado el *uda*. Encomendé a Etxekide verificar con la observación del sol, si efectivamente nos hallábamos transitando el momento en que los días empezaban a ser más cortos que las noches.

Janequa y yo trabajamos en el trenzado de las fibras y logramos producir unos cintos muy resistentes, a los que llamamos *espartzu*. Cosiendo las tiras de *espartzu* como si se tratara de mimbre, fabricamos sogas, cestas y canastos que necesitábamos como reemplazo de los deteriorados implementos traídos de Atlantis.

Durante los días siguientes emprendimos otras excursiones, relevando la existencia de árboles en pie, trayendo muestras de ramas, cortezas y bellotas que nos permitieran distinguir los posibles usos. Fuimos aprendiendo que del árbol que llamábamos *arte* podríamos extraer la mejor madera, mientras que de otro que denominamos *artelatz*, podía aprovecharse su corteza gruesa y liviana para distintos usos. Otros, similares a abetos, tenían troncos altos y rectos que nos permitirían construir balsas. También había abundantes pinos de aromática resina, cuya madera blanda evaluamos de escasa utilidad. Volvimos a encontrar nogales que rebrotaban tras los incendios y las nevadas, así como variedad de arbustos, cuyas bayas y frutos fuimos presentando a Ainenfrau, para que ella resolviera si eran o no comestibles.

En una de esas excursiones nos sorprendimos al encontrar cerdos salvajes alimentándose de las bellotas. Los cerdos huyeron al vernos, pero el episodio nos incentivó a inventar un dispositivo de caza, un encierro hecho con estacas, en el que los animales podrían entrar pero no salir.

Ainenfrau hizo una preparación moliendo las bellotas hasta reducirlas a harina. Mezclándola con leche y hierbas, elaboró una extraña sopa fría de sabor amargo que bebimos con precaución, pero terminamos aceptando como una comida habitual.

Muchos de los árboles caídos y quemados en terrenos cercanos eran aprovechables como leña, pero no se hallaban en buen estado como para obtener tablones. Afrontábamos una dificultad muy grande para talar árboles, al no disponer de herramientas adecuadas, con la excepción de una sola hacha pequeña.

De modo que debimos ingeniarnos para reemplazar esas herramientas. Escogimos algunas piedras y rocas con bordes afilados, las que sujetamos con fuertes sogas de *espartzu* desde lo alto de los árboles, de modo que la piedra oscilara como un péndulo, rozando la parte baja del tronco, desgastándolo. Con ello logramos abatir un par de grandes árboles, lo que nos llevó casi una jornada de trabajo.

Nos insumió otra jornada encontrar una gran piedra de superficie curva y suspenderla con sogas desde distintos puntos, para hacerla balancear suavemente en una trayectoria corta, casi horizontal. Sometiendo a los troncos a la acción de aquel artilugio, obtuvimos algunos tablones toscos, mal pulidos, pero de enorme utilidad.

Con ellos trabajamos en los días siguientes en la construcción de mesas y cubas.

Una de las cubas estaría destinada a la producción de aceite vegetal y para ello debimos impregnar las uniones entre tablones con resinas de pino. Cuando el recipiente estuvo listo, iniciamos los ensayos para producir aceites de las diversas plantas y arbustos del entorno. Usamos para ello el bolso de equipaje de Nira y lo llenamos de semillas. Introdujimos la bolsa en la cubeta y con una piedra de base plana, comenzamos a triturar las semillas. Nos fuimos turnando porque la piedra era pesada y rápidamente se nos cansaban los brazos. Terminado el proceso de molienda, volcamos agua a la cubeta hasta cubrir totalmente la bolsa con las semillas machacadas. Agregamos más piedras ejerciendo peso sobre la bolsa y dejamos pasar una noche.

Al día siguiente, el aceite flotaba sobre el agua y era fácil extraerlo con una cuchara. Nos agradó especialmente el que obtuvimos a partir unos frutos verdes ovalados, que habíamos cosechado de un árbol de tronco retorcido, al que llamamos *olibo*.

Al mismo tiempo construimos una cuba grande, de un paso de lado, dejando pequeñas rendijas entre los tablones del piso. Y colocamos el conjunto sobre piedras, elevado unos dedos del suelo, lo que permitía colocar otro cajón de madera debajo.

Cuando estuvo pronto, llenamos la cuba de cenizas. Volcando pequeñas cantidades de agua por la parte superior, se recogía en el cajón inferior una sustancia oscura, pastosa, la que filtramos cuidadosamente con un cedazo.

Así obtuvimos el precioso líquido que necesitábamos. Lejía. Un potente ingrediente para limpiar platos, recipientes, ropa y alimentos. Pero la aplicación que más nos importaba de la lejía requería aun de otro trabajo. Otra cubeta de madera en la que mezclamos la lejía con aceite animal, para producir una pasta espesa que luego se calentaba en un caldero y, por último, se dejaba enfriar.

De ese modo fabricamos la ansiada crema para bañarnos, para quitarnos la suciedad y la fetidez que se habían impregnado en nuestra piel.

Para que nuestros cuerpos volvieran a oler como cuando estábamos en Atlantis.

Días después, Guaire y Janequa iniciaron los preparativos para marchar hacia la Grosejule, la gran caverna del norte.

Ellos tenían pendiente la alegría del reencuentro con los sobrevivientes, la felicidad de volverse a abrazar con los otros compañeros de expedición.

Ainenfrau no estaba en condiciones de actuar nuevamente de guía y todos preferíamos que ella no volviera a la Grosejule. Abian tampoco iría por motivos similares. Era desaconsejable que Etxekide interrumpiera sus observaciones astronómicas y, en mi caso, no deseaba volver a exponerme a una discusión con Txanona. De modo que Janequa y Guaire viajarían solos al norte, ayudados únicamente por el mapa que habíamos confeccionado, sobre el que agregamos gran cantidad de anotaciones.

Partieron en la madrugada del octavo día después de Egu Niño, según las precisas estimaciones de Etxekide. Lo que era suficiente para que pudieran pasar unos días en la gran caverna y regresar a tiempo para trabajar con nosotros en las previstas siembras de estación.

En ausencia de Janequa y Guaire, estuvimos sobrecargados de trabajo. Había que ir por leña, pescar en el lago, ordeñar las cabras, montar el encierro para cazar cerdos, cosechar hierbas, bellotas y fibras, hervir grasa, moler semillas y bellotas para obtener aceite y harina, filtrar lejía y trenzar las fibras para producir *espartzu*.

El reducido rebaño de tres cabras adultas y dos crías, más las dos ovejas, iba a resultarnos insuficiente para nuestras necesidades de alimento y abrigo. Era de gran importancia hacernos de más animales y para ello, teníamos una idea muy simple. Repetir la farsa que había tenido tanto éxito en el anterior encuentro con los pastores.

Primero debíamos hallar a los pastores y sus rebaños. Por lo que le pedí a Etxekide que trasladara su punto de observación a lo más alto de la montaña que teníamos un par de carreras al norte. Desde allí se abarcaba un amplio panorama hacia el valle del Guadaki-ibai, lo que permitiría detectar columnas de humo de los pastores. Ello traía como contrapartida no poder contar con Etxekide en la caverna durante las mañanas y parte de las tardes.

Afortunadamente no pasaron muchos días hasta que volvió con la noticia de que un grupo de pastores se acercaba por el valle.

Rápidamente montamos la operación. Era imperioso hacerlo antes de que el sol perdiera altura. Cargando los atavíos y el espejo, marchamos hacia el encuentro de los pastores.

Era un grupo de unos diez, entre mujeres, hombres y niños, reunidos en torno al fuego.

Esta vez no había una colina, por lo que Etxekide debió esconderse con el espejo atrás de unos árboles caídos. Cuando todo estuvo dispuesto para la representación, me acerqué furtivamente hasta una distancia de apenas veinte pasos, vistiendo la túnica blanca hasta el piso y cargada de joyas, iluminada por el reflejo artificial del sol manejado por Etxekide.

La sorpresa de los pastores fue enorme. Al principio se asustaron, pero de inmediato mis palabras en su idioma los tranquilizaron.

- Sava zeita mama. - Enuncié en mi tono más solemne.

- Sava zeita mama. - Respondieron ellos, postrándose.

Hasta este punto, todo había resultado más fácil de lo previsto. Recién entonces me di cuenta que podría hacerme de los animales si los pastores no tenían la iniciativa de ofrecérmelos. No podía arrearlos y desaparecer. Sólo sería posible llevarme las ovejas que tuvieran sogas a modo de collar. Los nativos me contemplaban atónitos, estáticos. Entre ellos, me crucé con la atractiva mirada de un hermoso joven de unos quince años de edad.

- Sava zeita mama. - Repetí para ganar tiempo.

Revisé el rebaño. Solamente dos cabras y tres ovejas estaban atadas, en un total de unos veinte animales, una de ellas sostenida por una niña que me observaba con ojos aterrados. No podía esperar a que reaccionaran del modo esperado. Quité entonces una pulsera de plata de mi brazo y la deposité en el suelo. Los pastores no se inmutaron por mi ofrenda y no se me ocurrió otro gesto para explicar mi intención.

Lentamente caminé hacia los animales, el resplandor del espejo transparentando mi túnica. Con mi *esku-erra* sujeté una de las ovejas, pero el animal no quiso someterse. De un tirón se liberó de mi mano y se apartó corriendo. La inquietud fue tomándome y empecé a transpirar. Di dos pasos hasta lograr atrapar a otra oveja y me dispuse mentalmente para una vergonzosa retirada de escena. Los pastores susurraron algunas palabras. Retrocediendo, arrastré conmigo a la oveja, que afortunadamente no puso resistencia. Fui acercándome al escondite de Etxekide hasta que él tuvo la astucia de sujetar al animal sin ser visto.

Alcé los brazos para despedirme de los nativos. De un salto estuve oculta tras los arbustos. Recogiendo la falda de la túnica hasta la cintura, seguí a Etxekide en una bochornosa huída.

Recién cuando estuvimos a un par de campos de distancia nos detuvimos. Pese al frío, estábamos cubiertos de sudor y debimos tomarnos un tiempo en recuperar la respiración. Empezaba a lloviznar.

- En la Plaza de Intercambio de Sexta... - propuso Etxekide jadeando - hubiéramos tenido mejor suerte.

Me reí de su ocurrencia.

- Sí, por una pulsera de plata, seguramente doce ovejas.

- Y por la puesta en escena y la actuación ?

- Tengo que admitir, mi amor, que esta vez la actuación no fue muy buena.

Volví a vestirme con las pieles. Soportando la lluvia, iniciamos el descenso por el sendero rocoso, llevando de arrastre a la oveja.

No advertimos en ese momento que alguien venía detrás de nosotros.

Abian nos recibió alborozado. Con una alegría infrecuente en él, nos informó que un cerdo salvaje había entrado en el encierro y se hallaba atrapado en el estrecho corral.

Aunque empezaba a oscurecer, teníamos que ir a verlo. Nos felicitamos al verificar que el maloliente animal continuaba allí, sin chance de escapar, comiendo las bellotas que Abian le había arrojado. Su porte era mediano, pero no teníamos urgencia en matarlo. Podíamos darle alimento durante varios días para engordarlo, quizás hasta el regreso de Janequa y Guaire.

La mañana siguiente, desayunamos la acostumbrada leche de cabra, acompañada de una novedosa preparación. Etxekide había mezclado la harina de bellota con agua y aceite vegetal, para producir una masa que, expuesta al fuego, resultó en algo similar a unas galletas duras y algo insípidas, que saboreamos como si se tratara de un manjar.

Tras el desayuno, me propuse ir sola al lago con la intención de cosechar cangrejos.

Al salir de la caverna, tropecé con un canasto y caí al piso, raspándome las rodillas. Al incorporarme, mascullando insultos a mí misma por la torpeza, noté que algunas de las frutas de *olibo* del canasto, se habían volcado en la cubeta de lejía. Recogí las demás frutas del piso, aparté el canasto del camino y con malhumor emprendí la marcha hacia el lago.

En el trayecto alcancé a ver varios conejos. Hacía veinte días que el sol había vuelto a brillar y todavía no nos acostumbrábamos a la visión maravillosa, reconfortante, de los animales corriendo y saltando entre las flores. Ello fue suficiente para disipar mi enfado.

Llevaba conmigo una cesta de *espartzu*, que había tejido mientras intentaba enseñar la técnica a Ainenfrau. Aunque la mujer del hielo había puesto atención en mis movimientos, no había logrado reproducirlos, evidenciando una llamativa falta de habilidad con los dedos. Más extraño aun, teniendo en cuenta que esos mismos dedos peludos eran capaces de danzar con agilidad extraordinaria sobre las perforaciones de la flauta para producir música.

Los malos presagios de Txanona volvían con frecuencia a mi recuerdo, a molestarme, a atormentarme:

> " Te imaginas, Itahisa ? Bebés peludos que tendremos que alimentar y cuidar. "

Cómo sería el bebé que crecía rápidamente en el vientre de Ainenfrau ? Estaría cubierto de pelos rojos como su madre ?

> " Aprenderán ellos a hablar nuestro idioma o emitirán esos ladridos que les enseñará su madre ? "

Y ella no era capaz de aprender una tarea tan simple como trenzar *espartzu*.

> " Serán capaces esos enanos de entender nuestra Religión o adorarán a los lobos como los hombres del hielo ? "

No había sacerdotisas en la expedición a Lubarnea. No había sacerdotisas entre los sobrevivientes. Quién iba a dictaminar los designios divinos ? A quién le correspondía presidir las celebraciones ? Quién sería capaz de comunicarse con los Dioses ?

" Puedes imaginarlos remando, cuando ni siquiera alcanzarán la estatura de un niño atlanteano de diez años ? "

Qué hacíamos allí, viviendo como trogloditas, sin embarcaciones ? Hasta tanto no volviéramos a navegar no seríamos fieles a nosotros mismos. No seríamos merecedores del glorioso legado de Atlantis.

" No estamos en situación de consumir nuestros escasos recursos en una tarea tan estéril ."

Quién había sido capaz de curar a Janequa ? Quién había tenido la insólita idea de impregnar las vendas en un hormiguero ? Quién la estrafalaria ocurrencia de introducir larvas en una herida putrefacta ?

Me distrajo un chasquido de ramas a mi *eskuerra*.

Serían conejos ? Me hallaba próxima al lago donde una vez, previo al desastre, habíamos montado un toldo para guarecernos de la lluvia. Me detuve aguzando el oído, examinando el paisaje de árboles caídos, la mayor parte de ellos carbonizados y pocos reverdeciendo en tímidos brotes.

Transcurrido un instante sin que nada llamara mi atención, avancé los pasos que me separaban del lago. Sumergiendo apenas mis pies en la orilla barrosa, me concentré en la búsqueda de cangrejos.

En poco tiempo, logré capturar dos ejemplares de gran tamaño. Quizás podríamos hervirlos y hacer una sopa.

Fue entonces que escuché claramente el balido de una cabra. Me incorporé desconcertada. Cómo había llegado una de nuestras cabras hasta allí ? Sería una de las crías de Gorkara ? Pero lo más raro era que la cabra fuera invisible, que estuviera inexplicablemente oculta en un sitio muy cercano.

Anduve por la orilla hacia el supuesto origen del sonido. En un recodo, detrás de un gran tronco caído, me sobresalté al encontrar a un pastor agachado, abrazando con fuerza a un cabrito de pelaje negro contra su pecho.

Él se impresionó más que yo, al ser descubierto. De inmediato lo reconocí. No era otro que el joven cuya atractiva mirada me había distraído por un instante durante mi embarazosa actuación del día anterior.

Aquellos magníficos ojos marrones me recorrieron encendidos de admiración, mientras el muchacho se inclinaba hacia el piso, reverenciándome, sosteniendo al hermoso animal que pugnaba por escaparse.

Una incómoda vergüenza transitó por mi cuerpo al percatarme que él me estaba viendo con sucias pieles de lobo en vez de mi espléndida túnica ceremonial, sin lucir mis joyas, con el cabello recogido y los pies embarrados.

Pero al muchacho, todo esto parecía no importarle demasiado.

- Sava zeita mama. - Pronunció en otra reverencia.

Esperé que volviera a mirarme, deleitándome con el brillo atrevido de sus ojos y contemplando su cabello negro enrulado, su pequeña nariz, sus interesantes labios entre los que se adivinaban los dientes perfectamente blancos.

- Me llamo Itahisa. - Le dije, posando mi mano abierta sobre mi pecho.

Él se fijó en mis curvas, embelesado, abriendo su boca sin decir una palabra.

- Me llamo Itahisa, cuál es tu nombre ? - Insistí extendiendo mi brazo para ayudarle a levantarse.

El joven pastor se paró, sin dejar de mirarme. Cualquier varón atlanteano de quince años me superaría en estatura, pero él era de mi altura, quizás un dedo menor.

- Sunt ... un ... baiá. - Murmuró.

- Así te llamas ? Suntumbaiá ?

- Suntum baiá. - Repitió sin mucho convencimiento.

- Hola Suntumbaiá. - Le ofrecí mi mano.

Él acercó la suya cauteloso. Sentí una vibración cuando sus dedos tocaron los míos. Por un instante le permití acariciar mi mano. Luego la retiré. El joven estiró sus brazos, ofreciéndome el pequeño animal que traía consigo.

- Atxeasta iestre petrutine. - Afirmó con timidez.

- Es para mí ? - Pregunté sorprendida, complacida por el inesperado regalo.

- Atxeasta iestre petrutine. - Corroboró asintiendo con la cabeza.

- Muchas gracias, Suntumbaiá, eres muy amable.

Tuve el impulso de expresar mi agradecimiento a aquel hermoso muchacho. No lo dudé un instante. Acercándome, lo tomé del hombro y le di un rápido beso en la mejilla.

La expresión de felicidad en su rostro me resultó graciosa. Contuve mi tentación de volver a besarlo y le di la espalda. Aferrando al cabrito con un brazo, recogí el cesto con los cangrejos y me alejé, riéndome en silencio.

Cuando miré atrás, había desaparecido.

- Has descubierto algo ?

Etxekide cotejaba sus mediciones de la altura del sol contra un lienzo en el que se veían gran cantidad de líneas curvas.

- Algo de qué ? - Contestó sin apartar sus ojos del dibujo.

- Algo inusual, algún cambio.

- Te refieres al movimiento del sol y las estrellas ?

- Sí.

Él suspiró. Cuidadosamente plegó el lienzo y lo guardó dentro del envoltorio de tela.

- No he notado algo distinto, Itahisa. Las elevaciones e inclinaciones del sol corresponden exactamente a las de inicio del *neguberri.*

- Como si estuviéramos en Sexta ?

- Un poco más al norte. Como si estuviéramos en Zazpir.

- En Zazpir nunca hizo este frío a principios del *neguberri.*

Etxekide meditó un instante.

- Es cierto. Nunca hasta este año. - Aceptó con una mínima sonrisa.

- Y no tienes una explicación para ello ?

- Tu pregunta es por qué tenemos este frío tan cruel ?

- Sí.

Etxekide acarició por un momento su barba, haciéndome suponer que había esbozado una explicación que no terminaba de convencerle.

- La Tierra ...

- Te escucho.

- La Tierra parece estar ... alterada. Los mares, las nubes, los vientos, todas esas cosas intervienen para que haga calor en *uda* y frío en *negu.*

- Entiendo eso perfectamente. Mi preocupación es otra.

- Cuál ?

- Tenemos una alteración que lleva ya más de sesenta días.

- Sí. Sesenta más diez.

- Estamos empezando el *neguberri* ...

- Sí. Las noches ya son más largas que los días.

- Lo que necesitamos saber, querido Etxekide, es cómo será el *negu*. Si las cosas están alteradas y estamos pasando frío, qué podemos esperar del *negu* que se aproxima ? Será todo al revés y tendremos días cálidos ? O debemos prepararnos para sufrir nuevamente largos días de encierro, impedidos de salir de la caverna porque afuera hay dos pasos de nieve ?

Mi compañero fingió estar aturdido por mi interrogatorio.

- No podemos saberlo, *guahira*.

- Necesitamos saberlo, *txetxé*.

Etxekide sonrió. Que yo utilizara el apelativo *txetxé* (niño en atlanteano) era infrecuente, pero cariñoso.

- Si tengo que hacer una predicción ...

- Eso ! - Hice el gesto de aplaudir.

- Te diría que debemos prepararnos para un largo, riguroso, e insoportable *negu*.

En mi pecho se hizo un nudo. La perspectiva de volver a estar encerrados me aterraba. El pronóstico de Etxekide acarreaba una gran cantidad de implicancias. Propósitos que deberíamos postergar. Y tareas obligatorias para los días venideros.

- Gracias, mi amor, eso es lo que quería escuchar. - Mentí.

La principal preocupación era la preparación de los cultivos. Contábamos con escasas semillas traídas desde Atlantis y nos afligía la incertidumbre sobre cuáles germinar. Estarían las semillas en buen estado ? Cuáles plantas serían capaces de crecer en un clima tan frío ? No podíamos arriesgarnos a arruinar los cultivos, si la predicción de Etxekide se cumplía y teníamos por delante heladas y nieve.

Añorábamos el sabor de las frutas, hortalizas y otros vegetales de nuestra tierra. Las papas, los tomates y el aguacate. Las papayas y las bananas. El maíz. Cuánto extrañábamos el maíz ! Hervido o tostado al fuego. La harina del maíz en las tortillas y los panes. Y la malta del maíz para endulzar las comidas o como ingrediente principal de la cerveza.

El problema era lo imprevisible de los fríos. Resolvimos entonces confeccionar cajones lo suficientemente grandes para servir como canteros de cultivo y lo suficientemente pequeños para ser transportables hacia la caverna, en caso de que las heladas afectaran a las plantas.

Fuimos volcando en ellos los residuos vegetales y las lombrices que habíamos traído de Atlantis que, increíblemente, habían sobrevivido. Agregamos a los canteros tierra negra de los suelos incendiados al tiempo

---

que poníamos a germinar unas pocas, en extremo valiosas, semillas de maíz.

Aquellos primeros días del *neguberri* fueron de mañanas frescas, tardes agradables y noches cruelmente frías y húmedas.

Permanecíamos casi toda la jornada con los abrigos de piel de lobo, que ya resultaban la indumentaria habitual y el aspecto acostumbrado. Las tardes que no llovía, el aire nos daba un intervalo de tibieza para darnos un baño y ventilar las pieles.

Una de esas tardes aproveché a dar un paseo con los tres pequeños cabritos. En las proximidades del lago me despojé del abrigo, y me recosté en un tronco caído a disfrutar de la tibieza del sol y la belleza de la naturaleza retoñando. Pequeñas flores lilas y amarillas emergían en profusión del suelo quemado. Sobre ellas aleteaban mariposas blancas, zumbaban las abejas y saltaban minúsculos pájaros de pecho dorado.

Reclinada en el tronco, cerré los ojos, saboreando las caricias del sol, que fui permitiendo alcanzar mi torso, desanudando de a uno los cordones de la *brusa*.

Cuando volví a abrir los ojos, él estaba allí, de pie frente a mí, sus llamativos ojos marrones encendidos de deleite.

- Hola Suntumbaiá. - Me incorporé y le ofrecí la mano en gesto amistoso.

Él reaccionó torpemente, como si la contemplación de mi escote debilitara sus fuerzas.

- Zeita, Itahisa, zeita. - Pronunció con dificultad cuando lo invité a sentarse a mi lado.

Recién en ese momento advertí que llevaba un morral de lana colgado de su hombro. Pero lo que me causó asombro fue que dentro del bolso algo parecía moverse.

- Qué traes ahí ? - Señalé.

El muchacho aflojó el lazo del morral y extrajo del interior un extraño animal, similar a una mustela o comadreja, pero más elegante, de largo cuello y gruesa cola, cabeza pequeña y pelaje brillante, blanco y negro. Me lo entregó con una reverencia como lo había hecho con el cabrito días atrás.

- Dijore suntbune pentru iepu rivinoatoare. - Intentó explicarme.

Llevé el animal contra mi pecho, y acaricié el lustroso y suave pelaje de su lomo.

- Gracias otra vez, eres encantador, Suntumbaiá. - Dije, divertida, mientras la mustela intentaba dar mordiscos a mi dedo.

- Dijore suntbune pentru iepu rivinoatoare. - Repitió mi joven admirador.

- Sí, sí, está claro. Rivinoatoare. - Acepté sin entender una palabra.

- Nudegú samuxte. - Acotó él, con aire de entendido.

- Sin dudas, te mereces un beso. - Continué el ridículo diálogo.

- Ieste oxertfa petru zeita. - Agregó el muchacho, mostrando su bella sonrisa.

Resolví dar por terminada la imposible conversación. Parándome frente a él le di un beso en cada mejilla, disfrutando de su fascinación. El roce de labios me provocó un acaloramiento que hacía mucho tiempo que no sentía. La proximidad de sus aromas masculinos y el deseo instalado en sus ojos, hicieron regresar a mi cuerpo sensaciones perdidas.

Qué riesgos comportaría relajar mis impulsos ? Cómo explicarle al joven pastor que supuestamente me hallaba en mis días fértiles ? Ofrecerme traería complicaciones a futuros encuentros con su gente ?

Tomé sus manos y besé con delicadeza sus nudillos. Él sonrió complacido, sin disimular un leve temblor. Di un paso atrás para tomar distancia.

- Vas bien, pastorcito, no desistas que vas bien. - Pensé en voz alta,

- Imiplatxe, zeita Itahisa. - Respondió embelesado.

Me divertí jugando con su incapacidad de descifrar mis bendiciones.

- Continúa haciéndome regalos, Suntumbaiá, que Zeita Itahisa tendrá un lindo regalo para ti.

- Zeita Itahisa. - Repitió el joven, encantado.

Tras despedirme de mi admirador, regresé a la caverna seguida por los tres cabritos y llevando a mi nueva mascota dormida, acurrucada entre mis pechos.

Entre mis pechos, también, se anidaba una desacostumbrada sensación de felicidad.

Cuando estaba por oscurecer, los vimos acercándose. Eran cuatro.

Etxekide fue el primero en notarlo y dio el aviso. Al norte, cuatro personas descendían el sendero pedregoso y, sin dudas, eran de los nuestros. Janequa y Guaire estaban de regreso, pero no venían solos.

Abian hizo sonar el colmillo de elefante y a la distancia los brazos se agitaron, respondiendo al saludo.

- Son Guadarteme y Oihane, me parece. - Anunció Etxekide,

- Estás seguro ? - Disimulé la enorme alegría que la visita de nuestros amigos de Sexta me provocaba.

De improviso, mi compañero ensayó unos absurdos y ostentosos pasos de baile, y luego se detuvo, ante la mirada estupefacta de Ainenfrau.

Unos seis campos al norte, los dos acompañantes de Guaire y Janequa, reprodujeron la peculiar danza, de un modo aun más exagerado.

Era la prueba concluyente de que Oihane y Guadarteme eran los visitantes.

Corrimos a darles la bienvenida. Ambos lucían mejor aspecto que veinte días atrás, recuperada la tersura de la piel y repuestos los físicos, aunque sus cabellos seguían apretujados y pringosos.

Di un largo y apretado abrazo a Oihane y apabullé a besos a Guadarteme, antes de hacer lo propio con Guaire y Janequa.

- Qué bien huelen ustedes ! No parecen trogloditas como nosotros. - Festejó Guadarteme riendo.

- Somos trogloditas, pero pulcros. - Etxekide hizo el gesto de quitar unas briznas de su abrigo de piel.

- Cuánto tiempo se quedarán ? - Quise saber.

Oihane se encogió graciosamente de hombros.

- Cuando se aburran de nosotros, nos iremos.

- Eso de ninguna manera. Pueden quedarse todo lo que deseen.

Oihane volvió a abrazarme y me susurró al oído.

- Tendremos que regresar en pocos días, venimos como emisarios.

Entendí que no era momento de averiguaciones.

- Justamente estábamos necesitando brazos para construir un horno. - Celebré en tono socarrón.

- Perfecto. Empezamos ahora ? - Respondió Guadarteme, fingiendo no estar cansado por cuatro jornadas de caminata.

- Ves esas piedras de ahí ? - Siguió el juego Etxekide.

Nos reímos de sus actuaciones, al tiempo que recogíamos los equipajes para alivianar el breve trayecto hasta la caverna.

En el camino, interrogué con gestos a Janequa sobre cómo habían pasado en la Grosejule y recibí de su mirada señales ambiguas.

Era evidente que eran portadores de noticias espinosas.

Calentamos sendos calderos de agua para que nuestros huéspedes pudieran tomar un baño reparador y lavar sus cabellos con crema de lejía.

Más tarde, mientras preparábamos la cena, Oihane y Janequa me introdujeron acerca de lo ocurrido.

No había habido problemas de convivencia. Todo lo contrario. Janequa y Guaire habían sido recibidos con cariño y agasajados de la mejor forma por la comunidad de la caverna del norte. Ellos daban por obvio que nosotros abandonaríamos nuestro lugar e iríamos a vivir en la Grosejule, ya que no seríamos capaces de realizar solos la cantidad de complejas tareas que implicaba la subsistencia. Y que junto con ello, renunciaríamos a la insensata idea de cohabitar con Ainenfrau. Los tímidos intentos de Guaire y Janequa de poner en duda ese pronóstico habían sido acallados con ironías y descrédito.

Txanona le había encomendado a Oihane comunicarnos unas bases de acuerdo, o requisitos para la reunificación, a los que debíamos someternos.

Aunque aquello ya me había caído pesado, quise saber cuáles eran esos requisitos.

- En primer lugar, aceptar que no tendremos relaciones con pastores ni con hombres del hielo.

Me imaginé el gesto adusto de Txanona dictando sus instrucciones a Oihane. La imagen viril de Suntumbaiá se presentó fugazmente en mi memoria.

- Empezamos mal. - Comenté.

Janequa me observaba con preocupación, conocedora de lo que estaba por venir.

- En segundo lugar, - prosiguió Oihane - suspender las prevenciones en días fértiles para quedar embarazadas lo antes posible.

No supe si reír o lamentarme de esta insólita proposición. Hice un esfuerzo para contener la amargura.

- En tercer lugar ? - Pregunté, simulando interés.

- En tercer lugar, Itahisa, la unificación implica reconocer un liderazgo. Txanona es la líder de la caverna del norte, en la que habemos diez *hamazortzi* y una *maisu*. Tú eres la líder de esta caverna, en la que hay cinco sobrevivientes. Resulta sensato que Txanona sea la Sacerdotisa Nominada.

Aquello terminó de fastidiarme.

- La qué !

Oihane esperaba mi reacción y le causó gracia mi expresión de molestia. Luego continuó.

- Alguien debe cumplir las funciones de sacerdotisa, aunque ninguna haya realizado los estudios necesarios. Además ...

- Ya he escuchado suficiente. Oihane, tú y Guadarteme son bienvenidos y pueden quedarse cuanto quieran. Al regreso, díganle a vuestra líder y pretendida sacerdotisa, que mis respuestas son éstas: De ninguna manera, de ningún modo, y jamás. He sido clara ?

- Itahisa, por favor, no te enojes. Podemos ... hablarlo ?

- No me digas, Oihane, que apoyas esa sarta de estupideces.

- No importa si las apoyo o no. Me interesa que tengamos una única comunidad. Creo que sería lo mejor para todos. No estoy conforme con que estemos separados en dos cavernas, a cuatro jornadas de distancia. Tú entiendes eso, verdad ?

- Lo entiendo. Pero si esas son las condiciones, aquí nos quedaremos.

- Solos ? Ustedes cinco y la mujer del hielo ?

- Sí. Nosotros seis. Con las siete cabras, las tres ovejas y la mustela. Y el cerdo que estamos engordando.

- No te parece un desatino que ustedes deban afrontar solos las tareas de cortar árboles, fabricar tablones, trenzar sogas, filtrar la lejía, ...

- No nos está yendo mal. - La interrumpí con brusquedad.

Oihane hizo una pausa y resolvió intentar por otro lado.

- Cuáles serían tus condiciones ?

No había pensado en ello. Simplemente las reglas de Txanona me resultaban intolerables. Respondí sin pensarlo.

- Las mujeres atlanteanas, querida Oihane, no podemos admitir que se nos limiten los amantes, ni que se nos obligue a tener hijos. Tomaremos varones a nuestro antojo y quedaremos embarazadas a nuestro antojo.

- En Atlantis teníamos restricciones, Itahisa.

- Eran irrelevantes. Qué importa una ciudad en siete ? El problema es que Txanona viene de una tradición distinta, excepcional. Tanto ella como su amiga Iulen, están acostumbradas a someterse a reglas en sus camas. Para ellas es natural, pero no para nosotras. Y nos quieren imponer a todas esas restricciones.

- No crees que nos hallamos en una situación excepcional ?

- Sí creo.

Oihane resopló su propio disgusto.

- Entonces ?

- Entonces, estamos discutiendo sobre qué bases reconstruir nuestra tradición. Debemos renunciar a algunas cosas? Sí, estoy de acuerdo. El problema es a cuáles. Limitar nuestra libertad de elegir hombres porque son nativos de este continente ? Cuál es la razón ? Qué ganamos con ello ? Sí me queda claro lo que perdemos.

Janequa y Oihane sonrieron ante mi última afirmación.

- Yo pienso que deberíamos nominar a una Sacerdotisa. - Intervino Janequa.

- Pues, yo no. Qué ganaríamos con ello ? - Respondí secamente.

- Al menos, celebrar juntos las fiestas del Calendario. - Intentó explicar.

Miré a los ojos a Janequa y procuré ser delicada.

- Tú sabes mejor que yo, que la condición de Sacerdotisa requiere de la condición de Doctora. Vamos a renunciar a ello ? Vamos a nombrar Sacerdotisa a una *maisu* de cuatro ciencias ? Ese es el modo de ser leales a nuestra tradición ? Tú perfectamente podrías dirigir las ceremonias, Janequa, lo has hecho muy bien hace unos días. No se necesita una farsa de nominación.

Oihane me observaba fijamente, la aflicción marcada en su rostro.

- Tu respuesta, Itahisa, es no, no, y no. Es eso lo que quieres que transmita ?

- Exactamente.

- Podrás pensarlo estos días ? Podrás hablarlo con Etxekide ?

Tuve el impulso de ser sarcástica, pero me contuve. Oihane no se merecía mis palabras hirientes.

- Está bien. Pero no creo que cambie de opinión.

- Te lo agradezco, Itahisa.

En la *Eskuela* de Construcción habíamos aprendido a fabricar hornos con adoquines. Se presentaba en primer lugar una estructura de tablas, y sobre ellas se colocaban las piedras, apenas desencontradas, hasta que el conjunto quedaba trabado en la parte superior. Se cubría luego con cal y barro, y al encender el fuego por primera vez, las maderas eran consumidas.

Pero no disponíamos de adoquines, ni de cal, ni de abundancia de tablas. Existía la opción de hacer un horno enteramente de barro para cocinar, pero no sería útil para producir ladrillos o cerámicas, ni para obtener cal a partir de piedra caliza.

De modo que tuvimos que recurrir a un diseño totalmente diferente, basado en piedras irregulares. La losa más grande sería el techo del horno, que debería apoyarse sobre pilas de piedras más pequeñas.

La tarea nos insumió una jornada porque afortunadamente pudimos contar con los brazos de Oihane y Guadarteme. El resultado fue una construcción tosca, torcida y desagradable de aspecto, que no obstante nos dejó satisfechos. Posteriormente cubrimos con barro los intersticios entre las losas y dejamos secar

Recién al quinto día de la visita de nuestros amigos de Sexta, alimentamos el horno con leña de *arte* hasta que obtuvimos calor suficiente para realizar algunos ensayos. Utilizamos la pala de bronce para manipular un recipiente de piedra ahuecada y depositamos el material fundido en arena, para filtrar las escorias. De este modo obtuvimos una pequeña cantidad de cal, aunque de mala calidad. También horneamos una vasija de cerámica, algo grotesca, pero definitivamente útil.

Esa tarde los varones mataron al cerdo salvaje que teníamos atrapado en el corral. Envolvimos sus patas traseras en cestas de *espartzu* para dejarlas secar a la entrada de la caverna y cocinamos el resto del animal en el horno de piedras.

Por la noche celebramos el gran logro de tener el horno funcionando y despedimos a Guadarteme y Oihane, que emprendían al día siguiente el regreso a la Grosejule.

Cuando los vimos alejarse, cargados de bultos con regalos para los sobrevivientes del norte, me invadió el pesar.

Volvíamos a estar solos los seis para acometer todas las tareas. Echaríamos de menos las risas de Oihane y los modos jocosos de Guadarteme. Debido a mi decisión de rechazar las condiciones, permaneceríamos separados de la comunidad hermana de la Grosejule.

Etxekide y Abian habían sido rotundos en el apoyo a mi resolución. Guaire y Janequa habían mostrado dudas, pero sin llegar a oponerse. Los emisarios regresaban portando lo que, para ellos, eran pésimas noticias. La negativa absoluta de nuestra parte a aceptar los requisitos propuestos por Txanona.

Janequa y Oihane me habían dado pocos indicios para explicar lo que más me intrigaba. Cómo había logrado mi amiga de la infancia erigirse en líder indiscutida de la caverna del norte ?

Según Oihane, le debían a Txanona el estar vivos. Ella había actuado con audacia en la toma de la caverna, había tenido la valentía de ingresar a una cueva habitada por los hombres del hielo, desoyendo las recomendaciones de Tinabuna. Y de no haber ocupado la Grosejule, todos estarían muertos.

Oihane se había mostrado elusiva ante mi curiosidad sobre el motivo que había llevado a los hombres del hielo a retirarse, justamente el día previo al desastre. Janequa me sugirió una posible explicación a partir de conversaciones que había tenido con los sobrevivientes del norte. Ellos le habían contado que Txanona había matado dos lobos. Una loba y su pequeña cría. Janequa se apoyaba en ese hecho para hacer su conjetura. La impresión que debía haber causado en los hombres del hielo, podría haber sido suficiente para motivar su alejamiento.

La suposición de Janequa me resultó creíble, aunque no concluyente. Restaban cosas por esclarecer. Asumiendo que Txanona había sido la principal responsable de la toma de la caverna, ello no la habría colocado por encima de Tinabuna, la más sabia y avezada, trece años mayor, directora de la expedición.

Tinabuna hubiera tenido legitimidad evidente para ser la líder de los sobrevivientes. Tenía sobre nosotros una autoridad preestablecida. Ella era la portadora de las técnicas secretas de Atlantis.

Pero el desastre había causado estragos en ella. Su mente se hallaba confusa. Su espíritu devastado como los valles del Tartessos. Y su físico endeble como una hoja de *espartzu*.

Varias veces fui sola al lago, con la intención de hallar a mi admirador, queriendo recibir más regalos y regocijarme con el brillo de su mirada.

Pero el hermoso joven no volvió a aparecerse. Lo que fue incrementando el deseo de verle y la consiguiente frustración por no encontrarlo.

Las semillas de maíz empezaron a germinar en los cajones de tierra, porque tuvimos la precaución de entrarlos durante las noches, para volver a llevarlos al sol cada mañana.

Los frutos del *olibo* que por accidente habían caído en el recipiente de lejía, resultaron prodigiosamente sabrosos. Se nos ocurrió probarlos tras haber estado varios días sumergidos en lejía, y notamos que la pulpa había perdido la acidez y la dureza. De modo que repetimos el procedimiento, esta vez intencionalmente, para verificar que luego de unos quince o veinte días de curado, aquellos frutos ovalados se convertían en un exquisito bocado que fuimos agregando a las comidas.

Pero este no fue el único descubrimiento ocurrido por accidente.

Ainenfrau nos enseñó a cosechar de otro árbol unos deliciosos frutos dulces, y a dejarlos secar al sol para obtener pasas, aun más gustosas. Mientras Abian trepaba a uno de esos árboles, estuvo cerca de caerse cuando una rama no soportó el peso del gigante y se quebró. Guaire se hallaba debajo, bebiendo tranquilamente una jarra de leche de cabra. De la rama quebrada cayeron espesas gotas de resina, casualmente en el rostro de Guaire y dentro del jarro de leche, lo que motivó un jocoso intercambio entre los dos varones. Cuando Guaire intentó retomar su bebida, ésta se hallaba cuajada. El líquido se había transformado en una masa pastosa.

De inmediato supimos que estábamos ante un importante hallazgo. Drenamos la pasta con un cedazo y luego la calentamos revolviendo continuamente. Después la volcamos en otro jarro para dejarla enfriar y, por último, la colocamos en un pequeño cesto de *espartzu*. Dejamos transcurrir unos días hasta que la pasta obtuvo cierta dureza, antes de probarla.

El resultado fue maravilloso. Habíamos encontrado el modo de cuajar leche para producir queso de cabra.

Abian y Ainenfrau fueron a verificar si había otro cerdo atrapado en el encierro y regresaron con una presa inesperada. Una gallina de plumaje marrón y patas amarillas. Construimos para ella una jaula de mimbre y en poco tiempo tuvimos como recompensa un añorado manjar: huevos de gallina. Aunque nos resultó extraño el color pardo de las cáscaras, (a diferencia del acostumbrado color celeste de los huevos de Atlantis) el sabor era muy similar.

Tras haber incorporado los huevos, la harina de bellotas, los cangrejos, la miel, los aceites vegetales, las hierbas aromáticas, los frutos del *olibo* curados en lejía y el queso de cabra, tuvimos una variedad de alimentos satisfactoria. Casi nos acostumbrábamos a la ausencia de tomates, papas, papayas, bananas, maíz y *txocoatl*, pero aún existía un ingrediente de las comidas cuya ausencia nos resultaba intolerable. La sal.

El modo de obtenerla era muy simple, pero a la vez, sumamente difícil. Debíamos llegar a la costa para recoger agua marina y dejarla secar al sol.

Para alcanzar el mar, requeríamos embarcaciones. Las posibilidades de construir una verdadera *txalupa* eran nulas. No contábamos con cueros de grandes animales, no disponíamos de maderas adecuadas ni de las herramientas para curvarlas o hacer cortes de precisión. No teníamos brea, ni herrajes de bronce, ni algodón para tejer las velas.

Nos quedaban entonces dos opciones. Una era construir un pequeño bote con un vientre de mimbre recubierto de pieles de cerdo. En ella podría viajar una sola persona, usando un remo con palas en ambos extremos. En Atlantis eran comunes estas embarcaciones, para trasladarse en las bahías de los puertos. Sabíamos cómo fabricarlas y eran sencillas de manejar. Incluso al llegar a tierra, se podían transportar sobre los hombros, como un gigantesco sombrero. Una de ellas nos podría ser útil para pescar en el lago, o para breves excursiones. Pero no sería recomendable para el propósito de ir hasta la desembocadura del río y regresar cargando varias ánforas de agua salada.

La segunda posibilidad era una balsa de troncos. En este caso, la dificultad residía en cómo navegarla. No teníamos experiencia suficiente en manejo de balsas. No sería fácil de maniobrar como una *txalupa*, y al no contar con vela, la perspectiva de remontar el río solamente con los remos podría resultar una tarea agotadora.

El primer ensayo que hicimos resultó en un rotundo fracaso.

Simplemente unimos cuatro troncos con sogas y pusimos el conjunto a flotar en el lago. Guaire y yo subimos con los remos. En aguas calmas fue sencillo avanzar y realizar virajes, pero en cuanto salimos del lago, no pudimos gobernar la balsa y la corriente nos llevó rápidamente hacia un recodo en el que sobresalían unas rocas. Poco antes del choque nos dejamos caer al agua helada y nadamos hasta la orilla, a tiempo para observar los troncos de nuestra efímera embarcación desapareciendo río abajo.

Este revés no llegó a desalentarnos. Al contrario, nos sentimos desafiados a diseñar un barco navegable. Por algo éramos *maisuak* en Navegación y varios de nosotros también, *maisuak* en Construcción.

La brillante idea que nos puso en camino de la solución correcta provino, sorprendentemente, de Abian. El gigante propuso que los cuatro troncos de la balsa, en vez de estar unidos en un único grupo, formaran dos pares separados un par de pasos, y tender entre ambos un tablero horizontal, una rejilla hecha de tablones. Ello permitiría colocar los remos de dirección en el centro del barco.

Cinco días nos insumió cortar los árboles, pulir los tablones y ensamblar con sogas. Pero desde el instante en que botamos en el lago esta segunda balsa, empezamos a notar sus ventajas. En primer lugar, pese a que de hecho era más pesada, se comportaba en el agua como si fuera más liviana. Avanzaba a mayor velocidad y era más fácil de maniobrar. Incluso soportó el peso de cuatro de nosotros, lo cual nos enseñaba su potencial capacidad de carga.

Fue Etxekide quien propuso la segunda idea ingeniosa. Si bien no teníamos algodón para fabricar telas, podríamos implementar una vela con una tupida estera de *espartzu*.

Janequa y yo tejimos la alfombra de unos dos pasos de lado, y luego la impregnamos con resina de pino para cerrar los intersticios. Los varones trabajaron en el corte del mástil a partir de un tronco de abeto y pergeñaron el modo de trabarlo sobre la plataforma, en el centro de la balsa. Del extremo superior del mástil sujetaron la percha que serviría de sostén para la vela.

Cuando estuvo pronta, tomamos varios días para realizar pruebas de navegación. Fuimos alternándonos para realizar breves recorridos por el río, acostumbrándonos a maniobrar la vela y los remos, y realizando algunos ajustes a la percha, hasta que nos dimos por conformes.

Resolvimos que Guaire y Etxekide serían los primeros en viajar hasta el mar. Equipamos a la embarcación con cuatro remos, varias ánforas, sogas, canastos, arpones y alimentos.

Habían transcurrido treinta días del *neguberri* y sesenta más veintiséis desde el desastre.

La vela de *espartzu* empujó a la balsa hacia los confines del lago y alzamos los brazos en señal de triunfo, despidiendo a los expedicionarios.

Habíamos vuelto a navegar.

Abian golpeaba el saco repleto de frutos de *olibo* con una piedra que sólo él era capaz manejar, mientras Janequa filtraba lejía con un cedazo y Ainenfrau preparaba la habitual sopa de pescado con harina de bellotas. Pese al frío del atardecer, quise salir a caminar.

La mustela, que pasaba buena parte del día durmiendo, resolvió acompañarme en el paseo.

El animalito se distinguía por su curiosidad inagotable. Husmeaba en todos los árboles y rincones, inspeccionaba cada roca y pozo del terreno, corriendo de un lado al otro sin apartarse demasiado de mi camino. Continué avanzando sin prestarle atención, hasta que de pronto me di cuenta que no se hallaba a la vista. Me detuve a mirar alrededor, buscándolo. Oí un chillido que parecía provenir del piso y luego lo vi emergiendo de un agujero, arrastrando otro animal de mayor tamaño.

La mustela había entrado en el escondite y atrapado a un conejo gris, hundiéndole sus pequeños y afilados dientes en el cuello. Quedé asombrada cuando depositó la pieza de caza a mis pies y volvió corriendo a la madriguera. Un momento más tarde regresó trayendo un segundo conejo, más pequeño. El implacable cazador pareció darse por satisfecho y se elevó sobre sus patas traseras, enseñándome el hocico ensangrentado.

- Buen chico ! Resultaste un magnífico cazador. - Le acaricié el lomo.

Regresé a la caverna reflexionando sobre la extrañeza de haber obtenido alimento sin esfuerzo alguno. En adelante, sería sencillo atrapar a los escurridizos conejos que proliferaban en el valle. Y ello se lo debía agradecer a Suntumbaiá, el tímido joven pastor, a quien había dejado de encontrar en mis paseos por el bosque.

Qué había sido de él ? Se habría desplazado su gente a lugares distantes en búsqueda de mejores pasturas ? No volvería a verlo ?

Oscurecía y el aire empezaba a sentirse dolorosamente frío. Acomodé el gorro de piel para cubrirme las orejas y aceleré el paso.

En ausencia de Guaire y Etxekide, éramos tres mujeres y un sólo varón en la caverna.

Abian no se mostró disgustado por la excepcional situación. Janequa y yo la aprovechamos para darnos el gusto que veníamos postergando desde el entrenamiento en Lehen. Provocar al gigante con gestos, roces y palabras cariñosas, hasta que él no lo soportaba más y terminaba complaciéndonos en sus modos impetuosos.

Ainenfrau tampoco pareció sorprendida de que Abian se distrajera por nuestros juegos, quizás porque el gigante regresaba de inmediato junto a ella, desestimando las invitaciones, sutiles o explícitas, que le hicimos para que durmiera con nosotras en la cámara superior.

Cosechar miel era una de las especialidades de Abian.

Antes de acercarse a una colmena, hacía un preparación con excrementos secos de animales, que luego encendía para producir un humo espeso, pestilente. Con este artificio trepaba al árbol llevando un cesto colgado en la espalda. Las abejas huían o quedaban atontadas por el humo y el gigante recogía una porción de miel, teniendo cuidado de no extraerla toda.

Al bajar del árbol, examinaba el color, el aroma y la viscosidad, para determinar su calidad. En algunos casos la podíamos comer de inmediato y en otros, recomendaba calentarla y pasarla por un filtro, antes de utilizarla en las comidas.

Existían otros usos de la miel de suma importancia. Variedad de infusiones, jarabes y cremas que yo había aprendido a preparar en la *Eskuela* de Medicina, para aplacar fríos o calores, calmar la tos, tratar heridas y aliviar otras enfermedades. Muchas de estas preparaciones requerían otros ingredientes que no estaban a mi alcance, pero en algunos casos se trataba de mezclas simples. En particular, una pomada que se obtenía calentando dos partes de grasa animal con una parte de miel, que tenía gran cantidad de aplicaciones, particularmente para curar heridas.

Ainenfrau fue reacia durante un tiempo a incorporar la miel como aderezo en las comidas, pero felizmente abandonó su reticencia en cuanto le dimos a probar distintos bocados. Pronto se hizo tan aficionada a incorporar miel a cualquier alimento que tuvimos que hacer lo contrario. Explicarle que era un condimento escaso y que debía ser racionado.

Pese a que su cuerpo engrosaba visiblemente por el embarazo, la mujer del hielo no perdía su agilidad ni su afición por trepar árboles y paredes rocosas. Salía por las mañanas en busca de hierbas, frutas o semillas, las que invariablemente molía sobre la concavidad de una roca en el patio de entrada por las tardes.

No hallamos la forma de persuadirla que, en su estado, era riesgoso subirse a los árboles o escalar peñascos.

Janequa y yo comentamos dudas acerca de lo que la mujer peluda era capaz de entender, o si en algunos casos fingía no poder hacerlo.

Desde la cima de la montaña el panorama era espléndido.

Gran número de águilas y buitres surcaban el cielo, deslizándose en el aire sin mover sus alas, apenas girando sus cabezas para observar cada punto del rocoso terreno.

Al sur, alcanzaba a verse la extensión azul del Lubarnea y en el horizonte, los formidables macizos del continente de Libia.

Al este, hacia el interior de Euriopa, la cordillera parecía no tener fin, en una sucesión interminable de cumbres rocosas, algunas nevadas, alternadas con valles quemados de vegetación incipiente.

En la lejanía al oeste, la zona de dunas en la que previo al desastre se unían los afluentes del Tartessos, ahora reducida a una estrecha franja, que daba lugar al valle que llegaba hasta nosotros. Podía adivinarse el trazado del río que comunicaba nuestro lago cercano con el mar, por donde Guaire y Etxekide habían descendido en la balsa cuatro días atrás. Escudriñé los tramos visibles del río, deseando divisar la vela de *espartzu,* pero sin suerte.

Al norte, una cantidad de montañas y colinas sobre el extenso territorio que descendía hacia el valle del Guadaki-ibai. En esta dirección se veían más árboles, restos de bosques que, inexplicablemente, habían subsistido a todos los desastres.

Al noreste, me pareció ver una columna de humo. Observé un rato para cerciorarme. Serían los pastores ? Quise averiguarlo.

Les había dicho a Janequa y Abian que iría a lo alto de la montaña buscando señales del regreso de los varones. Evalué las posibilidades. Si descendía hacia donde provenía el humo, cuánto tiempo me llevaría regresar ? Podría ser difícil hallar el camino a la caverna si, al caer la noche, me encontraba del otro lado de la montaña.

Resolví tomar el riesgo. Inicié el descenso, deteniéndome cada treinta pasos para quebrar una rama e indicar con ella el camino.

Avanzada la tarde había llegado al valle y me encontraba a una carrera del asentamiento de los pastores. Pude acercarme sin ser vista hasta unos dos campos de distancia. Bajo los toldos, los nativos desgranaban espigas sobre rústicos recipientes de barro. Unas quince ovejas pastaban en los alrededores. Me llevó un rato determinar si se trataba de los mismos pastores de la vez anterior. Recién cuando una niña pasó corriendo tras un cordero, despejé mis dudas. Había visto antes a esa niña de graciosas trenzas. Era la que se había asustado de mi aspecto durante la malograda representación.

Suntumbaiá debería estar cerca.

Entonces lo distinguí, trasladando una de las pesadas tinas. No podía hacerle saber de mi presencia sin que los demás pastores se enteraran. Permanecí agazapada, intentando comprender sus actividades. En vez de moler las semillas, las sumergían en agua. O las calentaban revolviendo con un palo, y luego las escurrían y volvían a exponer al fuego. Una mujer arrojaba vísceras de pato en una olla de barro y las cocinaba agregando hierbas. La niña de trenzas arreaba las ovejas con una vara, agrupándolas en un cobertizo. Todos trabajaban con cierto apuro, colaborando ordenadamente, sin necesidad de consignas.

Empezaba a oscurecer. Janequa y Abian se extrañarían de mi demora. El frío penetraba por mis pies, entumeciéndolos. Sigilosamente fui acercándome a los toldos. Di un rodeo para ubicarme detrás del cobertizo de las ovejas. Allí aguardé pacientemente, mientras los pastores se reunían a compartir la cena.

La ocasión se presentó más tarde, cuando mi admirador se apartó del grupo acercándose a escasos pasos del cobertizo que me servía de escondite.

- Suntumbaiá. - Susurré.

Él se puso rígido y miró alrededor. Volví a llamarlo por su nombre, asomando mi cabeza por encima de una pila de pasto. Se sorprendió al descubrirme y vino hacia mí sonriente.

- Zeita Itahisa !

Puse mis dedos en su boca para que guardara silencio. Tomándole la mano lo arrastré al interior del cobertizo. Allí, amparados en la penumbra, empezamos a besarnos. Sus manos palparon mis nalgas, mientras yo sucumbía a los sabores de sus labios. Sin demoras, procedí a desanudar el *txaleko* explorando la firmeza de los músculos del torso. Iba a quitarme el abrigo de piel que me cubría de pies a cabeza, cuando oí un ruido. Pese a la oscuridad, pude ver a la niña de trenzas que nos espiaba desde la entrada con expresión de asombro. Miré a Suntumbaiá, dudando si continuar o abandonar la escena. Él le dirigió unas palabras, que hicieron que ella quedara paralizada, abriendo la boca sin emitir sonido.

La situación era absurda, inconveniente, incómoda. Pero lejos de inhibirme, me excitó aun más. Empujé al pastor para tenderlo sobre los fardos de pasto. Terminé de desvestirme y me monté sobre él. Con mi mano tomé el robusto *zakil* y lo conduje a mi canal, que desbordaba de deseo. Él acarició mis pechos mientras yo balanceaba mi vientre para gozar la penetración. Nos fundimos en breves, frenéticos abrazos, gimiendo nuestro placer, hasta que su rápida explosión sacudió mi cuerpo en efímeras olas de calor. Reconfortada, besé una vez más su tierno rostro y a toda prisa volví a abrigarme con las pieles de lobo.

Al salir corriendo del cobertizo, pasé por donde aún estaba la niña, que retrocedió espantada. Continué mi carrera sin detenerme, tropezando con piedras y ramas, escalando hasta la cima de la montaña. Afortunadamente había luz de luna suficiente para hallar las señales del camino.

Era cerca de medianoche cuando llegué a la caverna, jadeando.

Guaire y Etxekide regresaron el día siguiente.

Un golpe contra una roca había sido la causa del retraso. El par de troncos de la *eskuona* se había torcido, rompiendo parte del piso de tablones. Por lo que habían tenido que amarrar la balsa y dedicar una jornada a las reparaciones.

A pesar de este incidente menor, la excursión había sido exitosa. Los varones trajeron una buena provisión de sal cosechada en las orillas de un pantano, además de un canasto de mejillones, varios trozos de grasa de ballena y hasta un pulpo que habían "pescado" accidentalmente, al dejar una cesta sumergida en el mar durante la noche.

La balsa había cumplido la prueba de recorrer el río y también se había comportado aceptablemente bien incursionando en mar poco profundo. La playa ya no era la que habíamos conocido, sino otra más orientada al suroeste, atestada de ballenas y peces en descomposición.

En el trayecto, de ida y de vuelta, no habían detectado señal alguna de presencia humana. Con excepción de las abundantes aves de carroña, tampoco habían visto animales en las cercanías de la costa.

Etxekide manifestó su entusiasmo por emprender una excursión más ambiciosa. Postulaba que, yendo nuevamente al mar y recorriendo la costa hacia el sur hasta internarnos en el Lubarnea, encontraríamos la boca de un río que podríamos remontar hasta un punto muy próximo a la caverna.

Tal expedición implicaba recursos y tiempos difíciles de afrontar. Demandaba construir otra balsa, equiparla, y eventualmente abandonar la caverna. O bien dejar a Ainenfrau y Abian solos durante varios días.

También conjeturamos sobre la posibilidades de viajar en balsa hasta la Grosejule. Un posible trayecto sería por mar, buscando la boca de los ríos teñidos de amarillo. Y el otro camino sería exclusivamente fluvial, navegando por los afluentes del Guadaki-ibai.

Si esto resultara practicable, tendríamos una vía de transporte entre ambas cavernas, que podría reducir el viaje de cuatro a dos jornadas. No sólo para personas sino también para cargas. De este modo, sería posible intercambiar alimentos y otros productos con la caverna del norte.

En los siguientes días iniciamos la fabricación de una segunda balsa y de una pequeña embarcación de mimbre para dos personas.

Al mismo tiempo, en el bosque donde habíamos dispuesto el encierro para cerdos, elegimos cuidadosamente varias ramas de los árboles que llamábamos *arte* para ser curvadas. Con varias sogas tensadas en distintos puntos del propio árbol, forzamos las ramas para que, sin cortarlas, fueran adaptándose a las curvaturas convenientes para servir más adelante como costillas de una verdadera *txalupa*.

Realizamos otras excursiones a pie, alejándonos en distintas direcciones.

Nuestro propósito era descubrir los puntos en los que arroyos y ríos empezaban a ser navegables y seguir sus cursos, recogiendo datos para completar los mapas.

Denominamos "temporada de molienda" (en atlanteano Guada-alete), a nuestro afluente del Tartessos, el que comunicaba el lago cercano con el mar. Y "temporada de siega" (en atlanteano "Guadi-aro") al río que corría más al sur, desembocando en el Lubarnea.

Llamamos "Algamisto" (forraje recio) al más importante de los afluentes del Guadaki-ibai, que se originaba en las montañas que teníamos al este. Por último dimos el nombre de "Arrokatsu" al pequeño arroyo de rápidas corrientes en el que habíamos encontrado a Guadarteme.

Nos propusimos ensayar las dos posibles vías para llegar a la caverna del norte.

La marítima, que implicaba ir hasta la playa por el Guada-alete, navegar por la costa hasta la boca de los ríos teñidos y subir por uno de ellos, como lo habían hecho nuestros amigos previo al desastre.

La vía fluvial consistía en bajar por el Algamisto hasta el Guadaki-ibai, allí tomar el gran río hasta encontrar la desembocadura del Arrokatsu y remontarlo hasta donde fuera navegable, en algún punto de las montañas del norte, lo más cercano posible a la Grosejule.

En diez días tuvimos pronto el pequeño bote de mimbre. Forramos el armazón con cueros de cerdo curados al sol e impregnados de resina de pinos.

Probamos su flotación en el lago y lo transportamos sobre los hombros hasta las nacientes del Algamisto, que distaban unas cinco carreras de la caverna.

Guaire y Abian nos escoltaron por la ribera en los tramos iniciales, hasta que estuvimos seguros que la liviana embarcación era maniobrable con los remos, tanto a favor como en contra de la corriente. Entonces regresaron, y Etxekide y yo iniciamos el descenso del río, en dirección al gran valle.

El trayecto hasta el Guadaki-ibai fue más largo de lo que habíamos previsto.

Durante el viaje aplicamos el procedimiento de registro que se nos había enseñado en el entrenamiento, que consistía en hacer marcas en el mapa principal, refiriendo a otros mapas secundarios. En estos últimos incluimos las descripciones detalladas de cada lugar y adjuntamos muestras de la vegetación que nos resultaba desconocida.

Al mediodía pasamos junto a un asentamiento de pastores. No nos detuvimos a tomar contacto con ellos, pero nos pareció que no era el mismo grupo con el que habíamos hecho la farsa de intercambio. No hallamos una explicación convincente acerca de cómo estos grupos de pastores habían sobrevivido a los desastres.

Nos insumió una jornada llegar hasta el gran río. Desembarcamos para encender un fuego y cocinar pescado. Utilizamos el mismo bote invertido como cobijo para pasar la noche.

Al día siguiente descendimos hasta localizar la boca del Arrokatsu, donde almorzamos antes de iniciar el regreso, corriente arriba, por el Guadaki-ibai. Ocupamos la tarde explorando un tramo superior del río, más al este.

El viaje nos dio muchas oportunidades para hablar aunque la mayoría de las conversaciones refirieron al comportamiento del bote y a los lugares que estábamos explorando. Ni Etxekide ni yo quisimos expresar con palabras el pesar que se alojaba en nuestros pechos, la tristeza por la pérdida de nuestras familias y amigos en Atlantis, y la angustia por la suerte de Sutziake. Nos bastaba con leernos el dolor en las miradas y procurábamos animarnos con preocupaciones más triviales.

La tercera jornada regresamos por el Algamisto hacia el sur, finalizando la expedición.

Con la información relevada pudimos completar el mapa de los cursos de ríos y arroyos de los territorios aledaños a las dos cavernas.

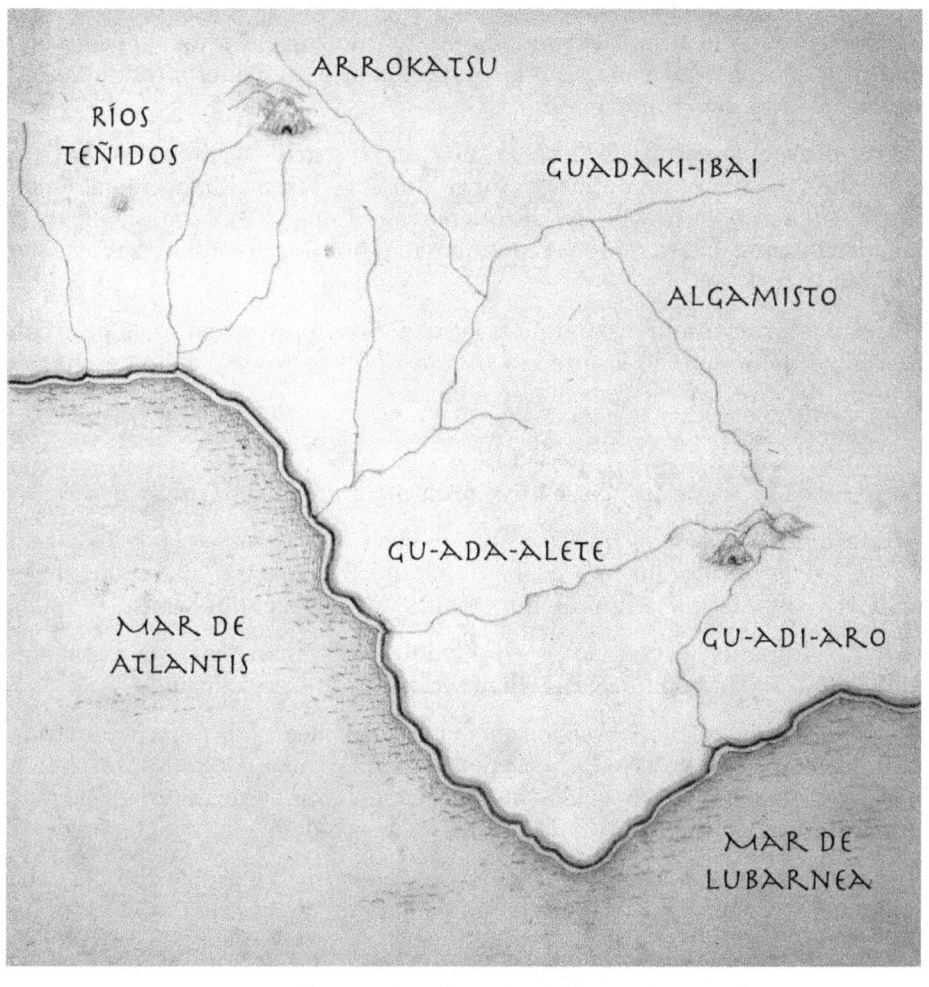

Los días eran cada vez más cortos y fríos. Esto restringía las actividades que podían realizarse al aire libre y nos obligaba a realizar acopio de leña y semillas, grasa y aceites. Utilizamos la sal recogida en la costa marítima para elaborar *txarki* de pescado, de conejo y de cerdo.

Fabricamos ladrillos con los que hicimos un muro donde antes había una empalizada. Asimismo, en la misma entrada de la caverna levantamos otra pared, a la que adosamos un portón de tablones, para protegernos del aire helado de las noches. Del lado interno, con piedras y ladrillos construimos un horno para cocinar, con chimenea hacia el exterior.

Siguiendo el ejemplo de los pastores, cosechamos las espigas de una planta que crecía en los valles del Algamisto y del Guadaki-ibai. Sumergimos aquellos granos en agua durante varios días, hasta dar comienzo la germinación, un procedimiento similar al que se hacía en Atlantis con el maíz. Cocimos finalmente la malta para obtener una cerveza espesa, turbia, extremadamente amarga. Fuimos ensayando distintas hierbas para mejorar la preparación hasta que obtuvimos una receta que nos dejó conformes.

Otro aprovechamiento de esos granos fue tostarlos y molerlos. En un cuenco de piedra se sometían al fuego durante largo tiempo revolviendo constantemente para que no se quemaran. Luego dejábamos enfriar y machacábamos hasta obtener una harina oscura, de buen sabor, que llamamos *gofio*.

De los pastores, también, tomamos la idea de cocinar vísceras de pato con hierbas aromáticas, de lo que se obtenía una pasta muy sabrosa, que se conservaba varios días sin echarse a perder.

La segunda balsa de troncos estuvo pronta a mediados del *neguberri*.

Ésta era un poco mayor que la primera, con superior capacidad de carga. La vela de *espartzu* de tres pasos de lado, compensaba la pesadez de la embarcación y la hacía igualmente rápida en presencia de viento.

Guaire, Janequa, Etxekide y yo hicimos una primera excursión con ambas balsas, descendiendo el Guada-alete en una sola jornada.

El trayecto me resultó irreconocible. La naturaleza se había trastocado de un modo drástico tras la sucesión de catástrofes. Donde antes había bosques, el paisaje era árido, donde antes había una extenso mar de dunas, ahora estaba el verdadero mar de agua salada.

Fue maravilloso el momento en que volví a sentir el balanceo de las olas, en un breve paseo sin alejarnos demasiado de la costa.

Por la tarde cargamos las embarcaciones tanto como pudimos con sal de las orillas y ladrillos de grasa de las ballenas muertas en la playa.

Al tercer día, remontamos el río con viento favorable, por lo que pudimos llegar al lago al anochecer y compartir la cena con Abian y Ainenfrau, deleitándonos con los mejillones que habíamos cosechado.

Los días siguientes nos aprontamos a realizar el viaje circular, que consistía en descender el Guada-alete y realizar el trayecto por mar hasta el Atlater, el estrecho que comunica el Mar de Atlantis con el Mar de Lubarnea.

Así lo hicimos. Partimos desde el lago, nuevamente descendiendo el serpenteante Guada-alete hasta su desembocadura. Allí exploramos zonas inundadas en la que abundaban las aves. La costa se recortaba en formas extrañas, alternando puntas rocosas, bahías y playas atestadas de cadáveres de ballenas. En una de estas playas atracamos las balsas y encendimos el fuego para pasar la noche.

La segunda jornada navegamos en dirección sureste. Las balsas no se comportaban muy bien entre las olas, aun cuando el mar estaba relativamente calmo. La costa era una sucesión de largas playas, delimitadas por breves tramos de acantilados. Al atardecer desembarcamos en una hermosa playa de arenas blancas, en la que nos instalamos a descansar la segunda noche.

Una mañana fría, ventosa, parcialmente soleada, ingresamos finalmente en aguas del Lubarnea. Casi una estación más tarde de lo previsto en nuestra expedición de *hamazortzi.*

En el mapa que Ferinto nos había enseñado durante el entrenamiento, el estrecho de Atlater figuraba como un angosto pasaje de un par de carreras de ancho y una extensión de casi una jornada en su largo. Pero lo que encontramos fue algo totalmente distinto.

Entre las escarpadas costas de Euriopa y de Libia había entre cinco y ocho carreras de distancia, con fuertes corrientes que nos hicieron difícil la navegación. Rápidamente el Lubarnea empezaba a ensancharse. Del lado de Euriopa, encontramos una enorme bahía que no figuraba en el mapa, delimitada en uno de sus extremos por un alto macizo rocoso. Pasamos frente a él al mediodía y continuamos bordeando la costa montañosa, alternada con playas de arenas oscuras.

Poco más tarde avistamos la desembocadura de un río. Tras deliberar un momento, decidimos adentrarnos en él. Etxekide estaba confiado que aquel ancho cauce tenía sus nacientes en las montañas cercanas a la caverna y no era otro que el llamado "temporada de siega", el Guadi-aro. No tuvimos inconvenientes en remontarlo porque la corriente era moderada y nuestras velas de *espartzu* podían aprovechar la fresca brisa vespertina. El paisaje de las riberas era disfrutable, ondulado y de escasa vegetación, predominando los árboles carbonizados que comenzaban a retoñar.

Al llegar a una bifurcación nos detuvimos. No sólo para resolver qué dirección tomar, sino también para calmar el hambre. Resolvimos seguir la rama de la *eskuerra*, que parecía provenir más directamente de las montañas que teníamos al norte. A poco de retomar el ascenso, el río se fue haciendo más angosto y la corriente adversa más intensa. De modo que debimos amarrar las balsas. Empezaba a oscurecer, y en breve, el frío sería insoportable.

Etxekide nos aseguró que nos hallábamos muy cerca de la caverna. Cargando los bultos sobre nuestras espaldas, comenzamos a escalar la montaña a pie, acompañando el curso del mismo arroyo que antes habíamos navegado. Un rato más tarde, al tomar un recodo del camino, Etxekide levantó los brazos con un grito triunfal.

El valle que se presentaba frente a nuestros ojos era bien conocido. Estábamos a un par de carreras de nuestra caverna. Habíamos completado el periplo en tres jornadas.

Del techo se desprenden dedos. Curiosas prolongaciones marrones, apéndices rugosos de piedra, cuyas sombras oscilan sobre mi cabeza, como si flotaran. Al reflejo del fuego, esas extrañas formaciones de la bóveda de la cámara superior, parecen medusas, una multitud de medusas vivas, acompasando sus danzas a los vaivenes de la penumbra.

Etxekide duerme a mi lado.

Mañana será mi cumpleaños de diecinueve. Mi cabeza no quiere descansar.

> Memorias de cuando fui *hamabineska*, en mi ciudad natal, en Bosteko. Los objetos de bronce que me obsequiaron mis queridos tíos Ahar y Txoim. Las joyas que me regalaron mi madre y mi abuela. Los vestidos y las sandalias nuevas. El día que dejé ser una niña para convertirme en una mujer adulta.

> La angustia de Hagora al percibir la inminencia de la partida, el inaplazable momento de la adopción. Mis intentos por tranquilizarla, por disolver sus preocupaciones augurando un feliz desembarco en Sexta, prometiendo acompañarla en todo momento. Vaticinando una entrada triunfal y un futuro dichoso en nuestra ciudad adoptiva.

> Promesas que no fui capaz de cumplir. Circunstancias desafortunadas, sucesos que no se dieron, desgracias irreparables. Mi amiga Hagora y su bebé de pecho, la adorable Sibissa. Cuánto desearía volverlas a ver ! Cuánto disfrutaría poder abrazarlas otra vez, aunque fuera por un momento.

Abajo, las cabras están haciendo ruido. Guaire ha decidido que es tiempo de volver a ordeñar a Gorkara.

> Trece nueces. Trece deseos. Mi *etxea* en construcción. Los tablones del techo recién colocados y una inauguración anticipada, ficticia. Trece nueces para mis trece años.

Ser amada por Zebensui. Fui amada por Zebensui. De qué modo ! Hasta extremos insoportables. Hasta que se hizo insostenible para él y para mí.

Terminar mi casa y poder inaugurarla con mi madre de vientre y mis hermanos. Cuánto costó ! Cuánto esfuerzo, cuántas frustraciones y decepciones ! Adversidades que hicieron más gozoso el momento en que el deseo se hizo realidad.

Mi querida amiga Sutziake. En quien encontré la comprensión y la sintonía que necesitaba de una amiga. La intimidad que no había podido tener con Hagora. Con Sutziake habíamos tenido una buena conexión desde el momento mismo que nos conocimos, al llegar a Sexta. Como cuando nos abrazamos y bailamos hasta caer rendidas en la Ceremonia de Iniciación, aquella inolvidable noche de Egu en el bosque. Cuando sellamos con un beso en la boca nuestro acuerdo para compartir los amantes. Mi deseo había sido contar siempre con su cariño y su complicidad. Dónde estaba ahora mi amiga Sutziake ? Por qué la sentía vibrando en mi pecho ? Por qué no la soñaba Gloriosa, reunida con las Diosas ? Qué habría sido del barco seis ?

Un deseo recientemente cumplido, volver a ver a Txanona. Con un sabor amargo. El contraste entre la felicidad del reencuentro en Islas Castigadas, con el desencuentro actual entre las dos comunidades de sobrevivientes.

Ver el triunfo del Círculo en Sexta. Cuántas cosas debieron suceder antes que mi deseo se cumpliera, cuatro años después ! Qué largo camino hasta aquella noche de euforia, de felicidad colectiva y también de persecuciones, de lágrimas y gritos.

Otra de las trece nueces, Etxekide. Un deseo incuestionablemente cumplido. Etxekide continuaba siendo el compañero de todos mis días. En todas las vicisitudes, alegrías y horrores de mi existencia.

En esta caverna, los murciélagos chillan por la noche, revoloteando entre los groseros apéndices de las medusas.

En mi *etxea* de la colina de Sexta no había molestos murciélagos.

La divina Bentaga en mi cama. Los rizos cayendo desordenados sobre el amplio escote de la *brusa* color crema. Bebiendo sorbos de la infusión caliente con miel. Los ojos verdes perdidos en la pared, en su típica pose reflexiva, al tiempo que su mano dibujaba el aire el ademán de algo que está por caer: "Los cambios, querida Itahisa, maduran como las frutas".

Los preparativos para el primer Congreso del Círculo en Sexta. Mi cumpleaños de catorce. La expectativa creciendo entre las sacerdotisas opositoras y el temor incipiente en las huestes de Guaxara. "Hay que imaginarlo primero y luego salir a buscar apoyos, hasta obtener la fuerza suficiente, hasta lograr una coalición tan poderosa que sea inexorable. Para ello, estimada Itahisa, deben estar claros los objetivos. No es necesario estar de acuerdo en todo, solamente en lo que queremos cambiar".

La calma de Bentaga para estudiar las dificultades, su serenidad para descomponer grandes problemas en un conjunto de dilemas sencillos. Cuánto quisiera tenerla a mi lado para compartir mis preocupaciones ! Para exponer mis angustias a su ternura, para esclarecer mis confusiones con la sabiduría de sus palabras.

Etxekide gira sobre su costado en un resoplido. Su *esku-ona* se apoya en mi espalda, descendiendo en una involuntaria caricia.

Mi celebración de los quince había coincidido con las graduaciones en Cultivo y Construcción. La disposición excepcional de Dafra y Ameqran ayudándome a preparar la fiesta en la colina. El orgullo al lucir las insignias de las *Maisutzak*, las cintas de colores correspondientes a las dos Ciencias que habíamos estudiado durante tres años. Y el entusiasmo anticipado por el inminente ingreso a Medicina y a Navegación.

Mi intención al regreso de la expedición al Lubarnea había sido ingresar a las *eskuelak* de Historia y de Minería. Pero todo había cambiado. No volveríamos a Atlantis. Cómo haríamos para continuar los estudios ? En la caverna del norte había *maisuak* de las Doce Ciencias, pero yo no estaba dispuesta a ir a aprender a la Grosejule. No mientras se sostuvieran las diferencias con Txanona. Mis opciones quedaban reducidas a cursar Astronomía con Etxekide, Alimentación con Janequa, Pesca con Guaire o Caza y Recolección con Abian. Por otra parte me hallaba en dificultades para enseñar Medicina, en caso que alguien lo demandara. Cómo preparar las recetas sin disponer de los ingredientes ?

La mustela es un animal nocturno. Durante el día se pasa durmiendo, pero al anochecer sale a inspeccionar todos los huecos y rincones, a olfatear los canastos en busca de restos de comida, trepando a los improvisados anaqueles a indagar entre ropas y equipajes.

Siempre que íbamos a Hiru, nos alojábamos en la *etxea* materna de Iratxe, una construcción antigua de piedra, próxima a un barranco, sobre la costa. A través de las ventanas podía disfrutarse el panorama inacabable del mar azul-verdoso y el tránsito de las embarcaciones llegando al puerto. En aquella ocasión la madre y los hermanos de Iratxe habían viajado a Lau, por lo que teníamos la *etxea* a nuestra disposición.

Cuatro amigas, celebrando mi cumpleaños de dieciséis. Por la tarde estuvimos en la playa, donde un grupo de jóvenes estudiantes de Navegación hacían música y danzaban alrededor del fuego. Iratxe y Oihane intentaron persuadirnos de saltar al mar desde lo alto del barranco como lo hacían los clavadistas, pero Sutziake y yo no tuvimos el valor de intentarlo. Nos resultó más divertido ser espectadoras de las zambullidas de los varones, y regodearnos con los aciertos y fracasos de sus piruetas en el aire.

A la puesta del sol invitamos a los muchachos a subir a la casa, pues empezaba a hacer frío en la playa. Encendimos el fuego del hogar y preparamos la cena. Después de comer, bailamos al son de la música de Hiru, los típicos ritmos sensuales, deliciosos, de la Isla Secundaria de Atlantis.

Oihane e Iratxe no podían ofrecerse a los varones, porque pesaba sobre ellas la prohibición que inhabilita a las mujeres atlanteanas a tomar amantes en su ciudad materna. Pero hicieron su propia interpretación de la norma, asumiendo como válidos los mínimos cuidados correspondientes a los días fértiles. No se inhibieron de disfrutar en sus bocas de los *zakilak* prohibidos, ni del goce de ser lamidas por los ardorosos estudiantes. Sutziake y yo no tuvimos restricción alguna para complacernos con la desbordante energía masculina de aquellos *txiki*, a quienes nunca volvimos a ver.

No entiendo cómo Abian puede dormir al lado de Ainenfrau. La mujer peluda no sólo huele mal, pese a todos nuestros intentos por bañarla con crema de lejía, sino que ronca de una forma inconcebible. Será a causa del dilatado tamaño de su nariz ? No deja de asombrarme el modo súbito con el que el gigante ha reemplazado su pasión por Nira, una hermosa, delicada y elegante mujer de Lehen, por el vínculo incondicional con esta repulsiva y tosca troglodita, nativa de Euriopa.

Él me esperaba, sonriente, a medianoche, bajo las palmeras de la playa de Sexta. Nos unimos en un abrazo interminable, nos amamos con vehemencia. En sus brazos mi cuerpo flotaba en el aire, se aligeraba hasta la pura levedad del placer.

Zebensui ya se encontraba en problemas aquella noche que cumplí diecisiete. Los días de Guaxara como Alta Sacerdotisa estaban contados. Pero ella no aceptaría resignarse a la derrota. El plan ya había sido urdido. Los *ukatuak* iniciarían una rebelión, paralizando la producción de cobre, lo que provocaría una sucesión de trastornos a Ciudad Sexta, desestabilizando desde el primer momento al eventual gobierno del Círculo.

Zebensui era parte del plan, aunque nunca me lo dijo. Pero supe leer en su rostro la preocupación por lo que estaba por ocurrir. No me fue difícil adivinar que algo se estaba tramando en el Club de la Serpiente.

A partir de ese momento, me vi envuelta en una situación excesivamente tensa. Debí prevenir a mi madre Haridian que en la mina de cobre podía tejerse una conspiración. Y a la vez advertir a mi amante clandestino que se hallaba bajo sospecha, poniendo extremas precauciones para evitar que las suspicacias de uno u otro bando terminaran acusándome.

El devenir de los acontecimientos no fue tan calamitoso como pudo haber sido. La Alta Sacerdotisa Anixua enfrentó la tormenta como una experta navegante manejando el remo de dirección. La revuelta de los *ukatuak* no llegó a detener la extracción del cobre. Y Zebensui recibió una benigna condena de vigilancia.

Anixua y Zebensui volvieron a verse, tras cruzar la Puerta. Se han reunido con los Dioses y desde allí me susurran mensajes que, en general, no logro comprender.

Falta poco para Elkar. Las noches son cada vez más frías, aun dentro de la caverna. El fuego que entibia la cámara superior, en la que duermo desde los días de la nieve, está por apagarse. Siento los pies helados. Venciendo la pereza me arrastro hasta la pila de leña, elijo un tronco y lo hago rodar hacia la hoguera.

Nunca tuve una fiesta comparable a la de aquella noche en Zazpir. Casi no habíamos dormido durante la noche en la que los *Maisuak* rompieron las costillas de la *txalupa*, para forzarnos a realizar la reparación en pleno oleaje, a medio trayecto entre Lehen y Zazpir.

Al llegar a puerto estábamos felices de haber superado la difícil prueba, eufóricas por el logro alcanzado. Sutziake cayó rendida en la cama del dormitorio de la *Eskuela*. No quiso despertarse cuando vino Naga a buscarnos, para salir a disfrutar la noche. De modo que la dejé durmiendo y caminé con Naga hasta el bullicioso centro de la ciudad.

Cuando nos sentamos en una de las mesas, le hice saber que además de la *Maisutza*, estaba festejando mi cumpleaños de dieciocho. Él insistió en que la circunstancia merecía una fiesta. "A quiénes invitamos?" me preguntó, haciéndome reír de sus ademanes ostentosos. "A tus amigos", respondí divertida, sin pensarlo demasiado.

Naga se levantó de inmediato y fue a hablar con un grupo que ocupaba una mesa próxima. Al rato regresó con un ánfora de licor de caña y *txocoatl*. Fuimos hasta una casa cercana. Me acomodé en uno de los suntuosos sillones dispuestos en arco frente a la chimenea, a beber sorbos del líquido ardiente, mientras Naga alimentaba el fuego.

Al rato, empezaron a llegar los amigos. A algunos los había visto en ocasiones anteriores y otros me resultaron desconocidos. Navegantes y mineros en sus días de descanso, que alegremente brindaban a mi salud, felices de acompañarme en el doble festejo. Entendí que Naga sólo había invitado a sus amigos varones. Se lo reproché jocosamente, para hacerle saber lo contrario. Mi agradecimiento por la singular ocasión que se me presentaba. Un inusual regalo de cumpleaños. Una fiesta en la que yo era la única mujer entre una veintena de hombres.

Durante un rato se limitaron a festejarme, a hacer comentarios graciosos e insinuaciones sutiles, que agradecí divertida, devolviendo los halagos. Mis actitudes los animaron a ser más atrevidos, a tomarme de la cintura, o a tocarme con cualquier ridículo pretexto. Con el licor en la mano, alterné entre los grupos, regalando besos, otorgando un instante de atención a cada uno. En uno de los asientos, los gentiles sujetos que tenía a mi lado, posaron sus manos sobre mis rodillas, acariciando inadvertidamente el contorno de mis piernas por debajo de la falda. Me recliné a disfrutar sus agasajos al tiempo que otro de los desconocidos asistentes a mi cumpleaños jugaba con mi cabello y un cuarto besaba mi cuello con fascinante desenfado.

Mi *brusa* fue desanudada y mi falda levantada hasta la cintura. Me entregué gustosa a la proliferación de cortesías masculinas. Manos que jugaban con mis pechos. Bocas que subían por mis piernas. Pronto tuve un par de vigorosos *zakilak* acosando mis labios. Lenguas incursionando en mi flor. Uno de los mineros me elevó de las caderas, llevándome a su premura. Grité mi placer al sentirlo dentro de mí. Siguieron otros. Una sucesión de embestidas, una escalada de espasmos, que retribuí con alaridos cada vez más fuertes. Fui ingresando en un estado desconocido de embriaguez, de extraordinario delirio. Nunca había experimentado aquel deseo tan desenfrenado, que en vez de satisfacerse, se incrementaba con la sucesión de amantes.

Continué pidiendo más y más. No sé por cuánto tiempo. En algún momento debo haberme desmayado de tanto cansancio y deleite acumulado.

Mañana será mi cumpleaños de diecinueve. Mi cabeza no quiere descansar y deambula por recuerdos.

Mis dedos juegan en el entorno de mi flor, anhelando un alivio que finalmente me permita dormir.

Todos quedaron sorprendidos cuando me vieron llegar con Suntumbaiá. Empezando por el propio muchacho, a quien fui a buscar del otro lado de la montaña y prácticamente arrastré hasta la caverna.

Él se mostró temeroso cuando hice las presentaciones.

- Éste es mi amigo pastor, se llama Suntumbaiá. Suntumbaiá, estos son mis amigos, Guaire, Etxekide, Janequa, Ainenfrau y Abian.

- Abian. - Murmuró el joven, admirado ante la talla del gigante.

Mis compañeros me miraban con asombro. Fui escueta en la explicación.

- Invité a Suntumbaiá a mi cumpleaños. Cenará con nosotros.

Janequa fue la primera en reaccionar.

- Bienvenido Suntumbaiá. - Saludó, extendiéndole las manos.

El pastor aceptó con precaución el gesto amistoso de Janequa y los que siguieron, al tiempo que observaba alrededor una cantidad de objetos que le resultaban difíciles de calificar.

- Se quedará a dormir ?

- No lo sé, Guaire. No le será sencillo regresar a su aldea por la noche.

- Muy interesante tu nuevo amigo. - Comentó Janequa.

Me reí de su expresión socarrona.

- Coincidimos en el juicio, querida amiga.

- Hay que saber apreciar las bellezas nativas de este Continente. - Agregó ella, pretendiendo seriedad.

Etxekide sabía de mis encuentros anteriores con el pastor y por tanto era el menos sorprendido por la visita.

- Cuántas ovejas recibiremos si lo adoptamos ? - Preguntó con sorna.

- No tenía esa intención, mi amor, pero si tú lo propones voy a considerarlo.

Durante los últimos días del *neguberri*, las visitas de Suntumbaiá se hicieron frecuentes. Varias veces lo invité a quedarse a dormir, cediendo a Janequa la ocasión de pasar la noche con Guaire y Etxekide. El joven pastor incluso nos acompañó al lago, animándose a subir a las balsas y aprendiendo técnicas de pesca. A cambio de un cordero o un cabrito, le dimos cestos de alimentos para que llevara a su aldea, con lo que nuestro rebaño fue creciendo hasta llegar a una docena de animales, previo a la Fiesta de Elkar.

El cambio de estación estuvo marcado por las ásperas desavenencias entre las dos cavernas. Guadarteme y Oihane vinieron en los días previos encomendados por Txanona para que todos, obviamente con excepción de Ainenfrau, asistiéramos a la ceremonia que tendría lugar en la Grosejule. Los emisarios nuevamente regresaron con nuestra rotunda negativa a la propuesta, llevando en contrapartida un inventario de posibles intercambios de productos.

La comunidad de la Caverna del Sur pidió fuerzas a Elkar para afrontar el *negu*.

Quise que Janequa dirigiera la celebración.

Nos reunimos en ronda en el patio de entrada, a recordar a nuestros muertos, a nuestras familias de vientre y a nuestros *klanak* de adopción. A pedirles inspiración y sabiduría para los difíciles tiempos que estaban por venir.

PARTE OCHO,
REPARACIÓN
SEGUNDO MOVIMIENTO,
NEGU

Los primeros productos de intercambio entre las dos cavernas no fueron alimentos sino materiales de construcción. En la Grosejule había más árboles que en nuestros terrenos inmediatos, y mejores herramientas para talar troncos y pulir tablones. Nuestra ventaja en los primeros días del *negu* era el horno de piedras. De modo que iniciamos el intercambio de cal y ladrillos por tablones y troncos, que era de beneficio para las dos partes.

Previo a ello debíamos completar la expedición desde la caverna del sur a la del norte. La ruta fluvial, por el Algamisto, el Guadaki-ibai y el Arrokatsu resultó no ser viable, dado que las nacientes de los arroyos en ambos extremos del trayecto distaban mucho de las cavernas y no contábamos con animales de carga para completar el viaje.

La vía marítima tenía tres tramos. El descenso del Guada-alete, desde nuestro lago hasta el mar de Atlantis, que implicaba una jornada. La segunda jornada, si el mar estaba medianamente calmo, bordeando la costa en cabotaje hasta la boca de los ríos teñidos de amarillo. Y la tercera etapa, remontando uno de los ríos teñidos hasta su naciente, muy próxima a la Grosejule. Si bien las distancias sumadas eran comparables a un viaje de Sexta a Hiru, el que en una *txalupa* podría cumplirse en menos de una jornada, las limitadas capacidades de la balsa hacían que el trayecto implicara tres días y dos noches.

Resolvimos que lo óptimo sería una tripulación de tres personas. Para mejorar la flotabilidad, adosamos a los troncos varios tarugos de corteza de *artelatz* secados al fuego. Ello permitió que Etxekide, Guaire y Janequa emprendieran la primera excursión hacia la Grosejule llevando una carga de cuatro veces sesenta ladrillos y varias bolsas de cal.

Al llegar a la gran caverna, se quedarían unos días para construir una réplica de la balsa, lo que permitiría alternar las partidas de los sucesivos viajes de intercambio.

Estando sola con Abian y Ainenfrau, aproveché a disfrutar de la compañía de mi nuevo amigo, el joven pastor.

Puse empeño en conocer su idioma, empezando por los nombres de los animales como *aie* (oveja) *iepur* (conejo) o *kopoi* (mustela). A su vez, él se mostró encantado de aprender palabras en atlanteano. Pronto llegamos a un conjunto de términos y señas que nos permitieron una rudimentaria comunicación.

Pude comprender entonces que el verdadero nombre de mi amigo era Doru y que "Suntumbaiá" significaba "soy un chico" o "soy un muchacho". Pero ya me había habituado a llamarlo por ese nombre y continué haciéndolo.

En esas precarias conversaciones me fui enterando de la graciosa historia que la niña de trenzas había contado a los adultos de la aldea. Según ella, un enorme lobo había atacado a su tío para comérselo. Pero en el momento que estaba por devorarlo, se había convertido en una mujer muy alta de cabello rubio y finalmente había vuelto a transformarse en lobo al salir corriendo del cobertizo. Me pareció entender que él no había querido contradecir a la niña para no revelar la verdadera identidad de la "mujer-lobo" ante sus mayores, de modo que yo podía volver a presentarme como "Zeita" en caso de ser necesario.

Descubrí también que Suntumbaiá era diestro en coser cueros utilizando una aguja de hueso. Aprendí de él a confeccionar prendas con jirones de piel de oveja, al tiempo que le fui enseñando a maniobrar con los remos el pequeño bote de mimbre.

Los pastores quedaron maravillados de la repentina capacidad del joven para abastecer de pescado a la aldea, así como de sus habilidades para cocinarlo. Probablemente sospecharon que él lo había aprendido de nosotros, los *xigan*, como dieron en llamarnos. Por lo que no debió molestarles que el muchacho se llevara algunos animales y regresara sin ellos. Como resultado, fueron sumándose otras cabras, ovejas y gallinas a nuestros corrales.

Suntumbaiá cumplía mis deseos sin titubear, feliz de complacerme. La energía de aquel chico cuatro años menor, me hacía sentir dichosa, poderosa, exuberante.

Los fríos detuvieron el crecimiento de la vegetación y las heladas nocturnas quemaron los brotes de plantas y arbustos. Las plantas de maíz en los canteros móviles dejaron de crecer al llegar a una altura de seis dedos. El tiempo en el que era posible estar sin abrigo fue cada vez menor, hasta reducirse a un breve intervalo posterior al mediodía.

La primera excursión de intercambio regresó a veinte días de la partida, con una importante carga de tablones.

Guaire, Janequa y Etxekide evaluaron de forma positiva el viaje. Resaltaron la buena convivencia con los sobrevivientes del norte y la colaboración para construir la balsa, la que había quedado casi lista para navegar. De no impedirlo el mal tiempo, en pocos días partiría trayendo maderas para intercambiar por cal y ladrillos.

Ellos no tardarían en tener su propio horno funcionando, por lo que debíamos pensar qué otros productos ofrecer a cambio de los tablones. Por otra parte, las adversas condiciones del *negu* podrían hacer inviable la continuidad de los viajes. A menos que se pudieran construir refugios en la costa donde parar por las noches.

Guaire y Janequa vislumbraban una posible unificación de las comunidades tras el invierno.

- Cuando tengamos suficientes ladrillos y maderas, podremos construir cabañas. - Explicó Janequa.

- Dejaremos de ser trogloditas. - Aventuró Guaire.

- Y qué haremos con Ainenfrau y Abian ?

- Ellos podrían tener su propia *etxea*, no te parece, Itahisa ?

- Dónde ?

- Y.... a una cierta distancia ... - Balbuceó Janequa.

- De la Grosejule ?

- Sí.

- Aún no entiendo por qué nosotros debemos ir allá ...

- Allá hay más árboles.

- Estás diciendo, Janequa, que Txanona estaría dispuesta a que Ainenfrau viviera a una cierta distancia ?

- No estoy segura, Itahisa, pero me parece posible.

Busqué las miradas de Etxekide y Guaire, procurando leer sus pareceres. No obtuve una impresión concluyente.

Janequa insistió.

- Pienso que debemos hallar el modo de reunir las comunidades. No es bueno permanecer divididos en un mundo desconocido, duplicando esfuerzos y requiriendo viajar tres o cuatro jornadas para visitarnos.

- Quizás podamos hacer otra cosa, - intervino Etxekide pensativo - buscar el lugar más adecuado en los valles del Tartessos y trasladarnos todos allí en *udaberri.* Construir casas, una para cada mujer, y que Ainenfrau también tenga la suya.

Guaire apoyó la idea de Etxekide.

- Eso ! Una aldea cerca del mar. Y en el centro, el mástil con la bandera.

- Cuál bandera ?

Los tres me miraron como si yo estuviera haciendo una pregunta tonta.

- La bandera atlanteana, Itahisa, cuál ...

- No estoy de acuerdo. - Interrumpí con brusquedad.

- Puedes ... explicarnos ?

- No izaremos la bandera como si nada hubiera ocurrido. Como si las ciudades de Atlantis, con sus gentes, sus casas y palacios, sus barcos y puertos, se encontraran aun del otro lado del Mar.

- Pero ...

- Por respeto a nuestros muertos, no podemos enarbolar la cruz con los tres círculos.

- Dices que ...

- No entienden ? La bandera es el símbolo con el que las mujeres y los hombres de todos los confines de la Tierra han identificado desde hace ciclos a la poderosa civilización de Atlantis. No podemos dar ese mensaje.

- Cuál ... mensaje ?

- No podemos arrogarnos el título de continuadores. No somos continuadores. Atlantis ha sido destruida por el desastre y nosotros somos apenas un grupo de sobrevivientes, incapaces de restaurar esa pérdida. Ese es el mensaje que debemos dar.

Se hizo un silencio. Supe que mi discurso no había resultado demasiado convincente.

Etxekide se animó a preguntar.

- Y cómo daremos ese mensaje, Itahisa ?

Aunque deseaba tener la respuesta, me surgían ideas confusas.

- Aún no lo sé, mi amor.

Cuando los vimos a la distancia comenzamos a preocuparnos. Era un grupo pequeño, de unos diez adultos.

Debíamos haber previsto que los hombres del hielo regresarían. Sabíamos que ellos marchaban al norte a mediados del *uda* y regresaban al sur durante el *negu*. Aunque por algún motivo habíamos negado tal posibilidad. Los habíamos dado por muertos.

Allí venían, bajando la montaña, escoltados por una jauría de lobos.

Serían los mismos que ocupaban nuestra caverna previo al desastre ? En tal caso, "nuestra" caverna era "su" caverna. Cómo reaccionarían al descubrir que estábamos instalados en su refugio habitual ?

Estarían relacionados con Ainenfrau ? Sería ésta su "manada", al decir de Txanona ? Qué ocurriría con ella ? En caso de conflicto, actuaría de intermediaria o tomaría partido por uno de los bandos,? Resolvería marcharse con sus iguales o permanecería con nosotros ?

Suspendimos las tareas matutinas y nos agrupamos en la entrada. En la eventualidad de un enfrentamiento, teníamos dos muros de ladrillos como defensa. Mirábamos a Ainenfrau tratando de adivinar, por sus expresiones, lo que podría suceder.

Rápidamente las dudas comenzaron a despejarse y los temores a confirmarse. El grupo de hombres del hielo indudablemente se dirigía a la caverna con intención de ocuparla. No eran familia cercana de Ainenfrau pero tampoco absolutos desconocidos. Ella no se mostraba contenta, ni preocupada. Observaba al grupo que se aproximaba con los brazos en jarra y expresión de leve expectativa.

Cuando estuvieron a un campo de distancia, ella salió al encuentro. Los hombres del hielo se detuvieron y los lobos se acercaron a Ainenfrau a reconocer sus olores. Ella acarició a las fieras como si se tratara de dóciles conejitos. Un hombre mayor, de canosa barba, comenzó a hacerle preguntas.

No éramos capaces de entender lo que estaba en discusión. A juzgar por los gestos, que variaban entre el desconcierto y la desaprobación, la situación era tensa. En particular los varones, dos mayores y dos jóvenes, se veían molestos por lo que Ainenfrau les estaba contando. Las mujeres en cambio, atendían el relato con asombro, intercambiando a veces miradas y cuchicheos.

Repentinamente el anciano endureció el tono, en lo que aparentaba ser una sucesión de ásperos reproches hacia Ainenfrau. Ella soportó las amonestaciones sin hablar, mirando al piso.

A mi lado, Abian estaba alerta, rígido. Posé mi mano en su pecho para que se mantuviera en su lugar.

Supusimos que el problema era la usurpación de la caverna aunque no teníamos certeza de ello. Lo evidente era que los hombres del hielo estaban sumamente enojados. Empezaron a vociferar y a hacer ademanes amenazadores.

Ainenfrau comenzó a retroceder. Les pedí a Etxekide y Guaire que retuvieran a Abian por la fuerza y fui al rescate de la acosada. Cuando estuve con ella, vi de reojo que uno de los trogloditas recogía una piedra del suelo. Reaccioné con un grito y la tomé del brazo. Empezamos a correr. La primera pedrada pasó zumbando sobre nuestras cabezas. Oí un alarido de dolor y vi que la oreja de Ainenfrau sangraba. Abian pugnaba por zafar de los brazos de Guaire y Etxekide, para venir hacia nosotras. Janequa chillaba la consigna de entrar a la caverna.

En el instante que llegamos al muro, una lluvia de piedras estallaba contra los ladrillos. Sentí un golpe en la espalda. Abian abrazó a Ainenfrau, elevándola como a un bebé. De un salto estábamos tras la pared, a salvo de las piedras, pero los hombres del hielo se aproximaban.

Era imperioso ingresar a la caverna y bloquear la entrada.

Del lado interno, acumulamos troncos contra el cerramiento de tablones. Las pedradas retumbaban. A través de las rendijas pudimos ver que los atacantes demolían a golpes la pared externa, el gran arco que anteriormente había sido una empalizada. Por un momento quedamos horrorizados, esperando que hicieran lo mismo con la segunda pared, la que cerraba el patio de entrada.

Si eso sucedía, quedaríamos frente a frente. Estaríamos obligados a defendernos con los arpones, como lo habíamos hecho con los lobos.

Pero inesperadamente ocurrió que el anciano jefe de los trogloditas dio la voz de alto. Las piedras dejaron de llover. Siguió un rato de deliberaciones. Los vimos volver a reunirse con las mujeres y los lobos.

Tuvimos un respiro para prestar atención a las heridas. La de Ainenfrau era la más seria. La piedra había rozado su cuello y arrancado parte de su oreja. Sangraba profusamente. La de mi espalda también sangraba, pero no era profunda. Guaire y Abian estaban lastimados en hombros y brazos. Por suerte favorable, Etxekide y Janequa habían resultado ilesos.

Intentamos interrogar a Ainenfrau sobre lo ocurrido pero ella permaneció en silencio, visiblemente abatida, igualmente indiferente a nuestras preguntas como al dolor que debía causarle la herida.

Volvimos a escuchar ruidos de golpes. Los atacantes habían derribado la puerta de uno de los corrales de ovejas. La jauría se abalanzó sobre ellas para matarlas y devorarlas.

Abian comenzó a gritar de furia y tomó el hacha con la intención de salir a tomar represalias, pero afortunadamente pudimos impedírselo. Logramos persuadirlo de que sólo nos arriesgaríamos a enfrentar a aquellos forzudos en caso de que quisieran entrar a la caverna.

Luego de que los lobos saciaran su hambre, hubo otro momento de tensa espera. Los hombres del hielo volvieron a cargar los bultos sobre sus hombros y emprendieron la marcha.

Los vimos alejarse, hasta desaparecer de nuestra vista.

La punzada comenzó a propagarse por mi espalda. Y mis piernas y brazos a entumecerse, como si hubiera remado una jornada entera.

Ainenfrau se encerró en un triste mutismo durante varios días y sólo Abian fue capaz de arrancarle algunas frases, que igualmente nos resultaron oscuras.

Lo único que comprendimos fue que los hombres del hielo habían resuelto dirigirse hacia otra *jule* en las montañas del sureste. Asumimos que se establecerían allí por dos estaciones. Hasta tanto, era poco probable que volviéramos a toparnos con ellos.

Pero si habían anunciado que continuarían viaje, cuál era la explicación del violento arrebato de ira del que habíamos sido víctimas ? Qué había dicho ella a los hombres para causar tal enfado e irritación ?

Para averiguarlo, no era suficiente que Ainenfrau saliera de su actitud taciturna y se dispusiera a darnos una explicación. Debíamos además desentrañar los significados de sus enigmáticas palabras.

El tiempo devino inclemente. Fuertes vientos y lluvias se sumaron al intenso frío.

Resolvimos desmontar los corrales que teníamos a la intemperie y trasladar los animales a la sala principal. Levantamos cercas para confinar a los rebaños y delimitamos el "hogar" donde nos reuníamos a comer, del rincón que Abian y Ainenfrau utilizaban para dormir.

Completamos el cerramiento de la entrada con un bastidor abatible, como una gran ventana. Por las mañanas lo colocábamos en posición horizontal para permitir entrar la escasa luz solar, y por las tardes lo hacíamos bajar para clausurar la entrada y protegernos de las heladas nocturnas.

Guaire y Janequa se mudaron a mi dormitorio, donde hicimos una pared de tablones con el fin de improvisar una división de espacios.

El nivel de agua en la cámara inferior continuó creciendo hasta alcanzar una profundidad de tres pasos.

Una mañana escuchamos el inconfundible bramido del colmillo de elefante. Corrimos hasta el lago a recibir a nuestros amigos que habían llegado en balsa desde la Grosejule.

Me decepcioné al ver que ni Oihane ni Guadarteme formaban parte de la tripulación, pues deseaba mucho volverlos a ver. Me alegró que uno de ellos fuera Atabar, cuya compañera, nuestra amiga Mizkila, había fallecido durante los aciagos días del diluvio.

Los otros dos eran Xitama y Godereto, la pareja de *hamazortzi* de Lehen que había tenido que cambiar de *txalupa* en medio de la tormenta, tras el accidente del barco dos.

Aquel infortunado episodio nos había mostrado rasgos de Godereto que hasta entonces desconocíamos. Luego de caer al mar con el brazo quebrado, él había tenido la entereza para socorrer a sus compañeros de naufragio. Días después, aun con el brazo inmovilizado por las vendas, había puesto todo su esfuerzo en ayudar cuando nuestra *txalupa* corría riesgo de hundirse. Más tarde, se había mostrado sereno ante la eventualidad de tener que abandonar definitivamente la expedición y regresar a Islas Castigadas. Quizás su inalterable determinación explicaba el modo prodigioso en que el brazo había sanado.

Xitama no me caía mal, aunque no había cultivado el vínculo con ella. Casi nunca habíamos hablado durante el entrenamiento y el viaje. No se caracterizaba por ser muy conversadora, más bien abstraída, concentrada en sí misma.

Me resultó curioso que ella fuera la única mujer en la balsa. Era entendible que Txanona hubiera descartado a Oihane como emisaria. Pero de querer enviar a alguien de su plena confianza, lo esperable hubiera sido encomendar a Iulen, su leal amiga de Islas Castigadas.

Godereto y Abian se conocían desde la infancia en Lehen, aunque el compañero de Xitama ya había cumplido veintiún años, uno más que el gigante. Quizás este vínculo entre ellos fuera también motivo de la decisión de Txanona.

Xitama era nacida en Bosteko, pero yo no la recordaba de mi infancia. Había sido adoptada en Lehen por un *Klan* del Círculo. Y además era *Maisu* en Medicina. Ella y yo resultábamos ser las únicas *maisuak* en Medicina entre los sobrevivientes. Acerca de ello habíamos hablado brevemente durante mi visita a la Grosejule. Ambas compartíamos el disgusto por no disponer de los ingredientes para elaborar medicamentos y la decepción de no haber sido de mucha ayuda en la curación de nuestros compañeros.

Debimos reacomodar la cámara superior para alojar a los visitantes. Con buena disposición nos arreglamos para dormir siete personas en el que, poco tiempo atrás, había sido mi exclusivo dormitorio.

Opté por tomar la iniciativa. En cuanto la lluvia se detuvo, invité a Xitama a dar un paseo.

En el camino intercambiamos pocas palabras. Al llegar al lago nos sentamos sobre un tronco. Por un rato observamos el alboroto de las aves que nadaban en los pastizales.

- Esos pastos que crecen bajo el agua fueron nuestra salvación.

Xitama estudió los tallos con expresión de asombro.

- Los comieron ?

- No. Alimentamos a las cabras.

- Y las cabras dieron leche durante la sequía ?

- Muy poco. Mientras pudimos cosechar estas hierbas.

Xitama reflexionó por un momento. Reconocí la belleza de sus facciones, aún afectadas por la delgadez.

- Ustedes llegaron a estar sin agua. Casi mueren por ello, pero tuvieron leche. A nosotros nunca se nos agotó la reserva de agua, pero no teníamos cabras y terminamos comiendo grillos y moscas, muriendo de hambre. Quién lo sobrellevó mejor ? La noche que ustedes llegaron a la caverna, no tuve dudas. No sólo porque se veían notoriamente mejor que nosotros. Sino porque habían sido capaces de cruzar el valle y caminar durante cuatro jornadas, hasta encontrarnos. Mientras nosotros apenas si podíamos dar unos pasos.

- Es cierto. Cuando los encontramos ... ustedes tenían un aspecto ... horrible,.

Ella frunció los labios.

- Dábamos lástima, no ?

- Lástima o pavor. Parecían muertos vivientes, arrastrándose, demacrados hasta los huesos, sangrando por las bocas ...

Xitama interrumpió mi descripción con una sonora carcajada. Ambas reímos de nuestras desgracias, como si ya formaran parte de un pasado remoto. Pudimos burlarnos del horror de haber visto a nuestros amigos enfermos de muerte, de habernos resignado a la ineficacia de nuestros conocimientos en Medicina.

Volvió a lloviznar. Afortunadamente habíamos llevado las capas impermeables. Mi colega no pareció afectarse, de modo que permanecimos sentadas, contemplando la superficie plateada del lago, acribillada por multitud de diminutas gotas.

- Cuando tengamos ladrillos suficientes, podremos construir *etxeak*.

Xitama asintió, dándome a entender que coincidíamos en la inconveniencia de reemplazar las cavernas por cabañas de madera.

- Nuestro horno aún no está funcionando. Pero estaremos fabricando ladrillos en pocos días.

- Pero habrá que esperar al *udaberri*. Es imposible trabajar afuera con estos fríos.

- Sí, probablemente. El problema, Itahisa, no es cuándo. Sino dónde.

Me alegré de vislumbrar el nudo de aquella conversación. Decidí compartir lo que habíamos deliberado con Etxekide, Janequa y Guaire.

- Nosotros pensamos que el mejor punto es próximo a la boca del Guadaki-ibai.

- No es buena idea.

- Por qué no ?

Xitama dudó un momento antes de animarse a responder.

- Porque Tinabuna dice que sería peligroso.

Quedé sorprendida. Cualquier otro argumento me hubiera resultado más creíble.

- Acaso Tinabuna recuperó la cordura ?

Xitama se divirtió de mi expresión incrédula.

- En absoluto. Está completamente trastornada.

- Entonces ?

- Ella asegura que el mar continuará subiendo, avanzando lentamente sobre el continente. Que cualquier construcción que hagamos en la costa, en pocos años quedará sumergida bajo las olas.

- Y por qué tenemos que dar crédito a sus desvaríos ?

- Porque estamos convencidas, Itahisa, que Tinabuna dice cosas sensatas intercaladas en sus desvaríos. Pero no tenemos certeza de cuáles son cuales.

Aunque absurdo, aquello era inapelable. Opté por retomar el asunto crucial.

- Han pensado ustedes en abandonar la caverna en *udaberri*?

- Sí. Lo hemos discutido. Tenemos previsto mudarnos al valle.

- Del Guadaki-ibai ?

- Sí. Del Tartessos mayor.

Disimulé mi alivio por la feliz coincidencia.

- Bien.

Xitama desenrolló un lienzo y lo extendió sobre el tronco.

- Aún no hemos resuelto el sitio más adecuado, pero estimamos que sería cercano a la desembocadura del arroyo rocoso. Eso es, aproximadamente, a mitad de camino entre las dos cavernas, lo que facilitaría los traslados.

El punto señalado era inmediato a la unión del Arrokatsu y el Guadaki-ibai, donde una vez habíamos improvisado la balsa de estacas, durante la exploración hacia el norte. La propuesta no me resultó desatinada. Desde allí llegaríamos al mar en menos de una jornada y podríamos navegar por cualquiera de los afluentes del Tartessos. Traje a mi memoria el paisaje del lugar. Seguramente, al finalizar el *negu*, tendríamos abundante vegetación en los alrededores. Contaríamos con bosques en las cercanías. Viviendo en la ribera del río, la pesca resultaría sencilla.

- Creo que podremos ponernos de acuerdo en esto, Xitama. Aunque dudo que podamos solucionar las otras discrepancias.

- Respecto a la mujer del hielo ? Creo que podemos llegar a una solución. Tengo una propuesta para hacerte.

- Y sobre las otras ... reglas ?

- Quizás también. Lo de embarazarse o no, es asunto de cada una.

- Me alegro de escuchar eso.

- Txanona me ha pedido que no prepare la infusión para provocar la luna a quien la tenga atrasada. Yo estoy dispuesta a no hacerlo. Además, dudo mucho de que las hierbas conserven su eficacia. Recuerdas de lo que pasó con Aremoga ?

- Txanona te ha pedido eso !

Repentinamente, mi interlocutora abandonó el tono apacible de la conversación y se expresó con dureza.

- Sí, Itahisa. No voy a discutirlo contigo. Estamos en una situación extremadamente vulnerable y debemos sujetarnos a ciertas reglas. Alguien tiene que tomar el liderazgo y Txanona lo está haciendo.

- Y si a mí se me antoja desacatar esa regla ?

- No creo que cambie mucho. Puedo asegurarte que Urma, Txanona, Iulen y yo estamos dispuestas a tener hijos lo antes posible. Y también Janequa.

La afirmación me dejó perpleja. Janequa también ? Cómo lo sabía ?

- No has mencionado a Oihane.

Xitama sonrió.

- Ni a Oihane, ni a Itahisa ... Tampoco a Tinabuna, pero por otros motivos.

Me causó gracia. La directora de la expedición, además de no ser una mujer atractiva, nunca había dado muestras de interesarse en los hombres, ni los hombres en ella. Todo eso sin contar su actual insania.

- Oihane piensa como yo, verdad ? Es por eso que no ha venido ?

Xitama evitó responderme, cambiando de asunto.

- Volviendo a la mujer del hielo ... el problema no es ella. El problema es el niño que crece en su vientre. No nos haremos cargo de él.

- Cómo ?

- Txanona me ha pedido que te transmita este mensaje. La mujer del hielo será admitida en calidad de vecina, aunque no como miembro de la comunidad. Tampoco su hijo.

Respiré profundamente para contener mi enojo. Si bien me percataba del intento de conciliación, aquella oferta me resultaba un fraude. Una farsa de pretendida solidaridad para ocultar una obstinada actitud discriminatoria.

- Como si ella fuera una *ukatu*. Qué crimen ha cometido ? - Repliqué con amargura.

Otra vez, Xitama ignoró mis palabras.

- Le proporcionaremos ladrillos y maderas.

- Estoy sorprendida. No esperaba tanta generosidad.

- Asumiendo que ella se avenga a vivir en una *etxea*, cosa que dudamos.

Juzgué que la conversación había llegado a un terreno estéril. La lluvia se hizo más fuerte. Mi interlocutora permaneció indiferente a tales circunstancias, las gotas resbalándole por sus mejillas mientras observaba el paisaje en su típica pose abstraída.

- Tengo hambre. - Dije finalmente.

- Yo también. Qué habrá para comer ?

- No lo sé. Gustarías *txarki* de cerdo ?

- Excelente.

Con los cabellos empapados emprendimos el regreso.

No tardé en enterarme que Godereto había hablado con Abian para hacerle una proposición similar a la que Xitama me había planteado en el lago. Me preocupé por conocer la reacción del gigante y procuré un aparte con él después del almuerzo.

Él manifestó que estaría dispuesto a mudarse con nosotros al valle, en caso de que yo tomara esa decisión. Que no le afectaba demasiado la supuesta calidad de "vecina" otorgada a Ainenfrau, porque ella sabría manejarse para obtener reconocimiento en la comunidad, del mismo modo que lo había hecho con nosotros. Similar pronóstico hizo con respecto al bebé de la mujer del hielo, a quien refirió como "nuestro hijo". Abian dijo estar seguro que la comunidad terminaría aceptándolo.

No me pareció oportuno discutir su optimismo, aunque íntimamente albergaba serias dudas de que las cosas fueran a suceder según sus previsiones.

Quise también tener un tiempo a solas con Atabar.

Caminamos largo rato una mañana excepcionalmente soleada, con el recuerdo de Mizkila predominando en nuestra conversación.

Cuando nos sentamos a tomar un descanso, él liberó su angustia, quebrándose en un dolorido llanto. Tomé sus manos y me senté en su falda para ofrecerle mi consuelo.

- Por qué, Itahisa, - sus ojos irritados me miraban implorantes - por qué nosotros estamos vivos si todos han muerto ?

No supe qué decirle. Simplemente besé su frente y acaricié su cabello.

- Todos nos hacemos esa pregunta. - Murmuré tras un momento.

Él intentó secarse las lágrimas con el dorso de la mano.

- No puedo ... resignarme, no podemos ...

- No podemos reparar lo que ha pasado, querido Atabar. Lamentablemente, no está en nuestras manos.

Él apoyó su cabeza entre mis pechos, exhalando gemidos de pesar. Así estuvimos un tiempo sin hablar.

- Qué está en nuestras manos, entonces, Itahisa. ?

Medité antes de responderle.

- No podemos vivir lamentándonos. Tenemos que proponernos iniciar ... otra vida. Como si hubiéramos muerto y vuelto a nacer, que en realidad, es lo que ha ocurrido.

- Otra vida ? - Su tono era de protesta, de recelo.

- Así es, Atabar. Hemos muerto, hemos cruzado la Puerta, nos hemos reunido con los Dioses, y Ellos nos han encomendado esta insólita misión.

Una sonrisa mínima se esbozó en su hermoso rostro ante la sarta de disparates que yo estaba inventando.

- Casi te creo, *guahira*. - Concedió en un atisbo de buen humor.

- Debes creerme, mi amor. - Repliqué antes de besar sus atractivos labios.

Tres días más tarde, Xitama, Godereto y Atabar emprendieron el regreso al norte en la balsa cargada de ladrillos.

También llevaron los acuerdos a medias alcanzados. Junto a nuestras persistentes discrepancias sobre las pautas de convivencia propuestas. Escasos avances hacia una feliz reunificación de las dos comunidades.

La crudeza del *negu* nos impidió realizar otros viajes durante los veinte días posteriores.

La nieve volvió a caer, cubriendo de blanco las montañas y los valles, obligándonos otra vez a vivir encerrados.

Si bien, afortunadamente, en esta ocasión contábamos con acopios suficientes de leña, alimentos y agua, la prolongada inactividad nos resultó igualmente intolerable.

Los días y las noches apenas diferían en su oscuridad y el espacio para estar dentro de la cueva se había reducido a causa de los corrales delimitados en la sala principal.

La rutina diaria consistía en dar alimento a los animales. Ordeñar y hornear galletas para el desayuno. Por las mañanas, tejer *espartzu* o hervir aceite. Por las tardes, remover la nieve de la entrada, acondicionar las lámparas y preparar la cena.

Ni siquiera Ainenfrau intentó llegar al lago por encima de la capa de nieve de un paso de espesor. Su panza de dos estaciones no le permitía acostarse sobre el catre deslizante. Pese a que ello nos dejaba sin pescado fresco, nos conformó que la mujer del hielo admitiera finalmente las limitaciones de su estado.

Al igual que en los peores días de la sequía y del diluvio, pasábamos buena parte del tiempo durmiendo. Guaire, Janequa, Etxekide y yo, en la cámara superior con la mustela. Abian y Ainenfrau en la sala principal, con las cabras, gallinas y ovejas.

Con el paso de los días acompasamos los tiempos en los que cada pareja dormía, de modo que siempre hubiera alguien despierto, y también como forma de reducir los roces y malestares que se hicieron frecuentes entre nosotros.

Cualquier cuestión pequeña podía convertirse en motivo de agrios reproches y discusiones. La administración de la leña, el racionamiento del *txarki,* la limpieza de los corrales, o el estado de la ventana de la entrada que, al ser elevada, dejaba entrar un poco de luz diurna, al mismo tiempo que enfriaba drásticamente la sala principal.

El frío extremo trajo además otra consecuencia sumamente enojosa. Desalentaba a quitarse las pieles de abrigo para ventilarlas. Bañarse con crema de lejía era una operación incómoda que fue haciéndose más esporádica. Nuestros olores corporales se sumaron al conjunto de pestilencias de la caverna, y nuestros cabellos fueron impregnándose de grasa y del hollín de lámparas y hogueras.

El ánimo colectivo, ya deteriorado por el encierro, terminó de quebrarse cuando una mañana notamos que las plantas de maíz habían sucumbido a las heladas nocturnas. No sólo por el esfuerzo que habíamos invertido en protegerlas, no sólo porque no tendríamos maíz en *udaberri,* sino primordialmente por la frustración de haber perdido valiosas semillas en un ensayo malogrado.

Los días siguientes, la convivencia devino insoportable.

Las reuniones de los seis para la cena se suspendieron, junto con las oraciones grupales que Janequa dirigía por las noches. Sólo se hablaba para intercambiar reproches, insultos o recriminaciones.

El malestar recién empezó a despejarse cuando, tras veintidós días, la nieve dejó de caer y comenzó a derretirse en los primeros, efímeros, asomos del sol.

Aunque el frío no cedió y continuó lloviendo durante varios días más.

La presencia de bisontes en las cercanías de la caverna fue motivo de celebración.

Era una manada de ocho animales adultos y dos crías. Aunque de menor porte que los bisontes que conocíamos, impresionaban por su corpulencia, sus cuernos curvos y los vapores que despedían al respirar. Las crías se diferenciaban además por tener el pelaje más claro que los adultos. La manada estuvo pastando durante tres jornadas al alcance de nuestra vista y luego continuó su marcha hacia al sureste.

Nada hicimos por aproximarnos a las enormes bestias. Eran los primeros grandes animales que veíamos luego del desastre. Simplemente nos alegramos de que hubieran sobrevivido a las catástrofes. En un futuro podríamos cazar a los más ancianos para aprovechar la carne como alimento, la grasa para las lámparas y los cueros para nuestros barcos.

Faltaba poco para la Fiesta de Ama, el final del invierno, cuando estuvimos en condiciones de volver a navegar.

Los días ya eran notoriamente más largos. Teníamos previsto realizar un viaje a la Grosejule, para reiniciar el intercambio suspendido por el mal tiempo.

Etxekide había ido a las montañas del sur siguiendo el rastro de los bisontes hasta las nacientes del Guadi-aro, para saber si la manada continuaba su camino o de lo contrario se afincaba en los valles cercanos.

Próximo al mediodía lo vimos regresar. Venía corriendo. Nos llamó la atención su apuro y por un instante temimos que los bisontes lo estuvieran persiguiendo. Al llegar hasta nosotros, señalaba al sur, escaso de aliento para expresarse con palabras. Lo rodeamos para enterarnos qué ocurría.

- Hay algo ... - anunció jadeando - algo ... blanco.

Cruzamos miradas de desconcierto.

- Algo blanco ?

- Sí. En las montañas ... de Libia.

No entendimos por qué "algo blanco" podía causar semejante alteración a Etxekide, hasta que él se atrevió a explicar.

- Creo que es ... una vela.

- Una vela en la montaña ? - Sentí una dureza en mi pecho ante la posibilidad de que Etxekide estuviera en lo cierto.

- Una vela de *txalupa* ? - Quiso precisar Guaire, resumiendo nuestra incredulidad.

Etxekide respiró profundamente antes de responder.

- Sí. Creo que es una vela de *txalupa* atlanteana, ondeando al viento.

- Estás seguro ? - Preguntamos Janequa y yo.

- No. De lo que estoy seguro es que esa ... cosa ... no estaba ahí a fines del *neguberri.*

Aunque apabullamos a Etxekide con preguntas, él no pudo agregar más detalles.

Durante el almuerzo discutimos si ir a corroborar con nuestros ojos lo que Etxekide había descubierto, o preparar de inmediato las balsas para descender hasta el mar con destino a Libia.

Nos ganó la ansiedad y fuimos caminando a las montañas del sur. Al llegar al punto de observación, quedamos decepcionados. En el horizonte se alcanzaba a ver la cadena montañosa del Continente de Libia. Pero en los macizos, azules por la distancia, era imposible notar algún punto blanco. Ni siquiera Etxekide fue capaz de señalarnos el lugar con exactitud y se excusó alegando que la visibilidad de la tarde no era tan buena como la del mediodía.

De todas formas, resolvimos confiar en los ojos de Etxekide. Ninguno de nosotros estaba más capacitado que él para distinguir objetos a tales distancias. No perderíamos tiempo en volver al día siguiente al punto de observación.

Suspenderíamos el viaje de intercambio a la caverna del norte, para emprender una travesía hacia el estrecho de Atlater. Debíamos cruzarlo hasta desembarcar en el desconocido Continente de Libia y escalar las montañas para verificar qué era aquella "cosa blanca".

Dejamos a Abian y Ainenfrau al cuidado de la caverna y partimos esta vez desde las nacientes del Guadi-aro con las dos balsas, directamente hacia el sur.

Nos insumió solamente media jornada llegar al Mar de Lubarnea. Navegamos bordeando la costa de Euriopa hasta la gran peña que delimitaba la bahía.

Al llegar a ella, Etxekide dio un grito señalando las montañas que emergían a nuestra *eskuerra* cuyos perfiles aparentaban la imagen de una mujer acostada mirando al cielo, con los brazos sobre el pecho. En lo alto de las escarpadas paredes de roca gris, un diminuto punto blanco parecía titilar débilmente, como una estrella en el crepúsculo. Esta vez todos pudimos distinguirlo, aunque no resultaba evidente que se tratara de una bandera atlanteana. Era asombroso que Etxekide hubiera sido capaz de avistar aquella cosa tan pequeña desde un sitio tan lejano.

Estimamos que la distancia entre ambos continentes sería de seis carreras. El mar era profundo, el oleaje moderado y una fuerte corriente empujaba hacia el este. En nuestras *txalupak* hubiera sido un trayecto sencillo, pero con las balsas no lo era. Al primer ensayo, el viento y las corrientes nos desviaron, y debimos regresar a la costa, para discutir un modo distinto de maniobrar las velas y los remos.

En un segundo intento, optamos por enrollar las velas y remar en dirección oblicua para contrarrestar el empuje de las corrientes. Con esfuerzo, logramos apartarnos de Euriopa e iniciar el cruce del estrecho.

A poco de hallarnos en aguas profundas tuvimos una grata sorpresa. Un grupo de delfines se acercó a las balsas, escoltando con sus graciosos saltos nuestro trabajoso avance. Recibimos su compañía con especial alegría. Hacía mucho tiempo que no veíamos delfines vivos. Eran una señal más del resurgimiento de la naturaleza tras el desastre y los aceptamos como guías en la fortuita misión de acceder a la costa de Libia.

Empezaba a oscurecer cuando nos aproximamos a una pequeña playa rodeada de barrancos rocosos. Atracamos las balsas en la arena y de inmediato recogimos leña para soportar el lacerante frío de la noche.

El amanecer vino empañado por lloviznas. En previsión, habíamos llevado las mantas untadas en grasa para calzar sobre nuestros hombros. Desayunamos galletas con una mínima porción de queso de cabra y emprendimos la marcha ascendente desde los pies de la "Mujer Durmiente" que llegaban al mar, hacia las alturas de sus pechos rocosos, donde develaríamos el misterio del gran paño blanco.

Al mediodía alcanzamos las rodillas, la cima más cercana del conjunto, y desde allí tuvimos anticipadamente la confirmación que buscábamos. Etxekide estaba en lo cierto. Aquello era una bandera atlanteana, o mejor dicho, los restos de ella. Una vela de *txalupa* rasgada al medio, suspendida en lo alto de un mástil.

Celebramos el hallazgo con emoción contenida, sabedores que ello no significaba forzosamente que encontraríamos a otros sobrevivientes. La imagen era sobrecogedora. Había una extraña belleza en aquella bandera mutilada, flameando sobre la aridez de la montaña.

Nos llevó buena parte de la tarde escalar hasta el lugar donde el mástil había sido erigido, un punto muy alto desde el que se dominaba un panorama extenso del Estrecho de Atlater y de las costas del sur de Euriopa.

La excitación nos desbordó cuando llegamos al pie de la bandera. El palo era indudablemente de una *txalupa*. Acariciamos el mástil con reverencia, con devoción, como si se tratara de un objeto sagrado.

No había modo de saber con exactitud desde cuándo se encontraba allí. Pero su presencia otorgaba reconfortantes certezas a lo que había sido nuestro anhelo durante tanto tiempo. Nuestra íntima, empecinada esperanza de que otros compañeros de expedición hubieran llegado a Libia previo al desastre.

Estarían vivos aún ? Una congoja intolerable me impedía considerar lo contrario. Seguramente estaban vivos. Debíamos hallarlos.

Fue entonces que nuevamente Etxekide notó algo que los demás no habíamos visto. En la parte inferior del mástil había inscripciones, pequeños dibujos toscamente tallados sobre la madera.

Era *eskritura*, palabras escritas en *esku-ara*, en nuestro idioma.

Tras el alborozo inicial nos invadió el nerviosismo. Aunque los cuatro teníamos conocimientos básicos, ninguno de nosotros era *Maisu* en Historia, como para descifrar los dibujos sin margen de confusión. Claramente había símbolos que representaban el número "seis". Barco seis ? Seguían una cantidad de marcas que nos costó reconocer. Luego venían unas indicaciones con el número trece y el número dieciséis. Y por último, una lista que Janequa leyó con dificultad.

- Aimar, Baraso, Edurne, Egoitz, Nora, Sutziake.

La conmoción de escuchar los nombres de nuestros amigos terminó de quebrar mi pretendida prudencia. De rodillas, me abracé a Janequa y ambas lloramos de alegría.

Nos insumió un rato hacer una copia de las marcas del mástil a un lienzo, para poder estudiarlas con mayor detenimiento. Era imperioso regresar a la playa porque en lo alto de la rocosa montaña no había vegetación alguna para encender fuego.

Antes de alejarnos de la bandera, deliberamos sobre el modo de dejar una señal de que habíamos estado allí. Tallar nuestros nombres fue lo primero que se nos ocurrió, pero nos insumiría bastante tiempo y sólo sería visible para alguien que se tomara el trabajo de escalar la montaña. Lo más sencillo era anudar una manta al mástil. Dejar una segunda tela sometida al viento, debajo de la vela rasgada.

Durante el descenso desde los pechos a los pies de la Mujer Durmiente, intercambiamos pocas palabras. Cada uno de nosotros hacía mentalmente su evaluación sobre lo sucedido. Era claro que los sobrevivientes del barco seis habían llegado hasta allí y se habían tomado el trabajo de escalar la montaña con el mástil a cuestas. Ellos habían querido colocar la bandera en un lugar tan alto para que fuera visible desde Euriopa.

Se habría rasgado la tela debido a las inclemencias del *negu* o ya estaba arruinada al ser izada en la montaña ? Se habrían destruido sus *txalupak* con el desastre ? Habrían construido balsas como nosotros o se habían trasladado a pie hasta aquel lugar ? No parecía haber referencias al barco siete en las inscripciones. Qué habría sido de Naga, Aremoga, Siso y los otros *Maisuak*? Qué mensajes no habíamos podido descifrar en la *eskritura* ? En cualquier caso, dónde se encontraban nuestros amigos ahora ?

De regreso a la playa, nos aprontamos a pasar la noche. Reunidos en torno al fuego pusimos en común nuestras conjeturas.

- De una cosa estoy seguro, - tomó la palabra Etxekide - ellos tienen su refugio bastante lejos de aquí.

- Y cerca de la boca de un río. - Complementó Janequa interpretando la *eskritura*.

- Podrían haber dejado un mapa y nos simplificaban las cosas. - Se quejó Guaire.

- Cierto. Debe haber un motivo para ello. - Pensé en voz alta.

- El único motivo que se me ocurre, es que no lo hayan creído necesario. - Reflexionó Etxekide.

- No entiendo. - Objetó Guaire.

Etxekide volvió a estudiar el lienzo con la reproducción de las inscripciones.

- La razón para no dejar un mapa, - insistió - es que ... alcanza con esto.

Nos quedamos mirándolo, intrigados. Él parecía absorto en resolver un problema. Luego de un momento se relajó y en su rostro se dibujó una sonrisa de conformidad.

- Es obvio. - Dijo con aire triunfal. - Es tan obvio que no entiendo cómo no lo vimos de un principio.

Su actitud terminó de exasperarme.

- Por favor, Etxekide, puedes explicarnos ?

- Si el camino está trazado, no hay que dibujarlo, alcanza con indicar las distancias.

- Cómo ?

- Ellos saben que estamos en Euriopa.

- Sí.

- Y nos dejan una *eskritura* al pie de un mástil en Libia.

- Sí.

- Si llegamos a leer la inscripción, ellos saben una cosa muy importante de nosotros.

Tuve una intuición de adonde nos llevaba el razonamiento de Etxekide.

- Qué cosa ? - Preguntó Janequa perpleja.

- Puedo decirlo ? - Levanté la mano, riéndome.

Etxekide concedió con un gesto.

- Gracias, mi amor. Si fuimos capaces de leer la *eskritura*, es porque pudimos llegar aquí, y si pudimos llegar aquí, es porque tenemos embarcaciones. Es eso, verdad ?

- Exacto, Itahisa.

- Y si tenemos embarcaciones ... - quiso seguir Guaire.

- Tenemos un camino marcado. Que no es por tierra, sino por mar: la costa de Libia.

- Alcanza entonces con dar las distancias.

- Correcto !

Nos abalanzamos sobre el lienzo a revisar las anotaciones que no habíamos comprendido. Las palabras estaban incompletas, pero discutimos su interpretación hasta llegar a un acuerdo.

Las indicaciones decían: "dirección oeste", "puntas", "trece carreras", "dirección sur", "playa", "dieciséis carreras", "boca de río".

La conclusión era sencilla pero nos enfrentaba a un nuevo dilema. Las dos distancias sumaban veintinueve carreras. Un trayecto imposible de hacer con las balsas en una sola jornada. Por lo menos nos implicaría dos días. Y si nos proponíamos navegar durante dos jornadas siguiendo la costa de Libia, nos alejaríamos de Euriopa y consumiríamos todo el alimento que llevábamos. De no encontrar un río, nos quedaríamos también sin agua. A todo esto, habíamos dejado a Abian y Ainenfrau solos en la caverna, esperando nuestro pronto regreso.

Debimos resignarnos a que lo más sensato era regresar a la caverna. Donde podríamos aprovisionar las balsas para emprender de inmediato otro viaje de mayor duración.

Por las costas de Libia hacia el sur. Hasta la boca de un río.

Grande fue nuestra sorpresa al llegar a la caverna y encontrar que Abian y Ainenfrau no estaban solos.

La balsa de la Grosejule había arribado el día anterior, tripulada por Atabar, Iulen y Galder. Abian los había puesto al tanto de nuestro viaje al Lubarnea y les había dado alojamiento en la cámara superior.

La balsa no había venido con su carga completa. El motivo del viaje era invitarnos a realizar una celebración conjunta de la Fiesta de Ama, el inicio del año, para lo que faltaban pocos días.

Pero nuestra prioridad era otra en ese momento. Estábamos decididos a ir a Libia en busca de los sobrevivientes del barco seis. Los visitantes escucharon asombrados nuestros relatos sobre el descubrimiento de la bandera en las montañas del continente del sur y sobre nuestra interpretación de las inscripciones en el mástil.

Dejando de lado mi antipatía por Iulen, una mujer que me resultaba aviesa e intratable, me dispuse a otorgarle su lugar como *Maisu* en Historia, para que hiciera su lectura del lienzo. Ella se apartó a la proximidad de una lámpara y lo estudió con gesto de concentración.

Iulen y Galder eran *hamazortzi* de Islas Castigadas e incondicionales seguidores de Txanona. No habían iniciado la expedición como pareja, sino que ambos habían perdido a sus compañeros. La compañera de Galder, Ixemad, fallecida a pocos días del desastre, había sido la *maisu* en Astronomía del barco ocho y la principal referente de Txanona en el momento de la ocupación de la Grosejule. Mientras que el compañero de Iulen, un muchacho llamado Eneko, había muerto poco antes de nuestra llegada a la caverna del norte. Desde entonces, Iulen y Galder eran muy unidos, compartiendo un fuerte vínculo con Teno y con Txanona.

Luego de un rato, Iulen pareció darse por satisfecha y se dirigió a nosotros, que aguardábamos expectantes.

- Hay cosas que no entiendo, pero ...

- Léenos, Iulen, por favor. - Reclamó Galder.

Ella volvió al lienzo, con expresión seria.

- "Por la gracia Divina, los seis del barco seis, hemos sido recibidos por los" ... acá parece decir "hombres".

- Hemos sido recibidos por los hombres ?

- Eso es lo que dice. - Se disculpó Iulen con una mueca de confusión.

- Continúa.

- "En la aldea del río de los bosques, donde ... fuimos abandonados por ... los Dioses ... que hayan protegido"

- Eso no tiene mucho sentido. - Comentó Etxekide, interpretando lo que todos pensábamos.

- Lo sé. - Admitió la *eskriba*.

Lo que venía a continuación eran las indicaciones del trayecto, las que habíamos logrado interpretar correctamente la noche anterior.

Iulen terminó de leer la lista de nombres y nos dio su dictamen al respecto.

- Cuando se pone una lista de nombres al final de una *eskritura*, significa que esas personas son las que comunican el mensaje. Se dice que son los firmantes.

- Eso quiere decir ... que los seis firmantes ... estaban vivos al momento que el mástil fue tallado ?

- Correcto. Creo que de eso podemos estar seguros, Etxekide. Lo que no sabemos con certeza es cuánto tiempo hace que el mástil fue tallado.

- Y qué significa esa frase del principio ? - Se preguntó Janequa.

- Yo diría, - disertó Iulen - que ellos nos han querido transmitir su peripecia de una forma muy abreviada. Por lo que recuerdo, la única *eskriba* del barco seis era Nora, la *hamazortzi* de Hiru, compañera de Egoitz. Cabe la posibilidad que ella, en el apuro, haya omitido alguna palabra y probablemente nadie haya sido capaz de advertirlo. O bien, que se haya introducido algún error ayer cuando ustedes copiaron la *eskritura* a este lienzo.

El tono pedante de Iulen me resultó fastidioso. Sutilmente nos adjudicaba no haber sido cuidadosos al reproducir los dibujos.

- Estoy seguro de que la copia es fiel. - Se defendió Guaire.

Iulen se encogió de hombros, restando gravedad al asunto.

- Ya lo sabremos. En cualquier caso, lo importante es que ellos han logrado comunicarse con nosotros. Y que nos han proporcionado un rastro para hallarlos.

- Partiremos mañana mismo. - Afirmé con determinación.

Janequa apoyó mi decisión de inmediato.

- Necesitamos *txarki*, aceite y agua para diez días.

Guaire expresó su duda de que contáramos con suficiente *txarki*, pero sugirió una solución.

- Podemos pescar y cosechar mejillones en el viaje.

Iulen optó por no intervenir en nuestros preparativos.

- Nosotros partiremos también en la mañana, a transmitir la noticia a los demás.

Me dirigí a Abian con ternura, simulando preocupación.

- Volverás a quedarte solo con Ainenfrau.

- No sabes qué problema que me hago. - Respondió el gigante con inusual ironía.

El viaje estuvo plagado de inconvenientes.

Las nacientes del Guadi-aro habían adquirido una fuerza inusitada debido al derretimiento de las nieves y las copiosas lluvias de días anteriores. Fue dificultoso controlar la velocidad de las balsas en el descenso y a poco de partir sufrimos el primer accidente. La embarcación de Guaire y Janequa golpeó contra una roca apenas sumergida, dislocando los amarres de los troncos, haciendo que varias ánforas cayeran al agua. Debimos detenernos para realizar las reparaciones, lo que nos implicó media jornada.

Ya estaba oscuro cuando desembocamos en el Lubarnea. Atracamos en la playa más cercana para sobrellevar la helada noche.

En la madrugada, notamos con consternación que el mar se hallaba mucho más agitado que tres días atrás. Olas de hasta tres pasos de altura se veían en todas direcciones, haciendo inviable el cruce del estrecho con nuestras limitadas embarcaciones. Sabiendo de la dificultades que habíamos tenido con mar calmo, no pudimos hacer otra cosa que contener la ansiedad y permanecer en la playa durante toda la jornada.

Al día siguiente, pese a que el oleaje continuaba siendo fuerte, nos aprontamos para intentarlo. El viento soplaba desde el noroeste, de modo que navegamos solamente con los remos a mínima distancia de la playa, por la costa de Euriopa hasta el gran peñón, luego cruzamos la bahía relativamente calma, para continuar yendo en dirección contraria al viento hasta el mediodía.

Nos restaba media jornada para intentar el cruce, utilizando ahora a nuestro favor el viento por sobre las olas de dos pasos de altura. Nos preparamos como si estuviéramos por enfrentar una tormenta. Amarramos ánforas y canastos a los mástiles, y también nos sujetamos de la cintura con sogas de *espartzu*, en prevención de posibles caídas al mar.

Apenas desenrollamos las velas, las balsas comenzaron a brincar peligrosamente, crujiendo en cada ondulación. Rápidamente estábamos en mar profundo, navegando a una velocidad poco creíble hacia la costa de Libia. Si aplicábamos todo nuestro esfuerzo a sujetar la vela, se nos hacía imposible corregir la dirección con los remos, de modo que viajamos a los tumbos, en una trayectoria no muy recta, hacia un lugar poco previsible. Afortunadamente el trayecto fue breve. Nos habíamos desviado una carrera al este de la Mujer Durmiente, pero pudimos acercarnos a una playa de guijarros grises, en la que desembarcamos, extenuados por el desgaste físico que la corta travesía había insumido.

La mañana siguiente debimos destinarla a reforzar las junturas de las balsas, que habían sufrido el zarandeo del día anterior. Recién por la tarde retomamos el cabotaje en dirección oeste, a escasa distancia de la costa de altos barrancos.

Al atardecer dejamos atrás una bahía con su playa y nos encontramos ya próximos al inicio del Atlater. Resolvimos continuar en búsqueda de la siguiente playa. Pero empezaba a oscurecer y se sucedían los acantilados y las puntas rocosas. De no encontrar un punto para desembarcar estaríamos obligados a regresar.

Vimos la puesta del sol sobre el mar de Atlantis al tiempo que la costa cambiaba bruscamente de dirección y, siguiéndola, viramos hacia el sur. Afortunadamente al poco tiempo llegamos a una playa, donde atracamos las balsas con las últimas luces del crepúsculo.

Llevábamos cuatro jornadas enteras de viaje y habíamos avanzado muy poco.

La costa de Libia sobre el Mar de Atlantis era una playa sumamente recta de norte a sur. Esta vez no hubo contratiempos, el viento empujó las velas de *espartzu* a buena velocidad durante toda la mañana.

No nos llamó la atención la presencia de cantidad de esqueletos de ballenas diseminados por la playa. Lo que sí nos resultó sorprendente fue notar varios rebaños de ovejas, pastando en los llanos aledaños, sin pastores que los cuidaran. En las cercanías de pequeñas cañadas que desembocaban en la arena había numerosa variedad de aves. En una zona de dunas avistamos unos animales de gran porte parecidos a llamas, luciendo extrañas jorobas en sus lomos.

Aunque la vegetación era escasa, daba la impresión que aquel tramo de la costa de Libia no había sufrido el desastre del mismo modo que la de Euriopa.

Pasado el mediodía llegamos a la boca del gran río.

La distancia recorrida coincidía con las indicaciones que habíamos hallado talladas en el mástil. Con gran excitación, nos internamos en el ancho cauce, buscando cualquier señal que anunciara la presencia de nuestros compañeros, pero sólo encontramos dunas y gran número de aves. Avanzamos unos campos más. Colinas y ovejas. Un recodo del río. Más colinas y más ovejas. Llanuras onduladas y una cadena de montañas en el horizonte, al este.

Comenzamos a desanimarnos. Tras ascender varios codos del río, no habíamos encontrado una sola persona. Estaríamos en el lugar correcto ? Nos detuvimos a revisar una vez más el lienzo que ya conocíamos de memoria.

Luego de "boca de río" venía la lista de firmantes. Ninguna estimación adicional de distancia. Dónde estaba la aldea ? Si, como suponíamos, se hallaba a la vera de aquel río, cómo se explicaba que no la hubiéramos visto ? "En la aldea del río de los bosques" decía el confuso texto. Cuáles bosques ? No había bosque alguno frente a nuestros ojos, solamente arbustos dispersos.

Tras remontar el río doblando incontables codos, llegamos a un extenso remanso, un lago entre colinas de mediana altura. La sospecha de que habíamos comprendido mal la *eskritura* devino en certeza. Ni una mínima columna de humo era visible en el vasto alcance del lago.

Desalentados, desembarcamos para prepararnos a pasar la noche.

Aprovechamos las últimas luces del día recolectando ramas para encender el fuego.

Aunque contábamos con *txarki* para varios días, Guaire se dispuso a pescar en la orilla del lago, mientras Janequa ayudaba a Etxekide a improvisar un rústico refugio con mantas y telas de *espartzu*.

Me había alejado en busca de leña cuando escuché un sonido. Algo parecido a un chiflido, que podía haber sido producido por una serpiente. Quedé rígida, atendiendo a mi alrededor con una extraña sensación de alarma. Oí entonces otro chiflido, esta vez a mi *eskuerra*. Dudé si llamar a Etxekide. No podía asustarme de un lagarto. Atiné a dar unos pasos, escudriñando las rocas y arbustos que podían servir de escondite al invisible reptil.

Cuando giré para regresar, él se apareció en mi camino.

Era un hombre. Aunque no se parecía a ningún hombre que yo hubiera visto en mis diecinueve años de vida.

De gran altura y formidables músculos, con un taparrabos como única vestimenta. Portaba una lanza en su mano. Sonreía. Su hermosa dentadura contrastaba con la negrura de su rostro. Sus labios, sus cabellos, sus ojos y toda la piel que cubría su magnífico cuerpo, eran completamente negros.

Quedé paralizada, atónita ante aquella aparición.

- Berjaba m-bra, letjabu. - Me dijo en tono amable.

Me llevó un instante responder.

- Hola, soy Itahisa.

Él me inspeccionó con expresión divertida. Extendió su fuerte mano negra para saludarme.

- Duzumi. Txitxó. - Afirmó con una sutil reverencia, estrujando mi mano con la suya.

No pude apartar la vista de aquellos labios gruesos. El olor de la transpiración reciente llegó hasta mí, evocándome una mezcla de aserrín y grasa fresca de cerdo.

Entendí recomendable que mis amigos acudieran. Los llamé a gritos por sus nombres, en tanto el hombre de piel oscura emitía raros silbidos con su boca. Repentinamente otros hombres, tan grandes y tan negros, emergieron de atrás de otras piedras y me rodearon. Guaire, Janequa y Etxekide llegaron corriendo, alarmados ante la situación.

Los nativos de Libia no estaban asombrados como nosotros. Parecían contentos, serenos y completamente seguros. Ellos eran cinco, nosotros cuatro.

- Seiestxu blaste corjem. - Anunció el que se había presentado como Txitxó, volviendo a tomar mi mano y señalando al norte.

- Creo que quieren que vayamos con ellos. - Interpretó Etxekide.

- No vamos a oponernos, verdad ? - Bromeó Janequa, procurando distender el nerviosismo.

- Y nuestras cosas ? y las balsas ? - Protestó Guaire.

Tuvimos un momento de angustia. Abandonar las balsas y los equipajes podía implicar no poder regresar a Euriopa. Leyendo nuestra desesperación, el líder de los nativos pronunció una palabra que cambió bruscamente nuestro ánimo.

- Dostekob, Atlantika.

- Atlantika ? - Coreamos incrédulos.

- Baramen, dostekob, Atlantika. - Insistió Txitxó.

- Acaso ... conocen ustedes a nuestros amigos ? Nora, Edurne, Baraso, Aimar, Egoitz, Sutziake ?

Los hombres de Libia mostraron sus sonrisas blancas, en notable contraste con sus rostros renegridos.

- Baramen, Dostekob, Baraso, Aimar, Edurne, Egoitz, Sutziake, Nora. - Repitieron como si se tratara de algo muy gracioso.

Cruzamos miradas para cerciorarnos mutuamente. Me hice cargo de las expresiones de incertidumbre y ansiedad. La posibilidad de que aquellos hombres pudieran guiarnos al reencuentro con nuestros amigos terminó imponiéndose sobre el riesgo de abandonar las balsas, los equipajes y las reservas de alimentos.

Volví a tomar la mano del fornido hombre negro para que él nos enseñara el camino.

Ascendimos una colina y luego otra, apartándonos del lago. Se hacía la noche. Los nativos avanzaban con una agilidad desconcertante por el terreno escabroso. Nos resultaba difícil seguir su marcha.

Al llegar a una cima, Txitxó dijo unas palabras señalando un raleado bosque. Sería la aldea ? Estaba oscuro como para divisar humo de fogatas.

Entonces los nativos apuraron aun más el paso. Caminaban en grandes zancadas y debíamos correr para seguirles el tranco. De pronto, fueron ellos quienes empezaron a correr y nos resultó imposible alcanzarlos.

Estábamos cansados y hambrientos. Y repentinamente solos en un recóndito valle de un continente desconocido. Sin poder hacer otra cosa que continuar caminando en la oscuridad, en dirección al bosque en el que nuestros guías habían desaparecido.

Al acercarnos, vimos antorchas. Venían hacia nosotros. Varias personas corrían a nuestro encuentro. A la luz de los resplandores procuramos entender lo que ocurría, adivinar sus rostros.

Aquellos rostros no eran negros.

Mi pecho se agitó como golpeado por varios martillos. Etxekide gritó. Ellos gritaron. Janequa comenzó a llorar y Guaire a reír como enloquecido.

El que encabezaba la carrera vino directo hacia mí y arrojando la antorcha al piso, me elevó en sus brazos, besándome y repitiendo mi nombre. Era Baraso.

Acaricié sus mejillas como si fuera un bebé recién nacido, enmudecida por la conmoción. Cuando el grandote me dejó en el piso, reconocí a Sutziake en el entrevero de exaltados saludos.

Ella también me vio. Nos abrazamos, nos besamos y lloramos nuestra alegría, hasta que perdimos el equilibrio y caímos.

Rodamos por el suelo en un interminable abrazo, diciéndonos entre sollozos lo mucho que nos queríamos, lo mucho que nos habíamos extrañado.

La aldea era un conjunto de chozas circulares, hechas con ramas, en un claro del bosque. En el centro había algo similar a un galpón, también fabricado con ramas y hojas. En la entrada de cada una de las construcciones había antorchas encendidas, sobre estacas clavadas en el piso. Próximo al galpón ardía el fuego, en el que se cocinaba un cordero.

Una veintena de hombres, mujeres y niños de piel oscura, nos saludaron alegremente al llegar, como si fuéramos invitados esperados por largo tiempo. Por debajo de las pieles de oveja que usaban de abrigo, las mujeres vestían una falda pequeña hecha con fibras vegetales. Llevaban los negrísimos cabellos trenzados, sujetados con coloridos accesorios.

Dos jóvenes golpeaban grandes tambores, usando un palo en una de las manos.

Tal como habíamos supuesto, los barcos seis y siete habían enfrentado grandes dificultades para sostener la dirección sureste. Los fuertes vientos de los últimos días de la tormenta los habían desviado hacia el sur, hacia el continente de Libia, cuando creían estar llegando a Euriopa. La tormenta también había averiado el barco seis, vulnerando su capacidad de flotación, al igual que había ocurrido con nuestra *txalupa*.

> Sutziake está tan hermosa como siempre. Luce bellísima con sus trenzas adornadas al estilo de las nativas de Libia. No parece haber adelgazado. Los pechos y las caderas conservan las curvas que siempre la hicieron una mujer atractiva. Pero lo que más me gusta de ella es su encantadora risa. La carcajada fresca que estalla ante cualquier suspicacia o tontería, con la que casi disimula su extraordinaria inteligencia. Qué feliz se ve sentada en la falda de Etxekide ! Qué lindo verlos juntos nuevamente, abrazados, besándose, como cuando estábamos en Sexta ! Etxekide debe haber echado de menos a Sutziake, su hermana adoptiva, amiga y amante, tanto o más que yo.

Los *maisuak* del barco siete, rápidamente habían admitido que el río en el que habían desembarcado no coincidía con el fijado como lugar de encuentro. Pero el barco seis no estaba en condiciones de reiniciar la navegación. De modo que habían resuelto dejar a los *hamazortzi* esperando en tierra, e ir ellos a Euriopa en búsqueda del resto de la expedición.

> Baraso parece otra persona. Dónde quedó aquel muchachote poco sociable y tosco en su forma de hablar ? El grandote aparenta más maduro, reflexivo y hasta suelto para intervenir en cualquier conversación. El cabello largo y la barba le quedan bien, le dan un aire de hombre mayor. Ni me imagino lo demandado que sería si estuviéramos en la colina.

Naga, Siso, la embarazada Aremoga y los otros tres *maisuak* habían partido hacia el norte cuatro días antes del desastre. Y nunca habían regresado. Nuestros amigos siempre habían supuesto que los *maisuak* del barco siete estarían en Euriopa con nosotros.

> A Aimar parece haberle sucedido lo contrario a Baraso. Lo conozco desde que éramos niños. En Bosteko, la *etxea* de su madre distaba cinco campos de la mía. De pequeño era un chico travieso, atrevido, aficionado a los juegos de pelota. Al

reencontrarnos en Lehen durante el entrenamiento, me impresionó su actitud tranquila, casi tímida. Y ahora ni habla. Sólo confirma con gestos lo que cuentan los demás, siempre pendiente de su compañera Edurne. Es curioso.

Antes de irse, los *maisuak* les habían dado la consigna de remontar el río y buscar refugio en las lejanas montañas. La misma directiva que Tinabuna nos había dado al iniciar la exploración del Tartessos. Pese a que la *txalupa* estaba dañada, los seis habían podido realizar el ascenso hasta llegar al mismo lago en el que nosotros habíamos desembarcado esa tarde. Allí habían tomado contacto con los hombres de los bosques. O mejor dicho, los nativos los habían descubierto a ellos.

Edurne es simpática, sin ser bonita. Delgada, de cabello lacio llovido y un cerquillo que no la ayuda. Le encanta hablar y lo hace con gracia. Pone cara de pilla al relatar el primer encuentro con los nativos, increíblemente similar al que nosotros habíamos tenido un rato antes. Tengo que hablar con Sutziake en privado acerca de los nativos.

Los hombres de los bosques habitan este valle desde hace ciclos. Conocen cada roca y cada arbusto de los llanos y colinas adyacentes, y ninguna presencia en el río les resulta inadvertida. Poseen la insólita habilidad de seguir por tierra el recorrido del río, a la misma velocidad que una embarcación remontando el sinuoso cauce, sin ser vistos. Eso explicaba el misterio de por qué no habían entendido necesario darnos más indicaciones en la *eskritura* del mástil. Porque en caso de que fuéramos capaces de acceder al río, los hombres de los bosques nos detectarían y seguirían nuestros movimientos, como efectivamente había ocurrido.

Egoitz tiene un físico estupendo. Admito que es agradable aunque nunca llamó mi atención. Durante la travesía conocimos sus dotes de excelente nadador. Es fácil imaginarlo saltando de lo alto de los barrancos de Hiru, su ciudad natal, y nadando hasta la playa. No da muestras de ser muy sagaz, pero quizás lo he prejuzgado.

Nuestros amigos habían sido recibidos por aquella comunidad de nativos, quienes se habían comportado en extremo hospitalarios. Los habían tratado como iguales. Dos días antes del desastre, la astrónoma Nora, la compañera de Egoitz, había logrado convencer a la tribu de trasladarse a las montañas. Nora había sido muy persuasiva anunciando la caída de la estrella viajante y sus imprevisibles consecuencias.

Nora quizás tenga el defecto de ser algo presumida. No me cae bien, pero debo aceptar que es brillante. Pocas mujeres han completado las *maisutzak* en Astronomía y en Historia a los dieciocho años. La *eskriba* y astrónoma logra ser seductora sin poseer una belleza destacable. Etxekide me ha hablado de ella con admiración. Y sospecho que ella tiene apreciación recíproca por mi compañero.

Por lo que, el día previo al desastre, habían marchado unas siete carreras hacia el noreste, siguiendo el río hasta sus nacientes en lo alto de las montañas, donde habían encontrado una gruta como eficaz refugio ante los temblores y el aire quemante de la noche de la catástrofe. Los días posteriores habían podido soportar el calor sumergiéndose en las frescas corrientes del arroyo, que fueron entibiándose pero nunca al extremo de secarse.

Respetable es el tamaño de Txitxó, quien parece ejercer el liderazgo en esta aldea. Todavía no logro discernir lo que me provocan esos labios. Son a la vez groseros y atractivos. La nariz también es ancha aunque no tanto como la de los hombres del hielo. Pero lo que más me impresiona de Txitxó son los músculos de sus brazos y piernas. Los de Baraso lucen pequeños en comparación. Txitxó no será tan alto como Abian, pero sin dudas es más amplio de espaldas. Me gustaría verlos uno al lado del otro.

En las montañas habían permanecido durante los días de sequía, ignorantes de lo sucedido a escasa distancia, al oeste. Recién habían tomado conocimiento de los estragos que el mar había causado en su imponente avance sobre el continente al proponerse regresar al bosque, con el inicio de las lluvias.

En la aldea hay tres ancianos, cuyos cabellos canosos resaltan de modo singular en las cabezas renegridas. Impresionan los pechos de la anciana, aplanados, desinflados, apenas visibles bajo la piel de oveja que cuelga de su hombro. Las jóvenes nativas, por el contrario, muestran sus lindos pechos oscuros sin recato, con portentoso orgullo. Las mujeres son notoriamente más pequeñas que los hombres. Resulta pintoresco el contraste entre la femineidad de ellas y la masculinidad de ellos.

Desde aquel terrible momento, los hombres de los bosques habían tomado conciencia que de no seguir la recomendación de Nora, estarían muertos. Varias aldeas de pastores de las orillas del río habían sido arrasadas por las olas gigantes. El aprecio de los nativos hacia nuestros amigos había resultado forjado por aquella circunstancia. Se sentían felices, incondicionalmente agradecidos por el milagro de haber sobrevivido, que atribuían a la sabiduría excelsa de sus huéspedes atlanteanos.

Sutziake, Baraso, Egoitz, Edurne, Nora y Aimar, escucharon con atención los relatos sobre nuestras vivencias, sentados alrededor del fuego, expresando con frecuentes gestos de cariño su regocijo por nuestra presencia.

Se horrorizaron de la descripción del avance del mar hasta el pie de la montaña. Se apenaron con nuestro testimonio de la agonía de Nira. Rieron a carcajadas cuando recordamos la extraña aparición de Ainenfrau. Aplaudieron asombrados la narración de los enfrentamientos con los lobos. Y se emocionaron cuando contamos el reencuentro con los sobrevivientes de la Grosejule.

Hasta avanzada la noche continuamos contrastando nuestras peripecias. Sus experiencias habían sido tan distintas a las nuestras, que ni ellos ni nosotros podíamos dejar de sorprendernos.

No habían sufrido sed ni enfermedades importantes. No habían tenido que enfrentar animales hambrientos ni nativos violentos. Su relación con los hombres de Libia había sido inmejorable. No habían estado cerca de los incendios. Aunque habían sufrido el frío y la nieve, ello no los había forzado a encierros de larga duración. Tampoco les había escaseado el alimento al extremo de padecer hambre.

Por estos motivos, asumiendo que nuestra experiencia había sido similar a la suya, ellos siempre habían confiado en que estaríamos vivos.

Su *txalupa* había sido arrastrada por la ola marina a gran distancia de donde la habían dejado. Solamente habían podido rescatar el mástil de repuesto y algunas herramientas. Como nosotros, se habían empeñado en construir una balsa apta para navegar por el río y transitar por el mar a pocos pasos de la playa. Pero no habían podido cruzar el Estrecho con ella. Aunque de haberlo logrado, no sabían dónde buscarnos.

Por ello, habían tomado la opción de trasladar el mástil con la vela rasgada a lo alto de la Mujer Durmiente. Habían erigido la bandera a fines del *neguberri*, sesenta más treinta días atrás.

Nora aseguraba haber escrito "hemos sido recibidos por los hombres de los bosques, en la aldea del río" y tomó con sorna nuestras protestas por lo confuso del texto, negando haberse equivocado al tallar las palabras sobre la madera. Por nuestra parte, tampoco admitimos el error y la discusión derivó en una sucesión de bromas, quitando importancia al malentendido.

Puesto que, en definitiva, el mensaje había cumplido su cometido.

Allí estábamos reunidos, viéndonos las caras, riéndonos de las tragedias vividas y avizorando un posible encuentro de las tres comunidades.

De los cuarenta y ocho expedicionarios que habíamos partido de Islas Castigadas, al menos veintidós estábamos vivos. Siete habían cruzado la Puerta. De los diecinueve restantes, once *maisuak* y ocho *hamazortzi*, nada sabíamos.

Aunque fuera incierto hallarlos con vida, el suceso de habernos reencontrado alentaba un hilo de esperanza.

Al día siguiente, después de desayunar, fuimos hasta el lago donde habíamos desembarcado. Les mostramos a nuestros amigos nuestras balsas y ellos nos llevaron a donde tenían la suya.

Estuvimos evaluando la posibilidad de viajar todos a nuestra caverna para celebrar juntos la fiesta de Ama, el inicio del nuevo año.

Nuestras embarcaciones se comportarían bien con cuatro tripulantes, pero difícilmente soportarían el peso de cinco, más los equipajes. Si nos proponíamos viajar todos en ellas, debíamos hacer previamente unos ensayos de navegación con cinco personas a bordo.

Otra opción era utilizar la tercera balsa, en la que Egoitz, Baraso y Txitxó habían viajado hasta los pies de la Mujer Durmiente, cargando el mástil. Era más pequeña que las nuestras y carecía de la separación entre troncos, lo que la hacía menos maniobrable en mar agitado.

Etxekide hizo un bosquejo para explicarle a los sobrevivientes de Libia la ubicación de las cavernas de Euriopa.

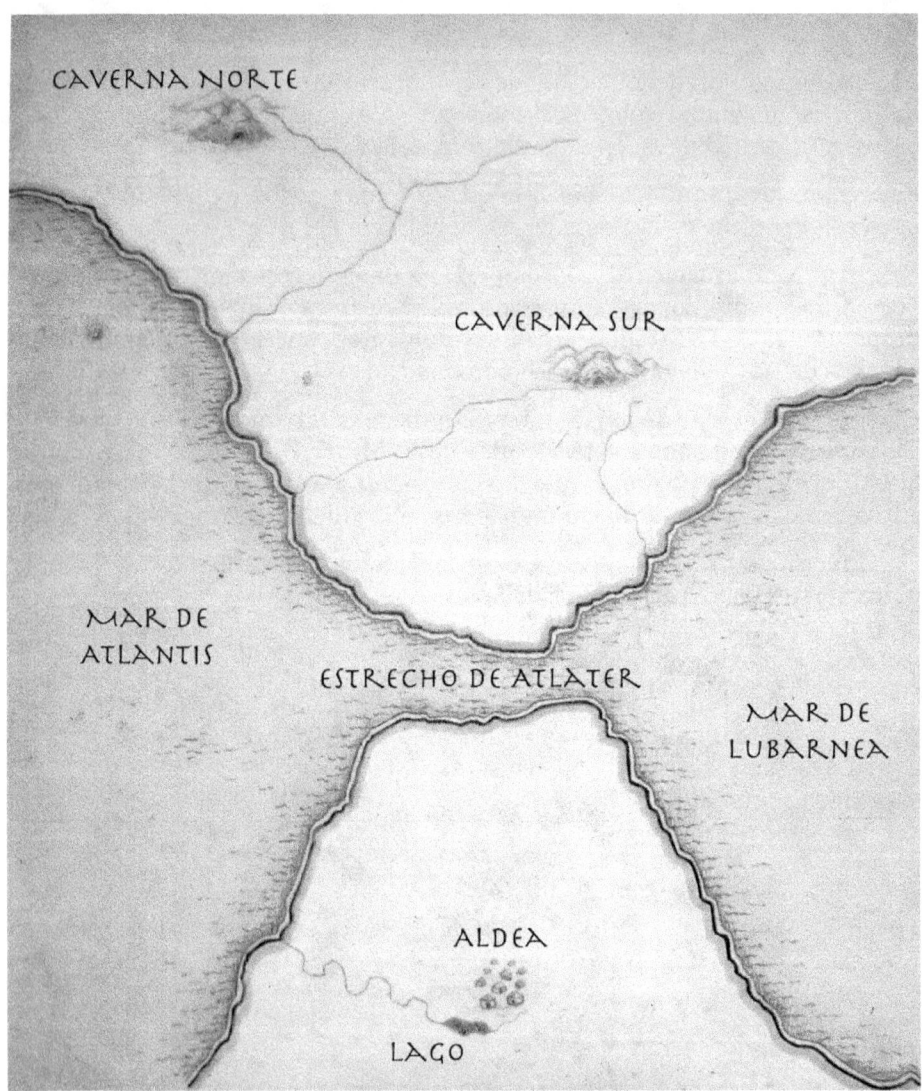

Cuando los nativos supieron lo que estábamos planeando, insistieron en que uno de ellos viajara con nosotros. A nuestros amigos les agradó la idea y nosotros no pudimos objetarlo. De modo que seríamos once en total. Al sumarse Txitxó a la expedición, terminaba de ser inviable ir en dos balsas.

Descartada la chance de construir una nueva embarcación por escasez de tablas, sólo quedaba arriesgarnos a cruzar el Estrecho con las tres balsas disponibles.

Faltaban cuatro días para la Fiesta de Ama, cuando iniciamos el descenso del sinuoso río que los nativos llamaban "Lukus".

Era una mañana espléndida, apenas fresca y totalmente despejada. La visibilidad excelente, el mar calmo, y la brisa del suroeste, sumamente favorable.

Durante la tarde seguimos la costa de Libia en dirección norte hasta desembarcar en la última de las playas sobre el Mar de Atlantis, próxima al inicio del Atlater, el portal que daba paso al Mar de Lubarnea.

Esa noche fue fría, pero no al extremo de impedirnos hacer un paseo nocturno.

Por primera vez pude hacerme un tiempo para estar a solas con Sutziake. Bajo el firmamento estrellado salimos a caminar por la playa.

Sutziake me contó de sus angustias vividas y yo le hablé de las mías. De cómo ella había interpelado a Nora sobre la caída de la estrella viajante. De cómo cada una habíamos transitado la dolorosa aceptación de las consecuencias del desastre.

Yo le conté de mis sueños. De los extraños mensajes que mi madre Atissa, la Alta Sacerdotisa Anixua y mi amante Zebensui, iluminados en su Gloria, me habían transmitido. Hablamos del modo en que habíamos sobrellevado el duelo por la terrible suerte de nuestras familias y *klanak* de adopción.

Y de cómo, increíblemente, habíamos quedado al margen de la aniquilación de nuestro mundo conocido. Y ahora nos hallábamos en otro, en dos continentes extraños separados por un estrecho. Tres comunidades de sobrevivientes, alejadas unas de otras, con realidades y experiencias bien distintas.

Sutziake escuchó mis relatos sobre las desavenencias con la comunidad de la caverna del norte. Se asombró con los detalles de la ríspida discusión sostenida con Txanona. Atendió la narración de las sucesivas propuestas de las emisarias, las que yo me había empeñado en rechazar. Le causó gracia mi enojo ante la idea de nominar una sacerdotisa y aparentó preocupación ante mi desconfianza de que Ainenfrau fuera aceptada como "vecina" por los sobrevivientes del norte.

Cuando hube terminado se hizo un largo silencio. Las olas se disolvían en un rumor sereno, arrastrando las espumas iluminadas por las noctilucas.

- Parecería que tenemos un problema, querida Itahisa.

- Me gustaría conocer tu opinión, querida Sutziake.

- Quieres saber mi opinión ? Es simple. Opino que hay una sola persona que puede resolver este embrollo.

- Quién ?

- Tú misma, puesto que eres la parte principal del problema.

- Qué quieres decir ?

- Que estás en el medio.

- En el medio ?

- Sí. Estamos nosotros, los de Libia. Están los del norte. Y ustedes en el medio. La solución al problema está en el medio. Tú puedes hallarla.

- No entiendo, Sutziake, si yo fuera el problema, sería sencillo.

- Yo no dije eso.

- No me estás ayudando, querida.

Sutziake lanzó una carcajada, divertida ante mi contrariedad.

- Recuerdas cuando éramos *hamabineskak* ? Cuando me viniste con el problema de Hagora y Baraso ?

Aquella conversación en los jardines de la *Eskuela* apareció nítida en mi memoria.

- Me acuerdo que te arrojé una sandalia por la cabeza.

- Juaá, y pude esquivarla.

- Eres buena esquivando las cosas.

- Es cierto. En cambio, tú eres buena enfrentándolas. Recuerdas lo que te dije aquella vez ?

- No. Serías tan gentil de recordármelo ?

- Sí, soy muy gentil. Aquella vez te hice una pregunta. Y ahora te la vuelvo a hacer.

- Cuál ?

- Qué quieres hacer tú, Itahisa ?

Me costó comprender el alcance de la pregunta de Sutziake. Qué quería decirme ? Había tanta distancia entre aquel lejano, casi ridículo dilema de los doce años, hasta éste del presente. Qué podría hacer yo ? Acaso estaba en mis manos cambiar el carácter de Txanona ?

- Si es que eres tan perspicaz, mi querida amiga, para intuir lo que yo quiero hacer, podrías decírmelo ?

Sutziake se tomó la cabeza con ambas manos, simulando fastidio.

- Debo explicarte todo ? Veamos. La *Maisu* en Medicina de la caverna del norte, la amiga Xitama, está dispuesta a no proporcionar la infusión. La *Maisu* en Medicina de la aldea de Libia, con quien tienes el gusto de estar hablando, está dispuesta a proporcionarla y también a no hacerlo.

Quién establece el criterio ? Respuesta: La *Maisu* en Medicina del medio, con quien tengo el gusto de estar hablando.

- Estás diciendo que ... harás lo que yo diga ?

- No, Itahisa. Deberás convencerme si pretendes que haga algo a disgusto. Pero es posible que me convenzas si eso nos lleva a una solución sensata de convivencia. Lo que quiero decirte, es que si tú y yo acordamos algo, lo que Txanona haga o deje de hacer, pierde relevancia. Ellos son once. Nosotros somos once.

- Por fin dices algo comprensible, querida amiga.

- Gracias. Estoy asumiendo que no irás a pedirnos a nosotras, a Nora, a Edurne y a mí, que suspendamos los placenteros encuentros con los hombres de los bosques.

- No te preocupes por eso. - Acepté riéndome.

- No me preocupo. Jamás lograrías convencernos.

- Son tan buenos amantes los nativos de este continente ?

- Ni te imaginas, Itahisa. Son ... maravillosos.

La brisa continuaba soplando fuerte del suroeste la mañana siguiente. En la entrada del Estrecho de Atlater el oleaje se veía moderado, no demasiado peligroso para afrontar el cruce.

A poco de adentrarnos en aguas profundas, empezamos a tener problemas. Las balsas de doble casco adquirieron una velocidad mayor a la balsa simple en la que iban Baraso, Txitxó y Egoitz.

Rápidamente los dejamos atrás y debimos recoger las velas para que ellos pudieran alcanzarnos. Nos propusimos entonces remolcarlos con una soga.

Ello trajo otros inconvenientes. La balsa tripulada por Guaire, Janequa, Nora y Aimar, pasó a ser más rápida por no tener peso de arrastre. Pero lo preocupante fue que los troncos remolcados empezaron a desarmarse por efecto de los sacudones de las olas. Debimos volver a detenernos a mitad del cruce para hallar una solución.

Egoitz propuso una medida drástica. Terminar de desarticular la balsa simple, reduciéndola a tres pares de troncos, los que serían más sencillos de remolcar. Sobre cada par de troncos, viajaría uno de ellos. Tras un momento de deliberaciones, nos decidimos a seguir su recomendación.

Cuando intentamos retomar el avance, advertimos un nuevo inconveniente. Los troncos acoplados se aproximaban peligrosamente uno a otro, con gran riesgo de chocar o lastimar a sus ocupantes. Por tercera vez fue necesario detenernos.

Resolvimos entonces descartar uno de los pares de troncos, invitando a Egoitz a subirse a nuestra balsa. Observamos por un rato el efecto del sobrepeso antes de volver a desplegar la vela de *espartzu*. En cuanto empezamos a movernos, notamos que los equipajes corrían peligro de ser barridos por las olas.

Llevábamos toda la mañana lidiando con las dificultades y estábamos todavía a una carrera del continente de Euriopa.

Fue entonces que Egoitz decidió lanzarse al mar. Quitándose la ropa sin previo aviso, se arrojó a las frías aguas y comenzó a nadar a buen ritmo hacia la costa, haciendo caso omiso a nuestros gritos y ruegos para que regresara. De modo que fuimos tras él e intentamos navegar a su *eskuona*, impulsándonos con los remos en vez de la vela.

Lentamente avanzamos unos campos, hasta que Baraso, que venía en los troncos remolcados, atrapó uno de los brazos del nadador y nos gritó que volviéramos a soltar la vela. Por más que Egoitz intentó liberarse y seguir nadando, el grandote no se lo permitió.

Así completamos el cruce. Con dos de las tres balsas iniciales, cada una arrastrando un par de troncos acoplados, con Baraso y Txitxó montados sobre ellos. Y a su vez, Baraso aferrando al frustrado nadador, quien terminó por conformarse a ser remolcado con el cuerpo parcialmente sumergido.

Al llegar a Euriopa nos reunimos a considerar la situación. Nos quedaba aún alcanzar la boca del Guadi-aro y remontarlo hasta sus nacientes, lo que era inviable de completarse en media jornada.

A ello se sumaban las carencias de las embarcaciones. O nos proponíamos reparar la balsa desarmada para que volviera a sernos útil, o simplemente debíamos deshacernos de los troncos e intentar viajar los once en las dos balsas.

Etxekide presentó un plan alternativo. Propuso que en lo inmediato continuáramos remolcando los troncos hasta llegar a la boca del Guadi-aro, donde pasaríamos la noche. Y que al día siguiente nos dividiéramos en tres grupos. En la balsa mayor iríamos Aimar, Janequa, Sutziake y yo. En la otra, Guaire con Edurne y Nora. Mientras que los demás varones, Baraso, Egoitz y Txitxó emprenderían el trayecto por tierra, caminando a la vera del río, guiados por Etxekide.

La distancia a recorrer desde el Lubarnea hasta nuestra caverna, era de unas once carreras. Perfectamente los varones podrían completarla a pie en una jornada, descartando que seguramente Txitxó podría hacerlo en mucho menos tiempo.

La noche volvió a presentarse fresca pero soportable, rebosante de estrellas en el límpido cielo nocturno.

Esta vez opté por invitar a Baraso a pasear por la playa.

En la tercera y última jornada del viaje no se presentaron inconvenientes. A poco de adentrarnos en el Guadi-aro, deseamos suerte a los caminantes y los dejamos atrás, impulsados por las velas.

Al mediodía atracamos las balsas próximos a las cumbres aún nevadas y cargamos los equipajes para marchar el tramo final hasta la caverna.

Un rato más tarde divisamos la columna de humo. A la distancia nos extrañó descubrir un par de pequeñas cabañas, contiguas al muro de la empalizada. Era inconcebible que Abian hubiera levantado dos chozas en tan poco tiempo.

Nuestras sospechas se confirmaron al acercarnos. Otra vez Abian y Ainenfrau habían recibido visitas en nuestra ausencia.

Con inmensa alegría vimos a Guadarteme y a Oihane corriendo a recibirnos.

La noticia de la *eskritura* hallada en la Mujer Durmiente había provocado una conmoción en la Grosejule.

Iulen había transmitido el contenido del mensaje, fundamentando su presunción de que "los seis del barco seis" se hallaban vivos en el otro continente.

Oihane y Guadarteme habían solicitado viajar a la caverna del sur, arriesgando estar ausentes en los festejos de año nuevo. Puesto que ellos eran los únicos que tenían amigos de su misma ciudad entre los posibles sobrevivientes de Libia, Txanona había accedido a que partieran con la condición de que regresaran lo antes posible a informar lo sucedido.

Fue emocionante el reencuentro entre Sutziake y Guadarteme. Lágrimas de felicidad empaparon nuestros ojos cuando volvimos a abrazarnos con Oihane y Sutziake, como tantas veces lo habíamos hecho en Sexta.

Faltaban los varones, que recién llegaron al anochecer, agotados por la larga marcha a través de las montañas.

Otro momento emotivo fue cuando Baraso y Oihane volvieron a verse, luego de las amargas desavenencias que los habían separado en medio de la tormenta. Aquellos malestares carecían ya de importancia, pertenecían al pasado.

Habían sucedido tantas cosas desde entonces, que podría decirse que Oihane y Baraso, como todos los sobrevivientes, éramos otras personas.

Se cumplía un año desde que los seis amigos de Sexta habíamos partido con destino al entrenamiento en Lehen.

Sin embargo compartíamos una percepción distinta, como si hubiera transcurrido mucho más tiempo.

Como si hubiera pasado una vida entera. Y nos halláramos en otra.

En afortunada previsión, Oihane y Guadarteme habían propuesto a Abian construir un par de cabañas. Trabajando durante dos días sin descanso habían levantado las paredes y colocado los techos de las rústicas construcciones, cuyo aspecto me hizo recordar al *aparamen* que una vez habíamos montado en la Plaza Principal de Sexta.

Gracias a su esfuerzo contábamos con cierta comodidad de alojamiento para todos. Éramos quince para pasar aquella noche, previa a la Fiesta de Ama.

Aunque la tradición de Atlantis indicaba acostarse temprano, no estábamos en condiciones de respetarla en tan extraordinaria circunstancia.

Pese al cansancio, las ruedas de conversación y las diversas celebraciones por estar nuevamente reunidos, se prolongaron casi hasta la madrugada.

Avanzada la mañana nos reunimos en el valle inmediato a la caverna para dar inicio a las celebraciones de Año Nuevo.

No éramos suficientes para emular la formación de la cruz atlanteana, pero igualmente hicimos una ronda tomados de las manos, alrededor de Janequa.

Ella fue quien dirigió las oraciones, agradeciendo a los Dioses por el encuentro con los amigos de Libia, por el final del angustioso *negu* y el advenimiento del prometedor *udaberri*, invocando similitudes entre el significado de la siembra y la germinación de nuevos vínculos entre las comunidades de sobrevivientes.

Éramos varias las *maisuak* en Cultivo para dirigir el ritual del mediodía.

Sutziake y Nora, en representación de la comunidad de Libia enterraron bulbos y semillas de árboles frutales, aguacates, bananas y papayas. Oihane, en nombre de los sobrevivientes de la Grosejule, preparó un cantero con semillas de pimientos, papas y tomates. Por último, Janequa y yo, por la comunidad anfitriona, sembramos y regamos maíz en los terrenos mejor abonados.

Edurne y Janequa, asistidas por Aimar y Guaire, prepararon el banquete ceremonial, que consistía en perniles de cerdo con salsa de frutos del bosque, seguido de un caldero de pescados y mariscos con hierbas y un postre de queso de cabra con nueces y miel.

Mientras ellas cocinaban me ausenté subrepticiamente. Anudando la falda de la túnica a mi cintura, me dirigí hacia las montañas del norte, donde se encontraba la aldea de pastores. Hice señas a Suntumbaiá para que se acercara e intenté explicarle que estábamos de fiesta.

Como era esperable, el joven muchacho se dispuso alegre y sumiso a mi invitación. Llegamos a la caverna a tiempo para hacer las presentaciones antes del ritual de las ofrendas.

Tuve la satisfacción de invitar a sentarse en la larga mesa a Ainenfrau y su panza de dos estaciones, al enorme Txitxó, quien se veía de excelente humor y al tímido Suntumbaiá, que observaba la escena con ojos fascinados.

De los dieciséis comensales, trece proveníamos de Atlantis.

La presencia de los otros tres simbolizaba nuestros lazos de amistad con los nativos. Con los hombres del hielo de Euriopa, con los pastores del Lubarnea y con los hombres de los bosques de Libia

Habían transcurrido quince días desde el avistamiento de la bandera. La mayor parte de esos días finales del *negu* no habíamos estado en la caverna. En nuestra ausencia, Abian y Ainenfrau se habían arreglado para sostener las producciones, realizando buenos acopios de aceite de *olibo*, crema de lejía, queso de cabra, *txarki* de conejo y cerveza.

La abundancia de cerveza nos aseguraba las merecidas libaciones a la puesta del sol y el ameno complemento para la fiesta nocturna.

Pero la celebración requería de otro ingrediente para ser perfecta. La música.

Afortunadamente Oihane y Guadarteme estaban de visita. Culminados los brindis rituales, ellos tomaron los tambores y dio comienzo el baile.

Encendimos una gran hoguera a continuación del patio de entrada y varias fogatas más pequeñas alrededor, con lo que logramos mitigar el aire fresco del anochecer. A su vez, dispusimos antorchas para iluminar el contorno de la empalizada.

La cerveza obtenida a partir de la mies del lugar recogió unánimes elogios entre nuestros amigos. Ellos coincidieron en apreciar el sabor, el color y la textura de la bebida. Y tanto los de Libia como los de la Grosejule, quisieron saber la receta para producirla. Sutziake y Oihane llegaron a afirmar que tenía un sabor similar a la que nos habían servido en el Club de la Serpiente, en aquel memorable banquete de buena vecindad. Mi recuerdo no coincidía con el de ellas, lo que dio lugar a recurrentes bromas durante la noche.

Nora invitó a Txitxó a tomar los tambores, habilitando a Guadarteme a participar de las danzas. Por unos instantes, el fornido hombre de piel negra intentó seguir la inconfundible cadencia de Hiru que proponía Oihane, pero de a poco fue adquiriendo confianza y comenzó a sorprendernos. Al mismo tiempo que sostenía el ritmo golpeando con un palo el costado del tambor, su *esku-erra* danzaba sobre la lonja con una destreza extraordinaria, rellenando los compases con graciosas variaciones. Oihane lo miraba con admiración, pretendiendo imitar sus movimientos, pero en poco tiempo renunció a hacerlo. Ella dejó entonces los tambores y se sumó a la ronda de quienes disfrutábamos el espectáculo, balanceando nuestros cuerpos al son de la exótica música de Libia.

La consecución de la fiesta requirió de un complejo tejido de acuerdos femeninos que fue haciéndose en el transcurso de la noche. Fuimos adivinando las expectativas de cada una, leyendo los gestos y las intenciones insinuadas. Urdiendo una trama de deseos, de cuidados y favores, de pactos y renuncias entre mujeres, la mayoría de ellos procesados mediante señas.

Los varones más ambicionados resultaron ser Baraso, Txitxó, Etxekide y Abian, en ese orden. Todas deseábamos estar con ellos, al menos durante un rato de la noche. En menor medida Guadarteme, Suntumbaiá y Egoitz también eran demandados.

Lo primero que procuramos con Sutziake fue que Aimar y Guaire no quedaran desatendidos, puesto que ninguna de nosotras manifestaba interés en ellos. La misma Sutziake se ofreció a enmendar ese problema, tomando a Guaire por la cintura, contorneándose contra su cuerpo y besándolo mientras bailaban, para más tarde llevarlo, casi a empujones, a una de las chozas.

Mientras Sutziake se ocupaba de Guaire, pude persuadir a Janequa de prestar atención a Aimar. Ella estaba interesada en Egoitz y en Baraso y aceptó de buen grado entretener a Aimar cuando le prometí que tendría un tiempo con el grandote de Sexta y podría más tarde dormir con el nadador de Hiru.

Por momentos resultó intrincado congeniar una adjudicación satisfactoria para todas. Éramos siete mujeres y nueve hombres, contando a los nativos. Si eso ya era un inconveniente, más complicado era disponer solamente de cuatro ambientes privados. Para colmo, en las cabañas el frío era ostensible, pese a que habíamos acomodado un lecho con mantas y pieles.

Edurne bailaba provocativamente frente a Etxekide, Oihane se colgaba del cuello de Abian y Nora hacía lo propio con Guadarteme, mientras Txitxó aporreaba los tambores con energía inagotable. Los otros nativos, el joven Suntumbaiá y la embarazada Ainenfrau, contemplaban la eufórica escena con ojos de curiosidad y sorpresa.

La situación era oportuna para cumplir mis deberes de anfitriona, poniéndome a disposición del pastor. Tomándolo de ambas manos lo obligué a menear la cintura, flexionando las rodillas entre las mías. Él se mostró encantado y fue abandonando su timidez, tomándome con sus manos, explorando mi espalda y mis nalgas.

Despreocupadamente dejé que uno de los sostenes de mi túnica cayera por mi brazo, exponiendo mi hombro. Suntumbaiá no desaprovechó la oportunidad y comenzó a besarme el cuello, descendiendo por el escote. Sostuve su cabeza para que no interrumpiera aquellas deliciosas diligencias y lentamente fui retrocediendo con él, alejándonos del bullicio, internándonos en la oscuridad tras la empalizada. Apoyé mis manos inclinando levemente mi cuerpo para que el pastor levantara mi falda y se abandonara a dar satisfacción a su deseo y el mío, llevándome al límite de excitación en su entusiasmo.

Complacidos, regresamos al fogón, donde la escena había cambiado.

Oihane y Abian ya no estaban, y tampoco Edurne y Etxekide. Guadarteme acompañaba a Txitxó en los tambores y en el centro bailaban Janequa, Egoitz, Nora, Baraso y Sutziake.

-Aimar y Guaire bebían cerveza sentados sobre un tronco, atacados de risa. Ainenfrau ensayaba acordes con su flauta, procurando contemporizar con el sonido que imponía el nativo de Libia.

Tengo un borroso recuerdo de lo que ocurrió el resto de la noche.

Estoy segura que vigilé que los pactos se respetaran para que Janequa estuviera con Baraso, Oihane con Txitxó y Nora con Etxekide.

Recuerdo sí, nítidamente, algunas insólitas imágenes, de las que fui impertinente testigo.

Por ejemplo, cuando Guaire y Aimar, embriagados en exceso, empezaron a besarse entre ellos, ante el estupor de Ainenfrau.

La mujer del hielo aguardaba con expectativa el regreso de su leal amante, pero Abian se encontraba muy atareado aquella noche. En la espera, aceptó con agrado la curiosidad de los varones por las pronunciadas curvas de su peludo cuerpo. Parecía bien dispuesta a recibir aquellas atrevidas caricias o disimulados manoseos. Por lo que dejé de preocuparme por ella.

Más tarde, cuando fui a verificar si una cabaña se hallaba disponible, me encontré con Janequa, Oihane, Baraso y Egoitz entreverados en la improvisada cama, ambos varones consumando su goce mientras tomaban a las mujeres. Me causó gracia la expresión de placer de Oihane, hundiendo su cabeza en los generosos pechos de Janequa.

Y ciertamente, recuerdo el momento concluyente de la noche.

Cuando llevé a mi lecho al vigoroso Txitxó y me deleité acariciando los formidables músculos de su negro cuerpo, antes de someterme, embelesada, a la vehemencia de sus bríos y al ardor de sus caprichos.

Desperté con dolor de cabeza.

A mi lado aún descansaba el estupendo nativo de Libia. Del otro lado de la mampara, reconocí los bostezos y susurros de Sutziake y Guadarteme. Tras saludarlos con un ademán de cariño, descendí por la galería hasta la sala principal.

Encontré a Guaire ordeñando las cabras y a Etxekide preparando el fuego para hornear galletas, con la ayuda de Nora. Sus rostros expresaban una mezcla de fatiga y felicidad.

Llené una jarra con agua fresca directamente de la pared de piedra, mojé mi cara y enjuagué mi boca antes de beber.

En su rincón habitual dormían Abian y Ainenfrau, la mujer peluda enrollada en los brazos del gigante.

En la tradición de Atlantis, el segundo día del año está consagrado al descanso. Nada hice por despertar a quienes permanecían en las cabañas, conteniendo mi curiosidad por saber si Suntumbaiá estaba con Edurne o había regresado con su gente.

Durante el desayuno hablé unas palabras con Guadarteme.

Él y Oihane volverían a la Grosejule al día siguiente, a transmitir la gran noticia del reencuentro.

Llegado el *udaberri*, la perspectiva de abandonar las cavernas se hacía más cercana.

Ahora éramos tres grupos para acordar las pautas de convivencia. Para definir cuáles reglas habríamos de adoptar y cuáles habríamos de descartar.

Las condiciones para la reunificación habían cambiado.

Así como las semillas en los canteros, una nueva civilización habría de germinar en el valle del Tartessos.

PARTE OCHO,
REPARACIÓN
TERCER MOVIMIENTO,
UDABERRI

El regreso de nuestros amigos a la aldea de Libia tenía como requisito la construcción de un par de balsas. Si ellos se marchaban con las dos que teníamos, nos dejarían sin embarcaciones y con pocos brazos para la tarea de reponerlas.

De modo que el tercer día del año fuimos a la zona de abetos y montamos un aparejo para talar troncos. Nos insumió cuatro jornadas construir las balsas de doble casco, trabar los mástiles y tejer las velas de *espartzu*.

Oihane y Guadarteme habían partido al norte llevando la promesa de los de Libia de visitar la Grosejule en cuanto las balsas estuvieran prontas. La idea de Nora y Sutziake era descender el Guada-alete y viajar por mar para tomar contacto con la otra comunidad, antes de retornar al continente del sur.

Pero cuando todo estuvo preparado para que ellos emprendieran el viaje, sucedió algo inesperado. La balsa del norte regresó.

En ella venía nuevamente Guadarteme, esta vez acompañado por Xitama y Atabar. Luego de los abrazos y festejos por el reencuentro, nos dijeron el motivo por el que habían venido. Traían una importante noticia.

Entre los sobrevivientes del norte, Atabar era el único *Maisu* en Minería. Él creía haber descubierto un yacimiento de minerales, próximo al cauce de uno de los ríos teñidos de amarillo, a unas seis carreras al sur de la

Grosejule. Tan pronto como Guadarteme y Oihane habían llevado la confirmación de la presencia de los sobrevivientes de Libia, Atabar había querido asegurarse que Aimar fuera hasta el sitio y diera su opinión.

Aimar era también *Maisu* en Minería y parte de su formación la había hecho en pasantías en Zazpir, donde había conocido a Atabar. Entre todos los sobrevivientes, ellos dos eran los más idóneos para dictaminar si los minerales eran aprovechables.

El entusiasmo de Atabar era desbordante y rápidamente nos fue contagiando. Estaba convencido de que en el río teñido podríamos extraer cobre y plata.

Si ello fuera cierto, estaríamos en condiciones de producir una aleación de ambos metales, un bronce de excelente calidad. Con el bronce, volveríamos a fabricar cuchillos, arpones, calderos, hachas, palas y lámparas para nuestras futuras casas.

Y lo más importante, herrajes para nuestras futuras embarcaciones. Podríamos volver a construir *txalupak* y salir con ellas a recorrer los mares.

En definitiva recuperarnos, de un salto, desde la extrema condición de trogloditas, hasta la avanzada civilización de la que proveníamos.

De modo que cambiaron los planes. Todos querían ahora ir a la Grosejule a participar de los primeros experimentos de fundición y ser testigos del momento en que el bronce blanco incandescente saliera del horno.

Todos querían ir a la Grosejule, excepto yo.

También me interesaba saber si las pruebas resultaban exitosas, pero ello implicaba riesgos. No estaba de ánimo para encontrarme con Txanona, exponiéndome a enojosas discusiones. Y prefería que Sutziake tuviera el campo despejado para dialogar con la líder de la caverna del norte, sin mi interferencia.

Tras hablarlo con Sutziake y Etxekide terminé de resolverlo. Permanecería en la caverna acompañando a Ainenfrau, para permitir que Abian viajara. Janequa y Guaire se ofrecieron a quedarse también, a lo que me negué, agradeciendo la gentileza. Tras otras deliberaciones, decidimos que lo mejor era que Txitxó tampoco fuera a la Grosejule, para no involucrar al nativo de Libia en una eventual situación incómoda.

Por lo que, a la mañana siguiente, cuatro balsas con trece personas partieron desde el lago, dejándome en la variopinta compañía de una mujer del hielo, un hombre de los bosques y un pastor.

Doce días estuve sola con ellos. Fueron doce días de fuertes y alternadas emociones, tan divertidos como agotadores.

Cada uno de los cuatro hablábamos lenguas diferentes. Mientras que los dos varones habían aprendido rudimentos del *esku-ara*, el lenguaje de las manos, la mujer peluda tenía su propia colección de gestos para comunicarse. Los más simples mensajes podían requerir una trabajosa interpretación para que todos pudiéramos entenderlos.

Hicimos una distribución de tareas. Suntumbaiá era el más indicado para cuidar y ordeñar los animales y para acompañarme en las excursiones de pesca. Txitxó fue mi ayudante en la producción de aceite y en el manejo del horno. Por su parte Ainenfrau continuó realizando sus acostumbradas rutinas. Por las mañanas salía en busca de raíces, setas y bellotas, y por las tardes molía los ingredientes para elaborar sopas de singulares colores y sabores.

En general el pastor regresaba con su gente por las noches, cargando el morral repleto de pescado fresco. El nativo de piel oscura dormía conmigo en la cámara superior, mientras la mujer del hielo lo hacía, como siempre, en la vecindad de los corrales de la sala principal.

Una tarde fui con Txitxó al bosque de árboles que llamábamos *arte*, donde a fines del *negu* habíamos tensado ramas para forzar sus curvaturas.

En la *Eskuela* de Navegación habíamos aprendido que la estructura de una *txalupa* constaba de catorce barandillas longitudinales y treinta costillas transversales de distintos tamaños. Disponiendo de esos listones, dominábamos el arte de tejerlos para formar el vientre del barco. Pero no teníamos experiencia en la faena previa, la de obtener las maderas a partir de las ramas de los árboles.

No era fácil explicarle a Txitxó el motivo por el cual las ramas estaban sostenidas por una telaraña de tirantes. Él supuso que se trataba de una trampa para cazar pájaros y no me esforcé en aclarar lo contrario. Mi interés era evaluar si disponíamos de suficientes ramas curvadas para ensamblar el costillar de una *txalupa*.

Mientras yo paseaba por entre la maraña de tensores haciendo mis cuentas, noté que el hombre de los bosques se alertaba, como advirtiendo una presencia o un sonido lejano. Con la agilidad de un gato, el nativo trepó hasta la copa de uno de los árboles y desde allí inspeccionó el valle en dirección sureste, más allá del lago.

Luego de un momento, anunció con voz potente.

- *Elpisún.*

Ignoraba qué podía significar "elpisún" y se lo hice saber con gestos.

Txitxó bajó entonces del árbol. Con su *esku-erra* alisó una porción del suelo y con los dedos de su *esku-ona* comenzó a dibujar. Un animal de cuatro patas. Con cuernos.

- Bisontes ?

El hombre negro asintió.

- *Baramen, elpisún*, bisontes.

No dejaba de sonarme ridículo que en el idioma de Libia se utilizara una palabra tan larga como "baramen" para decir "sí".

Que la manada estuviera de regreso en el valle, no era sorprendente. Lo habíamos previsto, aunque quizás no tan temprano.

El asunto era cuánto tiempo iban a quedarse. Necesitábamos los cueros de aquellos grandes animales para nuestras *txalupak*.

Debíamos matar al menos dos de ellos, antes de que la manada se alejara de nuestro alcance.

Al día siguiente, amaneció muy nublado y lluvioso. Debido a los fuertes vientos debimos permanecer dentro de la caverna.

Dibujando en la pared intenté enseñarle a Ainenfrau y a Suntumbaiá la localización de los bisontes, pero como era previsible, ellos no lograron entender el mapa y me resigné a que solamente comprendieran que los animales se encontraban cerca.

Por la tarde el tiempo empeoró aun más, con lluvias abundantes y estruendosos rayos hiriendo las nubes oscuras.

Lo que ocurrió al anochecer fue totalmente inesperado y me causó una profunda aflicción.

Desde el cielo volvieron a caer cenizas. Como en los días posteriores al desastre.

Continuó lloviendo. Por momentos agua y mayormente cenizas. Suntumbaiá dejó de visitarnos, posiblemente a causa de las inclemencias de la intemperie. Aunque procuré sostener el buen ánimo cocinando con Ainenfrau y divirtiéndome con Txitxó, mi preocupación iba en aumento.

Habían transcurrido ocho días desde la partida de las balsas hacia la Grosejule. En condiciones normales estarían por regresar. Pero seguramente no lo harían hasta que tuviéramos buen tiempo. Por otra parte, estaba la cuestión de los bisontes. Sabíamos que aún se hallaban en las proximidades del lago, pero en cualquier momento podrían marcharse.

Gradualmente, una idea fue haciéndose en mi cabeza. Empezó como una ocurrencia desatinada, pero de a poco fue ocupándome, hasta convertirse en una determinación.

Soportando la lluvia, caminé sobre el barro de escorias hasta la aldea de pastores. Allí procuré explicarle el plan a Suntumbaiá. Él reaccionó asustado a mi propuesta, pero mi insistencia logró persuadirlo. Entonces hizo algo que yo no le había pedido, pero que le agradecí profundamente. Convocó a otros tres pastores a venir con nosotros.

De regreso a la caverna, nos aprontamos a tomar posiciones. Txitxó sería el encargado de encender la primera de las fogatas. Pudimos transportar leña seca sobre el catre deslizante que Ainenfrau usaba sobre la nieve. Los pastores se dispondrían en otros puntos, a un campo de distancia uno de otro, cuidando sus respectivas hogueras. Luego preparamos las antorchas. Di varias veces las consignas hasta asegurarme que todos las habían entendido.

Culminados los preparativos fuimos con Txitxó hasta el lago, donde pese a la llovizna, no tardamos en encender el fuego.

Al principio los bisontes nos miraron con indiferencia, pero comenzaron a inquietarse cuando las llamaradas alcanzaron un paso de altura. Con una antorcha en cada mano, avanzamos hacia ellos. Las piernas me temblaban, pero la compañía del fornido nativo ayudaba a sentirme confiada.

Cuando estuvimos a veinte pasos, los animales empezaron a moverse, lentamente, alejándose de nosotros, en la dirección correcta.

Eran dos crías y once adultos. Entre estos últimos procuré distinguir a los más ancianos por el pelaje parcialmente raleado en sus cabezas.

Continuamos yendo hacia ellos, y ellos huyendo de nosotros, mientras ascendíamos el trayecto pedregoso. De un lado estaba la pendiente casi vertical de la montaña. Si acaso intentaban desviarse al otro lado, se toparían con las antorchas de los pastores. De modo que sólo podían huir hacia adelante, hacia donde teníamos preparado el desenlace.

De a uno, los pastores se nos fueron sumando, en tanto la manada continuaba su marcha, cada vez más rápida, hacia la caverna. Allí aguardaba Suntumbaiá, con la misión de cerrar el paso entre las cabañas y la empalizada, donde ardía la mayor de las fogatas.

Todo había salido perfectamente según lo planeado hasta ese momento. Pero faltaba la parte más difícil. La resolución esperada era atrapar solamente a los dos animales más viejos y dejar libres a los demás. Ese era el propósito, aunque no teníamos muy elaborada la artimaña para conseguirlo.

Al aproximarse al muro de la empalizada, los animales percibieron que realmente se hallaban en peligro. Fue entonces que las cosas empezaron a suceder en forma imprevista, sin darnos tiempo a comunicarnos nuevas consignas.

Los bisontes apuraron el paso directamente hacia el sitio donde estaba Suntumbaiá y el joven pastor entró en pánico y se puso a gritar mientras agitaba sus antorchas. Txitxó corrió hasta ubicarse detrás de los animales, intentando producir una división en la manada, sin éxito.

Uno de los bisontes, al verse atrapado entre los fuegos, los muros y la montaña, emprendió una furiosa carrera hacia una de las cabañas, buscando una vía de escape. Al verlo venir, Suntumbaiá abandonó su puesto y salió corriendo tan rápido como sus piernas se lo permitían. Esto hizo que el bisonte se detuviera y tras dar unas cornadas a una de las chozas, saliera raudo en persecución del aterrorizado pastor.

Observamos atónitos la corrida sin saber qué hacer. Afortunadamente cuando la bestia estaba a punto de clavar sus cuernos y levantar por los aires al pobre muchacho, éste tuvo la astucia de arrojarse al piso y rodar a un costado, esquivando la embestida por escasos dedos. Txitxó llegó a tiempo para espantar al animal con las antorchas, impidiendo que regresara hacia donde el joven pastor, pálido de miedo, intentaba incorporarse.

Mientras tanto, logramos que el resto de la manada se partiera en dos grupos. El primero de ellos logró escapar por el boquete que había producido el primer bisonte en su desesperada carrera. Logramos que los restantes animales, tres adultos y una cría, quedaran confinados en el arco de la empalizada. Cuando quisimos verificar si teníamos a los ancianos entre los atrapados, se produjo otra estampida. Uno de los adultos acometió contra el portón que cerraba el corral, partiéndolo en astillas, y pudo salir a campo abierto. Los otros corrieron en dirección opuesta, hacia la puerta de la caverna y, rompiéndola a cornadas, ingresaron a la sala principal.

Escuchamos el estrépito de tablas y ánforas que caían al piso y los gritos de Ainenfrau, a quien habíamos dejado sola adentro. Cuando nos asomamos a la entrada asistimos a una escena pavorosa. Los bisontes habían arrasado con nuestros rústicos muebles y destruido los corrales de ovejas y cabras. Por todos lados había astillas, ánforas, platos y vasos hechos añicos, aceite derramado y charcos de sangre. Encaramada en una roca, la mujer del hielo repetía a los gritos una frase que no pude entender. Entonces notamos que uno de los bisontes adultos tenía un arpón clavado en el lomo y la sangre brotaba por la herida. Pese a ello, el animal continuaba de pie, buscando atolondrado una salida en el contorno de la cueva. La boca de la galería era muy pequeña para su enorme cuerpo y nosotros le bloqueábamos la puerta con tres pares de antorchas.

Ya no teníamos posibilidad de escoger nuestras presas. Debíamos herir a los dos adultos hasta darles muerte, procurando no lastimar a la cría.

Acerté mi arpón en el costado de uno de los bisontes, poco antes de que Txitxó, trepado a una saliente de la pared, le arrojara con todas sus fuerzas una gran piedra sobre la frente, haciéndolo trastabillar. Ainenfrau aprovechó que la bestia se tambaleaba para arrojar otro arpón al cuello del animal. De inmediato, una lluvia de piedras golpeó la enorme cabeza del bisonte, hasta que las patas dejaron de sostenerlo y cayó con todo su peso al piso, escupiendo sangre.

Los otros dos animales deambulaban en la zona de corrales, alborotando a las cabras, ovejas y gallinas que huían en todas direcciones. El adulto no parecía afectado por el arpón que Ainenfrau le había incrustado en el lomo. Mientras Suntumbaiá y otro pastor flanqueaban la entrada, proporcionamos a Txitxó otra piedra de gran porte y con esfuerzo recuperamos los arpones del cuerpo agonizante.

Hubo una tensa espera hasta que la bestia pasó por debajo de la elevada saliente en la que Txitxó aguardaba encaramado. En el instante exacto, el nativo de Libia soltó la roca, haciéndola caer en la misma testuz del animal, matándolo en el acto.

Entonces los guardianes de la entrada apagaron sus antorchas para que el bisonte joven pudiera escapar al patio, bordear la empalizada y finalmente correr al encuentro de la manada.

Pudimos al fin relajarnos. Estábamos felices de haber resultado ilesos, o bien de que las heridas recibidas carecían de importancia. Nos colmaba de satisfacción haber culminado la cacería, pese a verificar que uno de los bisontes muertos no era de los más ancianos. Nos abrazamos y congratulamos por el éxito, felicitando especialmente a Txitxó por sus decisivas contribuciones.

La alegría era grande aunque no suficiente para desestimar los daños. Ninguna de las verjas había quedado sana en el interior de la caverna. Una cabra y un cordero estaban gravemente heridos. Varias ánforas habían sido destruidas y su precioso contenido se había perdido, así como muchas vasijas, platos, bandejas y jarros de cerámica. Los portones del patio y del muro exterior estaban arruinados y una de las cabañas había sufrido daños de difícil reparación.

Teníamos por delante una inabarcable acumulación de tareas.

Lo primero que hice fue pedir a los varones que calentaran agua para bañarme. Para quitarme el barro, las cenizas y la sangre impregnados en mis ropas, mi cabello y en todo mi cuerpo.

Afuera, había cesado la lluvia.

Los cuatro pastores trabajaron hasta avanzada la noche y regresaron a la mañana siguiente. Dispuse que se llevaran cuanta carne fresca les fuera posible, puesto que nosotros no podríamos consumirla, ni teníamos sal para conservar más que pequeñas cantidades.

Ainenfrau hizo una preparación extraña cocinando los tuétanos y entrañas de los animales con hierbas y otros ingredientes.

Txitxó me ayudó a desollar los cueros y a ponerlos a secar al sol.

Optamos por inmolar el cordero cuyo vientre había sido perforado por el cuerno de un bisonte. La cabra herida tendría dificultades para caminar pero podía sobrevivir.

El resto de la jornada y la siguiente, nos dedicamos a limpiar la caverna y reparar los corrales destrozados.

En cuanto oímos el colmillo de elefante, corrimos a recibir a los viajantes. Las balsas llegaron al atardecer.

La noticia más importante era que tras varios ensayos, Atabar y Aimar habían logrado fundir los minerales y realizar la aleación correcta para producir bronce blanco de buena calidad. Aimar y Edurne se habían quedado en la Grosejule por unos días más, hasta que la técnica de fabricación de metales fuera aprendida por la comunidad.

Etxekide me entregó unas muestras de los objetos que habían moldeado. Una hoja de cuchillo y una copa de pequeño tamaño. Pese a que no estaban finamente terminados, me parecieron bellísimos.

Ainenfrau estaba feliz por el regreso de Abian. También saludó a Guaire, a Janequa y a Etxekide con inusual afecto. Quiso contarles lo que nos había ocurrido tres días atrás, obligándome a traducir sus enfáticas expresiones, anticipando el relato de la cacería de bisontes.

Nuestros amigos quedaron impresionados al enterarse. Escucharon con estupor, dudando si felicitarme o recriminarme por los riesgos que habíamos enfrentado. Durante el camino hacia la caverna me preocupé de describir los daños causados por los bisontes, adelantándome a las reacciones que les provocarían los destrozos.

Janequa y Sutziake me hicieron saber por señas que eran portadoras de noticias.

Seguramente tenían cosas que contarme acerca de los sobrevivientes del norte, de las perspectivas de unificación de las tres comunidades y de las visiones de Txanona al respecto.

- Cómo los encontraste ? Cuéntame !

Sutziake bebió un trago de cerveza antes de aplacar mi curiosidad.

- Están bien. Fue lindo cuando llegamos. Habían cazado un ciervo.

- Un ciervo ! No he visto uno desde el desastre.

- Nosotros tampoco. Urma y Galder estaban siguiendo a unas cabras en las montañas cuando los descubrieron. Un grupo de unos veinte con varias crías.

- Qué bueno ! Por largo tiempo temí que nunca volveríamos a ver ciervos, ni bisontes, ni delfines. Pero felizmente, de a poco han regresado.

- De a poco ciertas cosas vuelven a sus lugares, Itahisa.

No se requería conocer mucho a Sutziake para entender que la afirmación escondía varios significados.

- Por favor, querida, no me hagas sufrir de intriga. Cuéntame ya !

- No seas impaciente. Te contaré todo. Empiezo por las novedades médicas ?

- Médicas ? De qué hablas ? Quién está enfermo ?

- Enfermos estamos todos. Gravemente enferma, tenemos una sola.

- Tinabuna ?

Sutziake asintió con gesto de pena.

- Tinabuna está mal. Muy mal. Creo que ... estará poco tiempo más con nosotros.

- Tan mal ? Cuando la vi estaba muy delgada, pero no me sorprendió porque todos en la Grosejule se hallaban horriblemente demacrados.

- Todos se han repuesto, menos ella. Está esquelética. Apenas si come. Pero lo peor es que no parece percatarse de ello.

- Algo le falla.

- Sí. Algo le falla en su espíritu.

Por un momento recordamos a la enérgica y vehemente Directora que habíamos conocido.

- Y no podemos hacer algo para ayudarla ?

- Lo dudo. Lo conversamos con Xitama y con Txanona. Todas las ideas que se me ocurrieron, ellas ya las habían ensayado. Pensamos que a Tinabuna le haría bien salir a navegar, pero se encuentra muy débil y sin ganas de moverse.

- No puede dejarnos así. Ella es la portadora. No puede ser tan ... irresponsable.

- Responsabilidad le sobra, Itahisa. Quizás por eso está tan enferma. Se siente responsable de los desaparecidos. De los *maisuak* que aguardaban en el punto de encuentro y de los *hamazortzi* del barco tres.

- No fue su culpa. Todos tenían la consigna de refugiarse en las cavernas.

- Tinabuna se ha cargado con ello, Itahisa. No creo que podamos sacarle ese peso. Pese a ello, a veces habla con lucidez. Y nos ha dicho ciertas ... cosas.

- Cuáles cosas ?

- Que la expedición del año anterior preparó cultivos en la Isla Principal del Lubarnea.

- Qué ?

- Que el propósito de Ferinto era verificar si esos cultivos habían logrado prosperar sin ser atendidos.

- No entiendo. Qué importancia tiene ello ahora ?

- Tinabuna le otorga mucha importancia. Afirma que son plantas traídas de Asia, escogidas por sus extraordinarias propiedades.

- Por favor, Sutziake. Para qué podrían servirnos unas plantas en esta situación ?

- Quizás podrían sernos de mucha utilidad. No tenemos algodón y las semillas que trajimos nunca crecerán en este ambiente tan frío. Necesitamos otras fibras para hilar y hacer telas.

- Acaso Tinabuna ha dicho que en la Isla Principal hay una planta capaz de reemplazar el algodón ?

- Sí. Itahisa. No una, sino dos. Una fibra más suave que el algodón y otra más fuerte.

- Y le crees ? Asumiendo que Tinabuna dice la verdad, una cosa es que las plantas hayan sobrevivido un año con clima benévolo. Otra muy distinta, es que hayan resistido el aire abrasador, las cenizas y la sequía. Y más tarde, el diluvio, la nieve y las heladas.

- Tienes razón, Itahisa. Pero no lo sabremos con certeza hasta que vayamos.

- Estás proponiendo navegar por el Lubarnea en unas balsas de troncos ?

- No.

- No ?

- No es mi idea. Es una propuesta de Txanona y me parece buena. Es indudable que no podemos ir en balsas, pero sí podríamos hacerlo en *txalupak*.

- Ahh, bien. Entonces es un plan para el *uda*.

- No. Es un plan para ahora. No tenemos tanto tiempo.

- De qué estás hablando, Sutziake ?

- No terminé con las novedades médicas, Itahisa.

El brillo en su mirada anunciaba secretos por develar. Desde siempre, Sutziake tenía esa virtud de exasperarme.

- Serás tan buena de explicarme lo que está ocurriendo ?

- Intentaré, querida amiga, si es que me dejas.

- Te escucho.

- Sucede que tenemos varios atrasos.

- Atrasos ? Cuáles atrasos ?

- Un atraso que se llama Edurne, un atraso que se llama Xitama y un atraso que se llama Janequa.

- Cómo ! Estás diciendo que las tres están embarazadas ?

- Efectivamente, Itahisa. Las tres. Y debemos tener cuidado porque parece que es contagioso.

Ignoré la absurda sugerencia de Sutziake. No podía creer que Janequa estuviera embarazada. Sus últimas lunas habían sido regulares, acompasadas con las mías. Mi sangre había bajado al quedarme sola con Ainenfrau y Txitxó. El atraso de Janequa podía ser entonces de diez o doce días como máximo.

- Y las tres quieren ... seguir adelante ?

- Edurne y Xitama están decididas. Janequa tiene dudas y ya hablará contigo al respecto.

- Estoy ... sorprendida. Todo eso pasó en estos pocos días ?

- No me parece tan sorprendente que tres mujeres de diecinueve años queden embarazadas. Mucho más sorprendente es que una atlanteana, un hombre de los bosques, una mujer del hielo y cuatro pastores resuelvan perseguir a una manada de bisontes.

- No voy a discutir eso, Sutziake. - Objeté riéndome.

- Janequa me contó que tus lunas acompañaban las de ella. Entiendes lo que te estoy preguntando ?

- Claro que entiendo. Tuve mi luna hace diez días. Cuando ustedes partieron a la Grosejule.

Sutziake respiró profundamente, como si se sintiera aliviada.

- Está bien. Entonces podemos dar por cerrados los asuntos médicos.

- Me dirás de una vez lo que hablaste con Txanona ?

Meditando sus palabras, Sutziake agregó aceite a la lámpara y se abrigó con una manta. Empezaba a hacer frío dentro de la improvisada choza. Se escuchaban los tambores de Oihane y las risas de Nora provenientes de la sala principal, donde habíamos compartido la cena.

- Txanona propone que formemos tres *klanak*.

- Qué ?

- El de esta caverna, el de Libia y el del norte.

- Eso qué significa ? Ahora está negándose a que nos reunamos ?

- No. Creo que está asumiendo que no podrá imponernos a todos sus dictámenes.

- Y quiere evitar que le impongamos los nuestros ...

- Es posible. Debes saber que ella está muy enojada contigo, Itahisa.

- Por ?

- Por lo que hiciste en la Fiesta de Ama. Por haber dado un lugar en el banquete ceremonial a Ainenfrau, a Txitxó y a Suntumbaiá.

- Cómo lo supo ? Tú se lo contaste ?

- No fui yo. Pero no era un secreto, o sí ?

- Supongo que no.

- Ella dice que la reunificación dejó de ser una prioridad. Tiendo a coincidir. Que la prioridad pasa a ser la construcción de *txalupak*. Tiendo a coincidir. Que debemos realizar lo antes posible una expedición a la Isla Principal, en procura de los cultivos que nuestros predecesores trajeron de Asia. También estoy de acuerdo con ella en esto.

- Parece que fue muy persuasiva.

- Es una cuestión de sensatez, Itahisa. Si Txanona tiene razón, por qué negársela ? Acaso tú no estás también obsesionada con volver a navegar, al punto de arriesgarte a una peligrosa cacería ?

Hice caso omiso a aquella pregunta que se contestaba a sí misma. Me inquietaba conocer los detalles del plan se había tejido en mi ausencia.

- Quiénes viajarían ? También se pusieron de acuerdo en ello, verdad ?

- No, pero lo hablamos. Los encargados de la mina se quedan. Y las embarazadas se quedan.

- Edurne y Aimar. Xitama con Atabar ?.

- Y Abian con Ainenfrau. Todavía no sabemos si Janequa tomará o no la infusión. Txanona por su parte, ha decidido no formar parte de la expedición.

- Mejor así. Pero no por estar embarazada ? o sí ?

- No. Intuyo que su motivo es que no quiere apartarse de Tinabuna.

- Entiendo. Y cómo haremos para construir *txalupak* ? Dudo que tengamos materiales suficientes.

- Ciertamente, Itahisa. Ese pasaría a ser nuestro problema prioritario a partir de mañana. Si es que estamos de acuerdo en las prioridades.

Sutziake quedó mirándome a los ojos, aguardando mi gesto de aprobación. Aunque yo no hallaba sentido a la misión de rescatar unas plantas que probablemente estarían calcinadas, la idea de formar una flotilla de *txalupak* era por demás seductora. Una compensación a las múltiples desgracias ocurridas. Un acto de reparación de nuestra esencia atlanteana, que trascendía mi desagrado por sumarme a una iniciativa de Txanona. Lo importante era volver a navegar.

- Está bien. Creo que tenemos pendiente una expedición al Lubarnea.

Sutziake sonrió satisfecha. Ofreció sus manos a las mías y luego me abrazó.

Janequa negaba haberse descuidado en sus días fértiles. Una luna atrás habían cedido los rigores del *negu* y Etxekide había descubierto la "cosa blanca" en las montañas de Libia. Ninguna de las dos recordábamos con detalle los juegos de *atsegin* de aquel momento.

Sus sentimientos eran mezclados. Estaba contenta por sentir los síntomas que acusaban su estado de fecundidad, pero detestaba la idea de quedarse en la caverna mientras nosotros estaríamos viajando por el Lubarnea.

Confesó que su ilusión era esperar su primer hijo en una *etxea*, una vez que la comunidad estuviera unificada, y no en la situación de precariedad en la que nos encontrábamos.

Me preguntó varias veces que haría yo en su lugar, a lo que precavidamente evité responder. Le aseguré que respaldaría su decisión, tanto si optara por continuar el embarazo o por interrumpirlo. Por otra parte, aunque yo hubiera protegido con esmero el pequeño envoltorio de cuero, no teníamos certeza de que la infusión resultara efectiva.

Al terminar la conversación, poco antes de irnos a dormir, Janequa parecía proclive a probar el té y someterse a su eventual ineficacia.

A la mañana siguiente, sus dudas se habían despejado. Mostrándose serena y confiada, me pidió que hiciera la preparación.

A mediados de la tarde, su sangre había bajado.

Era tiempo de que los nativos de Libia tuvieran noticias de su líder y de sus huéspedes ausentes.

Aimar y su compañera, la embarazada Edurne, habían optado por quedarse en la Grosejule, asistiendo a Atabar en la prospección del yacimiento.

Los demás, Nora, Egoitz, Sutziake, Baraso y Txitxó, partieron de regreso a Libia una madrugada gris, ventosa y muy fría, que recordaba los peores momentos del *negu.*

Nos despedimos con la promesa de reencontrarnos en cuarenta días. Ellos volverían trayendo unas cuantas pieles de oveja secadas al sol y curadas con grasa.

Mientras tanto, nosotros trabajaríamos con las varas de *arte,* para ensamblar las estructuras de dos *txalupak.*

Abian, Etxekide y Guaire viajaron un par de veces al norte a colaborar con las tareas de fundición de los minerales. Se necesitaban brazos para maniobrar los pesados moldes de piedra, en los que se enfriaba el bronce para obtener calderos, herramientas y otros herrajes.

En reciprocidad, Godereto, Teno y Guadarteme vinieron a ayudarnos en el armado de los costillares, aprendiendo la técnica de tensado de ramas, con el propósito de replicar el modo de fabricación en un bosque cercano a la Grosejule.

En cada uno de los viajes realizamos intercambios. Las balsas vinieron con tablas y herrajes y fueron con ánforas de lejía y de cerveza.

La presencia de Teno fue muy disfrutable. Con él evocamos los placenteros momentos vividos durante la estadía en la Isla de las Flores. Volvieron a deleitarme sus modos adorables y pausados en la conversación, y su extraordinaria habilidad para improvisar versos con los sonidos de la lira.

Evité convocar a Suntumbaiá a la caverna mientras Teno estuvo de visita. No quise que él fuera con el cuento a Txanona. Cuando tuve deseos de ver al joven pastor, salí de paseo con la declarada intención de ir a cazar conejos. Regresé más tarde con las presas, convenientemente capturadas por la implacable mustela, mientras Suntumbaiá me complacía con sus ternuras en algún recóndito paraje.

La panza de Ainenfrau continuaba creciendo, expandiendo redondeces hacia sus costados. Semejante anchura de vientre en una mujer de tan baja estatura, hacía más grotesca su apariencia. Empezaba a tener dificultades para realizar sus habituales paseos y para levantarse luego de haberse sentado en el piso. No pudimos convencerla de utilizar una mesa para sus tareas.

El grupo de hombres del hielo volvió a transitar por el valle cercano, esta vez en dirección al norte. Afortunadamente lo hicieron a distancia, fingiendo indiferencia hacia nosotros.

Estuvimos atentos a la reacción de Ainenfrau, quien vigiló su paso en estado de alerta, por momentos crispando los puños y murmurando frases que ni siquiera Abian supo interpretar.

Las estructuras de los barcos estuvieron prontas a mediados del *udaberri*.

Nos habíamos ceñido estrictamente al diseño tradicional de las *txalupak* atlanteanas, reforzando las junturas con clavos de bronce blanco. Como los cueros no estaban lo suficientemente curtidos por el sol, les aplicamos lejía, grasa y cenizas para una aceptable terminación, antes de tensarlos y coserlos sobre el costillar.

El casco de la segunda *txalupa*, dependía de las pieles de oveja que nuestros amigos traerían desde Libia. Una tercera sería culminada en la caverna del norte con cueros de ciervo.

De modo que identificamos los barcos por sus pieles. En dos de ellos, el "Cordero" de Libia y nuestro "Bisonte", navegaríamos a la Isla Principal del Lubarnea, mientras el tercero, el "Ciervo" de la Grosejule, permitiría continuar los traslados e intercambios durante nuestra ausencia.

Abian y Ainenfrau quedarían solos en la caverna del sur, como ya había ocurrido en viajes anteriores. Aimar y Edurne seguirían viviendo en la del norte hasta nuestro regreso, en compañía de Txanona, Teno, Iulen, Galder, Xitama, Atabar y Tinabuna.

Por lo tanto, seríamos doce los expedicionarios. Cada una de las comunidades aportaría dos parejas de *txalupari*.

El tiempo estimado de viaje, considerando la ida, una breve estadía de cinco o seis días y el regreso, era de veinte jornadas. Nos guiaríamos por el mapa que Ferinto nos había enseñado durante el entrenamiento en Lehen, aunque teníamos dudas de que fuera fiable.

Previo a la partida, fue imprescindible realizar distintas pruebas con las embarcaciones recién fabricadas. Debimos ensayar sus capacidades de flotación y asegurarnos que fueran maniobrables en mar agitado. Las velas de *espartzu* eran otro problema, pues su peso las hacía engorrosas de manejar.

También fue necesario acumular reservas de aceite, alimentos y herramientas, tanto para el viaje como para quienes quedaban en las cavernas.

Estos preparativos hicieron que la partida se aplazara varias veces.

Antes de cumplirse dos lunas del *udaberri*, todo estuvo listo para iniciar el viaje.

La excitación colectiva de aquella mañana era evidente.

Oihane y Nora cantaban. Sutziake gritaba consignas sin parar. Etxekide revisaba los mapas. Janequa daba recomendaciones a Abian. Cada bulto que cargábamos hacía más inminente el momento de la partida.

Explorar el Lubarnea. La intención que nos había animado al cumplir los dieciocho. La misión que nuestras madres nos habían encomendado. La expedición abortada por el desastre, por la desgracia que había caído del cielo y arrasado con la Tierra.

Por alguna razón habíamos subsistido. Por algún motivo habían quedado árboles para que cortáramos sus ramas, animales para que tomáramos sus cueros, minerales con los que fundir los herrajes. Ninguna catástrofe había aniquilado el conocimiento que los *maisuak* nos habían transmitido. Ninguna calamidad había disminuido nuestro empeño para colaborar en el trabajo, para asistirnos mutuamente en el diseño y ayudarnos en la ejecución de las obras.

Teníamos *txalupak*. Quizás no tan bellas como las originales. Posiblemente no tan ligeras al surcar el mar pero suficientes para dominarlo. Teníamos *txalupak* para reivindicar nuestra condición de navegantes. Para desquitar un vestigio de cuanto habíamos perdido. Para repararnos en un rasgo esencial de nuestro legado.

Tras despedirnos de Abian y Ainenfrau, iniciamos el descenso del Guadiaro, con alguna dificultad para manejar los barcos a favor de la corriente.

En "Cordero" las parejas eran Sutziake-Guadarteme, Oihane-Baraso y Urma-Godereto. Mientras que en "Bisonte" íbamos Guaire-Janequa, Nora-Egoitz, y Etxekide y yo.

Antes del mediodía llegamos al Lubarnea. En cuanto ingresamos en mar profundo hubo aplausos y gritos de festejo. Aunque ya habíamos navegado sobre las olas en los ensayos de días anteriores, esto era diferente. Había dejado de ser un ilusionado simulacro para convertirse en una tangible y hermosa realidad.

De inmediato viramos al este, sin apartarnos demasiado de las costas de Euriopa, atentos al comportamiento de "Cordero", cuyas costuras habían debido ser corregidas con resinas para obstruir las filtraciones.

Pero no se presentaron problemas. El viento del suroeste era ventajoso y ambas *txalupak* adquirieron buena velocidad impulsadas por las velas de *espartzu*.

Sin necesidad de remar, Etxekide y Nora trabajaron por la tarde cotejando distancias contra el mapa de Ferinto. Egoitz se ocupó del remo de dirección, mientras Guaire y yo hacíamos comentarios sobre el paisaje.

La costa era predominantemente montañosa, con escasa vegetación, recortada en tramos de acantilados rocosos, delimitando playas de arenas grisáceas. En el continente continuaba la cadena de montañas, con algunos picos nevados. En islotes y peñascos se veían bandadas de gaviotas, las que parecían ser los únicos habitantes de aquellos lugares. No vimos otros animales ni señales de presencia humana durante el recorrido.

Al atardecer dejamos atrás una zona de pantanos, donde parecía haber depósitos de sal y mayor variedad de aves marinas. Avanzamos hacia la siguiente punta rocosa con el propósito de encontrar un lugar para desembarcar. Al llegar, notamos que era un sitio de peligrosos arrecifes con peñascos que emergían como torres, por lo que retrocedimos hasta una playa angosta con arena de color gris oscuro.

Allí desembarcamos, puesto que habíamos descartado navegar por las noches, al no contar con un mapa confiable.

En un paseo de reconocimiento por la playa vimos unos arbustos semejantes a palmeras y recogimos guijarros que nos llamaron la atención. Unos eran de color rojo intenso y otros mostraban una belleza de vetas en tonos rojos, rosados y blancos. Según Etxekide eran cuarzos, unas piedras muy apreciadas por los fabricantes de joyas en Atlantis.

Sumergido hasta la cintura con su arpón, Guaire capturó unos peces de extrañas franjas verdes, que cocinamos para la cena y resultaron de exquisito sabor.

Sutziake dirigió las oraciones agradeciendo a la Diosa Ama por el hecho maravilloso de volver a navegar, e invocando a Elkar la inspiración para el éxito de nuestro viaje.

En la madrugada, dejamos la playa de los cuarzos y nos internamos en mar profundo.

Los delfines se acercaron a acompañar el avance de las *txalupak*. Era una mañana fresca, soleada, con buena brisa. No nos detuvimos para almorzar. En cuanto las montañas de Euriopa empezaron a desaparecer en el horizonte a nuestras espaldas, empezamos a ver las de Libia en el horizonte, a nuestro frente.

De pronto, Guaire y Godereto comenzaron a gritar. Aunque yo sólo pude ver delfines, ellos aseguraban haber divisado un grupo de atunes, unos peces de extraordinario tamaño, nadando debajo los barcos.

No estaba en los planes interrumpir nuestro cruce del Lubarnea para pescar atunes, pero los varones estaban tan entusiasmados que no pudimos persuadirlos de abandonar su idea. Guaire preparó una pasta con *gofío* y restos de pescado y procedió a esparcirla para atraer a los atunes, mientras Godereto preparaba una soga con una aguja curvada en el extremo. En ella ensartó un pescado, similar a un *harenke,* que había capturado con la red durante la mañana.

Todo ocurrió tan rápido que nos tomó de sorpresa. Vimos cómo la otra *txalupa* se balanceaba bruscamente y comenzaba alejarse de la nuestra, empujada por una fuerza invisible. Una confusión de chillidos y consignas nos distrajo por un momento hasta que pudimos reaccionar e ir tras ellos. Baraso y Godereto, sostenidos con cintos a la estructura del barco, forcejeaban tirando de la soga, mientras Sutziake y Guadarteme intentaban manejar la vela en sentido contrario, procurando frenar la *txalupa*.

Cuando les dimos alcance, el atún estaba a la vista. Tenía más de dos pasos de largo y casi un paso de lomo a vientre. Guaire no usó su arpón hasta que estuvo cerca, sujetando al formidable animal contra la piel del barco. Las aguas se tiñeron de sangre mientras el pez daba sus coletazos agónicos y Godereto lo amarraba con lazos hasta dejarlo inmóvil.

El siguiente problema era sacar la presa del mar y subirla a bordo. Debía pesar lo mismo que cuatro o cinco de nosotros, lo cual era un exceso de carga para las embarcaciones. Afortunadamente el mar estaba calmo, lo que nos permitió tender un puente de tablones entre ambas *txalupak*. Pudimos elevar al atún sobre el puente y proceder a la faena primaria, para quedarnos solamente con la sabrosa y abundante carne.

Ya era avanzada la tarde cuando estuvimos en condiciones de retomar la navegación hacia al sureste.

Ingresamos en una bahía al anochecer y montamos los refugios en una extensa playa, para pasar la noche en el continente de Libia.

Durante la tercera y la cuarta jornada del viaje, seguimos la costa de Libia en dirección este, sin mayores contratiempos, ni sucesos para mencionar.

El paisaje no mostraba variaciones a lo que ya conocíamos de otros puntos del Lubarnea. Las montañas llegaban hasta el mar, a veces en ásperos barrancos, otras en suaves declives, alternando puntas rocosas y peligrosos arrecifes, con bahías y hermosas playas de arenas casi blancas. En general había arbustos y matorrales próximos a la costa, pero no bosques ni vegetación exuberante. En aguas poco profundas el mar adquiría bellísimas tonalidades verdes, transparentando una variedad de peces de llamativos colores.

En tierra, sólo vimos ovejas en estado silvestre y diversidad de aves marítimas.

Tampoco hallamos ríos que llegaran al mar, al menos no de gran caudal.

El buen ánimo predominaba entre nosotros. Las *txalupak* se comportaban mejor de lo previsto, el viento propicio y el buen tiempo nos acompañaban, y disponíamos de comida en abundancia.

Al final de la cuarta jornada, decidimos continuar avanzando lo que fuera posible, guiados por las estrellas y confiándonos en lo que pudiéramos ver a la escasa luz de la luna creciente.

Pero cerca de la medianoche estuvimos a punto de tener un accidente. Por poco evitamos la colisión contra las rocas de un islote, que hubiera destruido las *txalupak*.

Por lo que reconsideramos la insensata idea de la navegación nocturna y buscamos el punto más cercano para desembarcar.

El paisaje por fin se modificó en la quinta jornada. La cordillera comenzó a apartarse de la costa, dando lugar a una planicie fértil con bosques y rica vegetación. Pudimos ver una sucesión de lagos, algunos de ellos con márgenes blancas, evidenciando depósitos de sal.

Según las estimaciones de Nora y Etxekide, debíamos estar aproximándonos al estrecho que comunicaba el Lubarnea Cercano con el Lubarnea Central. En definitiva a nuestro destino, la Isla Principal, que debía presentarse imponente a nuestra *eskuerra*.

Pero sólo vimos una isla pequeña. No encontramos la Isla Principal aunque continuamos yendo hacia el este hasta el anochecer. Revisamos los mapas con preocupación, tratando de hallar una explicación. Si bien los contornos del continente mostraban pequeñas diferencias, no habíamos notado hasta el momento errores o discrepancias importantes.

Incluso la costa de Libia torcía al sur tal cual estaba dibujada en el mapa de Ferinto, a continuación del estrecho. Pero no había estrecho y ni siquiera en el horizonte aparecía la Isla Principal.

Desconcertados, atracamos en una ensenada, próxima a la desembocadura de un lago, con la expectativa de aclarar el misterio al día siguiente.

Por la mañana, Etxekide Nora y Egoitz marcharon hasta una colina cercana, en cuya cumbre aspiraban divisar la Isla Principal.

Los vimos regresar con expresiones de descontento. No habían descubierto la Isla, pero sí que la costa no se recortaba como estaba indicado en los mapas, sino que se curvaba nuevamente hacia el norte, como en una gran bahía.

A media tarde nos apartamos de la costa. Poco tiempo más tarde vimos tierra delante de nuestros ojos y celebramos haber encontrado por fin la Isla, pero al acercarnos nos dimos cuenta de que estábamos en un error.

No era sino otra punta de Libia, tras la cual la costa torcía nuevamente al sur.

Desalentados, continuamos navegando hacia el este, alejándonos del continente. Se nos terminaba la jornada y no podíamos correr el riesgo de viajar de noche. Esta vez no había playa para desembarcar. Estábamos en mar abierto.

Para peor, no sabíamos hacia dónde nos dirigíamos. Ya no podíamos confiar en el mapa de Ferinto.

Cuando el sol se ocultaba, alcanzamos a divisar dos islas. Al acercarnos, estimamos que la que teníamos a *eskuona* era pequeña, por lo que fuimos hacia la de la *eskuerra*.

Con las últimas luces del crepúsculo, encontramos una playa para desembarcar.

No supimos hasta el día siguiente que efectivamente habíamos arribado a nuestro destino.

La noche no llegaba a ser cálida, pero invitaba.

Después de la cena, cruzamos miradas anticipando los encuentros de *atsegin*. Por señas, fuimos comunicando nuestras intenciones.

Entonces Etxekide se acercó a donde yo estaba y me preguntó en voz baja.

- No estarás molesta ?

Con fingida sorpresa, respondí.

- Por qué habría de estarlo ?

Él intentó explicarse.

- Nora y Sutziake ...

No le permití seguir.

- Quieren tus atenciones y tú gentilmente habrás de dárselas.

Etxekide asintió, antes de animarse.

- No iré con ellas si tú ... quieres.

Apreté sus manos entre las mías.

- Gracias, mi amor. Sé muy bien que estarás conmigo siempre que te lo pida.

El rostro de Etxekide brilló al reflejo de la hoguera. Besó mi frente y tras darme la espalda, caminó hacia donde Nora lo esperaba.

Entonces guiñé un ojo a Egoitz, quien había asistido a la escena a distancia, disimulando su interés por el desenlace.

La playa en la que habíamos pasado la noche lucía hermosa con el sol de la mañana.

Una gran extensión de arenas finas casi blancas, con leve pendiente hacia una planicie de dunas y vegetación dispersa. Tierra adentro, hacia el noreste, alcanzaban a verse montañas de gran altura.

El aire, por primera vez desde los días del diluvio, comenzaba a sentirse tibio. Los rayos de *eguzki,* tanto tiempo débiles y esquivos, parecían estar recuperando el poder de deleitarnos con su reconfortante calidez.

Etxekide, Urma y Nora discutían una extravagante conjetura durante el desayuno.

Postulaban que la Isla Principal del Lubarnea se había "alejado" hacia el este, al tiempo que el continente de Libia se había "retraído". No era que la Tierra se hubiera movido, sino que el mar había ganado altura. No sólo los mares de Atlantis y del Lubarnea, sino todos los mares de la Tierra, habían crecido entre cinco y seis campos, haciendo desaparecer las islas pequeñas, reduciendo la superficie de las islas grandes y devorando los contornos de los continentes.

Eso explicaba las diferencias entre el mapa de Ferinto y las costas que habíamos recorrido durante las seis jornadas que llevábamos viajando. También explicaba la "desaparición" del estrecho entre el Lubarnea Cercano y el Lubarnea Central. Ya no había un estrecho de tres carreras, sino un mar de veinticinco carreras separando Libia de la Isla Principal. Las anteriores dos jornadas habíamos estado buscando un estrecho inexistente.

Si todos los mares de la Tierra se habían elevado entre cinco y seis campos a causa del desastre, teníamos una horrorosa certeza sobre lo que de una u otra forma habíamos imaginado.

Las siete ciudades de Atlantis, con sus calles, puertos y palacios pertenecían ahora al lecho de los mares. Nuestras *etxeak* y las de nuestras madres, yacían a varios campos de profundidad por debajo de las olas.

El mundo del que proveníamos había sido aniquilado. Nunca volveríamos a verlo. Nadie podría jamás descubrirlo. Permanecería sumergido en los abismos, inaccesible, invisible, para siempre.

Pasado el mediodía, volvimos a botar las *txalupak*.

Debíamos encontrar la boca de un río, en una isla que había sido modificada por el avance del mar. No teníamos mapas fiables. Tampoco quien nos pudiera hacer de guía. Sólo el incierto testimonio de una mujer que había perdido los cabales. La reiterada perorata de Tinabuna proclamando la poco creíble existencia de cultivos en aquella isla desconocida y deshabitada.

No sabíamos si rastreábamos algo real o una entelequia. No obstante, habiendo llegado hasta allí, agotaríamos la exploración hasta donde nos fuera posible.

La ex-directora había asegurado que los cultivos se encontraban río arriba, a diez carreras del mar, en un valle bien regado de excelentes tierras. Y que reconoceríamos los terrenos por sus líneas rectas de árboles frutales.

La cuestión era si ese lugar continuaba siendo tierra firme. Recorrimos la costa navegando hacia el norte. A mediados de la tarde avistamos la boca de un arroyo. A poco de adentrarnos en él debimos detenernos, pues su cauce era tan estrecho que no permitía avanzar.

Regresamos al mar y continuamos yendo al norte, hasta toparnos con una pequeña isla. Al dejarla atrás, descubrimos otra desembocadura, ésta más importante que la anterior.

Volvimos a intentarlo. El cauce era navegable. Remontamos algunos codos por un valle ondulado. Al llegar a una bifurcación, optamos por el ramal de la *eskuona*, que nos pareció mayor.

Doblamos un par de codos más, hasta que escuchamos el grito de Guaire.

Delante de nuestros ojos había gran cantidad de árboles jóvenes, cargados de frutas, plantados en líneas.

En largas, perfectas e inequívocas líneas rectas.

A continuación de los frutales podían verse otros cultivos, abarcando varios campos del valle.

Nos costó salir del asombro, pues aquello era arduo de explicar. Cómo habían soportado las plantas los extremos calores y fríos que sobrevinieron al desastre ? Cómo habían crecido sin el mínimo cuidado durante dos años ?

Forzosamente, las catástrofes debían haber sido menos rigurosas en la Isla Principal que los territorios enfrentados al Mar de Atlantis. No encontramos señales de incendios, ni sedimentos visibles de cenizas en el suelo.

Lo que Tinabuna nos había anunciado era cierto. Allí estaban las prodigiosas plantas escogidas en el continente de Asia. Una supuesta fortuna en recursos vegetales, cuyas aplicaciones desconocíamos por completo. Lo que alimentaba la duda sobre si Tinabuna estaría tan desquiciada como suponíamos.

La anterior expedición de *hamazortzi* había hecho una labor extraordinaria.

Por la elección del lugar, un valle fértil rodeado de colinas, sobre el curso de un río de caudal constante. Y por la inteligencia puesta en la preparación de los terrenos y en la distribución de los cultivos.

El sabor de las frutas nos resultó insoportablemente ácido. Tenían forma redonda, con la piel verde, levemente rugosa y difícil de separar. Por dentro, se componían de gajos, cada uno con un par de semillas. No imaginamos para qué podrían servirnos, si eran imposibles de comer.

El campo inmediato estaba tupido de hierbas de casi un paso de altura, en las que empezaban a abrir pequeñas flores de color azul. Más atrás, había un extenso cañaveral con plantas de tallos altos, de unos dos pasos de altura. Seguían unos arbustos pequeños de tronco retorcido, desprovistos de verde. Y por último, otros árboles jóvenes, de aspecto similar al abeto.

Plantas que guardaban misterios. Que nos iban a ser develados por Ferinto en el momento de que la expedición llegara hasta allí. Pero Ferinto no estaba para enseñarnos sus secretos.

Aprovechamos la última luminosidad del día para montar los toldos de *espartzu.*

- Ellas me siguen hablando, Sutziake.

- Continúan apareciendo en tus sueños ?

- Sí. Con frecuencia es mi madre Atissa. A veces Anixua, o Haridian. Otras, mi abuela Iruene, o Bentaga o Nekane. Siempre vestidas con sus túnicas ceremoniales y adornadas con joyas.

- Qué te dicen ?

- Que observe bien. Que escuche bien. Esas cosas.

- Y tú qué les dices ? No les haces preguntas ?

- No.

- Me haces un favor ?

- Cuál ?

- La próxima vez que se te presente mi madre adoptiva, Nekane, le dices que la quiero mucho ?

- Procuraré hacerlo, querida amiga. Pero creo que ella ya lo sabe.

Permanecimos tres días y cuatro noches en aquel lugar, investigando las características de las plantas y evaluando el modo de transportar algunos ejemplares en las *txalupak*.

Los *maisuak* en Tejido, Egoitz, Urma y Oihane, ensayaron distintos modos de separar la cortezas de los tallos para obtener fibras que pudieran ser cardadas e hiladas.

Obtuvimos auspiciosos resultados con las cañas, que llamamos *kanaberak,* cuyos tallos proporcionaban una fibra velluda. Las sogas que fabricamos trenzando aquellas fibras tuvieron excelente comportamiento en los ensayos que hicimos para probar su resistencia.

No tuvimos éxito en separar la piel de las plantas de florcitas azules. Según Oihane, esas hierbas deberían dejarse secar unos días y posteriormente golpearse con una maza para obtener el material de hilado.

Construimos cubas a modo de canteros, para llevar muestras de cada una de las plantas, con el propósito de cultivarlas en los valles del Tartessos y del Lukus.

Mientras tanto, Nora, Guaire, Janequa y Etxekide exploraron con "Bisonte" las costas de la Isla Principal, completando las mediciones de distancias que necesitábamos para reemplazar el mapa de Ferinto.

Cosechamos tantas *kanaberak* como nos fue posible subir a los barcos, colocando los fardos en todas las posiciones, acostados, parados, incluso atados a la borda.

Al duodécimo día desde la partida, emprendimos el regreso.

- Mis sueños son más divertidos. Anoche soñé con Sakon.

- Cuánto lo he extrañado ! Qué hacía el pequeño pícaro en tu sueño ?

- Se reía. Caminaba con los brazos en alto, moviendo la cintura. Como queriendo penetrar a una mujer imaginaria.

- Qué gracioso ! Y no fuiste solícita con el pobre Sakon ?

- Fui a bailar con él.

- A bailar ?

- Sí. Pero de inmediato, sin disimulos, comenzó a derramarse en mis nalgas.

- Fue un baile placentero, entonces.

- Fue un hermoso sueño.

Teníamos planificado que la ruta de regreso no fuera la misma que la de ida. En vez de recorrer la costa norte de Libia, navegaríamos por la costa sur de Euriopa, pasando por las Islas Cercanas.

Como las distancias podían no corresponder con las representadas en el mapa de Ferinto, asumimos el riesgo de no hallar tierra para desembarcar al final de cada jornada, y de vernos obligados a pasar alguna noche en el mar.

El primer gran tramo, desde la Isla Principal a la Península de Sardinia, lo completamos poco antes de la caída del sol, contando con viento favorable.

Desembarcamos en una playa rodeada de colinas, próxima a un lago con depósitos de sal. Esa noche fue la noche más cálida de todo el viaje, gracias a la tibia brisa que venía desde Libia.

- Crees que puedan estar vivos ?

- Quiénes ?

- Sakon, Iratxe, Dafra y Ameqran.

- No lo creo. Lo dices porque ellos no estaban en Atlantis ?

- Claro. La expedición de *hamazortzi* al Continente del Sur.

- No sabemos dónde se hallaban al momento del desastre.

- No. Pero supongo que aún en las montañas.

- Si así fuera ...

- Si así fuera, deberíamos escucharlos con nuestros pechos.

A la madrugada, volvimos al mar para rodear la península, una costa escarpada con pequeñas ensenadas, en las que descubrimos grandes cavernas parcialmente sumergidas.

Entramos a una de ellas y avanzamos remando cuidadosamente hasta encontrar un extremo de la gruta donde atracar las *txalupak*.

- Yo ... sabía que ustedes estaban en Libia. Los sentía vibrar en mi pecho.

- Lo sé. También escuchaste a los sobrevivientes del norte antes de encontrarlos, no ?

- Sí. Es cierto.

- Y has sentido las vibraciones de Iratxe, Dafra, Sakon y Ameqran ?

- No estoy segura. Ellos están muy lejos. Del otro lado de la Tierra.

En la decimocuarta jornada continuamos viajando hacia el oeste. Durante el día navegamos sin contratiempos por el calmo mar azul.

Sin necesidad de remar, teníamos abundante tiempo para aprovechar en faenas a bordo. Las *txalupak* desbordaban de fardos, los que empezamos a procesar, abriendo cada *kanabera* cuidadosamente con un corte longitudinal, separando la fibra del tronco.

Al caer la noche mantuvimos las velas desplegadas, aprovechando la luz de la luna.

Cuando ya comenzaba a amanecer nos aproximamos a la primera de las Islas Cercanas del Lubarnea. Ingresamos lentamente en una bahía y desembarcamos en la playa, donde ni siquiera montamos toldos para descansar.

- Se quedarán unos días con nosotros al regreso ? o irán a Libia directamente ?

- Iremos a las cavernas. Primero a la del sur y después a la del norte. Tenemos que averiguar si Edurne y Aimar querrán ir a la aldea o permanecerán en la Grosejule.

- Bien. Entonces celebraremos juntos la Fiesta de Egu.

- Sí. También me gustaría saber cuándo estarán resueltos los otros asuntos.

- Cuáles ?

- Los asuntos pendientes con Txanona.

- No te hagas ilusiones.

- Hay algo que no sepamos ? Qué es lo que estás esperando, Itahisa ?

- No soy yo. Es Ainenfrau la que está esperando un bebé.

- Se acerca el tiempo del parto, no ?

- Sí. Por eso estoy ansiosa por llegar. Quiero estar presente cuando nazca ese niño.

Dormimos toda la mañana.

Después del almuerzo, recorrimos la costa sur de la mayor de las Islas Cercanas, haciendo algunas paradas para disfrutar la increíble belleza del lugar.

Gran variedad de aves marítimas poblaban los peñascos que se recortaban sobre el mar. Nora y Egoitz nadaron entre las rocas para pescar con sus arpones. Guaire lanzó canastos atados a unas sogas para cazar pulpos y recogió un ejemplar de color rojo de buen tamaño. En tierra, solamente vimos diversidad de lagartijas de extraños colores.

Disfrutamos de una maravillosa puesta de sol acostándose sobre las lejanas colinas de la menor de las Islas Cercanas, nuestro destino para el día siguiente.

- No entiendo qué cosas estás dispuesta a concederle.

- No estoy dispuesta a hacer concesiones, querida Sutziake.

- Pero así no tendremos acuerdos !

- Tú tampoco estás dispuesta a cortar los vínculos con los nativos, no sé de qué hablas.

- De la sacerdotisa nominada, por ejemplo.

- No habrá sacerdotisas nominadas. De ningún modo. Podemos nombrar referentes de las Doce Ciencias y elegir en cada Fiesta quién dirigirá la ceremonia.

- Necesitamos una líder de la comunidad, Itahisa.

- No sé si la necesitamos. En todo caso, yo no voy a convalidar a Txanona. Tú lo harías ?

- No.

- Acaso crees que Txanona va a aceptar mi autoridad, o la tuya ?

- No.

- Entonces, olvídate de lo del liderazgo.

Seguimos la costa norte de la menor de las Islas Cercanas durante la mañana. Al dejar atrás un cabo vimos aparecer el continente.

Decidimos cruzar esa distancia y al anochecer estábamos pisando suelo de Euriopa, cuando se cumplían dieciséis días de viaje.

- Barrancos y playas, peñas y puntas rocosas, calas y bahías. Todas las costas del Lubarnea son parecidas.

- Es hermoso, pero no tanto como Atlantis.

- Ningún lugar del mundo podrá compararse con Atlantis, Itahisa.

Las dos jornadas siguientes hicimos cabotaje por las costas de Euriopa, alternando entre las direcciones sur y suroeste.

El tiempo se presentó nublado con lloviznas intermitentes. El mar comenzó a agitarse y a zarandear las *txalupak,* pero sin llegar a preocuparnos.

Al atardecer de la jornada dieciocho, llegamos por primera vez a un lugar conocido.

Estábamos nuevamente en la playa de los cuarzos, en la que habíamos pasado la primera noche.

- Qué haremos con todas estas fibras de *kanaberak* ?

- Tejeremos telas para hacer velas. Estoy harta de estas pesadas velas de *espartzu* que quedan rígidas al mojarse.

- Tú sabes, Itahisa, que te aprecio mucho y estoy dispuesta a acompañarte en tus caprichos. Pero a veces me cuesta entenderte.

- A qué te refieres ?

- A esa tonta idea tuya de que no debemos dibujar la bandera atlanteana en las velas.

- No es una idea tonta.

- A todos nos parece una idea tonta, excepto a ti.

- Ah ... sí ? Está bien. Pues sigan pensando de ese modo. Ya cambiarán de opinión.

- Por qué estás tan segura de ello ?

- No estoy segura, Sutziake. Sólo es ... un presentimiento.

En la última jornada del viaje, los *maisuak* en Astronomía, Urma, Nora y Etxekide, reunieron todas las mediciones realizadas para confeccionar el mapa del "nuevo" Lubarnea.

Cuando lo tuvieron pronto, pudimos comparar los cambios entre el mapa de Ferinto y el resultante del recorrido que estábamos por culminar.

Puestos uno sobre el otro, quedaban notorios los efectos que la gigantesca inundación había provocado.

Pero lo que más llamaba la atención era la modificación, en forma y tamaño, de la Isla Principal.

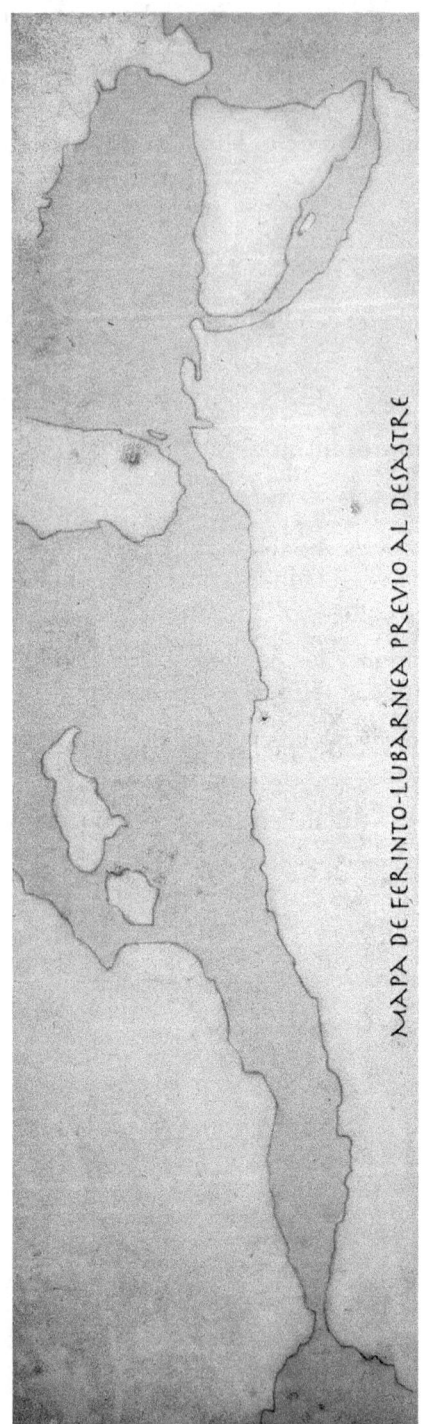

MAPA DE FERINTO-LUBARNEA PREVIO AL DESASTRE

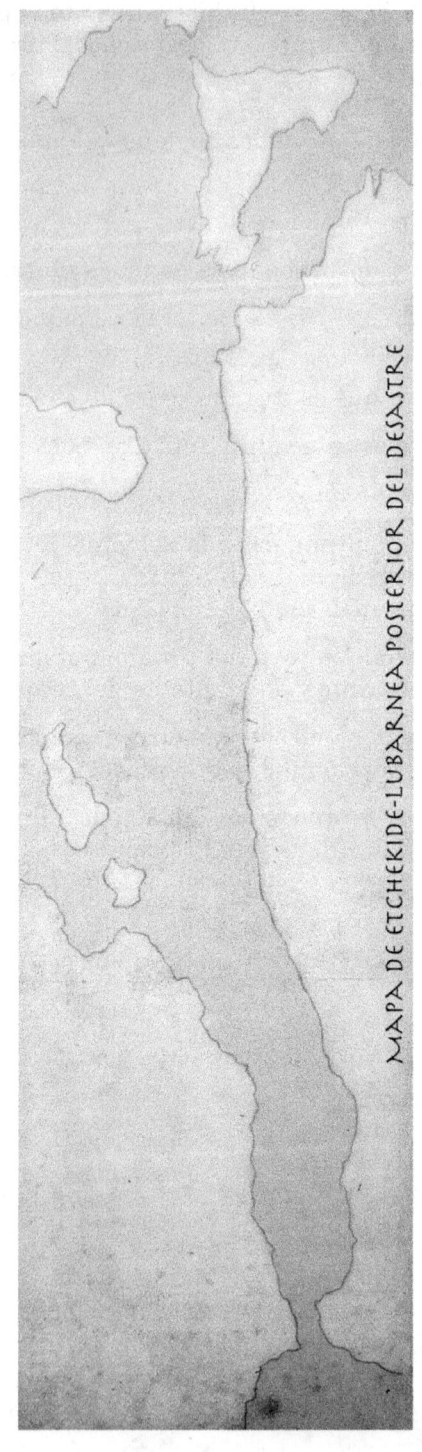

MAPA DE ETCHEKIDE-LUBARNEA POSTERIOR DEL DESASTRE

A diecinueve días de la partida, dejamos el Lubarnea para internarnos en el Guadi-aro.

Estábamos satisfechos por el éxito del viaje y ansiosos por reencontrarnos con Abian y a Ainenfrau.

Al atardecer, atracamos a "Cordero" y "Bisonte" a la vera del arroyo, las dejamos allí con carga y equipajes, e iniciamos la marcha por la montaña hasta la caverna.

El gigante y la mujer del hielo nos recibieron con distintos alborozos. Ainenfrau se mostró muy contenta por el regreso de Janequa, a quien abrazó con cariño. Menos efusiva fue conmigo, con Etxekide y con Guaire, y casi indiferente al resto. El volumen de su panza y de sus pechos era impresionante, y su andar lento, forzado, anunciaba la inminencia del parto.

Abian, por su parte, estaba feliz de volver a vernos tras convivir veinte días con la mujer peluda. Se notaba que tenía muchos deseos de hablar y no paraba de hacernos preguntas sobre el viaje.

Le hicimos un relato sucinto de la expedición durante la cena y nos excusamos con él para postergar la plática hasta la mañana siguiente.

Nuestros cuerpos extenuados por el largo viaje nos demandaban descansar.

La jornada siguiente tuvimos mucho trabajo. Debimos descargar las *txalupak* y trasladar los bultos y fardos a la caverna. Más tarde llevamos en hombros a "Cordero" desde la montaña hasta el lago para ahorrarle a nuestros amigos un día de navegación en su viaje hacia la Grosejule.

Al mismo tiempo solicitamos a Egoitz, Oihane y a Urma ayuda en el diseño y fabricación de un telar, para iniciar lo antes posible el tejido de fibras de *kanaberak*.

Con varas de *arte* montamos un aparejo de tres pasos de ancho, sobre el que colocamos líneas de espinas de pescado para guiar los hilos. Un pequeño "barquito" de madera con una hendidura sería el portador del ovillo que, yendo y viniendo, iría tejiendo la tela.

Una cosa era tener el dispositivo pronto y otra muy diferente enhebrar los hilos, uno por uno, con temple y paciencia, hasta que el telar estuviera listo para funcionar. Cualquier error en este procedimiento implicaba deshacer todo y empezar de nuevo.

Oihane y Guadarteme se quedaron con nosotros, al tiempo que Nora, Egoitz, Urma, Godereto, Sutziake y Baraso partieron hacia la Grosejule, una mañana fresca y soleada de fines del *udaberri*.

Transcurrieron dos días de relativa calma, en los que principalmente trabajamos en el telar y en los nuevos cultivos.

Oihane y yo discutíamos el punto donde finalizar el primer tejido, cuando Abian vino a buscarme con evidente nerviosismo.

Ainenfrau estaba derramando aguas.

De inmediato fuimos corriendo y al verla quedamos pasmados. La mujer peluda, desnuda y en cuclillas sobre un charco, gemía sordamente sus dolores de parto.

Recién entonces nos percatamos de lo difícil que sería ayudarla, puesto que ella parecía ensimismada en su trance y no demandaba nuestra compañía. Daba la impresión de estar esperando que el bebé simplemente "cayera" desde su natura al piso embarrado de la caverna. Parirían de ese modo las mujeres del hielo ? Habría ya tenido hijos Ainenfrau o sería primeriza ? No lo sabíamos y tampoco era momento de averiguarlo.

La parturienta reaccionó con fastidio a mis intentos de limpiar el piso y colocar pieles debajo de su cuerpo. No quiso moverse de allí y gruñó su desagrado cuando le acaricié el hombro. De modo que Janequa y yo nos sentamos a su lado, resignadas al rol de espectadoras, diciéndole palabras amables, que ella toleraba aunque le resultaran incomprensibles.

Al anochecer, los espasmos comenzaron a hacerse frecuentes. Ainenfrau solamente dejaba escapar gemidos cuando los dolores irrumpían. Janequa y yo no atinábamos a otra cosa que acompasar su respiración mientras la hirsuta *natura* comenzaba a dilatarse.

Lamenté que Sutziake hubiera partido el día anterior. Seguramente ella sabría qué hacer en tan difícil circunstancia. Quizás hasta sería capaz de comunicarse con Ainenfrau y persuadirla de mudarse a un sitio más limpio, cómodo y abrigado.

En ese momento, para nuestro asombro, escuchamos el colmillo de elefante.

No era posible que nuestros amigos hubieran ido y vuelto en dos días. Por qué habían regresado ?

Etxekide y Guaire encendieron antorchas y fueron corriendo al lago a averiguar qué estaba ocurriendo.

La cabeza del bebé comenzó a asomar tras los pelos rojizos de la natura de su madre, quien respiraba agitada, emitiendo ruidosos suspiros.

Guaire y Abian nos acercaron un caldero con agua tibia y unos paños, para limpiar al recién nacido.

Janequa rezaba oraciones a Ama, la Diosa de la Maternidad, invocando el poder de *Ilazki*, la luna, para dar fuerzas a la madre y amparar al bebé por nacer.

A la distancia se oían gritos y conversaciones animadas un grupo grande de personas llegando a la caverna.

De pronto Ainenfrau se puso rígida, apoyadas sus manos sobre la roca de la pared, contraídos y en tensión los músculos de brazos y cuello. Dio un grito y vimos la cabecita sobresaliendo hasta casi rozar el piso. Tuve el instinto de tomarla con mis manos para ayudar al parto, pero Ainenfrau no me permitió hacerlo.

Ella usó su *esku-ona* para colaborar en el último empuje, aplastando su propio vientre.

Entre la alegría y el estupor vimos salir completamente el cuerpito untado de sangre.

La mujer del hielo quitó las secreciones de la cara del bebé, quien, tras un pertinente llanto, comenzó a respirar.

Era un varón.

La sala se llenó de gente que celebraba el alumbramiento y se agolpaba para ser testigo del instante en que Janequa, maniobrando cuidadosamente con un paño entre las piernas de Ainenfrau, procedía a limpiar la cabeza del recién nacido.

El silencio se instaló en la caverna, uniéndonos en un una profunda conmoción, mezclada con perplejidad.

El bebé tenía el cabello de un color rojo intenso en su cabeza. Casi invisibles cejas, también rojas. Su piel era muy blanca, levemente azulada.

Por lo demás, su aspecto era indistinguible al de cualquier atlanteano recién nacido.

Tenía la nariz delicada, los labios hermosos y los ojos azules del color del cielo.

La propia madre lo miraba con expresión de desconcierto, lo que confirmaba nuestra percepción de que aquel niño no se asemejaba a un bebé del hielo. Sino que más bien tenía la apariencia de una criatura atlanteana común y corriente, con el cabello teñido de un exótico rojo.

Ainenfrau dijo unas palabras que no entendimos, mientras tironeaba sostenidamente del cordón que aún la unía con el recién nacido.

La bolsa sanguinolenta salió de sus entrañas para caer sobre las piernitas que el pequeño agitaba como un precoz nadador.

Contra lo esperable, la madre no alzó al niño en sus brazos, sino que se incorporó y respiró profundamente con la espalda apoyada en la pared, antes de aceptar el jarro de agua que Abian le ofrecía.

Janequa recogió al bebé del piso, lo envolvió en pañales y le acarició las mejillas con ternura. Luego se lo entregó a Ainenfrau, quien aparentaba no reponerse del esfuerzo, ni estar demasiado interesada en el fruto de su vientre.

Recién entonces pude prestar atención a lo que ocurría a mi alrededor.

"Cordero" había regresado con todos sus tripulantes, sin haber llegado a destino. Yendo por el mar, el día anterior, se había encontrado con "Ciervo", la *txalupa* del norte, en la que venían Teno, Edurne, Aimar y Iulen.

Supuse en principio, equivocadamente, que Teno y Iulen acompañaban a Aimar y Edurne en su primer tramo de regreso a la aldea de Libia. Y que por ello el viaje a la Grosejule se había cancelado.

Pero ese no era el verdadero motivo de la inesperada invasión de visitantes en el transcurso del parto.

En cuanto les fue posible, Sutziake y Iulen me llevaron aparte para decírmelo al oído.

Tinabuna estaba agonizando.

Txanona había encomendado a Teno y Iulen partir de inmediato en búsqueda de nosotras y llevarnos lo antes posible a la Grosejule.

Según Iulen, la ex-directora de la expedición era quien lo había solicitado. La propia Tinabuna había reclamado la presencia de Sutziake y la mía, porque tenía algo de suma importancia para decirnos.

No había tiempo que perder.

Janequa, Guaire y Abian podrían quedarse al cuidado de la madre y del recién nacido.

Debíamos partir a la madrugada.

Interrogamos repetidamente a Abian sobre el nombre que Ainenfrau le daría a su hijo. Pero él afirmaba que ella nunca se lo había dicho. Tanto le insistimos, que el gigante fue expresamente a trasladar la pregunta a la mujer del hielo.

Asistimos a una insólita conversación entre ellos, en la que ambos negaban frecuentemente con la cabeza, hasta que Ainenfrau dijo algo que dejó a conforme a Abian.

Él se dirigió a nosotros con expresión de abatimiento.

- El niño se llamará Noighasset.

Quisimos saber qué significado tenía aquello en el idioma de los hombres del hielo.

Abian trató de eludir la respuesta, hasta que finalmente, con evidente fastidio, nos dio la explicación.

- "Noi" significa "nuevo" o "reciente" . "Has" es odio. Y "Hasset" quiere decir "el más odiado".

- El nuevo más odiado ?

El gigante se encogió de hombros, dando a entender que no captaba los motivos de Ainenfrau para dar un nombre tan horrible a su bebé.

Se hizo un silencio, hasta que Guaire tuvo una de sus ingeniosas ocurrencias.

- Entonces le llamaremos Nuhazet. Qué les parece ?

Risas y aplausos saludaron la propuesta de Guaire, que otorgaba al recién nacido una apelación menos angustiosa y más reconfortante.

Porque en atlanteano "nuhazet" significa "semilla dónde".

Una forma sutil de referir a la incógnita que nos había producido la gestación de aquel niño. Y que nos había sido despejada con su nacimiento, dejándonos maravillados.

Me costó dormir.

En mi mente, las imágenes del parto se mezclaban con memorias del reciente viaje al Lubarnea y con recuerdos más antiguos. La llegada a Lehen para el entrenamiento, cuando habíamos conocido a Tinabuna. La enérgica y jovial Tinabuna que nos había esperado en el puerto. La enjuta, casi exánime Tinabuna, que nos esperaba en la Grosejule. Las actitudes incomprensibles de Ainenfrau. Los llantos principiantes de Nuhazet, el misterioso gestado, o de Noighasset, el nuevo odiado.

Tuve la sensación de recién haberme dormido cuando sentí la fuerte mano de Abian tomando mi brazo. Al abrir los ojos, me encontré en la penumbra con su cara de espanto.

- Itahisa, por favor, levántate.

- Qué pasa, Abian ?

- Es Ainenfrau. Ella ... no está.

- Cómo ?

- Se ha ido.

- Tranquilo, Abian. Habrá salido a dar un paseo.

- No. Aún no hay sol. Créeme, Itahisa. Se ha marchado.

- Y el bebé ?

- No sé. No lo he visto.

Me incorporé de un salto. Lo más rápido que pude bajé por la galería hasta la sala principal, seguida por Abian.

Ni Ainenfrau ni el bebé se hallaban allí.

Salimos al patio de entrada y cruzamos el muro de la empalizada. Apenas clareaba el horizonte. Caminamos en círculos por los terrenos inmediatos, sin ver señales de la madre ni del hijo.

Corrimos en dirección al lago y tampoco los encontramos. Recorrimos los lugares donde la mujer del hielo acostumbraba a pasear por las mañanas, llamándola a gritos, pero no tuvimos respuesta.

- No entiendo. No entiendo. - Repetía Abian, moderando su angustia.

Trayéndolo del brazo, lo forcé a regresar a la caverna. Mi intención era despertar a todos y organizarnos en partidas de búsqueda. Afortunadamente éramos muchos para dividirnos en grupos y salir en distintas direcciones.

Pero al entrar a la sala principal vi algo que me hizo cambiar de idea.

La mustela, trepada a un anaquel, se dedicaba a una ruidosa actividad. Me distraje observándola. El pequeño animal mordisqueaba la sanguinolenta bolsa del parto, que Sutziake había puesto a recaudo para ser procesada como ungüento.

Tomé al ladronzuelo y lo llevé afuera, a campo abierto. Agachándome, fregué mi mano ensangrentada sobre el pasto. La mustela retozó a mi alrededor, festejando el inesperado paseo. Era dudoso que interpretara mi intención, pero tenía que probarlo.

Abian me miraba con extrañeza.

- Busca ! Busca ! - Imploré, golpeando el piso.

El animal movió la cola y se levantó sobre sus patas traseras.

Hice un intento más.

- Busca !

Entonces empezó a correr. Se alejó unos veinte pasos y se detuvo a olfatear algo en el suelo. Cuando caminé hasta allí la mustela volvió a lanzarse en una carrera hasta una zona pedregosa más distante. Tras olisquear las piedras continuó alejándose, rauda, en dirección al lago.

Sin muchas expectativas, fui hasta el lugar donde la mustela se había entretenido e inspeccioné las piedras del terreno. Estaba a punto de resignarme a volver a la caverna para retomar el plan original cuando una mancha en el piso llamó mi atención.

Con un grito llamé a Abian. Él llegó corriendo.

Juntos examinamos aquella salpicadura en una de las lozas del camino. Era un líquido espeso, de color rojo oscuro.

Indudablemente, una gota de sangre reciente.

No había tiempo para avisar a los demás. Sabrían de nuestra ausencia al despertarse. Entenderían que algo había ocurrido y postergarían la partida a la Grosejule hasta nuestro regreso.

Abian y yo fuimos en persecución de la mustela.

Descendimos por la ladera hasta el bosque quemado, el que cruzamos hasta acceder al lago. El pequeño rastreador viró a la *eskuerra* por la ribera y fuimos tras él. Al llegar al extremo del remanso, otra vez se detuvo, husmeando en círculos. Notamos otras gotas de sangre, en el barro próximo a la orilla.

En ese punto la profundidad era escasa, pero la corriente bastante fuerte. Por un momento dudamos. Había sido capaz Ainenfrau de cruzar el arroyo con el bebé en brazos ? Le sería posible a la mustela recuperar el rastro del otro lado ?

No había otra manera de saberlo que haciendo la prueba. Con esfuerzo, pude caminar por el lecho rocoso, mojándome hasta el pecho, llevando al animalito acurrucado en mi cuello. Abian no tuvo dificultades en llegar a la margen opuesta. Allí volvimos a liberar a la mustela, la que tras unas inexplicables indagaciones del terreno, optó por el sendero que llevaba a las montañas del sur.

Marchamos largo rato, remontando la pendiente, mientras las más confusas conjeturas nos aturdían.

Qué motivos habían llevado a Ainenfrau a salir de madrugada con el bebé, aún drenando las últimas sangres del parto ? Qué cosas no habíamos interpretado de sus extrañas actitudes de la noche anterior ? Estaría yéndose definitivamente de nosotros ? Iría ella a reunirse con un grupo de sus semejantes del que nunca habíamos sabido ? Por qué razón había llamado al pequeño "el más odiado" ?

El sol comenzaba a entibiar el aire cuando la mustela hizo un brusco cambio de dirección. Abandonó el sendero que conducía a las nacientes del Guadi-aro y comenzó a trepar por las rocas. Exigiéndonos escalar la montaña directamente hacia las cumbres, en las que resplandecían las últimas nieves, todavía no derretidas por el *udaberri*.

El ascenso era sencillo para nuestro pequeño guía pero casi imposible para nosotros. Con la ayuda de Abian pude trepar riscos y salientes de las rocas, jadeando por el esfuerzo. Sin dar lugar a las protestas de Abian me descargué en maldiciones e insultos a la mujer del hielo, por obligarnos a tan penosa persecución.

En una parada para recuperar el aliento el gigante me ordenó callar.

Muy lejano, por sobre nuestras cabezas, se escuchaba el llanto de un bebé.

Reiniciamos el ascenso, forzando al límite nuestros músculos, lastimándonos manos, pies y rodillas en el empeño. La mustela nos llevaba buena ventaja y por momentos dejábamos de verla. A cada momento, nos resultaba inconcebible que la parturienta hubiera escalado aquella montaña cargando con el recién nacido.

Poco más tarde alcanzamos a divisarla, a gran distancia, caminando tranquilamente hacia a la cumbre. Ni siquiera volteó la cabeza ante los angustiosos gritos de Abian.

Los desconsolados berridos de la criatura mortificaban nuestros oídos.

Nos separaban unos cinco campos, pero la capa cada vez más espesa de nieve nos hacía imposible avanzar con rapidez. De repente desaparecieron de nuestra vista, tras un macizo rocoso que contrastaba con el excesivo blanco del paisaje.

Cuando finalmente traspasamos aquella pared de rocas, quedamos estáticos, horrorizados.

La escena que se nos presentaba a los ojos era incalificable.

Ainenfrau bañaba a su hijo en las aguas de un arroyo del deshielo, indiferente a las muestras de sufrimiento que el frío provocaba en su cuerpito desnudo.

Superado el impacto, comencé a gritar, a dar alaridos de angustia y a correr torpemente hacia el lugar donde la desquiciada madre sumergía al bebé bajo el agua helada, como si estuviera limpiando un pescado.

Cuando estuvimos a unos pasos, Ainenfrau salió del arroyo. Acostó al niño sobre la nieve aledaña y se sentó a su lado, observándolo como si no lo conociera.

Llegué a tiempo para recoger al pequeño, cuya piel se veía completamente azul y no lloraba. Comprobé de inmediato que tampoco respiraba.

El dolor rasgó mi pecho, quebrándome. Caí de rodillas, apretando instintivamente al niño contra mi cuerpo.

Ainenfrau permaneció sentada en la nieve, contemplando al bebé apaciblemente, sin extrañarse por nuestra intromisión, sin inmutarse por mis llantos, ni tampoco por la sarta de furibundos reproches que Abian le descargaba.

La mujer del hielo buscó en su bolso un atado de hierbas aromáticas y lo llevó a las narices del niño que yo sostenía contra mi pecho.

Atiné a retroceder, repugnada. Ainenfrau avanzó hacia mí.

- Tú no entiendes, Itahisa. - Dijo en perfecto atlanteano.

Por un instante nos sorprendimos. Era la primera vez que ella hablaba en nuestra lengua. De inmediato, reaccionamos con furia.

- Entendemos perfectamente, Ainenfrau. Eres una mala mujer. Has matado a tu hijo !

Ella balanceó las hierbas húmedas sobre la rígida palidez del rostro del bebé.

- Ustedes no entienden. - Reafirmó tras una pausa.

Las náuseas se alojaban en mi estómago, provocándome arcadas. Extendí los brazos para entregar el cuerpito inanimado a Abian, pero Ainenfrau se interpuso. Tomando al bebé, se alejó un par de pasos y comenzó a darle palmadas.

La mujer del hielo daba cachetadas al niño y nosotros asistíamos a la escena estupefactos. Abian miraba sin saber qué hacer, las lágrimas descendiendo por sus mejillas. Mis bruscos vómitos estropeaban de un sucio amarillo la blancura del piso. La mustela continuaba inspeccionando gotas de sangre en la nieve recién derretida.

Fue entonces que el bebé comenzó a escupir agua y a toser.

Incrédulos, vimos como Ainenfrau lo refregaba contra sus abultados pechos. Un momento más tarde se escuchó un leve quejido. Y a continuación, para nuestro mayor asombro, la pequeña boca de Nuhazet se prendió a uno de los pechos y empezó a succionar.

Ainenfrau levantó la mirada, regodeándose en nuestras expresiones de desconcierto.

- Ustedes no entienden. - Repitió con una sonrisa que no le era habitual.

- No. De verdad. No lo entiendo. - Murmuró Abian para sí mismo.

- Noighasset isainman osáis bil liv. Noighasset es un hombre del hielo. Él va a vivir.

- Él va a vivir. - Repitió el gigante, compungido. Sus lágrimas ahora eran de alegría.

El pequeño Nuhazet tragaba ruidosamente la leche del pecho de su madre. Ella continuaba acariciándolo con sus manos peludas. La sonrisa en su cara fue extendiéndose hasta convertirse en una breve risa. Nunca habíamos visto a Ainenfrau reír. De pronto dejó escapar otra risa intempestiva.

Un momento después ella puso al bebé en su otro pecho, gimiendo de placer cuando el pequeño usó sus manitos para aferrarse a la rebosante cumbre,

Llené mi boca con nieve limpia para enjuagar el sabor repugnante de mis vómitos.

Ainenfrau siguió riéndose. Cada vez con más ganas.

Pasado el mediodía, estuvimos de regreso en la caverna, donde fuimos acosados con una cascada de interrogatorios y reproches.

No quise dar detalles para excusar el excesivo retraso.

- Fuimos a la montaña a acompañar a Ainenfrau, porque los hombres del hielo tienen un ritual para otorgar el nombre a los recién nacidos. No es cierto, Abian ?

- Eso, sí. Cierto. Fuimos a una ceremonia para darle ... el nombre. - Confirmó el gigante.

Tan pronto como pude preparé mi equipaje y abordamos las *txalupak* para ir a la caverna del norte.

Mientras descendíamos el Guada-alete, comenzó a lloviznar.

El cielo se había cubierto de nubes oscuras y fuertes ráfagas de viento complicaron la navegación por el río.

Al llegar al mar, corroboramos lo que era previsible. Las olas y el intenso viento nos impedían continuar viaje hacia el norte.

Debimos desembarcar, con la esperanza de que el tiempo mejorara al día siguiente.

Al avanzar la noche, una recia tormenta se descargó sobre nuestras cabezas. Gruesas gotas de lluvia golpeaban los toldos como si fuesen guijarros. Continuos relámpagos surcaban el cielo, iluminando las dunas y estallando con estruendo a nuestro alrededor.

En un momento Urma comenzó a sollozar, acurrucada en la arena, hundiendo la cabeza entre sus rodillas.

Quise saber el motivo de su aflicción. Se lo pregunté a Teno.

- Desde el desastre, siempre que hay truenos, ella se pone así. No lo ha superado.

Casi no pudimos dormir.

Al estrépito de los truenos, se agregó el progresivo anegamiento del terreno, por efecto del caudal de agua proveniente del cielo.

Con acordes de su lira, Teno entretuvo la velada improvisando versos.

> *Descerrajóse el cielo, con ímpetu inusual.*
>
> *Turbulento bullicio, que a las aves ensordece,*
>
> *espanta a los peces y a los insectos ahuyenta,*
>
> *mas no logra acallar mi canto, de tono excepcional.*

En cuanto empezó a clarear verificamos que las condiciones eran tanto o más adversas que la tarde anterior. Las olas acometían con furia la costa de Euriopa y el viento soplaba implacable desde el norte. Persistía la lluvia. Era inviable navegar con las velas.

Pero no podíamos perder más tiempo. Habíamos desperdiciado la jornada anterior a causa de la "desaparición" de Ainenfrau por la mañana y del advenimiento de la tempestad por la tarde.

Por lo que estábamos obligados a remar. Unas veintidós carreras por sobre las olas de tres pasos de altura, hasta llegar a la boca de los ríos teñidos.

En condiciones normales, esa distancia podía cubrirse en media jornada, pero aquellas circunstancias eran pésimas para navegar. Durante la mañana, avanzamos muy poco, con desmesurado esfuerzo.

El cansancio fue haciendo mella en nuestros ánimos. Casi no habíamos descansado, y en mi caso, sumando el singular episodio de la madrugada anterior, acumulaba dos noches sin dormir.

Las discusiones y desavenencias se hicieron frecuentes en ambas *txalupak*. Aimar reaccionó de mal modo cuando Urma le reclamó a Edurne que tomara su turno en los remos y la embarazada se excusó en su condición de tal para no hacerlo. Aimar increpó duramente a Urma y ésta volvió a quebrarse en llantos. Iulen intervino en defensa de Urma con ásperos reproches hacia Aimar. Esto provocó el fastidio de Sutziake, que optó por criticar a Iulen con comentarios sarcásticos.

En "Cordero" no había quien pudiera sostener el ritmo que Baraso imprimía a las brazadas, con los consiguientes malestares entre todos los tripulantes.

Para colmo, Egoitz tuvo la mala ocurrencia de discutir con Etxekide sobre cuál era la distancia adecuada que debíamos apartarnos de la playa. Esto derivó en un conflicto general en el que todos intentamos zanjar la discusión, pero no logramos otra cosa que prolongarla.

Al mediodía dejamos atrás la boca del Guadaki-ibai y recién al final de la tarde arribamos a la desembocadura conjunta de los ríos teñidos.

Hambrientos, empapados, malhumorados y doloridos, nos detuvimos a pasar la noche.

Continuaba lloviendo.

El tercer tramo del viaje, ascendiendo el Río Teñido desde el mar hasta sus nacientes, era similar en distancia a los dos anteriores.

De los doce que viajábamos, yo era la única que nunca lo había recorrido. Dado que sólo había ido una vez a la Grosejule, cruzando el valle a pie, y me había negado a ser parte de las excursiones posteriores

La tormenta había amainado y el viento girado al noroeste, de modo que pudimos usar las velas en el sinuoso trayecto contra la corriente.

Las aguas del río, sin llegar a ser oscuras, mostraban extraños cambios de coloración entre el rojo y el amarillo. También alternaban esos colores las rocas del lecho, al tiempo que el cauce se angostaba y volvía a ensancharse en cada recodo.

Al mediodía pasamos frente a los yacimientos de cobre y plata, donde nos llamó la atención que nadie estuviera trabajando. Habría muerto ya Tinabuna ?

Un poco más tarde, el río se hizo tan angosto que debimos atracar las embarcaciones.

Cargando nuestros bolsos, iniciamos el último tramo, marchando a pie hasta la Grosejule.

Llegamos a la gran caverna con la puesta del sol.

Fuimos recibidos con escaso entusiasmo por Atabar y Xitama, quienes no disimularon su resentimiento por nuestra demora.

El ambiente era de duelo. Aunque Tinabuna aún estaba viva.

Txanona fue parca al saludarme. Se notaba enfadada.

De a poco fuimos enterándonos de lo sucedido en los últimos días.

Txanona había intentado que Tinabuna le transmitiera sus mensajes para nosotras, sin éxito. Porque la ex-Directora se había negado a hablar, hasta que Sutziake y yo estuviéramos presentes.

Nos reunimos alrededor del lecho en el que permanecía postrada. Una extrema palidez impresionaba en su rostro. Los ojos hundidos le daban un aspecto cadavérico.

Sus manos huesudas apenas se movieron al vernos llegar. Pero en cuanto comenzó a hablar, nos sorprendió el tono firme, aunque pausado, de su voz.

Sin dar lugar a las protestas, ella fue despidiendo amablemente a los presentes, hasta que quedamos solamente Txanona, Sutziake y yo, de pie a uno de los costados del camastro.

Así habló Tinabuna, antes de morir.

La tradición de Atlantis, mis queridas, es muy rica. Ha sido transmitida de madres a hijos, de adultos a pequeños, desde hace muchos ciclos. Ustedes saben eso. Tengo muchas cosas que decirles. Mi cuerpo está cansado y mi mente confusa. Les pido, les ruego, que no me interrumpan.

Hace ya más de dos años, antes de la Fiesta de Elkar, se hizo un Congreso de Astronomía en Hiru. Yo estaba allí. No en el Congreso. Yo estaba en Hiru y supe lo que sucedió. Me enteré lo que un grupo de Decanas, basadas en antiguas tradiciones, contaron acerca de la fundación de Atlantis.

La ciudad principal, Lehen, fue fundada hace sesenta ciclos. Estas astrónomas relataron una historia transmitida a través de generaciones, acerca de una catástrofe ocurrida hace sesenta ciclos, antes de la fundación de Lehen.

Ellas contaron que una estrella había caído del cielo, provocando muerte y destrucción. Que en un día y una noche casi todos los hombres y animales que poblaban las islas en aquel tiempo, habían muerto. Y que los pocos sobrevivientes terminaron agrupándose en un extremo de la Isla Principal y comenzaron a construir *etxeak*. Porque una ola gigante se había tragado sus casas.

Así se fundó Lehen, dando inicio a una nueva era. Aquellos atlanteanos empezaron a contar los años a partir del año uno. Por eso, a la cantidad de sesenta ciclos, no le llamamos una carrera de años, sino una era.

Todo esto contaron las Decanas, porque otro grupo de astrónomos había descubierto una estrella viajante. Luego les explicaré cómo la habían descubierto. Por favor, ténganme paciencia. Se estaba por cumplir una era y una gran estrella viajante se acercaba en el cielo. Alguien podía suponer que la estrella caería sobre la Tierra, aunque fuera una suposición absurda, improbable o estúpida. Pero si llegaba a suceder y no habíamos tomado precauciones, habría sido más estúpido. La cuestión siguió conversándose en el Congreso, aunque quedó en eso, en conversaciones.

Unos días después tenía lugar otro Congreso. Una reunión del Círculo que se hizo en la ciudad de Sexta, porque estaba próxima la derrota del grupo de la Serpiente que lideraba Guaxara. Las hermanas que venían de asistir al congreso de Astronomía de Hiru transmitieron a las dirigentes del Círculo lo que las Decanas habían dicho.

Yo no estuve allí, pero lo sé porque me lo contaron. Las dirigentes del Círculo sí tomaron una decisión. Una decisión muy sencilla: duplicar los contingentes de *hamazortzi* para los años siguientes. El Círculo venía promoviendo los viajes de *hamazortzi* , era un plan que estaba funcionando con la finalidad, ustedes lo saben, de construir puertos y fundar ciudades atlanteanas en otros continentes.

De modo que fuimos notificados que la expedición a Lubarnea sería de seis barcos en vez de tres como teníamos previsto. Y que las otras expediciones, las de los continentes del norte y del sur, pasarían a integrarse con diez *txalupak*. Eso nos generó problemas, porque disponíamos de poco tiempo para ajustar los planes de entrenamiento. No sólo se nos pedía que entrenáramos más candidatos. También se nos demandaba ser más exigentes en los entrenamientos.

Así lo hicimos y pronto nos olvidamos de la estrella viajante, que fue desapareciendo en el cielo. Cuando partimos al año siguiente de Lehen, nadie se acordaba de la estrella. Era una expedición a Lubarnea como cualquier otra, muy importante para mí, porque sería la Directora por primera vez, pero ... nada extraordinario.

Cuando llegamos a Islas Castigadas, la estrella volvió a aparecer. No era algo imprevisto. Los astrónomos nos habían advertido que algunas veces esas estrellas pasan por el cielo dos veces en un año. Pero de inmediato supimos que estaba fragmentada. Y eso era una mala señal. Porque también nos habían advertido que si la estrella se rompía, el riesgo era mayor.

Tuvimos una charla con la sacerdotisa Zanina de Islas Castigadas. Ella era la Decana de Astronomía y además, la madre de adopción de dos *hamazortzi* que se sumaban a la expedición, Ixemad y Txanona. Zanina nos recomendó partir lo antes posible al Lubarnea, basándose en las directivas del Círculo. Las directivas eran dispersarse y subir a las montañas, en caso que la estrella se viera muy grande. Así lo hicimos. No sé si ustedes recuerdan que adelantamos la partida. Salimos de Islas Castigadas unos días antes de lo previsto.

Entonces empezamos a tener problemas. Nos enteramos que una *Maisu* muy joven estaba embarazada. Eso nos puso nerviosos porque no podíamos continuar la expedición con ella y tampoco regresar a Islas Castigadas. Para empeorar las cosas, tuvimos una gran tormenta que nos desvió hacia el norte, alejándonos de Euriopa. Por si eso fuera poco, perdimos un barco y otros dos quedaron seriamente averiados.

Ustedes saben, mis queridas, por lo que pasamos entonces. Tuvimos una desagradable discusión entre *maisuak*, algo que nunca debía haber ocurrido.

Las cosas siguieron poniéndose feas cuando llegamos a Euriopa. Los barcos seis y siete no estaban en el punto de reunión. Supusimos que estarían reparando averías y los esperamos, pero no llegaron. A causa de la tormenta, habíamos tenido muchas noches nubladas, por lo que no teníamos idea del tamaño de la estrella. Pero esa noche la vimos y quedamos preocupados. Muy preocupados.

De modo que volvimos a cambiar los planes. Decidimos llevarlos a ustedes a las montañas. Y también ponerlos sobre aviso de lo que estábamos temiendo. No a todos, para no generar una alarma innecesaria. Nadie podía asegurar si la estrella caería o no. Y si llegaba a caer, nadie podía saber en qué lugar. Ni qué efectos iría a provocar.

Hablé reservadamente con los que tenían *maisutza* en Astronomía y les pedí que fueran cautos. Acordamos la consigna de explorar cada uno de los distintos ramales del río, en busca de refugios en las montañas.

Entonces, se presentaron más problemas. Encontramos una caverna, esta caverna, que tenía una ubicación excelente y el tamaño apropiado para albergarnos a todos.

Pero no estaba deshabitada. Un grupo de hombres del hielo la ocupaban, aunque parecía que se aprontaban para marcharse. Pero no se marcharon, ni aun cuando tuvimos la audacia de ingresar. No se molestaron con nuestra presencia, pero se equivocaron al creer que las mujeres atlanteanas nos entregaríamos a ellos, como si fuéramos sus mujeres. Pasamos por momentos difíciles, que no supe resolver. Cometí entonces dos errores, dos gravísimos errores, de los que no puedo perdonarme.

El primero fue enviar a ocho *hamazortzi*, a ocho jóvenes e inexpertos muchachos, a buscar a los demás. Nunca supimos de ellos. Estaban a mi cargo. Debí ir con ellos. Sólo yo soy responsable.

El segundo fue negarme a una idea que propuso Txanona. Ella sugirió que si tratábamos a los lobos con crueldad, los hombres del hielo optarían por abandonar la caverna. Yo me opuse, pero fui desobedecida. Txanona lo hizo contra mi voluntad. Y el efecto fue inmediato. Los hombres del hielo tranquilamente podían maltratar mujeres, pero no toleraron que se maltratara a sus lobos. Se fueron y nos dejaron la caverna libre.

En seguida me di cuenta de mi error. Había perdido mi autoridad como Directora. Si algo no puedes hacer al mando de un grupo, es permitir que alguien se burle de tu autoridad y demuestre que estabas equivocada. Me sentí muy mal por ello. Pero fue mi responsabilidad. Fue mi error. Txanona hizo lo correcto.

A partir de entonces, mi mente se ha nublado. No supe qué hacer cuando el cielo se incendió y casi morimos de calor y de hambre. Txanona empezó a tomar las decisiones que yo debía tomar. Ella supo qué hacer mientras yo me lamentaba.

Txanona merece mi reconocimiento, porque gracias a ella superamos los peores momentos. No estoy en condiciones de juzgarla. No tengo autoridad para hacerlo.

Hace unos días tuvimos una buena noticia. Nos enteramos que las *txalupak* que habíamos perdido en el mar, lograron desembarcar en Libia. Y que los *hamazortzi* habían sobrevivido conviviendo con un *klan* de nativos. No puedo explicarles, queridas amigas, lo feliz que me ha hecho esta noticia entre tantas desgracias.

Durante el entrenamiento en Lehen, los *maisuak* habíamos discutido largamente sobre las habilidades y el temple de cada uno de los expedicionarios que íbamos a dirigir. Queríamos adelantarnos a los problemas que podrían ocurrir durante el viaje. Sabíamos que Nira iba a generar problemas y buscamos la forma de controlarla. Sabíamos que había parejas problemáticas, como la de Oihane y Baraso, y acertamos a pronosticar que no terminarían el viaje juntos.

Sabíamos también que entre ustedes había maravillosas aptitudes que emergerían durante la expedición.

Uno de esos casos era el de Sutziake. Sutziake ya nos había mostrado sus excepcionales dotes para relacionarse con los demás.

Por eso, no estoy tan sorprendida de lo que Sutziake ha logrado. No sé si se dan cuenta de la importancia que tiene. Al menos, yo nunca había tenido noticias de una cosa así. Nunca había escuchado que un grupo de atlanteanos hubiera logrado convivir con un *klan* de nativos. Ni en Libia, ni en Asia, ni en Euriopa, ni en los tres continentes de Atlantis.

Quise que Sutziake estuviera aquí para hacerle mi reconocimiento personal. Para decirte, Sutziake, que estoy orgullosa de ti. Edurne me ha contado algunas cosas de lo que ha significado la convivencia con los nativos. Simplemente estoy admirada. No estoy en condiciones de juzgar las decisiones que has tomado. Carezco de autoridad para ello.

Sabíamos también que Itahisa poseía formidables capacidades de liderazgo. Aunque tuviera un talante difícil y una tendencia a ser intransigente. Quiero confesarles que Itahisa sí me sorprendió, a pesar de que yo tenía certeza de sus talentos.

Los *hamazortzi* del barco cinco se perdieron en una rama del Tartessos y ocuparon una caverna. Nira murió. Eran solamente cinco jóvenes en un continente desconocido. Se quedaron sin agua para beber en lo peor de la sequía. Y no sólo sobrevivieron. Tuvieron la audacia, la entereza, la fortaleza de salir a buscar a los demás. Caminaron durante varias jornadas hasta encontrarnos. Cuando nosotros, que éramos once, ni siquiera podíamos alejarnos de la caverna. Y no sólo eso. Construyeron embarcaciones y fueron a Libia a buscar a los del barco seis. Navegaron varias jornadas por mar en unas toscas balsas de troncos. Y los encontraron.

No voy a desconocer que Itahisa contó con excelentes compañeros para realizar tales hazañas. Pero estoy persuadida que no se hubieran logrado sin su capacidad de liderazgo. Quería que estuvieras aquí, Itahisa, para decírtelo. Estoy orgullosa de ti, estoy admirada. No voy a juzgar las decisiones que has tomado, porque no tengo autoridad para hacerlo.

Queridas mujeres, voy a dejarlas. Mi cuerpo ya no resiste, estoy muy débil. Pronto cruzaré la Puerta y me reuniré con los Dioses. Allí me sumaré a tantos otros que vigilan por su suerte. Antes de irme, tendrán que soportarme un rato más. No puedo partir sin transmitirles algunas cosas. Por favor, les ruego que presten mucha atención a lo que tengo para decirles.

Está terminando el *udaberri*. Únicamente en *udaberri* es posible cruzar el mar desde Atlantis a Euriopa. Si en los próximos días no aparece un grupo de *txalupak* en las costas de Euriopa, significará algo terrible. Significará que en Atlantis el desastre ha sido aun más espantoso que aquí. Y tendremos que aceptar la más dolorosa de las realidades. Que Atlantis ha sido destruida. Que nuestras familias ya no están del otro lado del mar, sino gozando la convivencia con los Dioses.

Si así fuera, recaerá en ustedes un gran responsabilidad. La de mantener viva la llama de la civilización que nos vio nacer. La de sostener el fuego que nos reúne, la de mantener ardiendo nuestro espíritu. Tengo confianza en que ustedes serán capaces de asumir esa misión. Ya lo han demostrado al enfrentar las duras adversidades, al hacer frente a los terribles momentos que nos ha tocado vivir.

He tenido otra gran alegría. La noticia reciente del éxito de la expedición a la Isla Principal. Haber recuperado las plantas asiáticas es algo muy importante. Quiero decirles que yo no conozco esas plantas y sólo tengo el testimonio de Ferinto. Él estaba obsesionado con esos cultivos y aseguraba que tendrían un valor enorme en el futuro de Atlantis. Que tenían aplicaciones muy variadas en Tejido y en Medicina, en Alimentación y en Navegación. Confío en que ustedes sabrán descubrir y aprovechar esas aplicaciones.

Quiero hablarles, queridas mujeres, de otros descubrimientos que los atlanteanos estábamos investigando. Técnicas que se estudiaban en secreto, en distintos lugares, por pequeños grupos de *maisuak* de distintas ciencias.

Voy a contarles en qué consistían esas investigaciones, sin dar los detalles, porque no los recuerdo de memoria y me llevaría mucho tiempo explicarlos. Sin embargo, entre mis ropas encontrarán unos lienzos. En ellos hay indicaciones escritas de todo cuanto les voy a explicar. Siguiendo esas indicaciones, ustedes podrán reproducir cada una de las técnicas.

Es bien conocido el proceso por el que se obtiene cal, a partir de piedra caliza. Tengo entendido que en la caverna del sur lo vienen haciendo, desde que pudieron construir el horno de piedras. El calor que puede producirse con leña dentro un horno de piedras es suficiente para fundir el cobre, la plata y la piedra caliza. Pero es posible alcanzar más calor aun utilizando carbón. Asumo que será fácil hallar carbón mineral en este continente. Si colocamos capas de carbón en un horno cerrado, envolviendo a un recipiente de barro, tenemos lo que llamamos un crisol.

Todos hemos visto en las playas granos de arena de color blanco, casi transparente. En algunas playas, esos granos son más abundantes que los de otros colores. De esa relación depende lo que llamamos en general "el color de la arena".

Si obtenemos una buena cantidad de esos granos blancos y los mezclamos con cal en un crisol, los dos materiales se van a fundir para producir un líquido. Este líquido tiene la extraordinaria propiedad de convertirse en una cerámica transparente al enfriarse. Según el molde, podremos fabricar jarras u otros recipientes, tal cual lo hacemos con el bronce.

Existe otro material blanco en los lechos de los lagos salados, que llamamos pasta de sal. Pulverizando este mineral con piedra caliza y llevando la mezcla a un crisol, se obtiene un polvo, con el que es posible fabricar rocas. Sí, créanme. Rocas tan parecidas a las rocas verdaderas, que costará distinguir unas de otras. Es sencillo, se mezcla el polvo gris con arena o cáscaras de mejillones trituradas y se le agrega agua, revolviendo hasta producir una pasta espesa. Se vierte en un molde y se deja secar.

Así obtendremos una roca de la forma y el tamaño que queramos, a partir de una pasta líquida. Yo misma lo he experimentado y les aseguro que es impresionante. Según las proporciones, será más clara o más oscura, y tardará más o menos tiempo en endurecer.

Al quemar el carbón, además de calor, se produce un líquido negro, como un aceite muy espeso de olor penetrante. Entre las indicaciones en los lienzos, encontrarán un dispositivo de cerámica para recolectar este líquido negro. Deberán tener mucho cuidado al manipularlo, pues es muy peligroso. Este aceite de carbón es un poderoso corrosivo. Es capaz hasta de derretir las rocas. De modo que con él, podrán convertir las rocas en pasta blanda, luego de haber sido capaces de convertir la pasta blanda en rocas.

Alguna vez, paseando de noche por la playa, les habrá maravillado el brillo de las noctilucas en las olas. Las noctilucas son diminutas medusas, apenas visibles, que se alimentan de algas e insectos marinos.

Ya les hablé sobre la cerámica transparente que se fabrica con arena. Disculpen si soy desordenada.

Con esa cerámica de arena podemos hacer ánforas. Si llenamos una de esas ánforas con agua de las profundidades del mar y luego agregamos una proporción correcta de algas y otros insectos marinos que sirven de alimento a las ballenas, obtenemos una mezcla con asombrosas propiedades.

En ella, podrán vivir y reproducirse las noctilucas durante años. Si dejamos el ánfora suspendida del techo en un lugar oscuro, como por ejemplo una caverna, tendremos una lámpara de luz fría. Al balancearse el recipiente, las noctilucas darán luz, que atravesará las paredes transparentes. Dándonos una luz verdosa, muy débil, que únicamente será útil para no tropezarnos.

Con la cerámica de arena, también pueden fabricarse platos transparentes. Si moldeamos la concavidad perfecta, esos platos pueden adquirir una cualidad realmente increíble. Mirando a través de ellos, las cosas se verán más grandes. Y seremos capaces de distinguir detalles a grandes distancias. Así como las águilas tienen la habilidad de advertir un pequeño ratón desde las alturas del cielo, con un conjunto de esos platos acertadamente alineados, es posible ver cosas que nadie es capaz de ver. Como por ejemplo, la cantidad de hendiduras que existen en la luna. Yo lo he visto y puedo decirles que es sorprendente. Utilizando este artificio, fue que los astrónomos descubrieron la estrella viajante, mucho antes de que pudiera divisarse a simple vista.

Los atlanteanos, desde hace ciclos, hemos dominado la *eskritura*, la representación con dibujos del lenguaje de las manos. Un grupo de *maisuak* ha trabajado muchos años en un proyecto para definir un conjunto de símbolos diferente. Que en vez de representar los gestos, represente los sonidos que podemos hacer con la boca. Los *maisuak* le otorgaban gran importancia a esa investigación, aunque yo no nunca llegué a entender para qué podría servir. Encontrarán también unos lienzos informando el estado de avance de ese proyecto.

Queridas mujeres, estas técnicas que les he referido, son una muestra del conocimiento acumulado por los atlanteanos. De los logros obtenidos en las Doce Ciencias, que nos han colocado en un lugar de privilegio entre todos los pueblos de la Tierra. El conocimiento es el viento que nos ha impulsado a expandir la civilización atlanteana a todos los continentes. El saber, es el fuego que nos ha animado. Tengo que decirles una última cosa, quizás la más importante y les prometo que no seguiré abrumándolas con esta charla.

La mayor ventaja de nuestro pueblo es el dominio de la navegación. No estoy diciendo algo novedoso. Esa ventaja debe ser cuidada, protegida, celosamente guardada.

Compartamos nuestra sabiduría con otras gentes, seamos generosos transmitiendo nuestras Ciencias a los nativos, llevemos nuestras técnicas a todos los confines de la Tierra.

Pero seamos reservados al respecto de los conocimientos de Navegación y de Astronomía. Procuremos mantener siempre ese predominio, esa ventaja. Por ejemplo, guardando secreto sobre los diseños de las *txalupak*. No sé si entienden la importancia de esto. Los atlanteanos construimos barcos siguiendo estrictamente diseños que hemos aprendido de memoria. La barandilla cuatro es la barandilla cuatro, la costilla diecisiete es la costilla diecisiete. En Atlantis y en Euriopa, en Libia y en Asia. Si por accidente rompemos una pieza del barco, obtendremos una igual, perfectamente idéntica, en el puerto más cercano a donde estemos. Será llegar a puerto y reparar de inmediato, para continuar el viaje. Esa ventaja nos dará el control de las rutas de intercambio. Pasarán muchos ciclos antes que otros pueblos de navegantes puedan hacer lo mismo. No enseñemos nuestros mapas. No compartamos las técnicas para medir distancias, o para navegar leyendo las estrellas. Ello garantizará que podamos imponer nuestras pautas de intercambio, para que sean pautas de intercambio reconocidas por todos los hombres y mujeres de la Tierra. Si acaso en un futuro lejano, algún otro pueblo logra dominar la navegación, procuremos restringir el alcance de sus rutas. Será muy sencillo, todos las personas tienen miedo de algo. Si les contamos que existen horribles monstruos marinos que devoran los barcos más allá del Estrecho de Atlater, nunca se animarán a traspasarlo y sólo navegarán por el Lubarnea. De ese modo, las rutas del

Mar de Atlantis seguirán siendo, por varias eras, exclusividad de los atlanteanos.

Esa es la misión que recae sobre ustedes, queridas mujeres. Tengo plena confianza que podrán transmitirla a sus hijas y a sus hijos. Y que ellos, a su tiempo, harán lo propio.

Estimo que recién en la tercera o cuarta generación, estarán en condiciones de formar una flotilla capaz de cruzar el mar, para volver a pisar el suelo donde nacimos. Aunque las siete ciudades se encuentren sumergidas bajo las olas. No dejen de contarle a sus hijos la belleza de esas ciudades. De la magnificencia de los edificios de las *Biltzarak*, del esplendor de las *Eskuelak*, de la grandiosidad de los puertos, del encanto de sus calles. Para que ellos aprendan a amar a Atlantis, al igual que nosotros.

Si logran transmitir esa pasión, queridas mujeres, me atrevo a hacerles un presagio.

Tengan certeza que serán recibidas en la Gloria de los Dioses, y que todos los hombres y mujeres de los tiempos venideros las tendrán en alta estima. En el cielo nocturno podrán verse tres estrellas y sabrán que en ellas brilla la memoria de tres valientes mujeres, de tres hermosas atlanteanas, de tres sabias.

Con admiración, recordarán sus nombres. Los nombres de Txanona, nacida en Lehen, de Sutziake, nacida en Biko y de Itahisa, nacida en Bosteko.

Transmitan mis cariños a los demás. Ahora necesito descansar.

Tinabuna cerró los ojos. Las tres permanecimos unos momentos en silencio, contemplando la tenue respiración de su pecho y la ostensible palidez de su rostro.

Noté un brillo de lágrimas en los ojos de Sutziake y le ofrecí mi abrazo.

El torrente de palabras resonaba en nuestros oídos, yendo y viniendo, en un desordenado tejido de dudas, de certezas y de emociones.

Entre las cosas de las que Tinabuna había hablado, algunas se me imponían de modo inexplicable sobre otras.

En todo caso, su discurso había sido ordenado y lúcido, impropio de una persona que ha perdido su razón.

Si fuera cierto que la había perdido, indudablemente la había recuperado poco antes de morir.

Tinabuna no volvió a abrir los ojos. No despertó al día siguiente. Su respiración se detuvo para siempre en el transcurso de la noche.

Volvimos a reunirnos alrededor de su lecho y Txanona dirigió las oraciones, augurando el feliz tránsito por la Puerta a quien había sido la Directora de nuestra expedición.

Siguiendo la tradición de Atlantis, su cuerpo sería transportado en una *txalupa* y arrojado a las profundidades del mar.

Txanona propuso que Etxekide, Sutziake, Teno y Iulen fueran los encargados de cumplir ese ritual. Tuvo la gentileza de esperar mi aprobación, la que otorgué sin pensarlo demasiado.

Mi mente se hallaba distante, concentrada en dilucidar un asunto que no alcanzaba a entender.

- Itahisa, puedes escucharme ?

- Sí, Txanona.

- Faltan cuatro días para Egu.

- Sí. Lo sé.

- Tú crees que podremos ... ? Tú sabes.

- Qué cosa ?

- Celebrarlo juntos. No aquí. En el valle. En el valle del Tartessos.

- En el Guadaki-ibai ?

- Eso. Llámalo como quieras.

- Podría ser. El problema es que Guaire, Janequa, Oihane, Guadarteme y Abian quedaron en la caverna del sur.

- Por eso. Podemos pedirle a los que van al mar a dejar a Tinabuna, que continúen al sur y vayan a buscarlos.

- También están Ainenfrau y Nuhazet. No podemos dejarlos solos.

- Etxekide podría convencerla de venir también.

- No puedo creerlo. Aceptarás que la mujer del hielo participe en la Fiesta de Egu ?

- Quiero ver a ese bebé con mis propios ojos. Dicen que salió bastante normal.

- Claro. Es un precioso atlanteanito. Sólo que se le derramó jugo de tomate en la cabeza.

- Estamos de acuerdo entonces ?

- Sí. Estamos de acuerdo, Txanona.

Caminamos a las nacientes del Río Teñido, a dar nuestro último adiós a Tinabuna cuando su cuerpo fue subido a la *txalupa*.

Al abrazar a Etxekide y a Sutziake, les di recomendaciones sobre cómo persuadir a Ainenfrau y les pedí que trajeran mi túnica y mis joyas, además de otros objetos para la Fiesta.

La vela de *espartzu* fue desenrollada y en un momento, el barco desapareció de nuestra vista.

Lentamente, los congregados fueron marchándose, retornando a la Grosejule.

Me quedé sola, sentada en el piso, procurando ordenar mis pensamientos.

Algunas frases de Tinabuna retumbaban en mi cabeza.

> "...recaerá en ustedes un gran responsabilidad. La de mantener viva la llama de la civilización que nos vio nacer. La de sostener el fuego que nos reúne, la de mantener ardiendo nuestro espíritu."

> "El conocimiento es el viento que nos ha impulsado a expandir la civilización atlanteana a todos los continentes. El saber, es el fuego que nos ha animado."

El fuego que nos reúne. El fuego que nos anima.

La Atlantis perdida. La añorada Atlantis sumergida, quebrada.

En la soledad de la montaña, me permití llorar.

La mañana siguiente acompañé a Aimar y a Atabar a los yacimientos.

Los dos *maisuak* en Minería me enseñaron perforaciones, me mostraron las hamacas de molienda y el horno de fundición, explicándome una gran cantidad de detalles sobre el proceso de obtención de los metales, que olvidé de inmediato.

Al regreso, volvimos a pasar por el lugar donde el día anterior habíamos despedido a la *txalupa*.

Allí les pedí a Atabar y a Aimar que me dejaran sola.

Volví a sentarme en el mismo sitio, a escuchar el canto de las aves y deleitarme con el paisaje.

Por la tarde, con Txanona, revisamos los bolsos de Tinabuna.

Encontramos una cantidad de lienzos con dibujos y *eskriturak*, que no estábamos en condiciones de interpretar.

Para hacerlo, necesitábamos de la ayuda de una *eskriba*. Pero Tinabuna no había querido hablar de aquellos documentos delante de Nora ni de Iulen. Eso nos ponía en una situación complicada.

Resolvimos postergar el asunto, para consultarlo con Sutziake.

En la víspera de Egu, dejamos la caverna e iniciamos el camino hacia el Arrokatsu. Allí cargamos las balsas e iniciamos el descenso hacia el Guadaki-ibai.

Llegamos al gran río a mediados de la tarde. Allí nos encontramos con quienes habían venido desde la caverna del sur.

Estábamos todos, reunidos por primera vez. Los sobrevivientes de las tres comunidades. Más Ainenfrau y Nuhazet. Veintitrés en total.

Reunidos en el lugar donde nos iríamos a establecer. Donde construiríamos *etxeak*, para dejar atrás una penosa etapa de nuestras vidas.

Aunque sintiéramos que habían pasado años, en realidad sólo había transcurrido escasamente un año, desde que la estrella viajante había impactado la Tierra, destruyendo cuanto en ella había de hermoso. Quebrando nuestro espíritu.

Sin embargo estábamos vivos. Nuevamente reunidos. Entusiastas, divertidos, haciendo bromas. Escogiendo los mejores sitios donde levantar nuestras casas, donde montar las piedras y ladrillos de nuestros hogares.

Los hogares en los que ardería el fuego.

Distribuimos tareas para los preparativos de la Fiesta.

Le pedí a Abian que desmontara el mástil de "Bisonte" y a Oihane que me trajera la tela de *kanaberak* recientemente tejida. A Guaire le pedí que matara a dos corderos y recogiera su sangre en una vasija de barro.

Me aparté a lugar distante, detrás de una colina, solicitándole a Etxekide que montara guardia para que nadie se acercara a molestarme.

Recogí unos trozos de carbón. Desplegué la tela en el piso.

Y comencé a dibujar.

Pronto oscureció. Aún no terminaba de bosquejar las líneas. Le pedí a Etxekide que trajera antorchas y las dispuse en las esquinas.

No me detuve cuando todos fueron a cenar. No había tiempo.

Un rato después tuve los trazos completos. Impregnando mis manos en la sangre de cordero, empecé a teñir la tela, aplicando cuidadosamente el color al interior de las franjas.

Varios quisieron aproximarse, curiosos, a observar mi trabajo, pero Etxekide no les permitió hacerlo. Del otro lado de la colina, sonaban los tambores de Oihane y la lira de Teno. Me pareció escuchar también la flauta de Ainenfrau.

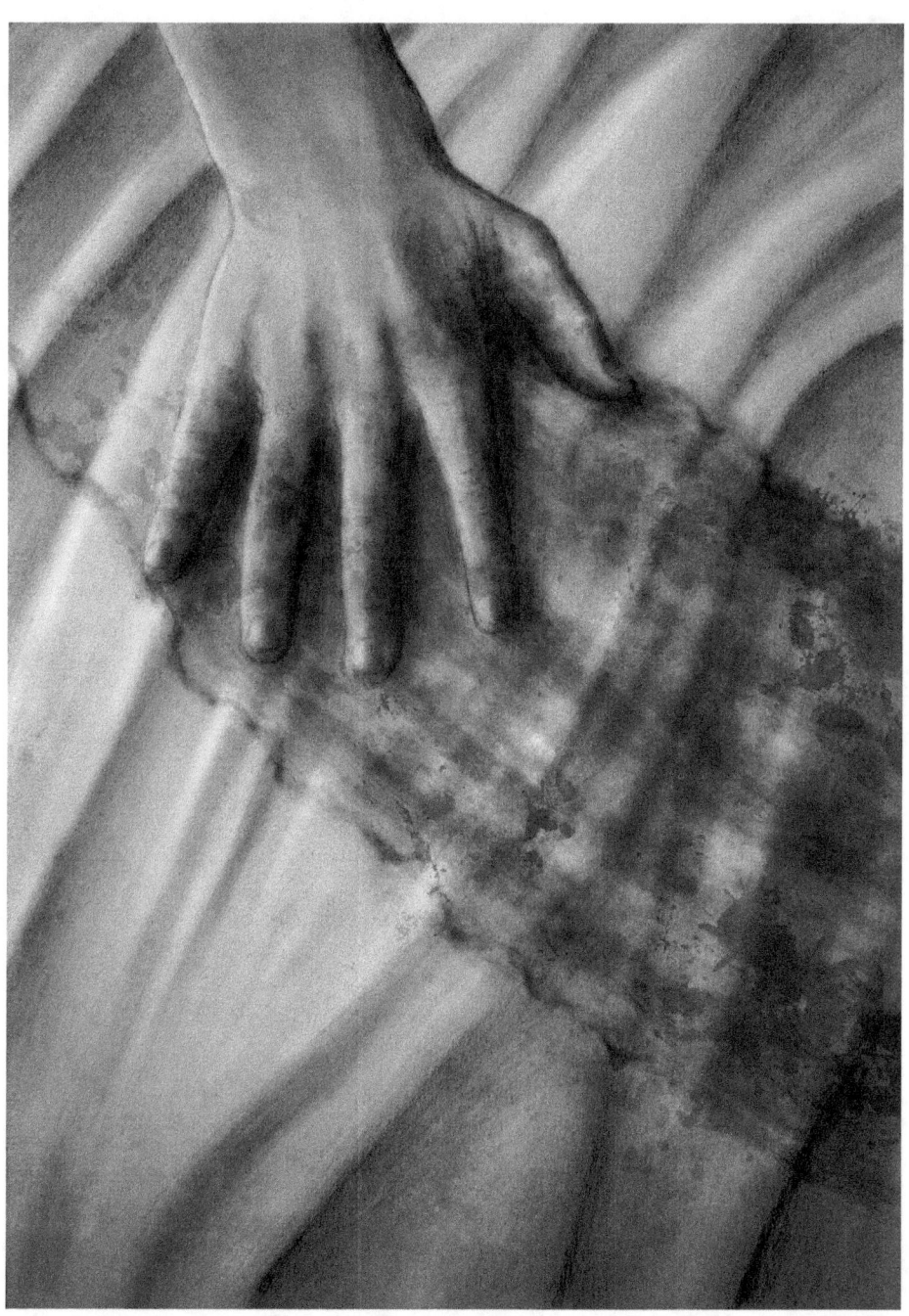

Más tarde, cerca de medianoche, oí que Txanona discutía con Etxekide. El trabajo estaba culminado. Hice señas a mi compañero para que suspendiera la guardia y me senté sobre un tronco a descansar.

Txanona se acercó cautelosa y miró durante largo rato la bandera recién pintada.

Me mantuve tranquila, dispuesta a recibir su reprobación, alerta a rebatir sus juicios negativos.

- Es hermosa, Itahisa. - Dijo ella, finalmente.

Conocía perfectamente el tono irónico de Txanona. Pero esta vez, su voz parecía sincera.

- Lo dices en serio ? Te gusta ?

- Es bellísima, es ... impactante. Es excelente.

No esperaba esos elogios, que cayeron como un bálsamo en mi ánimo.

- Qué ves en el dibujo, Txanona ?

- Qué veo ? Pues está bien claro. Atlantis se ha convertido en *Eguzki*, el sol.

Aunque no fuera exactamente mi idea, no me disgustó aquella interpretación.

- Ves a Atlantis y ves al sol ?

- Sí, es obvio, Itahisa. Tenemos una cruz atlanteana, pero los círculos están rotos.

- Quebrados. - Corregí.

- Quebrados. Los círculos están quebrados. Hay dos círculos en vez de tres.

- Exactamente. El círculo interior ha desaparecido.

- Y entonces se produce un sol, no es así ?

- Sí. - Acepté sin mucha convicción. - En realidad, no. Es el fuego.

Txanona se mostró sorprendida.

- El fuego ?

- Sí, esa es la idea. El fuego que vuelve a reunirnos, que mantiene encendido nuestro espíritu.

- *Su Asti* ?

- Cierto. *Su Asti*. El fuego que vuelve a animarnos.

- Ya lo entiendo, Itahisa. Realmente. Es hermoso. La Atlantis quebrada, el fuego que vuelve a animarnos. Atlantis ha sido destruida, pero nosotros estamos acá. Es así ?

- Así es, Txanona. Me hace ... muy feliz que te haya gustado.

- Yo también estoy feliz, Itahisa. Por eso quise venir a hablarte, antes de la Fiesta.

- Acerca de ?

- De Tinabuna. Ella dijo algunas cosas ...

- Muchas.

- En las que no he podido dejar de pensar estos últimos días. Debes entender que yo estuve a su lado, cada día y cada noche desde previo al desastre. No me aparté de ella, cuidé de ella. Y nunca me habló de las cosas que nos dijo antes de morir. Que recién ahora soy capaz de entender.

- No sé de qué hablas. A qué cosas te refieres ?

- A veces sigues siendo un poco ingenua, debilucha. Me haces acordar a la *hamabineska* que conocí hace ocho años.

- Por favor, flaquita, estoy muy cansada. No me atormentes con enredos.

Txanona simuló molestarse.

- Quieres que sea explícita, Itahisa ?

- Sí, por favor.

Por toda respuesta, ella se paró frente a mí y lentamente fue descendiendo, hasta apoyarse de rodillas, entre mis piernas. Su maniobra me dejó confundida..

- Qué haces, Txanona ?

Ella no contestó, simplemente clavó su mirada en la mía. Por un instante, vi el brillo de la luna en sus profundos ojos verdes.

- Qué haces, Txanona ? - Volví a preguntar, mientras observaba perpleja como sus manos levantaban delicadamente los vuelos de mi falda.

Quedé sobresaltada al sentir su primer beso. Me estremecieron sus labios, la rápida caricia de su lengua por los pliegues de mi flor, hasta rozar sutilmente mi centro de placer.

- Qué haces, Txanona ! - Repetí como una tonta, sin atinar a quitar su cabeza de entre mis piernas.

Txanona no respondió, pero dio por terminado su gesto. Poniéndose de pie, giró su espalda y se alejó sin prisa hacia donde aún sonaban los tambores.

Tuvimos un amanecer espléndido para dar inicio a la Fiesta de Egu.

Nos reunimos a la vera del río, luciendo con orgullo nuestros ajados atuendos ceremoniales.

Txanona dirigió unas oraciones al Dios Egu, el Dios masculino de la fuerza, el calor y la energía.

Los varones trajeron el mástil con la tela enrollada y procedieron a trabar la parte inferior en una hendidura del suelo. Varios de nosotros colaboramos para elevar el poste a la posición vertical, que sostuvimos acumulando piedras en su base.

Entonces desanudamos la bandera, para que al aflojarse, comenzara a ondear con la brisa de la mañana.

Un rumor de sorpresa y aprobación saludó la imagen de la cruz con los cuatro cuadrantes quebrados.

Al pie de la bandera, me enfrenté al grupo, leyendo las expresiones de cada uno, recorriendo sus miradas.

- Queridas amigas. Queridos amigos. Nuestro espíritu duele. Sufre por tantas pérdidas. Hemos sido quebrados ? Sí, cierto que hemos sido quebrados !

Hice una pausa para contener mi emoción al notar lágrimas en el rostro de Etxekide, mi compañero tan amado. Tuve que desviar la mirada para continuar.

- Si por algún motivo estamos aquí, es porque se nos ha dado un encargo. Tenemos que sostener un fuego encendido, una llama que se ha mantenido viva a pesar de todos los males, a pesar de todas las catástrofes.

Revisé nuevamente las caras que atendían expectantes, asintiendo, otorgando consenso a mis palabras.

- Cuando miramos esta bandera, vemos el símbolo de la civilización en la que nacimos. Una civilización que alcanzó la más alta sabiduría y el más extenso dominio de los mares. Que se propuso abrazar a todos los hombres y mujeres de la Tierra como hermanos, como iguales, como hijos de Ama, haciéndoles llegar nuestros conocimientos, intercambiando productos, construyendo vínculos perdurables de amistad.

Alguien me interrumpió con aplausos. Era el bueno de Abian. Agradecí su gesto, extendiéndole mi mano.

- Amigas y amigos. Ese espíritu es el que debe continuar en nosotros. Ese es el viento que nos impulsa. Ese es el fuego que nos anima.

Señalando la bandera, proclamé con toda la fuerza que pudo salir de mi pecho y mi garganta.

- Este es el fuego que nos reúne ! Este es el fuego que nos anima ! SU ASTI KA !

- SU ASTI KA ! SU ASTI KA ! - Repitieron a coro hombres y mujeres, levantando sus brazos al cielo.

INTERLUDIO OCHO - EPÍLOGO

Yo soy Naturaleza, la Madre Universal,
Señora de todos los elementos, hija primigenia del tiempo,
soberana de todas las cosas espirituales,
reina de los muertos y también de los inmortales,
la única manifestación de todos los dioses y diosas que
existen.

Mi voluntad gobierna las alturas brillantes del Cielo,
las saludables brisas de los mares y los silencios ominosos
del mundo inferior.

Soy adorada de muchas maneras, conocida por incontables
nombres,
y favorecida con toda gama de ritos diferentes,
de este modo se me venera en la tierra entera.

Los frigios primitivos me llaman Pessinuntica, Madre de los
Dioses;
los atenienses, naturales y allí nacidos, me llaman Artemisa
Cecropiana;
para los isleños de Chipre, yo soy Afrodita Pafiana;
para los arqueros de Creta, soy Diana Dictina;
para los sicilianos que hablan tres lenguas, Proserpina
Estigia;
y para los habitantes de Eleusis, su ancestral Ceres, Madre
de los Cereales.

Algunos me conocen como Juno, algunos como Bellona;
otros como Hécate, otros también como Ramnusia,
Pero ambas razas de etíopes, sobre cuyas tierras brilla
primero el sol de la mañana,
y los egipcios, que sobresalen en el saber antiguo,
me adoran con ceremonias adecuadas a mi divinidad,
y me invocan por mi nombre verdadero, reina Isis.

Apuleyo, Metamorfosis, Libro XL, Cartago, circa 140

EPÍLOGO

Tal como Tinabuna había anunciado, los mares continuaron avanzando.

En pocos años, las playas que conocíamos quedaron sumergidas y se definieron nuevas costas en las islas y los continentes.

Por esa razón fue que determinamos que los atracaderos se asentaran en los cursos de los ríos, y no en sus bocas.

La navegación fluvial adquirió igual o mayor importancia que la marítima. Durante muchas estaciones viajamos para conocer y dibujar mapas de los ríos que surcan en todas direcciones el continente de Euriopa.

Los que más navegamos fueron los que una vez habían sido los afluentes del Tartessos.

En su orden, de sur a norte, el Guada-Alete o "de la Molienda" por el que se llegaba a la Caverna del Sur. A continuación el Guadaki-ibai o "de las Estacas", en el que establecimos las *etxeak* y los cultivos. Luego los dos Ríos Teñidos por los que se accedía a los yacimientos de cobre y a la Grosejule. Y por último, el Río de los Lamentos, en atlanteano "Guadiana", de largo recorrido.

Cuando los mapas estuvieron completos, tuvimos una noción de las formas y dimensiones del continente.

El contorno de Euriopa podía verse como el perfil de un joven besando el suelo, representado por el continente de Libia. Comprendimos que solamente conocíamos la cabeza y nada sabíamos del resto del cuerpo.

También descubrimos que era posible cruzar el continente en barco, uniendo los mares de Atlantis y del Lubarnea. Un hallazgo de gran importancia para el transporte de productos y para nuestros propios traslados.

El primer "puente terrestre" resultó de la exploración del Ibai-Aro, el Río del Tiempo, en toda su extensión. Sus nacientes estaban en las montañas del norte, un territorio poblado por los hombres del hielo.

A pocas carreras de distancia, nacía otro río, cuyas aguas descendían rápidamente hacia el Mar de Atlantis. A ese corto torrente lo nombramos el Río de la Amonestación.

Ascender por él demandaba solamente media jornada. Luego venía el trayecto complicado, diez carreras por las montañas con las *txalupak* a cuestas, procurando no importunar a los hombres del hielo, hasta encontrar las vertientes del Río del Tiempo. Y a continuación, descender durante tres jornadas por su largo y recto cauce, hasta desembocar en el Lubarnea.

El segundo de los puentes terrestres tuvo mucha más importancia que el primero.

Comunicando por tierra el Río del Rocío con el Río del Sarpullido, se lograba reducir a tres jornadas un viaje que llevaría quince navegando por las costas.

Éste resultó el trayecto más conveniente, porque implicaba cruzar el continente por su "cuello", su parte más angosta.

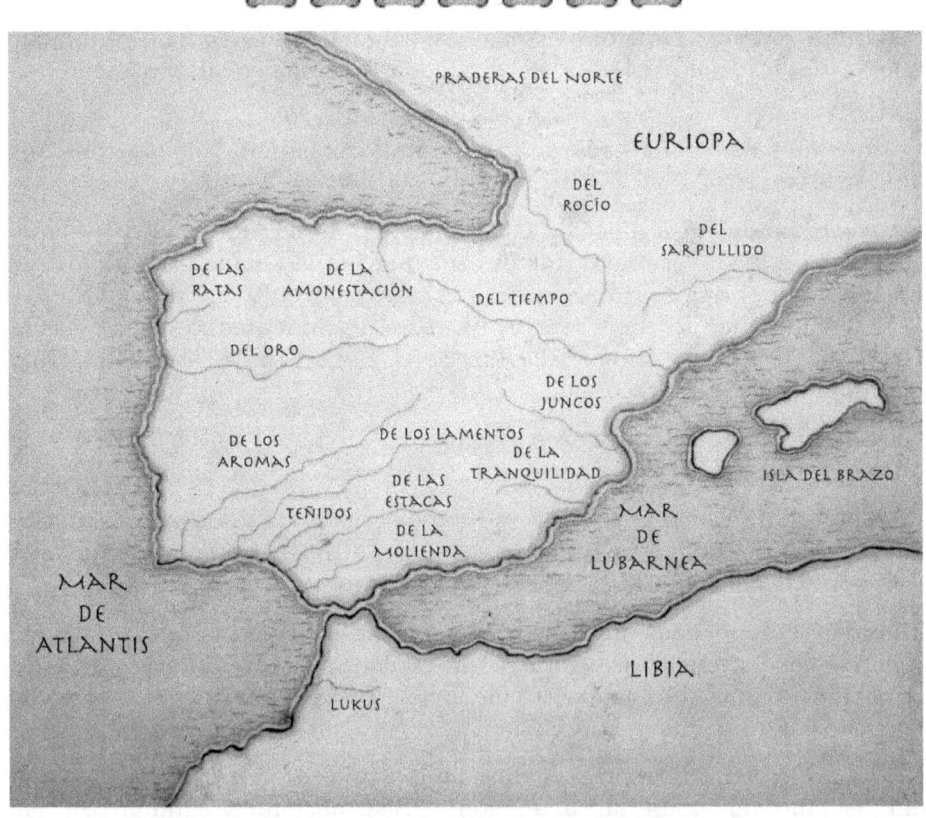

En cuanto las primeras *etxeak* fueron construidas en el valle del Tartessos, comenzaron a producirse los nacimientos.

Los primeros en llegar fueron Arkaitz, hijo de Xitama y Turdes, hija de Edurne.

Pocas lunas después nacieron los mellizos de Janequa. La bella Ceres y el travieso Axer trajeron alegría a mi vida y a la comunidad. Fui una tía sumamente dedicada a ellos, hasta mi primer embarazo, que ocurrió tres años más tarde.

Fui la última en quedar embarazada. Tenía veinticuatro cuando nació mi primer hijo, al que puse por nombre Zebensui-Ume.

Antes de eso, Iulen había tenido a Orena, Nora a Txede, Urma a Karpema, Txanona a Aki, Oihane a Tabor y Sutziake a Mauria.

También Xitama y Edurne habían tenido sus segundos embarazos. Habían nacido la adorable Bastema, hija de Xitama y los robustos Baute y Bentaguade, los mellizos de Edurne.

En pocos años nuestra aldea se llenó de niños que correteaban entre las casas, persiguiéndose y trepando a los árboles. Los llantos de bebés pasaron a ser un episodio cotidiano del pequeño pueblo.

A los veintiséis, quedé embarazada nuevamente y nació Taganaje, nombrado así en memoria de mi amiga Hagora. Y a los veintinueve tuve a mi hija, Luxia.

Criar a mis hijos fue una experiencia a la vez feliz y agotadora. Los embarazos no me resultaron arduos de sobrellevar. Mis partos no fueron dolorosos sino placenteros. También fue gozosa la sensación de alimentar con mis pechos. Y maravillosos los momentos en los que los niños cortaron sus primeros dientes, dieron sus primeros pasos o emitieron sus primeras palabras.

En un período de quince años nacieron treinta y ocho niños en total, veinte mujeres y dieciocho varones, la primera generación de atlanteanos en Tartessos, según este detalle.

De Ainenfrau, una niña y dos varones, Nuhazet, Zelda y Strom.

De Edurne, dos niñas y dos varones, Turdes, los mellizos Baute y Bentaguade y Ause.

De Xitama, dos niñas y tres varones, Arkaitz, Nitxel, Bastema, Eretia y Bentor.

De Janequa, también dos niñas y tres varones, los mellizos Ceres y Axer, Isako, Etxedei y Evarne.

De Iulen, dos niñas y un varón, Orena, Eneko-Ume y Amatea.

De Nora, tres niñas y dos varones, Txede, Siedes, Mahek, Ferusa y Eromun.

De Urma, una niña, Karpema.

De Txanona, dos niñas y un varón, Aki, Breta y Mobad-Ume.

De Oihane, una niña y dos varones, Tabor, Bergi y Guadamoxete.

De Sutziake, tres niñas, Mauria, Hesperia y Xanira.

Y de Itahisa, una niña y dos varones, Zebensui-Ume, Taganaje y Luxia.

Entre ellos, tuvimos una variedad de tonalidades de cabello, color de ojos y tintes de la piel.

Zelda y Strom repitieron el intenso rojo en los cabellos de su hermano mayor, Nuhazet. Mauria, Mahek y Ferusa nacieron con el cabello negro, la piel de tono castaño y los ojos azules. Mientras que Isako, Taganaje y Xanira, se distinguieron por el cabello oscuro y enrulado, la piel blanca y los ojos marrones.

La comunidad cuidó a todos ellos, tratándolos con equidad, dándoles el cariño y la educación correspondiente a cualquier niño atlanteano.

Además de estos treinta y ocho, Urma tuvo un niño que nació muerto, luego de lo cual no quiso volver a quedar embarazada.

Ainenfrau tuvo otros dos partos, dos bebés que murieron a poco de nacer, cuando su madre, contra nuestros ruegos, marchó a las montañas a cumplir el terrible ritual de sumergirlos en agua helada.

Las plantas asiáticas que habíamos traído de la Isla Principal, prosperaron en el valle del Tartessos.

Con las fibras de *kanaberak* tejimos resistentes cuerdas y telas. Con ellas confeccionamos ropas, bolsas y velas para los barcos.

Con las plantas de flores azules, fabricamos telas finas de buena calidad, con las que hicimos paños, toallas, pañales y *brusak*.

Del árbol similar a un abeto, al que llamamos *zedro*, extrajimos buenas maderas para distintos usos, en particular para los muebles de nuestras casas.

Los arbustos de tronco retorcido produjeron en los veranos racimos de pequeñas frutas de muy buen sabor, a las que llamamos *mahatsak*. De su fermentación obtuvimos una bebida de color oscuro, licorosa y aromática, que fue ganando un lugar de privilegio en fiestas y comidas.

Las otras frutas, las de gajos de sabor ácido, nunca resultaron apropiadas para comer. Pero sí aprovechamos su jugo en una cantidad de aplicaciones, como condimento en variedad de platos y bebidas, y como reemplazo de la papaya en distintas preparaciones curativas.

Por el contrario, la mayoría de las semillas que habíamos traído de Atlantis no llegaron a germinar en el valle del Tartessos.

Solamente tuvimos éxito con las papas y escasas cosechas de tomates. Jamás logramos cultivar algodón, ni obtener frutas de los árboles de papayas, aguacates y bananas.

Tampoco hubo buena suerte con la quinoa ni con el maíz, pese a que hicimos distintos ensayos. Las plantas no resistieron las heladas de los duros inviernos de Euriopa.

Años más tarde, reprodujimos los cultivos en el valle del Lukus, en Libia, con resultados más auspiciosos.

En cuanto se unificaron las tres comunidades, nombramos referentes de las Doce Ciencias.

Antes de que naciera Zebensui-Ume, hice mi *maisutza* en Alimentación con Janequa y Edurne como profesores. Al mismo tiempo, Guaire, Godereto y Txanona fueron los *maisuak* durante mi instrucción en Pesca.

Me llevó casi cinco años completar las siguientes *maisutzak*, debido a que todos estábamos muy ocupados con los bebés. Tuve varios maestros en Tejido, siendo los principales Oihane y Urma.

Tras el nacimiento de Taganaje, empecé a estudiar Música con Teno y Guadarteme.

No me propuse como referente de alguna de las Ciencias, porque en todos los casos entendí que había mejores nombres para tomar esa responsabilidad. Fui la principal asistente de Sutziake en la enseñanza de Medicina y colaboré como profesora en los cursos de Cultivo y de Construcción.

Las últimas cuatro *maisutzak* las hice luego de cumplir treinta. Estudié Minería con Atabar y Aimar. Mis docentes en Historia y *Eskritura* fueron Nora y Iulen y los de Caza y Recolección, Abian, Egoitz y Galder. Finalmente, mis profesores de Astronomía fueron Etxekide, Urma y Nora.

De modo que terminé los estudios a la edad de treinta y siete, y fui la quinta en recibirme de Doctora, de un total de seis que alcanzamos a completar las Doce Ciencias. Poco antes lo habían hecho Janequa, Nora, Txanona y Sutziake. La última en recibirse fue Iulen, unos años más tarde.

No podíamos continuar estudiando, porque desconocíamos lo que se enseñaba en la Alta *Eskuela*. Teníamos apenas vagas referencias de lo que aprendían en Atlantis las candidatas a sacerdotisas.

Sin poder reemplazar ese saber perdido, optamos por compartir el conocimiento de las técnicas secretas, exclusivamente entre las seis Doctoras.

Los intentos iniciales que hicimos para descifrar las explicaciones contenidas en los lienzos de Tinabuna, nos dejaron sumamente decepcionadas.

Como no dominábamos la *Eskritura* en aquel tiempo, los lienzos nos resultaron incomprensibles.

De modo que Sutziake, Txanona y yo nos limitamos a hacer copias, las que escondimos en lugares seguros durante más de diez años.

Volvimos a estudiarlas recién al completar nuestras respectivas *maisutzak* en Historia y *Eskritura*. Pero tampoco nos resultaron claras, hasta que las compartimos con Janequa, Nora y Iulen, cuando ya éramos Doctoras.

Entre las seis, pudimos establecer el significado de las palabras y dibujos, además de comprender algunos cálculos que requerían conocimientos de Astronomía. Aun así, subsistían términos y nombres que nunca habíamos oído mencionar, y que debíamos adivinar a qué referían.

La técnica que más nos interesaba era la de convertir masa en rocas. Hicimos varios viajes al Lubarnea a inspeccionar los depósitos de sal que existían en sus costas, trayendo muestras de los lechos de los lagos. Mezclamos aquellas pastas con piedra calcita y las sometimos al extremo calor de los crisoles, tratando de seguir estrictamente las indicaciones de los lienzos. Tras varias pruebas, obtuvimos finalmente un polvo que se comportó de la forma esperada al ser mezclado con arena y agua.

Una tarde nos reunimos en un apartado sitio del bosque cercano a la mina y comprobamos admiradas que la masa que habíamos dejado el día anterior se había endurecido. Aunque pudimos quebrarla a golpes, igualmente festejamos el logro. Habíamos reproducido la primera de las técnicas secretas. Estábamos en el camino correcto, sólo nos restaba perfeccionar los distintos pasos del procedimiento.

Más tarde aplicamos la técnica para fabricar adoquines y para construir refugios en los bosques que nos sirvieran de abrigo durante las noches. También utilizamos los bloques de roca fabricada en el tendido de terraplenes en los atracaderos.

Los primeros dos atracaderos fueron en el Guadaki-ibai y en el Lukus, donde habíamos construido las *etxeak*.

Durante las estaciones de *udaberri, uda* y *neguberri,* nuestro lugar era el valle del Tartessos.

Pero los inviernos continuaron siendo crueles en Euriopa, con frecuentes ventiscas e intensas nevadas. Por ello, pasábamos la mayor parte del *negu* en Libia, cerca de la aldea amiga de los hombres de los bosques, donde los rigores del frío eran más soportables.

Años más tarde, siendo ya habituales los viajes de intercambio con aldeas de pastores, se nos hizo necesario tener otros puntos donde amarrar las *txalupak*.

Escogimos para ello las bocas de los ríos más importantes. Ellos fueron el del Oro, y el de los Lamentos sobre el Mar de Atlantis. Y los ríos del Tiempo y del Sarpullido sobre el Lubarnea.

Próximo a la boca del Río del Rocío construimos el primer muelle utilizando rocas artificiales.

Remontando el Río del Rocío, Aki y Nuhazet llegaron a las montañas del cuello de Euriopa, las que cruzaron a pie para continuar por el Río del Sarpullido hasta desembocar en el Lubarnea, inaugurando un trayecto que terminó por convertirse en el más importante de los "puentes terrestres".

Nuestro mayor empeño estuvo puesto en la educación de nuestros hijos.

Nos esforzamos para que ellos crecieran con experiencias y enseñanzas similares a las que nosotros habíamos recibido en Atlantis.

Al igual que nuestras madres y tíos lo habían hecho en nuestra infancia, los introdujimos en la Religión y en las Ciencias. En el respeto y la admiración por la Naturaleza y en la consideración y afecto por sus semejantes

Etxekide, Atabar y Guadarteme fueron excelentes tíos de mis hijos. Guadarteme los acompañó en sus juegos y bailes, Etxekide les enseñó a contar, a medir distancias y a leer las estrellas. Atabar a recolectar y pescar.

Janequa fue también una tía adorable. Con ella, mis hijos aprendieron a cocinar, a tejer *espartzu* y a hilar *kanaberak*.

Desde muy pequeños se iniciaron en la navegación. Me propuse viajar con ellos, como mi madre Atissa lo había hecho conmigo. Recorrimos juntos los ríos y las costas de Euriopa y Libia, y los llevé a conocer las islas del Lubarnea.

Nos preocupamos de transmitir a nuestros hijos la añoranza por el mundo perdido del otro lado del Mar. Ellos asumieron nuestro duelo como propio, aunque también hubo veces que demostraron su hartazgo ante la reiteración de los relatos.

En cambio, fuimos reticentes en la narración del desastre y de los infelices días de la sequía y el diluvio. Intentamos eludir sus preguntas sobre lo ocurrido antes de la reunificación de las tres comunidades de sobrevivientes. Pero esto motivó su curiosidad y se ingeniaron para arrancar verdades a jirones, preguntando a unos y a otros, hasta que lograron componerse una historia aproximada.

Puede decirse que, en general, cumplimos el propósito de dar a nuestros hijos la educación que hubieran tenido en Atlantis y hacerlos partícipes de la misión de restaurar la convivencia atlanteana en el nuevo mundo.

Pero no siempre ellos cumplieron nuestras expectativas. Al hacerse adultos tomaron sus caminos, en algunos casos discordantes con lo que habíamos esperado.

En particular, ello ocurrió con algunos primogénitos, quienes desacataron los mandatos que sus madres les habíamos impuesto con tanta insistencia.

Desde que era una niña, Aki se destacó por su personalidad fuerte y retadora. Fue la única que heredó los bellísimos ojos verdes de su madre y su abuela. En los juegos con otros niños solía proponer las metas más arriesgadas, desafiando a sus pares y a sus mayores. Durante la infancia sostuvo un terco enfrentamiento con su hermana Breta y con su amiga Mauria, las únicas que se animaban a llevarle la contra.

Al cumplir los diez años de edad, esa vocación contestataria se volvió contra su madre. Para Aki, todo lo que Txanona dijera estaba fatalmente equivocado.

Al cumplir los doce, ella decidió abandonar la *etxea* materna, siguiendo la tradición atlanteana, aun sin tener adonde ir. Anunció que buscaría un lugar distante donde construir "su propia ciudad".

Pero la decisión que más afectó a su madre no fue esa, sino la del compañero que Aki escogió para su aventura. Aunque hubiera sido predecible, igualmente nos dejó consternados. Aki eligió como pareja a Nuhazet, el pelirrojo de sangre de hielo, el hijo de Ainenfrau.

No solamente eso. Para colmar el reto al mandato materno, Aki y Nuhazet se proclamaron a sí mismos los precursores de una misión improbable. La de lograr la hermandad entre los atlanteanos y los hombres del hielo.

Durante todos esos años la relación con los hombres del hielo había sido tensa, distante, sin mayor interacción.

Ellos nunca nos perdonaron haber matado a sus lobos. Nosotros nunca les perdonamos el desprecio a Ainenfrau, ni el ataque violento en el que le habían partido la oreja. Ellos nos vinculaban a la estrella viajante y, en consecuencia, a las muertes y sufrimientos que el desastre había causado a su gente. Por nuestra parte, quienes habían sobrevivido en la Grosejule recordaban con resentimiento los malos momentos de la breve convivencia en la caverna.

Nuhazet era el único integrante de la comunidad que podía conversar con los hombres del hielo cuando ellos hacían sus pasajes estacionales por el valle del Tartessos. Él había aprendido la lengua de su madre tanto como la nuestra. A los doce años logró ser respetado por los hombres peludos como si fuera un semejante. Llegó a intercambiar con ellos su propio arpón por una piel de bisonte.

Aki conjugaba su fascinación por Nuhazet con el desafío al rencor de Txanona hacia los hombres del hielo.

Nuhazet no disimulaba su encanto con la belleza y la rebeldía de Aki.

Un día, los embelesados jóvenes se marcharon y no tuvimos noticias de ellos durante varias lunas.

Lo que ocurrió con Zebensui-Ume y Breta fue similar, pero en sentido contrario.

Por más esfuerzos que hice, mi primer hijo nunca aceptó a Ainenfrau como su tía. Desde muy pequeño, él se asustaba cuando ella pasaba cerca o venía ocasionalmente de visita a mi *etxea*.

Tampoco fui capaz de inculcarle el respeto primordial hacia los nativos. Los niños suelen ser crueles con sus diferentes. Tomaron como un juego correr espantados ante la presencia de Ainenfrau, o gritar ridículos insultos a los pastores y hombres del hielo que pasaban por el valle. Breta fue su cómplice en estas travesuras, desde que ambos tuvieron tres o cuatro años.

La segunda hija de Txanona vivió su infancia en competencia con su hermana mayor. En lo que Aki era arriesgada, Breta era cautelosa. Si Aki desobedecía a su madre o a sus tíos, Breta se apresuraba a delatarla. Ambas hermanas eran igualmente hábiles en usar la seducción para lograr sus propósitos. Físicamente, eran muy parecidas, distinguiéndose por el color de sus ojos. Breta era una típica belleza atlanteana, extremadamente rubia y de enormes ojos azules.

Breta llevó la contraposición con Aki hasta extremos absurdos. Cuando la hermana mayor anunció su intención de hermanarse con los hombres del hielo, la hermana menor se propuso la misión contraria. La de fundar con Zebensui-Ume "su propia ciudad", libre de la presencia de los nativos de Euriopa.

Optamos por no prestarle demasiada atención a tan descabellado propósito, para quitarle entidad. Pero no tuvimos suerte.

Poco después de cumplir los quince, Breta y Zebensui-Ume partieron en una *txalupa* con Orena y Bentaguade, declarando su intención de explorar las tierras del norte en busca de caballos salvajes.

Cuando regresaron una luna después, no habían encontrado caballos, sino vacas. En las frías praderas del norte pastaban manadas de vacas, de variedad de pelajes. Trajeron también unas muestras de piedra gris, que los *maisuak* en Minería confirmaron que se trataba de mineral de estaño.

A partir de entonces se hicieron frecuentes los viajes al norte del continente, dos jornadas más allá de la boca del Río del Rocío.

Breta y Zebensui-Ume construyeron una *etxea* en proximidad al yacimiento de estaño y se establecieron allí.

Durante las estaciones cálidas, ellos recibían frecuentes visitas de los barcos que iban y venían. Durante el *negu*, preferían la soledad del inhóspito norte, antes que reunirse con nosotros en el tibio sur, resistiendo de modo inconcebible el lacerante frío de aquellos parajes.

La mayor de las hijas de Sutziake, Mauria, se distinguió desde niña por su espíritu aventurero y divertido.

De piel cobriza, ojos azules y cabello negro, ya era una niña llamativa por su exótica belleza y también por su sorprendente agilidad para trepar árboles o escalar montañas.

Con el tiempo, fue adquiriendo un físico estupendo. Cuando sus pechos y caderas empezaron a crecer, no había modo de no deslumbrarse ante su presencia. Los varones de su edad, particularmente Axer, Tabor y Arkaitz, la seguían a todas partes, buscando provocar su encantadora risa o el favor de su cautivadora mirada.

Pero ella, disponiendo de un séquito de admiradores en Tartessos, tenía otras preferencias.

Desde niña, Mauria amaba el valle del Lukus. Se sentía más a gusto en Libia que en Euriopa. Deseaba que llegara la estación fría para partir hacia el sur y disfrutar de los paseos, los bailes y los juegos que sus amigas, las nativas de los bosques, proponían.

Cuando se hizo mujer, Mauria mantuvo su predilección por los pobladores del Lukus, tornando su interés hacia los nativos varones, en despecho de los pobres Axer, Tabor y Arkaitz.

Al revés de lo ocurrido entre las hermanas Aki y Breta, la relación entre Mauria y su hermana Hesperia era excelente. La segunda hija de Sutziake no poseía la increíble belleza, ni la simpatía avasalladora, ni la agilidad sobresaliente de su hermana mayor.

Sin embargo Hesperia adoraba a Mauria. Y recíprocamente, a Mauria le fascinaban los finos modales, el exquisito modo de hablar y la notable inteligencia de su hermana Hesperia.

Hesperia compartía la pasión de Mauria por el paisaje, el clima y las gentes del valle del Lukus. En cuanto ambas tuvieron más de doce años, comenzaron a anticiparse a nuestros viajes estacionales a Libia y a demorarse en regresar en *udaberri*. A los catorce, construyeron sus respectivas *etxeak* en cada uno de los valles y pasaban la mitad del año en cada continente. A los dieciséis, las dos hermanas optaron por asentarse definitivamente en Libia.

Cada vez que viajábamos a visitarlas o a pasar el *negu* con ellas, quedábamos sorprendidas. La gracia que nos causó al principio fue deviniendo en preocupación, y más adelante en desencanto y hasta frustración, principalmente para Sutziake.

Mauria y Hesperia tomaron provecho de la admiración de los nativos hacia ellas, para distintos beneficios.

La *etxea* de Mauria era un lugar de fiesta permanente. Casi todas las noches sonaban los tambores acompañando las comidas y los licores. Una veintena de jóvenes de los bosques, se reunían a danzar los ritmos con gracia inigualable. Las chicas y chicos de piel negra contorneaban sus torsos desnudos alrededor del fuego, deleitando con la sensualidad de sus magníficos cuerpos.

Mauria se divertía con los nativos como una más, actuando como si fueran sus semejantes. Pero ellos no la veían del mismo modo. Tanto los varones como las chicas de la aldea se desvivían para complacer a la hija mayor de Sutziake y ella no era indiferente a sus intenciones. Al terminar el baile, la fiesta continuaba en el dormitorio de Mauria. Ella elegía cada noche a sus compañeros de cama. A quienes tendrían el privilegio de dormir con ella tras saciar sus desbordantes, desmedidos, apetitos de *atsegin*.

Hesperia, por su parte, no participaba de aquellas fiestas más que en ocasiones.

Ella había construido su casa a cierta distancia de la aldea, sobre la ribera del Lukus. Pero no era una *etxea* ordinaria, del tamaño usual. Con la incansable y solícita colaboración de los nativos, Hesperia fue levantando paredes y más paredes. Salones para reuniones con grandiosas chimeneas y habitaciones para invitados. Corrales para animales y galpones para almacenar leña, sal, harina y granos. Y una extensa terraza, con pródiga vista al valle.

Pero lo más impactante eran los jardines.

Campos ondulados de verde césped, alternados con variedad de frutales, arbustos y macizos de flores, rodeaban la suntuosa residencia de Hesperia. Era frecuente verla paseando por los jardines, deteniéndose a inspeccionar las ramas de los ciruelos, nogales, *mahatsak* y manzanos, sola o en compañía de los leales nativos que trabajaban para ella.

Tanto Mauria como Hesperia fueron dedicadas anfitrionas cuando los atlanteanos residentes en Tartessos íbamos a Libia. Fueron generosas con quienes quisieron sumarse a sus opulentas y lujuriosas costumbres. Y con quienes las criticamos, fueron condescendientes, dispuestas a escuchar los reproches sin alterarse en lo más mínimo.

Las reiteradas recriminaciones que nosotras, sus tías, les hacíamos sobre el modo que trataban a los nativos, les resultaban esperables y graciosas. No fuimos capaces de transmitirles lo que había sido para nosotras vivir bajo el errático gobierno de Guaxara. Ni tampoco amedrentarlas con los cuentos del bochornoso final que había tenido el Club de la Serpiente y su contingente de sirvientes, en la desaparecida Ciudad Sexta de Atlantis.

Por el contrario, disfrutaban de contradecirnos, afirmando que habíamos sido muy aburridas en nuestra juventud, por elegir pertenecer al Círculo antes que a la Serpiente.

Cuando nació mi hija Luxia, Turdes ya era una niña crecida, de nueve años. Pese a esta marcada diferencia de edades, muy pronto la primera hija de Edurne adoptó a la pequeña Luxia como si fuera su hermana menor y ambas congeniaron muy bien.

La pasión de Turdes, durante la infancia, fueron los caballos.

En el año dos, habíamos encontrado los primeros caballos salvajes en Libia, en un lugar distante de la costa del Lubarnea. Abian y Xitama tuvieron la paciencia de amansarlos. Años más tarde, transportamos en balsas un grupo de caballos a través del Estrecho de Atlater y luego por tierra, hasta el Tartessos. Todos nuestros hijos aprendieron a cabalgar y a cuidar a los valiosos animales.

Pero algunos se destacaron en su afecto por ellos y la habilidad para montarlos. Entre ellos Turdes y Luxia. Mi hija aprendió a montar casi al mismo tiempo que a caminar y en buena medida ello se debió a la fascinación recíproca con Turdes.

En cuanto ambas fueron creciendo, también compartieron otro interés. Al afecto por los caballos, sumaron el afecto por los pastores.

La relación de Turdes y Luxia con los nativos del Tartessos no fue parecida a la de Mauria y Hesperia con los del Lukus. Si bien los pastores veneraron a Turdes y, años más tarde, también a Luxia como "zeitas", ellas no abusaron de ese privilegio. Aprendieron la lengua, entendieron sus costumbres y asimilaron sus habilidades para manejar los rebaños de ovejas y cabras.

Cuando Turdes tuvo quince y Luxia solamente seis años, ambas recorrían los valles a caballo y conocían cada paraje del extenso territorio más que cualquiera de nosotros. Fueron adquiriendo una habilidad excepcional como jinetes, siendo capaces de cruzar arroyos, saltar obstáculos y ascender por empinadas pendientes.

La amistad entre ambas no se resintió cuando Turdes tuvo la insólita idea de construir su *etxea* en la Isla del Brazo, aun cuando para ir hasta allí se requerían cuatro jornadas por mar.

El motivo de Turdes para establecerse en la menor de las Islas Cercanas, fue su tercera pasión, la que no logró contagiar a la pequeña Luxia, la pesca de profundidad.

La primogénita de Edurne era, además de una excelente jinete, una excepcional nadadora. Era asombroso observarla zambullirse desde la *txalupa*, sin más accesorios que su cuchillo y un bolsito en la cintura. Provocaba inquietud verla nadar verticalmente hacia las profundidades hasta desaparecer. Para volver a emerger al rato, trayendo un puñado de mejillones o un pequeño pulpo.

La Isla del Brazo era, sin dudas, un lugar estupendo para la pesca submarina. Toda su costa estaba formada por bellísimas calas rocosas de aguas transparentes, alternadas con pequeñas playas de oleaje moderado, ideales para desembarcar.

Otra curiosidad de la Isla del Brazo eran los elefantes enanos. De tamaño menor a un caballo, eran bestias tranquilas, con una fuerza formidable. La experta Turdes no tuvo dificultades en montarlos para transportar piedras y troncos dentro de la Isla.

Turdes no estuvo sola en esta aventura. Contó con la colaboración esporádica de sus tíos Egoitz, Abian y Godereto, y la más frecuente de sus amigos Arkaitz, Taganaje y Xanira.

Xanira, la menor de las tres hijas de Sutziake, prefirió siempre seguir las aficiones de Turdes, antes que las de sus hermanas mayores. Mi hijo Taganaje comenzó a interesarse en Xanira, poco después de cumplir los trece. Años después, Xanira construyó la segunda *etxea* en la Isla del Brazo, formando un pequeño grupo de residentes, al que se sumaron los varones Arkaitz, Bentor, Taganaje y por último Ferusa, la hija menor de Nora.

Las tres mujeres de la Isla del Brazo, Turdes, Xanira y Ferusa, superaron a sus amigos varones en la técnica de nadar en aguas profundas. Con ayuda de una piedra y de un artificio de mimbre que adosaban a sus piernas y que les permitía propulsarse como delfines, llegaban a sumergirse hasta veinte pasos para obtener una presa, para luego regresar a la superficie a una velocidad sorprendente.

Tan extraordinaria habilidad trascendió los límites de la pequeña Isla, para convertirse en un fantástico relato que fue contado por generaciones de pastores. El de unas hermosas mujeres, mitad humanas, mitad peces, que nadaban desnudas en las rocosas costas del Lubarnea.

Luxia era todavía una niña cuando Turdes y Taganaje se mudaron a la Isla del Brazo. A pesar de sufrir los alejamientos de su hermano de vientre y de su hermana de andanzas, ella continuó con su costumbre de realizar largas excursiones a caballo, sola o en compañía de su amigos Mobad-Ume y Guadamoxete, deteniéndose a visitar cada aldea de pastores.

Más tarde Luxia construyó su *etxea* junto a las nuestras, como también lo habían hecho anteriormente Ceres, Zelda, Ause, Bastema, Siedes y Bergi. Al sumarse las casas de Luxia y de Evarne, nuestro poblado llegó a las dieciocho *etxeak*.

Casi todas las mujeres de la comunidad de sobrevivientes, terminaron de criar sus hijos y empezaron a cuidar de sus nietos al llegar a los cuarenta.

Pero no fue así en mi caso. A los cuarenta y dos, cuando mi hija Luxia tuvo su *etxea*, mis hijos varones ya se habían ido. El mayor siguiendo a Breta, a las praderas del norte, y el segundo, siguiendo a Turdes y a Xanira, a la Isla del Brazo.

Por lo que volví a tener tiempo para mí misma. Para disponer de mi *etxea* y para gozar plenamente de la compañía de mis amados Etxekide, Atabar y Guadarteme. Y también de las ocasionales visitas de Suntumbaiá y de Txitxó.

Viajé mucho en esos años. No solamente a visitar a mis hijos y a las extravagantes Mauria y Hesperia, quienes me invitaban con frecuencia. No sólo cumpliendo viajes de intercambio por los distintos atracaderos cercanos a las bocas de los ríos. Etxekide y yo pudimos volver a navegar por el simple disfrute de hacerlo, sin proponernos un destino y sin la necesidad de regresar en plazos prefijados.

Volvimos a navegar con Sutziake y Baraso, y con Oihane y Guadarteme, las tres parejas de amigos de Sexta, como lo habíamos hecho a los dieciocho años.

Fuimos a la Isla Principal donde continuaban creciendo los cultivos de *kanaberak*, conocimos la hermosa Isla de la Cigarra y muchas otras islas del Lubarnea Central.

También recorrimos la costa de Libia sobre el Mar de Atlantis, más allá de la boca del Lukus.

Fue allí que encontramos a los huérfanos.

Habíamos desembarcado en una isla cercana al continente, a unas cuatro jornadas al sur del Estrecho de Atlater. Procurábamos pescar en una playa de piedras grises, cuando los vimos descendiendo las áridas montañas. Eran una muchacha y un muchacho, muy jóvenes, totalmente desnudos.

Los observamos con asombro mientras se acercaban. Sus hermosos cuerpos y sus larguísimas cabelleras rubias nos lo anunciaban, pero nos resistíamos a admitirlo.

Cuando ellos estuvieron frente a nosotros y extendieron sus manos amablemente, diciendo las palabras *gu an txé*, quedamos conmovidos y atónitos.

Porque "*gu an txé*" significa "nosotros somos niños" en atlanteano. Lo cual era extraño, pues aquellos jóvenes rozaban los veinte y nadie se definiría a sí mismo como niño a esa edad.

Indudablemente eran nuestros semejantes. Cómo habían llegado allí ? Cuál era su historia ? Quiénes eran sus madres ?

Aunque los atosigamos con estas preguntas, obtuvimos escasas respuestas. Ellos nos dijeron que los Dioses los habían dejado en esa Isla al nacer y que sus madres y tíos habían cruzado la Puerta. Entendimos que había otros "niños" en la isla, o bien en otra isla cercana.

Por la forma de hablar, realmente parecían niños. Les costaba entender las frases más simples y las explicaciones que nos daban eran también, exasperantes de tan simples. Si bien se veían contentos de vernos, en ningún momento dieron muestras de estar necesitados de ayuda alguna.

No quisieron almorzar con nosotros. Cuando nos aprontábamos a hacerlo, ellos se despidieron con gestos cariñosos y se marcharon corriendo, trepando las montañas como cabras, dejándonos sumidos en el desconcierto.

Nunca llegamos a aclarar cuál había sido la peripecia de aquellos "niños" nacidos luego del desastre. Variedad de conjeturas circularon entre nosotros, que los vinculaban a la desaparecida tripulación del barco siete, en el que iban los *maisuak* Naga, Siso y la embarazada Aremoga. Qué extraño motivo los habría llevado a esas islas tan al sur ? Habrían sobrevivido a la catástrofe y luego quedado sin *txalupa* para salir de ahí ? Habrían intentado construir una balsa para cruzar hasta el continente ? Qué accidente o enfermedad podría haberles provocado la muerte, sin afectar a los niños ?

Desde entonces, volvimos a viajar regularmente a las Islas de los Huérfanos.

Descubrimos que había dos grupos en islas próximas, y que eran capaces de nadar entre una y otra. Ambos grupos sumaban ocho jóvenes de entre veinte y veinticinco años. Luego corroboramos que también había verdaderos niños entre ellos. Las jóvenes huérfanas ya habían tenido sus primeros hijos.

Vivían en las montañas. Ordeñaban cabras y molían cereales para producir *gofío*. Cosechaban mejillones en las rocas. No les faltaba alimento. De todas las cosas que les ofrecimos, únicamente aceptaron los cuchillos y los arpones.

Cada vez que íbamos a verlos, confirmábamos la misma impresión que habíamos tenido en el primer encuentro.

La de que ellos vivían felices en ese estado "silvestre", sin la guía de adultos y sin necesidad de vestirse.

Orena, la primera hija de Iulen, y Karpema, la primera hija de Urma, se sumaron al *Klan* de Breta en las praderas del norte. Zebensui-Ume y Bentaguade fueron sus compañeros.

Entre las tres mujeres tuvieron doce hijos.

Txede, la primera hija de Nora, y las hijas de Xitama , Bastema y Eretia, se sumaron al *Klan* de Aki en el Río del Rocío. Nuhazet, Axer, Eneko-Ume y Strom fueron sus compañeros.

Entre las cuatro mujeres tuvieron quince hijos.

Ninguna mujer y ningún varón de la primera generación de nacidos en Tartessos, quiso sumarse al *Klan* de Mauria, en el valle del Lukus.

Mauria tuvo cinco hijos y su hermana Hesperia, dos.

Xanira, la tercera hija de Sutziake, Ferusa, la cuarta de Nora, y Amatea, la menor de Iulen se sumaron al *Klan* de Turdes en la Isla del Brazo. Sus compañeros fueron Arkaitz, Taganaje, Bentor y Etxedei.

Entre las cuatro mujeres, tuvieron dieciocho hijos.

Ceres, Zelda, Ause, Siedes, Bergi, Luxia y Evarne construyeron sus *etxeak* en el valle del Tartessos. Con el tiempo, Luxia fue ganando el liderazgo entre ellas. Baute, Nitxel, Mahek, Tabor, Isako, Guadamoxete, Mobad-Ume y Eromun fueron sus compañeros.

Entre las siete mujeres, tuvieron treinta y un hijos.

Por lo que la segunda generación de atlanteanos, nacidos en los cinco lugares, alcanzó un total de sesenta más veintitrés niños.

Nuestros nietos crecieron, aprendieron a fabricar *txalupak* y a navegar con ellas. Y a su tiempo, escogieron a cuál de los cinco puntos emigrar.

Lo mismo hicieron, muchos años más tarde, sus respectivos hijos.

Así se formaron las cinco naciones atlanteanas, una en Libia, una en el Lubarnea y tres en Euriopa.

La nación de Mauria, en el Lukus, cuyos pobladores se distinguen por la piel oscura, los ojos claros y los cabellos negros, los Mauritani.

La nación de Turdes, en la Isla del Brazo, en la que predominan los ojos marrones y los cabellos oscuros, los Turdetani.

La nación de Luxia, en el valle del Tartessos, de ojos azules y cabellos castaños, los Luxitani.

La nación de Aki, en el Río del Rocío, inconfundibles por sus cabellos rojos, los Akitani.

Y la nación de Breta, en las Praderas del Norte, donde mayoritariamente los niños siguen naciendo rubios y de ojos azules, los Bretani.

Las cinco naciones permanecen hermanadas en el idioma. Comparten las celebraciones de Ama, Elkar y Egu. Colaboran en la educación de sus hijos, en la construcción muelles y en el avance de las Ciencias. Y se comunican mediante el incesante intercambio de productos y de noticias.

Con el devenir del tiempo, las *txalupak* atlanteanas han llegado a dominar las costas del Lubarnea hasta Asia, y las de los continentes de Euriopa y Libia.

En pocos años, los hijos de nuestros nietos cruzarán nuevamente el Mar de Atlantis.

Así será, para que todos los hombres y mujeres de la Tierra reconozcan la bandera *suastika* que identifica a nuestros barcos. Y vean en ella el símbolo que representa la amistad entre los pueblos, el fuego que nos anima y el doliente recuerdo de la Atlantis perdida.

Así será, para que las mujeres y hombres de toda la Tierra reciban con alegría la llegada de nuestras *txalupak* a cada playa y a cada aldea de los ríos. Llevando alimentos, pieles, sal, aceites, bebidas, artefactos y herramientas. Entregando a cada pueblo el valor justo según lo que sea capaz de dar en reciprocidad.

Así será, para que todos los hombres y mujeres de la Tierra nos tengan en aprecio.

Y nos conozcan por nuestro nombre verdadero. Los Atl - Tani, los Pueblos del Mar.

www.ingramcontent.com/pod-product-compliance
Lightning Source LLC
Chambersburg PA
CBHW072340030726
47505CB00013B/24